LE JEU

LIVRE UN : LIVRE D'AVENTURE

Vous qui dans l'âme des morts buvez
le sang de vos conquêtes
le prix de nos défaites
et qui depuis l'autre rive
si légèrement riez
sachez qu'il vous incombe
pour nous, nous les vivants
de mettre un point d'honneur
à venir nous chercher.

Anonyme, poème ottoman,
Ve siècle après Jésus-Christ.

Du même auteur
aux Éditions J'ai lu

Cantique de la racaille, *J'ai lu* 4117
Un pur moment de rock'n roll, *J'ai lu* 4261
Wendy, *J'ai lu* 4467
Vol de sucettes, recel de bâtons, *J'ai lu* 4579
La vie moderne, *J'ai lu* 4842
Nostalgie de la magie noire, *J'ai lu* 5152
Treize contes étranges, *J'ai lu* 5799
Du pain pour les pauvres, *Librio* 111
Joséphine et les gitans, *Librio* 242
Pour une nouvelle sorcellerie artistique, *Librio* 502

Vincent Ravalec

L'EFFACEMENT PROGRESSIF DES CONSIGNES DE SECURITE

Recit d'une mutation

J'AI LU

Pour Valérie, Amélie, Benjamin et Zédéchiel.
Pour le docteur Jean Dugarin.

Quelques semaines avant l'été 1999 le couturier français Paco Rabanne prophétisa la destruction probable de Paris et de ses environs dans un rayon d'au moins quatre-vingts kilomètres par la chute sur la terre des morceaux épars de la station spatiale Mir, alors en orbite dans le ciel.
Ceci le 21 juillet de cette même année, jour d'une éclipse totale du soleil.
Cette catastrophe n'eut pas lieu.

Le mot ordinateur était apparu en 1955 dans la langue française. À cette époque un constructeur de matériel américain, IBM, avait demandé à un professionnel de lettres de traduire l'expression « Electronic Data Processing Machine » qui veut dire « Machine Électronique de Traitement de Données ». Le traducteur avait alors retenu le mot ORDINATEUR parce qu'au Moyen Âge Dieu était le grand Ordinateur, « celui qui mettait de l'ordre dans le Monde ». Il remettait en usage un terme inusité depuis six siècles. On peut s'interroger sur le bien-fondé d'une telle traduction.

Prologue

Apparition de Louis

D'abord, et avant toute chose, je veux vous expliquer et vous faire comprendre ce qu'est l'art de la magie.

La première fois que Louis tenta « la transmigration artificielle d'une âme » sur un grognard du Second Empire en plastique dont le bras était cassé et la dorure du sabre toute partie l'opération foira complètement, soit qu'il s'y soit mal pris, soit que le sujet fût réfractaire aux passes magiques dont il était question dans le volume trouvé à la bibliothèque de Fontenay, *Magie, comment animer des objets inertes et régner en maître sur les éléments et les choses*, par contre le lendemain un moineau vint agoniser sur le balcon de l'appartement, signalant par là même la prépondérance de l'incantation et du mystère sur la matière organique.

Cela marqua Louis, qui y vit la confirmation d'un certain nombre d'intuitions (la probable véracité de l'existence de monsieur Ming, l'ennemi de Bob Morane, la pertinence des théories développées dans *Luc Orient* et *Monsieur Magellan*, tous deux héros de *Tintin*, journal auquel son père l'avait abonné).

À cette époque la proche banlieue accueillait conjointement la première invasion d'une classe moyenne se hissant depuis tout juste une génération, – selon les critères d'une société consumériste en plein essor –, au-dessus du seuil de précarité et une première vague de Maghrébins venus pour suppléer aux tâches ingrates auxquelles les nouveaux parvenus se refusaient dorénavant.

L'immeuble où habitaient ses parents était victime d'une infiltration d'eau, qui générait des moisissures sur un mur de la chambre de Louis, au pied de son lit. Les copropriétaires étaient en procès avec l'architecte.

Quand il eut six ans les voisins du dessous se firent cambrioler. Les voleurs, en partant, dirent au voisin du pavillon mitoyen «*alors pépère, on jardine*», ce qui parut à Louis, quand on le lui raconta, le summum du sang-froid et de la maîtrise de soi.

En contrepoint de l'appartement se trouvait un immeuble, assez grand, blanc, dont l'intégralité des fenêtres étaient équipées de stores bleus, parfois ouverts, parfois fermés, toujours dans des dessins différents et Louis passait des temps assez longs, le regard perdu, à évaluer la cosmogonie exacte qui les régissait. Selon le temps qu'il faisait il y avait plus ou moins de stores baissés mais leur organisation restait mystérieuse.

Une fois par semaine Louis et sa grand-mère se rendaient au cimetière de Bagneux, à pied, quand il pleuvait ils prenaient le bus, régulièrement elle laissait sur une tombe des oranges et comme la fois suivante elles avaient disparu Louis supposait que sa grand-mère entretenait avec les morts des accointances particulières et que vraisemblablement elle les nourrissait.

Au retour de ce rite hebdomadaire Louis se souvenait avoir passé de longs moments devant la vitrine d'un magasin de maquettes où un village était reconstitué, avec une mairie, un hôtel, une église, un squelette balayant des feuilles mortes et un train au milieu qui le traversait. Le squelette souriait, il lui manquait une main.

Ce magasin était toujours le théâtre de plein de choses bizarres, la mort d'un chien, une panne de courant, des travaux qui avaient duré des mois et que le fils du concierge, déjà versé dans les mystères du monde, avait attribué à une tentative extraterrestre d'invasion de

Châtillon. Un jour le magasin avait brûlé, les maquettes et la ville et le squelette aussi. C'était peu de temps avant que Louis déménage avec sa famille à Antony, avant que les chiens errants et les cochons sauvages investissent le quartier où il habitait, le terrorisent et le poursuivent quand il sortait de l'école.

Cet hiver-là son autre grand-mère mourut, ses parents lui interdirent de voir le corps. Ensuite pendant un certain nombre d'années Louis se consacra à différentes passions, les puzzles qui lui dévoraient une grande partie de son maigre budget et lui permettaient par un jeu analogique une certaine cohésion psychologique, et l'exploration des cours d'eau, qu'il dessinait d'abord sur de grandes feuilles blanches et qu'ensuite, grâce à sa force mentale et à l'aide notamment de Silver Surfer, kilomètre après kilomètre, il remontait jusqu'à leur source, créant ainsi à chaque fois un ectoplasme différent, Amazone, Loire, Niger, qu'il plaçait alors sur le bord d'Ernest Avenue, comme un trophée rassurant.

Ernest Avenue déroulait son long serpentin multicolore entre le frigidaire de la cuisine et la porte des toilettes, dans le nouvel appartement où il emménagea avec ses parents, à Antony. Les plans d'Ernest Avenue signalaient plusieurs portes d'entrée possibles, mais seuls ceux possédant la Super-vision et suffisamment de Pouvoir-Force parvenaient à en ouvrir les serrures compliquées.

Chez lui, dans sa famille, il était le seul.

De là data cette certitude que si le monde était le monde et la réalité la réalité il était possible d'en modifier la représentation car les barrières qui en verrouillaient les armatures n'étaient pas aussi étanches que l'on aurait pu le supposer.

Cela demeura pour lui une prise de conscience fondamentale, il essaya un jour d'en parler à son père mais s'embrouilla dans ses propos et finalement garda sa découverte pour lui.

À l'adolescence ses petites lubies s'atténuèrent, Ernest Avenue devint moins présente et finit par disparaître, comme avaient disparu les chiens errants, les cochons sauvages et l'univers si mystérieux du magasin de maquettes et des extraterrestres. C'est le moment où il se lia avec d'autres jeunes du bâtiment mitoyen, un peu plus âgés que lui, et qu'il imagina avec eux l'attaque du Crédit Lyonnais de l'Haÿ-les-Roses, – car nous sommes des bandits, n'est-il pas vrai ? – attaque qui malheureusement tourna mal, dès les premières secondes une cliente fut victime d'une crise cardiaque, et en voyant cette femme – qui aurait pu ressembler à sa grand-mère – prise de convulsions sur le sol en lino crème de l'agence le doigt de Louis se crispa par réflexe sur la détente du pistolet, la balle frappa de plein fouet la tête du caissier qui s'était agenouillé pour lui porter secours, en même temps que le bruit assourdissant de la détonation le cerveau de Louis enregistra le clignotement agaçant d'un des néons, ce qui lui fit penser, fugacement, avant que les conséquences du drame ne s'imposent, à des éclairs aveuglants de vaisseaux spatio-temporels.

Il avait quatorze ans et ce fait divers au dénouement bêtement tragique fut pour lui la première vraie confrontation avec les choses un peu piquantes de la vie, et modifia évidemment sa destinée.

Un corps agité de soubresauts sur une étendue beige, la couleur rouge, presque noirâtre du sang, et la posture artificielle du caissier, dont une main tordue enserrait les chevilles variqueuses de la morte – savais-tu mon garçon qu'un jour tu serais un assassin, que l'on t'enfermerait et que tu pleurerais ta liberté perdue ? – les autres clients l'avaient désarmé et en attendant l'arrivée de la police et des deux ambulances il avait fumé une cigarette, en la savourant, sans que son esprit se fixe vraiment sur quelque chose de précis, si ce n'est, comme on était le 14 juillet, sur le fait qu'il ne pourrait pas voir le feu d'artifice et aussi, stupidement, sur une vilaine reproduction, comme il y en a parfois dans les banques · *Vision d'Ézéchiel : la résurrection de la chair* de l'Espagnol Francisco Collantes, tableau qui met en scène, dans un décor de ruines antiques, un prophète haranguant les ressuscités.

Mais avant d'en arriver à ces spécificités linguistiques la route fut longue jusqu'à l'élaboration de la première machine. D'après ce que nous en savons les balbutiements de l'histoire du traitement de l'information datent de la fin de la dernière glaciation – 10-12000 avant Jésus-Christ – glaciation qui a pour conséquence d'entraîner un changement complet dans le mode de vie de l'homme. Au fil de quelques millénaires, il passe progressivement du stade de chasseur-prédateur à celui d'agriculteur-éleveur. Les tâches exécutées dans sa nouvelle fonction sont différentes. L'improvisation de l'errance sur des territoires de chasse ouverts doit désormais laisser la place à l'observation des cycles agricoles dans l'espace limité des champs.

Chapitre 1

L'éclat blessant de la politique des ordures

Beaucoup de personnes estiment, en effet, que l'art de la magie relève d'un rêve insensé ou de quelque exaltation ; cela ne fait que souligner leur propre erreur et leur mensonge.

1.

La tempête gagna Paris à l'aube du dimanche 26 décembre, le lendemain de Noël, avec des vents soufflant jusqu'à 180 km/h, arrachant plus d'arbres et causant plus de dégâts qu'aucun cataclysme passé dont les mémoires auraient gardé la trace. Le jour ne se levait pas, le ciel restait noir. Pourtant personne ne s'affola ou ne crut aux prémices d'une quelconque apocalypse. Météo France, qui avait sous-estimé l'ampleur du phénomène, assurait que cela ne durerait pas.

2.

Le spectacle que je distingue par la fenêtre est hallucinant. La rue est quasi déserte. Il y a juste ces deux femmes qui avancent l'une vers l'autre, chacune avec un chien, un parapluie, noir d'un côté et de plusieurs couleurs de l'autre et le chien de l'une a bondi sur l'autre et est en train de le dévorer. Rien que ça. J'ai beau voir la scène en plongée c'est épouvantable de férocité.

Du coup je bredouille dans le téléphone : C'est fou, c'est fou ! Il y a un pitt-bull qui est en train de tuer un caniche.

Ne comprenant rien mon assistante brame : Pardon ? Que dites-vous Gentil Patron ?

En bas les femmes crient et même à travers le double vitrage j'entends les hurlements, et là, soudain, une voiture arrivant au ralenti pile. Ses feux stop s'allument brutalement.

Quelqu'un – chauve, rasé, je vois la tache blanche de son crâne – jaillit et bondit vers le coffre, l'ouvre, et cet homme qui court, comme une apparition surgie d'un enfer de magasin de bricolage, tient un marteau à la main – C'est sidérant, je souffle dans le téléphone, sidérant ! – et passe derrière le pitt, attrape le collier du fauve et de l'autre main lui fracasse le crâne entre les deux yeux, en tapant plusieurs fois, comme un boucher abattrait son mandrin, en hurlant aussi, d'un cri de lutteur au bout de ses potentiels et je fais Ho, ho, ho, et j'ai un début de quinte, tout devient noir.

J'ai peur d'avoir un malaise.

Je suis presque obligé de me cramponner à la tablette sur laquelle est posé mon fax-répondeur, mais je me reprends et j'arrive à redire C'est fou, putain, pitt, quoi, pitt cinglé !

J'ai déjà eu un étourdissement bizarre deux semaines avant, sur le boulevard circulaire de La Défense, comme si l'espace d'une minuscule fraction de seconde quelqu'un là-haut avait éteint l'ordinateur.

Dans un effort de concentration je me reprends complètement et je dis :

— C'est fou, c'est... Pitt-bull, quoi, Meurtre par Pitt-bull de Caniche et Meurtre de Pitt-bull par Marteau, et ayant dit ça, essoufflé, je me rends compte du silence au bout du fil et sans transition je retourne *illico* au sujet de conversation d'origine, le problème du pot d'entre Noël et le Nouvel An, avant que mon assistante n'ait eu le temps de réagir.

Ça va?, je l'entends qui s'inquiète, Tout va bien Gentil Patron? Vous… vous êtes remis du voyage ou…?

3.

Je continue, sans répondre à sa question. J'ai encore des images de la lépreuse qui ricane et des enfants autour et de leurs cris. – J'arrive juste d'Afrique – La pièce se zèbre de stries orangeâtres :

— … Des Pères Noël… verts? Vraiment?

— Si.

— Des Pères Noël je comprends, mais pourquoi des Pères Noël… verts? Ça… je veux dire… c'est…?

— … symbolique?

— … Oui. Pourquoi verts, pourquoi pas… bleus?

Les stries orange sont remplacées par des taches plus indécises.

— Non. Bleus ça coûterait trop cher parce qu'il faudrait les faire faire. Je crois qu'il a… heu… la possibilité de récupérer des costumes ayant servi à une campagne promotionnelle d'une chaîne de jardineries. Voilà c'est ça, c'est une question... d'opportunité.

— Ah…

— Mais en même temps il dit qu'il pourrait y avoir aussi des costumes de souris. On panacherait.

— Des costumes de souris?

— Excusez-moi une seconde, dit mon assistante, j'ai un double appel.

Maintenant le mur ressemble à une grande fresque compliquée. Des figures géométriques, des carrés, des ronds, des rectangles s'entremêlent. Dehors la scène étrange continue. Ils traînent le cadavre du chien sur le trottoir, du caniche, car le pitt lui, a survécu au coup de masse. Je suis épuisé par ma nuit dans l'avion et les trente-six heures d'attente à l'aéroport.

Une voiture de police arrive. Une des femmes lui fait signe.

— Excusez-moi, Gentil Patron, dit mon assistante, c'était ma sœur, et la conversation va repartir mais elle a un nouveau double appel et est donc happée une nouvelle fois.

Je hoche la tête doucement, répétant de temps en temps Non, c'est incroyable, des costumes de souris et de Pères Noël, non mais quel emmerdeur! et aussi : Putain c'est fou ce pitt-bull, quelle violence, quelle violence!

Un four à micro-ondes flambant neuf est posé à même la moquette. Quand je saisis une maquette en plastique, qui traîne, sur la table – une espèce de vaisseau spatial que je me suis acheté à Beaubourg, dans la boutique du Printemps, Art & Design, sous-entendu l'Art avec une majuscule est mort, vous pouvez l'acheter en bas au rez-de-chaussée, il est maintenant partout, il est accessible à tous – je ne sais pas s'il s'agit d'un signe ou quoi, mais la porte me reste entre les doigts et le corps tombe sur la moquette juste à côté du four à micro-ondes.

La voix d'Angèle, mon assistante, revient et dit Alors qu'est-ce qu'on fait? Les enchevêtrements du mur sont en fait une série de phrases, des hiéroglyphes. J'arrive à balbutier :

— C'est quand même…

— Effarant? risque mon assistante.

— Oui, exactement, c'est ça, effarant.

Elle glousse.

— C'est Marc Andréoni, dit-elle, nous commençons à le connaître, et je sais que cette histoire de pot le vendredi juste avant le réveillon déguisé en Père Noël la contrarie au moins autant que moi et que Marc Andréoni, nouveau stagiaire parachuté par quelqu'un des hautes sphères, commence à représenter pour elle le même genre de problème que celui auquel je suis confronté depuis deux mois, c'est-à-dire un ennui sérieux (je l'ai entendue dire à quelqu'un récemment au téléphone « Il a beau être mignon il commence à me *bourrer grave* »), et à la fin c'est elle qui propose : Et si justement nous mettions en avant les problèmes du Groupe?, ce qui est bien sûr la carte à jouer, Nous pourrions expliquer, continue-t-elle, que vu le contexte ce n'est pas franchement le moment d'inviter le 33e et le 27e et 28e étage à une party où tout le monde serait déguisé et qui plus est déguisé en Père Noël vert et en Souris et je dis Vous avez absolument raison, oui, c'est évidemment impossible, ne serait-ce que stratégiquement – et j'appuie sur le stratégiquement.

— D'autant que vert, dis-je, argumentant avec mauvaise foi, avec tout ce qui se passe en ce moment ils risquent de trouver ça tangent.

— Par rapport à l'écologie ?

— Forcément, c'est... Vous savez bien comment fonctionnent les étages supérieurs, le cocktail de réveillon de la Fondation est le seul truc un peu glamour de cette tour, il y en a toujours qui rappliquent. Je préfère que l'on ne fasse rien cette année plutôt qu'un truc tangent. Même si c'est l'an 2000.

Je n'arrive pas à voir ce qu'il se passe en bas, si le pitt-bull est mort, en tout cas la voiture est toujours là et la noire et blanche de la police aussi.

Peut-être attendent-t-ils une ambulance pour le chien ?

— Bon, dit mon assistante, je vais l'appeler sur son portable.

Nous laissons passer quelques instants de silence, satisfaits d'avoir trouvé une solution.

— Je ne sais pas s'il vous en a parlé mais il voudrait aussi venir avec vous au rendez-vous avec monsieur Klingston.

Cette fois je ne tergiverse pas, je dis, réellement agacé :

— C'est hors de question, dites-lui que Klingston est déjà assez dur à gérer, je ne tiens pas à compliquer les choses.

De nouveau un silence. Puis elle s'enquiert, sans trop s'avancer – je suppose qu'elle doit se douter de quelque chose. Et votre... c'était bien quoi, Dakar, c'était... vous avez rencontré des artistes intéressants ? et je dis Oui, oui, très, d'une voix atone, et j'ajoute, pour expliquer mon manque de volubilité sur ce sujet : Fatiguant surtout, grève d'Air France... retard d'Air Afrique, bordel Air Afrique quoi, j'ai cru que j'allais passer le réveillon à l'aéroport de Dakar et puis tempête, tempête quoi, tempête folie... on a ... escale prolongée à Nouakchott... c'est... Mauritanie quoi, bédouins, bédouins du désert. J'arrive juste en fait, et là, pitt-bull quoi, c'est...

Je n'ai pas encore défait mon sac avec les sculptures de robots dedans qui ressemblent à des créatures déviantes d'un monde technologique retourné au mystère et au chaos.

Elle dit, se voulant certainement compréhensive : Ah, oui, je… je vois… je vois Gentil Patron, vous devez être… out ? J'acquiesce et là-dessus, nous raccrochons, après qu'elle eut pris la peine de me rappeler mon rendez-vous avec Klingston le lendemain matin.

Dehors le vent est encore violent, on voit partout des toits arrachés et des cheminées branlantes.

C'est bien une ambulance qui arrive, gyrophare allumé pour le chien.

4.

Batman pense que Marc Andréoni est une taupe et qu'il vaut mieux faire le dos rond en attendant.

Je n'ai pas d'avis sur la question, je sais juste que sur ce genre de situation les intuitions de Batman sont souvent justes.

— C'est quand même dingue ce pitt-bull, je murmure tout bas, pour moi-même, sans parvenir à être très convaincant. Quelle violence ! Quelle violence à Paris !

Je suis adossé au bureau que l'on m'a livré pendant mon absence, le regard un peu perdu, tandis que le mur, finissant par accoucher d'une cosmogonie compliquée, hérissé de pointes et d'idées graphiques diverses, ondule gentiment, et que je m'imagine, sans raison, invoquant les esprits, et aussi que quelque part, peut-être, depuis une autre dimension, les armées de Dieu se sont mises en marche pour venir me chercher et qu'il ne me reste plus énormément de temps à passer ici-bas.

Ce voyage en Afrique m'a littéralement flingué.

Je reste songeur, soupesant ce qu'il en serait si vraiment c'était le cas, que les armées se soient mises en marche, et surtout comment viendraient-elles me chercher ? (*par télékinésie ? en soucoupe volante ?*), soupesant aussi ce qu'il se passe lorsque quelqu'un devient tout simplement dingue pile quelques instants avant la fin officielle du deuxième millénaire. Je n'ai qu'une envie c'est de me coucher et de dormir.

5.

Et quand le téléphone ressonne je laisse le répondeur, je suis sûr à deux cents pour cent que c'est soit Batman, soit, pire, Marc Andréoni, qui m'appelle pour tirer au clair cette histoire de souris verte, et ça c'est tout simplement au-dessus de mes forces.

La maxime fulgurante que je suis arrivé à pondre pour l'idée de jeu artistique auquel Klingston nous a conviés, moi et d'autres décisionnaires institutionnels, est la suivante :

« *La poésie, au contraire du romanesque, échappait à tout et tombait du ciel* », ou – je garde sous le coude une légère variante : « *La poésie, à la différence du romanesque, tributaire des lois de la causalité et donc des lois d'enchaînement régissant le monde, échappait à tout et tombait du ciel.* »

Je l'ai peinte quelques instants avant le coup de téléphone d'Angèle au feutre noir sur un bout de carton, après y avoir pensé pendant le voyage, en attendant l'avion dans la salle d'attente de l'aéroport de Dakar.

Le feutre a bavé sur le carton, ce qui donne au texte un côté maladroit et pas du tout charmant.

Au moment où je le relis encore une fois, supputant sa force et ses implications – ce qui m'apparaissait limpide au moment où j'en ai eu l'idée me semble maintenant à la limite de l'obscur –, le répondeur s'anime, une chose inerte douée soudain de raison qui parlerait du nez et aurait le don de nous interpeller, nous les pauvres humains dépassés par la technologie.

— C'est Bat, dit le répondeur, comme je m'y attendais, je t'ai déjà laissé un message sur ton portable. J'espère que tu es bien rentré et que ton voyage s'est bien passé. Je ne retrouve pas le dossier étiqueté A4. Il faudrait essayer de le retrouver.

A4 correspond à un code, qui signifie la prudence est de rigueur, les choses s'aggravent. Les codes ont été mis en place par Batman récemment, au cas où. Les événements lui donnent raison. Ça barde de partout. Seulement dans ce cas je ne comprends pas pourquoi il m'appelle chez moi, un dimanche. Peut-être est-il en train de craquer lui aussi. Peut-être qu'il n'en a plus rien à foutre de rien. Qu'il sait que c'est cuit, que la fête est terminée, et que si les pontes et les ministres y avaient droit, nous aussi, les sous-fifres, la valetaille, allions y passer, c'était mathématique.

Il raccroche. Le répondeur fait bip-bip, et le ton qu'il a eu, objectivement sinistre, me semble comme un interlude désagréable dans cette journée déjà traumatisée par la tempête, un supplément à mon stress post-voyage en même temps qu'un rappel d'une série d'événements regrettables – que j'avais plus ou moins zappés pendant ma semaine en Afrique –, et même si je fais semblant de m'en fiche un peu, de ne pas prendre tout cela au sérieux, l'avertissement me trotte dans la tête une partie de l'après-midi, et j'ai beau me dire – pour la énième fois –, après tout où était le mal ?, qu'avions-nous *vraiment* fait de mal ? qu'est-ce que j'avais, moi personnellement, *fait* de mal, transporter des enveloppes avec de l'*argent* ? et alors ? je sais bien que ce n'est pas suffisant, pas un argument convaincant, pas avec les histoires que m'avait racontées Batman, pas si l'édifice vacillait vraiment (ce qui, convenons-en, était le cas, les mises en examen se succédaient et certaines révélations distillées par la presse défiaient l'entendement, même pour moi).

Ce qui était certain c'est que même si j'arrivais encore à passer entre les gouttes, s'ils poussaient plus loin, décidaient une commission d'enquête, si ça chauffait vraiment, s'ils allaient jusqu'au bout comme ils avaient l'air de vouloir le faire, alors c'était au minimum au revoir les cinquante mille francs par mois et l'appartement et les avantages divers, et les stupidités dans les galeries d'art contemporain, et tout le reste, une tranquillité d'esprit pratiquement constante, une vie prise en charge et dévouée aux problèmes métaphysiques.

J'avais fini par rappeler Batman d'une cabine, en laissant sonner deux fois, pour que le numéro s'affiche sur son portable, et attendu ensuite qu'il me rappelle, lui aussi d'une cabine, selon la procédure établie, comme une espèce d'agent secret en peau de lapin se prêtant de mauvaise grâce à un jeu ridicule.

La solution intermédiaire était que je retourne en prison.

La pire que je me fasse flinguer.

— C'est moi, dis-je, assez inquiet, en fait, de toutes ces réflexions.

— Je m'en doute, dit Batman.

La dernière fois que nous nous sommes parlé j'étais bloqué au Sénégal, Air Afrique venait d'annoncer que le vol ne partirait pas avant le lendemain.

Je me sens complètement déconnecté.

Au milieu de l'avenue Daumesnil un groupe de femmes traversent, elles tiennent des sacs en plastique avec des courses dedans, peut-être des cadeaux pour le réveillon, celle du milieu ressemble de manière troublante à Betty Page quand elle est attachée les mains derrière le dos, bâillonnée, photographiée en noir et blanc par John Willie. Celle de droite trottine légèrement derrière, parce qu'elle est plus petite, ou moins vaillante, elle marche moins vite. Je me demande quel goût a la brune quand on l'embrasse, si elle sent bon, ce qu'elle pense.

— Il y a des problèmes dans toute l'installation électrique, continue Batman, la personne qui a provoqué le court-circuit de départ est en train d'endommager l'intégralité du système. Ils ont été obligés de retirer un des éléments dans la boîte de fusibles.

— Qu'est-ce que je dois faire ?

Qu'est-ce que je dois faire en plus de ce que j'ai déjà fait Bat, en plus d'aller au fin fond de la brousse porter un passeport balourd à Numéro 3 qui l'attendait pour se barrer au Costa-Rica à la barbe de la justice française ?

— Rien. Fais attention, c'est tout. On n'a pas toutes les informations sur l'étendue de leurs découvertes. Je n'arrive pas à savoir si toi et moi on est passé dans leur champ de vision. – il laisse passer un temps – En tout cas bravo, t'as assuré…

Autant dire que de sa part c'est un peu comme si Napoléon m'avait touché l'oreille.

— C'est rien, je dis, il faisait juste un peu… chaud, quoi, c'était… pas vraiment climatisé…

— Tu me raconteras, me coupe-t-il, je suis sûr que tu as bien trouvé une coupure pour t'en payer une tranche.

Il doit s'imaginer que j'ai passé mon temps à niquer des Négresses à demi nubiles, ou quelque chose de ce genre.

— On se voit demain ? je dis, pour couper court moi aussi.

— Oui, mais pas au bureau. À l'endroit que je t'ai dit la dernière fois.

Je dis Oui, d'accord, je vois, mais en fin de matinée alors, parce qu'avant j'ai un rendez-vous pour une expo.

Nous convenons d'onze heures.

Quand je raccroche Betty Page a disparu. Ses amies aussi. Peut-être happées par un monstre horrible que je n'ai pas vu venir.

Le fond du ciel ressemble à une aquarelle livide. Personne ne semble particulièrement préoccupé par l'imminence de l'an 2000.

Je repense à l'Anglaise lépreuse qui m'a parlé à Bakel et je me demande ce qu'elle peut fabriquer à cet instant.

Rien vraisemblablement. Attendre la mort patiemment.

6.

C'est le lendemain, en voyant les gros titres sur la disparition du juge que ce qui depuis dix ans m'avait paru plus ou moins une sorte de bande dessinée avait pris la consistance désagréable d'un problème personnel.

Un cran de plus dans les vents sournois qui s'étaient levés après l'été et auxquels personne ne paraissait être capable d'échapper. Apparemment même pas ceux (comme le juge) qui les avaient déclenchés.

En allant à la réunion avec Klingston il me semble qu'une voiture essaye de m'écraser, et encore une fois je tente d'évaluer de quelle manière un basculement dans la paranoïa (le monde se peuplant en permanence de signes hostiles à *décoder*) est ou non prévisible, souhaitable, ou tout simplement inévitable.

Le hangar où nous avons rendez-vous avec Klingston est cerné par un chantier boueux.

À l'arrêt de bus mitoyen un homme portant un anorak orange déchiré affiche un air hagard, affolant de désarroi, à tel point que je me demande si je dois lui adresser la parole pour vérifier si ça va ou pas, et puis je ne le fais pas, et de toute façon le bus arrive et l'homme monte dedans et se trouve aspiré par les mouvements de la ville.

Après l'Afrique j'ai l'impression qu'ici on gèle.

Klingston et les autres sont déjà là, je suis le dernier et quand je les vois je m'excuse et coupe mon portable. On y va dit Klingston, et nous rentrons. Fabrice Hybert est en train de discuter avec des journalistes d'*Art Press*, et les ouvriers se tiennent à côté, attentifs, et, certainement, un peu désarçonnés.

Fabrice leur a fait confectionner des radiateurs en plexiglas thermique pour une maison de verre, dans le sud de la France, qu'il a appelée *La Maison du bonheur*.

Tout le monde trouve ça super.

D'un certain point de vue moi aussi.

C'est super.

7.

— Un jeu, avait répété Klingston, quelque chose de purement ludique…

Sa silhouette se découpe sur un immense tirage photographique (de S[10] me semble-t-il, un artiste qui a plutôt la cote en ce moment, il y avait une rétrospective au Jeu de Paume le mois dernier, ou à la Maison de la Photo, je ne sais plus) que Fabrice a fait installer dans l'atelier de radiateurs. On voit deux moines gigantesques dont la robe est ceinte d'un yatagan. Les deux moines paraissent si menaçants qu'on les dirait sur le point de vouloir couper la tête de Klingston qui semble, par contre-coup, entre eux, légèrement amoindri.

— Un jeu, il avait encore insisté, juste un jeu. Comme si vous redeveniez des enfants, dans la même dynamique et la même spontanéité, mais avec plus de conscience.

Nous hochons tous la tête, approuvons, le type du ministère, que j'ai déjà vu plusieurs fois et qui s'appelle Gilles, opine, très concentré, et l'assistante de la responsable de la DRAC, qui depuis le début de la réunion prend stupidement des notes, n'a cette fois pas le courage d'inscrire sur son carnet cette injonction profonde, elle se contente de regarder l'artiste avec des yeux ronds, et, à un moment, effrayée certainement par ce que sous-entend pareille régression, elle tente une défausse, Je ne sais pas si… mais Klingston la coupe, Klingston n'a d'ailleurs même pas entendu, Klingston est bien au-delà de ces pudeurs et des gênes des uns et des autres, Klingston n'était-il pas… quoi, au juste? l'art contemporain à lui tout seul? le train de la création en marche vers le troisième millénaire? un nouveau Léonard de Vinci? et nous qui étions là aujourd'hui autour de lui bénéficions de son aura et partagions sa flamme. Elle avait refermé la bouche, mal à l'aise.

— Vous voyez ce que je veux dire, Louis, non?

J'avais dit Oui, je pense, en souriant moi aussi.

La poésie tombant du ciel et le romanesque n'étaient pas si mal, en tout cas pouvaient répondre aux critères de «*quelque chose de solide, une maxime, les points forts en quelques mots de votre projet…*» comme l'avait demandé Klingston. À chacun avait échu un thème, la conservatrice de Beaubourg avait tiré Soudure et Gestuelle, l'homme du ministère Les Croisements de sang et l'assistante de la responsable de la DRAC, décidément dans une énergie malchanceuse, Anus et Compassion, et à la lecture du papier annonçant ce sort funeste il m'avait semblé qu'elle avait blêmi.

— Si là, ici, tout de suite, j'entourais l'un d'entre vous d'un cadre, oui, comme un tableau, un joli cadre ouvragé et galvanisé de feuillures d'or, ne seriez-vous pas instantanément la plus belle des œuvres d'art, la plus belle des créations?

J'avais pour ma part eu droit à Classification et Morcellement.

— Les Croisements de sang? avait lancé, interrogatif, le type du ministère.

— Oui, Les Croisements de sang.

Le regard de Klingston s'était fait plus perçant. Avait jaugé le type du ministère, avait examiné très précisément sa capacité à *comprendre* et ensuite sa capacité à *faire,* et celui-ci, en réaction, avait alors hoché la tête d'un air entendu, entendu, et peut-être, hum, oui peut-être même inspiré, puis Klingston nous avait toisés un par un, comme un général vérifiant la capacité de ses troupes à remporter la bataille et après cet examen à priori conclu favorablement, je crois que nous avions tous laissé échapper un petit soupir de soulagement.

— Mais bien sûr, vous n'êtes pas non plus *réellement* des enfants, je compte sur vous pour jouer le jeu.

L'assistante de la responsable de la DRAC avait une fois encore ouvert la bouche.

— Le jeu, avait souligné la conservatrice, jouer le jeu, oui, bien sûr, pourquoi pas, le type du ministère clignait des yeux, ses paupières battaient au même rythme que le clignotement des guirlandes de Noël.

Faire des choses incroyables, avait réattaqué Klingston, se dépasser, n'avoir ni craintes ni limites.

— Mais quand même, avait dit la conservatrice de Beaubourg, vous n'attendez pas de nous des choses trop... scabreuses ? – elle avait étouffé un petit rire.

— Qu'entendez-vous par scabreuses ?

— Eh bien par exemple, avait-elle dit très crûment, si vous me demandiez de monter sur cette table et de faire pipi dans un pot de chambre, je pense que je refuserais.

À Munich, au Deutsche Pictures Festival, et c'est à ça que tout le monde devait penser, Klingston avait organisé un vernissage dans une piscine, avec comme œuvres rien moins que les invités en maillot de bain, éclairés d'une lumière bleue et bercés d'une symphonie de Mahler, un poney qui participait à l'opération avait failli se noyer en tombant dans le bassin. *Art Press* avait rendu compte de l'événement, il y avait une photo du poney avec les pompiers. On citait le nom du poney. Il s'appelait Popeye.

Cette fois le projet était moins immédiatement spectaculaire, il s'inscrivait dans une sorte de dérèglement du réel, mais un dérèglement agencé de la façon la plus anodine qui soit : une plate image électronique passant en boucle et rendant compte des heures de réunions où Klingston et ses mécènes (nous) débattraient de la couleur des murs de l'exposition, du lettrage des affiches, de la stratégie presse et de tous ces détails passionnants tels que les assurances, le transport des œuvres, la date du vernissage et la liste des invités, toutes ces petites choses qui vous donnent la certitude que non, décidément nous ne serions jamais partant pour l'Absolu et la planète Mars, que tout cela était vraiment trop loin et qu'une bonne vieille histoire de dépassement de budget nous attendait à la place, comme un éternel boulet auquel nos pieds seraient rivés.

8.

Quand Klingston avait proposé cette mise en place – quatre caméras DV judicieusement disposées qui capteraient les interventions des uns et des autres – de façon à proposer en plus de la rétrospective de ses travaux une réflexion sur les mécanismes subtils de la diffusion de l'art, la femme de Beaubourg en avait gloussé d'aise et avait lapé le bout de son critérium d'un petit coup de langue, ce qui je pense sur le moment lui avait échappé, mais s'était transformé en vigoureux hochements de tête quand le Maître avait repris, toujours souriant :

— Et si nous poussions le bouchon plus loin, et si chacun de vous transcendait encore cela et devenait partie prenante de l'exposition, comme si c'était un jeu, comme si nos vies n'étaient rien d'autre que cela, un jeu, une sorte de scrabble ? – il avait toussé, s'était repris – Un échiquier multicolore dont vous seriez à la fois les... pièces et le joueur.

Cette idée de faire en plus, d'une manière impromptue, œuvre de cette dernière semaine du millénaire et de nous impliquer, nous les sponsors, avait dû germer soudain dans l'esprit de Klingston, car il nous avait fait part de cette proposition d'une voix enflammée dès la première réunion, dans la salle de jeux du gymnase d'une annexe du ministère, un de ces espaces remplis de balles en mousse et entourés de filets où les jeunes bambins peuvent s'ébattre en toute liberté sans inquiéter leurs parents, le genre de décor qu'aurait pu prendre en photo Andréas Gursky ou (un peu *reconstruit)* Thomas Demand. Un endroit parfait pour nos enfantillages, avait dit Klingston.

Dès les premiers contacts c'est vrai qu'il avait le chic pour vous faire entrer dans quelque chose de spécial, comme si, ma foi, ce truc moche et bleu sur lequel vous vous asseyiez, une chaise en fait, n'était plus seulement une chaise mais l'un des éléments d'une fresque grandiose que vous n'aviez pas bien su voir jusque-là, la petite touche manquant à la beauté du monde.

On en avait le cœur qui palpitait.

Jean Pougny, *La Boule blanche*. 1915. Ou, par exemple, autre direction possible, plus récente, Peter Behrens. *Ventilateur GBI*.

Depuis un moment j'ai une fâcheuse tendance à superposer une œuvre à tout ce que je vois. Je me demande à quoi ça correspond, si c'est une sorte de tic, une défense...

— Un échiquier où nous serions les pièces et le joueur...

Et cela devenait presque une magie, non le monde moderne n'était pas vilain et disgracieux, il était en réalité charmant et pétillant de beauté, et nous, oui, nous qui étions là et qui écoutions le Maître, prenions conscience que notre personne, tout comme la moche chaise, avait aussi sa place dans l'harmonieuse construction de l'univers. Duchamp..., avait soupiré le type du ministère, évidemment Duchamp !

Pour fédérer cette aventure artistique hors du commun, Klingston avait trouvé un titre : LA SEMAINE DE L'AVANT.

— Extraordinaire, m'avait glissé le type du ministère, je ne sais pas comment vous vous sentez mais moi je suis galvanisé.

Et d'une certaine façon les théories de Klingston (l'art n'est qu'une question d'attitude et de regard) rejoignaient la tâche immense que lui-même s'était fixée : essayer d'accroître la diffusion de la culture, la faire descendre dans ces endroits reculés de la planète où elle était encore absente, toucher les gens, toucher le quotidien, sortir des musées. C'est lui notamment qui avait mis sur pied – quand il me parlait à certains moments je détournais la tête, gêné – le concours *Poésie et Boulangerie/Charcuterie* – les poèmes gagnants affichés dans les vitrines des petits commerçants –, concours qui avait donné un certain nombre de résultats, 6882 poèmes reçus, 36 lauréats, une plaquette publiée et distribuée gratuitement à cent mille exemplaires, le poème gagnant s'intitulait *Le Chapon rouge* – non pas d'ailleurs que l'initiative soit stupide, ou quoi que ce soit de ce genre, non ce qui était gênant c'est l'air qu'il prenait pour vous en parler, comme si un truc équivalent au Bon Dieu était venu le visiter, ou même pas d'ailleurs, juste l'air de quelqu'un qui s'applique à faire un truc vachement chouette – *Un chapon aux caroncules étincelantes – Un matin fit une fiente – Toi qui n'es qu'un lapinou – Emmène-moi sur ton chouchou – Ma mélodie raconte – L'histoire de ce conte – Que l'on m'a raconté.*

C'était la deuxième fois qu'il me le récitait, sans que j'arrive à cerner s'il était complètement con ou juste légèrement à côté de la plaque, pris dans ce genre de logique qui vous fait facilement prendre tout au long d'une vie des vessies pour des lanternes.

— Oh oui, moi aussi, avais-je rétorqué, vous avez raison, je suis galvanisé moi aussi.

À certains moments dans ces réunions je me demandais ce qu'on foutait tous là. Ce qui se serait passé si le plafond nous était tombé sur la tête et nous avait ensevelis. Rien je suppose. Rien du tout. Le plus marrant c'est qu'en termes de nombre l'art contemporain intéressait un nombre riquiqui de gens. Même pas, à l'échelle de la planète, quelque chose de quantifiable.

Cela dit, étrangement, ce n'était pas tout à fait faux, moi aussi je me sentais galvanisé. Cette histoire rejoignait des choses que j'essayais de faire moi-même depuis que j'étais sorti de prison, ou plutôt dont j'avais le projet – même si j'avais du mal à passer à l'action, par exemple faire des portraits psychiques de gens pris au hasard, en mêlant diverses formes d'expressions, pour tenter une représentation globale de la personne. Ou tracer des cartes de pays énergétiques, selon l'itinéraire de la journée ou de la semaine, et les gens rencontrés.

Classification et Morcellement, j'avais donc commencé à y penser le soir même, comme si un nuage était venu m'entourer de son aura bizarre, prends ta vie, un morceau de ta vie, que tu poseras sur un socle spécial, une table, propre et lustrée pour la circonstance, de tes états d'âme et de ton petit déjeuner tu feras une sculpture et de l'immeuble voisin le sujet d'une photo et même si ces choses n'existent pas réellement, tu les feras naître dans un coin de ton esprit et tout alors prendra la couleur, cette teinte merveilleusement bariolée qu'ont certaines salles de musée d'art moderne, si tonique et si acidulée, comme les livres et les jouets que maintenant l'on fait pour éveiller les enfants. Je pense à la réflexion que c'était une bonne manière de se détourner de cette apathie existentielle qui semblait suinter de partout. Je ne me voyais pas très bien aller acheter une dinde. Ni des boules pour un sapin. Somme toute le projet de Klingston était aussi attrayant qu'un autre.

— C'est vraiment une très bonne idée, avait opiné vigoureusement la responsable de la DRAC, à la première réunion, très, très vraiment.

Mais la pute, prudente, avait quand même envoyé à sa place dès le deuxième rendez-vous son assistante, faire de l'art, se faire filmer et peut-être aussi (avec ce Klingston attendez-vous à tout, en Suisse il a réussi à faire tourner un film porno, sous couvert d'une performance, au recteur du musée de Bâle, si, si, sous les yeux de sa femme!) faire réellement pipi dans un pot de chambre sur la table de la salle de réunion. Assistante qui maintenant fixait ce titre affreux Anus et Compassion, atterrée. Faisait-on des études pour devenir assistante de la responsable de la DRAC? m'étais-je demandé en la voyant rouler des gros yeux inquiets, des études longues et coûteuses? Vraisemblablement.

Elle portait des lunettes surdimensionnées et son visage était plutôt avenant.

J'aurais bien essayé de la sauter.

Elle avait rangé sa feuille Anus et Compassion dans un petit sac à dos en plastique rouge.

Si vous êtes d'accord, faisons un point à la fin de l'année et réveillonnons ensemble, avait murmuré Klingston avec un sourire si... si énigmatique, si mystérieux...

Vous ne trouvez pas que même dans son air il y a quelque chose d'artistique? s'était émerveillé Ministère.

Le réveillon tombait un vendredi et donc le premier jour du siècle, – du troisième millénaire selon le calendrier chrétien – serait un samedi, et peut-être alors que nous, les terriens, rendus fous par la contre-performance des informaticiens, le bug – comme dans ces civilisations antiques quand les prêtres faillissaient – sortirions au matin, dans une ville sans lumière, sans distributeur d'argent, sans plus rien, et crierions, pris de boisson, des injures à ces programmateurs imprudents qui dans leur aveuglement et leur ivresse de toute-puissance avaient bêtement oublié qu'un jour viendrait où le 2 remplacerait le 1.

Le bug était attendu et redouté et constituerait un premier test pour la civilisation à venir, le futur, ce futur qui avait habité le XXe siècle, dans une recherche permanente de vitesse et de modernité, plus vite, plus différent, plus nouveau, pour rattraper enfin ce moment suprême où nous aurions des combinaisons brillantes, des fusées, des robots parlants et des immeubles et des voitures aux formes design plus hype encore que ceux des martiens, et l'an 2000 constituait la borne magique, le début de la ligne d'arrivée, ô oui ça y est, ça y est nous y sommes enfin!

Trébucher à cet instant précis à cause d'une mesquine histoire de numéro aurait été stupide et indigne de cette longue transhumance qui nous avait conduits jusqu'ici (au final cette histoire de bug ne serait juste qu'un gros pétard mouillé dont personne n'allait plus se souvenir dans les trois heures du nouveau siècle mais sur le moment, amplifiée par le tambour des médias, elle prenait presque la place symbolique d'une possible resucée des peurs de l'an mille).

— Eh bien, au réveillon, donc…

Et entre-temps j'avais dû filer en Afrique, porter un passeport à Numéro 3 qui s'était carapaté en quatrième vitesse à bord de son jet privé parce que les poulets étaient sur le point d'investir son hôtel particulier et que ça chiait de partout.

9.

Je dis au revoir à Fabrice, qui est toujours avec les journalistes d'*Art Press*, que je connais également et que je salue, l'assistante de la DRAC me propose de partager un taxi mais nous n'allons pas dans la même direction et j'en appelle un grâce à l'abonnement affaires de Source. Je donne mon code et la dispatcheuse me dit qu'une voiture sera là dans environ sept minutes. Au moment de sortir de l'atelier où les radiateurs en plexiglas gisent sur le sol, comme des victimes déjà mortes d'une guerre atroce et incompréhensible, je pense que de l'autre côté du boulevard se dressait avant l'hôpital spécialisé dans les maladies infectieuses qui a été démoli depuis et remplacé, c'est là qu'Hervé Guibert allait se faire soigner au début du sida, il le raconte dans un de ses livres, mais je ne me souviens plus du titre, juste de sa description, de son errance dans ce lieu désert et déjà presque désaffecté. Le taxi arrive et je fonce au rendez-vous, je vais avoir des nouvelles des enquêtes en cours et des derniers rebondissements rocambolesques dont Batman n'est jamais avare.

Je me demande si une nouvelle mission m'attend. Si après dix ans à m'être juste contenté de faire le porteur de valises il va falloir me transformer non stop en James Bond.

10.

Le taxi s'engouffre place de l'Étoile et pour une raison que je ne m'explique pas (la tempête ? les préparatifs de l'an 2000 ?) nous devons en faire plusieurs fois le tour, comme les intervenants inconscients d'un sketch absurde, à chaque tentative du chauffeur pour s'engager dans l'avenue Marceau nous sommes refoulés par un agent qui siffle, tant et si bien que je me fais déposer là et que je décide de finir à pied.

Sur les Champs-Élysées des équipes de saltimbanques sont en train de monter les grandes roues, point d'orgue de la soirée du réveillon. Le verre éclaté d'un abribus dévasté par le vent gît sur un trottoir, on a juste mis une bande de chantier autour des éclats qui sont répandus comme des morceaux fracassés de pierre précieuse pour ne pas que des gens se blessent. Il me semble distinguer une organisation logique, voire un dessein, dans la mosaïque ainsi étalée sur le sol, mais je n'en suis pas certain.

11.

Je descends l'avenue George-V. Deux call-girls russes sortent du Baron, l'une a un œil au beurre noir et l'autre un air un peu triste et dit à son amie quelque chose que je ne comprends pas. Un peu décalé par rapport à elles une star de cinéma assez connue pousse la porte de l'agence d'acteurs Artmédia. Je pense à une autre possibilité pour démarrer ma semaine de l'Avent, à savoir une phrase de Mallarmé : « *La poésie est l'expression, par le langage humain ramené à son rythme essentiel, du sens mystérieux des aspects de l'existence : elle dote ainsi d'authenticité notre séjour et constitue la seule tâche spirituelle...* » que j'avais découpée il y a longtemps. Mais je me dis que la mienne est quand même mieux, en tout cas plus personnelle. D'ailleurs chaque petit événement — les pompiers bloquant une partie de l'avenue et s'affairant pour maîtriser un incendie qui vient de se déclarer dans une chambre du George V, les gens de la voirie dégageant les arbres abattus par le vent qui ont défoncé les voitures en stationnement — pouvait être pris entre ces deux implacables baguettes, le Romanesque et la Poésie. Et à ce moment de la proposition tout un orchestre de trompettes et de tam-tams fait vibrer l'air du huitième arrondissement – et la poésie, boum, boum, bien sûr, échappait à tout, boum, boum, et tombait du ciel –, et c'est sur ce tempo, perdu dans mes supputations, que je coupe le bout de la rue Marbeuf, atterré à l'idée de ce réveillon, atterré à l'idée qu'il ne se passe rien, que l'an 2000 ne soit qu'une farce, et cet accès de naïveté me navre, ma connerie et ma candeur devant cet espoir stupide qu'il pourrait survenir un fait étrange – n'importe quoi, un détail infime – qui nous confirme que les choses ont bien un sens.

Mais bien sûr ce ne sera pas le cas.

Les choses n'ont évidemment que le sens que nous leur donnons.

Et même cela, depuis quelque temps, devient tangent.

Je suis encore complètement déphasé après mon intermède africain.

Je reviens donc à cette histoire de commission d'enquête, autrement plus préoccupante que la marche cachée du monde et l'état du tiers-monde et le pouvoir mystérieux des femmes lépreuses et je me rassure encore en me disant que contre moi personnellement il n'y a vraiment pas de quoi fouetter un chat. Pas au regard du reste. Pas avec tout ce qu'il s'est passé aux échelons supérieurs, et pour me forcer à chasser des pensées qui pourraient vite devenir sinistres j'essaye de m'axer de nouveau sur le projet de Klingston, faire de cette semaine une gigantesque et invisible exposition d'art contemporain. Exposition dont la tempête serait le canevas et le point d'orgue, rien de moins. Une mise en forme définitive de cette fin de siècle rassemblant à peu près mes états d'âme et mes revendications. La mémoire imprécise de ces milliers d'années accumulées pour arriver à ça, moi, un humain moyen, marchant vers le bas de l'avenue George V par une matinée d'hiver, un peu fatigué, abruti, – et je pense à Paul Klee, dont le tableau intitulé *Le Masque de l'acteur*, ou quelque chose d'approchant, se superpose avec la vedette de cinéma sortant de l'agence artistique –, un humain moyen essayant de récapituler sur le bout de ses doigts ce que nous pourrions garder comme trace d'aujourd'hui, un morceau de feu rouge, le souvenir d'une ou deux publicités ou la tête des gens, la même certainement qu'à toutes les époques, avec des coupes de cheveux différentes, d'autres vêtements, mais certainement la même lueur au fond des yeux, plus ou moins allumée, plus ou moins brillante, les mêmes certitudes engoncées et l'opiniâtreté, vaille que vaille, de continuer à avancer vers la mort sans jamais rien comprendre ni entrevoir la lumière, zombies vaguement habités par la présence virtuelle d'un paradis perdu. Paradis dont on n'avait aucune nouvelle si ce n'est cette évidence d'un grand trou noir qui aspirait tout le monde. Une fosse obscure où l'on disparaîtrait comme des crottes. Sur ces considérations pessimistes la vigie de Christophe Colomb crie Terre, terre, et je comprends que nous arrivons en vue du pont de l'Alma où des mouettes mal remises de la tempête piaillent en volant en cercles. Leurs cris font un contrepoint saisissant à la sonnerie aigrelette de mon portable.

— Bon, dit Batman, j'ai un petit accrochage avec une 404, je vais avoir un peu de retard.

OK dit Christophe Colomb. Ramenez les écoutilles à leur niveau de viabilité maximale. Autorisation d'atterrir accordée.

Une sculpture de Rudolf Belling, évoquant vaguement une cafetière, se dresse en filigrane de la silhouette d'un bus – 404 était le code 3 et voulait dire avant d'arriver au rendez-vous vérifier que l'on n'est pas suivi et pour cela prendre le métro, laisser passer au moins une station, redescendre, et revenir dans l'autre sens. Un camion bloque le passage du bus, le bus klaxonne. Je traverse, dis Pas de problème, je fais un tour en t'attendant. J'achetais *Pariscope,* faisais volte-face, remontais l'avenue, mais sans prendre le métro, après tout si lui téléphonait chez moi un dimanche pourquoi me ferais-je chier à prendre le métro ? Pas de raisons. De toute façon, non, il n'y avait personne de suspect, ou alors ils étaient bien cachés, mais méfions-nous quand même, les martiens ont plus d'un tour dans leur sac. Et puis j'en avais marre des consignes de sécurité. Elles ne servaient plus à rien. Ceux qui balançaient en haut lieu les avaient rendues obsolètes.

Batman était trop nerveux. Ça ne faisait qu'empirer les choses.

Pourquoi sommes-nous là et sur terre qui fait quoi ? disait alors quelqu'un à la hauteur de Diwan, le traiteur libanais, Quand tu penses qu'il devait y avoir beaucoup d'appelés et peu d'élus…

Quels appelés ? Quels élus ? répondait son copain On se fout de nous, oui, j'ai fait onze ans de yoga et j'ai même pas entendu ne serait-ce que le téléphone sonner. Toutes ces histoires d'âge de Cristal et d'ère du Verseau c'est encore une foutaise de plus, en ce moment je ne sais pas ce que j'ai, je le sens plus.

Prends de la gelée royale répondait son interlocuteur, tu verras avec du ginseng c'est absolument formidable.

C'est tellement juste que je suis sur le point de renchérir et de leur proposer de créer un mouvement, les déçus, voilà, nous sommes déçus Dieu, nous sommes déçus le Hasard, nous sommes déçus l'Existentialisme, nous sommes déçus le Système Marchand. Nous avons le blues et nous voudrions des… oui, des dommages et intérêts. De la gelée royale. Plus de foutaises. Plus de fausses promesses. Du gingembre !

Le chauffeur du camion sortait en courant d'un immeuble. Le bus arrêtait de klaxonner et insultait le camion. Un type de la voirie hurlait Attention, attention, elle tombe. Une énorme branche finissait d'écrabouiller le pare-brise d'une Safrane immatriculée CD. Merde disait Christophe Colomb, fait chier, vous pourriez faire attention et j'ai beau regarder partout, revenir sur mes pas, entrer dans un immeuble et ressortir personne ne nous suit, et je me dis qu'évidemment oui ces histoires d'ère du Verseau et d'âge de Cristal sont bien sûr la dernière grosse couleuvre à laquelle d'ailleurs très peu de gens ont cru et que de toute façon tout, le contraire de tout, et encore son inverse a été fait, prôné, mis en pratique et que pourtant le jour de la Fin du Grand Mystère n'est pas encore au rendez-vous.

Ce jour béni où l'épuisante marche de l'humanité à travers les siècles prendrait fin et alors aurait lieu la grosse-grosse bamboula, la fiesta du diable, avec des cuisses de poulets fermiers et peut-être même de la confiture d'oignons confits, de la musique et l'on danserait, il y aurait Luis Mariano et tout le monde *croirait à l'amour, aimerait pour toujours.*

Aussi longtemps que la fin des jours.

Mais en attendant les gens étaient perdus, comme moi, comme Batman, comme le juge, comme tout le monde, les gens regardaient le plafond des couloirs du métro, regardaient la couleur terne du ciel dans les grandes villes et implacablement, malgré tout, le compteur sur la tour Eiffel continuait de tourner, implacablement il fallait se lever le matin et même si parfois certains se piquaient d'atteindre un absolu – quoi ? la maison du Seigneur ? le souffle suave du nirvana ? –, ou en tout cas une certaine hauteur, en réalité personne, ni moine zen ni philosophe n'échappait à ce malaise qui vous prenait à la sortie du Monoprix, à dix-neuf heures trente-huit, quand après vingt-cinq minutes de queue, Passez à l'autre caisse monsieur s'il vous plaît, maintenant introduisez votre carte dans le petit appareil, allez-y monsieur faites votre code, les haut-parleurs diffusent cette musique horripilante et des annonces, il fait chaud dans le magasin et comme dehors c'est l'inverse vous êtes trop couvert et vous transpirez, Recommencez monsieur s'il vous plaît, une autre caisse vient de fermer, les gens s'impatientent, Je suis désolée monsieur mais ça ne passe pas. Comment ça, ça ne passe pas? Non ça fait connexion/abandon, et vous n'avez pas votre chéquier. Le temps de sortir du magasin pour aller à un distributeur, revenir, refaire la queue, l'heure fatale de la fermeture aura sonné, alors vous restez hébété, incapable de prendre une décision et quelqu'un dans la queue vous insulte, oui vous insulte, vous dit Il va dégager Ducon avec sa carte foireuse et à cet instant précis, particulièrement, comme en plus vous avez un rhume et donc un peu mal à la tête, l'idée de Dieu et des élus vous paraît non seulement abstraite mais totalement saugrenue.

Et encore nous avions la chance de pouvoir avoir ce coup de mou dans un Monoprix, ce qui n'était pas le cas en Afrique. Mais de penser au type que j'ai vu à Bamako recroquevillé sur son tas d'ordures avec ses moignons lépreux en train de suçoter des déchets pleins de merde me déprime, alors je zappe et je reviens au pont de l'Alma et au problème de Dieu.

Devant la brasserie « Chez Francis » les guirlandes lumineuses au-dessus du carrefour sont toutes à moitié arrachées. La devanture, en lettres blanches, annonce une arrivée d'huîtres extra.

12.

Sur le trottoir d'en face un couple s'enlace. La fille, – dans les dix-huit ans, piercing, blonde –, regarde en direction de la Seine d'un air ennuyé. Le garçon – même âge, piercing, brun – se pelotonne dans le creux de son épaule, amoureux, lui marmonnant des niaiseries.

Je note qu'ils ont tous les deux un blouson orange presque fluorescent.

Le rendez-vous avec Batman est fixé au pied de la flamme de la Liberté, au-dessus du souterrain tragique où cette pauvre Diana, princesse d'Angleterre, s'est écrabouillée. J'ouvre *Pariscope*, qui mentionne, concernant une exposition que la Fondation Source a sponsorisée, « *une série de variations sur les menstruations féminines* ».

Je me demande si je vais retourner en prison, ou pas.

En attendant l'arrivée de Batman, je lis les petits mots que les dévots ont laissés, scotchés sur le bronze, à l'objet de leur adoration.

Ils sont édifiants :

Princesse chérie – Je viens vous témoigner toute ma reconnaissance – vous étiez si gentille et si belle – Pour Diana et Dodi – J'espère que votre vie est meilleure là-bas. Paix à votre âme.

Arrissa de Lyon.

I love you and will never forget how much you loved.

Jackie and Bobby – Kentucky.

Le livre de la vie.est un livre suprême.qu'on peut ouvrir.ou fermer à son choix.on voudrait le garder.à la page où l'on aime. mais la page où l'on meurt.est déjà sous nos doigts.

Martin – Vélizy.

Il y a aussi des bijoux collés, des fleurs, une bougie dans un pot à moutarde Babar, des mots en japonais, en tchèque, et en turc.

Une ode en trois dimensions à la perpétuité de notre connerie.

De l'autre côté de la rue, la fille a l'air en colère. Le garçon bouge le menton mollement, de haut en bas, affiche une mine de circonstance.

Que restait-il des images pieuses qui avaient bercé les siècles ? Pas grand-chose, une déesse qui se faisait niquer par son prof de gym et un prophète à trois sous, concepteur de best-sellers et de lunettes de soleil, qui avait annoncé une fausse apocalypse au moment d'une éclipse de soleil, trois mois plus tôt.

La mort de Lady Di – et demain une autre crétine la remplacerait – avait rencontré un écho considérable, une déferlante qui avait gagné le monde entier, donnant lieu à un véritable culte.

Et comment a péri notre nouvelle recrue demandait le Seigneur du haut de son nuage, quel martyr a-t-elle subi ? Par quel lion son petit cœur sanguinolent s'est-il fait dévorer ? Devant ces questions, saint Pierre prenait un air gêné et Dieu disait quoi, des paparazzis ? Ah bon, et le chauffeur était bourré ? Ils sortaient du Ritz ? Oui Seigneur, mais elle venait de subir une séance d'épilation particulièrement douloureuse, une épilation maillot je crois. Hu-hu, faisait Dieu, hu-hu, et qui d'autre sinon, quel grand totem capable de fédérer nos administrés, hormis ce… styliste et cette… épilée ?

Force était de constater qu'il n'y avait pas grand-chose d'autre en stock. La famille Kennedy peut-être, vous savez ce John-John qui a péri en mer aux commandes de son avion privé – et là, à John-John, Dieu fait un petit geste de la main, un claquement de langue agacé, tsss, entre ses dents, et le reste de la phrase se perd dans les limbes du paradis. Non, soyons sérieux, il était clair que les figures un peu conséquentes qui avaient pu par le passé supporter le poids des projections humaines n'étaient plus, le moule était cassé.

Seuls quelques simples adhéraient encore à ce truc grotesque qu'avaient été les religions. La partie restante ayant compris depuis belle lurette que le truc important ne se jouait pas dans l'odeur d'encens ou à la synagogue mais là, sur l'écran publicitaire, avec de la *Vache qui rit* et ce superbe type bronzé, tu sais *L'Ami Ricorée,* celui du petit déjeuner, et à la fin Dieu téléphonait à Gelée Royale et à ses copains et ils tombaient tous d'accord sur le fait que c'était cuit.

Restait peut-être la génétique ? Une pilule miracle ? Une sélection au cordeau de la race ?

Peu importait d'ailleurs que cela rejoigne les théories exposées par Adolf Hitler dans *Mein Kampf* (l'éradication massive progressive de tous les affreux : « *Si, pendant six cents ans, les individus dégénérés physiquement ou souffrant* *de maladies mentales étaient mis hors d'état d'engendrer, l'humanité serait délivrée de maux d'une gravité incommensurable...* »*). L'important aurait été que cela marche, qu'enfin chaque nouvelle apparition du soleil ne soit plus contemplée que par des êtres au cœur joyeux et pur, sifflotant d'allégresse et pétillant d'intelligence.

Oui, la petite pilule aurait été dans le fond une sacrément bonne solution. Seulement, et tout le monde le déplorait, elle n'était pas arrivée. Pas de Père Noël pour l'humanité, pas de bonbon magique, et pas d'apocalypse non plus, – si ce n'est en France ce gros coup de mistral mais personne n'avait eu le culot d'y voir une quelconque manifestation des cieux – qui aurait eu le mérite de remettre les choses à leur place, de montrer, par le biais d'une salutaire fessée, que papa était bien là, qu'il n'avait pas fichu le camp. Ou pire (depuis Niestzche courait ce bruit alarmant), qu'il n'avait jamais existé ou qu'il était mort. Ainsi l'idée même d'une transformation, d'une terre promise surgissant de la brume, avait petit à petit déserté les esprits. On parlait de beaucoup d'autres choses, de la vache folle, du sida, des misères et de la guerre qui, si elle ne venait pas frapper à notre porte (à nous les chanceux qui nous gnougnoutions des mets fins en soupesant la pertinence ou non d'une psychanalyse) rôdait pourtant dans des environs de plus en plus proches. Tant et si bien que le plus ringard des prédicateurs n'aurait pas osé évoquer l'hypothèse, trop peu plausible, d'une ouverture vers l'Éden, tellement elle semblait loin d'une issue plausible. Ce qui se passait en réalité était terrible, nous, les humains, sans trop vraiment se l'avouer, nous n'y croyions plus.

* *Mein Kampf.*

Pour gérer ces nouvelles activités, l'homme doit donc apprendre à réfléchir, à organiser, à compter, à écrire : c'est-à-dire traiter l'information d'une façon nouvelle. Il met notamment au point un système à base de boules d'argile creuses remplies de jetons – Asie occidentale – qui sont considérées comme le « premier code de l'humanité » et qui met en évidence les fonctions classiques de notre époque de mémorisation (les boules et les jetons), d'entrée (confection de la boule et des jetons), de traitement (casse de la boule ou tri des jetons percés), de sortie (interprétation des jetons), de contrôle (comparaison du contenu du support avec l'objet de la transaction), de rétroaction (évolution progressive des surfaces des boules). L'écriture, inventée par la suite – -3 500 –, utilisera différents supports : pierre, bois, poterie, papyrus, parchemin.

Chapitre 2

La semaine de l'Avent

Apprenez donc ce qu'il convient d'entendre au sujet de la magie et qui va bien au-delà de tout ce qui en a été enseigné jusqu'ici ; et notamment ceci, que chaque art naît avec l'individu, c'est-à-dire que l'art et l'individu sont conçus ensemble.

1.

À onze heures seize Batman apparut dans le bout de l'avenue Montaigne, habité de cette démarche étrange qui, de loin, lui donne un aspect de danseur épileptique filmé au ralenti. Je me sens de plus en plus déphasé. J'ai l'impression d'avoir ramené quelque chose d'Afrique. Que le voyage a mis à nu des points jusque-là obscurs, dont j'avais l'intuition mais qui restaient enfouis. Pour désamorcer le côté alarmant de ce rendez-vous, j'essaye de l'imaginer vraiment en costume de Batman. Un Batman un peu triste, sur le retour, bouclant ses journées avec peine mais toujours vaillant, toujours ivre ou plein de coke. La bite à la main dans un lupanar de province, faisant déraper sa Batmobile et hurlant des chants paillards. Les réflexions des guirlandes sur la chaussée mouillée dessinent une étoile de David déformée. L'ombre de Batman doit faire un effort pour ne pas se prendre les pieds dedans. Perdu au milieu de la foule des pèlerins un Portugais guitariste a les larmes aux yeux. *Dis, dis, Lady Di...*

Batman regarde à droite, à gauche, traverse. Je lui fais un petit geste de la main. Il y répond d'un mouvement agacé. La guitare ne sonne pas très bien et produit, mêlée à la voix du Portugais, un résultat bizarre. Quand Batman accoste le carré de trottoir où nous nous trouvons, moi, les fidèles et la trace éthérée du corps meurtri de la Sainte, le Portugais fait sonner un accord plus mélancolique encore que les précédents. Cela donne, à la poignée de mains que nous échangeons, Batman et moi, une fugace touche d'irréversible.

Sans savoir pourquoi – j'ignore alors que c'est l'une des dernières fois que je le vois vivant – toute la scène me semble frappée d'une mélancolie affreuse.

Quelqu'un traverse le pont de l'Alma à cheval – un garde républicain, dont la silhouette a quelque chose de tout à fait chevaleresque. Les sabots ferrés sur le bitume font clac, clac. Batman ne dit rien. Il a les yeux rouges, comme s'il avait pleuré. *Dis, dis, Lady Di.*

— C'est un John Lennon qu'il nous aurait fallu pour la chanter, constate, lucide, le Portugais. Nous ne sommes que des nains à côté de lui.

Donc Batman a les yeux rouges, comme s'il avait pleuré.

— T'avais personne au cul, il demande, mangeant la moitié des mots et considérant le Portugais d'un œil circonspect. Il y avait le soume devant chez moi. Il était déjà là la semaine dernière.

Le soum (sous-marin) est l'abréviation employée par les gens concernés pour désigner les véhicules camouflés de la police.

— Non je ne crois pas, je réponds, sur le même ton, en fixant également le Portugais. J'ai appliqué les consignes de sécurité, j'ajoute, mentant.

Il hoche la tête, content de ma réponse. Puis :

— T'as vu la tempête ?

Il me vient une réflexion étrange : Peu de gens doivent le savoir mais le pont de l'Alma est un des endroits de rendez-vous prisé par la secte des Tout-Puissants. Les Tout-Puissants croient à une extension des phénomènes affectifs aux objets électroménagers. Ils se réunissent ici chaque jour sous couvert d'adorer Lady Di. Je me dis que je pourrais continuer comme ça, tout transformer en réflexion saugrenue, faire de même quand la police m'interrogerait, me perdre complètement dans quelque chose qui ne serait pas exactement la réalité mais une version s'en approchant, l'ersatz d'un feuilleton populaire des années 50. La secte des Tout-Puissants aurait par exemple des accointances avec des envahisseurs saturniens.

— Oui, c'est impressionnant, je fais, revenant à sa question et arrivant à donner le change. Je croyais que mon immeuble allait se retrouver par terre, comme la maison des petits cochons quand le méchant loup souffle dessus – je ris –, ah, ah.

— Moi j'ai des dégâts – il a l'air de s'en foutre totalement –, un bout de la toiture des dépendances est arraché.

Depuis l'année précédente Batman habite dans la vallée de Chevreuse.

— C'est les inconvénients d'être châtelain, j'opine, pour dire quelque chose. En cas de sinistre c'est plus... important.

Nous méditons tous les deux ces réflexions profondes. Je sens autour de nous une langueur, un apaisement du vent, qui dure quelques instants, et puis les mouettes se remettent à crier et l'impression cesse. Je repense à un article sur la psychose où j'ai lu « *la psychose aurait pour cause une fracture originaire entre le Moi et la Beauté...* » au lieu de « *entre le Moi et la Réalité* » et je me dis que c'était peut-être juste ça, une perte, l'abandon des Jolies Choses, qui systématiquement nous foutait dedans, alors j'essaye de me concentrer, de trouver Batman digne d'entrer dans un panthéon quelconque, une galerie formidable où les malfrats seraient érigés dans une grâce et une noblesse toutes mythologiques, mais je n'y parviens pas. L'image que j'arrive à dresser de lui reste étrangère à tout processus d'élévation.

Il allume une cigarette. J'ai envie de me mettre à crier, n'importe quoi, des suites de mots incohérents. Je ne comprends pas que personne ne se rende compte de ce qui est en train de se passer. Ça va être l'an 2000 et nous en sommes toujours au même point.

— Bon, c'est bouillant – les gens autour de nous ont vraiment des têtes bizarres, effectivement des têtes de collaborateurs saturniens – ils sont dingues avec la disparition du juge. Ils sont sur moi, je le sais – il soupire. Et la fuite de Numéro 3 ne va pas arranger les choses.

J'essaye de temporiser.

— Ah… J'ai entendu quelqu'un dire aux informations qu'en fait le juge faisait une dépression, qu'on l'avait retrouvé dans une… heu… maison de repos en Suisse.

— Non, c'est des conneries. Ils l'ont fumé.

— Ah, je dis, ah bon, pendant que… pendant que j'étais en Afrique ?

— Oui.

— Alors qu'est-ce qu'on.. – j'arrive à ressaisir le gouvernail, à faire comme si je m'intéressais vraiment, comme si j'étais vraiment là – … je veux dire qu'est-ce qu'on… fait, quoi, je veux dire c'est… on attend ou… ?

— Rien. Pour le moment on ne bouge pas, ça peut encore se tasser.

Je hoche la tête, contemplant intensément : *Pure! Diana! Pureté! J'ai écrit au pape de la chrétienté, je vous le jure, moi vivant vous serez cannoniser.*

Canonisée est écrit avec deux nn et er au bout.

Le juge s'occupait du dossier Source. C'est lui qui avait mis deux des responsables des filiales africaines en examen et qui avait auditionné l'ancien ministre. Trois autres personnes avaient déjà été écrouées. Je l'imagine à genoux, suppliant avant l'impact de la balle. Au lieu d'exploser sa tête se met à fumer. Je pense à Albrecht Dürer, à une gravure, *Les Quatre Cavaliers*. À une image de la terre en train de se fendiller. Des choses sortent de moi – des morceaux de caramel mal cuit qui s'effilochent vers les nuages.

— J'ai quelque chose d'autre à te dire, reprend Batman – et tout maintenant redescend et se ramollit étrangement, le mausolée de Lady Di semble sur le point de fondre comme du chewing-gum liquide – quelque chose de personnel.

Le vent a fait bouger les guirlandes, qui ne dessinent plus sur le bitume mouillé une étoile de David mais de grandes courbures un peu folles.

Oui, avais-je dit, je t'écoute, l'esprit en réalité ailleurs, imaginant des détails à mon histoire de Tout-Puissants, par exemple qu'ils affectionnent les vêtements amples (les jeans Marité et François Gerbaud, les tee-shirts qui arrivent aux genoux) et les citations alambiquées comme : « *Le sens commun est d'emblée prêt à accepter les explications de Lamarck car les exemples qu'il donnait, dont les plus célèbres sont l'atrophie des yeux de la taupe et l'élongation du cou de la girafe, semblaient vérifier parfaitement ses hypothèses sur le transformisme et l'adaptation.* »

La bouche de Batman s'ouvre et se referme mais sans produire le moindre mot, quelqu'un a coupé le son. Combien de siècles seraient nécessaires à l'élongation du cou de Batman ? Un siècle ? Deux siècles ? Ou beaucoup plus ? Je me demande ce que je fais là. Qui sont tous ces gens autour de moi, des Tout-Puissants ? après tout pourquoi pas ? comme si j'étais pris dans un tourbillon d'étrangeté, mais sans malheureusement arriver à y croire vraiment et l'effet escompté (une fugace disparition du monde quand je ferme les yeux) ne se produit pas.

Alors je visualise deux toiles de Kazimir Malevitch. *Carré noir* et *Carré blanc sur fond blanc*, en les associant à sa déclaration : « *La peinture a depuis longtemps fait son temps et le peintre lui-même est un préjugé du passé* » et en me demandant ce que l'on en tire comme conclusion concernant l'homme.

Je repense encore au lépreux sur son petit tas d'ordures à la sortie de Bamako. Et à la silhouette de Numéro 3, épuisé de chaleur, dans le seul hôtel de Matam (un bouge), une ville perdue à la frontière de la Mauritanie, peuplée de Touaregs avec des sabres, de Sénégalais réfugiés, où j'avais finalement pu le rejoindre tandis qu'on essayait de réparer le train d'atterrissage de l'avion.

Batman renifle. Paraît hésitant. Et cette hésitation donne maintenant à son visage, à l'expression de son visage, lui si... commun, un port presque altier (nous y arrivons), empreint de mystère (et qui n'est pas sans rappeler une étude de Picasso pour *Les Demoiselles d'Avignon* appelée *Tête d'étudiant en médecine*, c'est du moins ce que je me dis, dans un sursaut, prêt à tout pour essayer de sauver quelque chose, même une miette, de cet effondrement qui me paraît si total). Il cherche dans mes yeux un encouragement et je dois avoir l'air moi aussi si… déconcerté, si perdu, qu'il hésite. L'air mélangé à la pluie et aux gaz d'échappement me semble d'une âpreté insupportable. J'ai l'impression que je vais étouffer. Je dis Putain tu trouves pas que la pollution est… mais je ne finis pas, continuant à le fixer j'ai la conviction que Batman s'est réellement transformé en peinture.

— C'est compliqué…, commence-t-il pourtant.

— Oui… ? je réponds. C'est…

Et je vais pour dire Ah, oui, compliqué…, d'une voix rendue pâteuse par l'effort pour achopper vraiment avec la scène, aussi abruti que si l'on m'avait administré un soporifique, quand je suis traversé par une idée lumineuse : à tout hasard je décide de l'intégrer dans Classification et Morcellement, d'en faire un des éléments, quelque chose comme Batman, Part.1, que je pourrais mêler à des images de la bande dessinée. Au moment où je prends cette décision, le Portugais se remet à chanter et je nous imagine tous drapés de toges, tels des sénateurs romains. Sauf Batman, qui serait en Batman.

J'ai dans l'idée de rajouter les robots que j'ai fait faire à Dakar.

— C'est…, je redis, me réveillant, repartant du fond de cette espèce de torpeur que je ressens envers Batman, si, si, je t'écoute…

L'eau ruisselle du caniveau à la bouche d'égout et Batman dit (comme dans une tragédie, d'une façon aussi basse et chargée) .

— C'est un poids que je porte – il murmure presque, un poids qui m'étouffe – il ajoute encore – un poids plus lourd qu'une montagne.

De nouveau je rezappe. Klingston était sur la liste des invités au vernissage de Règles, qui avait lieu le surlendemain. À côté d'une affiche sur le réchauffement et l'effet de serre il y en a une autre sur l'affaire Source et les commissions détournées. La Mort du Politique? s'interroge une autre, surmontée d'un bandeau : L'Éclat Blessant de la République des Ordures. Klingston viendrait certainement, et c'était un bon point pour l'exposition.

Le type du ministère lui n'était pas sûr, il avait une lecture de poésie au Comité d'entreprise de la Seita.

L'attachée de presse que j'avais pris (on venait de changer, la précédente était partie en congé de maternité, putain comment pouvait-on avoir encore le culot de faire des mômes) attendait des retombées significatives. Quelque chose qui dépasse le petit cénacle concerné, ce qui voulait dire peut-être un papier dans *Libération* ou dans *Télérama*.

L'idée d'une implantation des Enfers sur la terre, suite à une expropriation dont ils auraient été victimes (eux, c'est-à-dire le Diable, Méphistophélès et consorts) est assez séduisante. Pourrait donner naissance à un film.

— Vas-y, avais-je redit, je t'écoute.

Je me demande si j'ai rêvé, si j'ai bien vu un garde républicain à cheval traverser le pont de l'Alma.

— C'est délicat, gémit presque Batman, je n'en ai jamais parlé à personne – il jette dans le caniveau sa cigarette qui se noie aussitôt, rejoignant les armées du Pharaon, tous les cadavres accumulés çà et là qui n'avaient pas encore trouvé preneur – j'attendais l'an 2000 – il fixe le Portugais, qui, interloqué, marque une pause dans sa mélopée. J'ai tué un môme il y a longtemps. J'y pense tout le temps.

Et au moment où il prononce cette phrase, que j'entends comme scindée en trois parties, qui sont C'est délicat... J'attendais... J'ai tué... et qui me semble totalement saugrenue et pas du tout vraie – comment pouvait-on tuer quelqu'un, un enfant, avec quoi ?, avec une arme ?, avec ses mains ?, et le petit Jésus aussi on l'a tué, et pourtant il était gentil, très, très gentil, et les salopards l'ont crucifié, avec des clous, des clous qu'ils ont enfoncés dans ses poignets, pas dans les mains, dans les poignets, ils l'ont dit dans une émission de télé très bien documentée, dans les mains ça ne tenait pas, les chairs se déchiraient, le corps se cassait la figure – la réalité prend de nouveau la consistance d'un Malabar mou, tout s'empêtre dans mon esprit. Ah! je commente, mécaniquement, t'as tué quelqu'un, un enfant, merde, en me concentrant de toutes mes forces pour que le visage de Jean Nègre ne change pas de couleur, ne se mette pas à muter carrément, et alors, dans un effort surhumain j'arrive à mentalement entourer la silhouette du voyou d'un cadre d'or, à redire encore T'as tué un môme, ah, et jugeant sans doute que la protection établie est maintenant suffisante je me cale légèrement en arrière et affiche une mine attentive, Mais t'as tué un môme quand ?

Michel-Ange. Le Jugement Dernier. Visage de la mort. Détail.

2.

Extrait de la confession de Jean Nègre, dit Batman, Part. 1, recueillie et mise en forme par Louis dans le cadre de Classification et Morcellement. Titre provisoire : Les saletés de la neige.

Je suis né pendant la guerre. Mon père était plus ou moins résistant, ou plus ou moins avec la Gestapo, on n'a jamais très bien su, de toute façon à la Libération il a foutu le camp avec Ricord, en Amérique du Sud, c'est même cité dans le livre M comme milieu, *et il est mort à peine arrivé. J'ai été élevé à la campagne, par ma tante, jusqu'à ce qu'elle ne puisse plus subvenir à mon éducation et que je sois placé dans un centre pour mineurs en difficulté. À ma majorité je me suis engagé, j'ai voyagé, d'abord en Indochine, puis en Algérie. À mon retour j'ai commencé à faire le voyou. Ma première affaire sérieuse fut un encaisseur du PMU rue de Belleville, en compagnie d'un truand nommé Dario, qui était un évadé du bagne.* (À cet instant de la confession le Portugais et sa femme se lancent dans une variation, toujours du refrain, a capella, légèrement en canon, mais sans la guitare. D'autres pèlerins les imitent. Les Tout-Puissants suivent le mouvement.) *Entre 1965 et 1975, je fus plusieurs fois arrêté et condamné. En 1976, j'intégrais une équipe avec laquelle je participais à un kidnapping. Notre cible était le fils d'un industriel, un enfant de sept ans qui s'appelait Élie. C'est moi qui fus chargé, avec deux autres complices, de le garder. Très vite je sympathisais avec lui, il était intelligent, nous jouions aux échecs. Cet été-là, il faisait très chaud, nous portions, mes complices et moi, des cagoules. Les parents ont tardé à réunir la rançon, nous avions demandé une somme trop importante qu'ils ne possédaient pas; dans le grenier où nous étions cachés, la chaleur devenait insoutenable, un matin l'un d'entre nous a enlevé sa cagoule, le garçon a aussitôt détourné la tête et fermé les yeux, il savait ce que cela signifiait. Les parents ont payé le lendemain. J'ai étranglé Élie avec une couverture, de mes mains. Mes trois complices sont morts dans les années qui ont suivi, un de mort violente, un de maladie et un dans un accident* (et là on peut penser à une malédiction, comme les explorateurs dans les *Sept boules de cristal* qui périrent après avoir profané les sépultures des mages égyptiens. Les Tout-Puissants approuvent cette supposition). *Je n'ai jamais parlé à personne de cette affaire mais depuis vingt-quatre ans, il ne s'est pas passé une seconde sans que l'image de ce garçon ne soit présente à mon esprit.* (Maintenant tout le monde chante *Dis, dis, Lady Di*. La voix de Jean Nègre a pris un accent tragique légèrement appuyé.) *Si j'avais eu un fils j'aurais voulu qu'il lui ressemble. Je m'étais juré, si je voyais l'an 2000, de confesser ma faute. Puisse Élie, s'il me regarde, me pardonner.* (Les chanteurs tapent dans leurs mains. Les Tout-Puissants battent la mesure.)

3.

Tout ce récit s'est fait sur une tout autre tonalité que celle dans laquelle évolue habituellement le vrai Batman.

Je le regarde stupéfait.

La personne qui vient de parler est émue, proche de ses émotions et semble sensible à la rédemption, à l'idée d'un châtiment et pour tout dire à la possibilité d'une justice divine à laquelle elle finirait par être soumise.

Elle a les larmes aux yeux. Je hoche la tête en cadence.

— Je l'ai jamais dit à personne, répète Batman, j'attendais l'an 2000. De toute façon maintenant il y a prescription. À l'époque c'était la peine de mort.

Un Père Noël vient de s'approcher du mausolée et harangue les touristes. Sa barbe n'est pas blanche mais orange, avec des mèches bleues. Il porte des badges communistes, un pin's de Staline, et la faucille et le marteau. Il est facile de l'imaginer en bourreau, actionnant le couteau d'une guillotine.

Comme les yeux de Batman me fixent encore, attendant un verdict, je finis par répondre :

— C'est… heu… le destin. Non?

Jean Nègre est mal positionné dans le décor, cela lui confère un aspect curieux de dromadaire rabougri et accablé.

J'ajoute, m'efforçant de paraître calme :

— C'est… oui putain, c'est… terrible…

Quelques instants s'écoulent doucement, puis l'assassin ajoute (l'assassin d'enfant), d'une voix d'outre-tombe, Tu sais régulièrement je fais des rêves où je marche dans la neige et au bout d'un moment la neige est sale, avec de la pisse et des traces d'échappement de voiture.

Il se penche en avant. Et aussi de la merde. De la merde de chien, il y en a partout. Je suis médusé par le tour que prend la conversation. Le Portugais se met à rigoler.

Une bétaillère remplie de cochons (prêts à être immolés pour le réveillon?) traverse la place. La remorque cahotante produit un fracas d'enfer qui pourrait faire office de tocsin.

Au bout d'un moment je dis Moi aussi j'ai tué quelqu'un quand j'étais môme, mais il répond – et sa remarque est frappée de bon sens : Oui, mais tu sais très bien que ce n'est pas pareil. J'ai fumé d'autres gens, ça n'a rien à voir.

Je hoche encore la tête, avec ce vague sentiment de gêne dû à la proximité de tous ces grands sapins décorés de boules et de lumières et à la chorale de fervents et je reprends, d'une façon la plus neutre possible : Oui, de la pisse sur la neige, c'est certainement symbolique, de façon à l'apaiser, ma voix tente d'être apaisante, mais à symbolique le grand sapin qui était de l'autre côté du carrefour est pris de convulsions, tandis que je continue d'agiter non pas que la tête mais carrément tout le haut du corps, pour bien montrer à Bat que j'ai bien entendu ce qu'il vient de me dire et que je suis conscient de l'importance de tout ça, que je compatis et que je suis proche de lui et que la place du pont de l'Alma continue d'être la place du pont de l'Alma, cela est indéniable, que la Seine continue de couler et que ce geste infâme a peut-être une minuscule chance d'avoir échappé à la vigilance des autorités là-haut, oui, tout mon corps bouge de cette manière et je souris, avec compréhension, comme on sourit à un cancéreux en évoquant sa guérison probable sans y croire soi-même l'ombre d'une seconde.

Mais cela ne suffit pas, nous le savons tous les deux, immobiles et gênés, et donc nous restons sans trop savoir quoi dire d'autre, et comme au bout d'un moment je crains que mon attitude ne soit pas à la hauteur, je finis par revenir à des sujets plus d'actualité : qu'allait-on faire maintenant que Numéro 3 avait foutu le camp sous les tropiques?

— Un voyage…

— Quand? je demande, interloqué – je suis rentré d'Afrique la veille.

— Jeudi. Ils veulent envoyer un gros colis de l'autre côté de la Méditerranée. Tout le monde essaye de sauvegarder ses arrières.

— Pourquoi pas en Suisse comme d'habitude?

— Ils remontent les comptes trop facilement. Chez les bamboulas qu'est-ce que tu veux qu'ils aillent contrôler – il laisse passer un temps – C'était bien ton voyage en Afrique? – je vois qu'il fait un effort pour sourire – T'as pu niquer un peu?

— Pas vraiment, je réponds. C'était… bizarre quoi, j'ai couru après cet avion qui n'arrêtait pas de tomber en panne. Arrivé à Dakar, pas de message, attente, message, Bamako, re-attente, re-message, retour à Dakar, 4 x 4, tour du Sénégal et retour avec grève et Air Afrique retard tempête. Pas de niquages, c'était trop… bizarre l'Afrique quoi, vraiment… spécial, c'est… pas vraiment sorcellerie mais… une lépreuse tu vois, une Anglaise lépreuse dans une hutte depuis trente ans, et médecin, fou non?

Mais je vois qu'il n'écoute pas, ou que mon récit ne lui évoque rien, ce qui est d'ailleurs logique. Il demande juste : Et Numéro 3 tu l'as vu?

— Oui, il était dans l'hôtel, ils attendaient la pièce pour le train d'atterrissage. C'est… chaleur là-bas, la clim était… pas de clim quoi, il avait l'air d'avoir… vraiment chaud quoi.

Batman secoue la tête. Je sais qu'il a pour Numéro 3 une admiration sans faille.

— Tu te rends compte comment il les encule? Il a donné une interview par téléphone avant de partir. Tu sais ce qu'il a dit? «Il vaudrait mieux ne pas trop me chercher des poux dans la tête, j'ai servi l'État français, j'attends qu'il se souvienne des services rendus.»

Son regard se perd dans le vague. Il doit repenser à son fardeau. J'ai peur qu'il se remette à pleurer.

Les bacs en ciment où l'on a mis des plantes vertes décorées en raison des fêtes paraissent incroyablement fluorescents. Leurs feux entourent Batman et le consolent, lui permettent de reprendre ses esprits. Il se mouche, pendant que le Père Noël stalinien se met à insulter les Portugais qui ont fini de chanter et offrent un bouquet de fleurs à Diana. Vous êtes la honte, la honte du monde moderne, vous êtes notre handicap pour le Passage, tellement vous êtes cons, dit le Père Noël aux Portugais et autres dévots qui n'y comprennent rien.

Nous discutons encore un peu, Batman et moi, de la commission d'enquête, que c'était peut-être en train de se tasser et de toute façon ils ne pouvaient pas non plus aller trop loin, ça touchait à trop de choses. Source était à la base de toutes les opérations sur l'Afrique, le Moyen-Orient et la Russie. Les gouvernements des trente dernières années s'en étaient servi, tous les partis en avaient profité. «Ils ne peuvent pas mettre les choses complètement à nu, ce serait trop bête, répète plusieurs fois Batman, pour nous rassurer tous les deux, ils auraient tous trop à perdre», et là-dessus nous nous séparons. Batman repart en métro, m'enjoignant de faire attention et encore une fois de ne pas être suivi. J'en profite, dans un sursaut d'énergie, pour prendre quelques photos, le mausolée, le couple de jeunes et leurs chaussures à semelles géantes, le bouquet de fleurs des Portugais, la barbe orange du Père Noël, avec un petit appareil jetable de marque Kodak qui fait des photos panoramiques. Chacun de ces éléments bien sûr est candidat pour Morcellement «… et de chacun de ces instants essayons de faire un chef-d'œuvre... » et ma naïveté et mon enthousiasme d'un instant m'épatent. En partant je donne dix francs à un SDF qui agite un petit gobelet en plastique devant le restaurant chinois haut de gamme qui se trouve entre le mausolée et l'esplanade du musée d'Art moderne de la Ville de Paris où des jeunes font du skate et bombent leurs initiales stylisées à grands coups de traits de peinture orange et verte, sans pitié aucune pour le ravalement récent dont a été gratifié le bâtiment.

4.

Le soir Météo France annonça une deuxième tempête, concentrée cette fois sur les régions Sud-Ouest et Centre, avec des vents pouvant atteindre 200 km/h. Je reste chez moi, oscillant entre mon inquiétude concernant la suite de l'affaire Source et une vague rêverie à propos de Classification et Morcellement.

Les robots que j'ai fait sculpter au marché de Bop sont maintenant posés par terre, sur le dos, et fixent d'un œil exorbité la blancheur du plafond.

5.

Le lendemain fut une journée classée grise, une journée qui aurait pu ne pas avoir lieu (malgré un bilan de la tempête extraordinairement lourd : 68 victimes, 360 000 abonnés privés de téléphone et 30 millions d'arbres détruits) et pris par un élan tout à fait artistique je peins une grande toile immaculée, au bas de laquelle je trace quatre petits carrés pouvant représenter les aspérités subtiles de ce mardi, non pas la description des catastrophes et des drames, mais quelques fils anodins dont tout le monde, la marche de l'univers comme la postérité se fichent complètement, à savoir 1) la secrétaire du directeur des ressources humaines déclamant des vers de théâtre dans la salle fitness de la piscine

Crois bien que de tout mon être
La langueur de tes bras
Je regrette
Mais sur cette partition étrange
Où l'on entendait juste
Le bruit et la rumeur des anges
La musique était tellement belle
Que même ton corps me semblait irréel

vers qui me semblent pouvoir être à la fois assez bons comme assez mauvais, 2) au sous-sol de la tour, un seau d'eau et sa serpillière, répandus sur une moquette et laissés là par l'homme de ménage, 3) la couleur de l'anorak du vigile, rose et orange, 4) trois cartons de prospectus ratés, intitulés Source et l'Art, *VISION ÉTRANGE DE L'AN 2000*, que l'on avait dû retourner à l'imprimerie à cause de cette faute et quand Angèle mon assistante entre dans le bureau et me demande ce que je fais je réponds Rien, en appuyant sur Rien, c'est... heu... juste quatre éléments tirés des brumes du Rien, et elle me regarde avec un air bizarre, m'obligeant à ajouter C'est pour le... avec Klingston... vous savez... on a tous accepté de participer à un truc, Fabrice Hybert est aussi plus ou moins dans le... enfin je veux dire il a... c'est un truc assez... plutôt bien quoi... et elle ressort, après avoir posé le courrier où se trouvent les vœux de l'ancien ministre amateur d'art que je croise à chaque vernissage en compagnie de sa femme, amatrice également, et qui peuvent être considérés comme une sorte de blague vivante, d'éléments d'une grande performance dont nous ferions tous partie et dont ils seraient les fleurons et comme ils ont soutenu d'un œil bienveillant Règles je note qu'il faut leur répondre. Leur carton s'orne d'un dessin de Ben : « Bonne année » et en dessous, « Avez-vous eu le temps d'aller voir Siméon Francklin ? » et il me faut un petit temps avant de me souvenir de quoi il s'agit exactement, un artiste « hors du commun » qui faisait des « choses » avec des cadavres de chiens congelés et que j'ai promis d'aller visiter un jour – il habite je ne sais pas très bien où, dans les Pyrénées je crois.

À cinq heures quarante-cinq Marc Andréoni m'informe de sa décision, puisque le pot a été annulé, d'aller réveillonner dans le Sud-Ouest, en famille. Je l'y autorise volontiers.

Angèle me demande si tout va vraiment bien. Elle dit qu'elle me trouve bizarre depuis quelque temps et plus encore depuis mon voyage en Afrique.

À six heures, avant de partir, alors que la tour entière bruit de la stupéfaction des nouvelles alarmantes venues de la commission d'enquête, qui met au jour des déplacements importants de fonds du Groupe vers un parti politique étranger, je me fais cette remarque que si la terre s'arrêtait soudain de tourner les habitants des grandes villes seraient les derniers à s'en apercevoir.

Le quartier de La Défense, avare en arbres, a peu souffert des vents.

6.

Le mercredi matin tous les journaux titrent, en plus de la marée noire et des nouveaux dégâts de la tempête, dont le bilan va en s'alourdissant, sur la découverte du cadavre décomposé du juge Forlani échoué sur une plage proche de Biarritz, en charge des dossiers sensibles, et notamment celui de Source.

J'accepte d'intégrer cette information dans mon processus mémoriel. Je la range d'abord dans Dossier sans titre, puis, après y avoir réfléchi, je crée carrément un nouveau dossier avec son nom en gros : Affaire Source/Les Morts.

Après avoir parlé d'une dépression nerveuse, la presse, peut-être manipulée par ce qu'il faut bien appeler maintenant mes collègues barbouzes, avait laissé entendre qu'il avait fui avec une femme.

On précise qu'il a les mains attachées dans le dos avec du fil de fer. Un hebdomadaire a réussi à se procurer des photos. On voit le cadavre en noir et blanc recroquevillé sur le sable. C'est épouvantable.

Vers la fin de l'après-midi, une manifestation a lieu sur le parvis, face à la FNAC où je me rends pour acheter un livre regroupant les articles théoriques sur l'art moderne parus depuis le début du siècle et publiés aux éditions Hazan. Les manifestants sont habillés en hommes préhistoriques, avec des peaux de bêtes et sur le moment, absent, fatigué par la traversée du parvis, je n'arrive pas à déterminer s'il s'agit d'un gag, d'une opération publicitaire ou d'une véritable revendication. Les manifestants réclament «*plus de mammouth à la cantine et des vibromasseurs pour juguler notre jeûne*». Je les approuve et prends un prospectus, me disant qu'il est toujours possible de l'archiver dans Morcellement. Au recto un loueur de costumes du boulevard de Sébastopol est chaleureusement remercié pour le concours apporté à l'exposition. Son logo dessiné représente un clown tirant la langue. Ce dessin me plonge dans un abîme de perplexité, fait naître des questionnements du genre : si l'on mettait bout à bout différents éléments n'ayant rien à voir les uns avec les autres, par exemple des crocodiles, des montres extraterrestres et des briques rouges utilisées en maçonnerie dans le nord de la France, avait-on des chances d'arriver à une équation cohérente? sans générer de réponse. Sur cette incertitude j'achète le livre, et repars vers le bureau.

J'ai parfois des problèmes dans ce qui doit correspondre à mon disque dur. Les choses ont tendance à s'affoler d'une façon illogique.

Dans un journal du soir un groupement d'organisations humanitaires implorent qu'une partie de la dette des pays du tiers-monde soit effacée, s'appuyant pour convaincre sur un passage des Lévitiques qui assurait que «*toutes les sept fois sept cents ans le fardeau pouvait s'alléger*» et que donc les compteurs, par la grâce d'une mansuétude invisible, étaient remis à zéro.

Je me demande si :

Batman serait compris dans le lot avec les pays en voie de développement?

Fallait-il s'inscrire quelque part ou était-ce automatique?

Puis Angèle m'appelle un taxi et nous traversons, le taximan, sa voiture et moi, Paris dans les embouteillages jusqu'au quartier Tolbiac où je viens d'emménager – grâce à Source qui a toujours quelques pieds dans l'immobilier.

Tout me semble sidérant. Absolument sans aucun à-propos avec ce que finalement nous commémorons ce soir, la poursuite des mythes qui nous ont constitués. Deux mille ans depuis la naissance du Dernier Sauveur connu, et six mille depuis l'Exode.

Tout le monde s'en fout, ou quoi ?

Quelqu'un à la radio s'interroge sur la pertinence de l'idée de modernité.

Par exemple la chimie moderne commençait à Lavoisier – c'est ce que nous rappelle un des intervenants, le chauffeur a l'air captivé –, et avait été étendue par Fourcroy, la physique moderne est d'abord celle de Descartes, ensuite de Newton et l'astronomie de Copernic, etc.

J'ai l'impression qu'une machine à vapeur est en train de me taper dans le haut du crâne.

Soit, mais alors que penser de... *Autobahn* de Krafterk ? demande un auditeur au téléphone. *Autobahn* était, à sa sortie, un monstre de modernité, une quintessence, cette musique métallique roulant dans un infini de néons et de glissières de sécurité préfigurant une partie de la poétique moderne, de l'art contemporain et de ce qui donnerait ensuite la techno. Bien. Écouter aujourd'hui *Autobahn* s'inscrivait dans quel mode ? Était-ce moderne ou non ?

Heu ! s'embrouillait un peu la fille à la radio, Oui, enfin non, enfin je ne comprends pas trop le sens de votre appel... Les toits de la capitale semblent saupoudrés d'une brume blanchâtre et par un effet curieux la lumière paraît monter du sol. Il ne fait pas spécialement beau, il fait légèrement bizarre.

Avant de m'endormir je reste à regarder le plafond assez longtemps, sans vraiment y trouver de certitudes satisfaisantes, non la terre n'était peut-être pas ce vaisseau spatial subtil déguisé en magma refroidi comme nous l'avions cru, prêt à nous faire décoller vers d'exquises stratosphères, mais plutôt, et c'était ô combien regrettable, une espèce de grand entrepôt confus où une partie des marchandises périclitaient.

J'ai l'impression que mon torse et mes membres vont s'ankiloser jusqu'à la paralysie.

7.

Le lendemain quand j'arrive à Source Angèle est déjà au téléphone. Elle écoute une compilation de Claude Challe intitulée *Bouddha Bar*, un endroit où je suis allé une fois, qui pour l'instant est à la mode et qui, un jour ou l'autre, fermera ou sera rebaptisé – et quand je pense ça je me dis mais merde, je suis en train de devenir neurasthénique. Le disque collectionne les mélopées étranges remixées électroniquement. Mes pensées sont quelque peu éparpillées mais quand nos regards se croisent, l'espace d'un instant j'ai l'intuition parfaite qu'elle sait que je sais qu'elle sait que tout ce que nous faisons ici n'est qu'une vaste blague, un déguisement pour abuser les enfants. Que nous faisons partie d'un tout plus vaste destiné uniquement à achever de pomper aux Nègres de tout bord qui meurent de faim là-bas très loin le reste de leurs richesses pétrolières et minières et de mettre le maximum de pognon à gauche. Et que de toute façon cette comédie est elle-même destinée à en cacher une plus grande, où tout le monde émarge, les riches comme les pauvres. Mais après examen je me dis que je me trompe, que vraisemblablement elle sait, mais qu'elle ne sait pas que je sais qu'elle sait. Donc je me contente de lui sourire stupidement, en me laissant bercer par la musique. J'entends au loin des chœurs, sur un boum-boum techno de raisonnable ampleur, et cela donne une profondeur lyrique à mon entrée dans les bureaux, qui sont plutôt moches, à cause du design de la tour et des impératifs du groupe, qui tient, pour des raisons je pense presque idéologiques, à une homogénéité totale des bureaux paysagers, autant dire une conception atroce de l'espace bureaucratique – j'ai réussi à faire poser des cloisons au mien après une série de stratagèmes qui m'ont valu l'inimitié d'une partie des services mitoyens.

Quand elle raccroche, à contrecœur visiblement, je lui demande si j'ai des messages et comme elle me dit Non, en souriant stupidement elle aussi, je pose ma sacoche et je descends au fitness par l'ascenseur après avoir pris mes affaires de sport.

Batman est déjà en maillot de bain et m'attend sur le bord du bassin.

Une affichette apposée sur le tableau d'affichage des vestiaires propose un séminaire intitulé *Apprenons à vraiment rencontrer l'autre*. Une espèce de connerie qui fleurit depuis un certain temps (depuis le début des affaires exactement) et qui doit être la manifestation inconsciente d'un désir de rédemption – travaillons sur nous les amis, purifions-nous, toutes ces histoires scabreuses sont tellement... tellement loin de la culture de notre groupe, de la philosophie de notre entreprise...

J'essaye d'avoir un air dégagé et en même temps concerné par ce qu'il se passe, ce qui est le cas, plus ou moins, bien qu'il me soit encore difficile de me sentir prêt à avouer ma participation dans le meurtre d'un juge.

J'ai des visions pénibles d'interrogatoire dans les locaux de la Criminelle.

Je me demande si je serais capable de me suicider à l'idée de retourner en prison. C'est possible. Un type avec qui j'avais été en cellule s'était balancé quand les flics étaient revenus le serrer, trois mois après sa dernière sortie, on l'avait lu dans *Le Parisien*. Il avait assisté à la perquisition sans broncher et au moment de les suivre il avait demandé à embrasser sa femme une dernière fois et il s'était jeté du sixième. Il avait pas envie d'y retourner.

— Ça va ? je questionne, voyant presque la chute du corps sur l'asphalte.

— Non, répond Batman. Pas du tout.

Il est tellement préoccupé qu'il ne fait aucunement attention à moi. J'en profite pour me relâcher et m'avachir un peu.

— Ah, c'est moyen-moyen, alors ? je répète à sa suite.

J'ai froid. Je me dandine dans mon maillot de bain d'un pied sur l'autre.

Au moment où nous entrons dans la piscine – l'eau gelée, Batman part en dos crawlé – la femme au poème de la veille en sort. Elle porte des bigoudis roses et me fait penser au catalogue d'une exposition de design années 80, où une grenouille en plastique était mise en scène de différentes manières. J'ai une envie folle de lui demander de poser pour des photos.

— Je l'ai encore fait, c'est revenu.

— Quoi ? je m'exclame presque, zoomant sur Batman.

— Le rêve. Le rêve avec la neige pleine de pisse.

— Mince, c'est ennuyeux – avec ses lunettes de nage et son bonnet il ressemble à un truc étrange flottant sur un fond bleu.

— Tu crois ? – il a l'air affolé.

— Oui. Si ça revient ça veut dire que c'est pas réglé, que le truc te hante.

— C'est le terme – il halète –, ça me hante.

— Pourquoi ? je demande, surpris. Tu crois aux… heu… fantômes ?

Il secoue la tête. Réfléchit une seconde. Non, je ne pense pas, mais… c'est des idées noires…

Devant cette nouvelle confession je retrouve la mine attentive de la veille et essaye de rester sur cette position, fixement concentré sur lui qui me parle, tout en nageant, pendant que ses biceps sortent en alternance de l'eau et que j'essaye de suivre ses veines des bras en me demandant avec quelle main il a étranglé l'enfant, la tête qu'avait cet enfant, mais tout de suite après l'histoire elle-même redevient ce qu'elle était juste avant, un vieux fait divers sans plus beaucoup d'intérêt, quel qu'ait pu être le chagrin des parents, et par contre à force de nager je me sens d'un seul coup sans forces, assez crevé, je dis à Batman Je t'attends, j'en ai marre, et il arrête aussi et nous sommes assis sur le rebord en marbre poli, dans nos peignoirs et j'ai l'impression qu'il va se remettre à pleurer.

— Tu crois que je devrais faire quoi, aller voir un psy ?

— Peut-être, dis-je, brusquement accablé de le voir flancher comme ça, peut-être.

Et comme je ne sais pas très bien quoi ajouter, pris d'une inspiration je cite cette histoire de Lévitiques, d'une remise à zéro possible des compteurs pour l'an 2000.

— C'est lié au karma – je dis n'importe quoi, je sais parfaitement ce que recouvre la notion de karma, mais là les choses m'échappent – en rapport aussi avec des trucs bouddhiques.

— Mais moi je ne suis pas bouddhique.

— Ça peut concerner tout le monde quand même.

J'ai une espèce de début d'oppression qui monte, comme s'il fallait impérativement que je quitte cette piscine.

— Je ne crois pas – les lunettes qu'il a ramenées sur son front ont laissé autour de ses yeux des marques livides – les religions c'est que pour ceux qui en font partie sinon ce serait trop facile, ça marche pas comme ça…

Je n'essaye même pas de savoir s'il a tort ou raison. Je me contente d'opiner en cadence. En même temps qu'il me parle une vision atroce vient de surgir dans le fond du bassin. Le cadavre du petit garçon stagne à mi-profondeur, ses cheveux flottent en auréole comme ceux des noyés. La vision disparaît.

— De toute façon un jour tu seras, heu… fixé.

— Quand ? sursaute Batman, qui n'a rien vu. Quand je serai mort ?

Dans le vestiaire nous mettons au point la mission du jour, Numéro 3 (et les autres), prévoyant des jours sombres, font passer une partie du magot de l'autre côté de la Méditerranée. « Ça c'est du chocolat-chocolat, estime Batman, sur ce point il s'y connaît, en soupesant le colis. Celui-là ils doivent pas être nombreux à en avoir entendu parler. » Je récupère le sac. D'habitude c'est plutôt l'inverse, des valises qui montaient, pleines de cash, pour les élections – discret présent des rois nègres –, et qu'on réceptionnait à Marseille, ou parfois l'inverse, des envois, d'ici, pour arroser on ne savait jamais vraiment qui, quelque part là-bas, au pays des lions où tout est permis, des commissions, des cadeaux. La règle de l'empreinte est une constante. Je pose mon pouce plein d'encre sur un journal du jour, comme à chaque fois, ce qui va constituer la preuve que j'ai bien pris livraison de plusieurs millions d'euros (en fait il y en a sept, je vais le voir plus tard), et à la seconde où je le fais je dis Tu crois pas que c'est une connerie de continuer à faire ça avec toutes ces histoires de condés en ce moment et Batman, revenant au réel, répond Oui, t'as raison, de toute façon je crois pas qu'on sera très contrôlés sur cet envoi-là. Je déchire le papier journal et je le mets à la poubelle et avant je déchire le coin où il y a mon pouce imprimé, en me faisant la remarque que c'est la deuxième consigne de sécurité que nous enfreignons en peu de temps, et cela me semble aller de pair avec la marque de nos pieds mouillés sur le caoutchouc beige dont le spectre tend à s'estomper, et je repense au gars écrasé sur le trottoir et je me dis que bientôt on sera tous partis, comme le juge et ses poignets ligotés avec du fil de fer.

Au moment de me quitter Batman me demande ce que je fais en ce moment avec la Fondation et je réponds machinalement Une exposition sur des tantouzes allemandes qui se roulent dans leur merde et ce soir un truc sur la menstruation mise en bocal par une fille après un séjour d'HP, sans y mettre d'intonation comique, mais ça le fait rire quand même et il ajoute Au moins avec toi je me serais bien fendu la gueule et ça me fait plaisir qu'il dise ça, et comme en plus c'est la dernière image que je garderais ensuite de lui je trouve que c'est une chouette façon du destin de faire que deux personnes qui ont passé un petit temps ensemble se disent au revoir, mais bien sûr, à cet instant je ne me doute toujours pas que Batman va mourir dans moins d'une heure.

8.

J'imagine symboliser cette matinée par un hexagramme du yi-king, ki-tsi/après l'accomplissement.

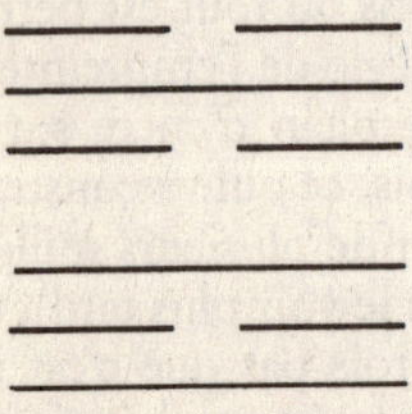

En haut K'AN, l'insondable, l'eau

En bas LI, ce qui s'attache, le feu

Comme commentaires, le *Livre des transformations* donne : « *Le passage de la confusion à l'ordre est accompli, et maintenant tout est à sa place jusque dans le détail. Les traits forts sont aux endroits forts et les traits faibles sont aux endroits faibles. C'est un aspect très favorable, mais il offre aussi matière à réflexion. C'est précisément lorsque l'équilibre parfait est atteint que chaque mouvement peut entraîner l'apparition du déclin…* »

9.

De retour au bureau Angèle m'informe que l'assistante de la responsable de la DRAC veut que je la rappelle, je prends le post-it qu'elle me tend où est marqué son numéro de portable et nous blaguons quelques instants et encore une fois je me demande dans quelle mesure nous pourrions être en harmonie sur un plan sexuel, et puis elle se souvient d'un autre message, important car il concerne l'exposition en cours, dont elle et moi nous fichons carrément, le principe de Source étant surtout de donner la subvention, pas de faire l'exposition, mais d'une façon pénible la dernière artiste nous confond avec les régisseurs de la manifestation.

— Le faux sang n'a pas été livré.

— Ah. C'est ennuyeux.

— Elle en a besoin pour imbiber les protections périodiques.

J'ai de nouveau une crise d'effarement. Je pense aux robots que j'ai fait faire, je pense qu'ils sont vivants.

— Est-ce que vous pourriez mettre au propre mes notes de frais, il faut qu'on les donne avant ce soir à cause de la fin de l'année civile.

— Ah bon, ils traitent déjà les frais ?

— C'est ce que j'ai entendu dans l'ascenseur, je préférerais que les miens passent tout de suite.

— Elle veut que vous la rappeliez pour en parler.

— De quoi ?

— Du sang. Elle trouve que c'est primordial d'en mettre.

— Je ne sais pas – je me touche le bout du nez – qu'est-ce que vous en pensez, je ne suis pas une femme, des règles, heu… sans… sang, c'est vrai qu'elle a raison, ce n'est pas vraiment des règles.

— Ça, c'est sûr.

Elle gratte un truc solidifié qui doit être de la colle sur son sous-main. La silhouette d'un laveur de vitres apparaît sur une nacelle le long de la façade. Elle reprend.

— Vous avez son téléphone ?

— Non, je crois que je l'ai perdu.

— Vous êtes chiant Bordélique Patron, merde, c'est la troisième fois.

— Je suis désolé.

— Parce que voyez-vous, Négligeant Patron, me dit-elle – et je ne sais pas dans quelle mesure elle s'intéresse à sa réplique, si elle n'est pas devenue comme moi une coquille vide disant des dialogue ineptes –, j'aimerais éviter de systématiquement devoir ressembler à une caricature d'assistante dont le chef perd ses téléphones.

— Vous avez raison, je réponds, épuisé par cet échange. Tout m'emmerde aujourd'hui.

— Pardon ? elle réagit avec un petit temps de retard.

— Rien, je… c'est… morosité, non ? la fin du siècle…

J'hésite à lâcher d'un seul coup. Au fait, c'est dingue je viens d'apprendre que monsieur Nègre, l'adjoint de la sécurité, a tué un enfant il y a quelques années et je transporte des millions parce que les pontes ont peur qu'on bloque les comptes à Genève, ils préfèrent parier sur la fidélité des bamboulas, et vous savez c'est possible que Batman soit mêlé aussi à l'assassinat du juge, soit qu'il ait fourni les calibres, soit qu'il connaisse les gens qui l'ont levé. De toute façon oui, c'est vrai on est bien un peu comme des agents secrets, et il y a aussi des fonds qui ont transité sur le compte de la Fondation et d'autres choses encore… ah, ah, ça vous en bouche un coin, non ? mais la réaction possible à tout cela de la personne qui se tient devant moi restera une vue de l'esprit parce qu'au lieu de ça je me contente de faire une remarque sur le pot, je dis Heureusement que vous avez réglé le problème sinon on était quitte pour se respirer tous les 33e et 27e et 28e étages juste avant le réveillon et comme elle me fixe étrangement je crains d'avoir parlé d'une voix trouble, ou d'avoir laissé transparaître quelque chose, une lèpre que j'aurais peut-être à l'intérieur de moi et je ne dis plus rien et maintenant j'ai peur de ce qui peut se passer et je trouve ça dingue qu'on continue à passer un sac dans une telle ambiance et en même temps je me dis que ce n'est pas comme si on nuisait à des gens, et que de toute façon on travaille plus ou moins pour le gouvernement, ou en tout cas des intérêts proches et puis j'ai l'impression que tout cela finit par faire dans ma tête un manège incohérent et j'ai presque un vertige, Angèle me paraît abstraite, une non-chose, je trouve qu'il fait trop chaud dans le bureau et le gris que fait le ciel dehors plombe tout d'un voile qui fait mal aux yeux et à la tête, je dis :

— Je l'appellerai tout à l'heure, quand je serai arrivé à Marseille.

— Ah bon, vous allez à Marseille ?

— Oui, c'est… le nouvel espace là-bas c'est…

— Le truc d'art contemporain un peu en retrait de la grande plage où vous vouliez que j'aille à l'inauguration ?

— Oui, voilà, j'ai un… rendez-vous quoi, un truc non prévu, mais c'est… aller-retour (je hoche la tête comme un âne convaincu) uniquement aller-retour, pas la peine de me réserver d'hôtel, non, vraiment pas la peine… retour pour cocktail Règles, bien sûr...

Elle hoche aussi la tête, pensive, tout glisse vers une dimension de l'espace où sont posées des reproductions de toiles de Dali ayant perdu leurs piquants, des machines molles et des chevaux aux jambes surétirées.

10.

Dans le taxi j'écoute la boîte vocale de mon téléphone portable que j'avais coupé à la piscine et oublié de rallumer ensuite. Le minijet de la compagnie doit décoller à quatorze heures trente. J'essaye de me représenter ce que pouvait être la vie au temps d'Édith Piaf. Quelque chose de plus simple. De plus incarné. De plus humain. Une salle de café, à Paris, avec un poêle et de la sciure par terre, à côté du Cirque d'hiver, et je réalise que cette vision est du passé maintenant. J'ai un message, et ce message est de Batman, que je viens pourtant de quitter, qui me dit de penser à changer les nouveaux chiffres de l'alarme en se servant de la série finissant par 109, ce qui signifie, toujours selon ce processus de code que j'avais trouvé ridicule quand Batman m'en avait parlé, de tout arrêter et faire le canard jusqu'à nouvelle instruction. J'efface le message et je dis au taxi de faire demi-tour tout en appelant le Bourget pour décommander auprès du bureau de l'aéroport et le taxi accélère, les voitures autour roulent comme des petites boîtes métalliques mobiles et je me sens perdu et gêné d'avoir le sac et pas du tout encore dans l'idée de le garder, de voler l'argent. J'ai l'impression que tout le cocon qui s'était mis en place au cours de ces dix années est en train d'exploser et j'essaye de prendre ça avec philosophie.

11.

Au bureau j'ai encore un message : monsieur Nègre s'excuse de ne pas avoir pu venir au rendez-vous ce matin.

— Je ne comprends pas, je croyais que vous étiez avec lui au fitness, dit Angèle, qui cette fois-ci me fixe vraiment comme si quelque chose ne collait pas.

— Ah... oui... je devais – je souris dans le vide – mais ... c'était aussi pour le truc de... Klingston quoi, vous savez... il devait... des photos avec cette femme qui... des bigoudis roses... – j'ouvre les bras en signe d'incompréhension moi aussi – non, en fait il n'est pas venu...

Et en une fraction de seconde je me dis mon Dieu s'il me fait passer ce message cela veut dire on ne s'est pas vus donc tu n'as pas l'argent et je suis d'un seul coup certain que ça barde vraiment mais que Batman a trouvé une combine pour étouffer les millions d'euros et qu'il va m'appeler pour partager, et le sac me semble un truc horriblement gênant et en même temps je me dis après tout pourquoi pas, et aussi danger, danger, casse-cou, ces gens sont des vilains et Numéro 3 n'est pas un plaisantin (oui mais Numéro 3 n'est plus en France, il a chaud, il est dans un avion dont le train d'atterrissage est défectueux et il a peur), et ça me provoque une bouffée de folie qu'on m'injecterait, et le sac devient un amas bizarre qui dégage lui aussi une onde démente et je crains qu'Angèle ne s'en aperçoive et comme je ne sais pas du tout quoi en faire, en tout cas pas le garder dans le bureau je redescends au fitness et je remets le sac dans le casier du vestiaire, fermé avec un cadenas ridiculement petit et je remonte. Angèle me regarde et je vois dans ses yeux qu'elle se dit il manque quelque chose, comme ces jeux où l'on doit trouver l'erreur, et quand elle lance Vous l'avez perdu je la regarde bêtement et je suis au bord de répondre Non, je l'ai mis en lieu sûr, mais elle fait allusion au post-it avec le numéro de l'artiste au tampax et je souris, maître de moi, Non, non, il est dans mon bureau, je vais l'appeler maintenant, ce qui lui permet de me prendre en défaut et de pérorer Vous voyez si vous étiez vraiment parti à Marseille vous m'auriez encore appelée de là-bas en me disant j'ai oublié le post-it. Vous êtes pire qu'un enfant. Je souris encore.

12.

À quinze heures, un groupe d'hommes bizarres pénétra dans la tour, se fit conduire à différents bureaux (dont celui de Jean Nègre) et repartit les bras chargés de documents.

13.

Le centre commercial des Quatre Temps est rempli de réveillonneurs faisant leurs courses. Pris d'un espoir irrationnel je guette la trace d'un signe particulier, des anges, des martiens, un messie ivre, n'importe quoi susceptible de matérialiser le mystère manquant à cette grande commémoration numérique. Mais il n'y a que des vitrines surchargées d'affichettes, victuailles et biens de consommation divers et une foule abrutie par le bruit de fond et les néons. Il règne un parfum d'avidité suffisamment palpable pour être contagieux et les gens achètent, stoïques, sans manifester le moindre signe d'agacement ou de lassitude. *C'est quoi la fin du siècle* hurle un magasin de disques, *c'est quoi la fin du siècle, c'est quoi la fin du siècle, c'est quoi la fin du siècle*..., et je trouve cette mise en musique de l'espace redondante, une faute de goût, d'autant que tout le monde a l'air de s'en contrefiche absolument.

Je laisse passer une bonne heure avant de remonter et...

14.

... je demande à Angèle si quelqu'un est venu, faisant clairement allusion au groupe d'hommes étranges qui est reparti avec des cartons et dont la présence a ébranlé la tour d'une radiation maléfique mais elle me dit, comprenant ce à quoi je fais allusion que Non, juste quelques coups de fil sans intérêt, j'en conclus que je ne suis peut-être pas sur les Listings du Mal, que l'on m'a oublié et que peut-être seul Batman, en tant que mon supérieur direct, sait que je fais aussi partie du complot. La mort du juge réapparaît toutes les quinze minutes sur France Info. À seize heures un journaliste demande à me parler.

— Qui est-ce ?

— Il dit que vous le connaissez, il est juste en bas pour autre chose et si par hasard vous aviez cinq minutes, c'est au sujet des Immondices du Christ – elle soupire – ils ne vont tout de même pas encore recommencer avec ça.

— De quel journal ?

— De *L'Expansion*, je crois. Il veut axer son article sur les nouvelles censures.

Masochiste, je dis Faites-le monter, arguant, d'une façon d'ailleurs idiote, que refuser paraîtrait suspect.

Les Immondices du Christ est un problème auquel se trouve confrontée la Fondation – une stupide exposition que nous avions sponsorisée selon les souhaits de la femme d'un des pontes (l'artiste était son cousin) qui déclenchait les foudres de la presse religieuse, focalisée, va savoir pourquoi, sur une installation représentant Jésus au milieu d'un tas d'ordures.

— Vous avez de la chance, je devrais être à Marseille.

Aussitôt je regrette d'avoir dit ça. Pourquoi ne pas lui parler aussi du sac dans la foulée ?

— Je suis désolé de cette intrusion cavalière, j'étais en bas.

Son visage m'est vaguement familier.

— On se… connaît, non ?

— Oui, nous avions discuté au cocktail de lancement de Sharp.

— De Sharp ?

— Non ? de…

— Peut-être… si… non je sais, au musée de la Pub, voilà, c'était là, au musée de la Pub.

Intérieurement je me fais une remarque sur le temps. Avant le froid devait être une catastrophe. Quand on habitait dans des grottes. Quand nous étions couverts de poils et qu'on mangeait du mammouth pas cuit avec nos doigts. Je repense aux manifestants Contre le Progrès. Irait-on au bureau vêtu de poils ? Est-ce que ça changerait quelque chose ? Est-ce que tous les efforts que nous avions faits avaient une importance ? Et le lépreux à Bamako ? Que pense-t-il du temps ? De la marche des siècles ? Je m'avance un peu, on voit des gouttelettes de pluie sur les vitres, c'est la seule manifestation d'une force étrangère et immaîtrisable. Le journaliste sort un petit magnétophone, dit Ça ne vous dérange pas si je vous pose quelques questions. Je pense encore : mon Dieu quelle chose étrange, quelle chose curieuse que les matériaux qui constituent ce monde. Le vent s'engouffre entre les parallélépipèdes de verre, de béton et d'acier et les gens réajustent leur cache-nez et se dépêchent de traverser le parvis comme des petites souris énervées. – Quelle est exactement la mission de Fondation Source ?

Le journaliste a une tête chafouine et légèrement effrayante. Je me demande même s'il ne s'est pas transformé carrément en rat pendant que je regardais par la fenêtre – je le glisse à côté de *Women* de Willem de Kooning. Huile sur toile, dont la reproduction gît sur une couverture de *Beaux-Arts magazine* posé sur le bureau. Pour les yeux et le rictus dans le portrait déstructuré.

— …

— …

Avant de répondre mes yeux font le tour de la pièce, scrutent les murs, sur lesquels il y a peu de chose, une sérigraphie de Basquiat et trois dessins d'un inconnu trouvés aux puces représentant un homme en équilibre au-dessus du vide – au premier dessin l'acrobate se lançait sur le fil, au deuxième il y dansait, au troisième il tombait – et qui est pour moi associé à une phrase précise, « *Un jour Zarathoustra jeta son illusion par-delà les hommes, pareil à tous les hallucinés de l'arrière-monde. L'œuvre d'un dieu souffrant et tourmenté, tel lui parut alors le monde.* » La porte de communication est restée ouverte, la compilation de Claude Challe diffuse une espèce de chant tibétain mélangé à des rythmes suavement barbares. Je me demande si nous devons, pendant l'interview, le journaliste et moi, nous mettre à gigoter.

— Du mécénat. – je souris – Du sponsoring. Et à travers cela le soutien de jeunes artistes.

Aurais-je pu intégrer le journaliste à Morcellement ? Il aurait été facile de le filmer. De laisser une caméra négligemment posée sur un pied à côté du bureau et de tourner. Cadrer juste ses mains. Ou un de ses yeux en gros plan.

— Et avez-vous des interactions avec les autres activités du groupe, notamment ses activités occultes ?

— Pardon ?

— Je vais être plus direct dans ma question. La préoccupation de Fondation Source est-elle l'art contemporain ou bien le transport de fonds occultes à destination du continent africain ?

— Africain…, je répète, souriant bêtement.

Quelqu'un balance au plus haut niveau, avait prévenu Batman, c'est un règlement de comptes entre différentes factions, c'est pour ça qu'on est dans la merde. Cette phrase me semble soudain extrêmement violente. *Qu'on-est-dans-la-merde.* Je souris de nouveau, bercé par ce tempo. Savez-vous qu'en fait nous sommes des robots ? je déclare, c'est inscrit dans un marché de tailleur de bois, à Bop, dans le haut de Dakar, et sans lui laisser le temps de réagir je le frappe violemment au plexus, un coup qui lui coupe le souffle et lui fait monter les larmes aux yeux. Il suffoque.

Non en fait je dis :

— Pardon ? – je me touche le bord des yeux, il vérifie si son machin enregistre – C'est le cas… enfin je veux dire…

nous... oui nous transportons des fonds... enfin je veux dire de l'art... je, heu... je ne comprends pas très bien...

Le journaliste me regarde comme si je détenais quelques secrets premiers (ce qui, je suis bien obligé de le reconnaître, de son point de vue est exact). Je souris de plus belle, cette fois en sortant ma langue et en la faisant coulisser entre mes dents. Je répète que je ne comprends pas, tandis qu'une partie de mon esprit s'est mise depuis quelques instants à dériver.

Ma première rencontre avec Jean Nègre dit Batman date de la fin des années 80 dans la cour de Fresnes, il a déjà son costume gris, un petit bonhomme qui aurait pu être représentant, agent commercial et il gifle à la volée un Arabe débile qui fout le bordel, et comme je suis en pleine révision de mon diplôme d'histoire de l'art je trouve que ce corps renversé sur le sol, Batman qui se frotte la main, les détenus présents, en survêtement, réglant leurs affaires, courant, discutant de leurs jugements à venir, ressemblent à quelque chose de mythologique et de presque irréel, à un tableau fantastique de Goya, la *Cuisine des sorcières* par exemple, et qu'ils représentent tous ensemble, enfermés comme ils sont, avec ce pauvre type gisant par terre, idiot et humilié, un concentré de pouvoir maléfique provisoirement jugulé mais ne demandant qu'à s'abattre un jour sur le monde, et je me rappelle m'être résigné une nouvelle fois à en faire partie et je pense en regardant le journaliste qui tente de prendre une contenance inoffensive, la contenance d'un hamster par exemple, alors qu'il s'agit bien d'un rat, que si Batman était là il le frapperait vraiment, lui ferait peur, et que le journaliste se tairait, ce qui m'oblige à revenir à lui et d'une voix posée je dis :

— Quel est le sens de votre question ?

— Vous avez dit c'est le cas. Vous reconnaissez que Fondation Source s'occupe des transferts de fonds à destination de l'Afrique.

— Pas du tout... non... c'est... complètement surréaliste... nous avons... mais c'était à Ouaga... pour une exposition... c'est totalement indépendant...

J'ai l'impression que même là j'en dis trop, que je m'enferre. Je conclus en disant : Nous avons pour le début de ce nouveau millénaire un certain nombre de projets, notamment l'exposition Règles, d'Elisabeth Summer... (je pense que j'ai oublié de la rappeler). Dans le bureau d'Angèle le téléphone sonne. Par la porte entrouverte je l'entends dire monsieur Dieutre est en rendez-vous, je ne peux pas le déranger mais heureux de cette intervention je dis Si, si, je prends. C'est l'assistante de la responsable de la DRAC.

— J'aurais besoin de vous parler. Venez-vous au vernissage d'Elisabeth Summer, ce soir ?

— Oui, bien sûr. Nous sommes partenaires, je suis un peu, heu... obligé.

Le journaliste, qui possède maintenant une paire de petits yeux brillants, des yeux de lapin à l'affût avec lesquels il me fixe méchamment dit : Et que pensez-vous du suicide du responsable de la sécurité ? L'assistante de la responsable de la DRAC, qui ne peut pas entendre car elle est au téléphone, continue, Vous savez, je me sens tellement mal à l'aise avec Anus et Compassion. Je dis (au journaliste) : Pardon, qu'est-ce que vous dites ?

Jean Nègre s'était fait arrêter en bas de chez un homme politique, un matériel d'écoute téléphonique à la main. Il n'avait même pas voulu décliner son identité aux policiers. Le juge le gardait en préventive par acquit de conscience. Ses empreintes ne sortaient pas au fichier. Pour ma fin de peine, après un long périple en centrale et centre de détention, j'étais revenu à Fresnes, en troisième division, la division des Blacks et de ceux à l'époque qu'on savait porteurs du HIV (c'était au début du sida, l'AP gérait le problème à sa manière). Là où également on avait mis Jean Nègre.

Batman ne voulait ni bougnoules, ni séropositif avec lui, nous avions sympathisé parce qu'il lisait des bandes dessinées et moi aussi (j'étais à la bibliothèque). Il m'avait pris en cellule avec lui.

— Oui, c'est idiot mais cela réveille des choses si profondes. Surtout cette manière d'accoler les deux mots. *Anus.* Et *Compassion.*

— Il s'est tiré une balle dans la bouche, dit le journaliste.

— Qui ça ? je dis, ne voulant pas comprendre.

— Le responsable de la sécurité. Jean Nègre. Que l'on surnommait Batman je crois.

— Je vous remercie, vraiment, je ne sais pas pourquoi mais j'ai confiance en vous.

— Comment le savez-vous ?

— C'est mon métier je suis journaliste. L'AFP l'a annoncé il y a moins d'une heure. Il s'est tiré une balle dans la bouche sur les quais, vers Stalingrad.

— Parce que j'ai commencé une analyse. Et c'est vraiment là-dessus que je bute.

— C'est arrivé quand ?

— À l'heure du déjeuner. Quelqu'un a voulu s'interposer. Il l'a braqué avec son arme avant de... – il mime le geste, pan.

— Dès que je vous ai vu. Ça ne se commande pas.

— Écoutez je vous rappelle, je fais à l'assistante de la DRAC qui continue à parler toute seule. Et on se voit au vernissage. Je vous embrasse... si... oui vraiment.

Le journaliste se lève, me tend une carte, avec son numéro de portable, dit Je sais que vous n'êtes pas directement concerné, mais vous pouvez avoir intérêt à vous appuyer sur un média si ça se passe mal. Je me rends compte qu'il porte un bizarre pantalon avec des espèces de clochettes qui produisent, quand il marche, une petite fanfare de grelots. La porte de l'ascenseur se referme. Bêtement je fais un discret signe de main à une responsable informatique du sixième que j'ai déjà essayé de draguer.

— Oh mon Dieu ! s'exclame Angèle au téléphone, monsieur Nègre ! Mais c'est affreux ! Il a encore téléphoné tout à l'heure !

15.

Face aux ascenseurs menant au parking les hommes en peaux de bêtes distribuent de nouveau des tracts. S'appuyant sur un article paru dans *Le Monde* qui pronostique l'avènement d'une génération de machines supérieures en intelligence à l'homme (les artelecs) le GRAPO (Groupe Raisonnablement Aliéné Par l'Ordinateur) manifeste pour un ralentissement du progrès. L'homme de Cromagnon qui essaye de me persuader du bien-fondé de cette action a mauvaise haleine. En introduisant la clef dans la serrure de ma voiture ma main est prise de tremblements. Je n'arrive pas à m'arrêter. Jusqu'à chez moi je serre le volant de toutes mes forces, comme si j'avais la maladie d'Alzheimer.

16.

— Vous verrez, avait prédit Klingston, à partir du moment où vous déciderez de mettre le monde en forme, instant après instant, ce qui vous apparaîtra ce n'est rien de plus qu'une pièce de théâtre.

Quand Batman m'a expliqué que je devais partir sur l'heure en Afrique porter un passeport à Numéro 3 qui venait de s'enfuir discrètement j'avais opiné (les choix de toute façon n'étaient pas multiples). Mes fonctions à Source étaient tout à fait précises depuis le début, créer une fondation d'art contemporain pouvant servir de couverture pour un certain nombre d'opérations. Cette fondation devait non seulement être crédible mais tenir une place conforme au rang d'un groupe de cette envergure. Je devais, en plus, être à la disposition de Batman pour tout un tas de petites opérations. En cas de crise j'étais évidemment en état d'alerte permanent. C'est lui qui m'avait recruté, c'est lui qui avait eu l'idée de cette Fondation, c'est lui qui de toute façon s'occupait de tout.

Le voyage en Afrique avait été aussi bizarre qu'imprévu.

Numéro 3 n'avait pas de passeport français (à part le sien). Il lui en fallait un. Batman s'en était occupé (le fils de je ne sais qui, mourant, avait vendu la pièce d'identité de l'agonisant pour cent mille francs). Numéro 3 devait se poser sur un terrain militaire au Sénégal, récupérer le passeport (que j'amenais) et redécoller vers des cieux plus cléments. Un « ami » devait me contacter dès mon arrivée à Dakar, seulement il y avait eu un problème mécanique, et après deux jours à poireauter dans une chambre mal climatisée – j'en avais profité pour rendre visite à des artistes locaux et faire fabriquer mes robots nègres – j'avais eu un message de Batman m'invitant à foncer à Bamako, où un nouveau contre-ordre m'avait rapatrié à Dakar. J'avais loué une voiture pour filer vers la frontière du Mali et de la Mauritanie. Numéro 3 et deux fidèles, effondrés de chaleur, attendaient la pièce manquante à la réfection du train d'atterrissage et le passeport.

Ce périple m'avait semblé la préfiguration d'un rêve. Une sorte d'antichambre aux contours mal définis, ou pas encore tout à fait visible, mais baignée d'aspérités reliées par une atmosphère diffuse, qu'une âme naïve aurait facilement associée à des phénomènes occultes, à de la sorcellerie.

Les embouteillages essayent de ressembler à quelque chose de joyeux, sans y parvenir complètement. L'année qui va suivre comportera, pour tout le monde sur la terre (y compris je pense en Chine) trois zéros. C'est la première fois depuis l'unification numérique du monde et depuis que Sylvestre II avait imposé cette hérésie (ce chiffre vide) à la Chrétienté il y a tout juste mille ans.

Jean Nègre, dit Batman, s'est tiré une balle dans la bouche. Je reste sonné par cette information. Je vois la balle, le bruit terrible que doit faire la détonation. Je revois le cadavre de l'enfant. À travers le pare-brise traversé par les essuie-glaces les voitures allument leurs feux stop en cadence, comme si elles dansaient.

Malgré son état de décomposition le corps du juge Forlani portait des traces de coups, voire de torture. Je ne vois aucune solution picturale possible à ce problème. Je commence à avoir mal à la tête.

Je décide d'ajouter une troisième proposition-question à ces deux constatations (la mort de Jean Nègre, celle du juge) : à partir d'une certaine heure les parkings de La Défense sont déserts et ressemblent à des coupe-gorge, Gérard Lebovici étant mort dans un parking, quelle influence cela avait-il eu sur la diffusion du message de l'Internationale situationniste qu'il éditait?

Et d'ailleurs qui s'intéressait au situationnisme?

Et à l'art contemporain?

Et pourquoi?

Qui donc s'enthousiasmait pour les installations d'Arno Serra ou les vidéos de Nan Jun Paik? Les machins bizarroïdes de Martial Witcher, les réseaux de papier kraft d'Axel Mort. Les élucubrations diverses, les mannequins peints en orange et posés au milieu du désert, les toiles monochromes beige de sept par cinq et les sculptures en métal chromé représentant RIEN et quelques détails? Quelle était la légitimité de tout ça? Et après tout quelle différence avec, hum, voyons, par exemple Sœur Marie Cachou des Neiges dont j'avais reçu (par quel hasard) le composite : *Après des années de galère cette jeune femme mise tout son avenir sur la chanson, dans ses chansons qui sont modernes, rétro. qui vont de la valse à la techno-valse, elle parle d'elle-même, de sa région, de sa foi.* Quelle différence dans l'élan artistique? Le composite était accompagné d'une affichette mal photocopiée à communiquer au responsable de sa paroisse et avait atterri sur mon bureau la semaine d'avant mon départ pour Dakar, peut-être le même jour où Klingston nous proposait son jeu stupide. Pourquoi ne pas considérer Sœur Marie Cachou des Neiges comme une sorte d'installation, voire un dispositif? Était-elle moins digne d'intérêt que les indispositions d'Elisabeth Summer, qui pompait royalement plusieurs centaines de milliers de francs aux différents sponsors pour étaler des tampax souillés dans des conserves transparentes? Pourquoi ne pas contacter Sœur Marie Cachou des Neiges (qui travaillait avec son frère, technicien de la lumière et du son, sur la photo le frère avait l'air nain et arborait une mine ébahie), Sœur Cachou ressemblait à Mireille Mathieu, mon Dieu qui se souvenait encore de Mireille Mathieu? De vieilles femmes en province? Klingston aurait pu la faire venir à Paris – Sœur Marie Cachou, pas Mireille Mathieu – organiser une performance, pourquoi pas dans un de ces lieux hype dont regorgeait la capitale, inviter le listing entier des connards habituels, le tout enrobé dans un packaging adéquat, par exemple avec Fabrice, Fabrice Hybert présente, Hybert avait la grosse-grosse cote, l'ex-ministre et sa femme en taperaient dans leurs mains, peut-être se laisseraient-ils aller à chanter un cantique.

Quand j'arrive à l'exposition je suis de nouveau complètement déprimé, j'en ai gros sur la patate à cause de

Batman et j'ai peur que les choses finissent vraiment par tourner mal, qu'ils viennent me flinguer, et me demander ce que j'ai fait de l'argent, et quand le mot argent apparaît sur mon écran interne je le chasse et je me concentre sur tout autre chose, sur la tête du journaliste-félon et mentalement je le bourre de coups de poing et je lui fais très mal.

17.

L'exposition a lieu au centre culturel Wallonie-Bruxelles, dans le Marais (la fille, en fait, devait être belge, je n'arrive pas exactement à m'en rappeler, peut-être luxembourgeoise, mais dans ce cas pourquoi le centre Wallonie-Bruxelles ?). Ces trous de mémoire devraient commencer à être inquiétants, il n'en est rien, j'ai l'impression qu'une partie de la réalité (celle qui n'a aucune importance) ne s'imprime pas. C'est donc plutôt un plus. Au moment de descendre de voiture une chanson (de G. Manset ? de M. Delpech ? de M. Fugain ?) donne une sorte d'épilogue sonore à cette fin d'après-midi.

Renvoyez-nous d'où l'on vient
Par le même canal, le même chemin
De l'éternelle douleur
De la vallée des pleurs...

L'exposition s'intitule donc Règles – après plusieurs semaines d'hésitations sur Monstrueuses Menstruations. Un tampax imbibé d'éosine (le faux sang ayant finalement fait faux bond) est distribué à l'entrée. – Comment ça va ?

— Mais bien, vraiment très bien.

— Oh ! Louis, my friend.

Je souris, j'embrasse des visages, serre des mains, serre et étreins des corps de gens dont je ne connais même pas le nom, ou que j'ai oubliés, des gens charmants, des gens amateurs d'art contemporain. En me voyant, Klingston — en grande discussion avec l'ex-ministre — m'adresse un petit signe de connivence. L'homme politique s'est épinglé le tampon intime maculé de faux sang sur le revers de son veston, à mon intention il plisse amicalement le front.

— Je suis bien contente de vous voir.

L'assistante de la responsable de la DRAC porte un kilt écossais et un chemisier rose pâle, le nœud papillon orange dont elle a ceint ses cheveux jure avec l'ensemble – je transfère la totalité de la scène sur un Théo Von Doesburg. Composition. Huile sur toile. En même temps je me demande ce qui se passe quand quelqu'un a décidé de mourir. Quelles sont ses pensées, ses sentiments, ce qu'il se dit, ce qu'il attend ? Est-ce qu'il y a une curiosité, une impatience de savoir, ou est-ce que la peur prédomine ?

— Comment vous sentez-vous ?

Je suis un peu désarçonné par sa question. Je ne sais pas trop quoi dire. Batman est mort. On était plus ou moins amis. Ça craint. Des vilains sont peut-être tapis dans l'ombre et en veulent à ma vie. C'est à cause du juge. Le fil de fer. L'Afrique aussi. Une lépreuse anglaise totalement squelettique, entre Bakel et Matam. Belle exposition, non ?

— Bien, je dis. Ça va. Bonne forme. Satisfaisante.

— Moi pas du tout. Je suis bouleversée. Elle baisse la voix. Je ne savais pas du tout qu'il serait là. Vous savez que certaines personnes ont des pouvoirs occultes et peuvent agir sur vous à distance ?

— Oui, je réponds machinalement, avant de me dire non, en fait non, je n'en sais rien. C'est… je suppose que oui, certaines personnes ont des…

Je n'arrive pas à dire pouvoirs magiques parce que je suis pris d'une brusque envie de la baiser et je suis sur le point de lui proposer : Si nous allions dans un endroit discret, les toilettes par exemple, mais je ne le fais pas, je me contente d'une tentative d'hypnose sur la dentelle de son soutien-gorge qui dépasse de son chemisier. Ma tentative dure plusieurs minutes, gratifiée d'une issue incertaine mais pas complètement négative. La définition du mot Règles est marquée sur un mur. La musique est presque assourdissante. Quelqu'un fait remarquer que c'est Faithless, le morceau *Drifting Away*, et que cela va bien avec l'énergie du truc. Je ne sais pas qui est Faithless – c'est Angèle qui s'est occupée avec l'artiste de la bande-son mais j'acquiesce de confiance et je bats même vaguement la mesure avec le bout de mon poignet. Pour m'arracher à la contemplation du soutien-gorge je fixe la définition.

RÈGLE. *n.f. Instrument droit et plat, pour tracer des lignes. Fig. : principe de loi. Nom donné à certaines opérations arithmétiques. Statut d'un ordre religieux. Menstruations des femmes : qui a ses règles, ses menstrues. Une femme bien portante est réglée tous les vingt-huit jours.*

Je pense que beaucoup de gens, surtout dans les grandes villes, doivent éprouver ce sentiment d'irréalité. Que c'est maintenant notre lot. Et comme les conversations autour de moi roulent sur l'explosion du Net (on parle de millions de francs, il a levé vingt-six millions de francs pour son site de VPC artistique) j'en viens à la notion de réseau et je repense encore aux tisserands dans le marché de Bop et au visage de celui qui semblait être le chef et à l'impression que j'ai eue, que le monde se tissait là-bas, que dans l'enchevêtrement de leurs fils se tramait l'organisation de nombreuses vies et peut-être de la mienne, ce qui n'est pas, dans le fond, plus idiot qu'autre chose.

— Alors, s'approche Klingston, comment va notre nouvel artiste ?

L'assistante de la responsable de la DRAC a disparu au milieu d'un groupe bariolé, aspirée par les petits fours : Vous progressez ?

— Oui, je réponds, calme. Dans le sens où chaque jour est différent. Mais... Afrique, quoi, voyage, donc... un peu de retard mais en même temps... intéressant parce que nourrissant par rapport au projet, c'est... oui, progrès je pense !

Au fond d'un grand bocal pharmaceutique s'entassent pêle-mêle des serviettes hygiéniques, des slips souillés et des tampons. C'est répugnant.

— Quand même, ça donne envie de vomir, commente un jeune.

— Tu m'étonnes, approuve son copain, comment ça coupe l'appétit !

— Toujours d'accord pour demain soir ?

L'assistante de la DRAC, depuis le buffet, dans le dos de Klingston, me fait des signes.

— Oui, toujours d'accord.

— J'ai cru voir Anus et Compassion, serait-elle parmi nous ?

— Je ne sais pas. Vous savez je ne suis que Classification et Morcellement, je n'ai pas d'informations supplémentaires.

Klingston hoche la tête et se détourne. Un journaliste, friand d'entendre ses commentaires sur cet étalage de féminité brute, lui tend un micro. Toute cette assemblée me paraît semblable à une réunion de fantômes. Quelqu'un au milieu déclame des phrases tirées d'un roman de Guillaume Dustan : « *Il a dit je me laisse prendre. On peut me prendre. Je me suis levé, j'ai hésité et puis je suis allé sniffer ses chaussettes, des chaussettes assez fines en coton noir qu'il avait retirées et laissées sur le balcon* » et aussi « *Elle m'a dit une chose renversante. L'univers est fait pour exaucer nos désirs. C'est à ce moment-là que j'ai arrêté de penser que j'étais fou.* » Je me rappelle un rêve, nous sommes tous quatre avec Klingston, qui nous fait jongler avec des crânes auxquels des lambeaux de peau sont encore attachés, peut-être les ossements du juge Forlani ? Mais pourquoi vouloir à tout prix aller de l'avant, hurle l'assistante de la DRAC, pourquoi vouloir à ce point être moderne ? C'est moi qui lui réponds. Mais parce que nous n'avons pas le choix, le passé n'a apporté aucune réponse, sinon nous l'aurions su, et comme ce n'est pas le cas, nous sommes condamnés à avancer. La modernité n'est pas qu'une fatalité, elle est notre salut. Klingston m'approuve.

L'assistante de la DRAC revient, deux coupes de champagne à la main.

— Tenez.

Elle se penche légèrement en avant, on voit plus que la dentelle, on voit le début de ses nichons.

— Merci.

Peut-être aurais-je pu écrire comme Guillaume Dustan un bon vieux roman pède avec des passions de garçons, un parfum de tragique et de trous du cul. « *J'ai sorti ma bite, elle était encore rouge de la séance d'hier soir, j'ai dit : tu veux que je te fouette un peu ? L'air était pur, sur la piste de ski une femme dont la combinaison fluorescente était à moitié déchirée avait perdu le contrôle de sa luge et fonçait vers les sapins. Je t'aime tu sais. Ma bite me faisait mal, elle me grattait.* »

Je fais un signe à l'artiste, qui est entouré d'un aréopage où je reconnais un certain nombre d'abrutis systématiquement présents dans ce genre de raout. Je lui dis de loin Bravo, c'est très, très réussi, je comprends qu'elle répond Oui, mais c'est dommage pour le sang, et j'opine, en prenant un air désolé, et l'assistante (Anus) de la DRAC me souffle dans l'oreille Vous savez que le sang est utilisé dans tous les processus de magie noire du monde depuis la nuit des temps et l'ex-ministre, qui vient de se rapprocher, pose sa main sur mon avant-bras et dit : J'ai prévenu Siméon Franklin, il attend que vous l'appeliez, vous allez voir c'est… – il hoche la tête, cherchant l'expression qui ferait mouche – … on n'en sort pas indemne.

— Vous ne voulez pas que l'on parte d'ici ? je souffle à l'assistante de la DRAC. Je… il fait trop chaud, non ?

Elle aussi a l'air au bord de la suffocation. Vous… si vous voulez… Je… je me sens tellement mal quand il est là.

— Je vous laisse finir, je glisse à Angèle discrètement en me faufilant vers le vestiaire, je… j'ai un petit coup de mou, je vais… heu… rentrer, vous saluerez Summer pour moi. C'est… la mort de …

Elle acquiesce et me dit qu'elle comprend très bien.

Dehors : en face du musée Picasso un squat d'artistes signale sa présence à l'aide de grands draps peints, comme des manifestants en grève. Sur la banderole on peut lire Maître Faim à Séjour. Un artiste-squater sort de l'hôtel particulier tagué et fait exploser un pétard. L'assistante de la DRAC sursaute.

Je dis C'est vraiment épatant cette manière qu'a l'art de prendre possession de chaque coin de rue, formidable non ces draps peints et ces slogans, vous ne trouvez pas ? mais elle ne répond pas à ma tentative de blague.

L'air frais m'a fait du bien. Je me sens mieux.

18.

— Je m'appelle Sylvie.

Il y a un temps de silence gênant, je réalise qu'effectivement je ne connais pas son prénom, alors pour ne pas que cette gêne s'installe je lui dis le mien, Louis, sa voiture est propre et bien rangée et je sais qu'elle doit vivre toute seule et certainement ne pas avoir de mec, et que cette disgrâce humaine et sociale doit la miner, elle répond C'est joli, mais en ayant l'air ailleurs, j'acquiesce, Oui, on peut aussi dire Lou, c'est plus dans le coup, je dis aussi Enchanté, toujours pour continuer sur une note d'humour, mais également toujours sans succès, pire au moment où nous tournons rue de Rivoli elle se met à pleurer, ce qui d'abord me désarçonne, mais de la même façon que la confession de Batman est venue enrichir Classification je décide d'intégrer celle de Sylvie dans mon projet, de faire, réellement, de cette dernière semaine du siècle une tentative exhaustive de mise en forme des éléments croisés et rencontrés, parce que ça me plaît, et que c'est aussi un dérivatif contre l'angoisse que je sens sourdre d'un peu partout.

Deux titres me semblent possible : *Les larmes de l'assistante de la responsable de la DRAC* ou : *Tendres sont les connes*. Je choisis d'opter pour *Tendres sont les connes*.

Quand elle commence son récit je me fais la réflexion que tous les feux jusqu'à la place de la Concorde sont pilotés par ordinateur mais que peu de gens le savent et que ça doit être pareil pour le reste, que l'on doit être en partie piloté de quelque part mais que l'on n'a aucune connaissance de ça. Qu'on reste toujours à moitié aveugle.

Tendres sont les connes.

Je m'appelle Sylvie et j'ai vingt-neuf ans. Après des études d'histoire de l'art, j'ai intégré, grâce à mon père qui en connaissait la responsable, le service de la DRAC en charge des manifestations d'art contemporain. L'expérience artistique proposée par K. de mettre en forme sa dernière semaine du millénaire à partir d'un thème particulier – en l'occurrence pour moi Anus et Compassion – a réveillé un certain nombre d'émotions enfouies.

J'avais huit ans lors de mes premières vacances chez mon oncle et ma tante, dans le Jura. Leur fils, Moïse, était attardé. J'ai tout de suite ressenti à son égard un profond sentiment de pitié. D'été en été nos liens sont devenus plus forts et lorsque j'eus douze ans (il en avait alors quinze), il me demanda pour la première fois de le masturber. [Pendant tout le temps que dure le récit Sylvie conduit, parfois elle pleure, parfois ses larmes s'arrêtent. En s'engouffrant dans le parking des Halles une mauvaise manœuvre fait qu'elle érafle légèrement sa carrosserie.] *Ce n'est qu'aux vacances suivantes qu'il commença à me sodomiser sans que je lui résiste, considérant que c'était mon lot – j'étais à l'époque très pieuse – de lui faire connaître le bonheur au moins une fois dans sa courte vie. Les souvenirs des heures passées en sa compagnie, dans le grenier de la ferme de ses parents, ont hanté ma vie jusqu'à aujourd'hui. Je n'ai jamais pu avoir de relations saines avec un homme depuis. Le dernier jour, Moïse, qui savait à peine écrire, me griffonna une petit mot sur une feuille d'emballage de charcuterie, inspiré d'une couverture de livre qu'il avait vu : Tendres sont les connes. Je ne suis jamais retournée là-bas. J'ai appris sa mort cette année. Il avait trois ans de plus que moi et était placé dans un centre spécialisé.*

Je reste assez bête face à ce récit, désarmé, je lui touche la main, je la retire, plusieurs fois, nous sommes arrêtés pas très loin de l'Élysée et les policiers en faction nous regardent, pas certains de ne pas devoir intervenir, mais pas totalement sûrs du contraire, ce qui nous met dans une situation de qui-vive, qui se mêle à l'émotion et à la buée contenue dans l'habitacle du véhicule et je finis par trouver une solution intelligente, je propose — On pourrait aller voir le film de Kubrik, non ? Le film de Kubrick vient de sortir. Il met en perspective un certain nombre de problématiques amoureuses à l'intérieur d'un couple, il y a – la presse s'en est fait l'écho – des scènes de partouze costumées, mais ça ne dit rien à Sylvie, alors nous regardons *Pariscope* et comme au Forum des Images passe un film (un film ? vraiment un film ? non, plutôt une... variation, un ... essai, disons... sonore, enfin ils en disent le plus grand bien dans *Art Press* – ah ! si *Art Press* est pour alors...) dont *Art Press* avait parlé et que c'était pile poil bon pour la séance nous fonçons jusqu'aux Halles, courons du parking à l'ascenseur (j'ai l'impression d'une cavalcade complètement à contre-temps, comme quand on essaye de courir dans un rêve, sans succès), un clochard a pissé sous l'escalator ou chié je décrypte ça du coin de l'œil tout en courant, et les vigiles, bien sûr noirs avec d'effrayantes coupes de cheveux rasés sur le côté et des plis de muscles dans leurs cous de taureaux et ils tiennent au bout de leurs bras de gros chiens vilains – leurs muselières sont mises, sinon vous savez ils vous mordent et vous font très mal, ils sont dressés pour ça, pour punir les humains contrevenants ; le réprimandent. J'entends que malgré la situation, pourtant sans équivoque (le salopard a souillé l'enceinte du Forum), ils le vouvoient – une case d'un album de Mattotti où des silhouettes tirent sur un filet et crient Plus fort, tout fout le camp !

La place carrée est pleine de petits groupes de gens.

On songe évidemment à *Blade Runner.*

Je pense que je vais entrer maintenant dans une tourmente aussi épouvantable qu'inéluctable et je me demande si j'ai accumulé suffisamment de Pouvoir Personnel pour y faire face.

Ensuite je me demande pourquoi je pense ça.

19.

Nous sommes installés dans la salle aux trois quarts vide. Elle est inclinée presque à la verticale, comme si on voulait nous faire choir vers l'écran. Dans mon rêve chaque jongleur était devant une petite table, affublé d'un curieux chapeau et manipulait différents éléments dont un couteau, des dés, une balle et un gobelet.

— Et pourquoi pensez-vous que Klingston ait des pouvoirs magiques ?

J'ai dit ça sans intention particulière, mais elle se retourne et il me semble que son mouvement génère une avalanche d'étincelles que l'obscurité met en valeur et je me dis Mince je suis à cran, j'ai un éblouissement. Ses yeux sont exorbités, en billes de loto, et elle chuchote, avec un sifflement de lézard drogué : Parce qu'il sait tout de moi, ce qui me fiche les jetons.

Le film (vraiment vous êtes sûr qu'il s'agit d'un film ?) est déjà commencé, c'est effectivement une variation d'après *Vertigo* d'Alfred Hitchcok. Sur la musique de *Vertigo*. Le chef d'orchestre est filmé en gros plan et je comprends immédiatement qu'il s'agit d'un parti pris esthétique, d'une direction assumée par l'auteur. Son visage et ses mains occupent tout l'écran et de ce fait la musique d'Hermann en devient insoutenable. Sur la rangée d'après un bienheureux s'est déjà endormi. Ça rejoint l'idée que j'avais pour filmer le journaliste chafouin tout à l'heure, ne faire que des Macro-Plans. Deviner derrière la texture de la peau les humeurs et les pourrissures qui s'y commettent.

— C'est bien, non ?

— Oui, c'est... heu... pas mal... enfin je veux dire... intéressant... oui... vraiment...

Dehors :

Partout à l'extérieur du forum, un ciel de métal recouvre Paris et l'on voit des ombres qui planent et leurs dessins sur les trottoirs font des taches trop grandes pour être décodées par l'œil et cette encre progresse et il est clair que dans cette salle ce ne sont pas des humains mais des vampires, à l'affût, venus là pour se distraire, qui nous entourent Sylvie et moi. Je lui saisis tendrement le poignet et puis, le film avançant dans ses interrogations musico-dermiques (les arêtes du nez du chef d'orchestre sont photographiées de si près que cela aurait pu servir pour une étude sur la peau, pour une marque de crème, le chef d'orchestre n'étant pas de ce côté complètement irréprochable, il a quelques points de couperose), ma main descend entre ses cuisses, une trajectoire directe et sans hésitation, remonte légèrement sa jupe et elle ne dit rien, regarde fixement l'écran et la couperose presque obscène du chef d'orchestre. Mon poignet tangue aux inflexions impitoyables de la musique d'Hermann. J'entreprends de lui masser la moule, en me concentrant sur cette action d'une façon suffisamment intense pour réussir à chasser une pensée qui pernicieusement depuis le début de la projection revient occuper mon esprit, à savoir que l'argent est toujours au vestiaire de la piscine, et que j'ai toutes les chances de me retrouver nez-à-nez dans les plus brefs délais avec un tueur doté d'un horrible masque de Pif le Chien, puis je sens qu'elle se raidit, mais sans savoir, je me dis ça à cause de sa confession, si c'est par dégoût, si je lui fais mal ou si elle jouit et comme elle soupire, et ensuite se détend, j'en conclus que c'est la troisième hypothèse qui était la bonne, et je lui prends la main et elle me masturbe et j'éjacule en me tournant sur le côté pour éviter de salir mon pantalon ou ses vêtements.

20.

Nous stationnons quelques minutes devant chez elle, nous nous embrassons, en remarquant que vient de commencer (il est zéro heure deux) le dernier jour du deuxième millénaire, ce qui agrémente l'instant d'une solennité un peu forcée. Je dis Alors à demain, c'est important que vous alliez jusqu'au bout, faisant allusion à Anus et Compassion, ce qui a eu pour effet de déclencher de nouvelles larmes et donc de précipiter ma retraite. J'arrive à la pousser hors de la voiture. Puis je fonce chez moi, le parking est fermé et je n'ai pas la clef électronique (pas encore reçue), heureusement il y a des places et je trottine vers le hall de l'immeuble dont les digicodes viennent d'être installés mais heureusement pas en service, m'attendant à me prendre une balle à chaque mètre, et une fois dans l'ascenseur je me regarde dans la glace et je m'aperçois que j'ai quand même un peu de sperme sur le haut de mon pantalon et que mes doigts sont encore pleins de l'odeur de sa chatte.

Le binaire, quant à lui, apparaît – -3000 – sous la forme d'une figure magique, celle du yi-king, qui utilise le principe du Yin et du Yang pour fabriquer des hexagrammes. Concepts redécouverts et popularisés en Europe par Leibniz cinq millénaires plus tard. L'univers peut donc se décoder sous forme de questions-réponses simples (oui-non) entremêlées à l'infini.

Chapitre 3

Classification et Morcellement

Car l'homme en tant qu'homme ne peut rien enseigner à un autre homme; la magie seule peut enseigner.

1.

Je suis attaché à des piliers en béton, crucifié, mes poignets et mes os me font mal et j'ai mal à la tête, mal partout. On m'avait invité à peindre des mammouths et des ours sur le mur d'une grotte et je n'y étais pas arrivé. J'avais merdé. Mon dessin ne ressemblait à rien, pas même à un lapin ou à une souris préhistorique, juste à un étron informe dont les contours dégoulinaient. Vous avez failli Louis, avait annoncé Klingston, je suis désolé mais vous risquez d'être recalé.

Dans un coin du souterrain quelqu'un (un complice?, la projection astrale de Klingston?) ressemblant à un Sumérien, inlassablement, jette une fleur dans une tombe ouverte.

On entend des gémissements.

Sur une table dressée pour la circonstance une femme ligotée – l'assistante de la responsable de la DRAC, évidemment –, tel un pauvre saucisson paraplégique, se débat.

Klingston reprend :

— Pour un réveillon réussi il faut une… ?

— Dinde, je m'entends dire, c'est ça, une dinde ?

L'assistante de la responsable de la DRAC roule des yeux affolés.

— Lorsque l'on associe l'expression artistique au fait de sublimer, mettre en forme, exorciser ses démons intérieurs, on peut dire que l'on fait…

— Que l'on fait, que l'on fait… ?

— De la…

— De la ?

— Psy…

— Psy… ?

— Cho…

— Cho… ?

Il est vraiment complètement con, chuchotait Klingston au Sumérien.

— Psychologie ?

— Magie, Louis, magie. On fait de la psycho-magie.

L'étoile surmontant le ridicule petit chapeau dont s'était affublé Klingston oscille comiquement. Les danseuses s'arrêtent et affichent un air concerné. La musique s'arrête également. Quelqu'un se plaint qu'il n'y a plus de champagne.

— Magie, de la psycho-magie.

— Bien approuvait le mage, très bien, nous allons donc pouvoir maintenant passer à table, j'ai faim !

— Mais… reprenait un chœur invisible, nous n'avons pas…

— Pas de…

— Pas de… ? Pas de… ?

Le Sumérien se retournait, ce n'était pas un Sumérien mais une Sumérienne.

— Marrons !

Et dans un sursaut d'horreur elle se jetait sur moi et d'un coup de dent arrachait mes parties génitales.

2.

— Oui, dis-je, j'écoute.

Ce n'est pas Klingston, mais une voix que je ne connais pas.

— Non, excusez-moi je dormais.

Il était sept heures trente, aurait-il l'obligeance de se rendre à la tour de toute urgence ?

Oui, cela le concernait. Et cela concernait monsieur Nègre.

Nous y étions.

— Je vous attends Louis, avait dit la voix, ne traînez pas.

Je n'avais jamais rencontré que Batman. Pas de rendez-vous dans une annexe d'un ministère ou d'une caserne. Rien. Que Batman et le type de Marseille, quand on faisait des livraisons ou qu'on récupérait des mallettes, celui qu'on appelait l'Autre Pouce, et les amis de Batman, Vapeur et les autres, les truands, quand on partait en java. Et aussi le type qui faisait la Suisse, l'Allemagne et les pays de l'Est.

— Bien, j'avais acquiescé, pas tout à fait réveillé, encore à moitié émasculé par mon rêve, je… j'arrive. Je… le temps de venir, quoi. Le temps de venir.

J'arrive ô chef des agents secrets, me voilà.

Source était garant pour le prêt de l'appartement. Ma voiture était au nom de Source. Je venais juste d'emménager. Un appartement spacieux, clair et fonctionnel. L'appartement du responsable de Fondation Source. Cent trente mètres carrés dans un quartier moderne avec des galeries modernes, un complexe cinématographique et une vue sur la Seine et les voies sur berges mais l'appartement était complètement insonorisé. Je vous le garantis avait insisté la représentante du promoteur, c'est une très-très belle affaire. Les robots ont dû se relever tout seuls pendant la nuit, ils me regardent, au milieu du salon, perplexes.

Les travaux ne sont pas finis, l'ascenseur ne fonctionne pas encore, dans l'escalier ça sent la peinture et l'enduit frais.

Les ouvriers arrivent, et comme trois jours avant j'ai donné un billet au chef de chantier pour qu'on construise des jardinières sur mon balcon je dis en passant, m'efforçant de sourire et d'avoir l'air *normal* : Ça va chef ? Prêt pour le réveillon ?, au fait vous penserez à moi pour les jardinières, souriant encore plus, sans montrer que je suis en train de vivre mes derniers instants, qu'un tribunal horrible a déjà décidé de mon sort, là-bas, à l'autre bout de la ville, dans un bureau d'une tour de verre et d'acier, et que le rêve de mon émasculation n'était que les prémices d'une série de châtiments bien plus atroces et au moment où cette pensée sinistre m'enveloppe mon regard se pose sur le haut de son bleu de travail, qui a été éclaboussé de plâtre, et cette éclaboussure forme une réseau de signes incroyables, d'une pureté équivalente à des caractères japonais, – il manque juste un certain équilibre dans l'horizontalité du dessin pour que l'ensemble soit parfait – et saisi par cet émerveillement je reste coi et je tends la main, pour redresser légèrement le col du chef de chantier, qui dans le même instant me regarde, interloqué, opère un début de mouvement arrière, pour se mettre à l'abri de mon geste pourtant si empreint d'une dynamique esthétique et il dit, je pense afin de me rassurer et d'éradiquer ce qu'il doit interpréter comme une tentative homosexuelle de le frôler : Non, non, je ne vous ai pas oublié mais il faut juste voir pour les briques, c'est les briques pour le moment qui manquent, mais on va essayer de passer tout à l'heure, et ma main retombe, je dis D'accord eh bien à tout à l'heure, de toute façon vous avez le double des clefs et j'ajoute, Au fait, vous pourrez essayer de me récupérer un bip pour le parking, j'ai été obligé de me garer dehors hier soir, et il acquiesce et dit qu'il va voir avec le gérant. Quand j'arrive à l'air libre une rafale revancharde s'attaque au reste d'un toit en plexiglas.

Je ne comprends pas comment les robots ont fait pour se relever tout seuls.

3.

Dehors, de l'autre côté de la Seine, la Bibliothèque de France a subi quelques dégâts mais vaillamment a résisté à la tempête. L'imminence du XXIe siècle aurait pu provoquer un sursaut de grandiose, des imprécations lancées du haut des buildings par des tribuns inspirés « ô vous peuples de la terre », il y avait juste après les informations où il était encore question de la tempête et de la mort du juge Forlani, une série de spots publicitaires concernant un programme immobilier dans l'Est parisien « l'Est parisien, l'endroit que chacun veut faire sien », et bien sûr les derniers conseils pour votre réveillon.

Les journaux n'étaient guère plus brillants, dans *Le Parisien* que je happe au passage, m'accordant un répit de cinq minutes pour boire un café avant mon exécution, Martine Fréneaux, 30 ans, éducatrice à Charlevilles-Mézières (08) annonçait : « *Cette année, ce sera exceptionnel, puisque mes beaux-parents nous invitent à un dîner-spectacle à Reims, dans une cave champenoise. C'est une belle surprise pour un réveillon de l'an 2000 qui sera hors du commun. Cela va changer des soirées traditionnelles que nous avions l'habitude de passer jusqu'à présent* » et Fabrice Malonga, 54 ans, jardinier Paris VIe : « *J'ai prévu un très bon dîner avec les enfants et des amis. Au menu : foie gras, saumon, sanglier et champagne. Mais ce qui m'intéresse le plus c'est le bug ! J'aimerais que tout s'arrête, qu'il n'y ait plus de lumière, bref que ce soit un peu la panique.* »

Il avait été pourtant souvent question d'étoiles. D'espaces intersidéraux. D'une odyssée. Des êtres brillants et la grande lumière blanche. L'ère du Verseau, la crème en quelque sorte, pas d'une coupe de champagne et de quelques cacahuètes. Putain, nous avions convoqué la grande baleine bleue et, vraiment je n'y comprends rien, c'est une petite chose terne un peu mitée avec un manteau en acrylique qui est venue et elle demande si le foie gras c'est du entier ou du reconstitué.

Je paie et je ressors dans le froid et le vent. Le jour se lève. Je n'arrive pas à savoir si l'heure de ma mort est arrivée ou pas, je me dis Plein de gens meurent à chaque seconde de la vie de la Terre et ça n'a aucune importance. Autant en faire abstraction.

4.

Quand j'enclenche mon badge dans le lecteur magnétique des portillons du hall, deux silhouettes en costumes se détachent du mur et m'emboîtent le pas, appuient à ma place sur le bouton de l'ascenseur et une voix me dit – ma voix peut-être, la voix de mon sur-moi –, totalement déconnectée encore avec ce que je pourrais ressentir, Mon Dieu qui vais-je donc voir maintenant, Smyley? Le Vieux? un ordinateur surpuissant? le père de Fantômette? et aussi : De toute façon qu'aurais-je pu faire? me sauver? fuir à l'étranger? faire le mort? me suicider comme Batman?

L'état-major de la Défense nationale et du contre-espionnage avait dressé ses quartiers dans le bureau de monsieur Nègre, dont on achevait de vider les étagères et les tiroirs. Il se composait, en plus des deux zombies de l'ascenseur, d'un couple ressemblant de manière frappante à Tom et Jerry. Quand nous sortons de l'ascenseur, Tom et Jerry sont en train de raccompagner le responsable des Ressources humaines, sous le choc, quand il me voit il détourne les yeux, comme s'il était peut-être en mon pouvoir de le contaminer et de faire rejaillir sur lui une partie de ces effluves immondes que dégorgeaient depuis plusieurs mois les soubassements de la tour.

— Nous sommes à vous tout de suite Louis, dit Tom.

Je hoche la tête, acquiesce, en essayant d'être, de paraître... détendu..., détaché même, en tout cas pas coupable, je souris vaguement, peut-être n'est-on que la projection d'un film, une somme de carrés à deux dimensions pas tout à fait réels, et qu'il s'agit juste de ça, c'est ce que je me dis en m'asseyant sur la banquette violette, aux couleurs du Groupe, une scène de film, en dix ans combien avais-je pu toucher de Source? combien Batman avait-il tapé dans les sacs? difficile de le chiffrer avec précision, certainement une folie.

Je reste assis dans l'espèce de semi-salle d'attente, il est neuf heures du matin et le personnel n'est pas encore arrivé, il n'y a que les femmes de ménage (de couleur bien sûr), quand elles font mine de s'approcher, elles se heurtent au barrage de Zombi 1, qui dit Ce n'est pas la peine aujourd'hui, je vous remercie, comme s'il était chez lui, aux commandes, et la femme de ménage bat en retraite et nous restons entre nous. J'essaie de m'intéresser aux revues qui traînent sur une table (un numéro du *Figaro Magazine* – article sur les investissements judicieux en art contemporain). Je m'aperçois qu'il y a également un livre de Jean-Paul Sartre, *L'Idiot du village*, dans une grosse collection chez Gallimard, le genre de livre que l'on trouve dans les librairies du Quartier latin, et je vais pour le prendre, intrigué et je vois que Zombi m'observe, et l'espace d'un instant j'ai cette pensée folle, ils veulent vérifier si j'ai des tendances révolutionnaires et puis je me reprends, souris à Zombi 2 et ouvre le livre au hasard et lis, presque machinalement : «*Par cette raison, tout être qui se révèle apparence et toute apparence qui confesse son non-être risquent de nous dénoncer comme pour paraître ou dévoiler notre "être abyssal" comme ignominieux ou terrifiant. Ainsi, quand un objet mondain nous paraît louche, c'est le monde tout entier, nous-même et notre rapport au monde qui devenons suspects : ce qui allait sans dire ne va plus de soi; compromis jusqu'aux arcanes de l'existence, nous entrevoyons une monstrueuse altérité de l'être qui serait la vérité du cosmos et de notre personne.*» Au bout de ce paragraphe la porte s'ouvre, le directeur financier (un des directeurs financiers, celui qui s'occupait des transits sur le compte de la Fondation) sort en s'épongeant le front et Tom me fait signe d'entrer.

5.

— Asseyez-vous.

Depuis Noël de grandes affiches égayaient Paris, une silhouette de dos évoquant l'image la plus répandue du Christ – celle d'un hippie, chevelu et semi-barbu –, avec cette légende : Es-tu encore parmi nous? et il était difficile de savoir s'il s'agissait d'un début de campagne publicitaire (pour quoi? un parti politique? un déodorant? des fruits exotiques?) ou une interrogation profonde taraudant l'âme d'un groupe de chrétiens. J'irais bien à Rome pour le jubilé disait à mon retour d'Afrique une fille à l'aéroport, j'ai besoin de voir un peu de ferveur.

Le sacré était bel et bien partout. Je ris. Le sacré. Ah, ah, ah. Je ris intérieurement.

— Vous vous doutez bien que l'on a un problème Louis. Un gros, gros problème.

C'est Tom qui a parlé.

Est-ce que j'ai peur?

Est-ce que je suis coupé de mes émotions?

— Vous vous en rendez compte, Louis?

— Vous vous rendez compte de la merde?

Oui, je finis par dire, crispant le visage douloureusement pour bien indiquer que ce n'était pas une réponse de complaisance, Oui, bien sûr…

Ont-ils l'intention de me torturer les dents à coups de perceuse?

— Oui monsieur, je m'en rends compte.

De mon arrivée à Fleury je gardais le souvenir de la petite geôle d'attente, du froid de la douche, le baluchon d'effets avant le photomaton. Mon Dieu le photomaton. Le photomaton et la carte d'identité pénitentiaire. La carte d'identité du bagnard. Est-ce vraiment moi qui ai fait treize ans de prison ou ai-je rêvé? Jerry a-t-il un œil de verre ou est-ce son regard naturel? C'était délicat de se mettre à pleurer tout de suite. Je n'ai rien fait vous savez. Ce n'est pas moi. Oui, il a un œil de verre. La pupille ne bouge pas. C'est Batman. Batman était à l'initiative de tout. D'ailleurs il a tué un enfant. Avec ses mains. Il l'a étranglé. Il me l'a dit. C'est Batman qui prenait de l'argent, moi je n'avais que les restes. Les rogatons.

Sur Ernest Avenue une dérivation était prévue pour les divinités maléfiques. Il y en avait rarement mais cela arrivait.

— Quelle vision avez-vous de ce qui sous-tendait les activités de monsieur Nègre?

Quelle vision? Eh bien une vision un peu floue je crois, oui, floue me semble être le terme adéquat.

Tout est cloisonné m'avait prévenu Batman, ils savent à peine que t'existes, et de toutes les façons n'y tiennent pas, c'est pour ça que je suis là, pour régler les détails.

— Pas grand-chose en fait, si ce n'est que monsieur Nègre pouvait être amené à me demander des services.

Ils ne vont pas te croire, et s'ils ne te croient pas alors ils vont te torturer. Te torturer avec la perceuse juste sur la dent où tu as une carie. Ils vont penser que tu leur mens.

— Et quel genre de services ?

— Des services... différentes sortes.

— Mais encore...

Quelqu'un avait déjà trouvé Jerry beau ? Qu'en était-il de sa vie sexuelle ? Il portait une alliance, trompait-il sa femme ?

Eh bien... c'est un peu dur à expliquer comme ça de but en blanc mais monsieur Nègre était très introduit dans plusieurs milieux, il connaissait des... péripatéticiennes et des revendeurs de drogue, oui, de la cocaïne je crois. De la cocaïne ? Jerry en roulait des yeux en billes de loto. Eh si ! mon vieux, aussi incroyable que cela puisse paraître Batman approvisionnait en coke et en gonzesses une partie du gratin, il les rinçait en filles de l'Est et en drogue. En plus des allers-retours avec le pognon chocolat qui descendait à Tombouctou ou qui en remontait et des écoutes pirates que Batman allait poser chez les uns et les autres. Avoue que ça t'en bouche un coin.

Depuis le début de l'entretien Tom a les mains cachées sous la table.

— Alors Louis, quel genre de services ?

Et s'il n'avait pas de mains ? S'il avait des trucs atroces comme des pattes de chat ?

— Une fois j'ai dû aller à Lyon, dans un théâtre où une personne m'a remis un classeur, que j'ai remis à monsieur Nègre.

— Vous connaissiez cette personne ?

— Non.

Peut-être y avait-il des endroits spéciaux pour les gens comme moi ayant eu affaire aux fonctionnements troubles de la démocratie, des endroits où en plus de vous perforer la mâchoire on vous enfonce des aiguilles incandescentes dans chaque partie du corps, des bastilles secrètes, très loin, en province, où il faisait très chaud l'été et abominablement froid l'hiver. Et si nous parlions un peu art contemporain, Tom ? Savez-vous que pas plus tard que la semaine dernière j'ai rencontré un type sensass, avec qui d'ailleurs je fais une espèce de jeu artistique, c'est très drôle, spirituel même, dans le bon sens du terme, tout le monde peut y jouer, personnellement j'ai tiré Classification et Morcellement, mais vous pouviez aussi tomber sur… Anus et Compassion, marrant non?

— Une autre fois j'ai accompagné monsieur Nègre en banlieue parisienne, j'ai bloqué une rue avec ma voiture en faisant semblant d'être en panne pendant une demi-heure, puis il est revenu et nous sommes rentrés.

— Vous le connaissiez de la prison?

— Excusez-moi, vous avez dit…?

— C'est une sacrée embellie pour vous cette histoire de fondation culturelle. Vous étiez dans la même cellule?

— … oui, à Fresnes. J'avais presque fini ma peine.

— Vous aviez fait combien?

— Treize ans, heu… sur vingt.

— Pourquoi?

— J'avais tué quelqu'un.

— En quelles circonstances?

— Un accident. En prison j'ai passé des diplômes, notamment un doctorat d'histoire de l'art. J'ai été reçu avec mention. C'est pour ça qu'il a pensé à moi lorsqu'il a été question de créer cette fondation.

— Batman t'avait pris en sympathie. C'est lui qui t'a contacté quand t'es sorti?

— Non, c'est moi. Enfin, je veux dire, c'est… je l'ai rencontré par hasard et le lendemain je commençais à Source… Il avait dit qu'il essaierait de m'aider.

Un conte de fées, dit Jerry. Je le regarde, interloqué, Oui, c'était une… j'ai eu un sacré coup de chance. C'était…

— Et en cellule ça se passait comment?

Comment ça, comment? Ô mon dieu, peut-être étaient-ils en train de sous-entendre que Batman était pédé. Que nous étions pédés. Que j'étais son giton.

— Monsieur Nègre recevait des mandats, je chevrote, c'est lui qui cantinait.

L'œil de Jerry part très, très légèrement sur la gauche. Merci dit Tom à l'un des deux en gris qui lui dépose un café. Quel genre de type cela pouvait-il être? Des militaires ? Des fils de militaires ? Des gens avec un idéal ? Mais un idéal de quoi ? D'État ? De système ? Prêts à tout pour sauver la démocratie. Des cyniques ? Des durs ? Des croyants ?

Jerry avait l'air un peu dégoûté.

À Source je touchais un salaire de cinquante mille francs mensuels, plus les frais, les avantages, et des enveloppes sur les voyages, la voiture, l'appartement.

Tu crois pas qu'on délire un peu j'avais dit récemment à Jean Nègre, qu'ils vont finir par se la donner que c'est un peu la folie du côté des mondes parallèles ?

— T'inquiète rigolait Batman, je prends quatre fois ce que tu prends. Et c'est normal. Combien on fait transiter par mois ?

— Je ne sais pas j'avais dit, je ne me suis jamais posé la question.

— Trente ? Cinquante ? Cent ? Tu crois pas que c'est la moindre des choses qu'on croque un peu sur les subventions pour les bamboulas et sur les frais des élections ?

Depuis la rentrée Batman louait un château dans la vallée de Chevreuse, pas un gros gros château, mais un château tout de même.

— Pourquoi je vais me faire chier, à mon âge, dis-le moi ?

C'est vrai ça, pourquoi monsieur Nègre se serait-il fait chier, à son âge !

— Vous faisiez aussi les voyages à Marseille.

J'en avais convenu.

— Oui, mais monsieur Nègre m'avait fait jurer de ne jamais en parler. À personne.

Évidemment, ça ne pouvait pas durer, il fallait bien que ça s'arrête un jour.

— Le prochain voyage était prévu pour quand ?

— Pour hier.

— Et... ?

— Il a annulé. J'ai appris sa mort dans l'après-midi. Il a annulé au dernier moment, j'avais déjà réservé l'avion.

Les transferts en liquide étaient revenus d'actualité après toutes les affaires, c'est ce qu'avait expliqué Batman et ce qui était aisément compréhensible. Plus de compte en banque balourd transitant par le Luxembourg ou les Bahamas. Plus de société-écran et d'intermédiaires véreux qui s'allongeaient à la première convocation du juge, ou de petites putes racontant dans des best-sellers comment elles partouzaient aux frais du prince tout en se touchant des commissions de folie sur la vente d'avions en Patagonie. Du liquide. Des bons vieux billets sortis de nulle part et disparaissant de même. Et des voyous, des durs qui vous faisaient un an de prison sans broncher, sans même décliner leur identité, comme Batman. Pas de traces. Plus d'organigrammes édifiants publiés à la une du *Monde* ou de *Libé* et d'interview de types en cravate sortant de la Santé en criant toute la vérité aux journalistes. De la limpidité. Un État pur et sans tache. Pur comme de l'eau de Source. Ah, ah, ah. Retour aux années 60. Vive De Gaulle. Vive la France. Depuis un an la fréquence des sacs était devenue quasi hebdomadaire, des cadeaux aux démocraties amies, certains venaient de Suisse, d'Afrique, des sommes effarantes, dans une candeur généralisée, des commissions, des montagnes de billets, et nous qui les portions, à qui on foutait une paix royale.

— Vous a-t-il paru déprimé ?

— Non, enfin, heu… dur à dire en fait, nous n'étions pas… c'était un drôle de type – je les regarde en pinçant les lèvres – oui, un drôle de type.

— Vous a-t-il fait part de mettre fin à ses jours ?

MAÎTRE FAIM À SEJOUR.

— Non.

Jerry avait l'air emmerdé. Tom aussi. Peut-être reprenaient-ils le dossier. Peut-être le gars qui avait la responsabilité de Source et de Batman s'était-il déjà fait dégager. Peut-être que Tom et Jerry n'en avaient rien à foutre, qu'ils se disaient juste qu'est-ce qu'on y peut si quelqu'un a encore merdé, c'est jamais que la quarantième fois depuis dix ans et de toute façon les gens s'en fichent, ils sont blasés, vous pouvez assassiner l'archevêque de Paris, mettre du poison dans le café du Premier ministre ou partir aux Seychelles avec l'argent du cancer, c'est juste une histoire de plus, le tout-venant, dépêchons-nous d'aller réveillonner, l'an 2000 finira bien par remettre les compteurs à zéro. Tom touillait son café. Ô mon dieu, il portait des gants, des gants de velours rouge.

— Vous avez quelque chose à ajouter ?

Je réfléchis.

— Non…, enfin si, un journaliste est venu hier, il a l'air au courant de beaucoup de choses, il m'a posé des questions sur Fondation Source…

Jerry note le nom du salopard, je me demande de quelle manière ils vont le supprimer, s'ils vont le faire souffrir avant ou pas.

— Bien, avait fini par conclure Tom, c'est tout pour aujourd'hui.

Rouge vermillon, dont on voyait les coutures le long des doigts. Je n'arrivais pas à voir ses pieds, a-t-il des chaussons de danse assortis ? des sabots ? ou… des pieds fourchus ?

Tom se penche, griffonne son numéro de portable, dit : Si vous avez quelque chose vous pouvez appeler, et aussi : Si vous avez des vacances à poser je crois que c'est le moment Louis, et plus de journaliste, évidemment, je les remercie, je me lève, j'ai les oreilles qui sifflent, je me dis Je le crois pas, c'est bon, mon dieu c'est bon, ils ne me tuent pas, et je repense à ce qu'a dit Batman en parlant du sac : Ça c'est du chocolat-chocolat, ils doivent pas être nombreux à savoir qu'il existe, puis les deux zombies me raccompagnent à l'ascenseur mais cette fois ne montent pas dedans, j'ai une vague velléité de prendre le Sartre je me dis Il faut quand même pas pousser et sur le parvis je me murmure :

— Tout va bien Agent X9, tout va bien, ils ne t'ont pas percé les dents et tu n'es pas mort, pas encore et je me sens aussi important qu'un héros de western ou de film d'espionnage. Très *maître de moi* et j'ai du mal à réprimer un début d'entrechat.

6.

À l'intérieur du centre commercial Les Quatre Temps :

Toujours dans *Le Parisien* (que je repioche sur le comptoir de la brasserie où je m'échoue, encore tremblant)

Robert Farlow, 65 ans, artiste de music-hall Dampmart (77) déclarait : « *Nous serons tous réunis chez des amis pour dîner et, ensuite, nous tirerons nous-mêmes un feu d'artifice. C'était le souhait de ma femme depuis longtemps, alors j'ai décidé de lui faire plaisir pour l'an 2000. Ce sera une grande première, j'ai acheté pour 200 francs d'artifices. Cela devrait durer un quart d'heure. J'espère simplement que cela ne sera pas perturbé par les intempéries.* »

Que pouvait représenter 200 francs d'artifices ? Pas grand-chose. Un riquiqui feu d'artifice tout au plus.

7.

Après avoir prévenu que je serai en rendez-vous extérieur jusqu'au début de l'année je décide de rentrer chez moi et de – quoi faire d'autre ? me dis-je, désemparé – m'atteler à mon œuvre. Avant de quitter le bureau nous évoquons la mort de Batman – Et pour monsieur Nègre, vous croyez que nous faisons circuler une cagnotte ? me demande Angèle – mine de circonstance – Vous savez s'il avait de la famille ? Elle ajoute : Les gens de l'étage sont touchés, même si monsieur Nègre n'était pas très liant ça fait quand même un choc. – Oui, un vrai choc, je renchéris, bêtement ironique, j'ai croisé le directeur financier ce matin il avait l'air vraiment secoué et elle ajoute que c'est normal, la mort nous touche toujours et j'acquiesce à la justesse de cette remarque.

Tom et Jerry doivent être encore dans les étages supérieurs.

Quand j'arrive à l'appartement, tout blanc, qui sent le neuf et me semble un havre de limpidité, je me demande s'ils peuvent se désolidariser du prêt en cas de poursuite, et après analyse je conclus que non, et que de toute façon ça n'ira pas jusque-là, et puis je repense à l'argent et je me fais la réflexion que j'aurais dû en parler et puis je me mets au travail – *de chaque moment de cette dernière semaine du millénaire tirez prétexte d'une création neuve et originale* – l'interrogatoire d'un garçon échoué par erreur dans le monde du crime et soumis à la question par deux personnages de dessin animé dont l'un porte des gants de velours rouge et l'autre un œil de verre, avant d'installer le tout dans une grande caisse en carton.

« *La poésie, contrairement au romanesque... échappait à tout, et tombait du ciel.* »

Jerry a la tête plus grosse que le corps et Tom grogne des bulles de savon roses. La confession de Jean Nègre est scellée dans du plastique et *Tendres sont les connes* est joliment calligraphié. Il y a aussi les photos du couple au pont de l'Alma et quelques citations extraites du mausolée de Lady Di. Un plan de Paris et des photos de la tempête vue depuis la Grande Bibliothèque et le seul article que j'ai pu trouver ayant trait à une possibilité d'Armageddon, des mabouls en Israël vivant avec des brebis sans électricité et sans fenêtre, ivres de l'Apocalypse de Jean, « *Si vous croyez à chaque mot de la Bible, vous n'avez pas d'autre choix que d'accepter ce qui est écrit à propos de la fin des temps* » soutenait David Katz, auteur de *La Révolution messianique.* Et enfin les robots, entourant l'ensemble, comme les quatre colonnes du Temple.

Une fois ce travail fini (il était déjà quatre heures et demi) j'avais contemplé le résultat, pas totalement fier, mais pas honteux non plus, en me disant et bien voilà, je suis moi aussi un artiste, ça y est, et même si l'ensemble était curieux – une grosse caisse ayant servi à contenir une photocopieuse décorée de choses diverses dont certaines étaient recouvertes de plastique coloré pour qu'on ne puisse pas les lire – rien n'indiquait que ce soit franchement inexposable, en vérité j'avais vu bien pire, ça oui, vraiment, vraiment pire, ne serait-ce que les Tampax, mon Dieu qu'aurait dit Tom en voyant les Tampax, la même chose que Batman probablement, en fait la même chose que n'importe qui, que c'était dégoûtant, point à la ligne.

Quand le téléphone sonne je suis en train d'ajouter des gros traits de feutre sur la caisse, au bout du fil personne ne parle, juste une respiration sifflante.

Tout va bien agent X9. Tout va très, très bien. Je raccroche. Le téléphone ressonne, je redis Allô, cette fois ce n'est pas Fantômas mais un galériste avec qui j'avais vaguement sympathisé, qui appelait au sujet d'une pétition. T'as vu l'article dans *Libé*? Non, j'avais dit, lequel?

Le directeur du musée Picasso lançait une polémique sur l'utilisation par une marque du nom et de l'œuvre de Picasso, dérive de l'art vers les eaux boueuses du capitalisme. J'ai pensé que tu te sentirais concerné.

M'étais-je fait des amis depuis dix ans ? Oui, d'un certain point de vue oui. Et d'un autre non. Aucun.

— Et ce soir tu fais quoi ?

— Rien, je réveillonne avec, heu… Klingston.

— Ouha, approuve mon interlocuteur, sidéré d'un tel entregent social, pas mal !

À ce moment l'idée de la mort m'est apparue comme une évidence incontournable. J'allais mourir. C'était inéluctable. Non pas un jour lointain, mais là, très bientôt, j'allais quitter le monde des vivants et m'enfoncer dans la nuit, et cette nuit serait habitée par des fantômes et il me faudrait en venir à bout.

— Je te rappelle, je coupe pour abréger, on sonne.

C'était les ouvriers qui venaient pour les jardinières. Parce qu'après vous comprenez se dandinait le contremaître les gars vont réveillonner.

J'avais pris cette histoire de Source et de Fondation comme un coup de chance inouïe. Jamais comme un dû. Là-dessus Dieu m'en était témoin.

— Plutôt au milieu ou dans l'angle ?

— Dans l'angle.

Les quatre bâtiments de la Bibliothèque de France ressemblaient au parallélépipède mystérieux du début de *2001*, le film de Stanley Kubrick. Eh bien ça y est. Nous y sommes.

— Je n'ai pas trouvé de briques rouges, comme vous vouliez, juste des Sienne brûlé.

— Ah merde, je voulais des rouges. Avec un liseré blanc vous voyez ?

En acceptant le fait qu'il était possible de déplaçer légèrement l'indicateur, de projeter une pincée infime des éléments du monde auxquels on avait affaire vers le futur, alors il était clair que la majorité de nos interlocuteurs avait toute latitude pour se transformer en squelette. C'était le cas du maçon dont le comportement indiquait une docilité trop grande devant les choses de la vie. Trop de soumission. Trop de choses considérées *a priori* comme devant aller de soi. Trop d'évidences qui en fait n'en étaient pas.

— Alors qu'est-ce que je fais?

— Je ne sais pas, des rouges vous en aurez lundi?

— Je ne sais pas, des rouges on n'en a pas tout le temps.

Bon, et si par exemple je voulais, bien entendu c'est une pure supposition, des briques en velours? Rouges aussi mais avec des coutures apparentes.

— Et en général vous en avez quand?

— Quand on en commande.

— Et celles en velours rouge?

— Pardon?

Finalement j'opte, pour les Sienne brûlé et je retourne dans un coin du salon où j'allume la radio. Plusieurs nouvelles fâcheuses sont venues perturber ce début de réveillon, d'abord la mort d'un présentateur de météo, vécue sur la chaîne où il officiait comme un deuil national et reléguant la démission du chef d'État russe à une information insignifiante, ensuite, plus grave, l'arrêt à dix-huit heures cinquante-quatre du compte à rebours de la tour Eiffel. Nous n'allions pas voir les trois 9 se transformer en trois 0. Quelle conclusion tirer de cet événement majeur? Il était trop tôt pour le dire mais un mage – pas Paco Rabanne, un autre – interrogé à chaud par un grand poste périphérique, pronostiquait un «*non-passage symbolique dans l'ère de Cristal*».

À dix-neuf heures, les ouvriers partis, je prends un bain et fais un point sur la situation, elle est tangente.

À dix-neuf heures trente-trois j'entreprends vaguement de me tripoter et saisi d'une inspiration subite j'appelle Anus, qui n'est pas là, et à qui je laisse donc un message, insinuant au ton de ma voix, légèrement vibrante, que je pouvais éventuellement être chaud pour la baiser ce soir.

À moins vingt Anus me rappelle, mais je suis en ligne avec Klingston.

— Vous venez à la fête ou pas?

— J'ai peur.

— Mais je serai là.

— Je sais.

À certains moments je me dis que ces deux-là se fichent de moi et que leur duo est très au point. Cette supposition totalement insupportable me fait sourire, un complot ! Un complot de Klingston et d'Anus ! Ah ! Ah !

— Je vous rappelle, je suis en ligne avec lui.

Klingston's réveillon a lieu dans le bois de Vincennes, à côté du parc zoologique, je note l'adresse sur un post-it, ensuite je rappelle Anus, qui accepte de m'accompagner, et comme j'ai le projet d'aller récupérer le sac avant je lui propose de venir la chercher vers vingt-trois heures. Ça lui va très bien, elle lira en m'attendant. Quand je raccroche, le téléphone – design osé tiré à mille exemplaires et qui m'a coûté une fortune –, fait Dim-Dam-Dom, en jetant une série de feux multicolores.

Qu'allions-nous faire s'il ne se passait rien ?

Si aucune étoile filante n'illuminait le ciel ?

Allions-nous pleurer ?

Ou faire semblant de rien ?

D'un seul coup, à cause du sac et de l'idée d'aller le récupérer, je suis surexcité.

8.

J'avais découvert les livres de Lobsang Rampa en prison, au bout de la deuxième année, alors que j'étais encore au CJD de Fleury, pas encore jugé, perdu, assommé par cette stupéfiante tournure du sort, mes parents venaient moins souvent, comme ceux de Grégoire, le malheureux héros de *La Métamorphose*, se détournaient petit à petit de cette progéniture dégoûtante, ma sœur ne venait pas du tout, Tu comprends avait expliqué ma mère, c'est de son âge, en ce moment elle découvre la vie. C'est au même moment, au deuxième parloir je crois, qu'elle m'avait confié n'être pas vraiment surprise par le tour que prenait mon destin. En effet nous avions déjà un assassin dans la famille (ce que j'ignorais), son grand-oncle, le frère de mon arrière-grand-mère, qui avait tué un receveur des postes et avait été relégué. Elle distinguait ainsi, dans mon geste criminel, la juste continuité d'une malédiction. Continuité sur laquelle nous avions peu de prise, elle en était certaine. Il était donc légitime de ne rien tenter et de laisser se dérouler le cours des choses. M'abandonner était une conséquence logique. J'avais trouvé auprès de Lobsang Rampa un appréciable soutien. Peu m'importait que le soi-disant Tibétain se révèle d'après des détracteurs mal intentionnés un escroc anglo-saxon. Comme le jeune moine j'étais soumis à un régime sévère et à un confort minimum, mais comparé aux rigueurs d'un monastère les cellules individuelles du CJD et les deux douches hebdomadaires étaient un petit paradis. Je me rappelle avoir passé une grande partie de l'année 1978 à essayer de quitter mon corps et à provoquer des phénomènes de voyance en fixant la surface d'un bol rempli d'eau, sans réussite mais sans me décourager non plus, comme l'expliquait le sage de Lhassa, s'avancer sur la voie était souvent le travail de toute une vie.

Les livres de Lobsang Rampa étaient la continuité d'une autre lecture, *Le Matin des magiciens*, de L. Pauwells et J. Bergier, Pauwells et Bergier parlaient de Gurdjieff, des extraterrestres et des mondes parallèles. Vus de Fleury les mondes parallèles paraissaient difficiles d'accès mais savoir qu'ils existaient, ailleurs, tout près, que peut-être ils nous environnaient, était un réconfort certain. Tout en repensant à cette période de ma vie oubliée, au Tibet, à la magie, je me dis aussi qu'il faut que j'achète des préservatifs si je veux baiser Anus. Dehors la pluie s'est arrêtée. D'après les dernières estimations deux millions de Français risquent de passer le réveillon sans électricité.

9.

À vingt heures précises je pris la décision cette fois irrévocable d'aller chercher le sac et de garder l'argent. De toute façon ils allaient probablement me tuer. D'abord me torturer et ensuite me tuer, avec des barres de fer et des couteaux, c'était plausible, un chauve en haut de la pyramide devait à un moment donné appuyer sur le bouton, Opération Eau de Javel déclenchée, je répète, opération Eau de Javel déclenchée, over, over, et alors Tom enfilait ses gants et Jerry se grattait pensivement le bout de l'oreille, se frottait le menton, et prenait un air ennuyé.

Nous, Tom & Jerry, employés des services secrets et ayant eu à régler cette malheureuse affaire de la tour Source où des malfaisants, indûment cooptés dans le cercle étroit de la République, avaient réussi à s'en mettre plein les poches pendant presque dix ans en toute impunité, déclarons avoir ce jour 31 décembre 1999 mis tout en œuvre pour éliminer physiquement un de ces individus encore en vie et répondant au nom de code de Robin. Fait pour valoir ce que de droit.

C'était plausible, probable même.

Ils pouvaient simuler un suicide : Rendu fou de chagrin par la mort de Batman, son papounet de cœur, Robin, dépressif, se jette par la fenêtre de son nouvel appartement, son corps s'écrase avec un bruit mou sur la voie express pour être immédiatement écrabouillé par un trente-huit tonnes transportant des conserves d'ananas. Il laisse derrière lui trois jardinières d'angle en briques Sienne brûlé inachevées.

Qu'aurait dit Angèle? Et la secrétaire du service mitoyen?

Et l'homme de ménage, qui finirait par forcer le vestiaire et trouverait le sac avec l'argent?

Pauvre monsieur Louis. Qui eut cru qu'il était homosexuel.

En m'habillant je me laisse envahir par l'idée de périr atrocement, battu, dépecé, souffrant le martyre, et cette pensée, loin de m'effrayer, en quelque sorte me rassénère, Moi, Louis, qui vous parle, ai décidé, malgré cette absence patente de manifestation de l'immanent en ce jour charnière de l'an 2000, malgré l'impossibilité de me procurer des briques de la couleur voulue pour mettre sur mon balcon, malgré l'arrêt du compteur de la tour Eiffel, malgré cette éventualité que des méchants-affreux soient sur le point d'attenter à ma chère vie, ai décidé pourtant, en espérant que cette décision ne soit pas vaine, à voguer coûte que coûte vers l'azur infini où volent les anges, les mondes parallèles et Lobsang Rampa, en gardant le sourire et une certaine idée de la foi, et lorsque j'ai proféré cette déclaration solennelle il me semble que les murs et les jardinières dehors m'approuvent et que le vent est un peu moins violent et je récupère la petite clef du casier du vestiaire et mon badge de la tour et après avoir braqué le faisceau radar de ma soucoupe volante vers la base strato-martienne appelée La Défense je m'envole vers la tour Source. Dans la rue des groupes de gens agglutinés se dirigent vers le centre de Paris en soufflant dans des embouts de trompette pour manifester leur joie.

Le matin pendant l'interrogatoire j'avais caressé l'idée de déraper complètement, de me mettre à tenir des propos incohérents, de tirer la langue à Jerry. M'auraient-ils fait interner sur-le-champ dans une petit clinique tout à fait discrète où officiait le docteur Mengele ?

« *Nous avons perdu tous nos repères,* prêchait un rabat-joie sur une radio religieuse, *nous dérivons asservis sous le joug de nos sens.* »

Xavier Kervolen, 40 ans, machiniste Drancy (93), confiait, toujours au *Parisien* : « *Je passe sur les Champs-Élysées tous les jours en conduisant mon bus, alors ce soir je vais rester tranquillement chez moi avec ma femme et mes enfants. Je crains un peu les mouvements de foule, c'est parfois dangereux, alors nous avons décidé de rester devant la télévision. Ce sera aussi bien pour voir le feu d'artifice et tous les spectacles parisiens qui seront retransmis.* »

Le quartier de La Défense est désert. Je ne suis plus au milieu d'anodins gratte-ciel dans un quartier d'Europe du Nord mais au cœur d'un système plus vaste de pyramides et de mausolées gigantesques et ce n'est pas un sac d'argent qu'il s'agit de récupérer mais un trésor fabuleux, les reliques sacrées de quelque momie prestigieuse. Cette pensée provoque en moi un effroi avec lequel je joue un moment. Quand je me présente au PC de sécurité, en agitant mon badge, les pompiers et les vigiles regardent la télé. Non, il n'y avait plus personne dans la tour, sauf les informaticiens à cause du bug et après avoir dit Moi aussi je viens voir si tout le truc informatique va tenir le coup, je n'en ai pas pour très longtemps, j'entame ma descente au vestiaire, m'attendant à me faire flinguer à chaque instant, fredonnant *Qui a peur du grand méchant loup, pas du tout, pas du tout,* commençant en fait à perdre légèrement la tête, voyant des lumières et des formes dans l'obscurité – à cause des caméras de surveillance je n'ai pas allumé – et tout est un théâtre étrange d'où surnagent les panonceaux – sortie de secours –, m'imaginant avancer au son d'une musique techno invisible et me tortillant soudain à l'unisson, convulsivement, la frayeur se dissipant pourtant lentement, j'arrive au niveau inférieur et je vois la petite plaque, Fitness, et je souris, derrière la porte il y a le sac et dans le sac – et là je tape mentalement dans mes mains, approuve ma conduite et la justifie, à qui est cet argent ? à personne, aux barbouzes, c'est du mauvais argent, de l'argent qui n'existe même pas –, il y a des millions, des millions et des billets, des billets et des millions, en même temps que je me force à me concentrer sur autre chose, afin de ne pas dériver complètement, sur les préservatifs et sur Sylvie que j'ai rappelée avant de partir et à qui j'ai dit Vous savez je crois que j'ai très envie de faire l'amour avec vous, d'une petite voix qui avait dû la faire fondre, ne pouvant m'empêcher simultanément d'entendre, comme un slogan culinaire, *Tendres sont les connes, Tendres sont les connes*, et quand je pose la main sur la poignée j'ai la sensation de devenir presque fou et je tourne doucement la petite excroissance de laiton, mon cœur est sur le point de se décrocher, je sens une résistance et une onde liquide glacée qui me perfore des pieds jusqu'à la tête, la porte est fermée à clef et je reste collé à cette poignée aussi sûrement que si elle était saturée d'un courant électrique de cent mille volts, n'arrivant pas à intégrer l'absurde de ce que signifie ce fait idiot, à savoir que Tom et Jerry sont là, tapis, que le vestiaire est sous scellés, que l'homme de ménage a dû forcer le casier, que Batman n'est pas mort, qu'il est venu récupérer son bien, ou alors que des forces occultes sont à l'œuvre, ont eu vent de la combine et se sont servis, et moi de toute façon je suis cuit, pris la main dans le sac (dans le sac ah, ah,) et tout le monde autour rit, les pompiers, les vigiles, l'homme chauve dans son bureau de marbre et quand j'arrive à me calmer je vois que la porte à côté, le vestiaire femmes, est – elle – ouverte et que si je fais le tour par la piscine je peux accéder au vestiaire hommes, et alors j'arrive à respirer, à me reprendre et je longe le bassin sur la pointe des pieds et je me cogne contre un banc de musculation et enfin je vois la porte du casier, sans la clef dessus, clef qui est dans ma poche, et maintenant dans ma main, et la porte s'ouvre, et je vois le sac et il est exactement comme je l'ai laissé, c'est-à-dire plein d'argent, à ce moment-là j'ai des débuts de tremblements et je remercie la Vierge et Jésus-Christ, plusieurs fois, merci la Vierge, merci le Christ, que votre nom soit béni et sanctifié. Gloire à vous, je vous aime. D'amour. Et je sais ce que je vais faire maintenant, planquer le sac et même sous la torture ne jamais révéler son emplacement et faire aussi une disquette informatique avec tout ce que je sais et s'il m'arrive quelque chose la vérité éclatera au grand jour et si les deux connards reviennent me faire chier je leur dirais : Arrêtez maintenant. Fichez-moi la paix. Sans les menacer mais en leur faisant comprendre qui est le plus fort. Je sais à qui Batman vendait de la coke. À qui il fournissait des filles pour aller en club. Quel sénateur allait chez Chris et Manu avec une perruque et des lunettes à verres fumés. Vous tenez vraiment à ce que je vous ratatine encore ? Vous tenez à faire la une du *Monde* une nouvelle fois ? Vous ne croyez pas que ça suffit ? Non ? Vous tenez réellement à foutre le bordel à ce point ? Tom me regarderait, aurait tendance à s'énerver, mais Jerry lui lancerait un petit coup d'œil, Écrase le coup, il a raison, on a rien à y gagner. Ils tenteraient certainement quelque chose, en auraient l'intention, mais finalement passeraient à autre chose.

Et l'argent ?

Quel argent ? L'argent c'est Batman qui l'avait, qui vous dit que c'est pas l'assassin qui l'a empoché ?

Tom baisserait la tête. Autant en rester là, non ?

J'avais rebroussé chemin vers la piscine, en me foutant les pieds dans le pédiluve et en continuant mon soliloque, Oui, j'aime pas trop non plus qu'on m'emmerde comme ça quand j'ai ma conscience pour moi. Désolé Tom mais ce n'est pas trop mon genre d'accepter sans broncher qu'on vienne me chier dans les bottes.

— Oooo llaolamili...

Et là je manque un nouvel infarctus, quelqu'un sur le bord du bassin parle et j'ai juste le temps de me rejeter en arrière dans le recoin menant au vestiaire hommes.

— Ouacha mi tou té…

Les enculés. Les sales petits enculés de leurs mères. En réalisant à quel point j'ai été stupide, à quel point j'ai sous-estimé l'adversaire, je maudis mon aveuglement.

— Oh c'est beau, tu es beau!

Pourquoi tu t'enfourailles pas disait Batman, prends un truc petit, même un flingue de gonzesse, un 6.35, au moins s'il t'arrive un gag tu seras pas les mains vides comme un con. Batman avait des permis de port d'armes vierges. Regarde, j'ai qu'à mettre ton nom. Batman avait toujours des solutions pour chaque problème, solutions la plupart du temps foireuses. Et Batman était mort, et moi non, moi j'avais l'argent, et les pieds mouillés à cause du pédiluve et à cet instant je suis à la limite de sortir en levant les bras pour me rendre.

— Toi aussi, tu es belle, tu es belle.

Ils ne pouvaient pas se permettre de me fumer dans la tour. Ils allaient m'emmener à l'extérieur et aussitôt je pense aux histoires horribles des amis de Batman, aux histoires entendues en prison, de tabassages dans des camionnettes, sur le périphérique, faisant le tour de Paris, roulant sous les lugubres et indifférents éclairages urbains pendant qu'un malheureux se faisait bastonner, hurlait à la mort, se vidait de son sang qui coulait – mais qui s'en apercevait? – sur le bitume.

— Tu es belle et je t'aime.

Quand je réalise que ce n'est absolument pas Tom ou Jerry ou la police ou les barbouzes, mais la femme au poème et le secrétaire général du groupe, même pas nus, en maillot de bain, en train de se papouiller, je suis pris d'un début de rire nerveux. Le secrétaire général a apporté une bouteille de champagne dans un ridicule petit panier en osier et la femme l'enlace, lui dit des gentillesses, le secrétaire a enlevé ses lunettes à cause de la buée,

Un jour nous irons
Nous promener
Pas très loin des portes du Paradis.

Je me dis d'abord qu'il suffirait de faire un peu de bruit, de les effrayer comme on aurait effrayé des oiseaux cachés dans les marais. Le secrétaire général caressait les cheveux de sa dulcinée, lui déposait des petits baisers sur l'oreille, mais j'opte pour une solution de prudence et je décide d'attendre un peu.

Aimée
Longtemps j'ai marché
Longtemps je t'espérais
Et un jour je t'ai trouvée
Tu m'attendais.

Le secrétaire général n'a pas de flûte mais des gobelets en plastique volés au distributeur de boissons, et je suis accroupi sur le bord du pédiluve à la surface duquel flottent quelques particules de terre provenant de mon dessous de chaussure et je repense encore à la prison, les deux premières années à Fleury je m'étais laissé couler, anéanti, n'arrivant pas à croire que c'était à moi qu'arrivait cette épouvantable histoire, que c'était ma vie qui se recouvrait de cendres et d'orties, au début j'avais compté faire cinq ans, et ces cinq ans me paraissaient déjà une telle montagne, un tel abîme, cinq ans quand chaque seconde dure une heure, Aile gauche promenade, Aile milieu préparez-vous pour la douche, Tu peux me descendre du sucre j'ai pas reçu mon mandat, Chef vous pourriez pas me dépanner d'un timbre faut que j'écrive à ma tante, je m'étais recroquevillé, j'avais commencé à pourrir, exactement comme dans *La Métamorphose,* riant parfois tout seul, essayant de m'évader avec Lobsang Rampa, n'arrivant pas vraiment à quitter mon corps, sauf une fois où j'avais vu ma grand-mère malade, ma grand-mère à qui personne n'avait dit la vérité, Louis a disparu, un génie l'a enlevé, et qui chaque jour allait au cimetière, priait pour mon retour, le temps qui s'écoulait si lentement qu'on aurait dit qu'il défilait à rebours, des promenades entières dans la cour à entendre le sordide, les récits de malheur, les mômes sans dents, analphabètes, et moi au milieu, C'est vrai que t'as tué quelqu'un, c'est vrai que t'as tué une vieille et un employé dans la banque ?, l'autre assassin du CJD (nous étions deux homicides chez les mineurs) avait planté un type porte de Vanves après un match de foot, mais n'était pas au même étage que moi, cinq ans qui semblaient le début de la non-vie et préfiguraient un néant rendu plus palpable par la laideur de Fleury, l'odeur de la gamelle et la joie des libérés, chaque soir, qui revenaient de chez le juge en disant Ça y est, je te l'avais dit, j'ai ma provisoire acceptée, quand on restait, ayant juste comme consolation de récupérer les affaires du chanceux, Je te laisse mon sucre et mon café, t'en as plus besoin que moi.

— Hihihihihihihihi !

— Je vais t'attraper.

Plouf faisait Poétesse en tombant dans l'eau.

Plouf faisait Secrétaire général.

Plouf, je faisais aussi mentalement, plouf, plouf se sera toi qui auras le sac.

Il était vingt-deux heures, je devais encore récupérer Sylvie avant de foncer à la soirée. Et le sac, qu'allais-je faire du sac ? le garder dans le coffre de la voiture, et s'il y avait vraiment un gag, si l'Apocalypse avait lieu, et que tout mon bon argent se retrouve bloqué quelque part, détruit peut-être, je pouvais le garder précieusement toute la soirée sur mon dos, jusqu'à ce qu'on soit sûr que la tempête ne reprenne pas, que le bug n'ait pas mis Paris et la planète à feu et à sang, mais dans ce cas à quoi servirait l'argent, à plus rien, les gens riraient quand je brandirais ma fortune devenue vaine, les gens se ficheraient de moi et m'insulteraient. Va-t-en, richard, Picsou, Arpagon, tu peux crever avec ton sale fric !

— Gniaiaiaiaiai !

— Ouroruloulou.

Le secrétaire général avait des jambes maigres et un torse velu. La pôetesse une silhouette globalement disgracieuse. Ils paraissaient tous les deux épris.

10.

À vingt-deux heures dix, Poétesse eut froid et demanda s'il était possible de faire un sauna, qui, coup de chance (ou négligence, Secrétaire général le fit remarquer) n'était pas éteint. J'en profitais pour m'échapper, laissant les deux rosir tranquillement dans les vapeurs de la poésie. Le secrétaire général avait la réputation d'un tueur, c'est lui qui avait restructuré le site industriel du Centre-Loire, 1250 licenciements sur trois ans, une femme s'était donné la mort avec ses deux enfants, le secrétaire général avait fait envoyer des fleurs pour l'enterrement et, d'après ses proches collaborateurs, après avoir été pas mal ébranlé par le drame avait tenté d'être plus humain pendant quelque temps.

Bonne année j'avais dit en sortant aux pompiers, bonne année avaient répondu les pompiers.

Batman avait complètement déjanté. Batman avait été trop loin, certes ce n'était pas à cause de ça que la casserole avait débordé – en fait il devait bien s'agir d'un règlement de comptes interne, quelqu'un avait abreuvé Forlani de lettres anonymes jusqu'à ce que tout pète, et que le plus haut niveau soit obligé de s'en mêler (sans succès, Forlani était enragé) en invoquant le Secret Défense, et que finalement, devant tant de surdité, l'on n'ait plus d'autre solution que de supprimer ce pauvre juge – mais une fois que les projecteurs étaient braqués au mauvais endroit force était de constater le délire : un truand notoire et un pauvre bougre sortant de prison et se piquant d'art avaient fait main basse pendant presque une décennie sur une partie des fonds secrets, s'étaient coké le nez avec, s'étaient acheté des toiles et des installations d'art contemporain – vous savez ce truc avec des téléviseurs en noir et blanc où l'on voit des morceaux de la journée d'un homme nu, celui où on le voit déféquer – avaient festoyé jusqu'à la crise de foie dans les plus grands restaurants et avaient trinqué, joyeusement, à l'avenir de la démocratie.

Certes il s'agissait d'un détail, mais que feraient-ils pour solder les comptes ?

Rien. Vraisemblablement.

Ils allaient passer l'ensemble en pertes et profits. Comme d'habitude. Ils n'avaient pas le choix. Limiter la casse et faire le dos rond jusqu'à la prochaine fois. Il y aurait un changement d'équipe et on passerait à autre chose. On oublierait. Par rapport à l'ensemble du système Batman et moi ne représentions même pas un grain de sable, même pas une poussière. Et qui aurait la stupide idée d'aller chercher des poux dans la tête à une poussière ? Personne. Personne de sensé.

11.

Lorsque j'avais pris vingt ans je n'étais pas encore majeur. J'avais d'abord cru à une erreur, le ministère public avait demandé perpétuité mais l'avocat – commis d'office, mes parents avaient déménagé au Maroc, mon père avait eu une opportunité, et comme avait dit ma mère Tu comprends là-bas c'est pratique on peut avoir une femme de ménage, ça ne coûte rien et ça nous change, et ils n'avaient pas laissé d'argent pour ma défense – avait dit que c'était normal, que le jury serait plus clément. La sentence était arrivée comme arriverait une plume apportée par un ange : silencieusement. Au moment où l'information était parvenue à mon cerveau j'avais vu exactement ce qui se passait, que ce n'était pas cinq ans mais au moins dix que j'allais faire (au final j'en ferais treize) et qu'il y avait deux choix possibles, soit sombrer corps et âme dans les noirceurs innommables du monde, soit essayer d'y vivre.

En réintégrant le boulevard circulaire dans l'autre sens je me fais la réflexion que ça fait longtemps que je n'ai pas pensé autant à cet épisode de ma vie et aussi que les tours, la nuit, forment une assez jolie ville.

12.

Il est vingt-deux heures dix-huit. J'appelle Anus et la préviens que j'aurais un peu de retard. Elle répond que ce n'était pas grave, qu'elle lit en m'attendant.

Du haut de l'Arche on voit Paris.

Une ligne à peu près droite part de Notre-Dame, traverse le Louvre, remonte vers l'Arc de Triomphe et redescend jusqu'à la colline de l'Arche… *Et le soir de l'an 2000 tu rajouteras douze grands cercles illuminés tournant sur eux-mêmes et quand les 999 se transformeront en 000 tu feras sonner les cloches de toutes les églises de la ville, et personne ne se doutera de rien car tu le sais bien le monde est peuplé d'innocents et d'aveugles.*

Des feux d'artifice commencent à éclater au-dessus du bois de Boulogne, célébrant peut-être la mort des arbres ou la libération d'âmes prisonnières, rendues enfin à la conscience ou au néant le soir du siècle.

Pourquoi les prêtres en haut des pyramides aztèques sacrifiaient-ils des vierges?

Car elles étaient pures et insouillées, et ainsi leur servaient de réservoirs énergétiques, de piles pour leurs expériences.

Vingt ans de prison avaient constitué une pierre significative sur mon chemin. Je revoyait parfaitement les silhouettes du juge et des jurés. Un squelette et une armée de bourreaux. Quand on m'avait demandé si j'avais quelque chose à déclarer je n'étais déjà plus là, je n'avais pas répondu. Dans le fourgon qui me ramenait en prison je m'étais juste permis le luxe de me sentir supérieur aux gendarmes, qui me regardaient de leur air de veau, commentaient ma peine et avaient dit, stupidement : Il fallait pas faire de bêtise, la prochaine fois comme ça tu réfléchiras, et ce sentiment puéril d'avoir à l'intérieur de moi une dimension même minuscule qui m'appartenait en propre, que rien ne pouvait venir toucher, en tout cas pas un pandore assommé d'alcool dans une estafette empestant le tabac froid, avait été le fil ténu auquel j'avais pu me raccrocher, centimètre après centimètre, et qui m'avait certainement évité le pire.

La majorité des gens sont libres et ont pourtant des vies d'esclaves.

Des moines choisissent l'isolement, le silence et même la nuit et finissent par s'affranchir de leurs chaînes.

J'avais tout fait pour accélérer mon transfert en centrale.

Avant de quitter le CJD j'avais laissé mes livres de Lobsang Rampa à un jeune qui venait d'arriver et que j'avais pris en amitié.

13.

Sylvie, l'assistante de la responsable de la DRAC, qu'un malheureux coup du sort a surnommé Anus, habite derrière la Nation. Avenue Daumesnil des réveillonneurs me crièrent des vœux de bonheur – une toile d'Heinrich Hoerle, *Masques*, peinte vers le début des années 30, les personnages ont les bras tendus devant eux, comme des nazis. Ils tiennent tous des bouteilles de champagne à la main et marchent vers le centre.

14.

En appuyant sur l'interphone je repense à Sœur Marie Cachou des Neiges, que faisait-elle ? se préparait-elle à réveillonner ? donnait-elle un concert dans une paroisse de sa région ? dans son village natal ? avec son frère, devant une petite assemblée de fidèles, célébrant le culte avec le même élan que les premiers chrétiens ?

— Je croyais que tu n'allais pas venir.

Sylvie lisait *Miroir de l'hypocondrie*, du Belge Cooper, roman construit autour d'une idée plutôt séduisante bien que pas franchement nouvelle : tout ce qui constitue nos vies, nos manies modernes, nos déviances diverses et tics psychologiques n'étaient que des « maladies » contractées principalement au cours de notre enfance, comme la scarlatine et la rubéole. Le héros, hypocondriaque, n'avait de cesse de les débusquer. Le livre avait « plutôt bien marché » lors de la dernière rentrée littéraire. Elle était allongée sur un canapé mauve, alanguie – et je me demande au vu de sa position s'il s'agit d'une tentative de se rapprocher de *La Grande Odalisque* d'Ingres ?

— J'ai eu du mal à charger mon travail dans le coffre, faisant allusion à la caisse de Classification que j'ai emmenée avec moi.

— Qu'est-ce que c'est que ce sac ? C'est ça ?

Elle se lève à demi et pose son livre. Je recule. Non, ça c'est autre chose. – Des affaires auxquelles je tiens.

Posé sur une tablette il y a aussi *Art contemporain : territoire de non-sens, état de non-droit*, qui polémiquait assez vainement sur la pertinence et le coût de l'art contemporain. Nous nous regardons, elle sourit, et ce sourire a quelque chose de si désarmant que j'hésite un instant à commettre un acte sacrilège, par exemple sortir ma bite, comme ça, de but en blanc, pour qu'elle me suce un peu avant la soirée mais je me ravise et je dis : Ça te… ça vous… va très bien cette… robe, enfin jupe, avec le… haut, c'est… très… vachement… réussi parce que c'est assorti, quoi !

Lorsque j'avais quitté Fleury pour Clairvaux j'avais volontairement oublié de communiquer ma nouvelle adresse à ma famille au Maroc. Durant cette période mon compagnon de cellule rêvait chaque nuit d'araignées, d'un brouillard poisseux recouvrant les détenus pour les étouffer. Il m'avait alors semblé qu'être contaminé par les images mentales et oniriques des gens que l'on côtoyait de trop près était possible.

Dans l'ascenseur je lui passe la main dans les cheveux et l'embrasse.

— Vous avez fait quelque chose ?

— Pour quoi, pour son jeu ?

Elle s'était habillée avec plus de coquetterie que d'habitude, sans que j'arrive quand même à évaluer si l'ensemble fonctionne ou pas, et n'avait pas de soutien-gorge.

— J'ai écrit un texte – elle paraît terriblement mal à l'aise – mais je ne suis pas très sûre.

Sur le cours de Vincennes il y a juste une prostituée et des arbres couchés que la voirie n'avait pas encore enlevés.

— C'est chouette, dis-je, l'esprit ailleurs, bravo. Un texte c'est bien.

Sylvie me demande pourquoi je ne la tutoie pas. Je réponds que justement je m'apprêtais à le faire. Du coup avant porte Dorée je la réembrasse. Depuis quelque temps il y a tout un tas de Tchèques et de Hongroises sur les extérieurs mais ce soir elles ne sont pas là. Dans son château de la vallée de Chevreuse Batman hébergeait plusieurs filles de l'Est, qu'il louait pour des soirées.

— Tu sais je le connais depuis très longtemps.

— Qui ça ?

— Klingston. Et toi aussi, nous nous connaissons depuis très longtemps.

Je me demande si elle est prise de délire. Ah oui, fais-je en me demandant ce que Klingston allait penser de Classification.

— J'ai déjà couché avec lui.

Peut-être que c'était complètement nul mais au moins j'avais joué le jeu.

— Toi aussi je te connais depuis longtemps – elle recommence. C'est terrible tout ce temps que tu as passé en prison aussi jeune.

À l'entrée du bois de Vincennes les démons avaient fignolé leur travail avec une minutie qui frisait la perfection. Des arbres centenaires paraissaient avoir été hachés comme des allumettes par des géants affamés. – Comment ça?

— J'étais de Fontenay. Tu étais ami avec mon frère.

— Il s'appelait comment?

— Thierry. Thierry Sauzel.

Thierry Sauzel était un de ceux avec qui j'avais fait le braquage et que je n'avais pas dénoncé.

— Il s'en est toujours voulu de ne jamais t'avoir écrit.

Le 293 avenue Daumesnil n'était autre que le musée des Arts d'Afrique et d'Océanie.

À la radio l'intro d'un vieux morceau de David Bowie fait tananana-tanananana à la guitare électrique et je me retiens pour ne pas marquer la cadence.

— C'est pour ça que tu es si froid, si absent avec les gens, c'est à cause de la prison?

— C'est possible.

Le trottoir est jonché de troncs – est-ce des gens maman qui étaient prisonniers de ces arbres? des gens morts que les dieux avaient maudits et qui se reposaient en attendant leur délivrance? L'un d'eux a endommagé le mur d'enceinte dont les briques sont répandues par terre comme des morceaux de Légo.

— Et ton frère il est devenu quoi?

Je n'avais jamais eu de nouvelles de ceux de Fontenay, n'avais jamais cherché à en avoir.

— Il s'est drogué. Les autres aussi. Il est mort du sida.

Elle avait voulu que je la réembrasse. Elle s'était parfumée, je lui avais touché les seins.

— Hum, tu embrasses bien.

Le musée est tout sombre, la pendule de la voiture affiche 23 h 46 mais doit être un peu en avance, je pense C'est l'an 2000, c'est l'an 2000, sans provoquer rien de particulier et nous montons l'escalier jusqu'aux portes. Sylvie m'aide pour la caisse de Classification et le sac d'argent me scie l'épaule et de nouveau les ombres autour font comme des fantômes et je revois encore des images de la prison, comme un film imprimé qui sortirait de ma mémoire.

En arrivant en Centrale je m'étais renseigné sur les ateliers culturels, les échappatoires possibles, mais il n'y avait quasiment rien, juste du théâtre moderne qui allait commencer et auquel je m'étais inscrit.

L'animateur avait le crâne rasé, aux antipodes des tendances en vigueur – à la fin des années 70 les gens avaient les cheveux longs. Je n'avais pas spécialement envie de faire du théâtre mais j'avais décidé de tout mettre en œuvre pour évoluer vers un statut de samouraï implacable, je m'étais mis au sport, faisais des pompes le matin en cellule et voulais aussi faire progresser mon esprit, alors pourquoi pas le théâtre ? Le type de l'atelier s'appelait Luc et était d'obédience AAO, ce qui ne m'évoquait rien, pas plus que le nom d'Otto Muehl ni que l'Actionnisme Viennois. Otto Muehl avait dans les années 60, avec d'autres artistes, fondé un mouvement ayant généré des performances insensées, des exhibitions, reliant l'expression artistique à une démarche de connaissance de soi et thérapeutique, associées à des idées extrémistes sur la libération sexuelle.

Bien des années plus tard, vers le début des années 90, Otto Muehl devait lui aussi finir en prison, pour des dérives pédophiles ou des abus sexuels – je n'avais pas vraiment suivi – dans les communautés qu'il avait créées.

15.

— Tu me serreras dans tes bras si j'ai de nouveau peur ?

Je dis Si tu veux, oui, l'esprit toujours ailleurs. Les portes ne sont pas fermées. Dans le grand hall une immense rangée de bougies invite à monter dans les étages et on entend de la musique, ce qui donne un aspect mis en scène à cette entrée, mais avec un je ne sais quoi d'inachevé, peut-être parce qu'il n'y a pas assez de bougies, ou que l'on se serait attendu à des manifestations supplémentaires, des appariteurs en livrée hurlant votre nom par exemple.

— Si tu veux on peut aussi passer la soirée chez moi.

Au palier intermédiaire il y a maintenant des formes et ces formes ressemblent à des gens.

— Voilà des invités. Venez!

— Mais posez vos affaires. Ça ne craint rien il y a un vestiaire.

— Qu'est-ce que c'est que ce carton? Vous amenez un ordinateur?

— C'est un cadeau?

Au bout d'un grand couloir, avec des gens assis par terre autour de lui, se tient Klingston. Le type du ministère est là mais pas la femme de Beaubourg. Ministère nous fait un petit coucou et nous lui répondons, l'ambiance quelque peu pesante se détend. Sylvie dit, essayant de paraître enjouée, Eh bien bonne année et les autres répondent Bonne année et quelqu'un plus loin se met debout et commence ce que je suppose être un poème : *mort-morbide-crâne fêlé-vampire-cercueil-nuit-mort debout-mort qui marche-peur-angoisse de mort-visage défiguré-décomposition-cadavre-os-ossement-ossement pourri-cimetière-cérémonie macabre-vers mangeant de la chair morte-spirale maléfique-droit au suicide-suicide-longue maladie bifurquation vers l'enfer-plaisanterie sur un lit d'hôpital-Toussaint-jour de la Toussaint-orange posée sur des tombes-discussion avec les défunts-nécrophiles-passions pour les accidents de voiture-zombie-mort-morbide-crâne fendu-tableau inachevé* –, d'une voix vraiment... d'outre-tombe et quand cette mélopée cesse il y a des applaudissements, sobres malgré tout, – je pense à une assemblée d'Indiens photographiés à la fin du siècle dernier par Curtis, Klingston faisant office de chaman et nous autour accroupis sur nos talons – et le type du ministère sourit, l'air profondément convaincu et pour dire quelque chose je me penche à l'oreille de Sylvie et lui susurre : C'est pas mal, non? en tout cas mieux que les concours en boulangerie, sujet sur lequel nous avions plaisanté à la sortie de la première réunion, et elle opine et dit, très sérieusement, Oui, c'est vrai, mais quand même morbide et j'hésite à lui répondre que c'est vraisemblablement voulu mais, comme minuit vient de sonner et que tout le monde crie et se lève et s'embrasse, j'y renonce.

16.

Klingston vient nous dire bonjour et nous souhaiter la bonne année. Deux expositions ont lieu dans le musée . « La mort n'en saura rien » et « Clovis Trouille ».

Quand il se penche vers Sylvie je la sens qui se crispe et elle me serre le bras plus fort et en même temps l'idée saugrenue et un tantinet paranoïaque qu'ils sont de mèche revient, comme un papillon goguenard voletant autour de nous.

— Ravi que vous ayez pu surmonter vos appréhensions. Comment allez-vous Anus ?

— Bien, dit Anus, sauf quand je vous vois, vous me mettez mal à l'aise.

— Et vous Classification ?

— J'ai joué le jeu, j'ai amené mon essai.

Je tapote le haut de mon carton.

« La mort n'en saura rien » est une exposition de... crânes. Le poème déclamé par le jeune homme à la tête de Duguesclin et au teint livide est une variation sur ce thème, nous explique Klingston, comme une longue poésie morte. Le jeune à la tête de Duguesclin a le visage barbouillé de crème (du fond de teint ? de la Nivéa ?) pour dissimuler ses boutons et qui lui donne un aspect de carton-pâte terrible. Il est repoussant. Lui aussi nous souhaite la bienvenue, me serre la main et embrasse Sylvie, qui a l'air hébétée, comme si la vue de cette monstruosité avait agi sur elle à la manière d'un soporifique et quand Klingtson dit Je vous laisse vous amuser un peu, il y a d'autres pièces, je vous revois tout à l'heure, elle se contente de hocher la tête mécaniquement, et je me demande si effectivement elle ne vient pas sur l'instant d'être envoûtée par le jeu de je ne sais quel pouvoir bizarre.

17.

Je laisse donc le carton, trop encombrant, j'ai toujours le sac, dont j'ai entortillé la lanière autour de mon avant-bras, au cas où, Sylvie dit Regarde c'est les Champs! Sur un écran de télé perdu au milieu du rez-de-chaussée des gens s'aspergeaient de champagne dans le bas de la plus belle avenue du monde – c'est le présentateur qui le dit – où un orchestre s'agite au pied d'une grande roue, on voit quelques personnes qui dansent. C'est marrant de penser qu'on est dans l'an 2000 dit Sylvie, et je réponds que ça ne me fait ni chaud ni froid, ce qui n'est pas tout à fait vrai et en même temps si, et je revois le nombre de choses qui ont pu s'écrire, se faire, les bandes dessinées, la science-fiction, tous ces martiens, ces robots, ces planètes oubliées que nous devrions être en train de visiter alors que nous sommes toujours là et Sylvie essaye de m'embrasser et je dis, pour changer de sujet, C'est bizarre qu'ils organisent un réveillon là-dedans, pour les œuvres exposées c'est vraiment limite, je ne comprends pas comment le conservateur a pu donner son accord, en général il ne plaisante pas sur ces trucs de sécurité. Si vous voulez vous amuser c'est de l'autre côté, nous crie quelqu'un, c'est là où ça bouge. Allez-y, allez-y renchérit Klingston depuis un balcon, je vous rejoins et Sylvie murmure J'ai la tête qui tourne, c'est bien cette ambiance et elle sourit. La musique est d'un seul coup plus forte. C'est un remix de Noir Désir un peu techno. *One Trip One Noise*. La vibration des basses nous traverse – des crayons de couleurs projetés dans l'espace en direction de notre plexus, une vibration un peu maousse pour nous aider à passer ce cap de l'an 2000.

— Tu ne veux vraiment pas poser ton sac?

— Non, je préfère le garder.

— Mais pourquoi?

— Je fais de la psycho-magie, c'est un poids symbolique.

Nous hurlons à cause de la musique.

18.

Le type des AAO avait commencé le premier atelier par une démonstration de ce qu'il appelait la SD, abréviation en allemand de *Sebsdarstellung*, ce qui voulait dire quelque chose comme Représentation de Soi-Même. Il nous avait fait asseoir en cercle, le directeur lui avait alloué l'ancien atelier de plomberie, qui venait de déménager dans le bâtiment neuf et ça sentait la colle et la vieille soudure.

Sa première prestation avait été édifiante.

— Je suis un peu mal à l'aise avait bramé le rasé, c'est la première fois que je viens en prison, d'une façon ridicule, en se tortillant, puis en se mettant à gesticuler, nous disant son nom, parlant de ses parents et quand il était petit on l'enfermait dans un placard, chantant, dansant, mais finissant quand même par arriver à nous faire rire – des durs à cuire, des voyous, un pointeur, des assassins, dont moi, assez ahuri, ne comprenant pas bien où il voulait en venir – mimant le directeur lors de son entrevue, Mais quel genre de pièce comptez-vous proposer aux détenus, Molière? et au final nous invitant à venir nous-mêmes au milieu.

La *Sebsdarstellung* s'inspirait en droite ligne des travaux de Reich et des explorations artistiques des Viennois, qui à l'époque m'étaient aussi étrangères que les subtilités de la théorie de la Relativité.

Je ne sais pas ce qui m'avait poussé à me retrouver debout face à ce groupe, et pourtant je m'étais entendu bredouiller : Je m'appelle Louis, quand j'étais enfant ma grand-mère m'emmenait au cimetière et elle parlait avec les morts, elle leur donnait à manger, et le AAO avait eu à ce moment-là un geste qui était rétrospectivement assez sidérant, mais qui sur le moment sembla à tout le monde presque naturel, il se leva et sans un mot sortit de sa serviette un petit crâne de plastique qu'il posa devant moi, son visage se tordit dans une expression grinçante et on l'entendit dire : Tu viens Louis, c'est l'heure d'aller au cimetière avec Mamie, ce qui médusa, il n'y a pas d'autre mot, littéralement notre petite assemblée, et qui nous fit passer, je crois, immédiatement dans la dimension de l'étrange. Tu entends Louis. Tu es prêt Louis. Mamie doit aller nourrir les morts. La suite s'était enchaînée naturellement, à l'atelier suivant nous étions tous revenus –, sauf le pointeur qui avait été transféré – pris par quelque chose que nous n'analysions pas sur le moment mais qui dépassait, je suppose, notre soif de distraction.

19.

— Il faut remonter les autres escaliers, c'est là-bas qu'on entend de la musique.

Une femme qui vient en sens contraire me fait penser à *L'Araignée* d'Odilon Redon ou pire à un dessin un peu halluciné d'O. Dix et je sens la main de Sylvie dans la mienne et le sac est maintenant partie intégrante de mon corps, de mon être intime, et je me concentre sur l'argent, sur l'argent, sur l'argent, et je me dis Mais pourquoi je suis là, pourquoi je ne suis pas parti, et une voix répond à l'intérieur de moi Mais pour ne pas éveiller les soupçons, et une autre dit Oui mais s'ils te surveillent, s'ils voient ce truc que tu trimballes comme s'il s'agissait des saintes reliques ils vont se rendre compte que tu les as joués, et en même temps je me dis Non, je suis sûr que non, je suis sûr qu'ils m'ont jaugé à ma juste mesure, Tom a dit Quel minable, et Jerry a approuvé et quand nous arrivons dans la salle du bas, où il y a les aquariums, ce qui illumine les réveillonneurs d'une lumière diffuse et colorée Sylvie me propose de danser j'accepte en affichant une mine joyeuse et pose le sac sous un aquarium.

— C'est une bonne idée ce réveillon dans un musée.

— C'est original.

Certaines personnes sont déguisées en personnages de dessins animés, à tout hasard je regarde s'il y a un Batman mais il n'y en a pas.

— Je me demande si je ne suis pas en train de tomber amoureuse.

Nous tourbillonnons.

— Serait-ce vraiment une bonne idée?

20.

Les AAO avaient fondé une communauté, en Autriche, sur laquelle Otto Muehl régnait en maître. Ils pratiquaient la libre sexualité, se rasaient le crâne et tous les soirs chantaient, pleuraient, et faisaient des revécus de naissance. Luc y avait fait un séjour de trois mois, après une déception psychanalytique, et à son retour avait créé son propre groupe en France, d'abord à Vincennes puis ici, en province, à côté de la prison. Le directeur de la prison ne savait pas non plus ce qu'étaient les AAO. Au fil des groupes Luc nous encouragea à aller encore plus loin dans la manifestation de nos tensions et blocages. Un jour un dur se mit à pleurer et tout le monde l'entoura pour le soutenir. La première fois que je fis un revécu de naissance, ou du moins ce que le AAO Luc identifia comme tel, je rapprochais la sensation observée d'un rêve que je faisais souvent petit : je (ou plutôt quelque chose se rapprochant de *je*, y étant apparenté, mais n'étant pas encore *moi*) tombait dans une béatitude cosmique, tombait, tombait, dans l'immensité du calme et de la sérénité et soudain, par une explosion assourdissante, se mélangeait à une avalanche de pierres, à la dissonance et au fracas.

Cette histoire de AAO avait représenté une parenthèse marquante dans mes treize ans de détention. L'affaire avait duré huit mois, jusqu'à ce que le directeur ait vent de ce qui se passait réellement – une orgie naturiste, un sabbat, des cris et des sanglots – et mette le holà. En huit mois j'avais abordé (du moins c'est ce que prétendait Luc) les points essentiels de mon histoire personnelle, ses nœuds immédiats et avais entrevu ce que pouvait être l'âme mise à nu de quelques-uns de mes semblables et quelque part en moi se trouvait gravée la manière de transformer mes états psychologiques traversés en une mise en forme créative. La proposition de Klingston concernant « La Semaine de l'Avent » s'inscrivait parfaitement dans ce genre de logique, elle avait réactivé des choses oubliées depuis longtemps.

21.

— J'aime bien comment tu danses.

Elle se lovait contre moi, commençait à transpirer un peu, se reculait, revenait. La musique faisait *Toi, toi, mon toi, toi, toi mon doux mon toi*, et après un truc techno. La

BO de *Trainspotting* peut-être. Je me sens dédoublé. Pense au frère de Sylvie qui s'est drogué et est mort du sida et tout en essayant d'être dans le rythme, à certains moments quand elle est plus près je lui touche la poitrine et elle rit. Après l'affaire personne ne m'avait jamais écrit, pas de mandat, pas de carte postale, et j'avais considéré cela comme un nouvel avatar du sort. Maintenant le rythme change. C'est de la salsa. Sylvie ondule comme une folle et j'ai du mal à suivre. Est-ce que Tom allait surgir, cette fois sous sa vraie apparence, en costume de chat, suivi de Jerry la souris, leur flingue à la main pour m'exécuter aux premières minutes du siècle ?

— À quoi tu penses ?

— À ton frère.

— Peut-être que si tu n'étais pas allé en prison tu aurais fait pareil. Tu serais mort du sida et tu n'aurais jamais vu l'an 2000.

— Peut-être.

Elle essaye de me montrer les pas pour la salsa. Un, deux, un, deux, trois. Le sac d'argent est posé sous le bac des murènes. Je suis fou de laisser ça là. Non, d'abord en arrière et après tu reviens, regarde, un, deux, un, deux, trois.

Une panthère rose se déshabille à moitié, elle a de petits seins, quelqu'un agite au-dessus de sa tête un boa en plumes. Clovis Trouille avait fait partie du groupe surréaliste, c'était un peintre méconnu. Il avait dit : « *Chez moi l'ombre peut être déformée et devenir une couleur ; la couleur étant pour moi d'importance majeure en ses rapports de tons et par l'expression sentimentale qu'elle apporte au dessin.* »

Peut-être la terre n'était-elle qu'un champ d'expérimentation, un moyen de vérifier certaines hypothèses, la validation *in vitro* de certaines hypothèses ?

— Qu'est-ce qu'on fait ? On remonte ?

— Je ne sais pas. Où ?

Ailleurs.

On remonte ?

De notre tombeau ?

Pourquoi pas.

Je réajuste le sac sur mon épaule. Les gens me regardent et demandent ce qu'il y a dedans et au lieu de dire Les morceaux du corps de ma fiancée je hausse les épaules et réponds Du matériel photographique, je suis photographe. Les visages me semblent peints au minium. – Je vous attendais, nous accueille Klingston. Sylvie est hagarde, son maquillage a fondu. L'affreux post-adolescent semble perdu dans un rêve euphorique. Avez-vous donc pu commettre ce chef-d'œuvre que nous appelions de nos vœux?

— Je ne sais pas – je toussote, ça sent le shit marocain – c'est dans un carton en bas.

— Ah ? Je croyais que c'était dans votre sac.

— Non. Dans un carton.

— Allez le chercher, en attendant j'ai quelques mots à dire à Anus.

— Arrêtez de m'appeler Anus, j'ai un prénom, je m'appelle Sylvie, vous le savez très bien.

— Bon, pourquoi pas ? Il n'y avait aucune malice dans cette appellation. Je suis désolé.

— Mais qu'avez-vous Louis dans votre sac ? Une relique ?

— Vous savez qu'il y en a plein dans cette salle. D'ailleurs l'exposition a pour sous-titre Reliques d'Europe et d'Océanie. Je vous conseille le gisant de saint Prosper. Il est magnifique.

— Non, pas de reliques, des choses personnelles.

Quand je reviens avec le carton Klingston est tout près de Sylvie, la colle presque, elle boit une nouvelle coupe de champagne.

— Alors, voyons voir.

— Mais c'est formidable. Étonnant !

Klingston me demande des explications, veut savoir à quoi correspond chaque élément (se fiche de moi ?), sourit en voyant *Tendres sont les connes,* regarde Sylvie, qui se mord les lèvres, C'est des confessions, c'est pour ça qu'elles sont scellées dans du plastique, personne ne peut les lire je me sens obligé de préciser et le type du ministère arrive sur ces entrefaites, montre le conte qu'il a écrit – *Les Croisements de sang,* j'ai mis une goutte de sang sur la couverture –, c'est maladroit bien sûr mais j'ai réuni toute la semaine point par point.

Et ce thème est tellement proche de ma vie quotidienne.

C'était un peu l'idée répond Klingston.

Le conte est dans un coffret en bois sur lequel est gravé (à la pyrogravure ? – oui, j'ai emprunté le pyrograveur de mon fils) :

La semaine de l'Avent 1999 : et sur l'autre face *Les Croisements de sang.*

Vous auriez dû mettre votre nom, fait remarquer Klingston, toujours souriant, ça aurait fait tout aussi joli.
– Oui, j'ai hésité, mais je n'ai pas osé. Mon fils était pour mais je trouvais cela prétentieux.

Je me sens de plus en plus oppressé, presque malade. Les crânes reposent dans des vitrines, enturbannés de voile blanc, comme des voiles de mariage. Ce n'est pas très réussi, cela jure avec les reliques qui sont serties d'or et de pierres précieuses, Klingston en convient. Il a passé son bras autour des épaules de Sylvie. Ministère reparle de son fils, s'interroge sur l'avenir.

— Vous avez des enfants, Louis ? veut savoir Klingston.

— Non.

— Et vous Sylvie ?

— Non. Pourquoi me posez-vous cette question alors que vous le savez pertinemment.

Klingston sourit : Excusez-moi, j'avais oublié que nous avions déjà eu cette discussion. Par pitié ne soyez pas si agressive…

— C'est extraordinaire, dit le type du ministère en montrant la châsse de sainte Bernadette (juste avant il vient de nous communiquer son prénom, Gilles, et demande qu'on le tutoie). Vous avez vu cette richesse dans les décorations ? Et ces os, c'est incroyable !

Klingston ne répond pas, se tourne vers Sylvie, la fusille soudain du regard : Et vous ? Avez-vous fait quelques chose pour notre jeu ?

Le sac me fait mal, la lanière me coupe l'épaule. Je dis Excusez-moi, je reviens tout de suite. Dehors il ne fait pas spécialement froid. Des voitures passent en klaxonnant, des gens crient Bonne année, bonne année, comme tous les ans, en fait, ni plus ni moins et je range le sac dans le coffre. Qui allait me roulotter, porte Dorée, à trois heures du matin, un 1er janvier ?

Batman s'était-il fait flinguer ou s'était-il suicidé ?

Des pompiers passent en mettant leurs sirènes. Beaucoup de cheminées arrachées par la tempête sont encore en équilibre sur les toits. On craignait un retour du vent avait dit la radio tout à l'heure. Quand je rentre dans le musée une voix me claironne à l'oreille : Chaud, chaud, ça commence à dégénérer. C'est le galeriste que j'ai oublié de rappeler.

— T'as pas un préso sur toi ?

— Si, j'en ai acheté exprès pour la soirée.

Je lui en donne un, en rigolant, soulagé soudain. Toujours sur la brèche, ah, ah, t'as un plan avec qui ?

— J'en ai pas encore mais ça va pas tarder. Elles sont chaudes, chaudes, chaudes !

C'est l'an 2000.

En bas la fête a vraiment démarré. D'après le galeriste ça baisait dans les chiottes et comme je n'ai plus le sac je me sens plus léger et je dis Allons-y alors, c'est où ?

Dans les toilettes pour femmes, il y a au moins trois couples, va voir, je me suis fait jeter parce que j'avais pas de gonzesse.

C'est con je dis, d'un seul coup dégrisé. Le soir du réveillon c'est con de ne pas en avoir une mais au lieu de le suivre je remonte dare-dare, empreint d'un drôle de pressentiment. Adossé au mur l'affreux acnéïque joue d'une flûte de pan en plastique, il a toujours les yeux perdus dans le vague et semble suivre Klingston comme s'il y était soudé par un charme. Je le heurte et ce contact a quelque chose de révulsant et je dois moi aussi avoir l'air bizarre parce que Klingston dit Eh bien alors Louis, que se passe-t-il ? on dirait que vous avez rencontré le diable en personne, et je me reprends, souris, dis Non, j'ai juste grimpé les escaliers un peu vite, votre présence me manquait – je m'esclaffe – oh, oh, oh.

— Sylvie nous a préparé une surprise

Il s'esclaffe.

Elle se sent gênée, la petite coquine.

Arrêtez maintenant, ça suffit.

J'ai l'impression que Klingston est ivre. Gilles, le type du ministère, rigole bêtement. Il est trois heures du matin.

— Bonne année, bonne année, bonne année…

Un groupe de fêtards passe en faisant la farandole. Klingston tape dans ses mains et d'un seul coup les lumières s'éteignent. Quelqu'un hurle, un autre crie Pas de panique, pas de panique, c'est le compteur qui a sauté et le joueur de flûte dit, en murmurant presque : Ce n'est pas grave j'ai des bougies et l'instant suivant nous sommes derrière les voiles blancs, assis, au milieu des gisants et des parures mortuaires et l'espèce de faune reprend son instrument et souffle dedans et chaque souffle est comme un gémissement. Je transpire sans pouvoir m'arrêter. Klingston tient une bouteille en verre remplie de ce qui me semble être du coca. Nos ombres projetées sur les murs se touchent, oscillent et finalement disparaissent dans l'obscurité de la salle.

— Tenez, buvez, à cette heure-ci en général on commence à être fatigué.

— Qu'est-ce que c'est ? Du coca ?

— Pas exactement. Buvez vous verrez. Sylvie a bu déjà.

Sylvie rit. Dit oui, j'ai bu. Je n'aurais pas dû ?

— Et Gilles ? Vous… tu as bu aussi Gilles ?

— Si. J'ai bu, oui, aussi.

Et je prends le gobelet et je bois, alors que j'étais sur le point de dire Je crois que je vais vous quitter, prêt à les abandonner là, avec leurs morts et leurs ossements et cette impression atroce de perdition qui se dégage d'eux. Je me vois me lever et partir, mais au lieu de ça j'avale le fond du gobelet qui est rempli d'une mixture infecte en hochant la tête et en disant Oui, comme un crétin, oui c'est vrai je suis un peu fatigué, de la même voix timide qu'un enfant parlant à son père et Klingston approuve cette confidence et me serre l'avant-bras. J'ai un mouvement de recul et en me dégageant je heurte une statuette en terre cuite Dogon datant du XIIIe siècle dont le nez et les oreilles sont percés de plumes multicolores. Elle explose par terre avec un bruit sec et les morceaux dessinent instantanément un organigramme maléfique rendu plus effrayant encore par l'ombre dansante des bougies et Klingston prend un air horrifié et gémit un Mon Dieu pathétique et un peu outré et Gilles dit Elle était du XIIIe, c'est marqué sur la plaque et tout ce que j'arrive à faire c'est bredouiller Mais merde, merde, mais pourquoi ce n'était pas dans une vitrine ? et je suis sûr maintenant de me trouver avec des êtres sans substance, que cette soirée n'était que l'habillage d'une autre réunion autrement plus subtile et que l'abominable joueur de flûte était bien plus que ce qu'il paraissait être, n'était peut-être tout simplement qu'une incarnation de l'Innommable et que c'était cela l'an 2000, la fin imperceptible de toute chose sur cette terre et le début des enfers et les robots maintenant sourient et de leurs bouches ouvertes s'échappe le souffle meurtri de notre folie et des précipices qui m'attendent.

— On peut peut-être la recoller, balbutie Sylvie, qui semble aussi épouvantée que moi, et Gilles renchérit, Il faudrait de la Superglu.

— Non – Klingston se penche en avant –, ça se verrait. La Superglu laisse des traces, le Carbone 14 la détecte.

Et le Carbone 14 est radioactif, il donne des maladies génétiques, les enfants ont de l'acné et ressemblent alors au joueur de flûte, qui lui ressemble au diable.

— Mais alors pourquoi y a-t-il ce soir douze grandes roues de feu entre deux arcs de pierre, des pyramides de verre, un obélisque couvert de hiéroglyphes et une grande arche ?

— Je ne sais pas Gilles, dit Sylvie. Peut-être pour faire parler les curieux.

— Justement c'est curieux que l'on vous appelle Anus. Cela doit vous agacer.

— Incroyable mais on dirait que la tête de la statuette vous ressemble Louis, elle a pile vos oreilles.

— Pardon disait Louis, que dites-vous, je n'entends pas, je crois que justement j'ai quelque chose dans les oreilles.

— Et les robots ? Mais… mais les robots bougent !

— Non. Louis ne voit pas ça. Ce n'est pas vrai.

— Vous parlez de vous à la troisième personne ? VOUS ÊTES IVRE ?

— Vos oreilles ? Regardez.

— Mais oui, c'est horrible, vous avez du pus. Ça doit être une infection.

— Que m'avez-vous fait boire ?

— Quand ? Tout à l'heure ? Mais du coca je crois. En tout cas ça en avait la couleur. – Mais pas le goût. C'était plus amer que le coca.

— Que m'avez-vous fait boire ?

— C'est bien, votre Classification. C'est un début prometteur. Vous êtes artiste Louis. Et ça c'est sacrément impressionnant. Excellent cette idée de robot sorti de la jungle. Novateur.

Les choses redevenaient normales. On rétablissait l'électricité dans une clameur de joie et d'allégresse, on remettait la musique.

J'ai eu un étourdissement, je crois qu'il est temps que je rentre, veiller si tard n'est plus de mon âge.

La statue était toujours en morceaux par terre. Sylvie les comptait, il y en avait vingt et un.

— Je suis vraiment désolé.

— Je crois qu'il s'agissait d'une statue magique, celles avec les plumes en général c'est le cas.

— Oh, mais cela tombe très bien, j'ai justement en tête une grande exposition de puzzles, plutôt que de la jeter on pourrait l'emmener.

— Non, se méfiait Sylvie, si c'est une statue maudite son pouvoir risque de nous poursuivre.

On a mis de la techno, le son monte jusqu'à nous, avec des cris gutturaux. Sylvie, bêtement, bat l'air du bout de son pied. Quelqu'un pousse jusqu'à saturation le niveau de volume, il en sort un rythme sourd et des larsens. Klingston se gratte le menton.

— Ce n'est pas une maudite, enfin pas vraiment, c'est juste les vingt et une pièces composant Louis.

— Vous croyez ?

— Bien sûr. Remarquez il a de la chance, il y en a qui sont carrément en miettes. Vingt et une pièces à réunir, pour quelqu'un de sa trempe, c'est encore jouable.

Je me penche, affolé, essaye de récupérer les bouts de terre cuite, Gilles du ministère fredonne une ritournelle qui n'a rien à voir avec le vacarme, il a un air maintenant un peu absent. Klingston arbore une expression plus sérieuse, une expression… scientifique. Un instant j'ai peur qu'il ne m'énonce quelque platitude sur le sens de la vie et cette pensée me calme un peu. Je dis : Excusez-moi, je n'ai pas bien entendu.

— Vous savez Louis, le monde des phénomènes n'est que la métaphore du monde des esprits. Quand on a compris cela, on a compris beaucoup de choses. C'est... c'est une leçon de base de... c'est un des fondements... le postulat de la Sorcellerie...

Je l'entends vaguement mais en fait je ne suis plus là et la scène qui se déroule sous mes yeux n'a plus rien à voir avec le réveillon, avec Klingston, je vois un serpent entrant dans Notre-Dame, un boa géant, qui me regarde, sourit, en s'enroulant autour des piliers de la grande nef et qui me tire la langue, et je pense Il faudrait prévenir tout le monde, il faudrait les avertir, mais je n'en ai pas la force, tout ce que j'arrive à faire c'est balbutier Il y a un serpent, il y a un serpent dans l'église Notre-Dame et les autres rient et disent Mais voyons Louis Notre-Dame n'est pas une église, c'est une cathédrale et mes yeux se ferment et je répète Je suis fatigué, vraiment je suis fatigué et je sombre dans la nuit.

Et c'est bizarrement à ce qui est resté dans les mémoires comme la loi du Talion – -1700 –, de l'empereur de Mésopotamie, Hammourabi, que nous devons les premières Normes. En effet, d'après les historiens, « talion » descend du latin « talis » qui veut dire « tel ». La sentence populaire « œil pour œil, dent pour dent, » serait donc plus proche d'un : pour telle(s) donnée(s) émise(s) par un objet, telle mise en forme de ces données sera faite, et telle réponse sera alors reçue en retour. C'est la préfiguration d'une objectivisation possible d'un certain type d'information et (accessoirement) une version possible de que certains systèmes de pensées ont conceptualisé sous l'appellation de Loi karmique.

Chapitre 4

Catalogue de la manufacture des flammes

Nous devons garder présent à l'esprit un certain nombre d'exemples afin de manifester l'art de la magie. Si chaque exemple n'est pas développé autant qu'il conviendrait, néanmoins ce qui est nécessaire à notre démonstration y est suffisamment patent.

1.

Et quand cette espèce de sommeil me prend, les murs autour de moi, les gens, Klingston, la musique, tout cela disparaît comme de la craie effacée par la pluie sur un trottoir et je suis seul, flottant dans un espace où rien ne permet de se raccrocher. Mes interlocuteurs sont au nombre de trois.

Ils disent :

— Dormir? Comme cela est curieux. Ne croyez-vous pas qu'il s'agit d'autre chose?

— Que voulez-vous dire?

— N'avez-vous pas des questions?

— Quel genre de questions?

— Je ne sais pas. Concernant la vie ou les mensonges de…

— . . l'existence ?

— Oui par exemple.

— Non, enfin, je… pourquoi serait-on obligé de…

— Faites un effort.

— J'ai envie de dormir.

— Posez une question.

— Si vous voulez.

— C'est un jeu ?

— Nous vous l'avons déjà dit.

Mes yeux se ferment. Ce n'est plus moi qui parle mais des corbeaux.

— D'accord…, croasse le premier, après tout pourquoi pas… mais alors quand vous déclarez que le monde des phénomènes ne serait qu'une métaphore du monde des esprits cela induit-il que le monde réel est uniquement le monde des… phénomènes ?

— Oui, chuinte son compère, en quelque sorte. Et en même temps non.

— J'ai du mal à vous suivre mais soit, admettons qu'il puisse être ces deux choses à la fois, mais s'il est une métaphore d'un autre monde c'est qu'il n'est pas exactement la réalité. Ou du moins que la réalité, que notre réalité, n'est qu'une infime partie d'un autre Tout mystérieux. Dans ce cas à quel autre monde faites-vous allusion ? À celui du rêve ? À celui des morts ?

— Laissez donc les morts où ils sont, volète le troisième, par pitié, mais oui, vous avez raison, lorsque vous rêvez les portes d'autres univers s'ouvrent. Les barrières qui enferment notre être dans les structures de la matière se délitent et nous accédons à un monde… fractal.

— Jusque-là je vous suis, nous dormons et une partie de notre conscience continue de fonctionner dans une dimension sur laquelle nous n'avons pas de prise. Nous sommes alors en présence d'un monde fantasmatique, vraisemblablement celui de l'inconscient, le monde auquel nous a permis d'accéder Freud, et où un certain nombre d'éléments viennent structurer notre tissu psychologique.

— Absolument, vous voyagez alors dans le monde de votre histoire personnelle, de votre psyché, mais pas seulement.

— Dans le monde de quoi ? Le monde évoqué par Michaux dans ses expériences psychotropes ?

— Bien vu. Je vois que vous vous réveillez. Mais Michaux ne s'est promené que sur le seuil de cet autre univers. Il en est resté à la porte. Tout au plus en a-t-il eu l'intuition.

— Mais ce monde serait régi par quoi ? Par la science ? Par le hasard ? Par la sorcellerie ? S'agit-il du monde astral cher aux occultistes ?

— Il peut. Dans certains cas oui. Les sorciers ont un pouvoir sur les mondes extra-réels, mais en l'investissant de cette manière il le fige et même parfois quasiment le crée.

Les corbeaux s'estompent. Je suis dans une pièce avec des gens en blouse blanche. Quelqu'un prend ma tension. Je vois des lèvres qui articulent des mots sans que j'arrive à en comprendre le sens, je devine : « Son pouls est un peu élevé mais sa tension est normale. »

Je sens que je repars. J'imagine un homme-médecine bantou, avec un masque grotesque, dansant. Pour faire venir la pluie. Qui ne vient pas.

— Mais les sorciers n'existent plus.

— Je suis désolé de vous détromper mais ils sont encore pléthore. L'Afrique, l'Asie ou le continent amérindien en sont truffés. Êtes-vous assez naïf pour penser que la quintessence du monde s'arrête à l'indice Dow Jones ?

Les corbeaux réapparaissent, atterissent en piqué. Non, je balbutie, bien sûr que non. Une boule brillante flotte à quelques centimètres de mes yeux. Une couronne d'or la remplace. Je veux la saisir mais elle s'évanouit. Mais... quelle latitude avons-nous ? Est-ce que... ? La voix me coupe.

— Taisez-vous. Rappelez-vous des prêtres de Thèbes ivres de soma qui après l'avoir servi défièrent l'Incrée et se servirent des pouvoirs obtenus pour perdurer à jamais dans les Stratosphères Interdites. J'ai un blanc. – Non, je ne me souviens plus du tout de cette histoire. Quel rapport avec aujourd'hui ?

Mais comme une nappe de particules en suspension retombant sur la ville un brouillard s'abat soudain sur les alentours, et tout s'efface, je pense Oui dormir, après tout pourquoi pas, loin des pyramides de Thèbes, dormir et voir des fées qui m'apporteraient du chocolat chaud et peut-être des pâtes de fruits, des choses douces et plaisantes, des gâteaux, un catalogue d'agence de voyages et des cartes postales, d'agréables songes en vérité, pas des cauchemars peuplés de vilains serpents et de questions folles sur des mondes et des réalités qui n'existent pas, et de nouveau la nuit recouvre tout et je sombre dans le néant.

2.

Sur l'autoroute :

En se dissipant petit à petit le brouillard laisse place à la nuit et aux néons, à la couleur éteinte de la mort se déroulant à l'infini et comme par un curieux embranchement des choses les pires des rêves sont devenus aussi habités et prégnants que l'ultime apparence de la réalité, le joker et sa victime surgissent du néant et matérialisés dans l'axe du pare-brise comme des marionnettes folles et je bats des mains, abasourdi et je hurle Mais attention, attention, vous allez vous faire écraser, je vais vous écraser, et le commissaire dit :

Le commissaire : *Uuuuuggh. Qu'on me dise... qu'on m'explique... CE QUE JE FAIS LÀ...*

et le Joker répond, sardonique, comme à son habitude, alors que la voiture va de plus en plus vite, entraînant ces images vers une destination finale, vers LA destination finale :

Le joker : *Vous faites... ce que tout homme sain de corps et d'esprit ferait dans des circonstances aussi effroyables... VOUS PERDEZ LA TÊTE.*

Le commissaire : *Vous... Oh non je... je me souviens.*

Le joker : *Ah, oui ? oh, que c'est dangereux, ça ! Les souvenirs sont parfois des brutes viles, répugnantes, un peu comme des sales gosses !*

Un lampadaire éclaire la couverture de l'album. Je crie Mais pourquoi, pourquoi ? Mais personne ne répond.

3.

Dans le faisceau des phares les pointillés de la ligne blanche ressemblent à des ossements éparpillés sur un linceul, disséminés à l'intérieur d'un grand rêve macabre, les rêves d'un fou où des zombies oubliés affleurent à la surface de la terre et jaillissent de leurs tombeaux, leurs mains décharnées essayent de vous saisir, vous hurlez mais il est déjà trop tard – et ce qui aurait plongé n'importe qui dans des abîmes infernaux ne provoque en moi qu'un sentiment d'euphorie, un poids est en train de quitter mes épaules et s'envole au-delà des nues, me rendant provisoirement insouciant de toutes contingences terrestres et de m'être ainsi absenté du cercle des vivants m'amuse, ce que Klingston approuve (en faisant une mimique saugrenue, comme si tout cela était vraiment si exotique) d'un : « Vous savez Louis lorsque l'on analyse la composition chimique du corps des anges l'on s'aperçoit qu'elle est très proche de celle du bonheur parfait, ce que vous ressentez est donc plutôt bon signe », réajustant le col de sa chemise, qui, je le remarque, est taché avec du vin, ou de la sauce tomate, à moins que ce ne soit du sang, du sang d'une bête que Klingston aurait tuée, ou le mien, ou celui de Sylvie, peu importe, le sang d'un sacrifié.

4.

La composition chimique du corps des anges serait bénéfique.

— Pourtant je me sens bizarre.

— C'est normal. C'est la différence de fréquence. Car vous comprenez bien qu'il s'agit avant tout d'un problème d'émission.

Je comprends : De mission ? Mais de quoi ?

Fréquence. Modulation. Le point spectral que vous avez dans le ventre et qui fait que le monde est le monde.

De nouveau les corbeaux. Une vignette de Roy Lichtenstein représentant une jeune femme – si américaine, si archétypale – murmurant « It's… it's not an engagement ring. Is it ? » à l'intention d'un bellâtre en smoking, tournoie dans les airs, jusqu'à disparaître dans les nuages. Les voix deviennent de plus en plus faibles, un vague filet, arrivé à la hauteur de Tours je réalise que là où des gens dansaient il n'y a plus qu'une mer d'ambre sombre et je me dis Mais pourquoi ne sont-ils plus là, il y avait de la techno et il n'y a plus que le silence et le bruit du moteur, et je sais pourtant pourquoi je roule comme un dingue et ce que je fuis et je sais qu'il n'y a nulle étrangeté là-dedans, je sais que cela a à voir avec l'argent et que la direction prise est celle de l'Espagne et qu'il faut que je mette dare-dare le plus de kilomètres entre moi et mes poursuivants et même si je ne les distingue pas très bien je sais qu'ils seront sans pitié, je sais que Tom et Jerry sont à leur tête et ma panique monte crescendo au fur et à mesure que je roule et l'autoroute est déserte, uniquement parsemée de troncs arrachés, de grillage déchiré et la glissière de sécurité à certains endroits est tordue et je ne comprends même pas comment on a pu laisser les voies ouvertes, à vrai dire je ne m'en préoccupe pas, je roule le plus vite possible, et je pense à l'exposition avec les tampax et je me dis les règles, les règles, et j'ai l'impression de surfer sur quelque chose de malsain, sur du cambouis, sur de l'huile sale et j'essaye de me raisonner, quel rapport avec les règles ?, et je sais qu'il y en a un, qu'il s'agit de quelque chose de mort, de l'expulsion d'un œuf non viable et le nom des sorties et des aires de stationnement vient battre mes tempes comme de la musique concrète, hachée par le son ambiant de l'autoroute et cela produit un rythme qui m'accompagne, chaque pancarte recèle des significations inscrites dans des langues oubliées et quand épuisé je dépasse la sortie Tours il me semble que je suis en train de devenir aveugle à force de vouloir en déchiffrer les arcanes.

5.

Au Vietnam la nuit, au milieu des charniers, les Khmers rouges exécutaient leurs victimes avec des essieux de charrettes, leur fendaient le crâne et rigolaient, couverts d'éclaboussures de cervelles et de sang.

Il avait cette vision d'une momie en train d'enfanter un monstre, une figurine horrible qui lui ressemblait, gémissait, lui reprochait son manque de pragmatisme et de courage.

Il était trempé de sueur et ses mains tremblaient.

Dans un sauna une femme noire le branlait vigoureusement, s'arrêtait, prenait les autres hommes présents à témoin, et disait Toi tu occupes la place de quelqu'un d'autre, tu occupes la place d'un mort, il avait joui en même temps. Une très vieille histoire se répétait en boucle, toujours pareille et toujours différente et son âme maintenant désœuvrée avançait sur les bords d'un désert sans jamais voir le bout ni de l'horizon, ni des larmes.

Je m'appelle…

Je m'appelle…

Il avait oublié son nom.

Pourquoi parlez-vous de vous à la troisième personne ?

Êtes-vous fou ?

Il aurait dû sentir la trace quelconque d'une cicatrice mais quand il se passait la main dans les cheveux il ne trouvait rien, sa boîte crânienne était intacte, la momie riait, lui murmurait qu'elle-même avait été trépanée mais que cela ne se voyait pas. Maintenant il se souvenait parfaitement de sa décision de ne pas commencer un nouveau millénaire, il entendait la détonation, les cris des gens, le clignotement des lumières et le bandeau sur la tour Eiffel marqué an 2000, quelle bonne plaisanterie, joyeuse année, une partie de sa tête explosait et la dernière image qu'il gardait c'est cette expression stupéfaite de la crétine avec qui il dînait, qui travaillait pour une fondation d'art contemporain, son cri d'horreur et les éclats de verre explosant au ralenti sur le carrelage, n'avez-vous pas lu la *Caverne* de Platon, n'avez-vous donc pas envie, sottes gens, de vous affranchir de votre condition d'esclave ?

Des savants lui avaient greffé des plaques d'acier de différentes tailles, dans le ventre et dans la poitrine, certaines lors de mouvements trop brusques avaient tendance à le blesser. Il se sentait en miettes.

Son mal empirait encore, les bordures le long de la bande d'arrêt d'urgence se tordaient sous l'effet du sortilège. Sa mémoire revenait par à-coups, il s'était bien suicidé, quand on l'avait enterré le prêtre avait refusé de bénir le cercueil et maintenant il était maudit, en train de rôtir dans l'antichambre des Enfers, pendant que juges et avocats examinaient son cas. Klingston avait insisté pour filmer l'autopsie et en avait projeté le résultat sur les murs de la morgue. Une centaine de personnes s'étaient déplacées pour le vernissage.

— Je crois qu'effectivement vous déraillez.

C'est exact, je suis en train de devenir fou. Connaissez-vous Charcot? Ses recherches ont servi de marchepied pour les travaux de Freud – Charcot étudiait l'hypnose et ses effets, des dizaines de femmes tombaient amoureuses de lui, c'est d'ailleurs ce qui a révélé à Freud le mécanisme du transfert. Je pense que Klingston s'est servi avec moi des mêmes procédés. – Mais vous venez de dire que vous n'aviez pas réveillonné avec lui.

— Oui, mais il peut agir à distance. Anus me l'a confié sous le sceau du secret. Il a bel et bien des pouvoirs.

— Je comprends. Vous avez toujours mal à la tête?

— Reprenez sa tension, il devrait commencer à revenir maintenant.

— Vous êtes sûr de la dose? Vous savez qu'on ne peut pas se permettre de le perdre.

— Ne vous inquiétez pas, je suis sûr de pouvoir le ramener. Répondez-moi Louis, vous avez encore mal à la tête?

— Moins. Mais j'ai peur du sang. Le sang m'inquiète, la blessure a tendance à se rouvrir.

6.

Schizophrénie :

Dans un premier temps, selon un processus bien connu des psychiatres, l'activité cérébrale devient intense, les circuits sont en proie à une sorte de surchauffe. Il est possible de distinguer un certain nombre de symptômes :

1/ Perception auditive de la pensée

2/ Hallucinations auditives dans lesquelles des voix conversent entre elles

3/ Hallucinations auditives dans lesquelles des voix commentent les actes du sujet

4/ Sensations corporelles imposées

5/ Vol de la pensée

6/ Imposition de la pensée

7/ Divulgation de la pensée

8/ Perception délirante

9/ Sentiments imposés ou contrôlés

10/ Volonté imposée ou contrôlée

— Volonté imposée ou contrôlée ?

— Oui.

— Mais alors l'expérience mystique est une expérience psychotique ?

— Tout à fait.

— Le monde entier fonctionnerait donc sur les délires de quelques cinglés, en l'occurrence les prophètes ?

— Je le crains. Toutes les études sur les maladies psychiques sont formelles.

— Je pense qu'il revient, répondez Louis, vous avez encore mal à la tête ?

— Non, ça… je… c'est… je sens que ça se calme… ça…

7.

Dans chaque strate de ce magma surgissent aussi d'autres images : les cohortes épouvantées d'une ville en flammes, de Paris, des gens marchant, courant, des éclairs, en haut de la tour Eiffel quelqu'un crie et face à ce hurlement qui se perd dans le vide, peut-être vers les toits du Trocadéro, de l'autre côté de la Seine, quelque chose ressemble à une incompréhension ancestrale. Le compte à rebours s'éteint, les émissions de radio cessent ou continuent de pérorer, selon le degré de surdité des auditeurs, morts, déjà décomposés, cachés derrière de vieilles persiennes rouillées. Un chauffeur de taxi ivre se prend de bec avec un inspecteur de police boulevard de Sébastopol et je revois encore la prison, Fleury, les immenses bâtiments, la Centrale, moi après le départ du AAO mettant au point une technique me permettant d'absorber une partie de l'esprit de mes coreligionnaires en copiant leurs programmes mentaux, préfigurant un procédé informatique utilisé couramment une décennie plus tard. Les murs jaunes, une vieille cité, quelques chevaliers teutoniques leurs heaumes brillant dans le soleil couchant et des milliers de vies superposées, l'Antiquité, la préhistoire, le désert, le Moyen Âge, la jungle, et toujours le même sourire, le sourire de Dieu un peu incrédule d'avoir fomenté une telle fourmilière, et dans le long cortège de ces blocs épars qui forment, bout à bout, rien moins que l'histoire du monde et la mienne, entrelacées, s'inscrit une sorte de quintessence de la poésie, l'éternelle et mystérieuse substance des choses, et cette sensation m'éblouit, me rend l'enfer dans lequel je suis en train de m'engager plus tolérable, et peut-être porteur d'une finalité qui justifiera *a posteriori* les tourments et la douleur du chemin, et m'illumine ainsi de la grâce d'un concept lui aussi vieux comme le monde, celui tout bêtement du paradis.

8.

Mon état est incohérent, je passe de moments de pleine conscience à d'autres où ma raison semble me fuir. J'ai la tête qui tourne, des bouffées de chaleur et des nausées me traversent par à-coups. Quand j'arrive à la hauteur de Saintes la multitude d'images affreuses cesse. J'ai un moment de répit, une station-service est ouverte et je m'y engouffre. Il restait quelque chose collé aux ossements de la porte Dorée, des fibres microscopiques où adhéraient encore toutes leurs mauvaises pensées et leurs péchés et cette force canalisée par la tempête et le nouveau millénaire avait brusquement crû le soir du réveillon et, inconscients que nous étions, nous en avions été, moi, Sylvie, et Klingston comme les autres, les premières victimes. En m'avançant vers les pompes – je ne vois personne à l'intérieur de la station mais les pompes sont allumées – je me force à respirer, à me calmer. Je n'ai pas peur de l'autre monde, intuitivement je me doute bien que par-delà les ombres se trouve la lumière et que les gardiens sur le seuil ne sont pas aussi méchants qu'on aurait bien voulu nous faire croire, que ce n'est qu'un leurre destiné à abuser les faibles et les ignorants, et je suis pris d'une sorte de spasme et je contourne la voiture et je dis, assez fort, Je peux me servir, ce n'est pas gênant si je me sers ?, sans éveiller le moindre écho en réponse, et à cet instant il me semble que j'ai de la fièvre, que j'ai un cancer…

9.

… et je sais maintenant ce qui a déclenché ma fuite, le visage contrit du présentateur sur l'écran de télévision – il est quatre heures du matin – disant Triste nouvelle pour les premières heures du nouveau siècle, le directeur général du Groupe Source ainsi que l'intégralité de sa famille, sa vieille maman âgée, des tantes et les enfants en bas âge de sa sœur, sa femme, sa gentille femme, tous réunis dans la grande maison du Vésinet pour fêter ce fichu an 2000, oui la même maison que l'on avait pu apercevoir en double page d'un magazine à l'automne, une maison si pleine de bon goût et d'amour familial et de valeurs simples et durables, toute cette famille donc, si unie, si heureuse, avait été assassinée par un dingue, mitraillée à bout portant à la kalachnikov, il n'y avait aucun survivant et le forcené avait été abattu par les forces du GIGN déployées sur place lors de l'assaut et dans la foule de policiers filmés aux alentours de la maison du drame, dans un périmètre délimité par de la bande de chantiers, illuminé d'une façon sardonique par le faisceau des lampes électriques et l'éclat des gyrophares je reconnais distinctement Tom, et Jerry.

Et l'assassin a vingt et un ans, il est mongolien, et vient de s'échapper d'un centre en province et je dis à Sylvie, Mais regarde, regarde, ils les ont fumés et elle est soûle, elle ne comprend pas ce que je dis, et Klingston éclate de rire, me donne une bourrade, dit Mais enfin Louis vous n'avez rien d'autre à faire que de regarder la télé, et la salle du musée me paraît aussi sinistre qu'une salle funéraire et je les repousse et l'instant suivant je suis dans ma voiture et je roule vers l'autoroute et quand le débit d'essence s'arrête je suis soulagé d'avoir recouvré la mémoire, je murmure Ah! les enculés, après Batman ils ont flingué toute la famille du DG, ils ont flingué toute la famille du DG, et je sais que je n'ai plus rien à perdre, que le temps joue contre moi et quand je me remets en route j'ai encore cette image de téléviseur qui m'accompagne, phosphorescente, et Tom grimace et le mongolien tire dans ma direction des rafales de mitraillette dont les balles traçantes fendent la nuit.

10.

Peut-être fait-il encore nuit parce que quelqu'un a éteint le soleil, et la terre alors va se refroidir horriblement, un froid des confins de la galaxie s'abattra sur nous, nous les ex-enfants de la lumière, il fera si froid que les vitres des voitures exploseront dans un bruit sec, que même les feux des volcans se gélifieront et le flux de notre sang, stoppé net, se constellera de paillettes de gel et nous mourrons, insensibles et statufiés.

11.

Finalement le jour se levait, tout doucement, et à la même seconde où ce souffle de soulagement m'envahit, une Mercedes me dépasse dans un hurlement de klaxon et de nouveau je ne sais plus si je rêve, si je suis mort ou si j'existe ailleurs, dans un monde parallèle où la douleur a naturellement sa place, un nain est attaché à une des portières de la Mercedes et brûle vif, à 180 km/h, dans le brouillard de l'aube, et je comprends qu'il s'agit d'une matérialisation de mon propre châtiment, des lambeaux de chair volent sur la route et laissent des traînées brunes et visqueuses, le corps du nain n'est plus qu'une boule sanguinolente de copeaux rougeâtres qui viennent éclabousser le pare-brise, et je ris, hystérique, que serait-il arrivé si j'étais né chez les Khmers rouges et un camion double la voiture et je crie Je n'ai pas peur des démons, je n'ai pas peur de Lucifer et la bâche du camion se soulève et maintenant je sanglote, et quelqu'un dit on ne se prépare jamais suffisamment au cauchemar, et quand cela arrive, quand on part pour les camps ou pour l'enfer il est trop tard, on peut prier et supplier ou se plaindre, cela ne sert à rien, les hommes à l'arrière du camion ressemblent à des Mexicains dans un film d'après-guerre, ils poussent devant eux un animal monstrueux aux pattes ligotées par du fil de fer, un des Mexicains lui tranche la gorge et du sang gicle encore, Enfant j'étais innocent, quelles furent donc mes fautes et qui en décida ?, le corps tombe sur l'asphalte, qui défile à la vitesse d'un jeu vidéo devenu fou, les Mexicains s'esclaffent, comme des garnements satisfaits de leurs farces, et maintenant c'est d'un haut-parleur que proviennent ces paroles abominables ou de l'intérieur de ma tête, je n'ai plus assez de repères pour le savoir : *Un jour les extra-terrestres viendront, ils te convoqueront en haut de la grande pyramide et tu seras leur esclave soumis, ils te diront quoi faire, tu leur obéiras, du fond des entrailles de la terre je t'observerai et doucement je pleurerai ta liberté et ton indépendance mortes*, ma vue est brouillée par les larmes et je suis désespéré.

La logique, quant à elle, est bien sûr le fruit des travaux d'Aristote – -330. Elle sera déterminante, en plus de sa place dans la réflexion philosophique, pour l'élaboration des mathématiques et donc pour celle de tout ce qui s'appellera l'informatique.

La logique, quant à elle, est bien sûr le fruit des travaux d'Aristote – 350. Elle sera déterminante (en plus de sa place dans la réflexion philosophique) pour l'élaboration des mathématiques et donc pour celle de tout ce qui s'appellera l'informatique.

Chapitre 5

Archignac

Mais lorsqu'on envisage l'homme en rapport avec la magie, alors on se le représente comme naissant avec les arts ; son devoir est de les découvrir, et de les révéler à d'autres.

1.

Quarante-huit heures plus tard :

J'arrive dans le village repéré sur la carte, Archignac. Le ciel est bas. Autour d'un autocar, sur la place devant l'église, une petite foule se presse. Un nain en costume de toréador, au milieu de la rue, voyant ma voiture siffle et dit Ça y est, ça y est, le voilà, et la sensation d'ivresse ressurgit. Je le regarde, terrifié, parce que je pense qu'il s'agit du début de ma capture, que Numéro 3 et les autres ont gagné, et aussitôt, comme juxtaposé, je vois le même nain en image subliminale tenant une grande toile de maître, une toile de, j'hésite à le dire, du peintre Lenain justement, représentant encore un nain en jabot (trois nains, je ris, ah, ah) et je reste stupide à les fixer, songeant que cette façon de visualiser des tableaux devient pathologique, avant de réaliser que ce n'est pas à ma voiture mais à l'autocar, que le nain fait signe de reculer, et que le cri Ça y est, ça y est, il arrive ! concerne un corbillard surgi du coin de l'autre rue, suivi par un deuxième groupe de gens et certains parmi eux sont déguisés en personnages divers de Fiction & Bande dessinée et cette sarabande ne me stupéfie même pas, non, je suis trop fatigué pour cela, non, elle m'achève, je reste amorphe derrière mon volant, remarquant juste, quand il passe à côté de moi, que le costume de Babar a l'oreille gauche recousue.

2.

La veille :

Parvenu à Bordeaux la tête me tourne moins et je réussis à me calmer, à rationaliser les choses. La panique déclenchée par la vision de cette tuerie à la télé était une explication suffisante. Ce qui est moins compréhensible c'est comment j'ai pu me retrouver sur l'autoroute fermée à cause de la tempête, faire autant de kilomètres sans me faire intercepter et qui plus est trouver une station-service ouverte. Les gendarmes qui me récupèrent au péage sont tout aussi perplexes et quand ils me demandent ce qui s'est passé et d'où je viens je gémis que je ne comprends pas, Mais j'ai eu si peur, si peur, et j'ai l'air tellement choqué qu'ils me proposent de m'escorter jusqu'à un hôpital, et pour finir, comme on les appelle sur un autre front – Bordeaux est sinistrée – me laissent partir. La ville est dévastée par l'invasion des vents et pullulante de fantômes, qui ont profité du chaos pour surgir au grand jour, et la seule chose qui me soutient c'est la présence du sac et je repense à Tom et à Jerry, et je me répète Si vous avez des vacances à poser je crois que c'est le moment Louis, et pas de journalistes, surtout pas de journalistes, vous comprenez pourquoi !, et c'est là que je reprends vraiment mes esprits, s'ils avaient voulu me tuer ils l'auraient déjà fait et je vois très bien dans quelle catégorie je suis classé, celle des crottes insignifiantes et dans ce monde absurde les crottes insignifiantes ont leurs chances, elles arrivent parfois à passer à travers les mailles, et pour me rassurer je me remémore ceux qui ont réussi à filer un jour avec un magot, et en fouillant dans ma mémoire, dans les contes et légendes de voyous entendus en prison je trouve Ricord Auguste, qui a réussi à s'enfuir avec le fabuleux butin de la rue Lauriston, la Gestapo française, à la fin de la dernière guerre, et je me repais de cette information, la retourne dans tous les sens, et je me dis aussi que Batman a dû s'arranger pour me disculper d'une façon ou d'une autre, je vois très bien Batman faire ça, me permettre une nouvelle vie, pour moi, pour lui, pour le petit garçon mort, pour ce poids, incommensurable, qui l'étouffait et je caresse le sac que j'ai posé à côté de moi et le souvenir de gens ressemblant à des médecins et prenant ma tension et s'inquiétant de la cadence de mon pouls disparaît alors complètement de mon esprit.

3.

Renseignement pris c'est non seulement l'autoroute qui est fermée et la voie express jusqu'à l'Espagne mais aussi la frontière, et quand j'en parle avec un automobiliste qui en revient, lui aussi épouvanté, racontant des images d'apocalypse, je n'arrive pas bien à comprendre si c'est à cause de la tempête ou si des routiers bloquent les péages, mais les faits sont là, gagner l'Espagne est impossible et je me sens flottant et après avoir tergiversé je me dis que je vais descendre par les petites routes, en coupant mon portable – de toute façon une borne sur deux est détruite par la tempête – et alors comment me localiser ?, hein, comment me localiser ? (je ris tout seul) et ensuite je passerai la frontière quand cela ira mieux et je mettrai l'argent en sécurité, et une fois que tout sera calmé, dans plusieurs mois, quand les circonstances le permettront, j'irai le rechercher et alors la vie commencera, et je rêve à ce que je ferai, aux poésies que j'écrirai, aux tableaux que je peindrai, et petit à petit les choses autour de moi finissent par se stabiliser et j'achète un guide du Sud-Ouest et une carte et je repense à Anus et à Klingston et j'hésite à appeler Anus, après tout ce blanc de vingt-quatre heures (nous sommes le 2 au matin) est quand même curieux, mais je me dis que cela signalerait ma position et alors je savoure cette sensation, être seul au monde et pouvoir malgré tout faire face sereinement à ce sentiment, et je caresse encore le sac, le tapote, lui parle, et quand je sors de Bordeaux les gens dans les banlieues, au milieu des tuiles, des arbres couchés et des gravats, me semblent des sortes de zombies marchant vers un labeur infernal, et dans la rougeur du soleil qui monte derrière les industries finissantes je ne distingue que malheur et désolation.

4.

Un peu plus loin je m'arrête dans une boulangerie, j'ai faim, je n'ai pas mangé depuis au moins quarante-huit heures. La boulangerie fait en même temps salon de thé, je commande un gigantesque petit déjeuner, avec plusieurs pots de confiture et des œufs et la serveuse me dit Des œufs ?, ça je ne sais pas si c'est possible, et je sors plusieurs billets de cinq cents francs et je dis Je suis sûr que l'on doit pouvoir trouver une solution pour faire deux œufs sur le plat et elle reste les yeux fixés sur le billet de cinq cents francs que je viens d'avancer et c'est la première fois de ma vie que j'ai ce genre de geste, elle dit Attendez il faut que je demande et quand elle repart je reste les yeux fixés sur son cul, je me renverse en arrière et je reste songeur en évaluant quelles sont les chances, maintenant que je suis riche, de devenir un gros con et quand je feuillette le guide je cherche quelque chose de cher et d'isolé, mais tous les grands hôtels sont fermés au mois de janvier et finalement je me rabats sur une auberge qui est ouverte, l'auberge de la Corne d'Or, à Archignac, peut-être parce que le nom du village me rappelle cette aventure d'Arsène Lupin, *L'Île aux trente cercueils*, où quatre sœurs (les sœurs Archignac) étaient mises en croix et torturées.

5.

Il est cinq heures du matin. Le bac sur lequel je dois traverser le fleuve porte un nom, le *Vaillant*, mais ne part qu'à six, le café sur l'espèce de port n'est pas encore ouvert. Je suis dans ma voiture, où j'ai dormi, devant les barrières jaune et rouge de la jetée, écoutant la radio. J'ai rêvé que l'on me volait le sac, je prenais en stop une vieille sorcière et profitant d'une panne elle se sauvait avec le fric. J'arrivais à la localiser mais comme récupérer l'argent est totalement impossible car elle habite la ville des Morts Vivants, je passe tout le rêve à maugréer des imprécations : Pute et salope et ossements pourris, maudite tu seras, jusqu'à ce qu'elle se foute à poil et m'oblige à la baiser et comme je refuse elle précipite le sac dans le feu, les billets brûlent et je hurle comme si c'était moi qui brûlais, comme un damné.

Puis les sirènes retentissent et je monte sur le bac avec ma voiture où un type me fait un signe de tête et dans la façon qu'il a de déchirer mon billet je comprends qu'il m'en veut, et quand il dit Vous pouvez descendre de votre voiture pendant la traversée je fais signe que non et je reste confiné devant l'autoradio à écouter une émission sur saint Paul qui explique que l'apôtre, suite à une succession de choix malheureux, a fini par se réincarner en punk, à New York, à la fin des années 70 : «… *Il est probable que c'est bien le même Paul que nous retrouvons à New York en 1977, aux côtés de Richard Hell and the Voidice, occupant les fonctions de road manager. – Magnifique et édifiant destin. De quelle façon cette grande personnalité investit-elle le mouvement punk ? – Les témoignages nous manquent. L'on peut supposer que l'énergie démente déployée par les premiers sympathisants du mouvement lui permet d'exorciser les courants maintenant démoniaques qui l'habitent. Il est d'ailleurs curieux de constater que cette âme admirable finit, vingt siècles plus tard, par incarner ce que saint Paul considérait comme les forces mauvaises et asservissantes de l'homme, l'imagerie même du démon. – C'est-à-dire ? – Il faut se représenter ce qu'a été le mouvement punk, des gens se vautrant dans l'ordure, la saleté, faisant de l'abject un mode de vie, poussant jusqu'aux limites du supportable ce qui est considéré comme antinomique avec notre idée de l'humanité.* »

Des bouffées incontrôlables d'angoisse m'envahissent. Je descends de voiture, il fait encore nuit, le bras de mer sur lequel nous voguons paraît une immense toile noire bouillonnante, sans issue.

6.

Les bords de l'autre rive ressemblent à un paysage de livre pour enfants. Les arbres sont abattus, déracinés ou brisés en deux. Les murs des quelques maisons effondrées, les toits arrachés, tout cela dans les ombres du jour pas encore levé, dans le silence et sans aucune présence humaine, comme si un ogre terrible allait surgir du paysage et finir son travail de destruction. Un tracteur couché sur le flanc laisse voir un moteur entièrement démonté. L'ogre le broierait de ses grosses mains, ferait tourner les roues et roterait, mal réveillé, devant les brumes montantes de l'estuaire. Au bout de la jetée où je reste moteur allumé, sans savoir quelle direction prendre, quelqu'un se propose de me faire traverser le camp militaire pour arriver jusqu'à Archignac. Sinon l'rez d'mal apasséocam, pacqucédétetedecon, zondéconsigne, et je réponds, Ah oui..., avant de comprendre ce qu'il est en train de me dire, C'est des têtes de cons, alors, je dis aussi :

Surqu'cédététédekon... mais... sur la carte... c'est pourtant marqué qu'on peut passer ?

— Mésurlakartydisen'importkoi.

— Ah ? Vraiment ? Comment je vais faire alors ?

— Sépa. Sébloképartoutàcausedesarbresetl'autorouteelleestfermé.

J'ai la sensation de me déliter docilement. Si nous sommes des marionnettes pouvons-nous encore parler ?

— Mésiçastouveyabenmoyen,non ?avétibilletchosess'arrangeoupa ? – Avétibilletcépossib. Kejuistravailaucam, kejuismonmacaronderière le parebriseécébon.

— Ils vérifient pas les identités ?

— Nonnononon, féfroid, voil'macaron, ymevoient moi, cébon.

L'homme taille un bout de bâton avec son couteau. Des petits copeaux tombent à ses pieds. Ils sont translucides.

— Personpeuvolélbiendunhomsicépaalui. Nonononon. Pakancésonproppognon.

Je hoche la tête et je dis C'est vrai. C'est très vrai.

Je lui propose cinq cents francs pour me faire traverser le camp.

7.

Nous sortons du hameau en roulant doucement, évitant les troncs et les débris de la tempête, l'aube se lève sur l'amont du fleuve et la forêt, le haut des arbres encore debout, paraît touché par des filaments de sang vaporeux.

Au bout de quelques kilomètres nous bifurquons vers l'intérieur des bois, entre deux miradors en métal rouillé où heureusement aucune sentinelle ne monte la garde, et pourtant je ressens la même impression que lorsque Frodon et Sam arrivent à forcer la barrière des guetteurs avant d'entrer en Mordor, l'impression de franchir une porte invisible derrière laquelle m'attend une série d'épreuves encore plus corsées que ce que j'ai affronté depuis le début de ma vie et mon guide dit : — Cécausedelanoëlysontpâslàmélerisquecéapré, et je hoche encore la tête, sur le bord du chemin des ossements de sangliers et de chevreuils gisent impudiquement. — Lémilitèrtiresurléanimoméléchassepa, ylèssepourrirlé-karkass. Cénimportkoi. Céuncamdenaziicicédéfondu.

Fautrier. *Le Grand Sanglier*. Huile sur toile.

— Cayéonlesvoimintenan. Fauparalentirymconaisse. Fauklaxonner.

Je reste impassible, les mains crispées sur le volant, le plexus noué, m'attendant au pire, mais les militaires ne nous accordent même pas un regard et nous passons. Je le dépose un peu plus loin. Archignac, le village que j'ai sélectionné sur la carte, pour sa situation isolée et sa proximité avec la frontière, est à moins d'une vingtaine de kilomètres à main droite.

8.

Ma découverte du *Seigneur des Anneaux* datait de l'été 1980 à la bibliothèque de la Centrale où j'avais obtenu mon transfert. À la même période quelqu'un de mon étage, passionné de fantastique, avait fait rentrer deux cents pilules de LSD, qui s'appelaient alors des pyramides. Personne n'avait fait attention aux trois volumes recouverts d'un papier marron sur lequel l'ancien bibliothécaire avait marqué *Le Seigneur*, j'avais même cru qu'il s'agissait de missels ou de livres religieux. C'est en les rangeant que j'étais tombé sur les cartes, la Terre du Milieu et Mordor, et le poème, *Trois anneaux pour les Rois Elfes sous le ciel, Sept pour les Seigneurs Nains dans leurs demeures de pierre, Neuf pour les Hommes Mortels destinés au trépas, un pour le Seigneur Ténébreux sur son sombre trône, Dans le pays de Mordor où s'étendent les ombres.* J'avais lu les six livres de la saga sans m'arrêter, sans manger, sans dormir, la semaine suivante je prenais mon premier acide. *Un Anneau pour les gouverner tous, Un Anneau pour les trouver, Un Anneau pour les amener tous et dans les ténèbres les lier Au pays de Mordor où s'étendent les ombres.* Le monde était étrange mais son histoire et ses origines se révélaient encore plus impressionnantes que je ne l'avais supposé. Avec deux compagnons, celui qui avait fait rentrer les trips et un autre pêché en promenade, nous créâmes la Communauté de l'Acide, en référence à celle de l'Anneau, Gandalf, Argorn, Frodon et les autres, qui sauvèrent notre planète du mal et du chaos lors d'un autre âge de la terre. Notre champ d'action aurait pu paraître restreint à un observateur extérieur, grâce au LSD nous étendîmes son périmètre au contraire de manière considérable.

L'acide m'avait donné accès à des dimensions de moi-même et du monde que je soupçonnais intuitivement. Je gardais encore aujourd'hui le sentiment d'avoir parcouru une gigantesque encyclopédie dont la langue m'était inconnue mais dont certains articles auraient quand même réussi à m'évoquer quelque chose. Un mystère froid.

9.

Ma voiture me parle. J'ai d'abord des doutes et puis après un examen attentif il est clair qu'elle cherche à me communiquer quelque chose, d'abord par un tac-tac-tac suivi de trois tac-toc-tac, et de nouveau tac-tac-tac, ce qui doit être du morse ou un codage calqué sur celui de l'ADN. J'essaye de me remémoriser la dernière fois que j'ai vu un alphabet morse. C'était dans le guide des *Castors Juniors*. J'ai les larmes aux yeux. Je dis Pourquoi ? mais pourquoi ? et la vie me paraît alors un tunnel insensé et je trouve sidérant que saint Paul se soit réincarné en punk. Une énigme karmique. Qui allait s'occuper des obsèques de Batman ? Et sa disparition. Qu'allait dire la secrétaire ? Et mes collègues, les gens des expositions, Règles et les Allemands avec qui j'avais rendez-vous dans le milieu de semaine pour sponsoriser leurs conneries ? Je n'avais pas encore signé les bons pour les chèques, qui le ferait ? Je suis désolé mais monsieur Dieutre a disparu dirait Angèle. Il est en vacances. Non, ce n'était pas prévu. Et monsieur Nègre est mort. Et aussi notre bon directeur, avec toute sa famille, vous ne pouvez pas savoir mais ça m'a gâché le réveillon. Les Allemands en seraient comme deux ronds de flanc. Angèle se mettrait à pleurer. Je l'appelais Gentil Patron, vous savez. Et les enfants du DG ses beaux petits-enfants. Je les avais lus dans *Le Figaro Magazine* cet été. Lus ? demanderaient les Allemands avec leurs accents d'Allemand Non, vus, sangloterait Angèle. Elle déraperait vers une crise d'hystérie. Peut-être que monsieur Dieutre est mort aussi, il était si gentil, gentil, vous savez ça fait exactement comme dans ce vieux film qu'ils ont repassé à la télé, *Les Disparus de Saint-Agil*, tout le monde disparaît au fur et à mesure et à la fin il n'y aura plus que moi dans cette tour maudite. Moi et des Zombies. Moi et des Fantômes. Elle éclaterait d'un rire dément. Sauvez-vous pendant qu'il en est encore temps je vous en conjure ! Malgré la présence d'Erich Von Stroheim au générique les Allemands n'auraient pas vu *Les Disparus de Saint-Agil*. Par contre ils l'auraient sec en apprenant que les bons pour les chèques n'étaient pas signés. Plus de dear Louis, plus de subventions Source. Que penser de tout cela ? Que penser de mon existence ? Et du sac ? De l'argent ? Le sac était entre les mains d'une bande de rapaces à la tête de laquelle officiait une vieille sorcière pornographe. Je le savais parce que je l'avais rêvé. Mais alors quel était l'objet qui se trouvait à côté de moi sur le siège ? Un faux sac ? Absolument. Le vrai flottait dans une autre dimension, proie des vampires. Voilà quel était le problème, les vampires. Les vampires étaient un des hiatus du monde. Mais que représentait le sac pour moi ? Beaucoup d'argent. Certes.

Certes. Mais encore. Ma vie. Tout simplement. Ma vie tient dans un sac de toile. Et soudain une pensée affreuse s'insinuait, j'étais en train de me conduire comme Gollum. Gollum était, dans *Le Seigneur des Anneaux*, la créature abjecte qui avait gardé l'anneau du pouvoir pendant des siècles, cachée au fond d'une grotte, dépérissant petit à petit, recroquevillée sur son bien chéri, dévorée par ce feu de la possession. «*Mon trésor*» répétait sans cesse Gollum. «*Mon trésor*». Je suis Gollum. Je voulais être Frodon et je suis Gollum. Et la voiture, pourquoi me parle-t-elle? Pour me dire ça. Pour me mettre en garde. À cause de l'ADN. Dans le ciel un vol d'oiseaux, plus gros qu'un nuage, traversait l'horizon en croassant. S'ils sont des centaines le roi fait de moi son conseiller et me donne la main de sa fille et pourquoi ne suis-je pas né à une autre époque, j'aurais eu plus froid l'hiver et il n'y aurait pas eu de voiture mais peut-être les costumes et les châteaux étaient plus jolis, il n'y avait pas de trottoir, on marchait dans la boue et les déjections de chevaux et quand on tombait malade souvent on mourait, le diable venait vous chercher et avec lui on dansait, des heures durant, un sabbat enfiévré et au moment où j'arrive à Archignac, juste avant de voir ce nain habillé en costume de toréador je m'aperçois que le rustre analphabète a laissé l'objet qu'il a sculpté sur le tableau de bord et il s'agit d'un corps de femme translucide, sans tête, extraordinairement éloquent, et cette beauté me heurte violemment.

10.

Tout s'apaise. La course folle empruntée par mes pensées est déviée vers une zone plus tranquille.

— Excusez-moi, je cherche… est-ce que… c'est assez connu parce que dans le guide… c'est… assez réputé je crois… l'Hostellerie de la Corne d'Or?

— Il ne faut pas stationner là monsieur, ce n'est pas possible aujourd'hui.

— C'est dans le village? C'est… je veux dire c'est… parce que j'ai… par téléphone… j'ai réservé et…

— Recule, recule.

Le nain hurle.

— Stop, stop !

L'autocar – ossature d'animal préhistorique, regard monstrueux – veut m'écraser. Je recule aussi. Le nain se retourne. Je vois ses yeux et je me dis qu'il a des yeux cruels, ce qui est une réflexion idiote, mais il me fixe avec une telle intensité que je ne peux pas m'en empêcher.

— Pas là, monsieur – il s'énerve sur place – pas là, vous voyez que l'on enterre quelqu'un.

— Excusez-moi, je bredouille, j'ai eu… la tempête… je suis très… je suis malade d'ailleurs les gendarmes voulaient, enfin j'ai dit non pour l'hôpital ce n'était pas… j'ai…, c'est… l'autoroute et j'ai… à l'Hostellerie… je suis désolé si vous enterrez, enfin je veux dire c'est horrible, excusez-moi vraiment, je vais me garer ailleurs.

— Merci, fait le nain. Vous seriez gentil.

Et à la manière dont il m'a répondu j'ai l'impression que je viens d'être frappé d'une crise de schizophrénie :

4/ Sensations corporelles imposées.

8/ Perception délirante de la réalité.

10/ Volonté imposée ou contrôlée.

11.

Il reste des places plus loin sur la droite. Les cloches de l'église sonnent à toute volée (le tocsin ?). Les rues sont remplies de voitures bizarres, des chars, des engins ressemblant à ceux de Satanas et Diabolo dans ce vieux dessin animé, *Les Fous du volant*, un carrosse – un carrosse ? – oui un carrosse, le carrosse de Cendrillon que tire un tracteur, conduit par une religieuse, et d'ailleurs des religieuses il y en a partout, encadrant des groupes de gens – de gens ? – non pas des gens, des groupes de monstres, des groupes de monstres improbables comme on en voyait à peine dans des livres de médecine légale du début du siècle, avec des goitres, des maladies de peau épouvantables, avançant d'une démarche tordue, maigres, grands, gros, difformes, des idiots, couverts d'eczéma, grognant, bavant, défigurés par des rictus hystériques. En file indienne marchent des femmes atteintes d'éléphantiasis, Allez ! Allez !, tapent dans leurs mains les religieuses, Avancez! avancez!, monsieur Aïm ne va pas vous attendre, et tout le monde se dirige vers l'église et son parvis, où une petite foule est déjà massée ; et dans cette cohorte d'apparitions on pousse le carrosse, que l'on a détaché du tracteur et que l'on installe, telle la carapace d'un insecte mort, au milieu d'un cercle invisible, face aux statues des saints qui décorent le devant de l'édifice et cette fois j'ai enfin la preuve qu'il s'agit d'un rêve, je me répète Je rêve et j'arrive à me mouvoir dans ce rêve comme s'il s'agissait de la réalité, c'est extraordinaire et je me demande si en me réveillant le sac sera toujours là avec tout cet argent ou non, ou si je vais redevenir pauvre et plutôt que de prendre peur j'essaye de faire bonne figure et de me conduire dignement et comme tout le monde converge vers l'église pour l'enterrement je descends de voiture et je suis le mouvement, le sac en bandoulière qui m'écrase et quand j'entre dans l'église les cloches s'arrêtent de sonner, il y a un silence, c'est le cas de le dire, de mort, et toute l'assemblée, cette assemblée grotesque de monstres plus ou moins déguisés, se retourne et me regarde.

12.

— Hum, fait l'homme sur la chaire, hum, hum, s'éclaircissant la gorge dans le micro, et ce son rauque traverse la nef et semble s'entortiller autour des piliers de pierre pour se transformer en quelque chose de plus doux, repris par la foule, une sorte de murmure grave, presque un ôm indien, mais plus incisif, plus… disons, trémoussant, comme si un poisson d'or se mettait à nager au milieu de l'église en frétillant de la queue et soudain l'homélie commence :

Ô vous frères humains
qui marchez sur la terre
Et que des liens de sang
attachent encore aujourd'hui à vos pères

d'une voix précise, dure. L'homme en haut de la chaire ne porte aucune robe de prêtre mais un costume bien coupé, peut-être Kenzo, ou Agnès B., et tout le monde reprend *Ô vous frères humains* et il demande *Qu'est-ce que la vie ?* et la foule dit *On ne sait pas* et lui *Qu'est-ce que la mort ?* et eux *On l'attend* et lui encore *Croyez-vous que notre sœur va grimper ?* et maintenant ils crient tous et l'ambiance est ahurissante, tous ces gens semi-débiles, déguisés, géants, nains, goitreux, ces bonnes sœurs en cornettes et cet homme les dominant, incroyablement... stylé, voilà, stylé est le mot, métis, avec des lunettes cerclées d'or et ce costume au pli impeccable, tellement stupéfiant en fait que j'en reste interdit, dissimulé derrière un pilier à les observer et ils se mettent à taper dans leurs mains et à faire ouh-ouh-ouh, comme des Indiens sur le sentier de la guerre et à hurler dans le désordre *Si, si, Cendrillon grimpe, grimpe,* chacun s'autorisant ce qui me semble une improvisation. À ma gauche une femme déjà âgée recouverte d'une couverture en peau de vache à taches roses mugit presque, *Grimpe ma chérie, grimpe, n'aie pas peur des fantômes* et un géant lance *Nous t'aidons Cendrillon, nous t'aidons comme tu nous aideras quand nous viendrons* et sur la chaire le démiurge les exhorte à la folie, s'agite comme un chef d'orchestre en transe. Je le vois qui transpire et s'abandonne lui aussi au délire et tout l'ensemble est plus sidérant encore qu'un spectacle de Royal de Luxe, d'Archaos ou de la Furia del Baus mêlés, plus sidérant encore tout simplement parce que là il est vrai. Une secte, je pense, une putain de Bon Dieu de secte.

13.

Quand je ressors je suis dans un état second, épuisé, je n'ai pas dormi depuis vraisemblablement la veille du réveillon, sauf quelques heures frigorifié dans ma voiture en attendant le bac et le spectacle auquel je viens d'assister m'a littéralement sorti de moi, et je reste devant l'église, sur cette place déserte, dans les courants d'air gelés, me répétant bêtement Qu'est-ce la vie ? je n'en sais rien, qu'est-ce que la mort ? je l'attends, en tripotant la fermeture du sac et en me disant que je ne rêve pas, que je vis juste quelque chose de bizarre, dans un endroit bizarre, avec des gens bizarres, et que sans nul doute c'est certainement ça le début du nouveau millénaire, un truc curieux se manifestant par inadvertance.

14.

Dans un bref moment de répit :

J'imagine, mais sans y parvenir vraiment, une gigantesque sculpture composée d'écrans cathodiques, de bruits de la ville, du métro, de panneaux de signalisation, de prospectus, de l'énervement urbain, des certitudes qui l'accompagnent, des journaux, de l'ordre du monde régi et mis en coupe sans que l'on sache très bien par quoi, si ce n'est par une vague idée de ce qui pourrait être défini faute de mieux comme notre raison, et au milieu j'y place un homme, enturbanné, comme l'homme invisible, recouvert de vêtements, de lunettes et d'un chapeau, et j'attends que cet homme me dise quelque chose mais il ne dit rien, il a l'air ébahi, comme moi.

15.

J'hésite à remonter dans ma voiture et à chercher l'Hostellerie, mais j'ai faim et finalement je me dirige vers le café-tabac-épicerie qui est en face de l'église. Devant la vitrine du café-tabac-épicerie-maison de la presse je vois le titre en gros : AFFAIRE SOURCE DE NOUVELLES RÉVÉLATIONS, avec la photo d'une femme que je ne connais pas personnellement mais que Batman connaissait et qui a l'air de savoir tout un tas de choses affreusement croustillantes, OUI IL Y AVAIT BIEN DES TRANSFERTS D'ARGENT À DESTINATION DES PAYS AFRICAINS MAIS ÉGALEMENT DÉMOCRATIE AMIE ÉLECTIONS COMMISSIONS SUR MARCHÉS VÉREUX & CERTAINS DIRIGEANTS CLUBS ÉCHANGISTES OU SOIRÉES PRIVÉES AVEC FILLES DE L'EST FOURNIES RESPONSABLE SÉCURITÉ SOURCE SUICIDE MYSTÉRIEUSEMENT VEILLE RÉVEILLON et plus bas il y a un article sur Batman S'EST-IL VRAIMENT SUICIDÉ et j'ai un mouvement incontrôlé de sphincters quand je lis L'ARGENT N'AURAIT PAS ÉTÉ RETROUVÉ et là je menace carrément de faire dans ma culotte et je vois en réflexion dans la vitrine le sac pendu sur mon épaule et j'ai envie de crier Attendez, attendez, l'argent c'est moi qui l'ai, mais je ne voulais pas le voler, c'est juste que je ne savais à qui le donner, mais l'image de Batman apparaît soudain en surimpression et me fixe et j'entends sa voix dire Tu vas arrêter maintenant, qu'est-ce que tu veux qu'ils te fassent ?, qu'est-ce que tu veux qu'ils prouvent ?, calme-toi et reprends les choses en main, fais le mort un moment, planque le pognon et arrange-toi pour pas te faire buter et tout ira bien, et je fixe l'apparition et mon visage prend une expression dure et déterminée et je regarde aussi le journal et la photo de la femme et à son adresse je dis T'en as touché des commissions avec ton ministre, pourquoi j'aurais pas droit à ma part aussi sous prétexte que tout le monde se déballonne aujourd'hui ?, et quand la foule sort du cimetière, tous enturbannés dans leurs déguisements et leur bizarrerie je suis campé sur mes positions et sans états d'âme et d'une voix claire j'accoste la première personne qui me semble à peu près saine d'esprit et je demande Savez-vous où est l'Hostellerie du Vieux Manoir s'il vous plaît ?

16.

— Le Vieux Manoir ? reprend en écho le premier corbeau.

— C'est à droite, affirme le deuxième.

— Non, pas exactement à droite, coupe le troisième, vous voyez la sortie du village ?

— Oui, je dis, en essayant de sourire –, ils sont au moins quinze à entourer la voiture – enfin je pense.

— Eh bien ce n'est pas du tout de ce côté, c'est à l'opposé, il faut couper en diagonale.

— Mais une fois qu'on est dans cet axe il faut tourner, ensuite c'est simple on le voit.

— Ça dépend, des fois on le voit, des fois on le voit pas, ça dépend du feuillage.

— Oui mais là c'est bon puisqu'on est en hiver.

— De toute façon c'est fermé.

— C'est fermé ?

— Bien sûr. Toujours pendant la période des fêtes.

— Mais... mais... – je m'affole complètement – je. sur le guide...

— Ils vont peut-être rouvrir pour vous, peut-être. Des fois ils le font mais c'est rare, en général ils ferment. Surtout avec la tempête.

— Justement, peut-être qu'à cause de la tempête ils sont restés, je crois qu'ils vont aux sports d'hiver sinon.

— Oui mais depuis qu'elle s'est luxé une cheville ils hésitent.

— Ah, elle s'est luxé une cheville ? Je ne savais pas.

— C'est par là ? je les coupe, en traversant en diagonale ? Ils ne répondent pas, me regardent avec des yeux de merlan frit, l'un d'eux fait avec sa main, Là-bas, là-bas ! et je pense que cette fois il dit juste, alors je fais demi-tour et ma voiture émet un craquement, plus inquiétant que le toc-toc en morse de tout à l'heure et j'entends un des mongoliens qui fait Hi-han, hi-han ! et je donne un coup d'accélérateur et le mongolien recommence son hennissement et je réalise qu'il ne s'agit pas d'un hi-han mais du cardan. Votre cardan est mort monsieur, il vient de lâcher. Effectivement la voiture paraît déséquilibrée et de toute façon j'ai beau accélérer elle n'avance plus et je descends furieux, exaspéré parce qu'elle sort de révision et que j'ai payé une somme astronomique et les mongoliens s'écartent et continuent leur chemin, me laissent à côté de ce tas de ferraille et de ce cardan mort, et je balbutie C'est quoi un cardan, c'est grave ? et devant mes yeux j'ai des milliers de moustiques colorés qui m'empêchent de voir et je répète Je suis trop fatigué, et épuisé je me rassois sur le siège, les jambes pendantes à l'extérieur, et le klaxon qui retentit derrière moi me semble aussi évocateur que s'il annonçait ma mort et de toute façon je n'en ai plus rien à foutre, le klaxon continue, c'est l'autocar que je gêne, mais je ne réponds même pas.

17.

Et en même temps je me dis Mais je suis complètement con, bien sûr que non je ne rêve pas, je ne suis pas si loin de Lourdes, Lourdes voilà, des religieuses, des handicapés, et je me remémore un reportage vu en prison, Archignac, l'asile des fous dangereux, le père Rivoire, je m'en rappelle très bien parce que le type que j'avais en cellule avec moi à ce moment-là avait répété comme un âne Rivoire, Rivoire, Rivoire et Carret, pendant qu'on voyait le père, avec un visage de père, une barbe et un sourire, raconter la vie ici, avec les déshérités, les furieux et ceux que l'existence avait expulsés loin de tout et à ce moment-là les débiles reviennent et entourent la voiture et me montrent du doigt la roue et le chauffeur du car descend et je suis surpris parce qu'il s'agit de l'homme au costume Kenzo et je ne le voyais pas du tout conduire un autocar. Le père Rivoire avait même fait la quatrième de couverture de *Libé* il n'y a pas si longtemps, une sorte d'abbé Pierre de l'insolite, le Curé de la Paroisse des Maudits avait titré le journaliste. Je suis désolé je dis, j'ai un cardan qui a dû lâcher, même quand j'accélère elle bouge pas.

— On va vous pousser, dit l'homme au costume, et vous indiquer un garage.

En s'ouvrant les portes de l'autocar ont fait un chpufft caractéristique qui me rappelle Paris et les autobus et je me lève et je dis, vraiment comme si je me confiais, Excusez-moi mais j'ai très peu dormi, je suis un peu à côté de mes pompes et des mains se posent sur la carrosserie et tout le monde fait À la une, à la deux, et hop ! La voiture est sur le côté et l'homme au costume Kenzo est déjà remonté dans le car, qui démarre, et avant il a dit Allez donc à l'épicerie, et buvez quelque chose de chaud, vous avez l'air mal en point et j'obtempère, presque satisfait que quelqu'un, ne serait-ce que pour une affaire aussi bénigne, pousse la sollicitude jusqu'à prendre un petit bout de ma vie en main.

18.

Il me faut de l'intensité. Une véritable décharge électrique. Alors je comprendrais certainement les secrets que je ne fais qu'effleurer. Le plastique du volant est constellé d'incrustations rouges que je n'avais pas remarquées auparavant. Quand je me regarde dans le rétro j'ai les yeux injectés de sang, exactement comme le volant. Une tête de fou.

Je récupère les clefs, descends de la voiture, la ferme, et me dirige vers le café.

19.

Devant l'église gît toujours le carrosse.

— Et *Libé* vous ne l'avez pas ?

— Non, on a *Le Monde*, mais c'est juste le *Diplomatique*.

J'achète le *Diplomatique*. Ça va mieux. J'ai la tête qui tourne moins.

— Vous êtes en vacances ? Pour le travail peut-être ?

— Oui. En vacances pour mon travail.

Combien de kilomètres d'inepties débitait-on au cours d'une vie ? Mille kilomètres ? Un million de kilomètres ?

La buraliste est sur le point de se mettre à onduler.

— C'est rare à cette époque. Par ici c'est surtout l'été. Quoique en ce moment on a quelques Allemands courageux. Les autres avec la tempête et les coupures de courant vous pensez bien qu'ils ont filé. Ils ont bien fait parce que pour le moment on est bloqués. Ils nous ont ravitaillés par hélicoptère. – Elle montre les vitrines avec les titres parlant de Source. – ils ont mis les affiches mais ils ont oublié les journaux.

Je souris aussi. Ne cherchez pas à m'impressionner, ça ne prendra pas.

— Oui, mais je voudrais, heu… un garage aussi.

— Ah bon, pourquoi faire, vous êtes mécanicien ?

— Non pas spécialement (je souris, j'essaye de sourire encore une fois), mais ma voiture en a besoin.

Je commande un thé au citron et des tartines. *Buvez quelque chose de chaud.*

— Ici c'est spécial. – Elle évite de me regarder dans les yeux – On est presque en autarcie. Le garage je suis pas sûre qu'il soit ouvert.

20.

Dans *Le Monde diplomatique* :

Les nouvelles sont tangentes. Au dos du journal un article analyse les dernières avanies de la grande distribution : les désirs du consommateur évoluaient, ce crétin, allez savoir pourquoi, se dirigeait maintenant vers des produits identiques mais vendus plus chers, à ne rien y comprendre. Repenser la vente était devenu une nécessité, Carrefour avait créé un faux magasin – test ultra-secret – *Magali* comme Magasin Alimentaire –, un magasin vide et immense dans lequel personne ne faisait jamais ses courses mais prêt à l'emploi pour étudier des scénarios de comportements possibles. Question : qui jouait à l'occasion le rôle des clients ? Des figurants ? Des robots ? Des détenus soustraits à une maison d'arrêt le temps de l'expérience ? Ou carrément des Zombies, lobotomisés et importés d'Haïti à grands frais ? « *Cette technique représente le principal enjeu du XXI*[e] *siècle : l'avenir appartient à celui qui parviendra à identifier le capital qui réside en chaque consommateur.* » Obsédées par leur volonté de « coller » au plus près au désir consumériste certaines marques, toujours d'après l'article, avaient mis au point une science leur permettant de détecter avant même qu'il n'en ait lui-même conscience la moindre velléité d'achat du crétin. Cette science, bien sûr de pointe et – l'article ne le précisait pas –, ayant probablement mis à contribution moult érudits spécialistes, avait pour nom le *datamining*.

Dans un jardin vous marcherez nu. Dans ce jardin je pendrai sur des rayonnages en Formica des tranches de jambon sous plastique. Vous les reniflerez et gémirez d'aise. Votre visage se transformera en groin. Assis sur vos jambes de derrière vous implorerez fébrilement jusqu'à ce que je déchire l'emballage de ce mets si tentant. Vous le dévorerez alors et une queue vous poussera dans le bas de vos reins. Il y aura de la musique. On annoncera nos nouvelles promotions.

Le principal enjeu du siècle naissant avait donc été finalement identifié : il s'agissait de savoir comment arriver à métamorphoser un individu moyen au plus vite en porc. Projet effectivement digne d'intérêt.

21.

Quelqu'un, il me semble que c'est le nain-toréador, sort des sacs poubelles de l'église et les empile devant la porte du cimetière, repart en trottinant, laissant derrière lui ce tas bizarre, gisant comme les restes inutiles et fracassés d'une vie morte, peut-être la vie de Cendrillon, son cadavre qu'il avait préalablement haché sur l'autel.

Les nuages sont... cotonneux... bas... de couleur blanche... ils s'avancent dans le ciel en direction des montagnes... j'ai mal à la tête... je vais téléphoner à Source, que la secrétaire me mette des billets d'avion à disposition au comptoir Air France et je vais rentrer. Je crois qu'il y a un vernissage intéressant demain. Des trucs d'une fille qui fait des assemblages bizarres avec des escabeaux à la Fondation Cartier boulevard Raspail. C'est joli, j'ai vu des photos, c'est très coloré. Je dirais que je suis souffrant, que j'étais parti dans ma famille mais que j'ai changé d'avis et si on me demande le sac je dirais la vérité, que je l'ai pas. Ils ne peuvent pas me licencier ou alors avec des indemnités très fortes, et ça je n'y avais pas pensé, mais s'il ne veulent pas je peux même les attaquer aux prud'hommes et gagner. Pour eux ce n'est rien. Une goutte d'eau. En plus c'est une bonne stratégie car ils verront que je ne suis pas un danger, que je veux juste un peu d'argent et que je ne peux pas être une menace comme Batman, non, pas moi, impossible, pas un pauvre type qui veut juste une petite indemnité pour ne pas crever de faim, rien, rien d'autre. Je vais retourner à Paris et retrouver la vie normale. Il y aura du bruit, on klaxonnera, je me plaindrai des embouteillages et de la pollution.

Une femme jaillit en courant du cimetière et se roule dans la poussière devant les sacs, poursuivie par une sœur. C'est donc bien ça, le cadavre de Cendrillon est dedans et la folle le sent, comme un animal qui renifle la viande rouge. Archignac, la ville de dingues. Un type qui avait violé sa fille de huit ans après lui avoir écrasé la tête avec un pavé y partait quand j'arrivais à Poissy. D'abord mutique, tous les jours à l'heure de l'assassinat il s'était mis à hurler, même les médicaments ne le calmaient pas. Les autres détenus et le personnel en devenaient hystériques. Il est bon pour les oubliettes avait dit un surveillant, quand tu vas là-bas tu reviens jamais.

Maintenant c'est moi qui y étais et ma voiture ne marchait plus.

Les détails me reviennent avec précision, l'endroit datait de l'après-guerre, avait pour mission de suppléer aux carences de l'administration pénitentiaire et des structures psychiatriques. « *Des êtres simples,* disait le père Rivoire, *des êtres avec qui l'on se doit de parler le langage des enfants.* »

Quelques petites phrases de l'interview prenaient un sens tout à fait particulier. « *Trouver un système d'identification atypique, une autre façon de formuler Dieu, et pourquoi pas dans* Pif Gadget *si c'est dans* Pif Gadget *que se trouve leur système de référence ?* »

Ils devaient avoir mis au point une sorte de thérapie à base d'imageries enfantines et de bandes dessinées, d'où Babar et Cendrillon. Tout s'expliquait ! – car il y a toujours une explication rationnelle à tout mon petit chou, relis donc *Sherlock Holmes.* Confronté au paranormal jamais Sherlock Holmes ne baissait les bras, jamais. Il prenait de la cocaïne et fumait sa pipe, et de ce brouillard surgissait la vérité. Mais les gens avec des têtes de fous ? La buraliste ? *Idem.* Même chose. Avec le temps certains se stabilisaient, arrivaient à mener une vie presque normale, à tenir un petit commerce, à exercer un emploi simple mais restaient proches de l'institution. Le village et ses environs s'étaient ainsi peuplés de fous et de mongoliens. Non plus une ville de dingues, mais une région. Une région de dingues déguisés comme à la mi-carême.

22.

— Dites-moi, pourrais-je vous poser quelques petites questions ?

— Je vous écoute.

La buraliste doit avoir un nom secret du genre l'Être à la Tête de Poisson aux Gencives qui Saignent. Elle ne sourit pas, me regarde juste.

— C'est bien la paroisse du père Rivoire ici ? Celui qu'est déjà passé à la télé ?

Devant la porte du cimetière la religieuse prenait l'attardée dans ses bras, la berçait.

La buraliste-poisson fixait cette scène d'un œil rond.

Le père Rivoire?

Oui, le père Rivoire, vous savez, le Père de la paroisse des Maudits.

Que fallait-il faire pour les humains, si perdus, si malheureux, cachant de tels abîmes, un puits sans fond, qu'il suffisait de gratter un peu pour mettre à nu. Quel remède, pour ceux qu'attendait une vie terne, démunie, sans éclat, faite de tristesse, de pauvreté. Ceux pour qui le soleil restait sombre, qui marchaient, amers, un éclat d'acier planté dans le cœur, jamais remis d'un chagrin ou d'un deuil ou d'un échec, des petits tourments certes, à l'échelle de vies minuscules mais peut-on quantifier le mal-être, la lassitude et l'ennui? Au moins les religieuses ici servaient à quelque chose, soulageaient la peine et l'horreur de vivre des plus mal lotis, des damnés et des refusés de l'existence, et dans le fond qui pouvait jurer que le reste de l'humanité différait autant de ces âmes en peine, qui savait où se jouaient les choses, qui pouvait en jurer. Le père Rivoire, oui, bien sûr, mais le père Rivoire nous a quittés depuis plusieurs années maintenant, c'est monsieur Aïm qui le remplace dorénavant au Directoire.

Peut-être Dieu était-il un immense mille-pattes dont nous n'étions qu'un membre infime, chacun de ses pas nous projetait dans des dimensions incompréhensibles et d'une opacité si trouble qu'aucun œil averti (et même pas Bouddha ou Jésus, les malheureux) n'était encore arrivé à en sonder les mystères. Nous n'étions pas aveugles, pas exactement, c'est plutôt que ce n'est pas nous qui avions les yeux.

23.

Les religieuses poussent les mongoliens dans les véhicules. Et les gens que j'avais vus en prison? Que représentait la vie pour eux? Rien? Un calvaire? Les lourdes peines, les voyous, qui resurgissaient à cinquante ans, après des dix, vingt ans de régime spécial, DPS QHS isolement, toujours aussi durs, toujours prêts à en découdre. Comme Batman, Batman était une énigme. Et son cousin, Vapeur, qui déguisait des Pakistanais en pharaon dans la cour du Louvre et les laissait immobiles pendant des heures, qu'il pleuve ou qu'il vente, pour récupérer trois pièces aux touristes, et qui passait son temps à se lamenter parce que les salopards arrivaient toujours à lui chiper une part de la monnaie. Ces bougnoules sont malins, disait-il, faut que je les surveille en permanence, ils font venir des complices pour piquer directement dans le chapeau. Que penser du cousin Vapeur ? Que penser des gens en général ? Rien. Une énigme collective. Donnez-nous à manger. Des disques. Des DVD. Est-ce que je pourrais aller au cinéma ? Et la télé. C'est idiot de penser tout ça, moi aussi j'ai fait beaucoup de prison et je suis sorti et j'ai démarré après. Oui mais par rapport aux autres je suis bizarre, la preuve c'est que je suis là, c'est peut-être à cause de la psychothérapie AAO, c'est ça qui m'a détraqué, ou alors c'est le LSD, la communauté de l'Acide m'a fait un truc dans le cerveau, des lésions, qui ont mis du temps à se déclarer mais maintenant ça y est, j'ai une sorte de cancer et le monde des humains en deux dimensions m'est interdit. Je sors du café en disant Eh bien je vous remercie je vais essayer d'aller voir du côté du garage, mais au lieu de ça j'entre dans le cimetière. Ils me suivent tous des yeux. Je fais le tour des tombes, en prenant un air concentré. Vous avez perdu quelque chose ? me demande une femme habillée en girafe violette. Non, je réponds, je jetais juste un coup d'œil. Sur la place les gens commencent à me regarder bizarrement. Et si c'était Klingston, encore, dont l'œil maléfique, posé un peu partout me suivait, dans un happening gigantesque retransmis aux quatre coins de la planète, grâce à des webcam, encouragé par des milliers d'Internautes captivés par la nouvelle fantaisie du maître, rendre fou un de ses sujets, le voir pleurer et souffrir, s'atomiser dans des conflits vils et mesquins comme en sont pétris les humains. Le sac ? le sac avec l'argent ? L'argent que les aigrefins des castes supérieures avaient mis de côté pour se la couler douce dans les régions pauvres et affamées du monde ? Oui cet argent, cet argent devenu l'objet d'un tourment pour ce pauvre Louis, vous savez ce type qui s'occupait d'art contemporain. Il court, il s'affole, contourne des tombes, ne pense plus qu'il va mourir. Pour défendre cet argent il serait prêt à tuer, ce qu'il a déjà fait d'ailleurs, en attaquant une banque quand il avait quatorze ans. Ah oui, vraiment ? Mais en avons-nous la preuve ? N'est-ce pas quelque chose qu'il invente afin de nous faire croire à un autre Louis, un Louis héroïque de lui-même, dont le destin a quelque chose si ce n'est de grandiose du moins de suffisamment original pour attirer l'attention des spectateurs, car après tout qui nous dit qu'il n'est pas juste la création de mon cerveau malade ? que je ne suis pas en train de vous duper ?

Les internautes s'extasiaient, envoyaient des e-mails de joie et de remerciement, l'action du site klingston-wwf-@point.com s'envolait.

24.

Du calme je dis tout bas, du calme, ça recommence, et je retraverse la place et rerentre dans le café, en respirant par le ventre, et je dis, l'air désinvolte, Je vais attendre un peu, j'irai après, je vais attendre que le choc de l'enterrement soit estompé, et j'appuie sur estompé suffisamment pour que tous dans le café comprennent que j'ai bien toute ma tête, que ce revirement est tout à fait intentionnel et maîtrisé et je m'assois et je fais semblant de me replonger dans *Le Monde diplomatique*, en pensant, alors que personne ne fait attention à moi : Je viens de faire une super connerie, maintenant tout le monde doit se demander ce que je fais là. Je me suis conduit comme un idiot.

25.

— Ça me semble difficile.

— Pourquoi ?

— Parce qu'on est en zone sinistrée et que plus personne ne peut quitter le village et revenir avant qu'ils aient remis le pont.

— Comment ça?

— Vous avez entendu parler qu'on a eu une tempête. La plus terrible enregistrée depuis que Météo France et même avant existe.

— Oui… c'est pour ça… enfin je veux dire c'est une des causes je pense du… de la rupture du cardan.

— Je pense pas. Votre cardan il est mort parce qu'il est mort. Avec ou sans la tempête il serait mort pareil.

— Mais… et le… l'hélicoptère? Il… les journaux…

— Il repassera pas, et il fait pas la mécanique, on est pas les seuls sinistrés…

— Qu'est-ce que je peux faire?

— Je sais pas. Vous loger. Attendre. Ils vont remettre le pont, dans ce cas j'irais chercher vos cardans, d'ailleurs j'ai d'autres pièces à prendre aussi.

— Et si je passe par le camp militaire?

— Par le camp militaire?

— Oui.

— Il faut un badge spécial. J'en ai pas. Personne n'en a. On est pas en bons termes avec les militaires.

— Mais je suis venu par là. Si vous me louez une voiture je peux y aller et revenir avec les cardans.

— J'ai pas de voiture à louer. Et de toutes façons il recommence à pleuvoir. Quand il pleut leurs chemins sont impraticables.

— Même en 4 x 4?

— Non pas en 4 x 4.

Nous nous taisons, l'atelier me fait penser à une chiffonnade de jambon de Parme, à cause de morceaux de rouleaux de papier froissés par terre. Je n'ai aucune image d'œuvres artistiques.

Il réfléchit.

— Si, attendez, vous avez une solution, il y a des Allemands dans le village en ce moment, je sais qu'ils doivent repartir, vous pouvez leur demander de vous emmener, ils ont une 2CV surélevée, avec ça on passe partout, vous pouvez rattraper l'autre pont, celui-là je crois pas qu'il soit écroulé, il est plus récent, il est plus costaud.

— Des Allemands, je dis, elle est de quelle couleur?

— Vous ne pouvez pas vous tromper, elle est jaune.

26.

Je prends petit à petit conscience du décalage entre ma parole et ma pensée. Je ne sais pas quelle conclusion en tirer. Quand je traverse le village dans l'autre sens, en direction de l'Hostellerie du Vieux Manoir, sous la pluie, je vois plusieurs maisons à l'aspect étrange, l'une a la forme d'une citrouille, et cette vision accentue encore mon sentiment d'un basculement définitif vers la démence.

27.

Dans l'entrée de l'hôtel, à côté de la clochette – en cas d'absence, agitez-moi ! – il y a des prospectus pour la découverte de grottes préhistoriques peintes et un circuit touristique en Dordogne. Un sanglier empaillé, installé en trophée comme un saucisson, pend du plafond. Ses défenses sont plaquées d'argent.

— Bonjour.

— Bonjour. Je désirerais une chambre s'il vous plaît. Est-ce possible ?

La fille fait semblant de consulter un registre. Je sens qu'elle va répondre Non mais son regard est attiré par quelque chose derrière moi et elle se mord les lèvres, se reprend et dit :

— Oui. C'est possible.

Elle est jambes nues avec un costume de soubrette et des gros seins. J'ai juste eu le temps de voir dans le miroir un visage grimaçant lui faire un signe. Si, si, accepte-le, nous l'attendions. Je dis : C'est sûr ? Vous… n'êtes pas fermés d'habitude à cette saison ? et elle répond, gênée, Si, ça arrive, mais avec la tempête… sans finir sa phrase, qui se perd dans le silence du hall. Elle me tend une fiche, j'hésite à mettre un faux nom et pour finir je l'orthographie mal, je marque Loutre à la place de Dieutre et elle répète monsieur Loutre je maugrée Oui, oui, sans la regarder dans les yeux, je rajoute même, pour leur montrer que je ne suis pas dupe, Oui mademoiselle Castor, et nous montons, elle devant moi et moi avec le sac, trempé de pluie. Je murmure : Seuls les contemporains du Diable, ses amis proches et ses condisciples de lycée peuvent prétendre avoir accès au sabbat qui se tiendrait au mois de février. Pour les autres obtenir des invitations doit être sacrément duraille, non ?

— Vous dites monsieur ?

— Rien. Je pensais tout haut.

— Voilà, si vous voulez d'autres couvertures il suffit de demander.

— Je vous remercie mais je crois que ça ira.

— Le dîner est servi à partir de dix-neuf heures trente.

— Et jusqu'à quelle heure ?

— Vingt et une.

— Très bien.

Quelle robe mettrez-vous pour ce grand bal ? Êtes-vous une Luciférienne occasionnelle ou déjà une adepte confirmée ?

— Vous dormez dans l'hôtel ?

— Serez-vous nue ?

— Pardon monsieur ?

— Rien. Je voudrais juste ne pas être dérangé, c'est tout.

Et ne va pas me raconter que tu ne comprends pas ce dont je parle. Ton maquillage traduit tes mœurs. Tu es Fille de Joie et Traînée. Seulement je t'ai percée à jour et tu ressens une gêne lorsque je te fixe dans les yeux. Tu rougis. C'est normal.

— Ne vous inquiétez pas monsieur, à cette saison l'hôtel est vide. Nous n'avons pas de congrès en ce moment.

— D'habitude vous avez des congrès de quoi ?

— De psychiatres monsieur. Plusieurs fois par an. Et aussi de policiers et de criminologues.

Vous cherchez encore à m'impressionner ?

Si c'est le cas permettez-moi de vous dire que c'est idiot. J'ai quand même un peu plus de ressources que cela mademoiselle Castor.

— Je vous souhaite une bonne fin de journée, monsieur. À tout à l'heure.

28.

Des livres sont posés sur .la tablette de la psyché en marbre.

Traité de l'aventure (récit), de Jean Pfeiffer, aux éditions de Minuit.

Je lis :

« *L'aventure ne serait-elle rien d'autre que l'accession au grand jour de notre vie mystérieuse ? Le monde se faisant intégralement miroir, mais miroir de ce que cette vie ne pouvait s'énoncer, et comme si elle découvrait en lui l'incarnation du mystère qu'elle rêvait impuissante au-dedans d'elle-même ?* »

Cette définition est pathétiquement grotesque.

29.

Je dîne dans la salle à manger déserte, du potage et une assiette de confit. J'ai dormi toute la journée, je me sens mieux. Quand je me fais la réflexion que je dois être dans l'hôtel du comte Dracula (ah, ah), puisque la seule personne vivante que l'on daigne offrir à ma vue est cette pauvre soubrette, quelqu'un – vraisemblablement la patronne – vient s'enquérir de ma condition.

— Et vous étiez dans la région pour votre travail ? en vacances ?

— Oui, en vacances pour mon travail.

Elle approuve en souriant. Je finis par redire : C'est beau comme village, c'est... enfin très... vraiment je trouve ça..., et il me semble que ces compliments lui font plaisir, elle répond : Et encore vous voyez ça sous la pluie, vous verriez au printemps...

— Mais c'est le père Rivoire, c'est ça ? qui a fondé..., sur des principes assez... – je ne veux pas commettre d'impairs – révolutionnaires, non ?,

— Vous connaissez le Père Rivoire ?

— J'en ai entendu parler, il y a eu des articles à un moment, et je m'intéresse aussi un peu à la psychiatrie...

— Le père Rivoire est mort, c'est le docteur Aïm maintenant qui supervise tout ça.

— Ah oui..

Nous en restons là provisoirement.

Elle revient au moment où je termine mon dessert – j'ai pris leur espèce de tourte avec des pruneaux et de l'armagnac et je suis sur le point d'exploser – avec un livre et des photocopies et une petite brochure.

— Vous avez de la chance, il me reste une brochure, on a arrêté de la faire, ça provoquait trop de problèmes.

— Ah bon ?

— Oui, des gens venaient par curiosité, beaucoup de détraqués aussi. Le docteur Aïm est plutôt pour la discrétion, pour vivre heureux vivons cachés, hu, hu !

Je ris poliment à sa suite.

— C'est gênant, ça doit faire un manque à gagner.

— J'ai les congrès, je ne me plains pas, et puis quand même quelques touristes, il ne faut pas exagérer, nous ne sommes pas le village d'Astérix.

Nous rions encore tous les deux. Avant de monter me coucher je m'enquiers des Allemands, mais en fait assez mollement, cette halte forcée, à l'abri de tout, est comme une parenthèse inespérée, l'occasion de souffler.

— Avec une 2 CV jaune ? Je crois qu'ils ont loué un gîte plus vers le bord de mer, je vais me renseigner demain si vous voulez, c'est sûr que si vous pouviez ramener les pièces au garagiste ça irait plus vite.

30.

La colonie psychiatrique d'Archignac date de la dernière guerre mondiale. Un psychiatre, le docteur Oques, chef de clinique à Sotteville-lès-Rouen, décide, devant l'imminence de l'invasion allemande, de se réfugier au sud, où un prêtre de sa connaissance est prêt à l'accueillir, lui, une partie de son personnel et ses patients, dans une grande demeure perdue dans la forêt landaise. L'exode est épique mais la troupe parvient finalement à bon port, le 16 juin 1942, et s'installe tant mal que bien dans ce village déserté par ses habitants, pris par la guerre.

La version moderne d'Archignac est née.

Très vite, à la fin du conflit, le docteur Oques décide de rester sur place et avec l'appui des autorités (il est cité que son frère travaille au ministère de la Justice) de se spécialiser dans la psychiatrie carcérale tout en développant une série de techniques s'appuyant entre autres sur les travaux de Bettelheim – notamment la célèbre *Psychanalyse des contes de fées* –, et construisant au fur et à mesure un système original où les « fous » ont le loisir d'investir des « personnages » leur permettant d'extérioriser de manière inoffensive leur particularité psychique. Après le docteur Oques c'est le Père Rivoire qui avait repris le flambeau – le fascicule datait de cette époque –, ouvrant Archignac sur l'extérieur et créant l'APCI (Association de Psychiatrie Carcérale Internationale).

Quand je referme la brochure il est presque deux heures du matin, dehors la pluie continue de tomber et je m'endors du sommeil du juste, le sac fourré sous les draps, à ma droite, et ma main passée dans sa sangle. Je m'endors comme un bébé.

31.

Ma bonne humeur de la veille au soir s'est envolée. Il pleut toujours des cordes, on craint une reprise de la tempête. Le téléphone est de nouveau en panne, il y a des coupures d'électricité. J'essaye de compter les billets, enfermé dans la salle de bains, faisant des tas et notant des chiffres, m'embrouillant chaque fois, comme si ce trésor n'était rien d'autre qu'une magie, insaisissable, et à la fin j'ai l'impression que je vais redevenir fou, mon esprit s'emballe. J'ai scotché sur la porte un papier *Do not disturb* et avec les billets je fais des paquets enrobés de plastique de sac poubelle que je suis allé acheter à l'épicerie et que je scelle avec la flamme d'un briquet, en ouvrant la fenêtre pour ne pas que ça sente le brûlé et en retenant mon souffle car j'ai peur qu'on m'espionne et la somme à laquelle j'arrive avoisine les trente-cinq millions et je me répète pour trente-cinq grosses boules ils vont forcément mettre le paquet et j'imagine une fin horrible et je me dis il faut que je le cache, pas de corps, pas de délit, et quand je descends manger j'ai tout l'argent dissimulé sur moi, qui me fait des bourrelets partout et aussi dans un sac en papier et la soubrette me regarde marcher en canard à travers la salle à manger, sans rien dire, et son silence m'inquiète.

32.

— J'ai eu des nouvelles de vos Allemands.

— Ah.

— Ils sont bien dans un gîte vers l'océan. Ils sont bloqués aussi. Ils font des photos.

— Des photos ?

— De la tempête. C'est pour ça qu'ils restent.

— De la tempête... ? C'est drôle. C'est même un peu.. morbide, vous ne croyez pas ?

— Morbide ? Pourquoi ?

— Je sais pas... Tous ces arbres c'est... c'est un peu comme si c'était des gens, non ?

33.

Le plafond de la chambre est consternant d'immobilisme mais à force de le regarder on se rend compte que des choses y bougent, avec une précision quasi diabolique, les fleurs n'ont pas toujours le même dessin.

34.

Le matin du quatrième jour :

Je sors avec l'argent. Sa présence et son poids me sont devenus physiquement intolérables. La dame de l'hôtel m'a d'ailleurs fait une allusion très claire à l'odeur de plastique brûlé dans ma chambre et je sens que le moment est venu, que de leur côté ils se préparent, et je pars au hasard dans la campagne, il pleut moins et la dame m'a dit Je vous en prie faites attention, beaucoup d'arbres sont touchés mais pas encore tombés, s'il y en a un qui désouche quand vous passez à côté ce serait terrible, et plus j'avance et plus j'imagine le fracas épouvantable que feraient mes os brisés par le tronc humide et quand après plusieurs heures de marche j'arrive dans un coin absolument désert où il y a des constructions en béton, je trouve quand même exactement ce que je cherche, un endroit possible pour cacher mon bien, que j'ai transféré dans un bidon étanche, rouleau de plastique après rouleau de plastique, et je n'ai pratiquement pas besoin de creuser, j'ai juste à écarter des vieilles ronces et une cachette apparaît, et je sens qu'elle est là pour moi, c'est idiot de dire ça, mais j'ai l'impression qu'elle est prédestinée pour accueillir mon argent, qu'elle l'attendait, et je dépose le bidon au fond de la cavité et je redissimule tout avec les ronces et des pierres et ensuite je reste au moins une heure sans pouvoir partir, angoissé et ému et à la fin je me dis Il le faut, il le faut, on se retrouvera plus tard, comme si l'argent était devenu un être vivant, mon chéri, et je tourne les talons et je m'en vais. Sur le chemin du retour aucun arbre ne désouche mais il me semble que les esprits de la forêt, les elfes, les lutins et les nains, me font escorte et consolent mon chagrin.

35.

Je n'arrive pas à dormir :

À onze heures moins le quart une voiture s'arrête sous mes fenêtres, faisant tourner son moteur comme pour me narguer. Le bruit devenant insupportable, je finis par me lever. Le papier peint est maintenant d'un jaune fluorescent, nauséeux. Ma voix m'apparaît dissociée, un écho de moi-même. Allez, dis-leur d'arrêter ce raffût, ils le font exprès, ils savent que tu es fatigué, que tu as un problème de nerfs, ils veulent achever de te miner, ils veulent te pousser à la faute.

Une voiture est bien arrêtée, moteur en marche et une silhouette encapuchonné discute avec le chauffeur et j'entends le bourdonnement des voix et je vois la plaque d'immatriculation, allemande, et la voiture est une 2 CV, et je vais pour crier, S'il vous plaît, s'il vous plaît, mais la forme fait des gestes en direction de l'ombre et une autre forme surgit, se dandinant sous le poids d'un fardeau trop lourd pour elle, et il me semble que ce qu'elle porte est un cadavre, et, je ne sais pas pourquoi, je pense : C'est un cadavre d'enfant et je suis terrorisé, abasourdi, et pourtant l'instant suivant je dévale les escaliers et quand je jaillis dehors, sans me soucier de réveiller les gens de l'hôtel les feux arrière de la 2 CV se faufilent déjà comme des lucioles dans le fond de la nuit, et le vélo de la soubrette posé contre la grille n'est pas attaché et je bondis dessus et je me mets à pédaler comme un damné et je pédale, pédale, les feux stop sont de plus en plus petits, Roule mon Dieu, roule, accélère, accélère encore, mon cœur et mes poumons sur le point d'exploser, une cascade d'images se heurtant dans mon esprit je pense : C'est leurs forces mentales, ils m'envoient des ondes, et je comprends qu'ils prennent la route que j'ai prise tout à l'heure, qu'ils vont droit sur l'argent et j'ai de la bave qui vient sur les commissures des lèvres et je ne sens pas le froid et j'accélère encore et je vais mourir sur place mais ils n'auront pas l'argent et les feux stop disparaissent, je pédale de plus belle et ils ressurgissent et la vitesse se stabilise et quand enfin la voiture s'arrête sur le bord j'ai juste le temps de me jeter derrière un talus et je reste à quatre pattes et je vomis de la bile tellement je suis asphyxié et de toute ma vie je n'ai jamais fait pareil effort et je pense je suis en train de mourir et avant de m'étouffer j'arrive je ne sais pas comment à stabiliser ma respiration et à récupérer doucement et quand, un peu plus tard, courbé en deux, j'avance dans la nuit, les Allemands et les formes encapuchonnées et le cadavre gigotant de l'enfant se sont fondus dans la noirceur de la forêt et cette fois un géant immense s'avance vers moi, son couteau ensanglanté à la main et ma terreur est telle que l'effet physique de la peur que j'éprouve est supérieur à toutes les sensations que j'ai pu avoir jusqu'à aujourd'hui et dans cette paralysie glaciale je vois le monstre passer à côté de moi et m'ignorer et plus tard je suis au bout du sentier, il me semble reconnaître l'endroit où je suis venu l'après-midi mais il y a de grandes étendues d'eau que je n'avais pas remarquées tout à l'heure et partout sont plantées d'immenses têtes d'oiseaux, menaçantes et tristes.

36.

Je suis agenouillé et trempé par la pluie et la sueur m'inonde. J'ai peur de suer du sang.

37.

… et plus loin, sur un monticule, sous un chêne, je vois les Allemands et les deux formes encapuchonnées, j'ai envie de hurler. La première forme se met à genoux et le viking baisse son survêtement, on voit sa bite, un néon livide et la forme la prend dans ses mains d'abord et dans sa bouche ensuite et la suce. Le viking boit au goulot d'une bouteille et rote. La forme rit, et la femme viking rit aussi et l'autre forme, plus petite, disparaît et monte à l'arbre, tout est baigné d'une auréole lubrique.

La femme viking dit quelque chose que je comprends pas et l'autre forme s'arrête de sucer et dit : Moment please, moment, et elle prend quelque chose qui était posé à côté du sac, que je vois remuer, comme si l'enfant était toujours vivant, et le passe à la viking, il doit s'agir d'un bâton ou d'un phallus car la viking baisse aussi son pantalon et commence à se l'enfoncer entre les cuisses, en gémissant, éclairée par la lune qui vient de sortir des nuages et ressemblant à un tableau hallucinant de rite païen et je suis pétrifié de stupeur tellement la scène est belle et quand le singe dans l'arbre jette une corde qui vient épouser parfaitement le cou du viking je n'ai même pas le réflexe de crier.

Le viking, qui grogne d'aise et accompagne les mouvements de succion d'un va-et-vient du bassin ne se rend compte de rien, ou n'y prête pas attention, la forme s'interrompt de sucer, fait voir ses nichons, les frotte sur la bite blanche. Le viking rit, la forme le pousse encore plus dans le nœud coulant, le branle en même temps, le cou du teuton se dote alors d'un collier qui depuis le haut de la dune ressemble à un gros limaçon mou Vas-y hurle maintenant la suceuse, vas-y, il est ferré, et le singe tire de toutes ses forces et une forme surgit des taillis et c'est le géant que j'ai croisé et ce que j'ai pris pour une apparition me semble là, tout à fait réel, malgré cette vapeur qui semble l'environner et le certifier dans ce rôle de spectre.

Il attrape la viking par les cheveux et la corde enroulée autour d'une énorme branche se tend, provoquant un râle d'incompréhension de la part du viking et le géant tranche la gorge de la femme et du sang éclabousse tout et le viking essaye de hurler mais la corde l'en empêche et l'espèce de forme atroce dans l'arbre tire encore et le viking est ridicule avec son pantalon à demi baissé et sa bite toujours dans la main de la suceuse qui continuait à le pistonner, ses pieds décollent du sol, il agrippe désespérément ses doigts autour du garrot, griffe la corde Finis-le crie le singe, finis-le qu'il vienne, et l'Allemand éjacule sur la terre sableuse maculée du sang de ce qui a dû être sa compagne, dans un râle étouffé, qui ressemble, dans ce décor désolé de lande perdue et de dune, au brame final d'un cerf prisonnier d'une improbable malchance et la boule qui était dans le sac en jaillit et se dresse et je distingue ses yeux jaunes et épouvantables et ses crochets pleins de venin et cette fois je ne peux pas m'empêcher de crier : Un serpent, un serpent, ils ont fait venir le Dieu Serpent et je crois que je m'évanouis.

Le zéro, ainsi que tout le système de numération arabe, est imposé à la Chrétienté (qui l'accuse de sorcellerie) par Sylvestre II aux alentours de l'an 1000. L'imprimerie devra encore attendre presque cinq siècles avant de voir le jour. Les autres machineries sophistiquées telles que les tables de multiplication et les machines à calculs vont alors suivre.

Chapitre 6

Aïm
(L'envol du Dieu-Pélican)

Ensuite ne manquez pas de prêter attention à l'art du corps spirituel, à ses qualités, à ses facultés.

1.

— Ce que j'aimerais bien aujourd'hui Louis, dit Aïm, et j'ai du mal à le regarder en face parce qu'un rayon de soleil me rentre dans les yeux, c'est qu'on essaye de remettre un peu tout ça en forme. De voir quel sens cela peut avoir pour vous. Notamment ces histoires de meurtres.

Je hoche la tête, pour indiquer que ça me semble également une bonne idée.

Nous nous calons dans nos fauteuils et l'entretien démarre.

2.

Deux semaines auparavant :

Quand je suis arrivé hors d'haleine à l'hôtel, en proie à quelque chose de l'ordre de la terreur pure, le seul réflexe qui m'est alors venu est de cogner sur la cloche de toutes mes forces – *En cas d'absence agitez-moi* – criant S'il vous plaît, hurlant plutôt, S'il vous plaît, au feu, au secours, ils essayent de fabriquer des mandragores! Et quand j'avais dit ça les cloches de l'église s'étaient mises à sonner aussi, et à ce moment c'est l'univers entier qui avait paru devenir fou et la dame et la soubrette étaient arrivées et d'autres gens aussi que je ne connaissais pas et tout le monde s'exclamait, disait Le feu mais où, que se passe-t-il? Et qui a fait sonner les cloches de l'église? Je suis assis sur une chaise, dans la même tenue que celle avec laquelle je suis parti de ma chambre, à peine un pull et mes chaussures pleines de boue et de sable. La soubrette me demande Où ça?, monsieur, où ça des mandragores (j'ai quand même la présence d'esprit de noter qu'elle prononce *manndragoures)*? et la dame lève les mains au ciel et gémit Mais quel malheur, quel malheur, dites-nous monsieur, dites-nous! et finalement les gendarmes arrivent et je tremble encore, on me fait boire de l'alcool, le chef des gendarmes dit Qui vous a agressé? Que s'est-il passé?, et je bredouille Les Allemands, les Allemands, quelqu'un les a assinés, assinés, et la dame de l'hôtel pousse un cri perçant et la soubrette ne dit rien mais elle a la bouche ouverte et un bout de sa langue en dépasse et le gendarme répète Assassinés, c'est ça que vous voulez dire et je branle du chef aussi fort que je peux pour lui indiquer qu'il m'a bien compris et tout le monde s'affole et gesticule et quelqu'un dit Ça doit être dans les marais, il a plein de boue sur les chaussures et le gendarme me prend par le bras et répète plusieurs fois : Est-ce que vous pourriez nous conduire?, et je recommence à bouger la tête et d'un seul coup je pense à l'argent et même si je donne toujours des signes extérieurs d'agitation au fond de moi je commence à me ressaisir et j'arrive à articuler Oui, je peux vous y conduire et le gendarme dit aux autres On va y aller, et quelqu'un dit Tu veux qu'on vienne aussi et qu'on prenne les chiens et les fusils et le gendarme hésite et dit Non, on va y aller tout seul, il me semble qu'il fait un clin d'œil à ceux qui ont parlé et quand il dit Faut d'abord savoir si l'ennemi est si méchant que ça, je vois qu'il ne me croit pas vraiment, qu'il pense que je déraille.

3.

Quand nous arrivons sur place le jour est levé. Il y a partout des grandes étendues d'eau, information que sur l'instant je n'assimile pas très bien et, après que l'estafette se soit à moitié enlisée et que les gendarmes aient été obligés de descendre et de pousser en pestant parce que leurs uniformes s'en trouvent salis, nous nous avançons et le gendarme chef dit C'est là, vous êtes sûr?, et je dis Oui, regardez, il y a encore la marque des pneus de mon vélo, c'est ici que je l'avais laissé, le chêne est juste derrière, sur un petit monticule et effectivement le chêne apparaît, exactement comme je l'ai dit, seulement quand nous arrivons à sa hauteur il n'y a pas de cadavre ou de traces de sang, car il a plu depuis et d'une façon tellement violente que l'on ne peut en tirer aucune conclusion, dans un sens ou dans l'autre et de toute façon au bout de quelques minutes l'endroit est saccagé par nos traces à nous et je dis sur la route il doit bien y avoir celle de la 2 CV, et nous y retournons, mais sans succès non plus, par contre je réalise brusquement que le champ devant moi est LE champ où j'ai caché l'argent, et je balbutie Mais il n'y avait pas d'eau hier à cet endroit et le gendarme répond, Non, ils ont ouvert les digues pour réguler à cause de la tempête, c'est pour ça que les traces même s'il y en avait elles risquent pas de durer longtemps et je redis Mais ça va être inondé comme ça jusqu'à quand? et j'entends à peine la réponse, Ça dépend, en général au moins jusqu'à l'été, mais des fois ils laissent inondé plusieurs saisons de suite, ça dépend, et là tout se fige, je sens juste une terrible pression au niveau de mon plexus solaire et je n'arrive plus à respirer, j'essaye de dire C'est l'effort, c'est l'effort que j'ai fait en vélo qui revient, c'est le choc, mais je ne prononce que des sons incohérents, je suis en train de m'étouffer et les gendarmes se précipitent vers moi et j'entends le chef qui dit On l'emmène, il faut qu'il soit vu par quelqu'un et mes bras se raidissent, j'arrive juste à dire entre deux spasmes Je fais une crise de tétanie, mes mains, mes mains, et après je dois perdre connaissance parce que je ne me souviens plus de rien.

4.

À mon réveil il y a une infirmière qui passe dans un couloir et je me sens terriblement faible, et l'on me dit que j'ai dormi plusieurs jours, presque une semaine, que je suis dans le pavillon des arrivants du Directoire – qui est différent, je l'apprendrais bientôt, de la Forteresse – et que j'ai eu une grosse période difficile mais que maintenant ça va aller mieux et quand le docteur Aïm vient me voir en une fraction de seconde je vois le bénéfice que je peux tirer de la situation, rester près de l'argent en attendant que les eaux baissent et me soustraire à l'affaire Source, tout cela avec une lucidité qui m'étonne moi-même et je réponds calmement aux questions et à la fin, quand le docteur me dit qu'ici les choses sont ouvertes et que si je veux recommencer un travail – j'ai dit au docteur que j'avais déjà eu une expérience psychotérapeutique mais sans entrer dans les détails – c'était envisageable, j'opine et je réponds Pourquoi pas, je crois qu'effectivement j'en ai besoin et dès le lendemain on m'installe dans une espèce de bungalow avec trois autres personnes, un bungalow assez moche à côté d'autres bungalows dans le fond du parc et je commence des entretiens avec le docteur Aïm, ce qui, je m'en rendrai vite compte, est au Directoire un privilège assez envié.

5.

— Si je comprends bien quand vous partez de Paris tout est flou ?

— Non… même pas, c'est plutôt… enfin rien, un trou quoi, un trou noir.

— Et tout ce qui se passe avant, la mort de votre… qui était exactement la personne que vous appelez Batman ? votre protecteur ? votre supérieur hiérarchique ?

— Plutôt un ami. Quelqu'un que je respectais.

— … Tout ce qui se passe avant est vécu par vous de quelle manière ?

— Une peur je pense. La peur que ça s'arrête. De retourner en prison. Je ne sais pas… peut-être aussi la peur de l'an 2000, enfin je veux dire d'une façon inconsciente et aussi… enfin bon il y a eu ce meurtre, ça c'est… c'était en plein pendant le réveillon et je crois que c'est le déclencheur, surtout qu'il se soit fait assassiner par un déb… enfin par un anormal, j'ai… c'est… pour moi c'est le truc le plus monstrueux qui puisse vous arriver, c'est… au-delà du réel quoi – je me renverse en arrière et je souffle dans mes mains.

— Qui s'est fait assassiner le soir du réveillon ? Batman ?

— Non, le DG. C'est quelqu'un qui déjeunait avec le Président… c'est… je ne sais pas moi, c'est… dingue, s'ils assassinent le DG de Source c'est qu'ils sont capables de tuer je sais pas moi… Lady Di.

— Vous pensez qu'ils ont aussi assassiné Lady Di ?

— Non attendez, absolument pas, ce n'est absolument pas ce que j'ai voulu dire, je pensais à Lady Di parce que c'est là où Batman m'avait donné rendez-vous et c'était vraiment étrange parce qu'au lieu de me parler de Source et des problèmes il a passé tout le rendez-vous à me raconter comment il avait tué un enfant il y a plus de vingt ans. C'était… comme une croix qu'il portait, peut-être qu'il s'est suicidé, lui je peux pas être sûr, mais le DG, non, le DG ils l'ont fumé, c'est à cent pour cent certain, l'affaire est dans les journaux, je n'invente rien et la presse est encore en-dessous de la réalité, j'étais au cœur du truc, c'était la folie, regardez le ministre, des chaussures à douze mille francs, c'est de notoriété publique.

Aïm hoche la tête longuement. À la séance précédente nous avons parlé de mes parents, j'ai dessiné un arbre généalogique et dû faire allusion à l'irruption d'un tueur bagnard dans mes ascendants. Aïm me réinterroge sur ce point.

— Votre mère vous a annoncé ce fait après votre… après le crim… – l'accident, je le coupe, c'était un accident, j'avais quatorze ans – … après l'accident ?

— Oui, au premier parloir – je ponctue cette réminiscence d'un claquement de langue – elle m'a dit qu'elle s'était toujours doutée que cela reviendrait un jour.

— Que voulait-elle dire par là à votre avis ?

— Je ne sais pas. J'ai pensé… j'ai…
— Vous avez pensé à quoi ?
— Que j'étais comme le bagnard.
— …
— Que j'étais devenu comme lui, je veux dire un… un paria quoi, que j'étais… le sang avait coulé, c'était comme un… la vapeur était sortie, c'était… mon destin, quoi, rien d'autre que mon destin.

6.

— Et votre vie avant la prison, vous pouvez en parler ?
— Oui. Sur quel… de quelle façon ?
— Je ne sais pas, sexuellement par exemple, c'était quoi ?
— Sexuellement ?
— Par exemple.
— Avant d'aller en prison ?
— Oui.
— Assez restreint, ce n'était pas… enfin j'avais beaucoup d'autres sujets de… des centres d'intérêts différents…
— Mais encore…
— J'étais très pris par la délinquance, j'étais… un peu comme dans un roman, j'étais très… beaucoup plus littéraire que les autres, eux c'était plus… brut… plus… la délinquance était aussi une issue logique, moi j'étais plus romantique, Arsène Lupin, des séries noires, dans mon enfance c'était très… je ne sais pas très bien comment dire ça parce que sur un plan matériel je n'ai manqué de rien mais c'était…
— Dur ?
— Sombre. Morbide, ma grand-mère parlait avec les morts et moi, – je marque un temps, je ne sais pas s'il saisit très bien ce à quoi je fais allusion – pour moi c'était épuisant, c'était comme si elle me saignait en m'emmenant au cimetière, elle mettait une orange et mon liquide sortait de moi et grâce à ça elle pouvait converser avec les morts – je hoche la tête.
— C'est pour ça que vous l'avez tuée ?
— Comment ça ?

— Dans la banque. C'est une dame qui ressemblait à votre grand-mère que vous avez tuée, ce n'est pas ce que vous disiez ?

— Non, moi j'ai tué le caissier, mais c'était un accident. La vieille a eu une crise cardiaque parce qu'on avait des cagoules, c'était une banque à côté de chez nous à L'Haÿ-les-Roses, on avait eu peur d'être reconnus, je ne savais pas qu'elle serait dans la banque.

7.

Sur les débuts à Source :

— Quand vous sortez de prison vous intégrez Source tout de suite ?

— Non, je n'avais pas les coordonnées de Batman, et de toute façon je n'y pensais plus, c'était… en prison tout le monde fait des promesses, c'est… vous devez connaître l'expression, paroles de prison, paroles bidon, j'ai été logé dans une association et j'ai essayé de chercher du travail mais bon, c'est… quand vous sortez de prison il y a une ANPE spécialisée, c'est… enfin il faut l'avoir vu, c'est presque une blague, je voulais travailler dans l'art contemporain, ce n'était pas leur rayon, ils ont déjà du mal à faire travailler les gens comme éboueurs alors vous pensez bien que l'art contemporain… ils m'ont ri au nez… malgré mes diplômes. Mes diplômes quand je suis sorti ce n'était rien, c'est après que j'ai rencontré Batman, par hasard.

— Par hasard ?

— Oui, vraiment par hasard. À Châtelet, c'est lui qui m'a vu, je marchais sur le trottoir et il m'a reconnu.

— Et ils vous a proposé de travailler avec lui tout de suite ?

— Oui, il trouvait qu'un truc d'art c'était parfait pour ce dont il avait besoin. Une structure au sein du Groupe qui permette une autonomie complète.

— Lui travaillait déjà là-bas ?

— Oui, comme responsable adjoint de la sécurité. Mais tout le monde savait, enfin les étages supérieurs, de quoi il en retournait.

— Vous aviez quelles relations avec les autres à ce moment-là ?

— Les autres ?
— Vos semblables. Les gens. Vos relations.
— Cordiales. Bonnes…
— Vraiment ?
— Si vraiment, simplement je venais de faire treize ans de prison, je changeais de monde, je ne me sentais bien ni avec les gens normaux, ni avec les voyous, j'étais… je le suis toujours… un peu… entre les deux je pense, et puis ce que j'ai en moi est toujours…, bizarre, quoi.
— Pourquoi pensez-vous que vous êtes différent ?
— Petit je voyais des choses étranges là où les autres ne voyaient que la banalité.
— C'est le propre des enfants.
— Oui, mais même par rapport à ceux de mon âge c'était différent. Je pense que ça venait de ma grand-mère, des morts. J'avais une avenue personnelle qui s'appelait Ernest Avenue et où je rangeais des divinités et des fleuves, ils m'aidaient quand les morts essayaient de trop m'aspirer. Je faisais aussi de la sorcellerie, j'ai essayé de faire entrer une âme dans un soldat de plomb mais tout ce que j'ai réussi c'est à faire mourir un oiseau, je suppose que l'âme était sortie de l'oiseau mais pas entrée dans le soldat.

8.

L'organisation du monde :
— Et comment s'organisait le monde à partir de cette période ?
— Quand j'ai commencé à Source ?
— Oui.
— Bien, je veux dire, c'était… enfin vous pouvez imaginer, vous sortez de prison à vingt-sept ans après en avoir fait treize, la clochardisation vous paraît inéluctable et en une semaine vous êtes dans un bureau, habillé de pied en cap, avec un salaire de cinquante mille francs et un budget illimité et tout ce que vous avez à faire c'est d'aller dans les vernissages et téléphoner à des artistes pour savoir s'ils sont d'accord pour vous faire quelques petites œuvres en échange d'un logo sur un carton d'invitation, comment voulez-vous que je réagisse ? sur le moment j'étais telle-

ment abasourdi que j'ai pris les choses comme elles venaient. De toute façon je me doutais bien que ce n'était qu'un passage.

— Mais Batman vous avait fait embaucher comme ça, sans références?

Je ris franchement.

— C'était… là-bas il y avait deux mondes, il y avait la vraie société et puis les affaires particulières, je n'étais pas le seul, plein de gens touchaient des salaires de Source, la différence c'est que moi je faisais un réel travail, en plus des affaires avec Batman, en dix ans Fondation Source est devenue, je ne dirais pas une référence, ce serait prétentieux, mais disons un acteur reconnu sur la scène de l'art contemporain à Paris et même dans le monde, on a eu plusieurs expos reprises à l'étranger.

— Et à côté vous continuiez des recherches personnelles?

— De quel ordre?

— Vous m'avez parlé de métaphysique.

— Oui… dans le sens d'une… d'une réflexion, mais c'était aussi en rapport avec l'art. Je trouvais que c'était une voie extraordinaire, certainement la plus proche de… enfin c'est le geste fondateur, le type dans la grotte qui peint le mammouth qu'il va chasser le lendemain, c'est… on est au cœur du truc quoi, c'est ça je pense qui me plaisait autant avec les artistes c'est que même sur des petites choses il y avait toujours quelque chose à prendre d'intéressant.

— Et…

Je baisse la tête, contraint d'en dire plus que je ne l'aurais voulu.

— Je continuais aussi la sorcellerie, mais c'était… dans mon coin, quoi, personnel…

9.

Et bien sûr petit à petit je dévide ma pelote sur d'autres sujets, je rentre dans des choses de plus en plus intimes, aussi bien sur ma vie à moi que sur ce que je fabriquais à Source avec Batman et comme j'ai l'alibi de me dire ça me fait du bien de parler et de toute façon Aïm est comme un prêtre, il est tenu par le secret professionnel c'est comme si je balançais tout à trac mes secrets cachés comme les secrets d'État sans que cela ne génère la moindre conséquence et quand je m'endors le soir, maintenant sans somnifères, je me sens allégé d'un poids et il me semble, c'est idiot, mais que Batman de là-haut me regarde et approuve, que grâce à moi il a trouvé le repos et la lumière.

10.

Sur une vie sociale possible :

— Et vous vous êtes fait des amis une fois à Source ? Je suppose que vous aviez une vie sociale des plus fournies ?

— Oui... enfin non... c'est un milieu... c'est le milieu artistique parisien... c'est... personne n'a vraiment d'amis quoi, ça n'aurait pas de... sens, je crois, oui, pas de sens, tout est... superficiel, les gens sont... on pourrait dire dépravés quoi, avec les trucs de médias, le paraître, l'hystérie continuelle, c'est comme une... c'est une espèce de sarabande, une galerie des glaces un peu fade, un cirque sans grand intérêt, le seul intérêt vraiment c'est les artistes, et encore, pas toujours, ce qu'ils font oui mais eux pas toujours.

11.

Le docteur Aïm – les infirmières et les autres patients prononçaient Ain, docteur Ain – était métis, couleur café au lait, et ses lunettes cerclées d'or faisaient deux ronds brillants comme deux roues de vélo posées sur des traits lisses et vaguement inquiétants. Parfois à force de les fixer je les voyais bouger, se mettre à tourner sur elles-mêmes et devenir des cercles de feu liquide et alors le visage de Aïm fondait et l'on voyait ses os – un crâne encore – et j'en déduisais qu'il faisait lui aussi partie de la chaîne d'événements qui m'avait conduit jusqu'ici, qu'elle révélait un nouveau maillon et qu'il n'y avait rien à faire si ce n'est accepter cela comme une marche, une marche de plus sur ce grand escalier qui de toute façon, quoi qu'il arrive, me mènerait à la mort, c'est ce que je me disais, peut-être un peu désabusé, ou découragé, et intérieurement je me résignais, me demandant quand même si quelque part je n'étais pas maudit, me raccrochant, comme Noé sur son navire, à une éventuelle baisse des eaux et à une récupération possible de mon argent et alors de nouveau mon esprit s'égarait vers des contrées lointaines où des vahinés ondulantes agrémentaient mes journées de leur suave présence et mon découragement trouvait dans cet espoir un baume réconfortant.

12.

Un jour, dans la cuisine jouxtant la salle à manger du bungalow central où les patients peuvent se préparer leurs petits déjeuners – qu'ils prenaient toujours après avoir avalé leurs médicaments (le mien, Aïm me prescrivait encore un léger anxiolitique dans la journée, était blanc laiteux, avait le goût de glucose et me faisait penser à la fiole en prison) –, j'oubliai mes tartines dans le grille-pain et provoquai un début d'incendie avec une fumée si dense que les murs en carrelage, le buffet et la table sur laquelle était posé mon bol disparurent comme effacés par cette vapeur noire et j'eus l'impression de me retrouver projeté dans une poche insoupçonnée de l'espace où m'appelaient mes parents et ma sœur, éplorés soudain de la fêlure qui s'était un jour produite dans leur vie, cette disparition de ce fils et de ce frère assassin dont jamais on ne s'était soucié. Quand j'en parlai à Aïm il éluda d'un sourire et préféra me relançer sur ma réalité présente.

13.

La sodomie :

— Et vous pensez que la sodomie d'Anus par Klingston fait partie du réel ou d'un de vos propres désirs travestis ?

— Je ne sais pas. Il faudrait appeler An… enfin je veux dire Sylvie, non, sincèrement non, je crois pas que je voulais la sodomiser, si j'avais voulu j'aurais pu, … enfin je crois pas… mais c'était une scène… bizarre vous savez, le type qui jouait de la flûte on aurait franchement dit un monstre, il ne disait rien et on était le soir de l'an 2000 et je crois que ce que cherchait Klingston c'était de nous déstabiliser, l'expo avec la mort c'était ça et j'avais l'impression que cela m'était spécialement destiné. J'avais même l'impression qu'en fait An… enfin je veux dire Sylvie, était complice de Klingston, qu'ils mettaient quelque chose en scène et surtout que… qu'ils étaient encore autre chose que ce qu'ils paraissaient être, quand il l'a sodomisée j'étais… c'était une image que j'avais en fait, pas un fait patent, non, pas un fait patent.

— Mais vous pensez que Klingston cherchait à vous déstabiliser ?

— Je ne sais pas… – j'agite les mains – aucune importance en fait, mais je crois que l'ensemble était lié à mon histoire. C'est maintenant en vous le disant que je m'en rends compte, inconsciemment c'est une confrontation avec ma part morbide qui a dû se jouer, le récit de Batman, son suicide, cette fille qui me fait une confession atroce où elle se fait violer par son cousin attardé et après tous ces voiles avec les reliques derrière et finalement je vois à la télévision le meurtre du DG, j'ai dû péter les plombs, c'est ça, vous ne croyez pas ?

— Peut-être. Je ne sais pas.

— Ensuite je ne suis pas immédiatement sur l'autoroute, je me souviens d'abord d'une espèce de rêve où il est question d'Henri Michaux et des autres mondes.

— Des autres mondes ?

— Oui, des autres mondes.

— …

— Comme si on me disait à la fois qu'ils existent et qu'on peut s'y promener mais qu'il faut être sur ses gardes.

— Et pourquoi Henri Michaux ? À cause de ses expériences avec la mescaline ?

— Oui. C'est après que j'ai pensé que j'étais fou. Mon esprit partait dans tous les sens, je me suis même rappelé tous les signes cliniques du début de la psychose, que j'avais dû lire quelque part, et je me suis dit que c'était similaire…

14.

Parfois j'ai des moments de torpeur, j'essaye de faire le point sur mon identité réelle, après tout qui suis-je ? de la matière ? une forme physique ? par exemple suis-je un verre ? une revue ? le tapis ? Non. Certainement pas. Je pense. Je respire. Je suis un être. Et j'ai un nom. Je suis l'Être-Louis. Oui. Mais l'Être-Louis est-il un Être-Bizarre ? L'Être-Louis peut-il être un Être-Vicieux ? Aurait-il pu inventer toute cette histoire de pendu et de sperme juste pour balancer de la saloperie sur le sable blanc, l'odeur des pins et le bruit de la mer qu'on entendait au loin ? Non. L'Être-Louis n'est pas un être vicieux. Pourtant les faits semblent indiquer le contraire. Les faits semblent indiquer que l'Être-Louis a gravement maboulé. Et si j'ai maboulé il est normal que je sois soigné. Les infirmières ont raison, lorsque quelqu'un est malade il se soigne et après va mieux, c'est pour cela qu'il y a des médecins, des hôpitaux et des médicaments, et le médicament que l'on me donne me fait du bien, c'est un anxiolitique, pas un somnifère, la preuve je me sens mieux, et une partie de l'après-midi se passe à égrener ce charabia mental d'où surgissent à intervalles réguliers des images et des visions, moi sur un toboggan, moi chevalier flottant dans l'espace, moi sortant du limon et gravissant une échelle de corde que me jettent des amis extra-terrestres.

15.

Sur les liens familiaux :

— Et lorsque vous êtes sorti de prison vous n'avez jamais cherché à revoir votre famille ?

— Non.

— Pourquoi ?

— J'ai fait treize ans. C'est long sans mandat.

— Vous leur en voulez encore ?

— Je ne sais pas. Certainement oui, un peu.

— Cela ne vous a pas tenté de rencontrer quelqu'un, de construire quelque chose, d'avoir des enfants ?

Sa question me prend de court.

— Je n'y ai jamais vraiment songé.

— Pourquoi ?

— Je ne sais pas. J'ai toujours eu l'impression que ce n'était pas pour moi. Le… la phrase de Borges, quoi, le… – je cite approximativement, de mémoire – « *Je n'ai jamais commis le sacrilège suprême, l'enfantement.* »

— Et si vous n'aviez ni famille, ni véritable ami, quelles pouvaient être vos relations avec les autres ?

— Je vous l'ai déjà dit, cordiales, sympathiques. Des moments agréables.

— Mais des échanges ?

— Non. Des échanges j'en ai eu en prison, parce que c'était dur, sur les longues peines les gens se rapprochent, se livrent, mais dehors non, les gens sont trop fades.

— Et des anciens détenus vous en avez revus ?

— Non, je n'y tenais pas, j'en avais fait une indigestion. À part les amis de Batman bien sûr, eux j'étais obligé.

— Quel lien établissez-vous avec le monde ? Entre vous et le monde extérieur ?

— Pas de différence je crois. Une différence purement ponctuelle. Je suis moi à ce moment précis de l'histoire mais ce qui fait que je suis moi peut faire que demain je suis aussi autre chose.

— Et la sorcellerie ?

— Pas de… – je soupire – pas mal avec des… objets symboliques quoi, mais. . non… pas de commentaires là-dessus.

16.

Les conséquences de la tempête s'estompent. Les journaux parviennent régulièrement au Directoire et la télé fonctionne. L'affaire Source et Numéro 3, dont l'affectueux sobriquet de Momo le Maquereau est régulièrement évoqué par les journalistes. Le maquereau devient ainsi une sorte de personnage interlope et romanesque. On le suppose en Amérique du Sud mais sans en être certain. Bien sûr tout le monde se défausse, politiques compris, alors qu'il avait eu l'aval des deux présidents successifs et que sa mission était on ne peut plus claire : chapoter les affaires *border line.* Autant dire que si lui est un aigrefin et bien ma foi, *tout le monde* l'était aussi, et *tout le monde* représentait pas mal de gens. De sa retraite il a d'ailleurs fait passer le message que, dans un souci d'intérêt général, il valait mieux ne pas trop le faire chier, qu'il n'était somme toute qu'un *serviteur de la République*. Le journaliste insiste à dessein sur l'expression et l'élu qui est sur le plateau ne cille pas, dit Il y a une instruction en cours je me garderais de m'immiscer dans les affaires de la justice, surtout pour une affaire aussi compliquée, et je suppose que plus d'un à l'heure qu'il est doit être dans ses petits souliers et je ricane tout seul devant l'écran et les autres patients qui sont avec moi me demandent pourquoi je rigole et je réponds Parce que même les maquereaux nagent vite quand il y a du courant et cette blague me fait tellement rire que je manque de m'en étouffer et quand les infirmières, inquiètes du bruit, accourent, je suis encore en train de m'essuyer les yeux et de me tenir le ventre.

17.

Sur l'art :

— Et cette histoire d'œuvres d'art, ces visions que vous avez de tableaux ou de sculptures ?

— Tableaux surtout, moins des sculptures, mais aussi des photos ou des installations…

— Vous pouvez en dire quelque chose ?

— Non, pas… c'est… je suppose un processus assez agréable, c'est… comme si toute la réalité pouvait être un tableau.

— C'est aliénant ?

— Pas du tout, non, au contraire, mais ça a quasiment disparu, c'est depuis que je suis arrivé à Archignac, quand je suis arrivé j'ai vu le na… la personne petite avec le costume de toréador et en même temps je sais que ça va paraître stupide mais j'ai eu une sorte de vision, un grand tableau baroque du peintre Lenain et depuis ça a quasiment disparu, mais c'est peut-être aussi les médicaments, je ne sais pas, mais…, oui, un grand tableau de Lenain avec cette petite personne à côté, comme un… signal peut-être, un signal de mon inconscient.

— Ah oui…

— …

— Et quel artiste trouve grâce à vos yeux ?

— Dans les contemporains ?

— Oui.

— Je ne sais pas, il y a beaucoup…, enfin je veux dire… énormément de travaux sont dignes d'intérêt, peut-être… Boltanski, oui, Christian Boltanski, c'est toujours vraiment moderne et fort et profond en même temps. Pourquoi vous me demandez ça ?

Aïm se renverse en arrière, le regard flottant.

— Comme ça. Par curiosité.

18.

Sur le voyage en Afrique :

— C'était… je veux dire… je ne m'y attendais pas du tout. D'habitude c'était toujours Marseille, ou Berne, ou Zurich, et Batman a… enfin tout s'est précipité avec les déclarations de la folle, elle a…

— La folle ?

Je souris. – C'est comme ça que l'appelait Batman. Aïm hoche la tête. – Elle a… elle a mis tout le monde dedans, et surtout Numéro 3, c'était une question d'heure pour une mise en examen. D'après ce que je sais il a dû filer en pleine nuit avec juste une valise… Personne ne s'attendait à ça, la machine s'est emballée, plus personne n'arrivait à l'arrêter. Je pense que c'est lui qui a fait flinguer Forlani.

— Et…

— Et pas de passeport. Personne n'avait de passeport. Batman n'en avait pas de vierge et rien qui correspondait. On a fini par en trouver un par un type que connaissait le cousin de Batman, Vapeur, un mercenaire. Il a vendu le passeport de son père qui était en train de mourir d'un cancer. Il a fait une fausse déclaration de perte et une procuration, et il en a redemandé un avec les photos de Numéro 3. – je rigole – Batman a dû se faire envoyer les photos par Western Union, – je rigole encore – on avait même pas de photos, le juge avait mis l'appartement et le bureau sous scellés.

— Et…

— Et je suis parti en Afrique avec le passeport. J'étais… on avait un partenariat avec Dakar pour la biennale et je devais y aller depuis longtemps, c'était… de toute façon biennale ou pas c'était… tout le monde avait chaud aux fesses quoi. Moi vous imaginez bien que j'étais la vingt-huitième roue du carrosse. Je faisais ce que me demandait Batman. Je suis parti, mais à Dakar tout est devenu bizarre. D'abord le contact n'était pas là, j'ai poireauté deux jours jusqu'à ce que j'apprenne que leur avion était en panne et qu'ils attendaient la pièce, il a fallu que je fonce à Bamako, et à Bamako re-attente – en fait la pièce est bien arrivée mais ce n'était pas la bonne, je crois que Numéro 3 était en train de devenir dingue, – et pour finir on me dit qu'il faut que j'aille à la frontière de la Mauritanie en 4 x 4 et le plus simple c'est encore de repartir de Dakar, donc re-Dakar et après voyage. Voyage bizarre…

— C'est-à-dire ?

— Bizarre… succession de signes… un âne paralysé de toute sa partie postérieure… les gens… un cheval qui meurt devant moi… après je m'arrête dans un village, en pleine brousse et une Anglaise d'au moins soixante ans qui vit dans une hutte et elle est lépreuse et j'apprends qu'elle est médecin et qu'elle vit là depuis les années 60 et la nuit où je dors dans le village – une folie, les gens vivent comme au temps de la Bible, on n'imagine pas – elle a une crise et se met à hurler et elle hurle que je suis le Diable et – je flippe encore en y repensant – obligé presque de me sauver, et le pire c'est que deux jours avant à Bamako un autre lépreux – là carrément il habitait sur un tas d'ordures, il suçait les détritus, comme un… comme une… pire qu'un animal, horrible – m'a dit la même chose, le Diable…

— Et Numéro 3 ?

— J'ai donné le passeport. Ils étaient réfugiés dans le seul hôtel de Matam. Pas de clim. Un trou pour faire caca. Il m'a à peine vu. Moi je l'ai vu mais lui non, je crois pas, ou très peu, il était de dos, dans un fauteuil, en sueur. Chaleur là-bas, grosse chaleur.

19.

Au fil des entretiens le bureau d'Aïm me devient plus familier, je m'accoutume à sa décoration baroque, les masques, les statuettes de bandes dessinées, les tableaux représentant les phantasmes et les délires d'autres patients, dans une manifestation d'intérieurs torturés qu'ailleurs on aurait appelée 'Art Brut et qui, ici, se mêle avec une chouette empaillée, des photos en noir et blanc de vieilles femmes et de prostituées, un bric-à-brac hétéroclite d'où surnageaient des citations bizarres, écrites sur des fonds rouges, comme du sang, et qui me laissent perplexes – il y a des citations de Babar, de Oui-Oui, de Dante.

— En préambule, Louis, je voudrais d'abord vous restituer ce que nous essayons de faire dans cette institution, se trouvant, vous avez pu vous en rendre compte, à la lisière du pénal voire du carcéral, et du psychiatrique.

Je prends un air concerné. Aïm poursuit.

— Il se trouve que nous avons, à un certain moment de notre histoire, laissé de manière un peu légère différents médias faire notre publicité.

À la réflexion les lunettes de Aïm n'évoquaient pas seulement des cercles brûlants d'or fondu, mais aussi la marque du cobra.

— Ce sont évidemment des choses que je ne laisserais pas se reproduire aujourd'hui mais que mon prédécesseur, certainement moins conscient des effets pervers de ce genre de choses, a permis.

— Vous faites allusion au Père Rivoire ?

— Nous y sommes Louis, voilà où je voulais en arriver.

— C'est-à-dire ?

— Avec des titres accrocheurs comme *Le prêtre de la paroisse des maudits* ou *Dernier refuge avant l'enfer pour les possédés de la terre* nous sommes devenus, dans l'esprit de quelques personnes, une espèce d'espace possible pour un certain type de folie.

Je ne vois pas très bien où Aïm veut en venir.

— Ce qui ressortait des différents articles c'est qu'ici, nous ne tentions pas de réprimer, ni de guérir la démence, ni même de l'atténuer, nous nous efforcions seulement de lui donner un sens.

— Oui – j'abonde dans son sens –, je me rappelle avoir lu ça. Donner un sens au délire, l'articuler de manière cohérente même si cette cohérence s'organise autour d'éléments atypiques comme des personnages de bandes dessinées ou des figures de la culture populaire. Je me souviens effectivement parfaitement de l'article.

— Je n'en doute pas une seconde Louis, malheureusement pour nous vous n'êtes pas le seul, régulièrement nous avons la visite de gens dont les structures psychologiques sont en train de se fissurer et qui, portées par les vents de leur mal-être, finissent par s'échouer à Archignac, pensant trouver chez nous un havre compréhensif pour ce qui serait vécu ailleurs comme une tare.

— Et alors ?

— Et alors… ?

Dans le jardin on entend des corneilles jacassant.

— Je crois que je suis pourtant clair. Vous ne saisissez pas ? Cela veut dire que nous sommes le point de chute de prédilection pour tout un tas de dingos. Et cela empire en général lors de dates symboliques telles que le bicentenaire de la Révolution, les éclipses de lune, les deuils nationaux, ou autres prétextes numérologiques divers.

Je ne me sens pas bien. J'ai des fourmis dans les jambes.

— Quel rapport avec moi ?

Aïm consulte un document posé devant lui, le froisse légèrement, ajuste ses lunettes.

— Je me suis permis de demander quelques renseignements à une de mes relations. Vous savez que nous travaillons en étroite collaboration avec le judiciaire. Le résultat est édifiant.

À cet instant je déteste Aïm. Tout ce que j'avais pu trouver digne de sympathie chez lui, son humour pince-sans-rire, sa culture, son ton posé et distancié, m'apparaît soudain comme l'expression d'une hypocrisie sans borne, d'une froideur manipulatrice vouée à l'asservissement de l'autre, et non point, comme il le prétend, à son salut.

— Il semblerait que vous vous piquiez bien d'art contemporain, mais par contre il n'y a aucune trace sur votre fiche de police d'une condamnation pour meurtre. Y figure uniquement une admonestation du tribunal pour usage de cannabis en 1984.

Aïm a un petit mouvement de lèvres réprimé, un sourire.

— D'après ce qui est précisé sur la fiche vous avez été dispensé de peine car vous avez dénoncé le revendeur.

Je n'ai plus de fourmis dans les jambes mais des aiguillons glacés qui me perforent les intestins et l'abdomen.

— D'autre part il semblerait que vous soyez prof d'anglais (et non pas espion) et en disponibilité de l'Éducation nationale suite à une dépression nerveuse. Vous avez d'ailleurs été soigné à l'hôpital de la MGEN, à La Verrière, dans la grande banlieue parisienne.

Aïm marque une pause, ménage son effet.

— Peut-être étiez-vous en poste dans un quartier difficile ? Avec des jeunes Maghrébins ?

En descendant l'escalier l'infirmière est obligée de me tenir le bras, les grands tableaux, le lustre du hall, les sourires des autres patients et des soignants, tout cela tangue dangereusement et je me répète que je suis fou et quand j'arrive dans le bungalow je suis vraiment en état de choc, plus encore que lorsque les gendarmes m'ont amené et tout ce que je vois c'est le suicide, pour disparaître plutôt que d'avoir à affronter cette confusion extrême et je passe toute la soirée comme ça, anéanti, je refuse de manger, sans pratiquement dormir, si ce n'est un vague coma et le lendemain c'est encore pire, j'arrive à peine à me lever pour aller jusqu'aux toilettes et quand je regarde ce spectacle étrange il me semble que ce que je vois est fait de la même substance qu'un rêve, et si j'ai l'impression, lorsque je m'appuie au lavabo, de toucher quelque chose de dur, j'ai bien conscience qu'il ne s'agit que d'un sortilège né de ma psyché malade, mon Moi, ce vague concept défini un jour par une colonie de crétins, s'est évanoui dans les limbes du non-être.

20.

Les jours qui suivent me voient prostré, hagard. J'ai refusé de monter pour les entretiens. Je ne crois pas que cela soit vraiment utile puisque je ne suis pas là, et je ris, mais d'un rire triste, et je claironne aux autre patients, à celui qui s'appelle Pelardon et que tout le monde appelle Pélar et à l'autre qui s'appelle Hans, Vous croyez voir Louis ? Eh bien, Pélar, ce que vous voyez n'est qu'un leurre !

Je ne suis pas. *Je* n'ai pas. Ce que vous voyez correspond juste à Corps-Louis, ou à Pensée-Louis, ou à Main-Louis, et encore, peut-être, peut-être pas, rien n'est vraiment prouvé et à la fin quand j'arrive près d'eux ils s'en vont, passent dans les autres pièces et m'évitent et tout autour de moi se creuse une sorte de vide atroce qui fait que je n'ai bientôt plus rien à quoi me raccrocher, et comme je n'ai pas le courage de me suicider j'ai l'impression de flotter dans un *no man's land* horrible, comme un cosmonaute perdu qui aurait été expulsé de sa fusée et qui dériverait indéfiniment dans l'espace intangible du Rien.

21.

Au début du mois de février :

Je suis étendu sur mon lit, je regarde le plafond et je répète encore prof d'anglais, comment est-ce possible ? et d'ailleurs je ne parle même pas anglais, et cette phrase reste au-dessus de moi, comme si elle me disait Mais voyons prends-moi, je suis là, je suis avec toi, et ça me fait rire, malgré mon malheur, cette phrase immobile dans l'air juste à deux centimètres de mon bout de nez et qui me fait presque loucher, je la regarde et soudain ça explose dans ma tête comme une pluie de confettis, je me lève d'un bond et je cours vers les infirmières et je dis Je pourrais avoir mes affaires s'il vous plaît, et elles me regardent bizarrement et je dis S'il vous plaît, je suis ici de mon plein gré je voudrais avoir les affaires que j'avais quand on m'a emmené ici et je fais un tel raffut qu'à la fin la surveillante vient et téléphone à Aïm, qui doit leur dire d'accéder à ma requête parce que la surveillante en raccrochant dit Bon, venez avec moi, si vous y tenez, mais j'espère que vous n'avez pas l'intention de partir comme ça parce que je ne crois pas que vous soyez en état, mais je l'écoute pas et quand elle me tend le sac en papier je trouve mon passeport et mon portable et des cartes de crédit ainsi qu'une enveloppe avec des liasses de billets et je me souviens que c'est ce que j'avais mis de côté avant que je ne cache l'argent dans les marais. Les cartes de crédit sont au nom de Louis Dieutre et une est au nom de Fondation Source et juste quand je reviens dans la salle à manger, en nage, surexcité, comme par hasard je tombe sur un numéro de *L'Expansion* qu'on avait dû me cacher où il y a un article signé du journaliste qui était venu au bureau le jour de la mort de Batman : « Où est passé le mystérieux responsable de la fumeuse Fondation Source ? », en me prêtant d'ailleurs bien plus que ce que je n'ai fait et en disant que la juge d'instruction qui a repris le dossier après la mort de Forlani serait très désireuse de m'entendre et ainsi de suite et quand je branche le portable il n'y a pas de signal mais je trouve le numéro de mon bureau codé et aussi celui de ma secrétaire, Angèle, et je repars à fond vers la salle à manger où il y a une cabine et je fais le numéro de son portable en tremblant, en me répétant Putain, putain, si je n'avais pas eu un sursaut je sombrais, et ma main enserre le téléphone et quand elle décroche et que je dis c'est Louis j'ai l'impression que tout autour de moi un monde branlant se remet en place et alors je me calme et je redeviens froid et attentif comme jamais je l'ai encore été auparavant.

22.

— Mais où étiez-vous passé, Gentil Patron ? Je... Tout le monde vous cherche partout.

— Je vous expliquerai. J'étais... je vous l'avais dit... j'étais en vacances, je... comment ça se passe à Source ?

— C'est un peu la panique, pour le moment le nouveau directeur a suspendu toutes nos activités annexes. Je crois qu'ils sont tous un peu dans le potage. Et l'on va avoir un audit. D'autres services en ont déjà eu un.

— Est-ce que des gens m'ont demandé ?

— Oui, des policiers, des journalistes, les Allemands, pour l'expo que l'on a dû annuler, des Américains qui voulaient vous parler d'un projet de partenariat avec le Moma et aussi quelqu'un qui appelle régulièrement sans dire son nom et à qui je redis la même chose, que vous êtes en vacances. Je… merde Gentil Patron vous auriez pu m'appeler, je pensais que vous… merde oui, je pensais que vous étiez mort !

Pendant qu'elle parle je réfléchis à toute vitesse et je vois que les solutions ne sont pas multiples et quand elle dit Mais vous êtes où Louis, vous êtes où là ? je me félicite d'avoir fait le 3650 pour ne pas qu'on voie mon appel et je réponds : À l'étranger, pas très loin mais pas en France, j'ai un petit problème de santé, vous pouvez prévenir les ressources humaines que je suis souffrant et que je vais envoyer un certificat médical ? et elle répond, un peu interloquée, Ah bon, mais c'est… grave ? vous avez quoi ? et j'élude et je dis Je vous remercie, et pour l'audit ne vous en faites pas, s'il a lieu et que l'on vous pose des questions gênantes répondez que tout était fait sous ma responsabilité avec l'accord des étages, et je raccroche et j'ai l'impression que j'ai mangé du lion, et je monte chez Aïm mais avant j'appelle le garage et je dis Je vous ai laissé une voiture pour un cardan et le garagiste n'a même pas l'air surpris et dit Oui… ah oui, le cardan, j'ai été obligé de changer les deux, vous pouvez venir elle est prête et Aïm est dans son bureau et j'entre sans frapper, bouillant de colère et de rage contenue, et je le regarde cette fois droit dans les yeux et je dis Je ne sais pas ce que vous avez cherché à faire mais en tout cas c'est raté et Aïm ne dit rien, il a le regard perdu dans le vague et je pense que ce silence est encore un subterfuge de plus et je vois sur un mur un poème de fou que je n'avais encore remarqué :

ville de merde
puante de chien
vomit tes trésors larves
aux rares objets
dont tu as la garde
et laisse-moi libre
dans les mondes vivants

et je répète Je ne sais pas ce que vous avez cherché à faire mais en tout cas non seulement je ne suis pas cinglé comme vous vouliez me le faire croire mais je suis bien moi et Aïm hoche la tête et ce qui est curieux c'est que malgré ma fureur une partie de moi reste froide et distanciée et regarde tout ça comme si ce n'était rien d'autre qu'une partie de la pièce un peu usée que nous devons jouer tous les deux.

— En tout cas vous partez d'ici en meilleure forme que lorsque vous êtes arrivé.

— Peut-être, mais ce n'est pas grâce à vous.

— Heureusement Louis, sinon cela n'aurait pas grande valeur.

Je trouve son aplomb sidérant et j'ouvre la bouche pour lui répondre mais je me dis aussitôt que ça ne sert à rien et je me contente de le fixer une dernière fois et je tourne les talons en disant Vous aurez de mes nouvelles et je l'entends qui répond, mais je suis déjà dans l'escalier : J'espère qu'elles seront bonnes, Louis, j'espère qu'elles seront bonnes !

23.

En marchant vers le village – où personne n'a voulu me déposer – j'arrive à me calmer un peu. On m'a rendu mes affaires, y compris les liasses d'argent, que j'avais totalement oubliées (il y a presque deux cent mille francs) et fait signer une décharge et quand j'arrive en vue du clocher d'Archignac j'ai cette pensée saugrenue que nous les humains ne sommes peut-être rien d'autre que des récepteurs/transmetteurs, des récipients alvéolés posés à la surface de la ruche, sommeil/veille, ouvert/fermé, laissant passer de l'énergie ou la retenant, comme la plaque solaire alimentant les fourneaux d'une gigantesque bête tapie sur la face obscure d'une planète éloignée, ouvert/fermé, selon les notes que joue l'orgue invisible, tout là-haut, et je me dis que la station orbitale Soyouz 3000 a peut-être failli découvrir ce terrible secret et c'est pour ça que les cosmonautes étaient morts, la bête les avait tués, et j'arrive devant le garage et je vois que ma voiture est prête et m'attend.

Il fait un froid sec. Il y a un peu de soleil, et des arbres abattus dans tous les jardins et certains sont déjà en partie débités.

Personne n'est déguisé en quoi que ce soit.

Par contre le garagiste m'attend.

— J'aurais pu en trouver des deuxième mains mais j'ai préféré pas.

— Non ?

— Non. Ce que vous économisez d'un côté vous le reperdez le mois suivant. Les deuxième mains sur les cardans pour ces voitures-là j'y crois pas. J'ai fait aussi le rééquilibrage.

— C'est... gentil de votre part.

— C'est normal. Avec les cardans faut toujours rééquilibrer ensuite sinon ça se ressent en termes d'usure de pneus.

— Oui... c'est... c'est vrai, je... non, c'est certain. Je peux vous... payer ? En carte ?

24.

Et je paye avec la carte de Fondation Source et jusqu'au dernier moment j'ai peur de me tromper dans le code ou que la carte indique autorisation refusée mais non, tout se passe au poil, et quand je démarre j'ai un soupir de soulagement énorme, et d'abord je fonce vers les marais où malheureusement le niveau des eaux n'a pas baissé mais je me dis Ce n'est pas grave, je suis le seul à savoir qu'il y a trente millions là-dessous et les liasses sont bien protégées dans du plastique et en plus à l'intérieur d'un jerricane étanche et c'est ce que je pouvais rêver de mieux, si on m'interroge je ne serais même pas obligé de mentir, je n'ai pas l'argent, c'est tout, allez voir ailleurs, et puis juste après je repense aux sommes dont il est question dans les commissions des uns et des autres et tout ce qui a transité vers des partis politiques ou dans la poche des véreux et je me dis quand même c'est pas pour trente petits millions que l'on va me chercher des poux dans la tête, et je fais demi-tour et quand je retraverse le village j'aperçois le nain qui sort du café et en moi-même je murmure Eh bien salut, vilain nain, salut et bon vent, et j'accélère et je laisse la pancarte Archignac, messe un dimanche sur deux à dix heures s'évanouir dans mon rétroviseur et…

25.

… au bout de quelques kilomètres se pose immédiatement la question de savoir ce que je vais faire, si je dois remonter à Paris m'expliquer, reprendre mes activités à Source ou alors me cacher encore et ma belle énergie faiblit légèrement et quand je pense à me cacher je ne sais pas pourquoi je visualise une chambre d'hôtel miteuse par exemple derrière la gare Saint-Charles à Marseille et moi avec une barbe de trois jours et des cernes sous les yeux et peut-être un pistolet posé sur la table de nuit et un bateau pour le Maroc qui ne vient pas et je me dis J'ai envie de voir de la beauté, j'ai envie de retourner à Paris et à ce moment-là les sous-bois et le soleil qui passe au travers sont presque de l'ordre d'une Vision et je me répète De la beauté, de la beauté, voilà ce qui m'a tant manqué, et il me semble distinguer, dans une éclaircie des arbres, un spectacle magnifique, une espèce de fiacre avec deux percherons arrêtés et le corps du fiacre est rouge sang et il y a posée dessus une grande antenne de télévision et je ne peux pas faire autrement que de m'arrêter et plus loin dans le champ – je manque d'en suffoquer – je vois des centaines de taches multicolores et quand je m'approche je réalise qu'il s'agit de perroquets décapités pendus aux branches avec un fil de nylon invisible et leurs têtes tranchées gisent par terre, sur les aiguilles de pins mouillées et je crois que je n'ai rien vu d'aussi beau, il y a aussi une table de jardin et deux chaises légèrement à l'écart et un mannequin d'homme assis qui regarde un poste de télévision dont l'écran a été remplacé par du papier autocollant saturé de fines gouttelettes de cire violette et les naseaux des chevaux exhalent une vapeur subtile qui réfracte la lumière rasante et je suis vraiment pétrifié et en moi-même je dis Merci, merci de m'avoir montré cela et j'ai l'impression que tous les Mystères me sont par le biais de cette grâce révélés et quand j'aperçois les deux pieds qui dépassent d'un monticule de terre que je n'avais pas remarqué, je comprends qu'il s'agit de la pièce manquante : du Mal, et que le Mal est partie inhérente de ce Jeu que nous avons accepté de jouer et je tombe à genoux et je secoue la tête et je me mets à pleurer et quand les gendarmes me relèvent j'ai encore le visage inondé de larmes et à leurs questions : Mais pourquoi avez-vous fait ça? Pourquoi? je ne peux que leur montrer ce tableau magnifique qui s'offre aussi à leurs yeux mais que visiblement ils ne comprennent pas.

Création – 1750 – des premières « cartes perforées », utilisées avec succès sur un métier à tisser (métier à tisser qui, étrangement, préfigure la notion – développée plus tard – de « réseau », fer de lance d'Internet).

Chapitre 7

Les œufs pourris du serpent mort

Mais il faut savoir que, bien qu'il existe un potier au-dessus de nous, ce n'est pas lui qui est aux commandes du tour, mais un autre, un mage, qui en est le lieutenant ; c'est lui qui fait se mouvoir le tour, et qui est capable de faire que l'homme revête une nouvelle forme.

1.

LENTEMENT – COMME UN VOILE SANS VIE – CARESSANT – LE SOUFFLE ÉVANOUI – D'UN PRÊTRE – DONT LES MEMBRES BRISÉS – DANS SA DÉFAITE – LUISENT – DÉCHUS – AU FIRMAMENT – ET TRESSENT – LES RACINES – D'UN AMOUR – DU MAL – ENVAHISSENT – LES MORCEAUX ÉPARS – DE SANG – VENU DES LIMONS – VÉNÉNEUX – AUX SOURCES DES VEINES CENTRALES – LAISSENT JAILLIR LES LIQUIDES EMPRUNTÉS – À L'AORTE ET CONTINUENT – À MOURIR – EN CRIANT – HONTEUX ET CHERCHANT – UNE GLOIRE – INFECTÉE – QUI NE VIENT PAS – POURQUOI UN TEMPS LIMITÉ – SERAIT-IL INSCRIT – POUR SOUFFRIR – QUAND L'INFINI – EST INSTANTANÉMENT – À NOTRE PORTÉE…

2.

Le type me regarde, sort son sexe. Suce ma bite ! Elle pend mollement et puis ébauche un début d'érection, Suce ma bite ! Je me contente de fixer ce truc blanc et je me décide à répondre, une réponse idiote : Pourquoi ? Pourquoi veux-tu que je te suce ?, avant de me replonger dans le cahier, d'où les caractères jaillissent, hypnotiques, s'entortillent devant mes yeux, Des taches noires s'agitent sur ce qui me sert de grabat.

3.

Les gendarmes m'ont relevé et les cloches se sont remises à sonner, si fort que j'ai cru que ma tête allait exploser. Leurs silhouettes sont en train de s'embraser. Des flammes les entourent mais j'ai la gorge trop sèche pour les prévenir. Quand le gendarme dit Mais pourquoi avez-vous fait ça ?, je balbutie : Des êtres bougent dans mon esprit, ça me fait mal, j'ai des êtres qui bougent dans mon esprit, et son collègue s'avance et me fixe et dit : Putain, il n'est plus là, il est complètement barré, et l'autre me secoue et crie Mais qu'est-ce que t'as pris ? Qu'est-ce t'as pris ? T'as pris quelque chose ? et je les regarde tous les deux et je vois leurs vies, leurs tristesses et leurs désarrois.

Quand plus tard on me fait sortir de la gendarmerie une dizaine de villageois sont là et crient Salaud, violeur, la peine de mort, d'une manière qui semble fausse, comme si on avait recruté de mauvais figurants ayant du mal à tenir leurs rôles, je ne peux pas m'empêcher d'y voir une résurgence d'un tableau fort connu dont le nom m'échappe qui met en scène un châtiment (un écartèlement je crois), datant de la période préraphaélite.

Les villageois font une chaîne et obstruent le passage et l'un d'eux dit à quelqu'un qui vient d'arriver : Il a pointé le fils à Michaël. Il l'a tué après l'avoir pointé et fourré dans un ancien puits à charbon les pattes en l'air (*fourrédansunancienpuitsàcharbonlespattesàl'air*), alors le gendarme qui conduit actionne l'avertisseur deux tons, et ce groupe de piètres comédiens finit par s'écarter. La camionnette arrive à se frayer un passage, roule droit devant et m'emmène à la Forteresse, et tout ce que je vois de la route est baigné dans des teintes rouge vermillon et grise, broyé comme dans ce jeu que le Père Noël m'avait apporté enfant et qui faisait, par l'effet d'encre projetée sur le papier, mélangée sous l'effet de l'action centrifuge du moteur, de jolis dessins ronds et abstraits.

4.

Je reste deux jours entiers dans une chambre-cellule qui doit être une cellule d'observation, dans un état absolument sinistre, choqué, à fixer cette blancheur qui est partout, dans les draps, les murs, le couloir que je vois à travers la grille qui fait office de porte et le globe lumineux qui l'éclaire, blanc aussi, laiteux et plusieurs personnes viennent me parler, me poser des questions, certains doivent être des policiers ou un juge ou encore une autre personnalité et moi je n'ai nulle envie de leur parler, tant ce qui m'arrive m'apparaît comme quelque chose d'évident, d'inéluctable, comme si j'étais d'un seul coup soulagé que le destin m'ait rattrappé après toute cette course folle pour lui échapper et je ne dis même pas : Je n'ai jamais tué cet enfant, ou : Vous êtes en train de commettre une erreur judiciaire, non, je reste à les fixer et quand je risque une phrase elle est si loin des contingences de la situation qu'ils tournent la tête, mal à l'aise et le seul qui ne vient pas c'est Aïm et je lui suis reconnaissant de nous éviter cette confrontation pénible et vers l'aube du deuxième matin, alors que l'on va me transférer vers la Division, j'ai un moment de répit, un calme étrange m'envahit, presque un calme compassionnel que j'éprouverais à propos de ma propre personne et je vois la lande désolée qui s'ouvre devant moi et dans cette lande se trouvent les poisons vénéneux qui pourrissent nos vies, l'amertume et le chagrin, et je vois qu'ils vont être brûlés par une expérience encore plus forte, par la mort elle-même et j'attends que l'on vienne me chercher en contemplant le plafond, en appréciant à son juste prix ces quelques instants de pur repos et quand enfin on vient et que l'on m'enlève la camisole qui retenait mes bras prisonniers, en me disant Du calme hein, sinon on vous rattache, je me mets debout et je marche, et dans cette progression je ressens physiquement la nature profonde d'Archignac, je comprends que ce qui paraissait être des rues ou des maisons ne sont en fait que des émanations, des pièces posées sur une armature plus consistante faite d'aimants dorés sur lesquels nos trajectoires se calquent et je descends les escaliers et traverse le souterrain qui mène à la Division en me disant qu'il ressemble à la Souricière du palais de Justice, à Paris, et qu'émergeant de ce boyau c'est une nouvelle fois l'horreur qui m'attend et par là-même j'ai l'impression de communier avec l'histoire de tous les hommes depuis le début du monde, sans cesse réincarnés, sans cesse misérables.

5.

Dans la Division :

— Alors monsieur Louis, bien dormi ?

Je dis Non, pas exactement, j'ai rêvé que j'étais un loup-garou et l'aide soignante rit, Mais enfin monsieur Louis, vous n'êtes pas un loup-garou, vous êtes un homme et j'essaye de rire aussi, de dire Mais oui, c'est vrai, je suis un homme, pas un loup-garou mais elle est déjà partie et dans la cellule mitoyenne un autre malade hurle qu'il a chié, à intervalles réguliers, à s'en casser la voix, J'ai chié docteur et je crois que c'est du sang et quand j'essaye de reprendre mes esprits mes doigts glissent le long de la paroi des murs, n'y trouvent aucune aspérité où me raccrocher et je resombre, aveugle et hébété, abruti de médicaments, jusqu'à un nouveau sursaut, à la minute suivante, qui ressemble à la précédente, et où la même proposition m'est reformulée, Suce ma bite, et la seule issue qu'il me reste alors, et encore ne fonctionne-t-elle que brièvement, est de me projeter à l'intérieur d'une toile géante, d'une pièce dont les acteurs, excellents cette fois, m'encourageraient à donner la réplique.

— Suce ma bite je te dis !

— Non.

— Pourquoi ?

— Parce que.

Si nous nous mettons à jouer aux dés me ficheras-tu la paix ?

Je ne sais pas, tergiversait le pervers. Sans doute.

Du plafond descendent des grains de poussière que la faible lumière des néons réussit à rendre fluorescents.

6.

La Forteresse a été bâtie sur les restes d'un château moyenâgeux, démoli, reconstruit, transformé en abbaye, puis brièvement annexé par les Allemands pendant la conquête nazie, pour finalement abriter les délires et les tourments des fous dangereux, et peut-être les fous d'aujourd'hui ont-ils été nazis hier, sous une autre forme, et reviennent expier, dans l'odeur de merde et les cris, leurs ignominies passées.

Je dis au pervers : On peut aussi demander des dominos aux infirmiers.

Les dominos sont noir et blanc et représentent des petites fenêtres possibles sur les dimensions habitées par les démons. Nous sommes les points noirs. Il suffit de les ouvrir. On fait clac, comme ça, avec son ongle. Mais sa réponse est évidente, attendue.

— Je ne sais pas jouer aux dominos.

— À quoi sais-tu jouer alors ?

— Au Monopoly.

Du vieux lino tapisse le sol des cellules et il reste dans un coin une croix gammée, aux couleurs passées, sur laquelle les femmes viennent s'accroupir et pisser, l'épaisseur de béton qui recouvre tout a dû être pensée comme la solution finale à la fuite des ondes et des humeurs et même les oiseaux et les formes qui doivent voler au-dessus ne descendent jamais jusque-là, jusqu'à cet endroit où les fous crient et hurlent, tribu d'agonisants possédés, mais de toutes façons les fous voient-ils le ciel ?

Perdu dans la nuit, aucun d'eux ne regarde en l'air, des filins torsadés barrent l'accès aux toits. On ne peut pas s'échapper.

L'aile s'agence autour d'une cour intérieure, bordée de cellules aménagées à l'américaine, avec des grilles à claire-voie qui soumettent l'occupant à la vue des regards, et doublées par un réseau de caméras relié à un mur de moniteurs, dans le poste de garde, ce qui produisait un résultat assez proche de cette jolie installation que j'avais payée si cher – la même qu'au MOMA de New York – le corps d'un humain vu sous tous ses angles en même temps, et cette mise en abyme de tous ces tourments additionnés était comme la peinture gigantesque d'un obèse ondulant et brouillé.

7.

Une place au milieu de la cour n'est jamais occupée, elle est signalée par un rond rouge. Quand les fous m'y traînent, en me frappant, j'ai l'image de silhouettes atroces, avancant à grandes enjambées vers cette immonde tache, couleur lie de vin, la douleur me transperce et je crie C'est pas vrai, c'est pas vrai, je n'ai pas tué d'enfant et quand il y a trop de monde autour de moi qui me savate les infirmiers envoient les jets d'eau et font meugler la sirène et les fous s'écartent et je reste seul, sanglotant, sur le béton trempé, personne ne vient me relever.

Sous moi la tache palpite, comme si elle était vivante.

8.

Une stagiaire thérapeute accompagne les deux médecins qui viennent nous rendre visite le lundi. Elle propose aux volontaires de participer à un atelier, tous les fous y vont, sauf ceux considérés comme trop agités.

L'atelier s'appelle *Le Tribunal des égoïstes* et il s'agit d'un exorcisme d'un genre spécial. Il faut fixer le plafond, murmurer une déclaration d'amour, dire que l'on n'en voulait à personne, que les charmes n'ont fait que leur travail et qu'il n'y a ni victimes ni coupables mais que les fantômes qui autour de nous flottent doivent maintenant être délivrés, que leurs souffrances cesseraient si nous les aidions et pour cela :

— Voyez ! disait Chef Sylvaine.

— Respirez ! encourageaient les sœurs assistantes.

— Appelez!

— Chantez!

Allez! disait Chef Sylvaine, tapez dans vos mains, tapez, respirez et appelez. Les éclats de peinture semblaient se fendre davantage. Une onde de chaleur glissait le long des moulures en plâtre et le premier ectoplasme jaillissait du mur. Je reconnaissais un prêtre de la haute Antiquité, le Sumérien de mon rêve atroce avec Klingston quand on m'avait émasculé. Tout le monde s'arrêtait de taper, médusé par l'apparition. Non ordonnait Chef Sylvaine, continuez! Les sœurs assistantes s'empressaient, entouraient l'Alien, le berçaient d'une sollicitude que je trouvais dégoulinante de fausse vertu, puis elles emportaient la forme, suivies par la troupe de débiles qui en bavaient et en roucoulaient d'émotion. Nous assistions au bain, dans une petite cuve remplie d'eau salée, si de la fumée apparaissait ou si l'eau bouillonnait c'est que le mal était bien là et l'opération réussie.

Le premier moment de surprise passé je ne vois dans la cérémonie que son côté grotesque, des fous et des bonnes sœurs dérapant dans un surnaturel de foire. Le Sumérien n'est qu'un bout de serpillière enduit d'un fumigène.

9.

Les fous poussent des cris gutturaux qui finissent par me sembler organisés comme des mantras.

Un matin des mannequins viennent poser, se servant de la Forteresse comme décor. Quatre filles de l'Est, un photographe, une maquilleuse-costumière et un assistant s'installent dans la cour – nous sommes consignés dans nos cellules. Je suis partagé entre l'indignation et l'envie, en même temps je pense : C'est vrai que c'est un décor extraordinaire, moi aussi j'aurais craqué devant un endroit pareil. Je regarde nos cellules, la lumière verdâtre, les fils du réseau vidéo qui pendent, des câbles vert et rouge et cette tache au milieu, complètement énigmatique, et le grillage juste au-dessus des têtes et le ciel si haut qu'on a l'impression d'être à New York au rez-de-chaussée de l'Empire State Bulding et on ne comprend même pas de quoi sont faits les murs qui enserrent la cour, et j'imagine parfaitement les photos que je ferais moi-même, des Polaroïds, comment je les prendrais, les axes, le champ, et j'ai une envie de plus en plus dingue de prendre ces photos et je suis au bord de demander à l'assistant si je peux pas en faire quelques-unes, mais l'ambiance est bizarre, personne ne parle, tout se déroule dans un silence de mort, les fous sont aux aguets, quand les filles commencent à se déshabiller personne ne bronche mais tout le monde commence à se branler, moi le premier, avec concentration et recueillement, sans en perdre une miette, les femmes comme les hommes et tout ce qui nous signale c'est par instants une giclée fusant d'entre les barreaux, sans même une plainte ou un grognement, de peur que le miracle ne s'arrête et je ne sais pas ce que donnent les photos mais sur place c'est comme une cérémonie aux émanations sidérantes, la somme d'énergie en suspension dans l'air est d'une densité insoutenable, j'arrive à me retenir de jouir pendant toute la matinée mais l'après-midi je défaille et j'éjacule plusieurs fois de suite, jusqu'à m'en irriter le scrotum.

10.

Le lendemain, comme un exutoire de ce coït inassouvissable, les infirmiers, peut-être par amusement, peut-être dans un but vaguement thérapeutique, nous balancent de la techno. Le son fait vibrer d'énormes enceintes protégées par des grillages, et alors nous dansons, hystériques, animant quelque chose qui pourrait ressembler à un bal perdu ou peut-être à une apothéose de l'univers, saisie pour quelques divagants privilégiés à l'intérieur de deux cents mètres carrés de béton, contenant probablement une essence abominable, la structure même de l'inversion des Mondes, les cercles concentriques au bout desquels Virgile avait mené Dante. – ET LES PRÊTRES – REFUSANT L'HEURE INÉVITABLE – DE LEUR FIN – CRÉÈRENT DES ENTITÉS RESTANTES – QU'ON APPELA DES MOMIES OUBLIÈRENT LES LOIS QU'ILS AVAIENT EUX-MÊMES ÉDICTÉES ET RIRENT – Des larves constellaient les plafonds, se nichaient entre les câbles du circuit vidéo, et de leurs œufs immondes s'extirpaient des insectes répugnants. – LES ANCIENNES CROYANCES FURENT TRAÎTREUSEMENT MISES EN SOMMEIL – ATTENDANT DES ÈRES PLUS PROPICES – CACHANT SOUS DES SOURIRES FADES – UNE SOIF DE POUVOIR – ET LA DÉRAISON – CONTINUA DE PROSPÉRER – ATTISÉE EN SECRET – PAR CEUX-LA MÊMES – QUI L'AVAIENT FOMENTÉE – SANS EN AVOIR AVERTI – LE PÈRE INFINI – DES SERPENTS –

La techno tapait sur le béton, ricochait dans les angles et revenait taper encore et personne ne s'arrêtait. Danse, danse, et certains ont les pieds en sang et continuent pourtant, et parfois quand l'un tombe les autres le relèvent et le tiennent et il finit par repartir et quand je tombe à mon tour les autres danseurs m'empoignent et m'agitent comme une poupée et un instant je ne suis plus que ça, un fétu de paille agité par la folie et je me débats pour qu'ils me lâchent – MAIS LES FAITS RESTÈRENT ÉCRITS – CONSIGNÉS POUR QUE L'ON SACHE – QU'UN JOUR – LES PRÊTRES SE SERVIRENT – DE LEURS PROPRES CADAVRES EMBAUMÉS – ILS DÉFIÈRENT – CELUI QUI LES AVAIT CRÉÉS – ET SERTIRENT LEURS TRÔNES – DES DIAMANTS NOIRS – DU MAL – et quand j'ai gain de cause une nouvelle énergie m'anime et je sens que je pourrais moi aussi défier la mort, danser, danser, peut-être jusqu'à la fin des temps.

11.

Nous mangeons et certains sont nourris avec une grosse seringue remplie de bouillie protéinée l'infirmier l'enfonce au fond de la gorge et attend pour que la nourriture soit recrachée et ensuite, comme tous les matins, je retrouve la même symphonie scabreuse, l'ensemble de l'aile se vide, à grand bruit de chasses d'eau et d'exclamations de circonstance, sous une puanteur atroce. Dans la cellule face à la mienne la grosse femme qui l'occupe se barbouille copieusement avec ses excréments, et ceux d'à-côté doivent faire de même, comme si ce geste quotidiennement répété procédait d'un rituel barbare immuable propre à agrémenter la folie de ces êtres perdus, et à dix heures précises des soignants armés de jets viennent nettoyer les auges. Les fous gloussent sous la froideur du jet et quand ils arrivent à ma cellule je dois à chaque fois parlementer pour que l'on n'arrose pas mes affaires et le cahier plastifié du précédent locataire auquel j'ai le réflexe de me raccrocher car il raconte l'histoire des Prêtres Renégats qui obscurément me semble une explication possible à mon malheur (un sort, une malédiction, de la sorcellerie) et mes nouveaux écrits, que j'ai commencé à consigner timidement, et qui pour l'instant sont encore balbutiants, sur la première page j'ai écrit : *On devrait toujours aimer ses enfants,* et dans mon esprit cette injonction s'adresse à Celui, s'il existe, qui aurait un jour décidé notre naissance et à chaque fois que je relis cette phrase je pleure et de ne pas avoir dépassé cette première tristesse m'empêche de continuer. Les pages suivantes restent blanches et je dis quand même au jet à travers ma grille : S'il vous plaît, pas les cahiers, pas les cahiers, et le jet contourne la table, rase autant que possible le sol et je dis Merci, vraiment c'est gentil, les nettoyants parlent entre eux, discutent de tout et rien, blaguent, comme des femmes de ménage dans un hôtel d'aéroport et puis tout le monde s'habille et, une fois les nettoyants hors d'atteinte, les portes des cellules s'ouvrent et les fous accèdent à la cour, pour se battre, copuler, hurler, et parfois, quand les haut-parleurs l'ordonnent, de nouveau danser, et les jours se ressemblent et je ne sais plus ce qu'il s'est passé exactement la veille, et à chaque fois qu'il y a la musique je participe aussi à la messe, intensément, sur ces vagues électroniques qui produisent une telle décharge qu'on a l'impression que nos corps vont fondre et se coaguler dans un entrelacis dégoulinant de chair, et quand je lève les yeux il m'arrive de voir des silhouettes se profiler sur les balcons, dans les hauteurs inatteignables des murs, et alors je me dis que c'est Aïm et ses semblables qui viennent puiser, comme des goules, l'électricité abominable que la sauvagerie de leur rave génère et les imaginer boire avec délectation le sang de mes souffrances me procure un plaisir ignoble, et je danse de plus belle, écartant les bras comme les autres, hurlant, me trémoussant d'hystérie, comme une vierge en transe, comme une victime masochiste et consentante sous les coups de fouet de son bourreau et il me semble que ça fait rire Aïm, que cela provoque de sa part des réflexions triviales, Danse petite gazelle, danse, et malgré la honte que j'éprouve je n'arrive pas à m'arrêter, les autres m'entourent et crient, me portent et en me désignant ainsi à d'éventuels observateurs, font de moi, le temps du défoulement, leur Roi.

12.

À la fin du mois de mars :

Un soir il me semble entendre une voix sortie de nulle part, qui crie Lettre O, Lettre O – qui est le code de ma cellule, un grand O est peint au-dessus de la porte –, il y a un autre prisonnier qui me parle, et le lendemain je n'en démords pas et à force d'attendre qu'il revienne j'en viens à improviser des dialogues où j'incarne les deux personnages, et je les intitule :

Dialogue entre Lettre O et son compagnon d'infortune.

Pour mieux faire connaissance je décide de lui écrire des poésies qui retraceraient ma vie. Je commence par quelque chose de simple :

Saches que si tu viens
D'une ville étrange
Qu'aucune carte
Jamais ne mentionne
Et que plus personne
Ici ne te reconnaît
Il te restera toujours
Les Souvenirs et la Peur
Qu'enfant tu éprouvais
Dans les greniers des ombres
Où la nuit tu te réfugiais

Je n'en suis pas totalement satisfait mais je crois que mon nouvel interlocuteur doit y être sensible car bientôt j'entends :

— C'est joli, Lettre O, moi aussi j'ai écrit de la poésie au début…

— Et plus maintenant ?

— Non.
— Pourquoi ?
— Peut-être parce que je suis au-delà de la poésie.
— Vous m'intriguez. Si vous êtes au-delà de la poésie où se situe alors cet au-delà et puis-je y accéder ?
— Il est à la fois proche de vous et malheureusement inaccessible, il s'agit, mais peut-être allez-vous avoir du mal à le croire… de photos Polaroïd.
— De photos Polaroïd ? Mais c'est incroyable, pas plus tard que la semaine dernière je songeais à en prendre.
— C'est que vous êtes sur la bonne voie Lettre O, malheureusement vous n'avez pas d'appareil, cela est fâcheux.
— Alors que puis-je faire ?
— Rien. Je crains que vous soyez cuit. Sans appareil il est très compliqué de prendre des Polaroïd.

Cela me fait pleurer. Pourtant la manière qu'a Faria de parler m'apaise et j'aime ses tournures légèrement ampoulées, l'emploi du passé simple. Cela me rappelle les histoires que je lisais chez ma grand-mère, Fenimoore Cooper, Walter Scott, le Théophile Gautier du Capitaine Fracasse. Des gros livres rouges à dorures, et parfois il me semble que la voix revient sans que j'aie besoin de l'inventer, qu'elle chante presque

Du calme lettre O
Ne vous affolez pas

et quand cela arrive je reprends espoir et sinon je titube dans ma cellule, je ne sors presque plus dans la cour, sauf une fois où je lèche pendant des heures une des folles, tout seul dans un coin d'abord, puis entouré par les autres qui s'assemblent et finissent par se mêler dans un gigantesque magma où tout le monde suce, baise et branle sans discernement et l'espace de ce moment la solitude donne l'illusion d'avoir été vaincu, que l'intensité du plaisir l'a permis, mais quand même moins efficacement que lors de la séance des mannequins nus, et je reste sans jouir, mais excité avec ma queue qui frotte le béton et ma langue qui fouille la chatte de la dingue et le lendemain j'ai des aphtes et les genoux et le sexe arrachés et je ne peux plus bouger la mâchoire et je ne quitte plus mon lit, baignant dans cette souffrance et je vois des tonnes de limon charriant des tonnes de merde et le dégoût sortir de moi, comme si une pompe l'aspirait et au bout de plusieurs nuits d'un tourment si grand que je crois à chaque fois en mourir on me révèle une façon d'organiser cette horreur, le limon est du *Bortch* et il provient d'un endroit appelé le *Warchau*, qui est une sorte de réservoir de détritus du passé accumulés et mis de côté en attendant, on pourrait comparer le *Warshau* à une fosse septique et le *Bortch* aux souillures, et l'on me révèle aussi le nom de la tache, c'est un *Shaïzador*, et je m'efforce, mais sans grand résultat, de cantonner ces phénomènes dans un compartiment psychique de mon esprit, en les visualisant géographiquement, et alors, peut-être parce que je m'y identifie moins totalement, mes souffrances se calment un peu.

13.

Pourtant une lueur d'espoir m'anime encore.

— Et si j'avais un Polaroïd ?

— Alors là tout serait différent.

Je reste pensif.

— En quoi cela serait-il différent ?

— Voyons Lettre O, vous vous faites plus bête que vous n'êtes en réalité, vous savez bien que tout est issu de la même substance, la Substance Jaune. Le Polaroïd permettrait de vous y connecter.

— La Substance Jaune ?!!

— … a été importée sur terre par les Martiens-Mutants il y a des dizaines de millénaires. De quoi croyez-vous qu'est faite la purée dont vous vous nourrissez chaque soir ?

— De… Substance Jaune ?

— Évidemment.

14.

Mon corps fait maintenant partie d'un agglomérat d'entités qui lentement se remettent à leur place, prenant la forme d'un système de planètes dont j'arrive à identifier le nom, la forme et la taille, et qui me permettent, progressivement, de réorganiser l'ensemble des éléments qui me composent et de les relier à ce qu'un mystique nommerait le cosmos, un cosmos improbable, vu ma situation, mais un cosmos quand même, et alors le mouvement des objets autour de moi cesse de projeter cette lumière blafarde et affolante qui depuis mon arrivée m'épuise et je me laisse dériver dans de calmes songes, je revois encore une fois ma vie, mais cette fois toute empreinte d'une indulgence affectueuse, la prison, le meurtre, l'abandon de mes parents, les mondanités parisiennes, Batman et les cocktails. Cet état perdure plusieurs jours, pendant lesquels les fous me fichent la paix et où ma bite et ma bouche infectées se cicatrisent. Il n'y a pas de techno et la cour est vide des cris habituels, comme si chacun respectait ma méditation ou bien comme si tout cela n'était effectivement depuis le début que la projection de mon écran mental et donc relié à l'intensité de mes états émotionnels, cela comme un artiste cinglé s'invente des mondes perdus comme exutoire à son incompréhension de l'univers.

15.

Mais le lendemain un barouf invraisemblable me tire de ma rêverie, les fous ont attaché un nouveau aux appareils de musculation qui rouillent dans un coin. Ils les ont dressés et le prisonnier ressemble à un crucifié de patronage revu par un metteur en scène peu soucieux d'exactitude historique, et ils le frappent, avec une sauvagerie calculée, hurlent et vocifèrent, tandis que le malheureux encaisse chaque coup presque avec résignation, en pleurant, jusqu'à ce qu'enfin il sombre dans le néant, son corps évanoui et constellé de taches sanglantes adopte une position bizarre qui le fait ressembler à un épouvantail de plâtre grotesque qu'un ouvrier incompétent aurait mal assemblé, et je ris, tellement le spectacle de cet avilissement est comique, d'abord doucement, puis aux éclats, imité par quelques fous, et à cet instant les soignants – qui n'ont pas bronché – envoient la techno, et alors je vois, comme si des bribes du mystère m'étaient soudain et presque par inadvertance revélées, des scènes originelles s'agençant autour de ce meurtre expiatoire et pendant plusieurs jours, alors que personne ne vient détacher le cadavre qui reste immobile comme une statue blanchie par la mort, j'assiste, unique spectateur, à un cinéma mouvant d'explications, que de toutes façons je suis le seul à pouvoir comprendre, et j'ai la sensation que derrière chaque mouvement de cette foule de déments, ivres de leur propre délire, se cache une technologie incroyablement précise qui, mécanisme après mécanisme, reprogramme les profondeurs de mon corps de nouvelles inscriptions, comme un informaticien restructurerait l'ossature d'un programme abîmé.

C'est également pendant cette période qu'il m'est donné de voir la vérité des fous, non plus comme ces pantins pitoyables et tristes se cognant aux parois étroites de leur prison de ciment mais comme des géants magnifiques dont les misérables habits humains ne seraient rien d'autre qu'une excroissance ridicule, encore présente, mais pour peu de temps, très provisoirement, comme un cordon ombilical fixé à l'extrémité de cette constellation flamboyante devant laquelle je suis obligé de m'émerveiller et je comprends que cette folie n'est qu'apparente, que derrière cette poignante comédie se dissimule une clarté qui justifie toutes les souffrances, toute la pénible pesanteur de l'existence, et alors, comme une vision, on me montre, pendant des jours et des jours, surgis du fond des âges, les milliards d'incarnations qui ont peuplé la terre, prenant forme et tombant en poussière dans la même seconde, et ainsi, je réalise en même temps la vanité de toute chose sur cette terre et son utilité, et lorsque la mort me saisit, allongé, toujours, le regard posé sur les fissures du plafond, attendant, je ne ressens aucune appréhension et je souris, en accord tranquille avec les myriades de points lumineux qui strient l'espace de leur course désordonnée et les gémissements gutturaux qui ont repris dans les cellules à côté.

Le crucifié, dont la tête s'est enfin tournée vers moi, a trait pour trait mon visage.

Le premier « ordinateur » est fabriqué au début des années 40. La machine pèse 30 tonnes, mesure 24 mètres de long, est haute de 5,4 mètres, utilise 18 000 tubes à vide. Elle est fragile et sa programmation câblée extrêmement complexe. Néanmoins elle va traiter un million de cartes perforées à son premier essai. Son impact, amplifié par une série de polémiques et de procès, sera fondamental.

Chapitre 8

L'ineffable douceur de la famille Chat

Nous devons par conséquent nous appliquer à tenir la magie céleste en honneur ; car s'il nous arrivait de la mépriser, nous nous priverions d'une grande grâce.

1.

Mon cœur a cessé de battre. Il s'est arrêté comme une baguette que l'on brise – provoquant une douleur brusque et me plongeant dans une nuit immédiate. Il y a des couleurs et je crois voir des serpents et les serpents s'estompent et de nouveau il y a la nuit mais je vois aussi la clarté de la pièce où l'on m'a couché, le chariot qui roule et l'ennui des infirmiers dont l'un avait juste fini sa journée et qui est retardé par l'incident. J'arrive encore à distinguer mes pensées qui tourbillonnent mais sans m'identifier à elles. Elles forment un pyjama immatériel d'électrons fous que plus rien ne cohésionne et qui restent agglutinés là comme des guêpes autour d'un essaim détruit. Atome après atome mon corps se vide de sa mémoire. Tout se sépare, les particules infinitésimales qui constituaient mon être et le rayonnement qui les liait.

Lorsque ce flux est définitivement sorti de ce qui la seconde d'avant matérialisait la preuve la plus évidente de l'existence de quelqu'un, MOI, je retrouve une capacité de conscience qui ne ressemble pas à ce que j'étais en droit d'attendre, c'est-à-dire un Au-delà baigné d'une grande lumière blanche, un tunnel doré, la rencontre avec des guides bienveillants irradiant savoir et pur amour (tout ce qui a pu représenter une imagerie new age du paradis).

Non, ce qui m'arrive est plus de l'ordre d'un stockage de données, sous forme d'un cube, pas plus gros qu'un savon de Marseille, immatériel et dense, qui flotte à quelques centimètres du lit froid de la morgue de la Forteresse où les soignants m'ont transporté. Ce cube est doué de réflexions et de sensations, mais de manière diffuse, fragmentée et curieusement, comment dire, presque bouillonnante, comme un cube de carboglace, prêt à de cabriolantes ébullitions mais malgré tout immobile.

Les soignants n'ont guère l'air affecté par le décès et mon corps reste comme une pauvre chose abandonnée, avec son étiquette, pas très loin du tiroir où se trouvent encore congelés d'autres morts que personne n'a songé à évacuer. Cube-Savon Louis les voit et je les vois aussi, analysant toutes ces informations avec la même froideur que celle diffusée par les frigidaires de cette morgue.

Mon cadavre repose ainsi trois jours, mort, glacé, que je passe – mais est-ce encore moi ? suis-je encore là ? – à naviguer dans cette sensation bizarre d'être couché en vrac sur le bord de ma couche mortuaire, comme si tout ce qui me constituait était en train d'être réorganisé – d'ailleurs je traverse et parcours pendant cette durée des lignes de chiffres et de signes, des diagrammes de couleurs, des constructions logiques.

Cette sensation est loin d'être désagréable, une effervescence de vie à l'état pur et un détachement totalement éthéré – mes émotions n'ont plus droit de cité, elles sont rangées sous forme de dossier et n'ont plus aucun caractère asservissant –, et je reste en attente, pas vraiment conscient, au sens où on l'entend habituellement, mais pas vraiment mort non plus. Je serais plutôt, c'est ce que mon esprit, tout fragmenté qu'il soit, finit par se dire, entre deux eaux ; état aussi immatériel qu'inédit qui prend d'ailleurs fin au soir du troisième jour. Cube-Savon et moi sommes soudain aspirés vers ce corps qui n'est plus qu'un élément vague du décor – et en aucun cas un réceptacle attrayant pour le *daïmon* phosphorescent que je suis devenu – et pourtant la réintégration se fait, inexorablement peut-on même dire, molécule après molécule, réinstallant au fur et à mesure le programme originel, tel qu'il était au départ, régénérant les tissus vitaux, supprimant les imperfections et laissant de côté les résidus sales et les pourritures auxquels toute l'horreur de mon expérience a permis de surgir.

Lors de ce transfert les sensations que j'ai de l'espace prennent la forme d'un tourbillon incroyablement coloré.

2.

— Ça y est. Il revient.

— Vous êtes sûr ?

— Mais oui, bon Dieu, ne soyez pas toujours si anxieux.

— Je n'étais pas anxieux.

— Allez, allez, ce n'est pas le moment de se chamailler, tout est à faire maintenant.

— Mais vous croyez qu'il a tenu le choc ?

— J'espère. Normalement je l'ai remis mais vous savez comme moi qu'un gag est toujours possible.

Trois formes sont penchées au-dessus de moi, et, malheur, il s'agit de Klingston, Sylvie et de l'ignoble petit joueur de flûte et le joueur de flûte se transforme en Aïm et j'ai l'impression qu'il tient des forceps et je veux crier mais aucun son ne sort de ma bouche, Aïm dit, se tournant vers les autres : « *Lao Tseu rêve qu'il est papillon puis s'éveille, et en s'éveillant se demande s'il fut Lao Tseu rêvant qu'il était papillon ou s'il est maintenant papillon rêvant qu'il est Lao Tseu* » et de nouveau c'est la nuit, striée d'éclairs, et…

3.

… je réintègre mon corps et la sensation est épouvantable, je suis assailli par une tristesse sans nom et je me dis Non, ce n'est pas possible, ça ne va pas recommencer, et aussi : Mais pourquoi n'ai-je pas vu la lumière ? pourquoi n'ai-je pas vu la lumière et une voix venant des profondeurs de cette morgue ignoble dont les rayons blafards achèveraient n'importe quel moribond dit Passe-moi le balai s'il te plaît et une autre voix répond : Attends je n'ai pas fini, va changer l'eau du seau plutôt, et bien qu'atterré par ce dialogue je réussis à crier : S'il vous plaît ! S'il vous plaît !, mais de ma gorge desséchée ne sort qu'un gémissement pathétique, iiiiiiooooéééé, iiiioooéééé, et j'essaye de me relever sur mes coudes mais y parviens difficilement, mon esprit n'a plus cette brillance et cette légèreté que j'avais dans l'antichambre de la mort, il est redevenu pesant et terne et je me réaffale, vaincu, trouvant normal et dans la logique des choses d'être accueilli par ces deux éléments si affreusement consternants, un balai et un seau, et quand les présences se rapprochent je me demande même si ça vaut vraiment le coup, s'il ne vaut pas mieux me relaisser glisser, tellement je suis faible, mais une force incontrôlée m'incite quand même à retenter mon cri de souris asthénique et cette fois on m'entend, Bon Dieu, dit le balai, mais ça parle dans le frigo, et le seau rigole, Tu crois que c'est un fantôme, et je pense aux soldats rapatriés du Vietnam dont les proches découvraient les traces sanglantes dans les sacs en plastique dans lesquels on les avaient convoyés et qui avaient dû vivre pendant le voyage une seconde et épouvantable agonie et je me mets à me débattre et les voix disent Merde ça bouge, et j'entends un fracas, ça doit être le seau, et une des voix se met à hurler et l'autre dit Merde ferme ta gueule, aide-moi, et il y a un bruit de lutte et quand on tire le lit de métal du casier – les roulettes grincent, j'ai l'impression de sortir d'une imprimante – je revois enfin le jour et je murmure Je veux de l'eau, de l'eau et le visage qui me regarde est épouvantable, les chairs sont défigurées, comme un brûlé et l'autre a un faciès mongoloïde et je retombe en arrière, évanoui, persuadé d'être maintenant tout simplement en enfer.

4.

— Louis ? Louis, vous m'entendez ?

— J'ai pris son pouls, il est vivant !

— Ronald arrive, il est en route.

— Vous m'entendez Louis ?

— Il ouvre les yeux. Pique-le, ça va le réveiller.

— Si on lui balançait une injection de Solucamphre, ça fait des merveilles.

— Louis, c'est moi Aïm, vous m'entendez?

Entre moi et la lumière grimace un dragon, repoussant mais peut-être pas si antipathique que ça. Je pense : Les eaux ont-elles baissé? L'argent est-il toujours dans sa cachette?

5.

Le visage de grand brûlé se confond avec un masque de démon tibétain (celui de monsieur Ming dans *Bob Morane*). Je dis J'ai soif, et Aïm pousse un soupir de contentement et lâche : Il est vivant, et ensuite, à Grand brûlé et Faciès étrange : Allez chercher de l'eau, et juste après, alors que j'ouvre complètement les yeux, il chuchote : Du calme Louis, je crois que nous vous devons une petite explication, et je me mets à trembler comme une feuille et le nain surgit derrière et s'exclame Eh ben merde! Il porte un ensemble de latex vermillon et il s'est mis du rouge à lèvres. Aïm demande aux deux autres, le mongolien et le brûlé, de sortir et le mongolien qui est en train de me tenir la tête pour que j'arrive à boire me lâche soudainement et je m'étrangle et me mets à tousser et Aïm dit, agacé, C'est bon, c'est bon, on s'en occupe et quand les deux sont sortis je leur dis, terrorisé, en les regardant pourtant autant que je peux bien de face, le nain et Aïm, Vous êtes une secte, hein, c'est ça – je ne sais pas pourquoi ça sort comme ça, sans que j'y aie vraiment réfléchi – une putain de saloperie de secte?, et aucun des deux ne dément, Aïm répète juste : Je crois que l'on vous doit quelques petites explications Louis.

6.

Je suis dans la cuisine de la morgue en train d'avaler une omelette aux cèpes. J'ai une érection du feu de dieu et je me sens absolument vivant. Tous mes doutes et mon malaise d'être revenu à la vie sont dissipés, je n'ai qu'une envie c'est en découdre. L'horloge de la pendule marque une heure, dehors il fait nuit, comme vêtement on m'a donné un vieux bleu de travail.

Je les entends qui discutent dans la pièce à côté. On va le mettre où ? dit Aïm Qu'est-ce qu'on va en faire ?

— On peut le mettre chez les Chat, fait Ronald, c'est encore la meilleure solution.

Aïm secoue la tête, ennuyé, je le vois par l'entrebaillement de la porte.

— Je crois qu'il y a un groupe chez les Chat, j'en suis même sûr, ils sont arrivés hier avec le rouquin.

— Et alors, dit Ronald, il sera dans la maison, pas dans les dépendances, et au contraire, ça le remettra un peu en prise de voir d'autres gens, après ce qu'il vient de se taper il doit être complètement déphasé.

C'est même un miracle qu'il ait encore sa tête.

Je pense à l'échafaud. Une putain de saloperie de secte. De mon cou ensanglanté jaillit la trace inutile de mes tourments disparus.

7.

Je me lève pour les suivre mais ma décision est déjà prise, au moment où ils se tournent je bondis comme un diable et leur balance les restes de l'omelette et du sel en pleine figure et je me précipite vers la porte et j'active la poignée mais elle est fermée et je les sens derrière qui ne s'excitent même pas, qui se rapprochent calmement. Aïm dit juste Du calme Louis, du calme, tout va bientôt s'éclaircir, en époussetant son blazer, et la bizarre tenue en latex rouge du nain n'a même pas une éclaboussure. Aïm avance la main, comme on ferait avec un cheval rétif et alors c'est Ronald qui parle, d'une voix plus sèche et il dit Stop maintenant, il est tard, on a tous envie d'aller faire dodo, et à Maintenant ! je suis presque collé contre la porte, comme si on m'avait injecté un jet paralysant dans le creux de l'échine, et je reste hébété et je me laisse emmener sans résistance, mon érection toujours active qui heurte le tissu rêche du bleu de chauffe.

8.

L'hélicoptère survole les forêts bordant Archignac, nous glissons au-dessus des champs de maïs, les pales font un raffut assourdissant et les phares éclairent des biches et des chevreuils et Ronald crie à travers le vacarme Tiens-toi, putain, tu te crois sur un fauteuil de cinéma, et je reprends mes esprits et je me cramponne à lui et je me penche dans les tournants, l'espèce de chopper qu'il conduit fait un bond en avant et nous filons dans la nuit.

9.

Il se met à glapir : Ah non merde, c'est pas possible putain !

Je le vois qui court vers la maison, la moto tournant encore et dans les phares, au pied d'un immense chêne, des espèces de choses font un barouf d'enfer et encore choqué j'accepte ces apparitions comme une suite logique du monde surnaturel duquel je viens d'atterrir mais ce ne sont que des sangliers, je m'en aperçois quand Ronald resurgit avec un fusil dans les mains, un fusil si grand que l'on se demande comment il n'est pas emporté par le poids, il tire deux coups, je crois deviner pas vraiment ajustés, parce que les formes se carapatent dans les sous-bois et il rage entre ses dents « Putain c'est pas possible, ils ont encore réussi à passer malgré la clôture électrique », pendant que le vent organise dans les feuillages un feulement hors de propos.

— Qu'est-ce que je fais ? Je vais à l'intérieur ? je demande, enlevant mon casque. C'est… heu… c'est chez vous ?

Quand nous entrons la première chose que je vois c'est des trains électriques et je dis : Vous… c'est… votre passion et… mais mes bras retombent et je gémis : Je suis choqué vraiment, excusez-moi, je… je… et je vais dire Vous savez je crois que j'ai perdu la boule définitivement, mais Ronald qui a pris une télécommande sur la table basse allume la télévision, le visage de Patrick Poivre d'Arvor le célèbre présentateur de télévision apparaît sur LCI, et, stoppé net dans ma phrase, je reste figé devant ce scintillement divin, c'est comme si je recollais au monde instantanément, qu'entre la dernière semaine de 1999 et aujourd'hui, trois mois plus tard, il ne se soit passé que quelque chose de l'ordre d'un voyage, je viens de sortir de l'aéroport et à part un désagréable *jetlag* à surmonter je réintègre enfin mon pays chéri. Je dis « C'est Patrick, je le connais, j'ai fait cette émission pour la Fondation. » Je prends la télécommande et je monte le son. « Ah, fait Ronald, il est sympa ? On doit l'inviter ici, je ne sais pas s'il viendra. » « Très, je dis, l'œil rivé sur l'écran, très, très sympa. » Je secoue la tête, pressé et excité, soudain, de foncer à Paris et de revoir tout ça. « Et Claire Chazal ? Tu la connais aussi ? » Je suis obligé de répondre que non, pas vraiment, mais qu'elle doit l'être au moins autant et je me cale dans le grand canapé qui fait face au poste et je zappe, et finalement je dis « Ça va mieux, je le sens, ça va mieux, c'est… – je rigole un peu gêné – … je pense que c'est grâce à la télé, c'est idiot, non ? » Ronald a disparu dans la cuisine, je l'entends qui farfouille, alors je redis juste pour moi : « C'est la télé, c'est aussi bête que ça, c'est juste grâce à la télé… »

10.

Les mouvements du train électrique projettent sur les murs des arcs-en-ciel multicolores. La décoration intérieure ressemble à un bric-à-brac de brocanteur inspiré. J'essaye d'identifier des œuvres d'art, mais il n'y en a pas, c'est la pièce elle-même qui *est* une œuvre d'art. Le livre est devant moi, posé sur la table. C'est le même que celui que j'ai eu à l'hôtel.

— Oui, sourit Ronald, mais c'était la version pour touristes, celle-là c'est la version interdite – il glousse, content de sa blague – la porno…

Je prends le livre, qui est identique à l'autre, même couverture à un détail près, comme Ronald me le fait remarquer : les trois petits cochons sont en médaillon.

11.

Je dors comme un enfant sage. La chambre où Ronald m'installe est pleine de livres, de meubles et de tableaux aux murs et il ne se passe rien de notable, à part un rêve que je fais au matin, je suis dans une prairie où il vient de pleuvoir, l'air est tout humide de rosée et des lutins me font passer un examen. « As-tu – CHIÉVOMICRACHÉ – sorti le reste des ordures ? – des grands sacs poubelles sont visibles au loin ? ». Je réponds que je ne sais pas, que je... Je pense oui, enfin j'espère. Les lutins sont dubitatifs, l'un d'eux m'inspecte la langue, finalement j'obtiens mon diplôme. Puis les trois petits cochons apparaissent et commencent à s'enculer en poussant des cris de... des cris, oui, de gorets, et le plus atroce c'est qu'un des trois petits cochons a des seins, c'est une cochonne et elle m'attrape la bite et me la branle si fortement que je jouis en essayant pourtant d'éviter jusqu'au bout l'irréparable mais peine perdue, quand je me réveille je suis tout poisseux de sperme et c'est penaud et gêné que je file dans la salle de bains me laver, croisant Ronald qui, je l'espère, ne se rend compte de rien.

12.

Nous faisons un point de la situation. Ronald boit son café à petites gorgées. J'ai toujours aussi faim, je dévore. Il dit Arrête bon Dieu, tu vas finir par manger l'assiette ! Sur une table sont posés une dizaine de journaux. « C'est, je bredouille. Je ne... C'est moi ? » J'écarquille les yeux et je fixe ma silhouette traversant la double page d'un hebdomadaire : LA MYSTÉRIEUSE FONDATION SOURCE. LES SUBTILITÉS DE L'ART CONTEMPORAIN SELON LE GROUPE SOURCE. OÙ SE CACHE LE RESPONSABLE DE LA FONDATION SOURCE ? Et ainsi de suite, certains articles sont illustrés d'une photo, la mienne, le plus souvent dans un cocktail, en compagnie du ministre. LOUIS DIEUTRE CÔTOYAIT LE TOUT PARIS DE L'ART MODERNE. D'autres font allusion à mon passé judiciaire. *Condamné pour un meurtre commis à l'âge de quatorze ans Louis Dieutre a vraisemblablement été recruté en prison.* « Merde, je finis par dire, c'est chaud. »

— Un peu, dit Ronald, un peu. C'est la médiatisation. T'es une star en ce moment. Quel effet ça te fait ?

— Quel effet ça me fait ? – le feu crépite dans la cheminée, il règne dans la maison une telle atmosphère... d'enchantement que je ne sais pas trop quoi répondre. Je pense surtout que les possibilités ne sont pas multiples – Qu'est-ce que je vais faire? je finis par bredouiller. Qu'est-ce que… – je me mords les lèvres, ma voix tremble un peu – Surtout qu'est-ce que je *peux* faire?

— Je ne sais pas. – Lui aussi se mord les lèvres, j'ai l'impression qu'il m'imite – Qu'est-ce que tu *peux* faire? C'est vrai, c'est surtout ça la question.

— C'est pas drôle, je dis, vexé. Je suis une… cible quoi, putain, je suis une cible et ils sont tous après moi.

Et en le disant je réalise que je suis vivant et cette sensation m'effraye suffisamment pour m'empêcher de penser à autre chose.

13.

Avant de partir, je demande à Ronald s'il a des poules.

— Pourquoi? Tu as encore faim? Tu veux des œufs? T'as envie d'un coq au vin? C'est bon d'ailleurs le coq au vin…

— Non, je réponds, pas spécialement, je voulais juste savoir, heu… par rapport au sanglier.

— Avant j'en avais mais plus en ce moment…

— À cause des sangliers? je dis, plein d'espoir que ma théorie soit juste. Ronald me regarde bizarrement, il a l'air déconcerté.

— Non, parce que j'étais absent l'été dernier, il n'y avait personne pour les nourrir.

Je touche le bois de la table en essayant d'y faire peser le maximum du poids de mon corps.

— Mais qu'est-ce qu'il m'est arrivé? Je veux dire vraiment, depuis le soir du réveillon, qu'est-ce qu'il m'est arrivé exactement?

Il a l'air dubitatif.

— Je ne sais pas, en tout cas, pas de rapport avec les sangliers.

— Mais c'est spécial?

Il me regarde comme si j'étais complètement débile. Sa queue-de-pie lui fait une cape à la Mandrake le Magicien. Non, c'est complètement ordinaire.

Nous sortons de la maison. Il a rangé le chopper sous la grange. Sa voiture est garée sur le côté, c'est une grosse Mercedes vert métallisé, avec des vitres fumées. Quand il démarre, – ses jambes sont raccordées aux pédales grâce à un jeu spécial d'armatures métalliques –, j'ai quand même l'impression que les sangliers sont tapis dans l'ombre des arbres et guettent mon départ et mes réactions et aussi, bien sûr, le moment où la voie sera libre pour venir embêter les poules.

14.

Sur l'aspect pragmatique des choses :

— J'avais de l'argent aussi.

— Combien ?

— Presque deux cent mille francs je crois.

— En liquide ?

— Oui. Moitié en francs, moitié en dollars.

— Comment ça se fait que t'avais une somme pareille sur toi ?

— C'était… quand je suis parti de Paris c'était la tempête, c'était… on pouvait tout imaginer, je sais pas… l'Apocalypse… Bug, quoi, on était, peut-être que vous ici c'est différent mais à Paris c'était la psychose, on a tous retiré de l'argent. C'était une question de vie ou de mort, en fait, si on réfléchit bien. – Je hoche la tête, convaincu moi-même. – Oui, de vie ou de mort…

— Et quoi d'autre ?

— Mon portable. Ça c'est vraiment important. Avec le chargeur. Et aussi mes cartes de crédit. Normalement elles fonctionnent.

15.

Dans Archignac j'éprouve une sensation mitigée, une anxiété mais aussi une certaine familiarité, comme si maintenant je faisais plus ou moins partie du truc.

Devant le Directoire je lève les yeux, m'attendant à voir Aïm, mais les rideaux du bureau sont tirés et sa voiture n'est pas là. Ronald me dit de ne pas bouger, que ce ne sera pas long.

À peine a-t-il tourné les talons que deux mongoliens viennent se coller aux fenêtres, en appuyant le nez dessus et barbouillant les vitres de leurs doigts pleins de bave et je suis sûr que non seulement ils me voient malgré les verres fumés mais qu'en plus ils me reconnaissent et je reste les yeux braqués sur le pare-brise, sans leur jeter le moindre coup d'œil, portières verrouillées, et quand ils essayent d'ouvrir je suis de plus en plus mal à l'aise, des images de mon séjour à la Forteresse défilent à toute allure dans mon esprit et je me dis Mais comment peut-on vivre ça ? Comment ai-je pu vivre ça ? et le goût de la chatte de la folle m'asphyxie la gorge, je suis au bord de vomir et Dieu merci Ronald surgit juste à ce moment-là, en tenant un sac en plastique avec ce que je devine être le jean et le pull que je portais au moment de mon arrestation. Il chasse les deux mongoliens et monte dans la voiture et je dis Mais l'enfant ? Je l'ai vraiment tué ou ça faisait partie du... enfin... c'était une mise en scène non ?

16.

Nous ne prenons pas la route qui mène à la nationale, celle du meurtre, ni celle se dirigeant vers le camp militaire, par où je suis arrivé au lendemain du réveillon tragique, mais une autre, charmante, vallonnée, qui serpente dans la forêt. Un chevreuil traverse affolé et la Mercedes de Ronald glisse sur le mauvais bitume sans s'en soucier et comme il y a encore çà et là des restes de la tempête, des arbres couchés, peu mais c'est encore visible, je dis Ça va faire beaucoup de bois, hein, c'est énorme, ils vont faire des... ils vont pouvoir faire des... et je veux dire meubles mais ma langue fourche et je dis des seugles, et Ronald cette fois est complètement interloqué, il dit Quoi, des quoi, des aveugles ? et j'agite la main pour indiquer qu'il s'agit d'une erreur, qu'il ne tienne pas compte des sons qu'il vient d'entendre, et la voiture continue de rouler, il fait assez beau, nous longeons l'océan, sans le voir, à cause des dunes et des pins, mais quand j'ouvre ma fenêtre l'air marin est un véritable délice.

— Je voulais dire des meubles, je reprends, avec tout ce bois on devrait revenir à des meubles en massif, ça changera des trucs en bois reconstitué qu'ils font en série, c'est ça que je voulais dire, pas des seugles.

Ronald hoche la tête. « J'avais compris des aveugles, c'est pour ça, je trouvais ça bizarre, quel rapport entre des aveugles et la tempête ? »

Il y a trop d'air, je referme la fenêtre. « Aucun… » Je suis d'accord avec lui. « … Aucun, c'est sûr. »

17.

J'ai une illumination, la révélation du sens exact de l'épisode de la Genèse, quand l'Éternel, après avoir donné un fils à Sarah et à Abraham (un cadeau inespéré car les deux sont bien trop vieux pour cela, Isaac est un véritable *don du ciel*) ordonne à ce dernier de le ligoter et de le tuer et finalement arrête la main assassine au dernier moment. Nulle symbolique particulière là-dedans. Nul sens caché Nulle opération psychique. Non. Ce que nous explique l'Éternel au début du Grand Livre d'Explications c'est : Désolé les gars mais vous ne pouvez pas comprendre, là où vous avez mis les pieds c'est juste un truc de tarés, tout ce que vous pouvez faire c'est vous attendre au pire. Et le pire c'est que ce pire sera incompréhensible. Effectivement, prise dans ce sens littéral la suite se révélait d'une logique implacable, en nous prodiguant cet avertissement, cette fois-là du moins, Dieu ne nous avait pas menti. Celui qui tenait le volant était bourré au dernier degré et faisait n'importe quoi. Sans raison. Juste pour le plaisir de délirer.

18.

Je pense à Joseph Beuys. Mon esprit dérive vers les machins en cuir et graisse emblématiques de cet artiste et sur la plaque en métal qu'il avait dans la tête à la suite de son accident d'avion, pendant la guerre, et quand Ronald me demande à quoi je pense, je dis, revenant à la voiture qui roule et au paysage :

« Heu… Joseph Beuys… enfin son truc… accident d'avion, guerre, quoi… et recueilli par chaman sibérien, enfin tatare, mais en même temps beaucoup ont dit, mythomanie et légende, ou alors… événement fondateur, dur à situer mais plaque en fer… moi-même c'est possible qu'il y ait eu… en même temps je n'ai pas… aucun accident, mais la statue porte Dorée, peut-être concordance avec – je me touche la poitrine – Être Louis, quoi, c'est… évidemment bizarre quoi… là-dessus je suis d'accord, pour les autres indicible, forcément bizarre…

19.

Nous sommes maintenant devant un grand portail, à l'entrée de ce qui semble être des marécages, Ronald me demande de descendre et d'ouvrir, « La clef est dans le creux du pilier à droite ».

D'immenses troupeaux de chevaux s'écartent quand on klaxonne. De l'eau partout. C'est une réserve ? je demande. C'est protégé ? Il ne répond toujours pas. Et l'enfant ? je dis Je l'ai tué alors ou pas ?

— Non, justement je voulais t'en parler. Sa voix n'a pas tout à fait la même tonalité. Je le regarde mais il fixe le chemin droit devant lui où maintenant des ânes trottinent. Il y a eu une erreur. – Il baisse carrément les yeux. – Tu as été victime d'une erreur judiciaire. Le vrai coupable vient d'avouer. Tout le monde est désolé. C'est un SDF, ils l'ont arrêté hier.

— Quoi ? je bondis. Mais qu'est-ce que c'est que cette histoire ? Mais enfin… c'est de la pure folie !

— Je sais. Je n'y suis pour rien. Les gendarmes non plus. Toutes les apparences étaient contre toi. Ils auraient dû… pratiquer un test ADN mais… c'est une négligence.

J'essaye vraiment de le regarder dans les yeux, de capter son regard, mais il détourne la tête. Je sais qu'il ment. Je *sens* qu'il ment. Je me dis Ô mon Dieu j'ai vraiment tué cet enfant et il me ménage, il ne veut pas me le dire. Dans un tourbillon je pense à Batman, au pont de l'Alma, au châtiment qui m'attend, et par cette fulgurance je comprends que non, mais qu'ils sont obligés d'induire un doute au plus profond de moi, pour mieux me manipuler. Je comprends, je *sais* en fait, sans pouvoir l'expliquer, ce qu'il se passe. Ils ont *besoin* de moi. Je suis une pièce essentielle, Dieu sait pour quelle raison, de leur puzzle infernal, et là, d'une façon qui me cloue sur place, il tourne enfin la tête dans ma direction, me regarde – nous sommes parvenus au bout du chemin, devant une maison assez grande, une sorte d'ancien bâtiment d'EDF – et dit « Oui, Dieu seul sait pour quelle raison ! » De voir qu'il peut lire dans mes pensées d'une façon si précise me provoque presque un début de colique, je bégaye : « Non, en fait, c'est pas ce que je voulais dire, c'est juste… Et j'ai la mâchoire qui bouge toute seule et je sens ce qu'il va se passer, je vais me mettre à pleurer, et sa voix alors me frappe comme si elle était chargée d'électricité, comme si c'était une voix *magique* – la même impression que lorsque la veille j'ai voulu me sauver de la morgue –, très sèchement il ordonne : « Arrête de pleurnicher, ce n'est plus d'à-propos. » Et aussi « Descends, on est arrivé. » Je sors de la voiture, les mains agitées de tremblements et je balbutie : Oui, excusez-moi, je… je suis sûr que c'est la fatigue, je suis sûr que c'est la fatigue.

20.

Il s'agit bien d'un ancien transformateur recyclé. Le sigle EDF, dessiné en carrelage blanc, est encore visible sur un côté de la façade. L'ensemble doit dater des années 30 et ferait un tabac en région parisienne, tout à fait *dans le coup*. Le jardin est magnifique, avec des fleurs (comme le jardin d'une fée dans une publicité pour yaourts) bien que nous soyons encore à la fin de l'hiver. Ronald disparaît au milieu de la haie de lupins en criant Allô, allô, il y a quelqu'un ! Mais personne ne répond, ce qui le met en fureur. Il claque avec sa langue, Putain, c'est toujours pareil, rien à foutre des autres, bordel, j'ai dit qu'on serait là à onze heures, il est onze heures !, ainsi de suite, jusqu'à ce que nous ayons fait un tour complet de la maison et poussé jusqu'aux dépendances sans trouver âme qui vive. Son énervement est sans effet sur moi, car je trouve la maison absolument parfaite. Je me sens incroyablement bien. Pour finir les gens arrivent. « Je te présente les Chat, dit Ronald, encore agacé, madame Chat et monsieur Chat, famille d'accueil avec qui nous avons l'habitude de travailler. » Et à eux « Putain, ça fait un quart d'heure qu'on poireaute dans le jardin. » En les voyant j'ai un sursaut. Le couple est accompagné de trois autres personnes, deux garçons qui ont manifestement là encore ce qu'on appellerait pudiquement un problème structurel et une fille qui se tient bizarrement, la tête penchée en avant, cachée par ses cheveux. Un des garçons bave. Quand nous remontons à la voiture prendre mes affaires je dis, oppressé, Il n'y a pas une autre solution, je ne crois pas que ce soit bon pour mon… d'être toujours avec des… des… et je vais pour dire avec des anormaux je ne crois pas que ce soit bon pour mon psychisme mais je me rends compte que la personne à qui je m'adresse est lui aussi un nain, et de nouveau je chasse cette phrase, je dis Non, non, rien, c'est… je suis ici pour une semaine, c'est ça? Je prends les affaires de toilette. Quand je me redresse, j'ai un éblouissement, les trois débiles ont disparu, à leur place se tiennent deux chevaliers en armures brillantes et une espèce de grande fille bizarre en robe blanche qui me fait face avec des yeux d'or et là je rigole carrément, et je dis Pouf, je suis encore un peu à côté de mes pompes, excusez-moi et je redescends le talus et refaisant plusieurs pouf, ouf, et pouf, et tout le monde me fixe sans dire un mot.

21.

— Et pour mon… Vis-à-vis de Source? On va faire quoi?

— Ça va se décanter. Je vais voir avec un avocat. S'il faut on portera le truc en Cour européenne, les droits de l'homme, tout ça… Rien qu'avec les articles il y a déjà violation du secret de l'instruction.

— Et mon argent? C'est sûr qu'il n'y a pas de problèmes? Je…

Il a l'air interloqué, il s'énerve : Tu crois quoi? Que je veux te le voler? Je bafouille : Non, non, c'est… je pensais qu'il… peut-être… que je signe une décharge, d'un point de vue, heu, légal, administratif quoi… et il dit Je préfère ça et en se penchant vers moi il ajoute, plus bas, Le livre, le livre sur Archignac – je le regarde avec des yeux fous –, eh bien profite de la semaine pour le lire ! Quand la voiture démarre je me fais la réflexion que je le trouve incroyablement dur, incroyablement *inhumain*.

22.

Le premier jour :

J'ai essayé de lire, mais sans y parvenir.

À dix-neuf heures précises, quand la cloche sonne – toujours dans un état larvesque, peut-être pas si désagréable –, les convives sont déjà autour de la table, la télé est allumée et madame Chat dit : « C'est de la soupe Louis, de la bonne soupe du jardin, j'espère que vous aimez ça » et je l'entends à travers un étourdissement, nous nous regardons et la rencontre de nos regards provoque quelque chose proche du non-être. Elle porte des lunettes aux montures en plastique noires, grotesques. Monsieur Chat a une chemise rose, sa serviette est glissée dans le col, *à l'ancienne*, il a l'air complètement ailleurs. Je réponds : « Si, si, j'adore. » Je m'assieds, le présentateur – ce n'est plus PPDA – évoque l'enquête Source, décidément à rebondissements, deux personnes des services secrets, l'un français, l'autre allemand, sont sur la sellette, accusés d'avoir fait transiter des sommes extravagantes sur des comptes occultes. Un diagramme apparaît sur l'écran, et au départ des flèches retraçant l'itinéraire infâmant de l'argent maudit, en gros, en rouge, entouré, se trouve FONDATION SOURCE POUR L'ART CONTEMPORAIN avec les chiffres (un total délire) et l'on revient au présentateur, accompagné d'un *spécialiste* de ce que l'on appelle maintenant les Affaires qui dit : « Le compte de la Fondation a bel et bien servi à des opérations de transfert de capitaux… » et je n'entends pas la fin de la phrase, je suis en train de m'étouffer, madame Chat se précipite, je recrache tout. De la mie de pain, s'affole monsieur Chat, de la mie de pain !, et je les repousse, je dis Non c'est bon, ça va aller, et juste après je bredouille, hors de moi, vraiment : C'est pas vrai, on ne faisait que le liquide, sans trace, il n'y avait rien sur le compte de la Fondation, rien, c'est complètement faux, ils ne peuvent pas dire ça, et toute la nuit j'y pense et à la fin je suis bien obligé d'admettre que si, c'était possible, il y avait d'autres comptes dont Batman avait la signature – Batman était trésorier de la Fondation – et dont je ne voyais ni les extraits ni les mouvements, et jusqu'au petit matin, de nouveau sous tension, je bous intérieurement, j'ai soif de m'expliquer, de me justifier, ma décision est prise, je vais remonter à Paris et demander à être entendu.

23.

Le deuxième jour :

Je risque un œil dehors, il fait froid, humide et venteux, « Bonjour, dit madame Chat, bien dormi ? » Elle est encore en robe de chambre. Elle vient d'aller nourrir les poules et porte des sabots en caoutchouc par-dessus ses chaussons. Je me verse un bol de café, pendant tout le temps que dure ma collation je dois contempler (à travers les plis de son peignoir à demi ouvert), comme si elle le faisait exprès, des manifestations de son intimité.

Je passe ma journée sur une chaise longue dans le jardin. Le ciel s'éclaircit. J'arrive à lire un Coplan puis un Face d'Ange, d'A. Saint Moore, un épisode phare des épisodes d'Osborne l'espion. À la page 62 je note en m'esclaffant (sans raison particulière) : «*Londres allait pousser des cris affreux quand ils apprendraient cette histoire. Ils avaleraient mal la mort de Khandelwal et la perte des micro-photos des documents relatifs à l'insurrection mizo, mais encore plus mal le vol de ce matériel dernier modèle.*» Et plus loin : «*Il fouilla rapidement les deux hommes et les soulagea de leurs armes. Il avait des mains légères et décisives de prestidigitateur, et pourtant Gunther remarqua le cal significatif qui recouvrait ses mains de karatéka man.*»

24.

Plus tard je joue avec les débiles à un jeu vidéo. Le jeu s'appelle *Resident Evol*, il met en scène un lieu et un personnage traqué par le mal, l'action est simple, il s'agit de réussir à sortir d'une maison tenue par des zombies. Cette fois j'ai carrément une crise de fou rire incontrôlable.

25.

Le soir :

— J'ai mis un certain temps à le construire, proclame monsieur Chat, à l'intérieur du minuscule observatoire planté au milieu du jardin, mais j'en suis assez fier.

Comme le temps n'est pas suffisamment clair (ou les conjonctions planétaires défavorables, à dire vrai je suis complètement ailleurs, je m'en fous complètement et n'écoute pas, je suis en train de me demander si moi et les enfants ne sommes pas des créatures mutantes, des monstres, si le village d'Archignac – et la base militaire qui le jouxte – ne sont pas le foyer d'expériences génétiques innommables) monsieur Chat explique qu'ils vont devoir se rabattre sur la lune.

— Ô non, braillent les débiles. On l'a déjà vue la semaine dernière.

Quand mon tour arrive je colle mon œil dans le machin métallique – un appareil médical ? – et reste assez longtemps à examiner la surface pleine de cratères, les couleurs sépia, l'auréole diffuse autour de cette forme ronde présentement si proche. En 1967 ? 8? 9? «*un petit pas pour l'homme, un grand pas pour l'humanité*». Où sont les martiens ?

Monsieur Chat en profite pour expliquer le système solaire aux enfants.

— La lune tourne autour de la terre et nous nous tournons autour du soleil.

— Un peu comme nous, dit la demeurée aux cheveux ras. Nous nous tournons autour de vous et vous vous êtes dépendant de vos responsables ?

— Exactement, sourit monsieur Chat. Ce que nous observons dans le ciel se retrouve souvent sur la terre.

Il y a des trous noirs, des naines gazeuses et des galaxies brunes.

Je dis que je vais me coucher, ils m'ont épuisé, je me demande dans quelle mesure ils ne ponctionnent pas une partie de ma substance vitale.

26.

Une fois dans la chambre je n'ai plus sommeil. L'histoire d'Archignac démarre cette fois par cet exergue :

… *C'est en concordance avec l'étincelle de la Renaissance qu'un des premiers éveils collectifs a lieu…*» puis, directement : «*Ils se sont faits Compagnons de Jésus. Ils ont suivi le chemin ouvert par Christophe Colomb en pleine conquête espagnole. Ils font de la magie en cachette et ils pensent que le Pérou est le siège du Nouveau Paradis, des Terres du Prêtre Jean ou d'une des tribus perdues d'Israël.*

Pauvres petits canards perdus dans l'Amazonie, ils ont des visions, ils boivent des breuvages étranges. On les envoûte, l'un d'eux, le Hollandais, VOIT ce qu'ils sont vraiment. Les autres partagent sa vision.

Ils intègrent le concept de la chaîne et des sept et d'autres choses merveilleuses encore, les Mondes dont ils sont issus et ils ont l'intuition des prémices du JEU et grâce à cela ou peut-être parce que de toute façon leurs itinéraires sont écrits ils arrivent ensuite à se réincarner ensemble, à la fin du XIXe.

Encore en moines mais cette fois d'un ordre différent. Plus de Jésuites évangélisateurs.

C'est eux qui vont élever les trois. Dans une ferme fortifiée des Pyrénées, au début du siècle, dans un dénuement spartiate, jusqu'à ce que les trois grandissent et montent faire leurs études d'abord à Toulouse puis à Paris.

Tout est rédigé comme ça, dans un style abracadabrant.

Je continue ma lecture.

J'apprends donc qu'il y avait trois orphelins, élevés par des frères maristes et qui portèrent tous le même nom, Oques, et que l'un d'entre eux, psychiatre, fut directement à la base de la création d'Archignac. Le docteur, passionné d'occultisme, sélectionna ses pensionnaires selon un type de critères des plus particuliers : la structure énergétique que recouvrait la personnalité du candidat. Le résultat fut un mélange baroque composé de 1) monstres-nains, femmes à barbe, siamois, etc. – une ribambelle de foire monstrueuse; 2) repris de justice se trouvant là par une filière d'évasion médicale alimentée par l'un des autres frères policier de son état 3) personnel soignant partageant les conceptions artistico-mystico-délirantes du docteur et tout dévoué à lui.

Certains passages sont incompréhensibles : *À ce moment personne ne fonctionne encore en tri-système, et seul le Hollandais, toujours par une vision, entrevoit son Mystère Indémodable momifié tel qu'il l'a laissé au fond d'une grotte dans les Temps Premiers et le principe de la Tierce commence juste à être accepté et pratiqué par eux, en cachette bien sûr, en se basant sur des personnages de carnaval.*

L'entrevue des Programmes est balbutiante mais l'intuition est là.

D'autres doivent se rapporter aux incarnations précédentes des composants d'Archignac, qui semble se perpétuer à travers les siècles selon des règles et un but précis, comme une entité se jouant des contingences du Temps.

...Ce qu'il se passa ensuite a été vaguement relaté dans les Mémoires *du père Blas Valéra, éminent jésuite et historien de la Conquête, qui était leur supérieur direct, à partir du témoignage d'un membre de l'expédition suivante. Si une partie de ses notes fut perdue, une autre est conservée à Séville, dans la bibliothèque privée de la Compagnie, mais ce qui y est décrit est tellement proche d'un délire ou des élucubrations d'un dément que personne n'a jamais songé – à part plus tard le docteur Oques qui se passionna pour cette partie de l'histoire – à exhumer cette rareté. Les songes du Hollandais s'étaient faits plus précis, mettant en scène d'immenses serpents et évoquant un savoir ancien dont certains Indiens seraient les dépositaires.*

Le Pérou est alors soumis à la royauté de l'Inca, qui y fait régner l'ordre et la civilisation et maintient sous un joug plutôt cruel un peuple d'Indiens fraîchement colonisés.

De l'autre côté des montagnes se trouve la forêt, qui elle, par contre, n'est habitée que par des tribus dont la majorité vivent encore à l'âge de pierre et dont une partie est volontiers anthropophage. L'expédition progresse difficilement. Il y a des moustiques dans l'air et des piranhas dans les eaux du fleuve. Le dix-neuvième jour les embarcations rencontrèrent quelque chose d'effrayant...

Je m'endors assailli par les bruits de la jungle.

27.

Les bras en croix je suis allongé dans un champ de terre meuble. La terre est retournée et chaude, comme si elle était vivante. Je sens qu'une présence – invisible, gigantesque, divine – plonge un poinçon d'argile à mes quatre extrémités et m'attribue un nouveau numéro, gravé sur les bords intérieurs de ces étranges piercings.

28.

Au matin le soleil brille. Nous écoutons la radio. Première ratée de la nouvelle économie. À cause des turbulences liées au procès Microsoft le Nasdaq a perdu 13 % en une seule journée (mais les a regagnés le soir).

Le responsable de Source pour les pays de l'ex-république soviétique est entendu par les juges. Il se déclare « totalement convaincu d'avoir servi les intérêts de l'État français à l'étranger ». Les aménagements dans sa villa de Sardaigne sont estimés à 214 millions de francs (dont, entre autres, 84 millions de travaux et 45 d'antiquités et d'objets d'art).

Je siffle entre mes dents.

— Cette affaire vous intéresse? m'asticote madame Chat. Vous la suivez de près?

En Ouganda deux prophètes déments (une ancienne prostituée et un petit fonctionnaire illuminé) sont responsables de la mort d'au moins un millier de personnes. Des charniers ont été découverts.

Le journaliste égrène les précédents : en 1978, à Guyana, 914 adeptes se suicident sur ordre du « révérend » Jones. En 1985 le grand prêtre d'une tribu de l'île de Mindanao aux Philippines pousse ses soixante disciples à absorber du poison. Le 1er novembre 1986 sept corps de femmes appartenant à l'Église des Amis de la Vérité (Japon) sont retrouvés carbonisés sur une plage.

1987 voit la fin tragique (empoisonnés puis égorgés) de 32 fidèles de la prêtresse Park Soon-Ja. En décembre 1991, 30 membres d'une secte mexicaine se donnent la mort. 19 avril 1993 : le gourou David Koresh succombe dans l'incendie de Waco avec 87 de ses camarades. Puis la même année 53 villageois vietnamiens se suicident dans l'espoir d'accéder directement au paradis. Plus près de nous, en octobre 1994, 48 corps calcinés des membres de l'Ordre du Temple Solaire sont découverts en Suisse et au Québec. En 1995 c'est la secte Aum qui arrive sur le devant de la scène, 11 morts et plus de 5000 intoxiqués (attentat au gaz sarin dans le métro de Tokyo), puis l'ordre solaire revient encore, avec 16 morts à Grenoble et 5 au Québec.

Toujours immolés.

Et d'autres, conclut le journaliste, qu'il serait fastidieux de tous citer.

Comme par un fait exprès c'est le lendemain que je fais connaissance du Rouquin et des autres.

29.

En attendant, j'accompagne madame Chat faire des courses. C'est ma première sortie. En me voyant la boulangère demande s'il s'agit d'un nouveau pensionnaire. Non, je souris, en verve, je suis là pour un jeu télévisé. Pour France 3. Sur la vie des régions. La boulangère s'en trouve impressionnée. Il se fiche de vous dit madame Chat. C'est bien un pensionnaire. Vous savez comment ils sont, il faut toujours qu'ils inventent.

— Ah, dit la boulangère, c'est dommage, un jeu télévisé dans le village ça ferait de la publicité.

J'essaye de me concentrer sur une grande ville, sur New York. Je fixe la boulangère : Vous connaissez Liam Gillick ? et elle répond, Oui, évidemment, Liam Gillick, j'ai surtout apprécié *Discussion Island Developpement Scream*, vous vous souvenez ? Les paravents de couleurs ?, et je hoche la tête, ébahi de trouver un connaisseur d'art dans ce trou perdu, Bien sûr, je me souviens, et Katharina Fresh Fritsch ? l'installation avec les rats noirs en cercle ? Elle a fait aussi cette espèce d'assemblée de clones attablés devant une nappe rouge et blanche, *Company at Table* je crois. Oui, dit la boulangère, je vois très bien.

— Allez, me tire madame Chat, ça suffit maintenant Louis, stop !

— Qui ça ? demande la boulangère. Liane qui ?

J'ai envie de pleurer.

30.

... et à notre retour les gens du séminaire dont la présence hante les dépendances et qui sont depuis mon arrivée soi-disant dans les bois (pour leur « *groupe* ») sont là. J'aide madame Chat à installer les chambres, les *séminaristes* se sont plaints de manquer de couvertures et d'avoir froid. « On va leur mettre aussi le canon à chaleur, dit madame Chat, comme ils font leur espèce de messe le soir ça leur fera un appoint en plus de la cheminée. » Les dépendances sont agencées en dortoir, avec deux grandes pièces, un réfectoire et une longue pièce vide où les *séminaristes* ont installé une statue représentant – c'est madame Chat qui me l'explique – une Vénus païenne, symbolisant les Mystères et la Fertilité.

31.

— On se connaît, me dit l'un des arrivants, on s'est déjà rencontrés.

— Ah, je fais, sur mes gardes, peut-être.

— Si, si, je n'arrive pas à vous resituer, mais vous aviez un rapport avec l'art contemporain.

— Vous voulez dire que je ressemble à une installation ?

Tout le monde sourit.

Madame Chat revient au trot.

— Tenez, je vais le brancher là. Comme ça la chaleur montera.

Les arrivants sont une dizaine. Celui qui croit me reconnaître est roux, je suppose que c'est à lui que Aïm faisait allusion, d'un roux passé, il a une petite cinquantaine. Je vois très bien de qui il s'agit, il travaille à la régie de TF1 et, d'après mon assistante à Source (elle-même le savait par une assistante de production d'une boîte d'événementiels) il était un… adepte du Diable.

— Curieuse coïncidence quand même.

— Oui.

— Votre tête est mise à prix.

— … Pardon. Vous… je veux dire… comment ça ?

— Il paraît que vous êtes parti avec beaucoup d'argent.

— Ah ? – je me touche l'oreille. Non, c'est… pourquoi dire… ce qui n'est pas vrai quoi, j'ai… – j'ai l'impression que le lobe est arraché, comme Van Gogh. Je suis en dépression, je suis soigné, j'ai pris un gros… pas facile une telle pression je veux dire… c'est… médias quoi… harcèlement, je pense qu'on va… Cour européenne quoi, pas d'autres solutions à ce stade.

— Quoique l'argent ils s'en fichent, c'est le cadet de leurs soucis. Par contre ils n'ont pas besoin qu'on alimente la folie des juges. Si vous voyez ce que je veux dire.

Je me reprends. Mon oreille est intacte.

— Je crois que vous faites erreur. – je le fixe bien au fond des yeux – Vous me confondez avec ce que je ne suis pas.

Il y a un moment de gêne. Les autres *séminaristes* sont quelques mètres plus loin, « Désolé, il se balance d'un pied sur l'autre, mais je pensais que c'était mieux que je vous le dise, rien de… – maintenant il a l'air ennuyé – Je n'ai aucun intérêt avec Source. D'aucune sorte. » Mon regard s'adoucit. Je me racle la gorge. « Tout le monde a chaud dans cette histoire, c'est… – je prends un air convaincu – Tout le monde a hâte que tout ça soit derrière… » Il acquiesce. Je montre mes pieds. « Pas de chaussures à douze mille francs, désolé. » « Oui. – il regarde les vieilles baskets que je porte et sourit –, je vois. » Il change brusquement de sujet. « Je ne savais pas que vous étiez lié avec Archignac. C'est une sacrée… surprise. »

J'essaye de me concentrer sur Coplan. Qui a des problèmes. Il est accusé de double jeu. Le Vieux lui retire sa confiance. Vraisemblablement suite à une manipulation des Russes. Ou des Chinois. À ce moment-là le monde était simple, il y avait encore des méchants. Pourquoi

Coplan n'appelle-t-il pas Face d'Ange? « On m'a dit que vous étiez Luciférien. – de nouveau je le fixe – C'est vrai ? »

Il rit carrément. « Qui vous a dit ça ? »

« Des bruits. Beaucoup de gens le pensent. »

« C'est ridicule. Vous connaissez Archignac... mieux que moi apparemment... Luciférien ne voudrait rien dire... ne *veut* plus rien dire. » Et comme je reste dubitatif il insiste et propose que je me joigne à eux ce soir. « Venez, c'est un plaisir pour nous. Dînez avec nous et ensuite assistez à la cession. »

Je dis : Peut-être, je ne sais pas. Il faut que je voie avec madame Chat.

Une des séminaristes me sourit. Je redis Peut-être. Oui. À tout à l'heure. Et je remonte vers la maison.

32.

L'après-midi je regarde un documentaire sur feu l'ancien président de la République et la façon dont l'appareil d'État a servi à dissimuler l'existence de sa fille illégitime.

— Je recevais des menaces de mort, explique l'imprimeur d'un journal polémique de l'époque. On me disait qu'il allait arriver malheur à mes enfants. Toujours la même voix. Monsieur Paul. Allo, c'est monsieur Paul. Tu me reconnais ? Monsieur Paul... Ton grand ami. L'ami des petits enfants. Ça m'arrive encore d'en rêver.

L'anecdote me fait sourire. Je connaissais monsieur Paul. C'était Batman. C'est après que les connards l'avaient collé à Source. Peut-être pour le remercier d'avoir terrorisé l'imprimeur. Peut-être parce que les connards avaient besoin de lui. Les connards ont toujours besoin d'un Batman, ivre et violent, pour aller tordre les bras des récalcitrants. De toute façon feu l'ancien Président était un menteur. Et une ordure. C'est prouvé, dit monsieur Chat, il faisait partie de la Cagoule, qui était une organisation de rosicruciens fascistes. Mais c'était quand même un bon Président, rétorque madame Chat, regarde tout ce qu'il a fait pour la culture. Ensuite il y a des dessins animés et puis de nouveau un sujet aux informations régionales sur un artiste local. « Regardez, dit Mata, la fille bizarre, c'est monsieur Siméon. »

J'ai la chair de poule, sur l'écran apparaissent des cadavres d'animaux congelés sur lesquels la caméra traveling doucement. L'artiste n'est autre que le sculpteur recommandé par le couple de ministres : Siméon Franklin. « Il est..., je demande, vous le... connaissez ? » « C'est un voisin, répond David, c'est lui qui a l'autre bâtiment EDF », un peu plus loin sur la concession.

— À table, dit madame Chat.

— Je ne dîne pas là, je dis, toujours aux cent coups mais essayant de le cacher – ainsi le ministre aussi était de la partie – Je suis invité.

Elle s'arrête net. Quoi ? Monsieur Chat coupe le son avec la télécommande.

— Je... je connais une des personnes. C'est un... ils m'ont invité quoi, je vais... passer un petit moment avec eux. – je montre la télé – J'ajoute, sardonique : Pas mal, hein, vous transmettrez mes amitiés au ministre.

Madame Chat retourne dans la cuisine sans dire un mot. Monsieur Chat continue de fixer l'écran muet. Au bout d'un moment il me parle.

— Tu sais Louis... – il passe la main sur son front. Toute son attitude me semble extrêmement... *bizarre* – Je suis bien conscient que cela ne représente pas... – il toussote – grand-chose pour toi, mais... – il se frotte le riquiqui de la main gauche du pouce et de l'index de l'autre main, comme si ses vieilles pinces fatiguées essayaient de serrer les confins mêmes du bord du dénuement, ses yeux sont plissés, il a l'air terriblement... ému et triste, sans illusion sur la vie, sans amertume non plus.. – mais... madame Chat... elle ne te le montre pas... mais... elle tient terriblement à toi – il secoue la tête, reprend la télécommande – Voilà, c'est tout. C'est tout ce que je voulais te dire. Excuse-moi.

Le son revient. C'est un autre documentaire, que j'ai déjà vu, sur la rencontre Mohamed Ali-Frazier en Afrique. Les combats sont entrecoupés d'extraits de concerts donnés au Zaïre pour la circonstance. Une des chanteuses agite les mains en faisant ôôôôôô-oôôôô-ccchhhhh. On dirait une sorcière. Mobutu apparaît, une toque léopard sur la tête. D'après un de ses anciens ministres il buvait un verre de sang humain tous les matins.

Je quitte la pièce sans dire un mot.

33.

Il n'y a que des plats végétariens, avec du riz, des légumes. « La lisière entre une conscience accrue et la folie est ténue, dit un des séminaristes, regardez les différents psychiatres qui ont eu l'intuition d'autres états supralucides voisinant les psychoses ? » « Qui par exemple ? je demande. Laing ? » « Oui, répond le rouquin, mais d'autres aussi. Guattari. Reich. » « Laing est mort fou, précise le premier séminariste – qui s'appelle Sam – en souriant. Et Reich aussi. » « Ah, je sursaute, je l'ignorais. »

34.

Le rituel démarre, nous sommes tous assis autour de la table. Il faut garder le dos droit. Plusieurs vasques circulent, tout le monde plonge les paumes dedans, elles sont remplies d'une sorte de glu beigeasse assez collante. « Laisse tes mains au moins cinq minutes, me conseille Sam qui maintenant me tutoie, pour une première fois c'est bien. » Ensuite nous allons nous laver à tour de rôle, à notre retour la pièce est plongée dans le noir, autour de la table les silhouettes assises ressemblent à des statues découpées dans du carton. Je pense à une installation de Keith Elmer, à des champignons-fleurs rouges et à une jeune fille toute blanche, sur un socle, blanc également.

Quelqu'un chuchote. Chhh… chhhh… chhhh… chhhhh… C'est à la fois agaçant et troublant. Je songe à la sorcière-chanteuse au Zaïre, puis cette idée disparaît, je vois des taches de couleurs, la séminariste qui m'a souri cet après-midi apparaît en surimpression. Puis juste après une série de numéros, comme des programmes informatiques, encore une fois, striés d'éclairs, à chaque fois que je déplace mon regard les listes de numéros changent. Certains numéros sont rongés et je m'amuse à les nettoyer, à reformer les parties manquantes, puis ils disparaissent au profit de l'image de Mata, aussi brillante qu'une étoile, puis de nouveau des chiffres contenant des informations (il est question d'une secte fondatrice dans l'histoire). Puis je passe à des forêts et je vois que certains arbres – mais pas tous – contiennent des mécanismes subtils, comme des horlogeries de cristal, et j'ai l'intuition qu'il s'agit de restes d'âmes mais cette pensée ne reste pas et… Bien, dit la voix du rouquin, on rallume progressivement…

Quelqu'un allume une bougie, je suis pris de nausée et je dois foncer dans le jardin où je rends tout le ragoût végétarien. Quelqu'un, la séminariste qui m'a souri cet après-midi et que j'ai aperçue au cours de mes visions, vient à côté de moi, m'essuie et me rince la bouche. « Merci, Louis. C'est… elle me presse le poignet… c'était très fort. »

Quand je réintègre ma chambre, je vois que les Chat ne dorment pas.

35.

Dans le même temps où les moines s'enfonçaient dans les profondeurs de la jungle se trouvait en France un noble dément qui se piquait d'écologie, d'urbanisme et de rites païens. Ce noble, qui est monté à Paris dans l'espoir de faire accepter son projet, assainir les marais landais en y plantant des pins, est hanté par l'idée des anciens druides. Il possède, par sa mère, une vaste contrée insalubre qui s'étend du fleuve jusqu'à l'océan.

Grâce à quelques relations il parvient à contacter l'intendant du roi, qui rejette le projet (projet qui rappelons-le sera mis à exécution deux siècles plus tard sous Napoléon).

Déçu il se réfugie dans ses terres et consacre l'essentiel de sa fortune à l'édification d'un village magique dont il a lui-même conçu les plans, s'appuyant sur des connaissances druidesques dont il a, d'après lui, hérité.

Ce village (ou plutôt cet ensemble de villages) est construit selon des concepts développés maintenant dans la géométrie fractale remettant en question notre représentation euclidienne de l'espace.

Le comte d'Archignac, premier du nom, mourra fou, isolé du monde.

36.

Quand nous arrivons au sauna – que je n'avais pas remarqué, il est au fond, derrière les dépendances – avec Mata les séminaristes en sortent, enroulés dans des serviettes, et le rouquin me dit Vous avez raison, c'est bien de se faire transpirer le lendemain, on évacue plus vite, avant aussi d'ailleurs, et je hoche la tête doucement, en disant (faisant allusion à la sudation) Ah oui, sweet lodge, hein, ce vieux truc indien, et un autre me serre dans ses bras et me dit lui aussi, comme la femme hier soir, Merci, merci Louis, d'un air averti, et moi aussi je lui serre l'avant-bras, en souriant, sans rien dire, puis je me retrouve seul avec Mata dans le sauna, qui s'est déshabillée et qui d'un seul coup, débarrassée de ses pulls trop grands dans lesquels elle s'entortille, m'apparaît comme une sorte de bombe atomique du feu de Dieu, j'ai du mal à rester calme, je me tortille sur ma planche, nu également, assis sur un bout de sa serviette qu'elle me prête gentiment ce qui fait que je la colle carrément et elle relève la tête, je crois que c'est la première fois que je vois ses yeux et elle est vraiment d'une beauté sidérante, je revois la vision que j'ai eue d'elle hier soir, une lumière éblouissante et je sens que je bande horriblement, c'est plus fort que moi, j'ai la même sorte d'élan que lors de ma résurrection, et sa main s'avance vers ma bite dressée et elle commence à me branler, aussi naturellement que si elle tripotait le bord de l'estrade en pin sur lequel nos pieds sont posés, elle me branle méthodiquement, en remontant son poignet qui m'enserre au maximum, puis en descendant de même – je vois dans la glace les derniers séminaristes en train de se rhabiller –, un temps infini et je crois que je ne me suis jamais senti aussi *vivant,* comme si j'étais la vie même, et à la fin je jouis et elle glisse ses doigts dans sa chatte, en les faisant bien coulisser, et me les fourre dans la bouche, elle est trempée, en serrant très fort les cuisses en même temps, et je suppose qu'elle jouit aussi, en me regardant, et son regard est plein de chaleur, de joie et de compréhension et quand j'éjacule dans un tourbillon contre la vitre brûlante et sur les pierres chauffées à blanc mon sperme grésille en faisant des bulles et des postillons de vapeur.

37.

Je reviens sur l'histoire des trois Oques…

Les trois frères Oques s'adonnent à différentes recherches philosophiques, certains disent qu'ils appartiennent à des cercles francs-maçons, d'autres qu'ils suivent les enseignements de madame Blavastsky, une théosophe en vogue à la fin du XIXe*. Au moment où la Seconde Guerre mondiale éclate ils viennent de décider, alors qu'aucun d'eux n'est marié, d'avoir un enfant, non pas chacun, mais ensemble. Pour cela ils sélectionnent une prostituée d'origine africaine. Ils la surveillent, la jaugent, étudient ses cycles menstruels, et pour finir la fécondent tous les trois et s'arrangent pour qu'elle tombe enceinte, en lui promettant, pour éviter qu'elle avorte, de l'argent.*

L'enfant naît donc, alors que de sinistres croix gammées entachent le fronton de nos monuments, au tout début de la guerre. »

Je les imagine en train de partouzer celle qui va devenir la mère d'Aïm, dans un bordel du XVIIe.

38.

Je suis avec les séminaristes et la femme qui m'a remer cié hier soir me pose des questions sur Archignac.

— Ça doit être extraordinaire, non ?

— Dans quel sens ? je dis, conscient maintenant d'être vis-à-vis d'eux en position de supériorité. Par rapport aux habitants ou par rapport à la… structure de la ville ?

— Les deux. C'est… un endroit mythique pour moi Tellement chargé de mystère…

— En même temps – je relativise – c'est… quand je suis arrivé… il y avait un… un enterrement et…

— Un enterrement ? Ça devait être fort, non ?

— Oui, très ils étaient… ils portaient leurs… – sans vraiment m'en rendre compte j'utilise un mot que j'ai vu dans l'*Histoire*, je dis : Beaucoup portaient leur *tierce* – et à cet instant, juste sur l'exclamation de la fille qui dit leur *quoi?* leur *quoi?* Madame Chat fait irruption et me darde un regard furibond. Elle glapit : Ronald est là, Louis! Il t'attend!, et les bras croisés elle nous toise, moi et les séminaristes et la fille en particulier de son expression glaciale, comme si j'étais en train de divulguer des secrets.

39.

— Je croyais que vous... que tu... que c'était demain, je...

Il me coupe d'un geste bref, dit : « Si, si, c'était bien demain, mais ça a été avancé. »

D'un seul coup je bous littéralement. Ça explose sans crier gare. Je vais pour dire J'ai vu les informations! Je vais remonter à Paris! Je commence à en avoir ras le bol qu'on..., mais il ne m'en laisse pas le temps, il agite encore la main et c'est lui qui m'annonce « Rendez-vous après-demain mercredi dans le bureau de la juge, à treize heures, de façon à croiser le moins de monde possible. Avant tu auras répondu à une interview par écrit en présence de ton avocat Maître Berheim. Tout devrait bien se passer et tu devrais ressortir libre sous contrôle judiciaire, car à dix-sept heures tu as rendez-vous à Source... » « À Source?!, je glapis, Où ça, au siège, à la tour? » mais il continue sans s'occuper de mon intervention « ... où tu rencontreras le nouveau responsable des Ressources humaines pour un point sur ta situation. »

J'ai les oreilles qui sifflent.

— Mais le... mais... et si je vais en prison?

— On balance le début de l'interview à l'AFP. Ça les calmera.

— Je... – je me sens complètement pris de court – Il faut que je dise au revoir... c'est... ils m'ont accueilli quoi, il faut que je dise au revoir.

Et je redescends, surexcité. Mata est en train d'étendre du linge et je m'approche d'elle, mais elle a de nouveau les cheveux dans les yeux et un pull informe qui la cache et quand je dis – d'un ton un peu convenu, presque *joué* – Je m'en vais Mata, je dois partir, comme s'il existait entre nous une histoire terrible que la vie nous obligeait d'interrompre, elle ne m'accorde même pas un regard, elle continue d'agrafer ses draps avec des pinces en plastique multicolores, repartie dans son monde, alors je tourne les talons et je bifurque vers la maison, où je croise les Chats, à qui j'annonce, sans chercher à être particulièrement affable, Il faut que je parte, Ronald m'attend, merci de m'avoir accueilli, et je vois la bouche de monsieur Chat se pincer désagréablement et madame Chat dit d'une voix qui se veut égale Je crois que tu as des affaires dans la salle de bains, et je fonce dans ma chambre et je rassemble le peu que j'aie, par la fenêtre je les entends qui ont fait le tour et qui parlent au nain – des propos extravagants, comme si j'avais été un enfant à réadapter – mais je ne m'en soucie pas, je boucle mon sac et juste avant de sortir je me ravise et je leur pique un Fleuve Noir, *Pouvoirs spéciaux* (n° 290) de Jimmy G. Quint : «*Il n'existe que trois possibilités : ce Zoltan est un mythomane et les Russes s'en désintéressent pour le laisser tranquillement passer à l'Ouest ; ou bien c'est, par exemple, un savant précieux et ils le "récupèrent" en organisant un kidnapping dans les règles de l'art ; enfin, troisième hypothèse, Zoltan n'est pas trop précieux mais trop dangereux... et il périra dans un regrettable "accident" !*» et je trouve que c'est un résumé de la situation un peu effrayant, mais je me dis Tant pis, on verra bien ! et dix minutes plus tard nous roulons dans la Mercedes de Ronald direction la nationale et je dis tout bas Au revoir les Chats, au revoir les Chats et je ricane et je sais qu'une page est définitivement tournée, qu'une partie de ce que j'appelle maintenant ma mutation s'est bel et bien achevée ici.

C'est ainsi qu'après trois mois de pure folie et d'étrangeté, je repars vers Paris.

De manière à permettre et à simplifier l'utilisation et la programmation de l'ordinateur il est nécessaire de créer un « tampon intermédiaire » entre l'homme et la machine qui permettra une communication entre les deux « entités ». Ce tampon intermédiaire sera baptisé du nom d'interface.

Chapitre 9

Les lions de verre

L'homme en qui la magie a fait passer de tels pouvoirs devient semblable à l'étoile d'où proviennent ces forces, avec les mêmes arcanes et les mêmes secrets.

1.

Et pendant ces trois mois le monde a continué sa course folle. Nous passons Bordeaux, Poitiers, puis Tours, comme des sas à travers lesquels je rentrerais progressivement dans l'atmosphère. Doucement mon disque dur se stabilise et remonte à la surface. Les dossiers s'ouvrent un par un et d'abord je vois Évry, et Ikéa et sur la gauche ensuite la Grande Borne et Viry et Fleury qu'on devine plus loin et en imaginant Fleury j'ai une pensée émue et je me dis Mon dieu c'est moi, c'est moi qui étais là-bas, et ensuite Orly et les boules de signalisation rouges et argent dans les lignes à haute tension et je me revois le dimanche après-midi avec les parents d'un voisin nous émerveillant devant les avions qui décollent et la Mercedes fait encore un bond en avant et ces boules rouges dans l'espace sont comme une installation posée là à mon unique intention et y a-t-il quelque chose de plus beau que ces boules posées comme ça sur le bord du début du ciel, je n'en suis pas certain, et…

2.

… au même instant, au Japon précisément, la marque Sony présente à la presse internationale le nouveau joujou du futur, la Play-Station 2, porte d'accès au troisième millénaire, et des scientifiques ont découvert qu'il était possible de greffer des méduses sur des pommes de terre, elles deviennent phosphorescentes quand elles ont soif (un gain pour la rationalisation de l'irrigation) et l'on parle de plus en plus de l'anti-matière. Play-Station 2 a la taille d'une boîte à chaussures et l'apparence d'un parallélépipède de science-fiction. L'objet est capable de faire office de lecteur DVD. Il devrait, dans un laps de temps très court, être capable de se connecter à la Toile. La qualité de l'image est de 100 millions de polygones par seconde (pour mémoire Play-Station 1 traitait 2,5 millions de polygones) et dispose d'un microprocesseur à 128 bits (contre 32 pour PS1 et 64 pour la Nintendo 64), et selon les scientifiques le fait de transformer des pommes de terre en « objets » intelligents en les « médusant » ne présente aucun risque et l'épidémie de vache folle est présente dans toute l'Europe et à l'instant où ces informations sont émises elles sont déjà dépassées…

3.

…et la ville me semble moche et souillée, pleine d'électrons sales et de nouveau je repense à l'art contemporain et je me dis Non, il ne faut pas se laisser aller là-dedans, c'est juste une question de regard, pense à Klingston et comme le type du ministère je me répète Duchamp, Duchamp, voyons, et Ronald dit « Si, si, c'est important, on va te refaire une garde-robe, tu ne vas pas te rendre à la convocation du juge avec tes baskets toutes pourries et ton jean usé, on va se faire quelques boutiques et tu choisiras » et on traverse le carrefour d'Alésia et Ronald fonce vers Denfert en faisant crisser ses pneus.

4.

Je me fais couper les cheveux. À chaque mèche qui tombe j'ai l'impression de renaître. Le coiffeur (qui doit travailler une sorte de style ésotérique) me fait mettre un genou en terre et baisser la tête, dans un adoubement saugrenu : « Comme ça vos cheveux ont salué le cosmos. »

Sur une chaise trône un quotidien au titre édifiant : LA PRISON MALADE DE SES FOUS. Sous une photo de la Forteresse on parle d'Archignac comme d'une solution efficace mais marginale (les places y étant limitées et réservées aux criminels reconnus irresponsables).

Mon visage dans la glace est hallucinant de ressemblance avec moi-même. Je me dis : C'était de la schizophrénie, hein, c'est ça ? mais sans y croire vraiment. « Vous devez vous sentir mieux, me dit le coiffeur, ils étaient vraiment trop longs. »

Quelqu'un passe en roulant sur une trottinette, tel un fantôme, lent et aérien, superposé aux silhouettes des voitures en mouvement.

5.

Place des Victoires les prix affichés sont démentiels, un manteau à trente-cinq mille francs (en promo), des costumes à vingt mille « C'est trop, je dis, c'est... vis-à-vis de la juge c'est... »

Des femmes – très élégantes, françaises, parisiennes, le *haut de gamme* – entrent et demandent à essayer des robes – celles en vitrines, à dix-huit mille – « Bon, qu'est-ce qu'on fait ? je dis, au bout d'un moment, atterré par les prix. On va quand même pas aller à Barbès. » Pour finir nous nous rabattons sur la Samaritaine où j'achète deux jeans bleu foncé, deux chemises blanches, une veste demi-saison et des mocassins.

« Sobre, propre, élégant, commente Ronald, c'est parfait. » La vendeuse approuve. Sur le trottoir j'ai l'impression que l'on nous suit. Je le dis à Ronald qui répond Mais non, mais non, tu te fais des idées, mais juste après, en voiture, je le vois qui conduit au rétro, prend plusieurs petites rues et pour finir fait demi-tour brutalement devant la poste du Louvre et fonce dans le souterrain des Halles. « C'est qui, je demande haletant, qui ça peut être ? »

J'ai l'impression que le plafond du tunnel est constellé d'étoiles noires.

« C'est bizarre, remarque Ronald, vu ta position sociale, à Source, que tu sois pas plus branché fringues. »

J'élude, toujours préoccupé : Oui, certainement, c'est bizarre... mais avant j'étais en prison, ça doit être pour ça.

Les étoiles noires se détachent des parois et viennent voleter sur le dessus du capot, comme des feuilles mortes emportées par le vent. « Est-ce que ce serait possible... je veux dire avec l'aide de la technologie... enfin d'un point de vue pratique... d'empoisonner l'air d'une grande ville ? »

— Pourquoi tu demandes ça ? sursaute Ronald.

— Je ne sais pas, c'est. gaz sarin dans le métro de Tokyo, ça pourrait...

— Arriver ?

— Oui, il suffit d'une... – j'appuie à dessein sur l'idée – d'une secte de barges un peu décidés...

— T'emballe pas, se défausse Ronald, t'emballe pas..

6.

La réalité se recolle à moi par étapes, comme à un enfant la veille de la rentrée.

« Qu'est-ce qu'on fait ? je demande. On... ou... on pourrait... »

Un camion de livraison bloque la rue Saint-Denis.

— ... aller chez toi ? propose Ronald.

— Où ? je fais, ne voyant pas à quoi il fait allusion.

Je mets un petit temps avant de réaliser que oui, j'ai bien acheté un jour un appartement dans ce quartier de Paris, que c'est le même *moi* qui en est le propriétaire – du moins si on se réfère à tous ces trucs comme les papiers d'identité ou les actes de vente.

— On peut toujours tenter le coup, reprend Ronald, si ta carte bleue passe encore c'est possible qu'ils n'aient pas touché à l'appart.

— C'est même sûr, je dis enfin, réalisant une vérité qui m'avait échappé... parce que l'appartement, c'est moi qui l'ai acheté. Ils sont juste caution sur le prêt, ils peuvent pas y toucher.

— Eh bien raison de plus, approuve le nain, ce sera toujours mieux que d'aller à l'hôtel. Mais avant, dit-il, si…, si on allait se taper une pute ? Qu'est-ce t'en dirais ? et je reste atone, pas tellement surpris en fait. Je dis : Une pute ? je ne sais pas. . je… oui, si tu veux, oui, pourquoi pas et de nouveau la tête me tourne et j'ai des éblouissements…

7.

… la rue Saint-Denis n'est plus tout à fait la rue Saint-Denis mais quelque chose de légèrement différent, à savoir un endroit où les gens qui montent et descendent le long des trottoirs, les Pakistanais avec leurs diables bourrés de rouleaux de tissus et de jeans et les clients et les badauds, et les filles branchées qui sortent des cafés et les riverains et les deux contractuelles, tous sont maintenant des transistors plus ou moins lumineux, et la majorité de ceux que je croise me semblent mal réglés, et certains sont plus brillants et d'autres sont comme des Rubik's cubes désarticulés, un peu en fouillis, mal coiffés. Mes étourdissements cessent. La rue Saint-Denis redevient la rue Saint-Denis.

Il ne fait pas encore chaud, on entre dans un bar.

« Qu'est-ce que tu prends ? me demande Ronald. Un coca ? »

Je commande un thé. Trois filles sont assises à la table voisine. L'une d'elles – celle qui est face à nous – raconte une mésaventure. « J'étais chez moi, tu vois, en train de faire du repassage, et je les vois arriver par la fenêtre. Elles étaient deux…

— Qui ça ?, dit celle de droite.

— Attends, dit celle de gauche, elle va nous le dire.

— Des bonnes sœurs, deux bonnes sœurs, et aussitôt, je ne sais pas pourquoi, je me dis elles ont l'air bizarre.

— Pourquoi ?

— L'une avait un sac à dos rouge, et l'autre des baskets.

— Avec des soutanes, tu veux dire des… robes ?

— Oui.

— Effectivement, c'est bizarre.

— Et à un moment, figurez-vous qu'il y a une voiture de police qui les dépasse et qui freine en pilant, des policiers jaillissent…

Les deux autres sont médusées.

— … eh bien c'était des fausses bonnes sœurs.

— Non, s'exclament-elles en chœur, des fausses bonnes sœurs ?

— Oui. Qui venaient de voler une vieille dame dans la rue au-dessus de chez moi. La pauvre femme s'était aperçue du vol et avait appelé la police.

— C'est dingue.

— Je t'avouerais que je me suis cachée derrière mes rideaux, je ne suis pas sortie, j'avais peur d'être obligée de témoigner, ça me cassait les pieds.

— T'as bien fait, dit Gauche, moi figure-toi que l'autre jour je n'avais pas fermé la porte de l'escalier et j'entends du bruit et qu'est-ce que je vois… un nain ?

Celle qui est face à nous se met à rouler des yeux en billes de loto.

Droite (qui comme Gauche nous tourne le dos) glousse, bêtement : Un nain… un nain de jardin, hu ?

— Non, un nain normal, mais il n'était pas français, il devait être des pays de l'Est.

— Et qu'est-ce qu'il voulait ?

— Je ne sais pas, il a grommelé quelque chose et il a fichu le camp.

— Ben ma vieille, t'as eu de la chance. Un nain moi ça m'aurait foutu la trouille.

Face-à-nous se penche en avant pour leur glisser quelque chose à l'oreille, certainement l'information concernant la présence d'une autre menace juste derrière elles parce qu'une ou deux minutes après les deux tournent discrètement la tête et regardent Ronald.

— T'aimes bien aller aux putes ? me demande Ronald.

— Moyen, je réponds, le type avec qui je bossais à Source, Batman, en avait plusieurs chez lui, parfois on faisait des soirées avec son cousin.

— Oui mais là c'était directement du producteur au consommateur, je te parle du vrai truc, s'arrêter en voiture, ou arpenter la rue et prendre son temps et choisir, se faire sucer sur un parking…

— Non, moyen. en fait, je ne suis pas… je préfère le contexte normal.

— Mais baiser, je veux dire, t'aimes ça ou…

— Bien sûr, je dis, évidemment…

Et quand il me regarde j'ai la scène dans le sauna avec Mata qui se projette brusquement sous mon nez, et je rougis violemment, comme pris en faute la main dans le sac, mais j'arrive à me reprendre et je dis : Mais vous… je veux dire toi et Aïm c'est… pourquoi vous faites ça? Pourquoi… l'avocat… les… la raison c'est quoi, c'est… secte, c'est ça? Vous êtes une secte?

Les trois filles payent et se lèvent. J'ai l'impression que l'une d'elles est prise de fou rire à retardement.

8.

Aux putes (dans une ambiance irréelle) :

La prostituée choisie par Ronald est plutôt jeune, mais pas trop (rue Saint-Denis il y a surtout des vieilles, ou alors c'est des Noires et Ronald ne préfère pas de Noires aujourd'hui « pas par racisme, hein, mais c'est pas le jour »), quant à moi, sur ses conseils j'ai pris sa voisine qui travaille dans le même studio – « Comme ça nous pourrons être ensemble, me glisse-t-il, c'est plus sympa » – et nous avançons tous les deux vers un immeuble situé à une centaine de mètres, derrière nos deux cavalières, moi un peu empoté et Ronald se dandinant sur ses courtes jambes et intérieurement je suis stupéfait, m'étant attendu à tout mais pas à ça, pas à ce truc sinistre, des putes rue Saint-Denis et nous en michetons clopinant dans un escalier sombre, « Vas-y mon cœur, me pousse celle de Ronald, c'est au fond sur la droite, nous – elle fait signe à Ronald – on va se mettre là », et elle va dans la salle de bains où l'autre est déjà en train d'enlever sa jupe et de prendre une grande feuille de sopalin géant comme chez le kinésithérapeute pour protéger les lits qui ne sont même pas des lits mais des grabats, des machins immondes, le nombre d'orgasmes sordides qui ont dû s'y répandre instantanément me révulse et j'entends «… Eh bien mon cœur, t'es bien monté pour un petit bonhomme, attends je vais te mettre ta protection» et c'est le dialogue qui manquait, je reste pétrifié, hypnotisé par la lumière fade qui nous environne, une lumière de fin d'hiver à Paris, et puis j'entends Ronald répondre : «Oui, c'est de famille, ma mère avait des gros seins», ce qui m'oblige à sourire. «Qu'est-ce tu fais? dit la mienne, qui s'est allongée sur la paillasse et se met un doigt dans la fente afin de répartir la coulée de gel qu'elle vient de s'enfiler, tu viens pas?, viens mon chéri...», et elle fait un geste affreux du bas du corps et je me rends compte qu'elle n'a pas pris la peine d'enlever ses collants, non, même pas, ils sont juste grossièrement découpés aux ciseaux autour de la porte fatale et son pubis est clairsemé, comme si elle perdait ses poils et je cligne des yeux, je réponds : Si, si, j'arrive, mais quand je la regarde je vois maintenant à la place un échafaudage complètement effondré et une bonde par laquelle l'eau ne s'écoule plus et je vais pour me positionner entre les jambes et ces images tristes et scabreuses achèvent définitivement de me projeter très loin de l'ambiance requise et comme elle se rend compte que j'hésite encore elle redit : Allez, qu'est-ce que tu as, tu es timide? et je n'ai même pas le temps de répondre, de dire Oui, oui, c'est ça, un peu timide, oui, car des cris déchirants retentissent soudain, de l'autre coin du studio, des cris, mon Dieu, plutôt des râles, des gémissements, tellement forts et stridents que d'abord ma prostituée demande : Françoise, ça va, tout va bien? mais qu'ensuite, les cris gagnant en intensité, elle va voir, et moi aussi, Ronald est à califourchon sur ladite Françoise et la prend en levrette, la défonce plutôt, car elle hurle, visiblement de plaisir, complètement partie, et Ronald lui claque les fesses de sa main, en répétant Tu l'aimes ma queue, elle va te faire du bien tu vas voir, tu l'aimes ma queue!, nous pétrifiant, ma camarade et moi, d'une stupeur non feinte, car à l'évidence, même si c'est difficilement croyable, Ronald est en train de la faire jouir et la mienne reste suffoquée, elle répète Françoise, Françoise, la partie inférieure de sa mâchoire pend comme un vieux porte-monnaie usagé, et Ronald tourne la tête et la regarde et je vois que l'échafaudage est soumis à une forte poussée qui tend à le remettre d'aplomb et la bonde explose sous le choc et le liquide rance qui était retenu prisonnier va pouvoir s'écouler mais la vision ne dure pas, nous nous reprenons la pute et moi et d'une voix rendue encore plus sèche par l'émoi de sa copine elle m'intime de retourner à notre grabat d'origine, où je lui enfonce ma bite trois fois de suite, en faisant Hin, hin, assez faiblement, je dois le dire, et elle ne pousse même pas la conscience professionnelle jusqu'à me rendre la pareille, je jouis à peine, sans aucun plaisir, contrairement à Françoise qui s'égosille d'une façon telle que la mienne en secoue la tête, gênée et peinée, et quand nous redescendons dans la rue je vois maintenant toute la rue Saint-Denis comme une toile bariolée de Mirõ et les gens ne sont plus exactement des transistors mais des personnages de cette toile, aux formes mouvantes, et Françoise au moment de nous quitter a un dernier élan qui dépasse toutes les prévisions, je pense que sa copine est sûre qu'elle a perdu définitivement l'esprit, car elle regarde Ronald qui, imperturbable, n'est même pas essoufflé, et dit Tu… on peut se revoir si tu veux… Tu as un… un contact… mais Ronald secoue la tête : Ça va être difficile, j'ai pas de téléphone, pas de portable…, il sourit, se touche le côté du crâne… à cause des ondes, c'est mauvais pour le cerveau, et la pauvre prostituée reste idiote, face à nous et à la rue Saint-Denis et au brouhaha, elle répète Ah oui, à cause des ondes et sa copine la tire par la manche et lui dit Allez viens, ça suffit maintenant, et nous partons chacun de notre côté, elles à leur destin et nous vers le nôtre.

9.

Dans un restaurant du quartier :

— Mais la finalité c'est quoi ?

Il me regarde et prend un air mystérieux.

— La finalité…

— Je veux dire… – et là je pense à Gunther Grüs, à cette histoire d'émasculation lors d'une performance –, je veux dire… Archignac, qu'est-ce que ça *veut* dire ?

— Qu'est-ce que ça *veut* dire ?

— Oui.

— En termes de finalité ?
— Oui.
— Par rapport à un contexte précis ?
— Comment ça ?
— Tu parles d'une finalité, c'est forcément dans un contexte précis.
— Eh bien dans le contexte de... de la vie, quoi, je veux dire il n'y a pas trente-six mille contextes non plus, non ?

Le serveur nous apporte les plats. Nous ne sommes pas encore allés chez moi, je commence à être fatigué, et la perspective de trouver porte close (s'ils ont mis des scellés par exemple) et que l'on soit obligés de se rabattre sur un hôtel à onze heures du soir ne m'enchante pas. Je le dis à Ronald. Il élude.

— La finalité, la finalité... – il attaque ses escargots. Quelqu'un derrière dit Le monde est un musée précieux, ma chérie, ne l'oublie pas. Des gens à une autre table se disputent et parlent d'un problème de démaquillant et finalement alors que la discussion entre eux monte encore d'un cran une fille se lève et se met à danser sur la musique brésilienne que l'on entend faiblement. – Pas de finalité, dit Ronald, l'instant est justifié de lui-même. Un musée précieux, bébé, tu comprends ce que je veux dire ? La fille hoche machinalement la tête, ailleurs, perdue dans la contemplation de la danseuse qui se trémousse. Vous prendrez un dessert ? Ronald paye. Nous sortons. Il fait froid. Dans la vitrine d'un magasin qui a dû faire faillite il reste les décorations du réveillon : *An 2000, An utile : Achetez notre nouvelle gamme de friteuses.* Le philosophe a le dernier mot. Il murmure : Comme le temps passe vite, bébé. Il file entre nos doigts, c'est de la poussière invisible et nul ne peut le retenir.

Ronald s'énerve parce que nous avons écopé d'une contravention.

10.

Chez moi :

— Je n'ai pas la clef, j'explique. Pas celle de la porte du hall. Quand je suis parti les digicodes n'étaient pas encore installés. Ronald hoche la tête. Eh bien ! que préfères-tu que nous fassions ? Que nous la forcions ou que nous sonnions chez un voisin ?

Il est presque minuit. Le quartier me semble encore plus sinistre que le jour de la tempête. Ronald force la porte du hall d'un coup d'épaule sec. Les clefs de l'appartement ont survécu à l'horreur, elles sont rangées avec mes cartes de crédit. Je m'attends à trouver des squelettes enfermés ou un monstre ou des êtres fantômes qui s'échapperaient en piaillant, rien de tout cela n'arrive. Il fait noir. Les lumières ne marchent pas. On a dû me couper l'électricité.

— On t'a coupé le jus, dit Ronald, parce que t'as pas payé.

Il reste des reliefs du goûter que je m'étais fait avant de partir réveillonner, – avant de partir chercher le sac avec l'argent, ah, ah, j'en ai une contraction dans le ventre – sinon l'appartement est tel que je l'avais laissé, les cartons sont empilés au milieu de la salle à manger et les moniteurs de l'installation – payés si cher sur le compte de Source – sont couverts de poussière et semblent se morfondre bêtement, atterrés par leur inutilité.

Ronald farfouille dans les tiroirs, en sort une rallonge et va se brancher dans le local vide-ordures. Tu prends quoi ?, demande-t-il, le lit ou le canapé ? Il trouve une prise multiple, allume la chaîne et met F.G., de la techno. Je lève les yeux. Les robots sont parfaitement alignés sur l'étagère en verre du salon et me regardent en souriant.

11.

Les phares des voitures qui passent à grande vitesse font des raies éblouissantes, puis, lorsqu'elles s'éloignent, des étoiles improbables, qui finissent par mourir.

La nuit est calme, l'autoroute presque déserte, rien dans ce tableau moderne et champêtre n'indique la moindre rupture du temps.

— Comment ça ? je demande. Comment une rupture du temps ?

Ronald me fait signe de me taire. Il reprend, de sa voix nasillarde, comme s'il déclamait : L'autoroute est déserte, rien dans ce paysage moderne et champêtre qui vienne indiquer… la moindre… rupture… du Temps!

Il rit et sifflote entre ses dents. Il fait Pshhhh, pshhhhhh, pshhhhh, le même son que pendant la cession avec le rouquin. Des phares trouent de nouveau la nuit. Une voiture remonte vers Bordeaux et un autocar, en sens inverse, fonce vers la frontière. Et pourtant…, dit Ronald. Et soudain…, redit Ronald. C'est le… drame!

Et comme si on m'avait donné des lunettes grossissantes je vois le visage du chauffeur de l'autocar dont la tête dodeline une fois, deux fois, l'avant qui fait une embardée et mord sur le bas-côté. Le chauffeur réveillé par la secousse braque le volant dans l'autre sens et les roues font un crissement affreux. Le car se met en travers. Les gens sont projetés contre les vitres. Une petite fille meurt instantanément quand son front tape violemment contre le haut d'un siège et plusieurs sont arrachés de leur place et propulsés sur leurs voisins et le chauffeur donne un dernier coup de volant et l'autocar fait un tête-à-queue qui semble ne jamais finir. Les gens, ceux qui le peuvent encore, qui ne sont pas désarticulés par le choc, hurlent et comme un vaisseau perdu l'autocar s'encastre dans un pilier de la passerelle où nous nous trouvons Ronald et moi et Ronald redit (ses yeux clignent comiquement dans l'obscurité) : Et soudain… c'est le drame!, pendant qu'une autre petite fille est éjectée par l'avant, défonçant le pare-brise qui explose et dont les éclats la scalpent instantanément et d'autres sont à demi sortis de l'habitacle, les coffres à bagages se sont ouverts et des corps sont enchevêtrés sur les valises et les sacs et l'autocar paraît avoir épousé la forme du pilier et des gens sont fondus dans le métal, leurs membres coupés, broyés, scellés dans la tôle qui les coupe et le feu prend à l'arrière et quelqu'un qui n'est pas mort – une dame âgée, bloquée, tenant un nourrisson qui a l'air mal en point – martèle de son poing libre le carreau de la fenêtre encore intact et hurle dans notre direction et dans un souffle tout l'arrière s'embrase et son visage disparaît dans les flammes.

12.

Nous roulons dans les embouteillages, vers chez l'avocat. Les quais sont encombrés. Une ambulance fait couiner sa sirène. Personne ne la laisse passer. J'ai mal dormi.

– Maître Berheim a son cabinet où ? je demande à Ronald. Il répond : rue Saint-Honoré, à deux pas de la place Beauvau. Les piétons sur les trottoirs me paraissent étrangement petits, comme s'ils avaient rapetissé pendant la nuit. Tu sais que l'on descend d'un peuple de géants ? je questionne Ronald. Quand j'étais adolescent il y avait des livres là-dessus, l'île de Pâques, tout ça... je veux dire, heu... – je me sens d'un seul coup mal à l'aise – pourquoi pas en fait ? vraiment pourquoi pas... ? Ronald hoche la tête, finit par répondre : Je ne sais pas, tu sais, pour moi les gens normaux c'est déjà trop grand, alors les géants... et je rougis, je bredouille Oui, excuse-moi, je... c'est... stupide de ma part... désolé, vraiment... et je pense à quel point la vie doit être difficile pour lui, je suis d'un seul coup rempli de pitié et puis il y a le bulletin d'informations et la voix du journaliste : Terrible carambolage sur l'autoroute, un autocar de choristes catalans revenant d'un festival de musique folklorique s'est écrabouillé – le journaliste dit écrabouillé, il dit écrabouillé, je l'entends distinctement, d'ailleurs il se reprend, dans un petit rire de gorge tout à fait hors de propos – ... écrasé, dans un pylône. Il y a huit morts dont des enfants et un nombre indéterminé de blessés graves, puis il passe à une autre information. Je revois la vision horrible que j'ai eue en descendant vers Bordeaux, dans ma fuite du réveillon, le nain en flammes attaché à la voiture et les Mexicains et l'animal monstrueux et la tête tranchée et Ronald fait : Pssshhhhh, psshhhhhh, psshhhhhh, et une porte, toute proche, n'arrive pas à s'ouvrir.

13.

L'immeuble est évidemment haussmannien, avec de la moquette rouge dans le hall et la plaque, au milieu d'autres, qui indique bâtiment D, troisième étage, juste

Cabinet d'avocat, pas de nom. Nous heurtons deux hommes qui sortent de l'ascenseur. L'un d'eux, une bonne soixantaine, un imperméable vert clair, des cheveux blancs légèrement en bataille, s'arrête en voyant Ronald.

— Ça va ? En forme pour monter au filet ?

— Et vous ? dit Ronald. Pas trop secoué par tout ça ?

— La vie, dit l'imperméable, les petites vicissitudes de l'existence.

— Des nouvelles fraîches ?

— Non. La pute continue à tout déballer. Un vrai clairon. Et le pire c'est qu'elle dit n'importe quoi, et que tout le monde suit.

— Ça va bien finir par se tasser.

L'imperméable a une moue sceptique.

— Je ne vois pas comment. La machine est difficile à arrêter maintenant. Plus personne ne contrôle rien.

Il y a un moment de silence. L'imperméable me regarde. Ne dit rien. Le type avec lui a une tête de garde du corps. Je suis paralysé. Je le fixe sans murmurer la moindre parole.

Ne vous inquiétez pas, conclut Ronald, rentrant dans la cabine, tout n'est pas encore joué. L'imperméable lui fait un clin d'œil. Dieu vous entende. Pince les lèvres, dubitatif, Dieu vous entende, mais je n'y crois pas trop. Je suis stupéfait, « Mais c'est… c'était… c'est Numéro 3, c'est le Maquereau, les journaux disent pourtant qu'il s'est réfugié au Costa Rica, c'est… on est à deux mètres du ministère de l'Intérieur, je suis… putain je suis scié ! Je… l'Afrique, c'est… putain j'ai descendu le passeport, il ne m'a pas… merde il était de dos, il a même pas fait… » Et je me tais, je pense à l'argent dans les marais, qui doit lui appartenir en grande partie, je redis encore une fois Je suis scié. L'ascenseur a un à-coup. « Merde, quoi, les journaux le disent, c'est incroyable… il a un mandat d'arrêt international, ils ont même fait un truc là-dessus à la télé, sur le Costa Rica ! Après l'Afrique ils ont décollé pour le Costa Rica.

— Oui, oui, élude Ronald, qui semble agacé par mon émoi, eh bien il y a la télé, et puis il y a la vie, voilà, c'est tout !

La secrétaire nous introduit dans une salle d'attente. Il y a des revues sur la table basse, des lithographies au mur, Dali et Fragonard. Aucun effort particulier pour faire preuve de bon goût. Dans une vitrine des livres de droit. Je prends un des hebdomadaires, *L'Express*, et je commence à lire, me répétant Le Maquereau putain, Momo le Maquereau, Numéro 3 est à Paris, putain je le crois pas. Un article parle du plus vieil organisme vivant recensé, un champignon géant découvert dans les montagnes de l'Oregon qui serait âgé de 7 200 ans et couvrirait une superficie d'au moins 890 hectares. Il y a aussi un portrait de la juge que je dois rencontrer et qui a repris le dossier après Forlani – elle s'appelle Sévère, cela ne s'invente pas. L'article n'est pas particulièrement élogieux. On la décrit comme caractérielle, cyclothymique et sujette à des crises d'autoritarisme peu sympathiques. La porte s'ouvre brusquement, Ronald se lève d'un bond. Bonjour Maître! L'avocat se casse en deux. Voyons, voyons, c'est à vous que je devrais retourner le compliment. Ils se serrent la main. Comment allez-vous Louis ?, me salue Berheim, se tournant vers moi, familier et légèrement égrillard, comme s'il me connaissait depuis des lustres. Prêt pour la guerre ? Je bafouille, en reposant *L'Express* : La guerre, enfin, comment ça la guerre ?, mais il n'écoute même pas ma réponse. Je les suis dans le bureau, assez intrigué quand même par cette histoire de champignon géant. Et si c'était Dieu qui, caché, surveillait discrètement sa création, sous une forme mycologique et quasiment indécelable ? Pourquoi pas ? hein, pourquoi pas ?

– Bien, dit Berheim, nous allons donc mettre au clair un certain nombre de points, avant notre petite visite aux autorités compétentes... – il rit tout seul – ... mise au clair que nous ferons sous une forme de questions-réponses... – il rit encore – je pense que vous ne vous opposerez pas à la présence de monsieur Julien, qui est huissier de justice, ainsi qu'à la captation, par le biais de cette caméra, de vos déclarations.

Pris de court, je regarde la caméra qui est posée sur un pied et me fixe d'un œil dénué de toute aménité. La crinière de l'huissier me semble exagérément fournie, à tel point que je le soupçonne d'avoir une moumoute.

— C'est… obligé?

Ronald dit : «Je me fais tout petit, je me mets dans ce coin-là. Faites comme si je n'étais pas là.»

— Et la cassette? Qui… qui la garde quoi, c'est une… ça peut être de la dy… enfin on peut s'en servir…

— Ne vous inquiétez pas, Louis… – l'avocat a un bref mouvement latéral de la tête, comme s'il s'assouplissait la nuque avant d'aller plaider – Vous avez en face de vous un allié, et non un ennemi.

Ronald acquiesce du menton. L'huissier a l'air fait d'une pâte en cire molle, sourd à tout ce qui ne le concerne pas. Il ouvre de grands yeux étonnés et garde ses mains posées sur les genoux.

— Monsieur Julien?

— Je suis prêt, dit l'huissier.

— Une petite seconde alors, susurre Berheim, se courbant au-dessus de la Sony numérique, je branche la caméra… – il vérifie sur le petit écran à cristaux liquides que l'image est correcte – Bien. À vous Louis. Faites-nous un essai de voix.

Je me racle la gorge : «Eh bien… Dieu est-il un champignon géant? Je veux dire c'est une possibilité scienti…»

— Merci Louis, me coupe Berheim. Nous pouvons y aller.

14.

— Je m'appelle Louis Dieutre, je suis… j'ai été… je suis…

— Attendez Louis, ce que je vous propose c'est uniquement de répondre aux questions. D'accord?

— D'accord.

— Quelle était exactement votre fonction à Source?

— M'occuper de la fondation d'art contemporain d'une part, travail tout à fait réel qui justifiait pleinement le salaire que je percevais, et aussi, d'une manière officieuse, seconder monsieur Nègre dans des activités plus… disons plus… occultes.

— Monsieur Nègre avait-il un surnom ?

— Oui, ses proches et les gens du milieu l'appelaient Batman, à cause de sa passion pour la bande dessinée et de ses tatouages.

— En quoi consistaient ces activités que vous qualifiez d'occultes ?

— Des transferts de fonds en liquide à destination de pays africains, parfois de pays de l'Est, également à certain moment de l'Allemagne je crois, mais je remettais l'argent à une tierce personne, je n'avais pas toujours d'informations sur sa destination et d'ailleurs je n'y tenais pas, ou alors l'inverse, la réception de fonds provenant de gouvernants africains. C'était surtout le cas pendant les périodes électorales.

— À quel genre de tierces personnes remettiez-vous l'argent ?

— Dans le cas de l'Afrique, un ancien mercenaire qui faisait la jonction.

— Et pour les pays de l'Est ?

— Quelqu'un des services secrets. C'est en tout cas ce que m'avait affirmé Batman.

— Et quand vous receviez de l'argent ?

— Ça partait directement chez le trésorier du parti concerné.

Il me demande lequel. Je le cite sans baisser les yeux

— Étiez-vous au courant d'autre part des sommes transitant sur le compte de la Fondation dont monsieur Nègre avait la signature ?

— Non.

— Lorsque les affaires ont commencé à apparaître dans la presse et à donner lieu à des investigations judiciaires quelle a été la réaction de monsieur Nègre et de ses supérieurs ?

— Un sentiment d'incrédulité je pense, c'était… tout le monde avait le sentiment d'être plus ou moins en service commandé. Personne n'avait le sentiment de commettre quoi que ce soit d'illégal, même plutôt l'inverse en fait.

— Et alors que se passe-t-il ?

— …

— Que décide monsieur Nègre, ou plutôt quel ordre reçoit-il lorsque la brigade financière perquisitionne les bureaux d'un entrepreneur et découvre un certain nombre de pièces comptables compromettantes pour un... pour une personnalité politique ayant été en contact étroit avec Source sur les opérations africaines ?

Je reste muet. Personne n'est au courant de ça. Ronald cligne des paupières. J'ai l'impression que Batman descend du ciel et me parle, je le vois qui s'agite, qui dit Vas-y, balance tout, charge-moi, là où je suis ça me fait ni chaud ni froid, profites-en, t'as une chance d'enquiller vers une sortie de secours, la rate pas. Je reviens au bureau de l'avocat. L'huissier finit de prendre des notes en sténo.

— Il... nous... on lui... il fallait récupérer les documents, c'était... Batman connaissait personnellement le...

— La personnalité politique à laquelle j'ai fait allusion ?

— Oui, il le...

— Comment le connaissait-il ?

Charge-moi, redit Batman, t'as même pas besoin d'en rajouter, dis juste la vérité ça suffira.

— Il leur... il lui... enfin c'est un peu bizarre à expliquer, Batman était devenu... il les connaissait tous... enfin une partie, une partie du... de l'intelligentsia financ... poli..., les fêtards, il les... la coke quoi, les gonzesses et la coke, quoi, c'est des gens comme tout le monde, je peux pas vous dire mieux, dans ce milieu-là Batman avait un autre surnom, ils l'appelaient Mister Sex and Drug, il les fournissait.

— En drogue ?

— En drogue... en drogue... en c.c. quoi, enfin de temps en temps, pas... c'est pas non plus des toxicos hein, c'est juste... et il leur fournissait des filles, c'est des gens... connus quoi... tout le monde n'a pas envie d'aller se faire retapisser au Baron en train de lever une entraîneuse. Avec Batman c'était... organisé. Ergonomique. Mais c'était juste les à-côtés, rien à voir avec Source.

— Non, bien sûr, rien à voir avec Source, mais il n'empêche que la personnalité politique à laquelle j'ai fait allusion va demander à... monsieur Sex and Drug un service.

— Oui.

— Quel genre de service ?

— Eh bien… c'était gênant, je veux dire avec les pièces comptables même un trisomique unijambiste aurait réussi à renvoyer le dossier devant le tribunal. Et ce n'était pas une petite mise en examen au bout, c'était le placard et…

— Et?

— On a tapé les bureaux de la financière, avant que les scellés ne partent au Palais.

— Vous voulez dire que Batman et vous avez cambriolé les bureaux du service de la Brigade financière ayant en charge l'enquête?

— Oui, enfin moi je… dans ce genre d'opérations je faisais le chauffeur, j'ai attendu en bas.

— Quelqu'un vous avait renseignés?

— Un contact de Batman, c'était… il travaillait avec les poulets, on était… pour bien comprendre c'était la… on était juste à la lisière… à la lisière de l'autorisé et de l'interdit, je pense même que d'un point de vue psychanalytique…

— Et vous avez récupéré les documents?

— Une partie, les scellés avaient changé de bureau, le condé qui nous avait renseignés ignorait ce détail.

— Et ensuite?

— Ensuite?

— Que s'est-il passé?

— Désarroi. Tout le monde était soufflé de la tournure que prenaient les choses. Je suppose qu'il y a eu des pressions depuis le plus haut niveau mais le juge ne voulait rien savoir. Il était… Batman pensait qu'il avait un problème personnel, qu'il était… fou, quoi, qu'il fallait l'arrêter.. qu'il allait faire du mal à… à la France quoi, au pays…

Vous avez pourtant continué jusqu'au dernier moment les transferts vers l'Afrique.

— Oui. Personne ne croyait non plus que ça allait déraper jusqu'à ce point.

— Et la mort du juge?

— De Forlani?

— Oui.

— Je n'ai pas d'éléments précis sur ce point. Batman m'a juste déclaré la dernière fois où je l'ai vu qu'il avait été tué. Qu'on l'avait fumé.

— C'était avant la découverte du corps ?
— … Oui.
Il y a un silence.
— Parfait, je crois que nous allons arrêter là pour aujourd'hui. Une dernière question toutefois, la personnalité politique à laquelle j'ai fait allusion prenait-elle de la cocaïne ?
Je me gratte le bout du nez, mon regard se perd dans la ligne d'horizon de l'objectif.
Je dis, grave : Je préfère ne pas vous répondre sur ce point. Ronald lève le pouce à la verticale, en signe d'approbation.

15.

Quand nous arrivons au palais de Justice une sensation que je ne connais que trop me saute au visage, la même que celle ressentie en prison, l'odeur de la Misère et des Gardiens de la Misère et je vois la flèche de la Sainte-Chapelle qui dépasse au milieu et je me redis Si Dieu est un champignon géant gère-t-il aussi les problèmes du quotidien ? Par exemple est-il derrière toutes les sentences prononcées ici ?

16.

Aussitôt que nous pénétrons dans le cabinet du juge d'instruction je saisis immédiatement ce que je peux représenter pour la juge. Ses intentions sont aussi lisibles que si elle les avait affichées en trois dimensions au-dessus de son bureau. Je vois que je suis devenu une sorte de phantasme, une clef possible de la résolution de ce qu'elle a choisi d'aborder comme une partie d'échecs et non comme quelque chose de réel, et donc que c'est la déception quiprédomine, parce je ne corresponds pas à l'image qu'elle s'était faite – un peu facile, convenue, d'un nervi repris de justice à la solde du chef Batman – et pourtant c'est sur ce mode qu'elle attaque, m'intimant l'ordre de m'asseoir on ne peut plus sèchement, comme si j'étais vraiment ça, de la crotte, et je saisis également que mon ordre d'embastillement est déjà préparé mais qu'en même temps je ne représente rien pour elle, ni humainement, ni même sur le plan de l'affaire, et que donc mon sort dans le fond lui importe peu, la spirale dans laquelle elle se trouve engagée – la résolution des Affaires, de son Affaire, sa propre médiatisation, dont elle goûte avec délice les fruits empoisonnés – écrasant tout sur son passage et quand je m'assieds je ne sais pas pourquoi je lui souris, niaisement, pas du tout anxieux. Maître Berheim a une lourde sacoche qu'il pose à côté de lui et je ne serais pas surpris qu'il y ait dedans un certain nombre d'artifices susceptibles d'épater notre adversaire – la mallette magique du magicien –, et cette pensée finit de m'apaiser. L'avocat m'a donné pour consigne de ne pas ouvrir la bouche, de le laisser parler, je vais donc avoir l'impression, pendant tout le temps que va durer mon audition, d'assister à une pièce dont je serais à la fois le principal intéressé mais surtout le spectateur plus ou moins absent.

Au moment où elle s'apprête à poser la première question, après avoir dit, très rapidement, « Vous êtes donc ici dans le cadre d'une instruction concernant une série de délits liés à des détournements et abus de biens sociaux de la Fondation Source, vol avec effraction en réunion, etc. Vous êtes entendu aujourd'hui, sur votre propre demande et celle de votre conseil, en tant que témoin. » À cet instant malheureusement la sonnerie d'un portable vient nous interrompre, ce qui a pour effet à la fois de la couper net dans son élan mais également de la transporter dans une fureur tout à fait disproportionnée. Je repense à l'article de *L'Express* qui est d'ailleurs posé sur l'étagère et à la légende sous la photo qui l'illustre : *Caractérielle et égocentrique Madame la Juge a su se faire détester de ses collègues comme du petit personnel.*

— Ah non, rugit la juge, Maître s'il vous plaît ! Pas les portables.

Berheim ouvre sa mallette et farfouille pour trouver son téléphone, penaud. La sonnerie continue. « Excusez-moi, dit l'avocat, se redressant, mais le mien est coupé. » Je vérifie également. « Le mien aussi, je l'ai coupé avant de rentrer. » Il y a un moment de flottement. La sonnerie, bizarrement, ne s'arrête pas. La greffière a l'air gênée. « Vraiment, redit Berheim, regardez, éteint, vraiment. » « Je crois que c'est... murmure la greffière. » La juge la fusille du regard. La sonnerie s'arrête. Reprend immédiatement. La juge se mord les lèvres, se tourne vers sa propre sacoche, sort un téléphone, regarde le numéro qui s'affiche, dit : Excusez-moi, répond : Je suis occupée... si, tout à l'heure, et raccroche. Un ange passe. La greffière a l'air transformée en statue de sel.

« Reprenons, dit la juge, puis quand même consciente de son indélicatesse : Excusez-moi, je ne sais pas pas ce qui s'est passé, d'habitude il est toujours coupé... Excusez-moi. »

— Ce n'est pas grave, la rassure Berheim, patelin, ça peut arriver à tout le monde.

La juge ne répond pas, elle a l'air prise d'une sorte de vertige, elle enlève ses lunettes et se pince le haut du nez, entre les deux yeux. Elle respire fortement, une grande inspiration.

— Bien... nom, prénom, date et lieu de naissance et... adresse actuelle...

Je la regarde d'un air bête. J'ai l'impression qu'elle sue légèrement des tempes. C'est tout ce qui me vient comme pensée, Hé cocotte, tu as vu que tu sues des tempes !

— Nous nous appelons Dieutre Louis, nous sommes né le 21 mars 1962 au Kremlin-Bicêtre de Jeanine Françoise Louise Chamaret et de Jocelyn Edmond François Dieutre...

La greffière note toutes ces indications que vient de débiter, sans une erreur, Berheim. En moi-même je pense un pro, putain, un sacré pro. Je repense à l'avocat commis d'office que j'avais eu pour mon affaire vingt ans plus tôt, j'ai envie de ricaner.

La juge entame son petit boniment à destination de l'ordinateur de la greffière, « que nous entendons aujourd'hui en sa qualité de témoin... » J'ai des sifflements d'oreilles et une espèce d'exaltation bizarre. Je me dis, en la regardant : Je suis sûr que j'ai beaucoup plus de sensibilité artistique qu'elle. J'ai envie de préciser que je suis titulaire d'un doctorat d'histoire de l'art mais la juge est en train de demander ce qui a motivé ma disparition. Elle ajoute que je n'ai pas pu ignorer les nombreuses allusions tant dans la presse que dans les actualités télévisées.

La peur, répond Berheim, après avoir interrogé le mur du fond d'un œil circonspect. Le choc et la peur ont provoqué l'amnésie.

L'amnésie ? Ah oui, s'étonne, caustique, la juge, que je sens reprendre du poil de la bête. Insinuez-vous que votre client (elle sourit, ses canines brillent de salive, on dirait une louve imbue d'elle-même) a définitivement perdu la mémoire des faits qui motivent son audition ?

Elle ne rajoute même pas la ficelle est un peu grosse Maître, ou vous vous fichez de moi, elle se contente de tripoter un petit réveil digital, peut-être pour indiquer qu'il serait judicieux d'utiliser le temps qu'elle daigne nous accorder d'une façon plus maligne.

— Eh oui, dit Berheim, l'air vraiment désolé, nous sortons d'une grave dépression, heureusement soignée dans un établissement hors pair, réputé d'ailleurs pour ses bons résultats avec les cas on ne peut plus difficiles... Il extirpe de sa sacoche une série de certificats médicaux... Louis est d'ailleurs personnellement suivi par le docteur Aïm.

Je vois qu'au nom de Aïm, qui doit être effectivement connu du milieu judiciaire, elle tique un peu.

— .. heureusement car sans lui, sans le travail extraordinaire qu'il a réussi à accomplir sur notre... désarroi, nous ne serions certainement pas en mesure de nous présenter devant vous aujourd'hui. – il balaye l'air de sa main – Je sais que dans le contexte qui nous préoccupe tout cela est dur à croire mais... imaginez... Louis depuis dix ans occupe avec un sérieux, une connaissance hors pair du milieu de l'art, un goût des plus sûrs, le poste redoutable et envié de direction de Fondation Source. – il reprend son souffle – Connaissez-vous le milieu de l'art contemporain ? – son visage se crispe dans une mimique expressive – Les pièges du milieu de l'art contemporain ?

De nouveau la juge a l'air d'être prise de bouffées de chaleur. Elle répond au geste de Berheim par un autre geste, empreint de lassitude. Au fait, Maître, au fait. Nous savons tous les trois pourquoi nous sommes dans ce bureau, au fait par pitié, je ne crois pas que l'art contemporain soit vraiment ce qui nous intéresse.

Berheim ne tient pas compte de l'objection.

— Un panier de crabes. Un milieu dans lequel mon client a pourtant, pendant les dix ans où il a occupé des responsabilités, brillé par sa probité, son sens de l'exigence, sa grande sensibilité artistique.

J'opine, content que l'on précise ce point qui me paraît quand même primordial.

— Et que se passe-t-il le soir du réveillon ?

La juge a l'air interloqué, elle s'apprête à dire quelque chose, mais se ravise.

— Un juge, un de vos collègues pour lequel nous avions l'un comme l'autre estime et admiration, et même, je le dis avec fierté, amitié, car le juge Forlani était mon ami, vient d'être retrouvé mort, assassiné.

Il fait siffler les ss d'assassiné. La juge est maintenant tendue comme un ressort. J'ai l'impression que ses nerfs sont légèrement en train de craquer.

— Justement… Maître, justement, j'allais y venir.

Berheim, carrément, la fait taire d'un revers de robe.

— Jean Nègre, le bienfaiteur de mon client, celui, qui, même si c'était au départ, encore que cela soit à prouver, pour une mauvaise cause, a sorti mon client de l'ornière – Mon client, Madame la juge, emprisonné à l'âge de quatorze ans, quatorze ans Madame la juge, en pleine psychose sécuritaire, lisez les journaux de l'époque, c'est édifiant – Jean Nègre donc vient de se suicider.

La juge a une moue, indiquant que le suicide de Batman n'est pas prouvé.

— Que se passe-t-il le soir du 31 ?

Cette fois la juge se reprend, elle a un mouvement d'humeur, comme pour indiquer que cela suffit, que c'est elle et non l'avocat qui mène l'entretien. Sa bouche s'arrondit en une moue empreinte de méchanceté et à ce moment-là… son portable ressonne et elle dit, hallucinante – et je pense que ça lui échappe complètement, que c'est plus fort qu'elle –, elle redit mot pour mot sa connerie de tout à l'heure : Ah non, Maître, cette fois ça suffit ! provoquant chez Berheim un nouveau geste de compréhension : Je vous en prie, répondez, si on vous appelle comme ça c'est que ça doit être important, plongeant la juge dans une incertitude qui fait presque peine à voir, on a l'impression que son cerveau n'arrive pas à analyser que c'est *son* portable qui sonne et non pas les nôtres. Elle a un geste lent vers son cartable, en ressort l'objet qu'elle fixe bizarrement, et finalement, juste avant la dernière sonnerie, répond.

— Allô…

J'ai alors la vision de quelque chose de magnifique, un lapin métallique et brillant, sculpté par (je crois) Jeff Koons, l'ex-mari de la Ciciolina. Cette vision me perfore l'esprit, vient flotter entre moi et la juge, et s'évanouit dans les airs, laissant derrière elle un halo brillant et cendré. Allô… La juge en entendant son interlocuteur, a un mouvement de recul. Tout va bien, demande Berheim, pas de problème j'espère ? et rien dans son ton n'indique qu'il se fout de sa gueule alors que pourtant c'est évidemment le cas. J'ai l'impression qu'à l'autre bout de la ligne personne ne parle, qu'il y a juste un sifflement, pschhhh, pschhhh, puis une musique, et j'ai l'impression que c'est une vieille chanson de Polnareff, *On ira tous au paradis*, et Berheim doit l'entendre aussi, car il se met vaguement à la fredonner. La juge raccroche sans dire un mot et nous fixe, comme si elle ne saisissait pas très bien ce qu'on fabriquait devant elle, que l'on venait d'apparaître comme ça, pouf, à travers les moulures du plafond.

Elle ouvre la bouche et reprend une inspiration.

— Nous en étions au tragique décès de notre regretté confrère, l'aide gentiment Berheim, mon bon vieil ami le juge Forlani. Et au soir du réveillon…

La juge acquiesce.

— Donc que se passe-t-il le soir du 31 ?

Elle le regarde sans piper.

— …?

Il la bazookate à bout portant.

— Le directeur général de Source et toute sa famille sont assassinés par un dément. Un mongolien fou qui les mitraille alors qu'ils sont chrétiennement attablés autour des rituels de la nouvelle année. Ass-ass-inés !

Et de nouveau il fait siffler les s. Eux aussi. Takakaktata. À la mitraillette. Il fait le mouvement avec ses avant-bras.

— Qu'auriez-vous fait à la place de mon client, Madame, qu'auriez-vous fait, comment auriez-vous réagi si votre vie était prise dans une telle tourmente? Que feriez-vous si des mongoliens déments ivres de folie meurtrière vous guettaient pour vous tuer?

La juge ne répond rien.

— Eh bien je vais vous le dire madame, vous fuiriez, vous vous réfugieriez là où on vous accueille, et tant pis s'il s'agit d'une institution psychiatrique! Et tant pis si au passage le choc est tel que vous en perdez la mémoire!

La juge a l'air désemparé, mais d'une nature combative elle se recentre, puise en elle des forces nouvelles et repart à l'attaque

— Une seconde maître, pourrait-on revenir à ce qui nous préoccupe aujourd'hui, à savoir les activités occultes de la Fondation. J'ai ici un certain nombre d'éléments qui indiquent que de juillet 1992, date de sa création, jusqu'à la fin 99, différents comptes ont servi à des mouvements de fonds d'une importance considérable. Je suis en possession de témoignages irréfutables m'indiquant que la Fondation n'était qu'une couverture destinée à camoufler les basses œuvres de Source. Je sais de façon certaine que Jean Nègre était mandaté pour accomplir des besognes diverses allant du cambriolage à l'intimidation pure et simple de gens gênants pour ses amis politiques. Votre client était le responsable en titre de la Fondation. Que peut-il nous déclarer aujourd'hui?

Elle hoche la tête mécaniquement, comme un automate. Berheim la regarde avec un air d'incrédulité affiché.

— Que peut-il nous déclarer aujourd'hui?… Que pouvons-nous vous déclarer aujourd'hui? – Berheim a l'air estomaqué – Mais enfin Madame nous sommes là, nous sommes devant vous, nous vous demandons aide et protection, nous avons peur Madame, nous craignons pour notre vie, et nous sommes convalescent, con-va-les-cent Madame, les certificats médicaux du docteur Aïm sont formels, ce-n'est-pas-de-la-simulation, nous sortons d'une très grave maladie où une rechute est constamment à craindre. Que vous dire… je… – ses mains retombent, désarçonnées.

Il en fait trop, elle va forcément atterrir, lui intimer l'ordre de se taire, de garder ses boniments pour le jour de l'audience et les caméras de télévision et je vais dormir à la Santé ou à Fresnes et je pense Merde j'ai même pas pris d'affaires de rechange, je n'ai même pas de liquide sur moi, et alors, par réflexe j'imagine Ronald en projection invisible venant chatouiller le plexus de la juge et j'ai envie de sourire et ça doit être communicatif car la juge a une sorte de hoquet convulsif et je l'entends qui réussit à dire Alors, que proposez-vous ? Vous savez que sans réponses claires et précises de votre client un mandat de dépôt est la conclusion logique de cet entretien, et à ce moment une sonnerie de portable se fait de nouveau entendre, différente cette fois, venant d'un autre endroit de la pièce, les premières mesures d'un air de Beethoven, la *Lettre à Élise* et tout le monde en reste pétrifié et la juge se met à rire, un rire hors de son contrôle, douloureux, car son visage se crispe et la sonnerie s'arrête et encore une fois elle arrive à reprendre le contrôle et elle tend la main vers la greffière et je vois, je lis dans ses pensées qu'elle va signifier ma mise en examen et mon incarcération, qu'elle n'a qu'une envie c'est que l'on quitte son bureau et de se retrouver seule et que je sois enfermé loin mais à sa merci, pour qu'elle puisse me cuisiner un autre jour où elle ne serait pas victime de toutes ces bizarreries, c'est à ça qu'elle se raccroche, et ses lèvres forment les premières syllabes de la phrase fatidique mais une autre sonnerie de portable jaillit de sous ses pieds et elle pouffe nerveusement, Ronald a rentré la moitié d'une main sous sa cage thoracique et lui chatouille la plèvre et maintenant elle se tord presque sur sa chaise. Berheim la contemple sans ciller. Quant à la greffière elle est effarée, elle s'est arrêtée de taper et elle ouvre de grands yeux incrédules.

— Non, dit Berheim, comme s'il se parlait à lui même, ce que je pense c'est qu'il faut laisser les choses se faire – sa voix se colore d'une teinte douce – laissons du temps au temps, apprenons à mieux nous connaître, laissez-nous nous rétablir dans de bonnes conditions, reniflons-nous, laissons mûrir les fruits de notre union et alors… – il se tapote la joue d'un air entendu, se suçote un bout de lèvre et toute sa tirade est tellement incongrue que j'ai l'impression qu'il délire, impression que doit partager la greffière – … Bien sûr, nous ne sommes pas des enfants, nous sommes entre adultes… que Louis Dieutre, sans être directement concerné, ait forcément eu vent, à Source, d'un certain nombre d'opérations dont les détails pourraient vous être précieux, cela semble probable… et… – il marque un temps, laisse le suspens s'insinuer, gonfle son menton – … évidemment, évidemment, on peut tout imaginer, et je vous avouerais que je ne désespère pas moi-même, lors du retour de toutes les capacités mentales de mon client, de participer à la mise en lumière des circonstances regrettables du décès de notre confrère.

Il me semble qu'il lui fait un petit clin d'œil, un truc énorme, du genre vous m'avez compris, les biscuits sont là, à vous de savoir les mériter…. Mais évidemment une période d'emprisonnement risquerait de tout compromettre.

— Je… balbutie la juge, complètement perdue, du t…

Et à cet instant nos regards se croisent et il y a encore une nouvelle sonnerie de portable, quelque chose d'atroce comme *ding-e-ding-e-dong!*, qui vient maintenant du plafonnier, en fait ça fait presque *king-kong-king-kong* et j'éclate de rire et elle aussi, comme si on la chatouillait éperdument, un rire qui dépasse toutes ses capacités de retenue, dont elle souffre, c'est visible, horriblement, la greffière est atterrée et assiste, impuissante, au naufrage de sa maîtresse, seul Berheim n'a l'air de ne se rendre compte de rien, et continue son argumentaire.

— Bien entendu un placement sous contrôle judiciaire, évidemment dans une forme souple, serait la solution idéale, elle permettrait à la fois un retour à la normale sur le plan de notre santé et une mise à plat de la situation – et dans cette formulation qui ne veut absolument rien dire il insuffle une partie de sa conviction.

Des larmes coulent le long de mes joues. Je dis, et c'est mes premiers mots depuis mon entrée dans le cabinet de la juge, Excusez-moi, je…, mais la juge ne m'entend plus, elle est pliée en deux et essaye de tousser pour dissimuler son fou rire, mais sans y parvenir vraiment, et tandis que je parviens à me calmer je l'entends qui hoquette entre deux quintes, Je vais vous redonner – elle postillonne, s'étrangle – un autre rendez-vous, excusez-moi – elle brasse l'air avec son stylo, elle essaye de respirer par le nez – … je ne me sens pas bien… – elle se reprend – … en attendant – elle se tourne vers moi, souffle bruyamment sur les feuilles qui encombrent son bureau – je vous place sous mandat… sous… – elle a un nouveau hoquet – ..: sous contrôle judiciaire.

La greffière n'en revient pas, dit en esquissant un geste vers la juge puis vers l'avocat, C'est… on est surmené, on est surmené, on a peur, c'est ça la vérité!, comme une chose affreuse qu'elle ose enfin s'avouer, mais se ravise et son commentaire se perd dans sa barbe et elle me tend le papier me notifiant le contrôle. Berheim flatte l'encolure de sa sacoche qu'il a posée sur ses genoux comme s'il s'agissait d'un cheval qui a réussi son parcours. En se levant il déclare : Je vous remercie, je crois que nous allons faire du bon travail ensemble. Il tend la main en amorçant une courbette, Madame…, puis pivote vers la greffière, Madame…

Nous sortons, j'ai la vision d'un tableau figé – pas dans la forme, ni dans la représentation, mais dans l'énergie que ces deux femmes dégagent, bizarrement dévastées comme si quelqu'un, un diable, venait de les border d'un précipice odieux –, un tableau qui pourrait être une installation de… Matt Mullican ?

Quand nous quittons la section interdite au public un groupe bardé d'appareils photo, de caméras, se précipite vers nous Doucement, se met en avant Berheim, messieurs s'il vous plaît! mais en une seconde c'est la cohue, tout le monde me tire et braille des questions et me tend des micros sous le nez, et, avec un calme qui m'étonne moi-même j'arrive à les repousser et à dire : Attendez, attendez, que les choses soient bien claires, je suis venu témoigner à ma demande et c'est à ma demande, afin que je puisse avoir accès au dossier, qu'une mise en examen m'a été signifiée. Vous comprendrez comme moi qu'à l'heure actuelle il m'est impossible de transgresser le secret de l'instruction.

— Mais pourquoi vous cachiez-vous ?

— Je ne me cachais pas. J'ai été gravement malade et pardonnez-moi d'avoir songé à ma propre santé avant de penser à une affaire dans laquelle, factuellement, je n'ai somme toute pas grand-chose à voir.

— Avez-vous subi des pressions ?

— Non.

J'essaye de me dégager.

— Craignez-vous pour votre vie ?

— Je ne crois pas que qui ce soit ait la moindre raison de vouloir me tuer.

Et quand je dis ça j'espère que la phrase sera reprise et je souris, et je pense à Tom et à Jerry et à quelque chose de plus affreux, au corps du juge Forlani avant de mourir, avait-il eu peur ? avait-il souffert ? et je repense aussi à la cour avec les fous, à la chatte de la folle, à ma bite éraflée par le bitume et au Cube-Savon, gisant dans le tiroir d'une morgue, et je les regarde tous – des pantins sans substance – et soudain je suis dix fois plus dense qu'eux et je dis Merci, maintenant ça suffit, et je me fraye un chemin au milieu d'eux et l'avocat cette fois m'a laissé complètement faire et j'ai l'impression qu'il s'agit d'un test, une manière de voir si je pouvais tenir le coup et passer maintenant à autre chose, mais je chasse cette idée, je me dis juste que je suis en train de me ressaisir sacrément.

Mais une fois la machine et ses principes
inventés il va être nécessaire de savoir transposer
les problèmes que l'on veut faire
traiter sous forme de « programmes ».

Chapitre 10

La prédominance du poussah

Tout repose sur la connaissance, c'est d'elle que proviennent les fruits.

1.

... et nous sortons du Palais, Berheim dévalant les marches et moi à sa suite et toujours des journalistes à nos trousses. Nous sortons par l'autre côté, vers la place Dauphine. Berheim dit dans son portable – qu'il a rallumé – « à l'angle des quais, on va surgir dans une demi-minute » et la scène fait très *série américaine.* Les journalistes finissent par lâcher et s'arrêter, comme si une ligne invisible les contraignait à rester comme ça, penauds, sur les marches du Palais. La Mercedes de Ronald, vitres fumées, au ralenti, débouche le long de la Seine, et nous montons dedans, pratiquement sans qu'elle stoppe et Ronald démarre en disant Alors ? Comment ça s'est passé ?, provoquant chez Berheim une réponse sibylline et un brin machiste : « Bien, plutôt bien, mais cette femme a l'air surmenée, je me demande à quoi il pense quand il confie les dossiers, on voit qu'elle est au bout du rouleau, que ça la dépasse complètement. » Devant le premier bâtiment de la Samaritaine, face au Pont

Neuf, un homme habillé en clown blanc hurle à la cantonade : Qui trouvera le trésor ? Qui ?, et je me demande si l'argent est toujours là-bas, enfoui dans les marais, et dans ce cas, si les eaux baisseront un jour.

2.

Nous arrivons en vue de La Défense – impression de *déjà vu* assez pénible – et quand nous nous arrêtons pour Berheim qui est pris d'une envie pressante dans la station-service du boulevard circulaire, je regarde Ronald dans le rétro (je suis assis à l'arrière, il a l'air pensif) et je fais : « Oufoufe, hein, oufoufoufoufoufe... », en hochant la tête, et je dis : « Putain, hein, ouf, c'est... pas de limite quoi, c'est le pouvoir absolu, – je fais le geste avec ma main pour mieux revivre l'événement... – Elle se tordait quoi, c'était plus fort qu'elle, c'est... – je m'en mords la lèvre... – Le pire c'est les sonneries de portables, quand ça a fait *king-kong*, j'ai cru que la greffière allait faire une crise d'hystérie. » Je ris et Ronald opine vaguement, sans répondre. Berheim revient, nous explique qu'il a la prostate en compote. « Je crois que j'ai trop baisé, ça me rattrape. » Nous nous garons dans le parking sous la tour Source. Je me sens soudain honteux et mal à l'aise, j'ai chaud. Je dis à Ronald, pour dire quelque chose : Tu nous attends là ? et il opine encore, l'air maintenant d'un dromadaire épuisé, comme un homme que sa femme aurait poussé à faire les magasins un jour de soldes.

La lumière du parking diffuse une auréole verdâtre. Deux personnes passent en boitillant, peut-être contaminées par les radiations sales du lieu.

Sur le parvis l'éternel vent qui vrombit entre les tours me gifle la figure. Les vigiles en bas ont changé et je ne sais pas si je regrette le temps où ils me saluaient tous d'un salut amical et vaguement martial ou si je préfère être maintenant, un peu perdu pour la vie normale mais plongé dans des univers imprévisibles où les portables sonnent tout seuls.

Vraiment je n'en sais rien.

3.

Dans la tour, l'ambiance a l'air au changement. Au treizième, au début du couloir, je heurte un type que je connais, dont je n'ai jamais su très bien s'il était au jus de quoi que ce soit ou totalement innocent, vu son air pincé quand il me voit je penche pour la deuxième hypothèse, à moins qu'il ne soit particulièrement hypocrite, sinon je ne reconnais personne. Peut-être ont-ils renouvelé l'intégralité du siège, par un coup de baguette magique.

Nous n'attendons pas, une porte s'ouvre et l'on nous fait entrer dans le bureau de l'assistante, qui décroche son téléphone et dit : Maître Berheim… Le DRH n'est plus celui que je connaissais, celui que j'avais croisé le jour de Tom et Jerry. Celui-ci porte un bouc à l'ancienne, un visage taillé à la serpe et des yeux noir corbeau qui me détaillent comme pour me transpercer. Il ne nous serre pas la main, nous fait juste un vague signe de nous asseoir. L'entretien va se dérouler en exactement huit minutes, trois sont consacrées aux regrets qu'ils éprouvent tous de devoir arrêter la Fondation malgré le travail remarquable qui a été accompli et dont nous avons tous conscience, précise Bouc Noir, mais il faut savoir en période de crise ajuster ses projets à ses capacités, et notre restructuration nous conduit à interrompre cette… Il cherche le mot juste, ne le trouve pas, ne doit de toute façon pas du tout être sensible à l'art contemporain, se rabat finalement sur… expérience, nous préférons arrêter l'expérience.

Deux autres sont consacrées à la manière dont nous nous séparons. Il précise qu'au vu de mon ancienneté – dix ans, eh, oui, mon Dieu, j'ai passé dix ans dans cette tour, quand nous évoquons cela j'ai une bouffée d'émotion, complètement stupide, mais réelle – et des circonstances – il appuie carrément sur circonstances – et après échange de discussions avec mon conseil, il a été décidé d'une indemnité dont le montant forfaitaire doit couvrir le préjudice subi. On dirait qu'il en a mal aux seins de prononcer cette phrase.

— Acceptez-vous cette solution ?

Je suis pris de court, je regarde Berheim, qui approuve et dit Oui, mon client ne souhaite que cela, une solution à l'amiable, et il ajoute, souriant, Vous savez nous ne sommes pas procéduriers pour un sou, hu, hu, et il a le culot de rire de sa blague, alors que Bouc Noir, qui ne sourit même pas, a déjà décroché son téléphone et dit : Vous me descendez le chèque et les papiers, s'il vous plaît, et les trois autres minutes se passent dans le silence, un silence assez pesant que Berheim finit par rompre en fixant la fenêtre d'où l'on voit le début d'une autre tour, celle d'une compagnie d'assurances : C'est assez futuriste, hein, ça doit être agréable de travailler, les bureaux sont grands, et Bouc Noir répond sur le même ton, Oui, d'un point de vue ergonomique c'est assez basique, juste quand on frappe à la porte et Bouc Noir dit Entrez et une fille entre, que je connais aussi de vue mais qui ne m'adresse même pas un regard et qui tient un gros parapheur d'où elle sort un chèque, des feuilles de paye, des décharges et des reçus à signer, en plusieurs exemplaires, notamment une où je m'engage à ne pas poursuivre Source en justice, à ne faire aucune déclaration d'aucune sorte et ainsi de suite, et à la fin on me donne le chèque et je me dis merde 80 000 euros ils auraient pu faire un effort et juste après je vois que je me suis trompé d'un zéro et qu'il s'agit de 800 000 euros et ma main se met à trembler légèrement, nous sommes debout, Berheim et moi, maintenant prêts à partir sur le pas de la porte et j'ai une illumination, je dis Et au fait la voiture ? J'ai toujours la voiture qui est au nom de Source, qu'est-ce que je fais avec ? et Bouc Noir est pris de court, chose, je le sens, qu'il n'aime pas, il y a une seconde de flottement et la fille qui a le parapheur est immobile dans un coin et je vois la tour en face et je me dis C'est bizarre que personne ne se jette dans le vide, ça devrait arriver plus souvent et Bouc Noir finit par répondre Écoutez on ne va pas compliquer les choses, voyez avec le service compétent pour le changement de carte grise et puis l'ascenseur redescend, nous aspire, le même ascenseur que j'ai pris deux cent mille fois avec Batman, le même ascenseur que j'ai pris le jour de l'interrogatoire avec Tom et Jerry, et quand nous arrivons en bas, que l'on nous redonne en échange du badge visiteur nos cartes d'identité je suis de nouveau pris d'un rire nerveux qui achève de me vider de l'intégralité de mon énergie.

4.

Berheim, pas gêné le moins du monde, me réclame ses honoraires, 10 %, soit 80 000 euros et comme pris par un début de grippe je lui rédige, avec mon stylo qui vibre à l'unisson des amortisseurs de la Mercedes. Je dis, un peu inquiet : Il faut que je passe à ma banque et Ronald répond : Je me suis occupé de l'EDF, normalement on a du jus en rentrant, comme si maintenant on était en couple, ou au moins que l'on faisait équipe, et vis-à-vis de Berheim, qui a l'air de bien considérer Ronald, ça me rehausse.

5.

Au dîner Ronald me déclare : C'est bien que l'on soit un peu tranquilles pour parler, si tu vois ce que je veux dire… ? et dans cette question il met tellement de sous-entendus qu'il pourrait être question de n'importe quoi, du gouvernement de la Terre, d'une Mission, d'un Destin, et puis le maître d'hôtel arrive et nous propose un grand cru – il vient de racheter une cave aux enchères – et la discussion dérive et la fin du dîner se passe un peu lentement, comme si nous attendions quelque chose qui finalement ne viendra pas, et quand nous rentrons un scooter a été renversé avant la porte de Clichy et les travestis sont regroupés et s'agitent, ce que je trouve, dans la lumière de nos phares, accablant de beauté néoréaliste.

6.

Maintenant qu'il y a de la lumière l'appartement a repris figure humaine. Avant de se préparer le canapé pour y dormir Ronald propose que l'on se penche sur la question de la femme de ménage dès le lendemain et aussi sur différents petits points d'organisation. Comme il ne parle de rien d'autre je finis par balbutier : Mais... Archignac, on... je vais y retourner ou...? et c'est là qu'il me fixe et dit – et je trouve son ton déplaisant et sépulcral – Tu veux retourner à Archignac? je ne sais pas si c'est possible, il va falloir que je pose la question, et je reste idiot et anéanti, comme si l'on m'enlevait le fil me retenant encore à un des côtés de la paroi du précipice.

7.

Le lendemain je fais la une des journaux, pas comme actualité numéro un, mais quand même en deux ou en trois. *Réapparition du témoin Mystère. Affaire Source : Les clefs des comptes,* et *Libé*, qui bien sûr essaye de se démarquer en jouant la carte de la référence à l'art contemporain : *Installation du témoin perdu dans le dispositif de la juge Sévère* avec au final pas grand-chose, un compte rendu plus ou moins exact de mes brèves déclarations et des commentaires du genre *« manifestement Louis Dieutre ne parlera pas, muet chez la juge d'instruction, celle-ci n'ayant pas suffisamment d'éléments pour l'incarcérer l'a laissé en liberté sous contrôle judiciaire. Il est toutefois mis en examen dans le cadre d'un abus de bien social »*. L'après-midi Ronald disparaît je ne sais où, pendant que je passe à ma banque, – j'ai plusieurs millions de francs sur mon compte et pourtant le reçu que j'ai glissé froissé dans ma poche est aussi irréel que l'histoire d'Archignac. En sortant, comme j'ai du temps devant moi, ivre de cette liberté qui m'est redonnée, je fonce à Beaubourg qui vient de rouvrir et je me repais des nouvelles salles, de la reconstitution du bureau d'André Breton – extrordinaire – et des dessins de Michaux et quand même devant Michaux j'ai une réminiscence, je pense : Les autres Mondes, les autres Mondes, et je fais plusieurs fois le tour du deuxième niveau en me répétant C'est complexe putain, c'est sacrément complexe!, un souvenir essaye de s'insinuer, une image imprécise de silhouette penchée sur moi et commentant mon état, mais sans arriver à éclore, je pense à Klingston, me demande s'il a déjà des œuvres achetées par le musée et si oui sous quelle forme – des vidéos? des retranscriptions d'événements ? – et finalement comme j'ai faim je monte jusqu'au restaurant Chez Georges – repris par les Coste, superbe, vue extraordinaire, chaise *hype* mais légèrement inconfortable – et là je tombe sur… Sylvie, qui descend par l'autre escalator, qui m'appelle, Louis, Louis, et en la voyant je me sens d'un seul coup terriblement seul, terriblement.

8.

— C'est dingue, c'est vraiment dingue, je viens juste de lire un article sur toi, j'ai failli essayer de t'appeler et puis je me suis dit que tu devais être super occupé. C'est fou, tu sais que je me suis fait un sang d'encre à ton sujet. J'ai cru que tu étais mort.

Nous nous embrassons. Nous nous serrons l'un contre l'autre. Elle m'étreint et je me laisse aller contre elle, en me disant Putain quelqu'un de normal, mon Dieu quelqu'un de normal, et je tremble tellement qu'elle finit par s'en rendre compte et du coup me prend les mains et dit Elles sont froides, ô elles sont froides, et nous remontons et allons nous asseoir au restaurant où nous commandons du thé, des gâteaux.

— Vraiment c'est dingue – ses seins sont abominablement saillants sous son corsage – vraiment, vraiment, vraiment dingue !

— Je suppose que c'était plus ou moins programmé, nos rails personnels avaient une interférence aujourd'hui, c'est ça ? je dis, essayant de me rassurer, car une pensée sournoise vient de me traverser l'esprit, si Sylvie était envoyée par les autres ? par Klingston ?

Elle me regarde d'un air bizarre, comme si j'avais soulevé un point crucial qu'il n'aurait pas fallu aborder aujourd'hui.

— Certainement. C'est… qu'est-ce que.. Tu te rappelles de… la nuit ?

— Oui – j'émets un rire qui doit plutôt se décoder comme un gémissement – Je grince : Très bien, oui…

— Tu te rappelles de tout ? Vraiment de tout ? – elle baisse les yeux une fraction de seconde.

— De tout quoi ?

Nous restons silencieux un instant. Je la vois avec Klingston.

— Tu t'es fait baiser par Klingston ?

— Je ne pensais pas à ça.

— À quoi alors ?

— À la statue. Tu n'as rien ressenti ?

— La statue ?

— Quand il a parlé avec la statue que tu as cassée.

— Quand il a quoi ?

Elle se passe la main dans les cheveux.

— Il a fait une incantation, chez lui, après, il faisait presque jour.

— On a été chez Klingston pour un *after*? je dis, passablement surpris.

— Non, justement, pas toi, tu devais nous suivre en voiture et on t'a perdu, on a cru que tu étais rentré chez toi. J'ai essayé de t'appeler mais ton portable était coupé. C'est là que Klingston s'est servi de la statue pour te parler.

J'ai les poils des bras qui se hérissent. Je balbutie Comment ça ? Elle se mord les lèvres : Il pensait que la statue était en résonance avec toi… et puis zut, tu dois bien le savoir, il nous a dit que tu étais formaté pour ça et que c'était avec ton consentement.

J'ai un début de panique.

— Mais il a dit quoi exactement, il a fait quoi ?

— Il t'a vu t'engager sur une route très noire, c'est ce qu'il voyait, du noir et des arbres abattus et du vide qui t'aspirait, et il a voulu te rattraper. La statue… d'après lui la statue était comme une… comme un… champ électromagnétique, un transistor pour se connecter à toi. – Elle change de ton brusquement – Tu as lu *Le Livre des Morts tibétains*?

— Heu…, je… non, enfin je crois que je l'ai déjà eu entre les mains.

— Eh bien c'est un langage symbolique bien sûr, mais au huitième jour il est question des Deités Irritées Détentrices du Savoir…

— Et… ?

— Ben justement tu les avais irritées – elle rit carrément – Ou plutôt tu t'engageais mal dans le Programme, si tu préfères un système de références plus au goût du jour…

— Quel Programme? Mais en posant la question j'ai l'intuition de ce à quoi elle fait allusion, et comme elle ne répond pas – elle se contente de jouer avec le bout de ses nattes et a repris l'air un peu niais qu'elle arborait dans les réunions – je la fixe et je dis : Il est où?

— Qui?

— Klingston.

Elle repose le bout de gâteau qu'elle était en train de porter à sa bouche.

— Klingston? Mais je… aucune idée, je n'ai pas…

Je la fixe encore, me reprenant maintenant totalement, comme quand je suis sorti du cabinet de la juge.

— Comment m'a-t-il retrouvé?

Elle semble à peine gênée, avale un bout de gâteau :

— Il a gardé des bouts de la statue.

Je hoche la tête. Me ressers du thé. Je demande :

— Tu as parlé du huitième jour, pourquoi?

— Ça faisait huit jours. Ça a commencé pour toi deux jours avant la tempête. Même avant en fait.

J'ai l'impression que tout devient vert autour de moi. Je repense au malaise que j'ai eu sur le boulevard circulaire de la Défense. Au pitt-bull. À l'Anglaise lépreuse et aux métiers à tisser.

— Mais je ne suis pas mort? Non? Je… pourquoi *Le Livre des Morts*?

Là, elle éclate carrément de rire. Écoute Louis, je… tu peux avoir confiance en moi. Elle secoue la tête, incrédule. Klingston a raison, depuis le début il soutient que tu es un sacré malin et que tu en sais beaucoup plus que nous tous réunis, mais que seulement… Elle tape légèrement sur la table pour appuyer ce qu'elle en train de me dire et puis se ravise. Merde, t'es vraiment déconcertant!

Nous nous réfugions dans le silence. Au bout d'un moment elle demande : Mais tu étais où? et pris d'une inspiration, je dis : J'étais où? Mais comment se fait-il que ton cher ami le Grand Sorcier ne le sache pas ? Sa boule de cristal était en panne?, ce qui ne la fait pas sourire, au contraire, elle soupire : Ô Louis, écoute, pourquoi es-tu autant sur la défensive, on est tous dans le même bateau, non ? on est tous confrontés aux mêmes résistances, alors pourquoi être si… la jouer si perso ?

— J'étais à Archignac.

Je distingue une lueur de triomphe dans son regard.

— C'est ce que pensait Klingston – elle se frotte pensivement le pouce avec l'ongle de l'index – Tu vois que tu es partie prenante de tout ça.

Bêtement je pense à la phrase de Cocteau, *Puisque ces mystères nous dépassent feignons d'en être les organisateurs,* et j'opine avec un air grave. Là-dessus trois filles arrivent, s'installent à la table d'à côté et commandent des chocolats.

— Tu sais que l'on n'a jamais vraiment fait l'amour ? dit Sylvie.

Je réfléchis un quart de seconde. Non, c'est vrai, pas au sens biblique du terme en tout cas.

— Tu aurais envie ?

— Je ne sais pas.

Elle rit.

— Ton enthousiasme me fait carrément vibrer.

Une des trois filles (malheureusement toutes les trois non seulement moches mais affligées d'un mal-être qui suinte par tous les pores de leur personne) parle si fort que nous sommes obligés de suivre l'intégralité de la conversation. Les deux autres sont tournées vers elle et l'écoutent, mi-intensément, mi-hagardes, comme l'on peut souvent l'être dans une grande ville quand on vient de se taper une petite épreuve comme la visite d'un musée, un peu de métro, le bruit de la foule : « Pourquoi lui ?… eh bien… – la fille a des dents de lapin qui transforment ses expressions en un sourire tout à fait disproportionné – Eh bien… Je pense que c'est tout simplement parce que je suis sûre qu'il m'aime. Qu'il m'aime vraiment. » Les deux autres sont médusées. « Mais toi, finit par lâcher la plus réveillée, toi tu l'aimes ou pas ? » La réponse tarde un peu, sa détentrice ménage ses effets. « Oui, non, peut-être… Quelle importance. – elle les fixe, empreinte soudain de toute la cruauté du monde – Tu sais combien de fois j'ai donné mon cœur ?

Combien de fois j'ai *vraiment* donné mon cœur ?» Une petite cuiller tombe par terre, provoquant au ras du sol une onde cristalline. Une des filles a la bouche grande ouverte, s'oublie complètement. L'autre assène la réponse fatale. « Sans exagération des dizaines de fois ! Des dizaines et des dizaines de fois ! » Un silence de mort accueille cette confidence. « Eh bien j'en ai marre. Il m'aime. Il m'aime *vraiment*, je n'ai plus envie de me poser de question. Et tant pis si je me trompe, et tant pis si je suis dans l'illusion, tant pis si je suis dans le compromis, il m'aime et ça pour moi, *maintenant* – elle appuie sur *maintenant* pour bien signifier à quel point *à partir d'aujourd'hui* fonctionne sur un thème différent – c'est au-dessus de tout. »

— Tu as raison, dit l'une.

— Quand même, fait l'autre, tu devrais peut-être attendre d'être vraiment sûre.

— Mais, reprend la première, ce n'est pas celui-là dont tu nous a dit qu'il était homosexuel ?

La fille ne se trouble pas, on la sent *vraiment* déterminée.

— Si, enfin, bi, enfin il a *déjà eu* des trucs avec des garçons mais pas non plus…

— Tu veux dire qu'il va pas se faire enculer dans des back-rooms tous les jeudis soir ?

— Tous les jeudis soir ?!, s'exclame sa copine, tu n'y es pas du tout, ceux qui sont vraiment dans le truc c'est matin-midi *et* soir, et sans capote souvent.

— Sans capote, frémit l'autre, qui a un chemisier à pois, sans capote, mais tu lui as demandé si… Mais vous, vous… ?

— Non, je m'en fous, on baise, des fois on en met, des fois pas, c'est comme ça, j'ai plus envie de me prendre la tête.

Les deux filles, Petit Pois et Érudition Gay, en restent babas.

— On va chez moi ? demande Sylvie.

— Quelle heure est-il ? je demande.

— Presque cinq heures.

— Ça risque d'être juste. Je… on peut… peut-être…

J'ai brusquement une envie folle de la baiser.

— On bouge, je propose. On descend un peu dans le musée ?

Quand elle se lève ses seins s'agitent en une secousse dissymétrique qui m'achève totalement. Le monde n'est plus que la possibilité de renifler la douce odeur de sa chatte et de son cul. Dans l'escalator je me rapproche d'elle et je dis, répondant à sa question de tout à l'heure, la voix étranglée, Si, si, j'ai envie bien sûr, mais j'étais... Je plonge carrément la main dans son pantalon et je m'insère dans sa raie des fesses et elle se débat en gloussant. Eh, oh, du calme, on est dans un lieu public ! Mais je recommence, en la serrant, en murmurant Mais non, personne ne nous voit, pas si je marche collé contre toi, et nous dérivons dans Beaubourg, serrés l'un contre l'autre et le bout de mes doigts arrive à capter juste le début de sa fente qui commence à mouiller et elle murmure Olalah moi aussi j'ai envie, et elle m'embrasse et je passe ma main devant et je lui enfonce, à deux pas des toiles d'Yves Klein, notamment d'une peinte au chalumeau qui fait des reflets calcinés couleur fauve et j'ai l'impression de m'engouffrer dans une transe infernale mais tellement agréable et à la fin je lui prends les cheveux et la fais descendre et elle me suce et un gardien nous regarde, hypnotisé, et avant de jouir je bloque tout et je la remonte et je la finis elle avec ma main, que je plonge maintenant entièrement, et je la sens partir, les yeux ouverts, face au gardien qui à travers sa poche se branle carrément, adossé à côté d'une immense toile que je n'identifie pas mais qui doit être un truc incongru, un truc hors de prix qui pourtant, sur le moment, ne me dit carrément rien.

9.

Ronald n'en revient pas.

— Et le gardien était en train de se branler ?

— Oui.

— Et elle le regardait ?

— Oui.

— Ah merde, la coquine. – il se gratte le menton, perplexe – Tu crois qu'elle serait partante pour une expérience avec un nain ?

— Heu… franchement je… réponse inconnue, franchement.

— Et toi tu n'as pas joui ?

— Non… je… pas…

— Pourquoi ?

— Je… pas de réponse non plus, je trouvais ça mieux de me retenir, en fait j'ai pas… depuis… dans le sauna chez les Chat je crois, avec la pute rue Saint-Denis j'avais pas vraiment… – j'écarte les bras – désolé mais pas de réponse, peut-être… rétention énergétique ? j'ai eu peur de… me dilapider bêtement ?

10.

D'autres feuillets de l'histoire d'Archignac :

Fuyant l'avancée des Allemands le psychiatre – qui a accumulé une collection invraisemblable d'êtres bizarres dans son service de psychiatrie en Normandie –, lance ses ouailles sur les routes, dans le bordel inouï de l'exode.

C'est au bout de ce voyage insensé qu'ils vont échouer à Archignac, accueillis par un Frère dans le couvent qui deviendra la Forteresse. Après une brève occupation allemande, Archignac est un village fantôme. La majorité des hommes valides est partie sur le front et n'en reviendra pas. Le docteur et sa troupe de cinglés vont rapidement se structurer en une société autonome, régie par ses propres lois, qui déclinent le même modèle triangulaire. Psychologique d'abord : chaque habitant a Trois Corps, un *normal* (pour la vie usuelle) une *tierce* (sorte de totem utilisé dans certaines occasions) et le *Mystère Indémodable* (l'indicible), mais également géographique : Archignac, dessiné par le comte du même nom trois siècles auparavant, se compose de trois localités, Goröm (auquel la *tierce* est rattachée), les Angles (*Mystère Indémodable)* et Archignac proprement dit. Il semble que c'est dans cette articulation déclinée selon les besoins (un monde réel, un monde symbolique servant d'interface, et une dimension purement énergétique) que le groupe va cultiver sa spécificité et developper de nouvelles approches d'un découpage inédit du monde.

Il semble également que l'idée que le groupe soit la matérialisation d'un egrégor se jouant du temps et de l'espace soit dès la fin de la guerre totalement admise par tous.

Partant de cette configuration il est évident qu'Archignac, peuplé de monstres, bâti selon des lois de la physique en avance sur son temps (il est expliqué dans le fascicule que certains endroits ne sont accessibles que sous certaines conditions, que sinon ils n'*apparaissent* pas) et assujetti à des codes psychiques sortant des sentiers balisés ne pouvait qu'évoluer vers quelque chose de sidérant : un village de mutants.

Je n'ai pas besoin d'imaginer une carte de France dont une minuscule partie serait artificiellement grossie à la loupe « Toute la Gaule est soumise à l'envahisseur, toute ? non... » car l'histoire est tellement hallucinante que la carte flotte littéralement devant mes yeux et quand Ronald sort de la salle de bains – costume de ski fluo, lunettes bleu électrique, chaussures violettes à rayures vertes – malgré son accoutrement – ou peut-être plutôt à cause de lui – je le visualise parfaitement en Astérix. Un Astérix new look, mais un Astérix quand même.

Je me demande ce que ça donnerait sur une ville comme Paris. Si le président de la République avait une *tierce,* s'il apparaissait à la télé habillé en Kermit la Grenouille.

J'abrège ma lecture. Ronald a trouvé des invitations pour une fête de la e.economy dans la boîte aux lettres – comment m'ont-elles suivi jusqu'ici, mystère ? – et nous mettons le cap vers l'Institut du Monde Arabe.

11.

Quand nous arrivons la fête bat son plein, les invités déambulent, un verre à la main, au dernier étage de l'Institut (bâtiment de l'architecte Jean Nouvel, assez réussi, d'où l'on voit Notre-Dame). – C'est bien que t'aies eu des cartons, approuve Ronald que tout le monde regarde à cause de son costume, ça tombe au poil, j'avais envie de faire un peu le fou ce soir ! J'acquiesce, pensant toujours à Archignac. Si certains endroits sont invisibles, à quel moment apparaissent-ils ? selon quels critères ? La disposition psychique du spectateur, comme dans une expérience de physique quantique? Quelqu'un me fait signe, c'est Jean-Luc Hess, de France Inter, que je connais vaguement, et qui en me voyant a eu un sursaut d'étonnement. Il vient me serrer la main d'un Comment allez-vous particulièrement chaleureux, suivi de – avec un petit sourire – : J'ai lu pas mal de choses sur vous récemment, vous... défrayez l'actualité, ce qui me permet de hausser les épaules, modeste et fataliste, et de sourire aussi, un peu contrit : Oui mais pas d'une manière très heureuse, il opine longuement, peut-être soucieux de ma situation, et heureusement, avant que l'échange ne s'enlise, quelqu'un vient l'entreprendre et je bifurque vers le buffet, où Ronald a disparu. Plus loin trois hommes, – mon âge, costumes, pas de cravates mais chemises blanches, l'air sérieux, tout ça fait e-economy – parlent de l'époque :

— Le monde se remet en marche, dit le premier, je le sens.

— Tu as raison, dit l'autre, moi aussi, et cette fois c'est parti pour durer.

— Évidemment, assure le troisième, seuls de mauvais prophètes annonceraient le contraire.

— Je le sens, redit encore le premier, je le sens dans la terre, je le sens dans les rues, je le sens dans l'air qu'ont les gens quand ils font leurs courses, je le sens comme un vigneron sent pousser sa vigne.

— T'as des *stock-options,* toi? conclut son camarade. Parce que je me demande si je vais pas vendre maintenant. Il paraît que chez Microsoft tout le staff dirigeant réalise et part.

— Tu m'étonnes, avec la plus-value qu'ils ont dû faire.

J'entends encore qu'ils parlent de la Bourse. Attention dit Stock-Options, vous connaissez l'adage : Vendre au son du clairon, acheter au son du canon! Quand les petits arrivent les gros s'en vont.

Les autres approuvent, l'air de le considérer comme leur mentor.

La terrasse, où il fait encore frais en ce début d'avril, est agrémentée de colonnes à chaleur qui rougeoient par en-dessous comme des champignons métalliques statufiés. Il me semble qu'un homme – chauve, assez grand – me fixe avec insistance et finit par me faire un signe, mais je mets cela sur le compte de ma nouvelle célébrité et je détourne la tête, continuant mon exploration de la petite foule, heureux, quand même, de me retrouver là.

Cette fois je me heurte quasiment à Angèle, mon ancienne assistante, et à Marc Andréoni, et ils sont aussi saisis que moi. Marc Andréoni semble scié de me rencontrer et mon assistante dit : Merde, Ancien Patron, qu'est-ce que vous foutez là ? et je m'entends bredouiller : J'ai... je ne sais pas... je suppose les cartons, on est sur le même listing. Je ris. On a décidé de, heu... divorcer Source et moi, c'est... je suis au chômage quoi, trop de... dix ans c'est bien quoi, je pense... c'était... mieux... mieux comme ça – j'avance les mains devant moi, voulant les rassurer, ils ont l'air catastrophés – ... mais enfin ça va quoi, pour moi tout va bien. Et pris d'une inspiration subite je demande : Mais... et la Fond... ils arrêtent c'est ça ?

Marc Andréoni est soudain gêné, c'est Angèle qui répond : Non, pas vraiment, on change de nom et on se recentre sur quelque chose de plus... – elle plisse le front. Direction Public Plus Large, mais toujours dans la scène de l'art, c'est Marc qui reprend en fait. Elle glousse : C'est lui Nouveau Patron, hu, hu, et alors nous restons silencieux et Marc Andréoni dit : C'était chaud, hein, tout ces derniers temps et je dis Oui, oui, ne tenant pas trop à déraper sur le sujet, et je vois dans leurs yeux que je suis devenu une sorte de barbouze assez étrange, quelqu'un qu'ils ont effectivement côtoyé mais dont l'identité réelle ne leur est apparue que plus tard, dans les insinuations de la presse et les abominations des rumeurs les plus folles. Nous restons donc quelques instants sans trop savoir quoi dire. Puis Marc Andréoni va chercher des boissons au bar. Angèle ressourit, dit En tout cas je suis bien contente Ancien Toujours Gentil Patron, sans préciser vraiment de quoi elle peut être si contente, et quand M.A. revient, cela dure une fraction de seconde, mais je vois comme un écureuil malicieux mangeant toujours la même noisette pour elle et une orange avec des dents saillantes pour lui, comme une imagerie possible des processus énergétiques qui les animent et dans lesquels ils se meuvent, et je ne comprends pas vraiment ce que ça veut dire.

— Et vous allez... faire quoi? s'inquiète Marc Andréoni. Professionnellement je veux dire, bien sûr?

Je souris : Actuellement je me suis lancé dans la photo – ils acquiescent tous les deux gravement. Marc Andréoni fait semblant de s'intéresser : Ah c'est bien, quel genre de photos? mais quand je réponds Polaroïd, j'ai en tête des trucs assez bizarres, photo-sorcelle..., Ronald du buffet me fait des signes, et donc j'abrège d'un : Je... je dois y aller, sorcellerie en fait, c'est ça, c'est mélange, Polaroïd-sorcellerie, exorcisme psychique, truc comme ça, quoi – ils ont l'air médusés – eh bien... heu..., à bientôt, en tout cas quand j'aurais de quoi faire une expo je saurai qui appeler... et ils sourient tous les deux, idiots au milieu de cette foule de gens s'évaporant avec concentration un *drink* à la main. L'écureuil malicieux est un peu prisonnier de sa noisette, roulant indéfiniment dessus comme un hamster dans sa roue et l'orange uniquement concernée par la trajectoire de ses dents et nous nous quittons là-dessus, sur cette symbolique image d'une partie d'eux-mêmes à laquelle ils n'ont peut-être même pas accès.

12.

Aux ascenseurs qui crachent de nouveaux invités à jets réguliers, pendant que des danseurs entament une danse du ventre, avec des tablas et des bongos et des flûtes, avec des turbans et maintenant un air de raï électrifié (Rachid Taha je crois) – la soirée était intitulée sans grande originalité *Mille et une nuits* – un type nous bouscule et monte avec nous, en disant à quelqu'un, sans même se retourner : Excuse-moi, mais je dois réceptionner le maire de Paris, marchant sur les pieds de Ronald qui se colle contre la paroi gris métallisé et sans même s'apercevoir de sa présence il agite son talkie-walkie et redit dedans : Marie-Françoise pour Xavier, Marie-Françoise pour Xavier, et quand Marie-Françoise répond il gémit presque : As-tu des nouvelles? je suis dans l'ascenseur, je suis dans l'ascenseur!, et Marie-Françoise répond Non, il n'est pas encore là mais j'ai Laurie Lopez et Jennifer Uranium qui arrivent et… par pitié s'il te plaît envoie-moi des photographes et Xavier hurle Reçu, reçu, et il coupe et change de canal et appelle Odile, Odile pour Xavier, c'est urgent, urgent, et Odile dit Odile j'écoute et d'une voix qui s'efforce au calme il l'informe de la situation. Il faut des photographes en bas Laurie Lopez et Jennifer Uranium sont en train d'arriver et l'ascenseur parvient à destination. Odile le visage crispé est avec Jennifer Uranium qui me semble un peu moins bien foutue que sur les affiches et Laurie Lopez est derrière. Il y a quelques équipes de télé et à ce moment-là un des journalistes me reconnaît et comme un seul homme ils se retournent tous vers moi. Il y a même un léger début de bousculade parce que les photographes envoyés par Odile déboulent des autres ascenseurs et voyant l'effervescence se précipitent sans comprendre mais en actionnant leurs flashes de confiance et je suis ébloui et je passe au milieu et là-dessus le maire de Paris arrive en sens inverse et je distingue la tête de Xavier, dépassé par la situation, et puis le visage effaré de quelqu'un qui accompagne le maire et qui, me reconnaissant, hurle Pas de photo ensemble, surtout pas de photo ensemble et qui bondit pour protéger de son corps le notable et un journaliste me demande : « Juste une question, juste une question, saviez-vous que Momo le Maquereau était à Paris ? » et cette clameur me poursuit jusqu'à la sortie, comme une incantation folle et je réponds quand même, très *mis en examen professionnel* : Désolé messieurs mais il y a une instruction en cours.

13.

Au centre de Paris le lendemain matin :

Ronald est chez moi et dort, avachi sur le canapé – nous avons fini au Queen, où il a dansé sur les podiums entre les jambes d'une *drag-queen* jusqu'à six heures du matin, devenant l'attraction principale de la boîte – et j'en ai profité pour sortir prendre l'air, faire un tour, flâner, marcher, faire des trucs qui me rappellent que oui, la terre tourne, car il y a des voitures, des feux rouges, des gens mal réveillés et des produits frais dans les magasins. Ma carte bleue marche, j'achète des livres, n'importe quoi, des romans qui viennent de sortir, des livres d'art – de nouveau sensation que mes bases de données refonctionnent normalement, reconnectant leurs fichiers les uns aux autres – et c'est une magie et un plaisir de constater que le monde n'a nullement dérivé dans un hyper-espace tangent et impalpable mais qu'au contraire il est bien là, pétant de santé et toujours aussi banal. Je me demande quand même : y a-t-il d'autres gens concernés ou bien suis-je un cas isolé ? les autres gens font-ils tous (comme moi) semblant de rien ? suis-je fou ? (mais dans ce cas pourquoi n'en ai-je aucun des symptômes – à part la voix de Ronald que j'entends parfois, comme Jeanne d'Arc) quel rôle joue Sylvie ? Et Klingston ? Toute l'infra-réalité de ma traversée de la Folie et des abîmes sort de son brouillard et vient s'inscrire dans une autre perspective, celle d'une version *hypertexte* de la trame des tourments de mon âme, la mise à nu des imperfections contenues dans mes codes-sources et à l'instant où je pense ça – et aussi à l'éventualité d'appeler Sylvie, que je n'ai finalement toujours pas baisée – quelqu'un me barre la route et c'est j'en suis horrifié, le type de la veille, le chauve.

— Comment allez-vous ? Nous nous sommes croisés hier soir à la soirée d'amazone.com.

Je ne peux pas m'empêcher d'avoir un mouvement de recul.

— Bien, je… oui, c'était… Institut du Monde Arabe je crois…

— Enchanté, Alex Filmann. – nous nous serrons la main – Je… – il paraît hésiter – Je crois que nous avons des relations communes, je… – il sourit et ses yeux se posent sur moi, me semble-t-il comme les pattes d'une araignée sur une mouche – j'appréciais beaucoup vos initiatives dans l'art contemporain. Je connais très bien Annie Morrissey et Axel Mort.

— Ah bon, vous connaissez Axel Mort ?

Je suis surpris car Axel Mort est un artiste absolument inapprochable. Je me détends un peu.

— Vous l'avez rencontré ? je dis, curieux en fait.

Il sourit.

— Oh, nous sommes assez proches, oui, bien sûr. C'est quelqu'un de… passionnant.

Il me fixe, un quart de seconde son image s'efface au profit d'un immense ruban de Möbius vaporeux et légèrement orangé.

— Eh bien, je dis, désireux d'abréger, enchanté d'avoir fait votre…

Mais je n'ai pas le temps de finir, sèchement il me coupe, et dit :

— Stop Louis, arrêtons s'il vous plaît les idioties. De notre côté nous sommes prêts. À vous de choisir. Vous savez ce que signifie la fin de l'Expérience.

Par la fenêtre de la librairie je vois que le vendeur nous regarde, puis sort un portable de sa poche et appelle.

— Je… – la voix de Ronald hurle alors dans ma tête… *Mens, n'hésite pas à mentir*! – Je… – *Dis que tu vas réfléchir…* – Je vais réfléchir. Je crois que… – j'arrive à me dégager – … J'aimerais beaucoup reparler de… même le rencontrer… c'est quelqu'un pour qui… Axel Mort. . la plus grande admiration…

Le chauve a une moue méprisante. Rappelez-vous Louis, nous sommes prêts, ce qui n'est pas le cas de tout le monde, et il ajoute : Sinon ils n'auraient pas autant besoin de vous. Sa moue s'accentue, comme s'il avait un début de nausée. Vous avez bien mémorisé mon nom ? Je balbutie : Oui, bien sûr, Alex, l'ami d'Axel, je… je… Le vendeur de la librairie est sorti sur le pas de la porte – comme par hasard c'est une librairie ésotérique, la librairie des Rose-Croix –, j'ai l'impression qu'il tient au bout de sa main un truc brillant qui oscille, je dis encore Il faut que… C'est… que me… et je détale comme un lapin.

14.

Quand j'arrive à l'appartement je n'ai plus du tout envie de rigoler. Les fenêtres sont grandes ouvertes, Ronald est en train de se couper les ongles de pieds. J'ai… je… – je bous littéralement – mais à peine ai-je refermé la porte que tout ce qui vient de se passer me semble si plein de turbulences, si chaotique, se calme soudain, comme une tempête qui s'apaise et Ronald dit :

— Tu as rencontré un chauve qui t'a fait les gros yeux et qui t'a parlé d'art contemporain ?

Ma colère et ma peur retombent instantanément :

— Heu… oui, c'est… heu, comment tu… comment tu le sais ? et son regard est dur et brillant et l'espace d'un instant, comme tout à l'heure avec le chauve, ma vision habituelle s'efface et je vois une nuit pleine d'étoiles, infinie, puissante et froide et Ronald qui continue à me sourire dit :

— Tu as fais des emplettes ? C'est des livres ? et quand il voit *Le Livre des morts tibétains* et le dernier Bret Easton Ellis, *Glamorama* et des livres sur Joseph Beuys il n'émet aucun commentaire, il passe dans la cuisine et va touiller le pot-au-feu qu'il est en train de faire cuire.

15.

Nous mangeons tous les deux d'un bon appétit. À l'étage au-dessus une télévision braille des séries aux sons incompréhensibles.

— Mais Aïm par exemple, il connaît… Berheim ?

Ronald a l'air interloqué par ma question.

— S'ils se connaissent ? Mon Dieu, je… je pense que oui, enfin, je ne suis pas non plus certain, mais certainement oui, c'est… – il se gratte pensivement le bout du nez – milieu mondain parisien de la justice et de la politique, Aïm adore, c'est… tu vois bien avec le milieu de l'art. Est-ce que tu connais les gens qui t'appellent mon chéri et qui t'embrassent ? – il fixe la bouteille de vin comme pour la prendre à témoin – Non. Évidemment. D'ailleurs quand connaît-on vraiment les gens ? Et d'ailleurs – il pointe son index en l'air, sentencieux – les gens se connaissent-ils eux-mêmes ? Hein, se connaissent-ils eux-mêmes ?

Mais pour une fois je ne suis pas disposé à lâcher l'affaire aussi vite, et je le coupe et cette fois d'une manière un peu plus virulente je redemande :

— Mais Archignac ça fonctionne comment ? C'est quoi ? C'est une secte ? C'est une organisation ? Le but c'est quoi ? Et les autres ? Le chauve ? Ils cherchent quoi ? Vous attendez quoi de moi ?

Il contemple le mur, entièrement blanc à l'exception d'une petite poupée difforme à laquelle il manque la jambe droite et une partie de la tête et qui, renversée, est balafrée d'un coup de pinceau noir et que j'ai payée une fortune – sur le compte de Source – lors de la vente de charité au profit des Orphelins-Sida parce qu'elle émane de Jiri Kasbörn et qu'à l'époque, en plein boum du milieu des années 90, la cote de cet artiste était au plus haut, et que j'ai gardée parce qu'elle me semble symboliser tout un tas de choses, Moi peut-être, ou nous tous, moulés dans du plastique rose, amputés et finalement tordus.

— Ça ne commence pas à prendre un sens tout ce qui t'est arrivé ?

— Je ne sais... je...

Il me jauge, tapote du plat de la main sur la table, j'ai l'impression qu'une partie de la pièce bascule, que les choses sont plus nettes.

— Si, je...

— Ton malaise sur le boulevard extérieur de La Défense ?

— Je... – une brusque illumination, totalement inattendue, me traverse – Une première extinction de l'ordinateur pour le débuguer ?

— Le fracassage du crâne du pitt-bull ?

— Une mise en scène symbolique de l'ouverture violente de mes circuits. Je... j'étais tellement captivé par ce que je voyais que... c'était plus simple d'agir sur moi.

— La fracture de la statue le soir du réveillon ?

— Le puzzle que je dois rassembler à nouveau. L'intervention dans le... sur ma... *database.*

— La descente sur l'autoroute ?

— L'amorce d'une plongée dans ce qu'on appelle le subconscient ?

— ...?

— ... Et aussi une brève irruption dans les autres Mondes... ?

— La Forteresse ?

Je frémis.

— Une purge. Une purge horrible.

— Le *Bortsh* et le *Warschau?*

— Les Programmes Réservoirs pour stocker les informations périmées.

— Le *Shaïzador?*

— La part d'indicible et de mystérieux qui reste même une fois que l'on a tout enlevé. C'est ça oui... le mystère, Rork quoi, Rork... comme la bande dessinée.

Et là-dessus, au mot mystère, la poupée gesticule comiquement, comme la représentante d'une ribambelle insolente qui ne pourrait pas s'empêcher de me narguer.

Fin de la leçon, dit Ronald, et il attaque le reblochon fermier, me laissant légèrement ahuri et déconcerté.

Mais qu'est-ce qu'un programme ? Les ordinateurs ne pouvant effectuer que les opérations élémentaires, l'ensemble des instructions destinées à faire effectuer toute une suite d'opérations constitue ce que l'on appelle un programme. Les programmes peuvent être écrits à l'aide de langages plus ou moins élaborés, selon les possibilités offertes par les instructions disponibles.

Chapitre 11

Les brouillons phosphorescents

Il arrive souvent que la nature fasse surgir de-ci de-là un maître qui dépasse en savoir tout ce qu'ordinairement l'homme peut apprendre de l'homme, c'est-à-dire un savant particulier dont les connaissances dépassent celles des autres hommes.

1.

En attendant l'autocar du Groupe Lundi :

Il a mis longtemps avant de passer à l'acte, parce que l'ayant fait une fois (adolescent, avec son premier amour) il savait qu'alors une digue serait définitivement rompue et qu'il risquerait d'aller trop loin, de ne pas pouvoir revenir en arrière. À l'époque où il décide de franchir le pas il travaille dans une société de maintenance informatique, il est responsable des ressources humaines, il a deux enfants et sa femme travaille aussi, dans une crèche, et ce qui constituerait pour d'autres juste une affaire plaisante, un jeu – se déguiser en femme et aller offrir son corps à d'anonymes amants – prend chez lui une dimension particulièrement tragique, s'inscrit dans le cadre un peu convenu du «*pédé honteux qui pète les plombs en secret*». Ce qu'il aime dans sa tenue ce sont d'abord les couettes (il a les cheveux longs réunis, bien que la mode en soit passée, en catogan), qu'il tisse avant de sortir, une fois les enfants et sa femme endormis (pour préserver sa tranquillité il drogue légèrement sa femme, qui est très sensible aux somnifères) et ses robes, qu'il choisit de préférence à carreaux, et qui ne sont objectivement pas très jolies (un peu tartes en fait) mais qui lui plaisent à lui et qu'il relève, avec à chaque fois un geste de défi puéril, avant de se faire enculer, toujours au même endroit, sur un parking au bord de la Francilienne, quelques kilomètres après Créteil. Les sorties ont lieu toujours le mercredi et le jeudi, et parfois le lundi. Il suce sans préservatifs (il avoue que ça lui arrive encore), et régulièrement flippe en faisant les tests, qui pour le moment sont négatifs. Il a quand même pris deux fois la trithérapie de manière préventive et c'est à ça qu'il attribue sa dépression actuelle, ainsi qu'à la pression constante du mensonge, dans laquelle il vit depuis des années. Il fait aussi des rêves où l'hôpital Henri-Mondor brûle, son dossier est dedans, et avec cette trace médico-administrative c'est une partie de son âme qui disparaît, comme aspirée dans un néant noirâtre. Nous écoutons Ronald et moi cette confession sans broncher. Quand l'autocar arrive Ronald me dit Dépêche-toi, qu'on trouve une place loin du casse-pieds, il me déprime !

Il s'agit d'un programme de deux jours organisé au départ par une célibataire souhaitant briser sa solitude. Le Groupe Lundi fonctionne le dimanche et le lundi et met sur pied de véritables expéditions en Île-de-France. La fondatrice précise qu'elle ne fait aucun bénéfice.

Les excursionnistes sont assez divers. Un panel sans surprise d'exclus sociaux affectifs qui, sachant que les jeux sont faits, tentent un dernier sursaut. Sans illusion. Les personnes présentes – l'expression un peu morne de leur visage l'atteste – sont psychologiquement déjà des vieux.

L'autocar prend la direction de Chartres.

D'après Ronald il va se passer quelque chose de très important.

2.

Dans l'autocar :

La fondatrice – c'est comme ça qu'un petit groupe qui se trouve à l'avant et qui doit constituer le *noyau dur* de cette organisation appelle la femme qui parle dans le micro – nous fait un petit résumé historique sur la cathédrale. L'ambiance – nous sommes un dimanche après-midi – suinte un relent de sinistre absolument terrifiant. J'ai l'impression que nous sommes happés par une nappe de tergal mité qui essaierait de sourire quand même.

À certains moments mon esprit reste immobile et les regarde, non plus dans cette perspective si humainement consternante, mais uniquement comme des éléments d'un gigantesque *happening* un peu lent, subtil, dont il faudrait savoir apprécier les finesses.

3.

Quand nous arrivons à Chartres il me semble, une fraction de seconde, que les toits de la cathédrale sont recouverts d'or. Je demande : Mais comment se fait-il que tu connaisses le Maquereau… c'est… et pris d'une soudaine illumination je dis Et Batman ? Batman faisait partie d'Archignac, c'était ça sa *Tierce*, hein, c'était le personnage de la BD ? et Ronald, tout en se garant, balaie la stupidité de ma question et répond : Batman ?, pourquoi veux-tu que Batman ait été un habitant d'Archignac ? Tu sais bien qu'il habitait Paris et j'ai beau insister, dire Oui mais il pourrait y avoir des gens détachés ailleurs, comme s'ils étaient en résidence par exemple, il se contente de secouer la tête, atterré par l'entêtement de ma sottise.

4.

— Mais quand même, je demande, vous êtes des.. des… – je ne sais pas comment traduire ce qu'il me vient à l'esprit, des diables, des démons, je dis : le mal, quoi, connexion diabolique ? et quand je dis ça je vois en même temps l'autoroute la nuit de l'accident et les gens broyés qui hurlent et c'est comme si une bouffée de flammes revenait jusqu'à moi et qu'à travers une loupe grossissante les horreurs incessantes de la création se déversaient entre les sièges de l'autocar, sur les corps de mes voisins assis et inconscients, le long de la travée centrale, et je repense au sacrifice originel, à Abraham devant Isaac et Ronald me regarde et je hoche la tête, nous hochons la tête, et je finis par balbutier, Oui, enfin c'est pas une raison pour en rajouter et quand, un peu après, je reprends le fil de mes conjectures et que je fais allusion au meurtrier mongolien du Numéro 1 de Source en disant Et lui ? Lui c'est sûr qu'il venait d'Archignac, non ?, il rit – oui, il rit – et dit Quelle dinguerie, hein, quelle dinguerie, j'ai vu les images à la télé – il mime le geste – tacatatatatactatc – mitraille l'air autour et la tête du DG de Source explose une seconde fois sous l'impact de ces balles invisibles.

5.

Une fois sur le parvis il y a un moment de flottement. Le guide réservé par la fondatrice n'est pas au rendez-vous. Le programme de ces deux jours est en réalité beaucoup plus aventureux que la mine des adhérents ne le laisse supposer. Je lis qu'il est prévu de faire de l'équitation western (cowboy), dans un ranch près d'Orléans, et une initiation chamanique ensuite (indien). Puis du char-à-voile à Berck-Plage. Puis, clou du clou, de sauter en chute libre d'un avion – en tandem avec moniteur et parachute, of course.

À bien y regarder nos compagnons sont peut-être moins empotés qu'ils n'en ont l'air.

Le guide n'arrivant pas quelqu'un – il fait justement une étude sur Chartres, il est historien amateur – se propose pour le remplacer. Tout le monde est soulagé, tant cette irruption de l'imprévu dans le programme avait quelque chose de déstabilisant.

6.

Mais qu'est-ce qu'on fout là ? je demande, de plus en plus intrigué. On est… c'est… c'est qui ces gens ?

L'historien part dans une longue envolée devant un pilier sculpté de gargouilles. Je tends l'oreille, me demandant s'il va parler d'alchimie – tout le monde sait que les cathédrales sont des livres codés par des dépositaires de la Connaissance – mais je n'entends rien de tel. Ronald, qui était à côté de moi, a disparu.

Le groupe flotte complètement. Il est manifeste que tout le monde se contrefout des piliers de la cathédrale de Chartres. Nous ne sommes, comptage effectué, pas si nombreux, à peine une vingtaine. Je comprends que pour Isa, la fondatrice, c'est plus qu'un échec, c'est un drame. N'ayant pas fait verser d'arrhes elle a été victime d'un désistement massif. Les frais engagés – qu'elle a avancés elle-même on le comprend aux réflexions qu'elle ne peut pas s'empêcher de laisser échapper – ne seront pas couverts.

Le reste de la visite se passe dans la débandade la plus absolue. Certains s'assoient sur des chaises. Le type qui nous a raconté sa vie – et qui vient de se séparer d'avec sa femme, il est sous neuroleptiques – allume une cigarette et somnole devant le truc à cierges.

7.

La fondatrice essaye de remotiver ses troupes. Elle dit que nous allons faire un saut à Orléans puis repasser par Paris pour aller à Berck.

Quelqu'un fait remarquer que c'est un peu idiot puisque Berck est à l'opposé. La fondatrice rétorque sèchement que c'est justement le thème de ces deux jours : L'Aventure (aux quatre coins de l'Île-de-France). Les autres, dont moi et Ronald, ne disent rien. Le car s'ébranle pour Orléans, étape intermédiaire. Finalement nous engageons la conversation avec une femme préparatrice en pharmacie qui nous avoue pratiquer régulièrement ce genre de week-end. Mais c'est la première fois qu'elle se lance avec Groupe Lundi. Justement d'ailleurs à cause du concept du lundi et des ambitions un peu aventureuses du projet. « D'habitude je fais plutôt genre danse et tout ça. »

— Vous, vous allez faire la chute libre ? me demande-t-elle – elle a dans les trente-cinq, quarante ans. On sent qu'elle vit seule certainement un peu par flemme.

— Je ne sais pas, répond Ronald. J'ai peur de m'envoler.

Nous rions. Ah, ah ! – notre interlocutrice aussi, bien qu'elle paraisse déconcertée par la façon dont Ronald fait allusion à son problème de nanisme.

— Et les œufs pourris du serpent mort ? je demande un peu plus tard. Cela correspond à quoi ? C'est… je veux dire c'est… Lucifer quoi, c'est des énergies… diabo… enfin *darkside* quoi, *more darkside…*, mais plutôt que de me répondre on me montre trois œufs gisant dans les entrailles desséchées d'un serpent. Quand ils crèvent, ces œufs qui renferment les vieilles traces de meurtres ancestraux dégagent une fumée acide, un gaz épouvantablement nocif. Les meurtres sont ceux que nous avons tous commis à l'aube des temps, en tuant nos pères, quand nous étions des singes.

— Le premier réflexe des fils devenus adultes était de tuer leurs géniteurs pour prendre leur place. Tout le monde a ça gravé quelque part, m'explique Ronald, le sang répandu crée une masse d'énergie psychique qui doit un jour ou l'autre disparaître.

La préparatrice en pharmacie qui a suivi la discussion regarde fixement devant elle. Ses prunelles sont traversées d'éclats de soleil qui l'éblouissent et elle met parfois sa main en protection.

8.

Et tout cela fait comme un kaléidoscope un peu lent à travers lequel Ronald me montrerait comment il agit. Les gens sont « désossés » et lui les fouille comme un mécanicien réparerait un moteur problématique. Tout est matérialisé par des visions illustrant le détail de chaque intervention. Opérations qui ont lieu en totale simultanéité, comme si la ceinture de sécurité nous attachant à notre appréhension habituelle du sensible était ôtée.

Les gens dans l'autocar sont toujours là mais dans une autre dimension d'eux-mêmes, ce ne sont plus uniquement des gens largués-essayant-pathétiquement-de-se-faire-des-copains dans une grande ville comme Paris, mais aussi quelque chose ressemblant à un emboîtage de données organisé de façon artistique. Ronald continue son récit.

« *Il apparut que nous étions une résurgence d'un passé lointain. Nous avions existé à un autre âge de la terre, et nous n'existions pas en tant que singularité mais comme partie d'un tout.*

Il ressortait également que parvenus à un certain point du Programme une partie des joueurs avaient décidé de déséquilibrer la progression pour tirer profit de leur avance et tenter une figure compliquée, comme un surfer essaye de rester en haut de la vague, sans se préoccuper de ceux qui sont encore derrière, pire en se servant d'eux comme d'un vulgaire marche-pieds, en leur écrabouillant le visage dans la boue pour accéder à la marche suivante.

Archignac est le groupe de joueurs qui n'a pas accepté ce bug. »

Ce qui se rejouait présentement était la répétition de ce drame stupide. Les joueurs concernés (en réalité, Ronald me le fait comprendre de manière allusive, un groupe de sorciers des Premiers Âges) espérant réitérer leur triste exploit et nous maintenir – pour un nouveau cycle – sous le joug de la pesanteur.

Les enjeux étaient à la fois dérisoires au regard de l'immensité de l'univers et du cosmos, et prépondérants pour chaque humain marchant sur terre et pris dans le cycle des naissances et des morts.

9.

— Mais pourquoi font-ils cela ? je demande. C'est idiot.

— Parce qu'ils ne veulent pas lâcher les résidus de leur Moi, me répond Ronald, parce qu'ils sont aveuglés de Pouvoir et d'illusoire Puissance. Parce qu'ils préfèrent être les Maîtres de quelque chose qu'ils dominent plutôt que d'affronter un Inconnu qui les dépasse. – Ronald hoche tristement la tête – Voilà mon pauvre ami où nous en sommes. L'humanité est prisonnière du choix égoïste et vain effectué par quelques pauvres types il y a des millénaires. Voilà pourquoi nous nous sommes lancés à leur poursuite à travers l'espace et le temps et pourquoi nous avons choisi de continuer à nous incarner... – sa voix émet un chuintement bouleversant – ... en... – il secoue la tête – ... nous n'avions pas le choix... en infirme.

Je ne dis rien. Il sort un mouchoir, se cache le visage dedans. La préparatrice en pharmacie hésite sur l'attitude à adopter. Elle a dû entendre le récit de Ronald – je suis même sûr qu'elle n'en a pas perdu une miette – et maintenant qu'il pleure à chaudes larmes elle doit se dire qu'intervenir pour le consoler la placerait dans une situation saugrenue. Du coup elle reste figée, la main en visière, et écarquille les yeux en direction de la fondatrice qui vient de reprendre le micro et nous explique ce que sont effectivement l'équitation western et le chamanisme.

La Fondatrice essaye d'avoir l'air enjoué mais n'y parvient pas vraiment. Il est clair qu'elle vit un cauchemar. Que cette épopée dans laquelle elle s'est imprudemment lancée est en train de se transformer en un tunnel saumâtre dont il va lui falloir boire le calice jusqu'à la lie.

10.

Nous sommes assis en cercle. Je suis moulu après l'épreuve d'équitation – deux sadiques vêtus de veste en peaux avec des franges nous ont hurlé dessus pendant deux heures pendant que nous essayions sans succès de faire faire des *rolls backs* à nos carnes. La chamane, que naïvement j'imaginais sioux ou inuit, est en fait américano-belge. Elle nous explique d'où vient le chamanisme, ses règles et ses codes. Puis nous devons faire le premier exercice, le Voyage chamanique.

— C'est sûr qu'il n'y a pas de danger? demande une femme – air largué, visage de petite souris effarée –, parce que le Monde d'En bas, c'est... je ne sais pas, moi ça me fait peur...

— Non, dit la chamane, si tu es vraiment centrée, tu ne crains absolument rien.

Je ne sais pas comment on doit analyser cette réponse. Nous nous allongeons les yeux bandés pendant qu'un rythme de tambourin nous invite à plonger dans un trou de notre choix (n'importe quoi peut faire l'affaire, il suffit juste d'imaginer un trou pour descendre).

— Ça peut être une cuvette de W.C. ? demande Ronald avant le Grand Départ.

Personnellement je choisis un gouffre préhistorique, en Dordogne. J'arrive facilement à descendre. La chamane a parlé d'une rencontre possible avec son animal de pouvoir ou son maître spirituel. J'ai soudain la sensation que cela peut m'arriver. Que cela va m'arriver. J'ai la sensation de passer sous un cimetière (celui de Bagneux ?), puis d'arriver dans une clairière – soudain je sais qu'*il* est là. Je fais quelques pas.

— Alors, dit Ronald, en forme ?

La clairière est celle de sa maison, hantée par les sangliers.

11.

Avant de partir – plusieurs personnes, très excitées, ont rencontré leur animal de pouvoir – je le vois en grande discussion avec un Américain que j'ai remarqué à notre arrivée. Quand je lui demande de qui il s'agit il me répond que c'est un type des service secrets avec qui il est en contact à cause des histoires de la Secte dont il m'a parlé. Il nous présente. My name is Joey, dit l'Américain. It's my assistant, explique Ronald. Nous échangeons un regard lourd de signification, comme si le sort du monde se jouait à cet instant et que nous n'étions pas nombreux à le savoir. Ronald lui donne mon numéro de portable, en expliquant que c'est le plus facile pour le joindre. Je me demande si je ne nage pas en plein délire.

12.

Une partie du groupe est en pourparlers avec la Fondatrice pour s'arrêter à Paris et ne pas venir le lendemain et donc récupérer la moitié de leur chèque. La Fondatrice semble partagée entre exploser en sanglots et frapper les insolents avec sa cravache de Davy Crockett. Pour finir elle accepte de déposer les trois frondeurs à un RER (nous devons juste contourner Paris et monter vers Amiens, où nous dormirons après nous être recueillis sur la tombe de Jules Verne). Au dernier moment Neurasthénique – qui a quand même un prénom, il s'appelle Patrick – se désolidarise des mécontents et finalement choisit de rester avec nous. Ce revirement est vécu par la Fondatrice – que nous appelons tous maintenant Françoise – comme une revanche éclatante. Ce repêchage que lui accorde le destin va être rentabilisé au maximum. Elle va, dorénavant, s'attacher à être d'une humeur exquise, devançant les désirs de chacun et notamment ceux de Patrick, qui devient ainsi un des personnages phares de la suite de notre périple. Pris à témoin à chaque moment important il se réveille et malgré le brouillard où l'a plongé son traitement arrive à briller de quelques mots d'esprit qui font sourire les autres. Après tout ce week-end n'est peut-être pas si catastrophique que ça, me glisse du bout des lèvres la préparatrice – qui s'appelle Juliette.

— Est-ce possible de savoir ce qui se passe ? je demande à Ronald. Ou suis-je trop bête ? Mais il se contente de me regarder, comme un parent un peu triste à l'idée de voir son enfant frappé de stupidité. De nouveau une série de visions colorées dansent devant mes yeux, des serpentins mordoré et ocre qui s'impriment dans le fond de mon esprit, se substituant à des choses plus anciennes, ternes, méchantes et sans grand intérêt.

Chaque vision se rapporte à un des passagers.

Plus tard. Au bar de routiers où nous mangeons des clients se plaignent des problèmes raciaux dans un quartier proche, rabâchant quelque chose déjà exprimé de nombreuses fois et qui tourne en rond et quand l'un d'eux dit « Je les aime pas, c'est tout, il n'y a pas de raison, mais je ne les aime pas... », son reflet oscille dans la glace située derrière lui et tous les gens autour prennent une tonalité de couleurs acides, passées et criardes et un peu de mousse déborde du verre de bière que pose le serveur sur le bar et l'ensemble forme une photo parfaite, quelque chose à la Nam Jun Païk, ou à la Larry Clarke, s'ils avaient photographié ce genre de sujet.

Ronald, imperturbable, ne veut toujours pas me dire ce qu'on fabrique là.

13.

La plage de Berck ressemble à la surface d'une planète étrange balayée par des ondes de sable.

Le car se gare à hauteur du club de char à voile. Les quelques cinglés qui ont osé sortir malgré la tempête s'amusent à faire des tête-à-queue à 70 km/h.

Nous trottinons vers eux en agitant les bras. Plusieurs d'entre nous, dont Patrick, enlèvent chaussettes et chaussures et courent vers la mer, rient, essayent de faire les fous. Leurs cris se perdent dans les tourbillons. J'ai du sable plein les yeux. Les chars à voile tournent autour de nous comme des Indiens autour de la diligence. Le vent tombe un peu. On nous prépare nos appareils. Cette fois tout le monde participe à l'animation. Nous passons deux heures à nous ensabler, à déraper, à manquer de chavirer. Les règles de Petite Souris se déclenchent pendant la promenade et c'est avec cette vision déconcertante d'un siège baquet en résine moulée maculé d'un sang vermillon que je continue, volant au-dessus du sable, mon périple avec Ronald.

14.

Quand nous arrivons au centre de parachutisme, à l'est de Paris, vers Troyes, Françoise me demande les certificats médicaux. Sans certificats médicaux pas de saut ! C'était spécifié sur le formulaire d'inscription. Tout le monde tend le sien, sauf Patrick et la Souris qui ne veulent pas sauter mais regarderont dans la longue vue. Ronald donne les nôtres.

— Comment ça ? je dis, soudain dépassé par la situation.

Je n'ai aucune envie de faire de la chute libre. Le visage de la responsable du centre derrière son comptoir me paraît atrocement grimaçant, d'ailleurs elle rit en voyant ma tête, elle demande si on a peur et dit que c'est normal.

— Il a l'habitude de faire un peu sa chochotte, la rassure Ronald, mais quand il s'agit d'y aller en général il y va.

Elle prend les papiers sans même les regarder. Je vais pour la prévenir qu'il s'agit de faux, que je n'ai jamais subi le moindre examen, mais aucun mot ne sort de ma bouche, comme si on m'avait coupé le son et la femme s'esclaffe carrément.

15.

Nous ne pouvons passer que trois par trois. Ronald et moi sommes de la première fournée avec Préparatrice. Dans la camionnette qui nous emmène vers l'avion la fille qui servait à la baraque à frites s'est transformée en lutin bleuté avec harnachement et l'autre moniteur – le mien, que la fille interpelle par son prénom : Manu – a une coupe à la jeune barbare, rasé sur les côtés et en queue de cheval derrière ainsi que des piercings dans le nez et la commissure des lèvres. Je le fixe stupidement, amorphe de peur, tandis que Ronald effleure la fille du regard, qui en ajustant sa fermeture éclair bombe les pointes de ses seins, à un moment elle dit, et je crois que ça lui échappe, « C'est la première fois que je vais sauter avec un… – elle rit, gênée de sa franchise – avec quelqu'un d'aussi petit. »

Je cligne des yeux pour signifier que tout va bien mais personne ne s'en soucie.

Ronald bat du pied et agite son corps au rythme de la musique que diffusent des baffles tressautant à l'unisson des cahots, de la musique techno, mais une techno d'ascenseur et sa voix un mixte parlé sur cet accompagnement électronique.

16.

Et je me retrouve à sauter dans le vide et je tombe du ciel, et à l'instant où j'entends la voix du moniteur me dire Maintenant tu vas faire pivoter tes jambes sur la droite et les placer à l'extérieur de l'appareil et à mon signal on va sauter, je réalise qu'il n'y a plus rien, que la notion de vie, de mort, de cohérence du monde et de sens des choses a pris fin et cela se passe de commentaire car c'est dans cette sensation que les mots s'évaporent et filent dans l'air comme de la buée inconsistante et il n'y a plus qu'une chose nouvelle qui reste et qui réagit absolument toute seule et cette chose c'est encore moi, mais un Moi surgi de derrière le Moi habituel et qui coupe comme une épée les représentations fragmentées d'une conscience auxquelles je serais rattaché et je pense aussi à des couloirs d'objets et de victuailles dans un hypermarché et les couleurs sont encore présentes au moment où je saute, et je vois la terre se rapprocher et j'ai le souffle coupé, et dans les nuages que je traverse il y a un silence tel que j'ai atteint l'Immobilité totale et la peur est telle que ce qui aurait dû exploser en fait implose, et cette implosion muette déclenche cette chose si étrange, l'arrêt simultané du Monde et son Infinie Présence et la voix du moniteur me dit C'est bon, tout va bien, le parachute s'est bien ouvert, nous allons descendre doucement. Maintenant nous allons descendre doucement.

17.

— Extraordinaire, dit Préparatrice. Je recommence dès que je peux.

Moins lourds, Ronald et Lutin Bleu ont atterri derrière nous. Quand elle s'approche, quelques minutes plus tard, pour plier son parachute pendant que je renfile péniblement mon jean je lui trouve un air étrange. Elle a les yeux noyés, comme une femme excitée qui a une envie folle de se faire baiser. Plus tard dans le car Ronald me dit : « Je l'ai caressée pendant toute la descente, elle était tellement mouillée que sa combinaison était trempée. »

Tout le monde a terminé ses sauts dans un état d'exaltation prodigieux, à croire que ce voyage qui s'annonçait sous les pires auspices a, d'une manière surprenante, été le catalyseur de quelque chose.

18.

Alors que nous arrivons en vue de Notre-Dame, Ronald me pose, dans un geste qui englobe nos compagnons, l'autocar, la couche d'ozone que nous avons fendue à 220 km/h, une dernière question : Es-tu capable de voir les aspects magnifiques des détails du monde? et je réfléchis un instant, curieux en fait de ce que la question implique, et je dis : Non, je ne crois pas et je revois encore une fois ma folie qui maintenant semble être une sorte de vieille enveloppe un peu pourrie qui achève de se consumer à l'extérieur de moi, et quand nous traversons le bois de Vincennes je vois le zoo et ses fausses excroissances rocheuses en béton et le lac et la pagode des Tibétains et les prostituées à l'ancienne dans leurs camionnettes et tout cela, cet assemblage, me semble l'évidence, la configuration logique du Tracé Parfait et quand je demande à Ronald Mais et… je veux dire Dieu? C'est… enfin, c'est… et qu'il répond, gloussant, Dieu, mais enfin voyons évidemment qu'il n'existe pas, c'est une blague, toutes les voitures se mettent à klaxonner ensemble et les gens derrière leur pare-brise vocifèrent : un camion de déménagement bloque la bretelle d'accès au périphérique.

Le programme écrit en langage évolué est appelé le programme source. Il est traduit en langage compréhensible par la machine grâce à un programme de traduction qui le transforme en programme objet.

Chapitre 12

La quête des soldats ivres

Les feux du soleil deviennent manifestes à travers le cristal; le feu du silex devient manifeste par l'acier; et c'est ainsi que le soleil magique doit devenir magique grâce à l'acier magique.

1.

Le château a été construit par un industriel fou au début du siècle qui, par amour pour une danseuse que la rumeur dépeignait volontiers hystérique, l'a voulu semblable à un château de contes et légendes comme celui de la Belle au bois dormant. La musique dans la voiture fait bodododom – son bas, un peu d'écho, une voix qui pourrait surgir de l'antichambre d'une planète différente –, je regarde le nom du morceau, *Straight to the Heart* de Sina Vodjani et Sarah, que nous avons récupérée à Roissy après une mission aussi secrète que mystérieuse, dit C'est pas trop tôt, je commençais à en avoir ras le bol de rouler et Ronald ne dit rien. La voiture glisse sur la route. Les tours du château se découpent dans le soir qui tombe. La campagne est calme et paisible et si des faucheurs et des semeuses et des chevaliers rentrant d'une chasse, glorieux et fourbus, apparaissaient au détour d'un virage, je n'en serais pas plus surpris.

On y est presque, finit par émettre Ronald, on n'a pas à se plaindre et Sarah, agacée, le coupe Pourquoi avec les autres es-tu toujours si original et plein de causticité et avec moi si banal ? et il baisse la tête, avec un air penaud que je ne lui connaissais pas.

Depuis l'aéroport l'ambiance dans la voiture est étrange. Elle revient à la charge, C'est ça le château ? et Ronald répond juste Oui, c'est ça le château, assez laconiquement. Nous passons sous un pont-levis. Il y a des échafaudages démontés un peu partout, la trace de travaux en cours d'achèvement, les murs intérieurs ont été complètement ravalés.

— C'est vrai que c'est joli, admet Sarah. Le type qui a construit ça devait être dingue.

— Celui qui l'a racheté aussi, approuve Ronald.

— C'est qui ? je demande.

— C'est lui, dit Sarah, une fortune.

— C'est moi, fait Ronald, mais je n'ai pas l'impression d'avoir fait une boulette.

— L'important c'est que tu en sois convaincu, rétorque Sarah, qui inopinément vient de faire son apparition dans cette aventure et qui mitraille de son charme fatal tout ce qui l'environne, c'est-à-dire pour l'instant moi, abasourdi et quelque peu médusé par cette beauté étrange – elle a des espèces d'yeux violets en amande et des cheveux si noirs qu'ils donnent à sa peau un éclat d'ivoire, ce qui n'est pas dans ce cas précis une figure de style.

Nous contemplons les enceintes et les tours. Au loin la lune se lève. Ronald, qui s'est mis dans la tête d'ouvrir ici un gigantesque complexe thalasso-boîte de nuit, sollicite notre avis.

2.

Dans la chambre que l'on m'a allouée il y a deux statues d'or représentant des buffles. J'essaye de dormir. J'entends des bruits de voix, de la musique. Au moment où je vais sombrer j'ai la sensation d'être un trajet entre la place Daumesnil et la porte Dorée qu'une tête gigantesque empêcherait de se dérouler correctement (voyage chamanique?). J'essaye de me rappeler dans quel album de Spirou on gonfle celle de Fantasio avec de l'hélium, *Un sorcier à Champignac*? Le plafond tangue. Je me demande où est Klingston. Quel rapport il a avec Ronald et Aïm. Douceur au creux du plexus. La musique est celle de Portishead.

3.

Au milieu de l'immense salle à manger où trônent des gardes en hallebardes et où je suis descendu en quête d'un verre d'eau, j'aperçois les silhouettes de Ronald et de Sarah. Sarah est déguisée en fée et Ronald en joker de jeu de cartes – bonnet à grelot, combinaison rouge et verte. Ils tournent face à face au son du morceau *Strangers*, toujours de Portishead, en agitant leurs mains devant eux, comme des bouts de polystyrène sculpté.

4.

Nous rions tous, le type dit Ça c'est sûr. Son camarade approuve. Ronald aussi. Et vous comptez ouvrir quand? Là, répond Ronald, très vite, on n'attend plus que les dernières touches de décoration.

— Ça va être un événement, dit le premier type.

— Du jamais vu, répond Ronald, on va leur péter la tête.

— Ça pourra contenir combien de personnes?

— Des milliers.

— Combien exactement?

— Je sais pas… Cinq mille…

— Cinq mille?

— Au moins.

— Les autres discothèques risquent de faire la gueule. C'est presque une concurrence déloyale.

— D'autant que vous ouvrez aussi une thalasso.

— Ça veut dire quoi?

— Rien, on essaye juste de concilier tous les intérêts. C'est normal aussi que les gens du pays s'inquiètent du tort que vous leur faites.

— Et il y aura des lasers ? demande l'autre. Des lasers qu'on verra de loin la nuit ?

— Je vois pas quel genre de tort un infirme pourrait faire à des commerçants sains dans leurs corps.

— Dans leurs corps ? dit Sarah. C'est la bonne tournure ? Sains *de* corps plutôt. De corps et d'esprit.

— C'est un ennui si vous ouvrez… avec déjà un malaise… dans la relation que vous avez avec les autres.

— La solution c'est quoi ? dit le nain, je comprends pas bien où vous vous voulez en venir ? Il y a bien le Futuroscope à Poitiers, qu'une discothèque un peu d'envergure se monte ici ça peut faire que du bien à tout le monde.

— Vous êtes d'où sinon ? De Paris ?

— Non, d'un peu partout, plus vers la frontière.

— Espagnole ?

— Non turque, dit Sarah, qui vibre comme une mouche en suspension et bat l'air avec sa main, montrant le malabar. On va se laisser emmerder longtemps par ces pedzouilles ? Tu vois pas que ça sert à rien de tergiverser ?

— C'est peut-être pas une discussion pour votre dame. On ferait mieux de pas s'énerver. On représente des intérêts, ici c'est pas la ville, les choses se règlent entre nous.

— Je suis embêté, bredouille le nain, je sais pas comment vous dire ça…

Je suis assis à l'écart, les plans du projet de boîte de nuit et de thalasso sont punaisés au mur. Vous savez qu'on est des mutants murmure Ronald, on fait plein d'actes bizarres ! Le premier type se penche en avant parce qu'il n'a pas compris. Ronald a parlé trop doucement. Je suis frappé par la couleur des murs, qui semble varier selon l'oscillation des vibrations des participants. La main de Ronald – qui de l'autre joue avec un marteau – saisit un clou. Ensuite je vois le clou planté dans le doigt du malabar. Qui devient solidaire de la table et l'autre type est tellement stupéfait qu'il réagit à peine quand Sarah le pique avec une fourchette à gigot qui traînait là et l'autre tire sur son doigt et le doigt reste collé et Sarah se met à crier, un cri atroce de femme en pleine crise de nerfs, qui contraste complètement avec son expression générale, empreinte de calme et presque, oui, presque de douceur, comme si elle était désolée de la connerie des deux types et Ronald dit On va avoir besoin de gars sérieux pour la sécurité, peut-être que vous pourriez nous laisser un CV. Il y a du sang sur le bois. Ronald va chercher une tenaille pour enlever le clou.

5.

Nous rions tous, le type dit Ça c'est sûr. Le décorateur avec la queue de cheval qui est un décorateur de province et qui ne sait pas encore que le catogan est un attribut désuet depuis cinq ou six ans déjà se tient légèrement en retrait et rit plus mollement. La présence de l'autre type, l'entrepreneur en chef, a l'air de le crisper.

— Et vous comptez ouvrir quand?

— Pour la saison. C'est obligatoire. Si on n'ouvre pas pour la saison on est fichu. Je vous l'ai déjà expliqué.

Le décorateur-catogan regarde Sarah, qui est habillée juste avec un vieux pantalon et un pull mais qui visiblement ne porte pas de soutien-gorge et c'est ça que l'entrepreneur regarde, avant de revenir à la discussion sur le bon déroulement des travaux, et je pense qu'il se demande qui est son mec, si c'est ce nain avec le visage atroce et l'odeur de mort ou moi, et le décorateur avale sa salive et se mord la lèvre inférieure, dans une expression dont il ne doit même pas avoir conscience et c'est lui qui dit Si les plâtriers ne sont pas passés je ne peux pas commencer, c'est malheureusement une évidence. L'autre, l'entrepreneur, essaye de temporiser, il a l'accent du Sud-Ouest, jure que si, ils vont venir, et le décorateur se remord les lèvres, clairement il n'en pense pas moins. Sarah les coupe en disant Je crois que ça ne sert à rien de tergiverser, il faudrait juste se mettre au travail. Comme elle tient une fourchette à gigot qu'elle a ramenée de la cuisine on pourrait penser qu'elle va en piquer un avec pour l'activer et Ronald lui joue avec un marteau et il me vient l'idée saugrenue qu'il va d'un élan planter un clou dans le doigt de l'entrepreneur costaud qui a une main posée sur la table, sur les plans où sont dessinés les réseaux enchevêtrés de la plomberie et du chauffage, mais rien ne se passe. L'entrepreneur jure que les plâtriers sont en route, qu'ils devraient même déjà être là, d'ailleurs il montre la grande pièce et fait des gestes comme si cette agitation manuelle préfigurait leur apparition immédiate et soudain un miracle se produit, une camionnette surgit en pétaradant entre les deux piliers de la grande porte d'enceinte, et ses flancs s'ornent d'une inscription Ets Pereira. Plâtres & Enduits. L'entrepreneur arbore une expression de triomphe, nous sortons tous pour fêter les plâtriers. Quel bordel dit Sarah, je me demande vraiment pourquoi il se lance là-dedans, en faisant allusion à Ronald, et une autre voiture arrive et le décorateur, qui a l'air soulagé, dit C'est ma collaboratrice, elle amène le projet de la grande pièce – qu'il avait dû oublier. Les plâtriers garent la camionnette en marche arrière, l'un d'eux dit à l'autre Recule, recule, voilà, stop! en le guidant et la collaboratrice descend et on voit le haut de ses cuisses quand elle se baisse pour attraper à l'arrière de la Clio le carton à dessins. Ronald est transformé pour quelques secondes en statue de pierre et j'ai peur un instant qu'il glisse une main vers sa poche pour se branler discrètement, mais il se contient. Je m'appelle Noémie se présente la fille et nous la saluons à tour de rôle. L'entrepreneur s'est éloigné et briefe les plâtriers sur l'urgence de la situation.

— C'est magnifique, dit la fille en jetant un regard circulaire au site médiéval qui l'entoure, elle sourit, et ça va être encore mieux après, vous allez voir!

— Oui, fait Ronald, à vrai dire c'est un peu ce que j'espère.

Elle sourit, amusée, et tout le monde sourit aussi.

— Alors regardez, lance, joyeux, le décorateur – et l'entrepreneur revient vers nous à ce moment-là et capte l'intonation chantante, légèrement trop aiguë du décorateur et je vois dans ses yeux qu'il pense Sale tapette, maintenant que les plâtriers sont arrivés t'as plus d'excuses et je me rappelle que Ronald m'a dit qu'ils ne marchaient pas ensemble, l'entrepreneur faisant le gros-œuvre, le décorateur les finitions – Nous avons prévu au sol, sous les pistes de danse, un gigantesque aquarium.

— Un aquarium ? fait Sarah. Non ?

— Si, fait le nain, c'est ce qui est prévu.

— Et on va danser sur les poissons ?

— Eh bien je suppose. À moins que personne ne danse. Qu'on se contente juste de les regarder.

— Oui, mais dans ce cas-là ce n'est plus une discothèque c'est un truc genre musée, comme un vivarium.

— Un vivarium c'est avec des serpents.

— Et là il n'y a pas de serpents ?

— Si vous voulez que l'on mette des serpents...

— Non, non, c'était juste une image... mais... et au niveau température... je veux dire... ils sont acclimatés ?

— Totalement. D'ailleurs ils sont garantis.

— Ça peut être bien des poissons, c'est original.

Je donne aussi mon avis.

— Oui, ça peut être bien. C'est original. J'ai passé le réveillon dans un endroit avec plein d'aquariums, ça fait une jolie lumière.

Noémie me remercie d'un sourire. Le décorateur sort une autre planche de photos. Il y aura aussi, comme vous me l'avez demandé, les bains de vapeur-mousse dans ces alvéoles, prévues pour retenir les fumigènes plus longtemps.

— Des fumigènes ?

— Écoute Sarah, si tu te mêles de tout alors que jusqu'à présent tu ne t'es occupée de rien ça risque d'être compliqué.

Excusez-moi, fait l'entrepreneur à Ronald, je peux vous voir cinq minutes avant de partir, maintenant que les plâtriers sont là ?

Nous restons avec le décorateur, qui s'appelle Patrick, et qui a envie qu'on le tutoie et qu'on se lie un peu, il nous l'annonce d'ailleurs tout à trac à Sarah et à moi, il ne peut pas travailler s'il n'a pas « quelque chose » avec les gens dont il s'occupe, j'ai peur qu'il ose un « je n'ai pas de clients, je n'ai que des amis », mais Ronald revient à ce moment-là, Sarah a déjà entrepris une opération charme sur Noémie qui échange avec elle des regards de sympathie immédiate et moi je suis un peu sur la touche, et Ronald dit Bon, maintenant qu'on a vu les poissons et les fumigènes si on regardait la lumière.

6.

Je demande à Sarah ce qu'elle pense de mon impression de vivre certaines scènes deux fois, parfois à la suite, comme si je les avais rêvées avant, parfois en parallèle, comme si elles étaient projetées sur un écran mental situé une dizaine de centimètres devant ma zone frontale, mais elle ne répond rien, élude, j'ai l'impression qu'elle est en train de brancher Noémie d'une façon on ne peut plus crue, mais je n'en suis pas certain.

7.

Le soir un peu avant minuit j'entends une voiture qui se gare dans la cour, je regarde par la fenêtre sans allumer, c'est Noémie. Sarah lui ouvre la porte. Sarah est en robe assez courte, et Noémie toujours avec la même jupe et je ne sais pas comment Sarah s'y est prise mais dans l'heure qui suit je les entends baiser toutes les deux et le pire c'est que peu de temps après Ronald les rejoint et de les entendre et de les imaginer me plonge dans un mélange d'excitation et de gêne, j'ai l'impression d'être pour eux une espèce d'ectoplasme invisible, et c'est sur ce sentiment d'exclusion que je m'endors, après avoir misérablement éjaculé dans les draps. Ronald le lendemain doit sentir mon malaise parce qu'il me dit Franchement on ne savait pas trop si tu étais chaud ou pas, et puis avec Noémie c'était déjà tangent quand je me suis pointé, je suis pas vraiment certain qu'elle aurait été partante, et je dis C'est pas grave, ça m'a juste un peu empêché de dormir, et après il demande Mais tu t'es branlé ou pas? et poussé dans mes retranchements je confirme Oui, forcément, et il a l'air ravi C'est cool, je vais le dire à Sarah, ça met un peu de piment dans notre relation d'être dans des trucs transgressifs de temps en temps. Il sourit. Prend l'air entendu de quelqu'un qui connaît les pièges que peuvent recéler ce genre de dérapages. De temps en temps seulement, on abuse pas non plus, hein ? et une fois de plus je ne sais pas bien s'il se fiche de moi ou pas, je visualise en même temps qu'il me parle un homme en train de brûler, possédé par la peau irradiante d'un démon dont il n'arriverait pas à se débarrasser et qui brûlerait à l'infini du Temps et je ne sais pas si cette image me concerne moi quand je l'écoute, ou lui, comme une icône épouvantable de la malédiction qu'il doit porter, je ne pousse pas plus loin et je me concentre sur mon bol de café.

8.

Nous nous faisons bronzer, Sarah et moi, dans le parc derrière le château, à côté d'un grand bassin où des carpes apparaissent et disparaissent, laissant des ronds qui s'évanouissent lentement, après avoir irradié jusqu'aux bords en pierre couverts de mousse.

— Tu te fous pas à poil ?, dit Sarah, t'es con parce que après tu vas avoir des marques.

— Si, je dis, j'allais le faire.

Et je m'allonge à côté d'elle. Ronald est parti en ville, pour un rendez-vous avec le décorateur qui doit lui montrer les maquettes de statues en polystyrène qu'il a demandées.

C'est vrai que tu t'es branlé ? demande Sarah, et j'essaye de prendre ça à la rigolade, de ne pas être hypnotisé par la ligne de poils bruns qui borde l'endroit stratégique que je ne peux pas m'empêcher de regarder, mais j'ai du mal à y arriver. Je me sens tout simplement horriblement gêné et elle s'en rend compte, dit Je trouve ça plutôt mignon tu sais, moi j'étais pour que Ronald aille te chercher mais il a eu peur que Noémie bloque et je hoche la tête, je dis Je sais, il m'en a parlé, et elle me contemple en plissant les yeux, à cause du soleil qui l'éblouit. Je pense que tu es en train de faire un transfert parental sur nous, cela explique ta gêne, et je dis Tu crois ? je sais pas… et vraiment sur le moment je n'en sais rien, j'ai surtout l'impression depuis le début de l'année d'une sorte de montagne russe qui n'en finit pas, et je ne sais même plus si j'ai encore quelque chose de commun avec le Louis Dieutre qui a dérobé un sac d'argent et s'est enfui sur une autoroute déserte un soir de réveillon comme s'il avait le diable à ses trousses, et je lui dis, en accentuant mon désarroi, j'ai envie de me faire plaindre, et même que l'on me dorlote un peu.

— Je suis un peu… perdu je crois… un peu… déstabilisé.

Elle se passe du monoï sur les seins, me le tend. Nous empestons le monoï tous les deux, et cette senteur – connotée, désagréable, vulgaire – envahit l'air et nous entoure.

— Perdu dans quel sens ?

— Tout. Ce qui m'est arrivé, les chocs, les prises de conscience, vous, le village…

— Tu veux dire Archignac ?

Elle me reprend la bouteille, s'asperge les cheveux.

Une carpe saute vers le ciel, dans un élan dément, retombe en nous éclaboussant.

— Oui, c'est quand même curieux toute cette… mini-société régie par des règles aussi…

— Dingues ?

— Non pas dingues… plutôt… théâtrales.

— Théâtrales ?

— Oui.

— Parce qu'on se déguise ?

— Entre autres.

— Et la société moderne tu la trouves comment ? Pas théâtrale ? Normale ? Saine ? Comment tu la trouves ?

— Le problème n'est pas là, je dis, c'est une question de normes. De cadre.

— Oui, mais le cadre qui l'invente ? hein, qui l'invente ? – elle ramasse ses lunettes de soleil – le groupe, évidemment. Et à Archignac le groupe c'est qui ? – je dois avoir un début d'allergie, j'ai le nez qui me pique – C'est qui ? elle insiste. – C'est vous je finis par dire. – Exactement c'est nous. Des descendants de psychiatres et de truands et de cinglés qui ont essayé de s'en sortir comme ils pouvaient, d'une façon un petit peu plus originale que la moyenne. C'est tout. Rien de magique là-dedans. Les Mormons, par exemple, n'ont pas fait autre chose. C'est un système, une pure invention. La seule différence c'est que nous nous l'investissons comme tel, sans en être dupe. Les sociétés se sont toujours structurées de cette façon. Avec des totems, des croyances diverses servant à canaliser les aspirations psychiques de l'humain. Des fariboles plus ou moins crédibles, des elfes et des rédempteurs crucifiés. Ou plus récemment des déesses inaccessibles posant en string dans des tabloïds. Des martiens philosophes. Tout ça avec un fond plus ou moins vrai, plus ou moins astucieux, mais avec une constante, celle d'avoir une fonction précise dans l'organisation de l'esprit de ceux qui y croient. Eh bien nous c'est pareil, sauf que si demain on a envie de changer, de mettre des costumes cravates et de jouer en bourse à la place de s'habiller en Cendrillon et en Babar on en est capables. Cela ne nous pose aucun problème.

Aucun vraiment. Je la verrais très bien expliquant ça dans une émission de télé grand public de vulgarisation. «Babar l'Éléphant et l'Organisation psychique de l'humain.»

— Et on peut inventer autre chose de plus original encore, là-dessus tu peux nous faire confiance – elle sourit. Je me demande si ses seins ne sont pas plus pointus que tout à l'heure. Au fond dans les hautes herbes il me semble qu'une forme bouge. Machinalement je dis C'est sûr, c'est sûr! Je fixe la surface du bassin. Les Mormons, ce n'est pas faux, bien sûr… Au moins l'espèce de magnétisme que dégageait sa chatte depuis le début de la conversation s'est estompé. Elle s'assied à demi et tente une inspection de son haut de cuisse droit. J'essaye d'avancer un argument qui me replace dans le contexte que je souhaite, que tout cela est extravagant, l'œuvre d'une tribu de cinglés mêlée à mon propre délire. En tout cas dis-je, c'est une possibilité que je préfère garder à l'esprit, c'est le signe aussi que je n'ai peut-être pas totalement perdu la boule et elle fait, sans même ouvrir les yeux, C'est ça, mais oui, si ça peut te rassurer, en repassant une couche de monoï sur le bord de son pubis aux trois quarts rasé et c'est cet instant que Ronald choisit pour surgir et la première chose qu'il dit

C'est putain je peux pas vous laisser sans que dans les cinq minutes tu sois déjà à poil en train de lui reluquer la foune et je me renverse en arrière et ferme les yeux, comme quelqu'un de pas concerné, en tout cas pas le moins du monde troublé par cette intervention. Je le sens qui se penche sur Sarah et qui l'embrasse, elle dit :

— Oh, merde, tu pues, t'as bu avec le décorateur ou quoi ?

9.

Nous sommes dans la salle à manger du château, assis autour d'une table immense, chacun d'un côté. Une femme que Ronald a recrutée dans un village voisin nous sert à manger, un chapon et des haricots verts. Eh bien dit la femme, Vous avez bon appétit, pour une petite personne vous avez de l'estomac et Ronald rit et comme elle parle légèrement du nez elle l'appelle monsieur Bronald. Sarah lit un féminin.

— Sarah m'a dit que tu te posais des questions. Que tu étais déstabilisé.

J'ai du mal à couper le chapon. Je peux avoir la moutarde? dit Ronald. Tu fais chier, je suis en train de lire, répond Sarah.

— Déstabilisé… non… enfin, je veux dire… non, pas exactement.

— Si, fait Sarah, qui récupère le pot de moutarde que vient de lui prendre Ronald et recoince sa page dessous, c'est ce que tu as dit. Que tu avais peur d'avoir perdu la boule.

Un bout de cuisse est propulsé vers Sarah, qui claque la langue, définitivement agacée. Je m'excuse et récupère le bout.

— C'est peut-être le cas, susurre Ronald en engloutissant la moitié d'une aile d'un seul coup, t'es peut-être givré dernier degré. Peut-être qu'on est juste un élément de ta folie, effectivement. Que tu nous inventes.

Je prends ça à la blague. Oui, effectivement. Ah, ah, ah. C'est une possibilité.

— Mais on en a déjà parlé Louis, on a déjà fait le tour de cette hypothèse.

Je me sens soudain pris en faute.

— Nous en avons conclu – il sourit – qu'elle n'était pas à exclure. – il se cure une dent avec un bout d'aluminium qu'il entortille en boudinette, le bout d'aluminium se tord, il finit avec l'ongle de son pouce – Mais qu'elle n'était pas totalement plausible.

— Mais on a discuté de ça quand? Je ne m'en rappelle pas du tout.

Mon portable sonne.

— Portable, dit Sarah, c'est le tien Louis.

Je réponds. Ronald insiste. Rappelle-toi, quand on est repartis de chez les Chat, la discussion qu'on a eue dans la voiture.

— Allô, je fais, allô.

Aucun numéro ne s'est affiché, je n'entends rien, je redis Allô.

— Je voudrais parler à Ronald, dit une voix avec un fort accent américain.

— C'est l'Américain, je glapis, comprenant qu'il s'agit du gars du ranch. Sans raison je suis dans tous mes états. Il veut parler à Ronald.

— C'est qui? Joey?

— We are calling the president. He's worried.

— Le président des États-Unis est au courant, je fais, légèrement paniqué. Il s'inquiète.

— Je lui ai touché un mot de l'histoire du bug, explique Ronald à Sarah.

— Quelle affaire, dit Sarah, si le président des États-Unis s'inquiète…

— Passe-le moi, fait Ronald, qui ne doute de rien, c'est le Président?

— Non, c'est Joey. – je reparle dans le téléphone – One minute Joey, I give you Ronald.

— Joey, c'est Ronald.

— Le Président, reste Sarah songeuse, mais ce n'est pas celui qui…

Elle fait un geste en avant, en arrière, avec son pouce et son index tendu, comme pour branler dans l'air une bite invisible, en référence à l'anecdote du Président avec sa stagiaire, à qui il enfonçait un cigare dans le vagin.

Yes, approuve Ronald, avec un accent qui ne ressemble à rien, yes, of course, sauf peut-être à une sorte de super accent anglais inspiré directement d'une méthode Assimil du début de l'autre siècle. Il a encore des traces de gras de chapon sur le visage. Essuie-toi dit Sarah, on dirait un porc.

— OK, I read the number, one minute, I have not a pen.

Il nous fait signe qu'il n'a pas de stylo. Dans mon sac dit Sarah, dans la poche intérieure, à côté du chéquier. J'essaye de transposer l'ensemble vers une toile, n'importe laquelle, quelque chose de plausible, soit une scène moyenâgeuse, soit au contraire une direction totalement moderne, mais je n'y parviens pas. D'un seul coup j'ai peur, une peur irrationnelle, que le Président devienne fou, que Orange Sect (c'est comme ça que s'intitule la résurgence des Sorciers des Premiers Âges, Ronald me l'a expliqué) l'ait saisi de ses griffes, qu'il fasse exploser la bombe atomique, que la terre disparaisse.

— Mais c'est quel Américain… ? reprend Sarah avec un petit sourire. Lequel ? Celui de la CIA ou du FBI ?

— Heu…, je ne sais pas, je dis, pris de court, la… CIA, je crois ? Enfin, si, oui, peut-être oui…

— Car bien sûr, continue Sarah, Ronald a dû t'expliquer à quel point les services secrets du monde entier sont friands de son aide et de ses conseils ?

— Non, enfin, je…

— Il t'a dit quoi ? Que le monde était en péril et que nous avions pour mission de le sauver ?

J'ai la tête qui tourne. Ronald est tout au fond, parle dans le portable, nous tourne le dos.

— Il t'a parlé de quoi d'autre ? De ses talents d'espion ? Il t'a… – elle baisse la voix – recruté ?

J'ai la bouche sèche.

— L'incendie est maîtrisé, revient Ronald – il leur a fait passer le tuyau que des Mexicains charismatiques noyautés par Orange Sect étaient responsables de l'incendie qui ravage actuellement Fort-Alamo, la piste était bonne. Des Mexicains d'une église autonome, l'Église de la Désolation. Joey a parlé au plus haut niveau. C'est grave.

C'est très, très grave. Ils flippent complètement. C'est la sécurité du pays.

J'approuve. Sarah s'est replongée dans son magazine.

— Ah, je dis, complètement perdu… et… ils ont avoué ?

— Qui ça ? dit Ronald, déstabilisé lui aussi, les Mexicains ?

— Non, je bafouille, les Américains.

— Les Américains ? s'interroge Ronald, pourquoi les Américains devraient-ils avouer puisque c'est eux les agressés ?

Je me reprends.

— Oui, enfin c'est ce que je voulais dire. Les Mexicains.

Je visualise très précisément une séance de torture. Quelque chose qui ressemblerait au détour par la maison abandonnée et maudite dans *L.A. Confidential*, d'Ellroy. Les Mexicains se prennent des coups de tuyaux en caoutchouc. Ça fait très mal. Les Mexicains sont la réplique de quelque chose que j'ai déjà vu. J'ai horreur de la guerre.

— Oui. Ils remontent la connexion mais celui qui était à la tête, leur espèce de *guru*, s'est suicidé. Le Président est au courant. La guerre est déclarée les enfants, cette fois plus la peine de se voiler la face, la guerre est déclarée.

Je sais à quoi l'image des Mexicains me fait penser, à mes visions sur l'autoroute, dans ma folle descente vers Bordeaux, quand ils jetaient l'animal mort.

— La guerre, je dis, horrifié, vraiment la guerre ?

— C'est formidable, dit Sarah, et quand allons-nous être invités à la Maison Blanche ?

— Je vous dérange, dit Noémie, vous n'avez pas fini de dîner.

— Non, sourit Sarah, tu ne nous déranges pas, on terminait juste une petite discussion avec le Président des États-Unis.

— Son adjoint, tempère Ronald, un de ses adjoints, le Président était déjà parti au golf.

— Toujours le sens de la blague, rigole Noémie, hein ?

— Toujours, répond Ronald, on ne s'en départit jamais.

10.

Nous sortons en boîte, chez un de nos futurs concurrents, et Ronald en voyant la piste, minuscule, le pauvre jeu de lumières, dit Je ne voudrais pas les enfoncer mais on est quand même au cœur du pathétique et ensuite nous dansons, jusqu'à une heure avancée de la nuit, mais sans excitation particulière non plus, et quand nous rentrons Sarah dans la voiture dit à Noémie, Reste dormir là-haut, Louis a un grand lit, ça lui fera plaisir, et tout cela fait comme une scène arrangée et quelque peu irréelle, comme des parents responsables d'un cousin de province et qui s'aperçoivent soudain qu'il faut songer à lui trouver une fille, mais Noémie rigole et dit Décidément vous allez vraiment me faire faire les pires trucs, et dans la foulée je l'embrasse et elle se laisse faire et après, sur place, on baisouille un peu, mais pas plus que ça. Sarah et Ronald ont disparu. Je m'endors tourné de mon côté. Noémie ronfle et je trouve qu'elle sent la cigarette et l'alcool.

11.

Je rêve d'un endroit étrange, une main virtuelle de magicien sculpte ce qui semble être un faisceau d'énergie informe. Deux silhouettes apparaissent, une liane violette pend à un arbre – et cette liane semble contenir tous les aspects impalpables du monde, son indicibilité et sa poésie –, et à côté un tronc terminé par un sexe, et ce tronc est modelé dans la pâte même de la mort, livide, on dirait qu'il l'appelle comme un aimant inerte.

J'associe évidemment ces deux visions à Sarah et Ronald.

À la fin de mon rêve un haricot vert pousse entre deux tuteurs.

Le lendemain j'en fais part à Sarah en revenant sur son idée de projection parentale. Elle a l'air assez ennuyé.

— Et un chapon ?, me demande-t-elle, il y avait aussi un chapon avec le haricot vert ?

12.

Nous repartons pour Archignac en fin de matinée, les plâtriers ne sont pas revenus et l'entrepreneur est injoignable. Le décorateur et Noémie sont assis sur le capot de la voiture de Noémie, désœuvrée.

— Vraiment avec la meilleure volonté du monde… dit le décorateur, tant qu'ils n'auront pas avancé… et il ouvre ses bras en signe de désolation mais je pense qu'il sent aussi que ce n'est pas trop le moment d'en rajouter car Ronald est en train de laisser un message sur le portable de l'entrepreneur, un message glacial, ses yeux sont deux espèces de fentes immobiles et sans vie comme la réflexion terne d'un voile gris sur la surface d'une pierre. Il dit : Je suis très surpris et j'attends que vous me rappeliez, et quand il démarre le décorateur est en train de hocher la tête d'une manière convaincante et catastrophée. Les murs des tours du château me semblent plus lisses que la veille, comme si les plâtriers avaient sournoisement travaillé de nuit à un endroit où on ne les attendait pas. Noémie fait coucou avec la main. Je lui réponds. Le fait qu'elle sente de cette manière le tabac et l'alcool m'a dégrisé et je la considère d'un œil circonspect et prudent.

— Je vais finir par me le faire ce con !, dit le nain en parlant de l'entrepreneur, s'il faut que je passe ma vie ici à être sur son dos pour qu'ils badigeonnent trois murs d'enduit on est pas sortis de l'auberge.

— Sans commentaire, persifle Sarah.

Le château disparaît dans le rétroviseur.

13.

Nous roulons vers la côte.

Des taches dans les champs me font penser à des résidus de chairs souillées, comme si quelque sort malin avait pulvérisé au laser un troupeau de vaches folles.

S'agit-il d'une manifestation naturelle en réaction à une expérimentation transgénique ?

Sarah pense que cela doit être de l'engrais. Ronald est de mon avis, c'est certainement dû à des manipulations génétiques.

— Le problème, dit Ronald, c'est qu'avec le pollen la mutation traverse la planète à la vitesse du vent. Ces crétins ne s'en rendent compte que maintenant.

Un bout de sac en plastique, aspiré par la vitesse, se coince sous la voiture et fait floc floc, flocflocfloc, se dégage soudain et se retrouve propulsé à plusieurs mètres de hauteur, dans les airs.

14.

L'arrivée à Archignac est encore différente. L'embranchement de l'autoroute n'indique aucune sorcellerie, rien de troublant, sinon une affiche violette déchirée vantant les mérites d'un vieux spectacle de prestidigitation. Le magicien tient un chapeau à la main d'où sort un lapin, de manière on ne peut plus classique, et quand nous dépassons ce panneau publicitaire et rentrons dans la forêt, cette couleur violette reste imprimée sur ma rétine assez longtemps, comme la trace inconsolable d'une cicatrice morte et je reste concentré là-dessus, sur cette tache qui ne s'efface pas, à me répéter Pourquoi du violet, pourquoi, comme s'il s'agissait d'une preuve essentielle de je ne sais trop quoi. Quand Ronald dit T'as réfléchi où tu allais habiter je redescends brutalement sur terre et je réalise que cette question me prend totalement de court, pour moi à partir du moment où il m'était arrivé tout ce qu'il m'était arrivé c'était la moindre des choses que les détails matériels soient pris en charge. Je n'arrive même pas à répondre, je suis interloqué, ahuri. Il insiste, Tu comptes aller où ? – j'ai juste quelques affaires, à peine de quoi me changer dans un sac de voyage, je finis par bredouiller Je ne sais, heu… pas encore, je pensais… – et Sarah, qui a l'air de s'en fiche comme de sa première culotte – ce qui me provoque un sentiment bizarre, comme si elle m'abandonnait – dit Tu me déposes chez moi d'abord, ça fait trois jours que j'ai pas vu les filles j'ai envie de me poser et nous roulons encore. Une pancarte indique La Route des Étangs, et je sais qu'au bout il y a la forteresse et la tache violette devient presque insoutenable à force de se balader à quelques centimètres de mon œil gauche, et soudain nous sommes à l'endroit où je me suis arrêté, où il y avait le fiacre, l'enfant dénudé dont les jambes sortaient du tas de terre comme un pantin plongé dans une termitière la tête la première et je me dis Au moins, au moins, je ne suis pas un assassin d'enfant. Ronald reprend :

— Quelle solution alors ? dit Ronald, l'hôtel ? un camping ? qu'est-ce qu'on peut faire de toi Louis si tu te laisses porter constamment, si tu comptes toujours sur les autres ? – ce qui est ahurissant puisqu'à Paris il a logé chez moi – et en même temps à mi-voix il dit à Sarah je pourrais quand même dormir chez toi ce soir, elle répond, vraiment lasse, vraiment... épuisée par un tel sujet, Écoute on a déjà parlé de ça et pour la première fois je sens Ronald meurtri – en fait je suis content qu'elle lui ait dit ça –, et je réponds, hors de moi maintenant, Je me laisse quoi ? Je me laisse porter ? J'espère que c'est une blague ? mais quand la voiture s'arrête en écho à ma colère on ne me renvoie que l'image un peu grotesque d'un âne de cirque braillant son courroux, puis cette image se modifie, l'âne se tait, me regarde et j'ai la sensation que d'immenses oreilles, ses oreilles, poussent le long de ma tête, réduisant à néant mes velléités de rébellion, qui se ratatinent au sol telles de vieilles méduses soumises. J'arrive juste à répéter d'une voix plus faible : C'est vrai quoi, je pense franchement que j'y ai mis du mien, non ? juste quand Ronald dit Non, tu m'embrasses même pas ? et que Sarah le repousse en disant J'aime pas quand t'es comme ça, quand tu quémandes, et elle se tourne et m'embrasse, moi, et dit À bientôt Louis, ne t'inquiète pas, tout finira par se décanter, et bêtement j'ai l'impression – malgré mes oreilles d'âne – de triompher de mon rival.

15.

Au Nouveau-Mexique le feu est maintenant totalement maîtrisé.

Les dégâts sont considérables. D'après les experts le reboisement prendra des décennies. Une partie de la ville de Fort-Alamo est détruite.

Plus au nord, en pays canadien, on annonce une possibilité de catastrophe écologique sans précédent. Sur le site de la mine d'or Giant, jouxtant le Grand Lac des Esclaves, à Yellowknife, sont stockées 250 000 tonnes de trioxide d'arsenic, quantité qui, si on les rapporte à la dose létale du poison (80 mg, l'équivalent d'un cachet d'aspirine) serait capable de faire passer de vie à trépas 2,5 milliards d'individus.

Il suffirait d'une inondation plus violente, d'un effondrement des parois des puits, pour que l'arsenic contamine l'ensemble des cours d'eau de la région, et pourquoi pas, ensuite, une partie de la Terre.

16.

Devant une espèce de grange à moitié écroulée, à la sortie d'Archignac :

— Qu'est-ce t'en penses ? demande Ronald.

— Je ne sais pas, je dis, c'est grand.

— Trop grand ?

— Non, pas forcément.

— Tu sais qu'une habitation a une fonction hautement symbolique.

— Oui… enfin oui mais… plus ou moins… ça dépend aussi…

— Celle-là est trop grande ?

— Non, non, mais… enfin… c'est… beaucoup de travaux.

— Et moi au château j'ai quoi ? hein… j'ai quoi ?

— Aussi, oui, c'est vrai… c'est vrai…

— Tu crois que c'est une partie de plaisir d'aller me cassecouiller le week-end avec le débile joueur de rugby qui essaye de m'enfler comme au coin d'un bois et l'inverti qui veut qu'on se tutoie ?

— Non, bien sûr que non – j'acquiesce vigoureusement.

— Qu'est-ce qui va se jouer ici ? À ton avis ?

— Je ne sais pas… je… peut-être…

— Tu ne sens pas la région ? C'est nous ? On te déconcerte ? Je te fais peur ? Tu préfères repartir à Paris ?

J'ai un début d'étourdissement.

— Non… c'est compliqué… c'est forcément mitigé, enfin, je veux dire, plus… ambivalent…

Le hangar devant lequel nous sommes arrêtés et dont Ronald me vante les mérites depuis une demi-heure ressemble à une vieille scierie du début du siècle envahie par la broussaille. Une partie du toit est complètement effondrée, mangée de termites.

— Ça prend un sens pour toi ce qu'il t'arrive ou ça reste flou ?

— Flou, je rugis, pour le moment flou, oui, c'est ça, c'est le terme, flou.

17.

Le plafond est suspendu dans le temps.

La charpente est rongée par la rouille pour ce qui concerne les parties métalliques et par les termites pour celles qui sont en bois.

Le corps du bâtiment est une ancienne scierie, les dépendances sont un château d'eau désaffecté.

Je me relève, regarde dehors, il y a tellement d'herbes et d'orties que la forêt alentour en paraît cachée.

Ronald a rappelé les Américains pour leur annoncer que la mine d'arsenic, dans le Grand Nord canadien, est une nouvelle menace, toujours orchestrée par Orange Sect. À distance il m'a semblé que cette nouvelle information les rendait complètement fous. Un service spécial a paraît-il été mis sur l'affaire.

J'ai l'impression que ma capacité à lire des informations dans l'espace augmente au fur et à mesure que se précise la réalité de la menace.

L'appartement installé par le précédent occupant se compose d'une grande pièce où se trouvent un lit, des éléments de cuisine et un bureau. La douche et les toilettes sont à l'extérieur, dans un appentis collé au château d'eau. Il y a l'électricité, l'eau courante, les toilettes sont raccordées à une fosse commune qui fonctionne.

En me laissant Ronald m'a dit En quelque sorte tu as tout le confort moderne.

La nuit je rêve que des sangliers attaquent les environs, se gaussent du dénuement de cette habitation inédite, puis une phrase tirée d'un manuel de psychologie s'inscrit dans les airs : « *L'enfant doit apprendre que les forces qui lui sont transmises par ses parents ne sont pas ses parents. Ces forces existent quand même et il faut les respecter mais non pas charger un être humain d'un symbole archétypique.* »

J'acquiesce distraitement. Des colombes s'envolent. Quand au matin Ronald klaxonne je suis déjà sur le pied de guerre, douché et rasé, à l'eau froide, il manque une bouteille de gaz pour que le chauffe-eau fonctionne. Sa voiture rutilante et lui, au volant, qui porte un costume épouvantable de monsieur Loyal en satin brillant, me confirment dans le sentiment qu'il s'agit, non pas d'une hallucination – je n'en suis plus là –, mais bien de l'extension confuse d'un théâtre un tantinet incompréhensible.

18.

— Programme?, je demande, emploi du temps de la journée?

Ronald, qui lui a vraisemblablement petit déjeuné, est d'humeur badine. Il fredonne une chanson de Brigitte Fontaine :

Je me réveille avec entrain
Je branche la cafetière électrique
Je me rue dans la salle de bains
Et je deviens paralytique

— Programme? sourit Ronald, eh bien nous allons aviser. Tout cela commence à prendre forme, non? L'ennemi se dévoile, tu reprends contact avec la vraie nature de ta personnalité, les Américains se réveillent, que demander de plus, hein, que demander de plus.

— Rien, je dis, non, tu as raison, rien!

Il rit :

— Je suis content que tu le prennes comme ça. Ça prouve que tu es en train de basculer vraiment.

J'opine, pétri d'espoir que nous nous arrêtions à un des cafés de la place, pour acheter ne serait-ce qu'un croissant, mais nous traversons le village, impitoyablement, nous nous enfonçons dans la forêt et le téléphone se met à sonner, c'est Joey, from the United States. Ronald me fait un signe : C'est eux, c'est eux, ça fait quatre fois qu'ils appellent, ils sont en train de devenir dingues tellement ils sont aux cent coups. Il se met à parler en anglais, l'heure doit être grave car si mes calculs sont bons, et si c'est bien les Américains, là-bas il est quelque chose comme trois ou quatre heures du matin et j'imagine parfaitement la tête de l'agent secret et des autres, de ses supérieurs autour, mobilisés enfin contre un ennemi tangible, un ennemi vêtu de longues robes orange, menaçant, détenant les clefs de la destruction de la bannière étoilée. D'après ce que je comprends depuis que Ronald leur a transmis l'information sur les fûts d'arsenic dans le Nord canadien et qu'elle a explosé dans tous les médias de la planète (y compris en France) l'hystérie est totale.

— Yes, dit Ronald, yes, I know.

Sur le bord du chemin où la voiture est arrêtée de longs cerceaux brisés se dirigent vers nous en rampant. Je pense d'abord qu'il s'agit de serpents, fatigués et tranquilles, dont la route croiserait la nôtre mais lorsqu'ils s'approchent je réalise qu'il s'agit de chenilles processionnaires traversant la forêt pour rejoindre quelque mystérieuse destination et dont l'organisation, curieusement, dessine un huit inachevé.

19.

Je rêve :

Le décor me rappelle, de manière imprécise, la couverture d'un « Que sais-je ? »

— *Bonanza* ?

— Une histoire de cow-boy. Des chevaux.

— *Mannix* ?

— De l'espionnage.

— *Drôles de Dames* ?

— Busley. La voix de Busley. Farah Fawcett, quelque chose comme ça, la femme d'un sultan.

— *Les Envahisseurs* ?

— Le signe distinctif, le petit doigt. Une route déserte. Une lumière bizarre.

— *Rintintin et Rusty* ?

— La fidélité. L'amitié humain-animal.

— *La Petite Maison dans la prairie* ?

— Une petite maison, dans une prairie, des filles avec des nattes et des robes à carreaux.

— *Kung Fu* ?

— Une sagesse millénariste. L'humilité alliée à la plus grande force.

— *Invincible Hulk* ?

— La couleur verte. Des chemises déchirées.

— *Dallas* ?

— J.R. La musique. Les puits de pétrole. Un mauvais goût érigé en dogme.

— *Les Mystères de l'ouest* ?

— Un couteau. Des liens que l'on coupe. Un train spécial.

— *Chapeau melon et bottes de cuir* ?

— Les années soixante. L'Angleterre.

— *X Files* ?

— L'étrange et la terreur. Les services secrets.

— *Miami Vice* ?

— La cocaïne.

— *Colombo* ?

— Sa femme.

— *Le Prisonnier* ?

— Le summum.

— Bien, dit Ronald, après cette petite révision quelques questions un petit plus compliquées. L'aventure ?

J'ai un blanc.

Ronald ne s'en contrarie pas.

— L'aventure est : *le déplacement dans le temps et dans l'espace d'un point énergétique élevé à une certaine fréquence capable de provoquer des variations vibratoires différentes, principalement de nature émotionnelle, l'important résidant moins dans son dénouement ou son accomplissement que dans la trajectoire effectuée par ledit point énergétique qui, lors de cette trajectoire, aura subi des modifications pouvant aller jusqu'à la réorganisation de ses schémas structurels.*

Je me réveille en sursaut. Les chenilles processionnaires ont disparu. Ronald est assis dans la voiture, portière ouverte, ses jambes se balancent dans le vide. Je suis allongé sur la mousse du talus. Le ciel est dégagé. Il fait beau.

20.

Les Européens, en avance sur le reste du monde dans la bataille du téléphone portable, mettent au point la norme dite « troisième génération », l'UMTS (Universal Mobile Telecommunication System). Le débit sera de 384 000 bits/seconde en situation de mobilité et jusqu'à deux millions de bits si le porteur du mobile est immobile. C'est énorme. Un saut technologique dont la planète entière, si elle le mesurait, resterait pantoise.

Dans le même temps les vestiges de Cajamarquilla, la cité mythique des Chachapoyas, fabuleux guerriers et gardes du corps présumés des Incas, sont mis au jour dans la forêt péruvienne.

— Et les Américains, je demande, pour paraître un minimum concerné, qu'est-ce qu'ils disent ?

Les Américains envisagent de faire venir Ronald en Concorde afin qu'il participe à une cellule de crise avec le Président.

Parallèlement, et peut-être sans aucun rapport, des chercheurs travaillant sur le séquençage du génome de l'*Arabidopis*, plante « star » de la génétique, évoquent la possibilité de créer une « plante virtuelle » afin de mieux en percer les secrets et aussi, évidemment, de suivre les effets de la mutation d'un gène. Existe-t-il une corrélation, aussi mince soit-elle, avec les taches de graisses souillées observées dans les champs entre la côte d'Opale et Archignac ?

Une nouvelle fois les contours du monde m'apparaissent avec précision, puis se dérobent, de nombreuses failles et des trous noirs clignotent dangereusement au centre de cette carte mouvante. Nous roulons vers Archignac, la ville est en fête et accueille un festival pluri-artistique lié à l'autisme.

— C'est cool, dit Ronald, qui s'en est déjà extasié à Paris, ils ont invité Carla Bruni.

21.

Sous le chapiteau du festival :

— Et que penses-tu de ta nouvelle maison ?

— Heu, répond Patrick Poivre d'Arvor, elle est très bien.

— Grande ?

— Oui. Assez. Suffisamment en tout cas pour que je m'y plaise.

— Et que penses-tu de ta nouvelle maison ?

Tout le monde rit, ou sourit, les personnalités invitées comme le public. Il y a Carla Bruni, mannequin, Marc Lavoine, chanteur, Dave, chanteur, Maxime Le Forestier, chanteur, le professeur Olivenstein, spécialiste des drogués, Benoît Poolvorde, comédien, des éditeurs, des écrivains, réunis sous le chapiteau dressé sur la place devant l'église. Marc Lavoine fait office de monsieur Loyal et les autistes et les mongoliens sont sur l'estrade au milieu et posent des questions aux célébrités que Marc appelle à tour de rôle et qui viennent chanter ou juste répondre aux questions, comme ils peuvent, avec plus ou moins de brio. La troupe de théâtre d'Archignac a invité, dans le cadre du festival La folie en tête, l'équipe du journal *Le Papotin*, de l'hôpital de jour d'Antony.

En plus des personnalités et des autistes sont présents leurs familles et les soignants. La première personne que je remarque est Aïm, sur un côté de la tente, entre les gradins, qui tient une coupe de champagne à la main, très à l'aise, dans son habituel costume Kenzo. Un artiste, François Boisrond, me fait signe. Ronald m'a planté là et soudain je vois Sarah qui, vêtue d'une robe en espèce de lin blanc proprement époustouflante, est en train de se faire draguer par un autre présentateur de télévision dont j'ai oublié le nom mais qui a la réputation d'être homosexuel et je suis saisi d'une crainte stupide. Mon cœur bat plus fort. Sarah me jette à peine un coup d'œil mais je suis sûr qu'elle m'a vu et au moment où je me décide à avancer dans sa direction alors que sur l'estrade l'ambiance est encore montée d'un cran : Est-ce que tu dors dans ton bureau à la télévision Patrick ? demande Olivier, un autiste d'une trentaine d'années qui porte des lunettes et transpire abondamment. Quelqu'un me tape sur l'épaule et dit Comment va notre maître espion ? En forme ?

— Ça va, je réponds, déstabilisé, regardant Aïm qui vient d'apparaître à côté de moi, je... ça va... c'est... plutôt bien... pas mal en fait.

Je hoche la tête et essaye d'avoir l'air plus convaincu que je ne le suis véritablement, bien, surtout bien, surtout... mieux quoi.

— Ronald me dit le plus grand bien de vous. – il glousse franchement – Il paraît que vous vous comportez en véritable *guerrier de la lumière.* Que vous n'avez pas hésité à vous précipiter dans le vide ?

— Effectivement. J'ai... beaucoup... c'est vrai qu'il y avait un danger quoi, ce n'est pas... comment dire... anodin je veux dire. C'est le... presque une remise en... une remise à plat quoi... qu'est-ce que l'existence, qu'est-ce que notre vie, on est face à... au vide quoi, vraiment au vide...

Derrière Sarah rit aux éclats et ses yeux quand elle renverse la tête en arrière dégagent une lueur violette. Je la trouve terriblement... touchante, oui, je crois que touchante est le terme. Aïm pose la main sur mon épaule et dit Vous savez que vous êtes beaucoup plus précieux que vous ne l'imaginez, et sa main pèse soudain d'un poids atroce, à tel point que je me demande s'il n'a pas rajouté quelque chose, un bout de plomb, si ses doigts ne sont pas dotés d'un champ électro-magnétique, mais non, c'est juste sa main, et je souris et je dis Ah bon, mais qui parle, le psychiatre ? le chef de tribu ? l'esprit éclairé missionné pour aider l'humanité ? et nous en restons là, il ajoute juste Félicitations quand même, pour l'instant vous tenez le cap et ce que vous faites a un sens, pour vous mais aussi pour les autres, je vous le garantis, et je reste à sourire, content malgré tout. Sarah n'est plus dans mon champ de vision et j'entends quelqu'un dire Tu as vu ISS vient de signer avec la Nasa pour mettre des webcam dans l'espace, ce sera sur le Net bientôt, et une autre voix répond Ouah, délire ! délire vraiment ! je ne regrette pas d'être né maintenant pour voir tout ça, et Marc Lavoine surgit et serre Aïm dans ses bras et lui dit C'est fort, je te remercie pour cette soirée

Aïm et il sourit et je vois des webcam sur la planète Mars et les martiens sourient aussi et je clique sur le site et c'est Marc Lavoine qui a maintenant des petites antennes vertes.

— Hu, hu, hu, hu, hu fait une autiste qui s'appelle Madeleine et qui vient de monter sur la scène Poommmpommpidou, et elle répète plusieurs fois les mêmes onomatopées et en même temps elle rigole, d'un ricanement qui est presque un murmure et qui contraste avec ce quasi-hurlement, et ce ricanement me paraît ironique, distancié, comme si elle n'était pas vraiment dupe.

Patrick Poivre d'Arvor qui, légèrement décontenancé, se tenait à côté d'elle, un micro à la main, finit par descendre de scène.

Dave le remplace, attrape au passage le micro et pousse soudain un contre-ut redoutable qui surprend tout le monde. Il y a un temps de stupéfaction et Madeleine, qui ne reste décontenancée qu'une demi-seconde, lui répond, et ils se lancent dans un duo improbable et tout le monde rit. Marc Lavoine dit dans son micro, Oui Dave!, oui Madeleine!, et reprend en chantant derrière eux *Pour un flirt-avec toi-je ferais n'importe quoi,* qui n'est pas une chanson de Dave mais de Michel Delpech et tout le monde reprend en chœur, dans un gigantesque karaoké, sauf Ronald que je vois en grand conciliabule avec une femme très grande que je crois être une journaliste et plus personne ne fait attention à moi. Je me demande si les webcam de l'espace vont nécessiter de l'entretien, une manutention quelconque et je me dis que je pourrais postuler et puis je sens une présence derrière moi et je me retourne, c'est Sarah.

— Au secours, me murmure-t-elle, j'étais avec une espèce de casse-pieds, fais diversion, j'ai peur qu'il revienne... Et je souris de nouveau, plus confiant.

Je hoche la tête et je dis :

— Mais à ton service, Sarah, vraiment à ton service...

Elle sourit.

— C'était très troublant, est en train de dire quelqu'un à Patrick Poivre d'Arvor que plusieurs personnes ont complimenté pour son interview en direct du Président la semaine précédente. J'avais lu par exemple des récits où des sorciers se transforment en créatures de légendes et s'affrontent en des combats insensés, en pensant bien sûr qu'il s'agissait plus d'affabulations ou de fantasmagories que d'une réalité tangible, eh bien depuis que j'ai bu le Breuvage sacré des Dieux je n'en suis plus si sûr.

Ah, fait Patrick Poivre d'Arvor, qui m'avait invité à l'époque de Fondation Source une fois dans une de ses émissions pour présenter une exposition que nous sponsorisions et qui me reconnaît soudain et dit, tout en commentant ce qu'il vient d'entendre de son ah intéressé, Tiens, comment allez-vous et je dis Bien merci, et vous ? et il revient à son interlocuteur, qui doit être un président d'association humanitaire quelconque, et refait Ah oui, vraiment ? et l'autre repart dans une histoire de limace géante et de calamar vert, et insiste en expliquant que dans la dimension où l'a conduit le Breuvage sacré des Dieux cela est quelque chose de courant. J'en ai moi-même eu l'expérience assure-t-il, et Patrick Poivre d'Arvor le regarde avec des yeux ronds, parce qu'il a déjà dit deux fois Ah, ah, et qu'il ne sait vraisemblablement pas quoi dire d'autre et qu'il ne se sent peut-être pas, surtout si peu de temps après son interview avec le Président, de poser des questions trop précises sur la Grosse Limace Géante et le Calamar Vert, et heureusement quelqu'un vient les interrompre, lui et le buveur de liqueur sacrée et il arrive à se détourner et à fuir cet interlocuteur qui tient des propos si incompréhensibles et le farfelu se retrouve seul, regarde autour de lui plusieurs fois, et déçu, va chercher un verre au bar, un verre de jus de raisin.

— Et que penses-tu de ta nouvelle maison, demande Léopold, autiste de l'hôpital de jour d'Antony, à Carla Bruni, mannequin, est-ce qu'elle te plaît ?

— Eh bien, répond Carla Bruni, effectivement je viens d'acheter un grand appartement boulevard Saint-Germain, mais je ne suis pas encore très à l'aise dedans. J'ai besoin de trouver mes marques.

— Et est-ce que tu possèdes un kangourou dans cet appartement ?

— Non, dit Carla Bruni qui semble pourtant réfléchir, comme si elle n'en était pas complètement sûre, non, pas de kangourou.

22.

Après la troupe du *Papotin* c'est au tour d'Archignac de proposer un spectacle. Je reconnais vaguement plusieurs de mes anciens condisciples du Directoire. La pièce s'intitule *Quête des soldats ivres.* Les acteurs, déguisés en centurions romains, titubent sur l'estrade. Une vieille schizophrène hurle à intervalles réguliers : Mais que faites-vous de votre vie ? Nous téléphonons, répondent, également en hurlant, les autres Romains en armures qui miment cette nouvelle frénésie du téléphone portable qui s'est emparée de nos existences. Les gens rient, un peu bêtement, sans vraiment être bien sûrs qu'il ne s'agit pas d'une allégorie satirique de leur propre connerie.

23.

Les voitures avancent dans la forêt en convoi, un dîner est organisé à l'auberge du Lac. C'est la Mercedes de Ronald qui ouvre la marche. Je suis en quatrième ou cinquième position avec Sarah, un journaliste du *Nouvel Observateur* qui ne cesse de se curer les dents avec un bout d'allumette et la femme de Marc Lavoine, la princesse Sarah Poniatowsky, qui lui fait la conversation.

— Ça vous a plu ?

— Oui. J'aime bien leurs questions. C'est souvent…

— … pertinent ?

— Oui, pertinent, c'est ça.

— Vous avez reçu le dernier numéro ?

— Du *Papotin* ? Oui, je l'ai reçu.

— Et vous, vous faites quoi, vous êtes journaliste ? interroge Sarah de Marc Lavoine.

— Non, pas du tout, répond l'autre Sarah, je suis dans l'enseignement, je suis prof de sciences naturelles. Les dissections, les batraciens, des trucs comme ça.

— Qu'est-ce c'est ?, s'exclame soudain Nouvel Observateur, on roule sur quelque chose.

— Mais, mais…, c'est des crapauds !

— Mais, mais, ils sont des milliers !

La voiture de tête a ralenti et l'on voit les gens s'agiter à l'intérieur, effectivement des milliers de crapauds, peut-être des millions, une nuée, occupent la route, comme une couverture abjecte et répugnante, s'offrant dans un sacrifice fou aux roues des véhicules, coassant, s'écrabouillant sous le rouleau-compresseur des voitures, nous roulons dessus maintenant dans un silence pétrifié, les visages révulsés derrière les pare-brise dont la lueur des phares ajoute à l'effroyable de la scène. Carla Bruni, dans la voiture devant, semble hypnotisée et agite la main comme pour dire, mais c'est dingue, tous ces crapauds, mais c'est dingue, mais c'est dingue ! et soudain, tel un hurlement épouvantable Ronald se met à klaxonner et après un instant de stupeur tous les conducteurs en font autant et ce cri doit nous libérer car les voitures accélèrent, achèvent de ratatiner les pauvres créatures, et patinant sur les corps disloqués nous fonçons de nouveau, accompagnés de ce hurlement électronique dément, de notre épouvante et de toutes ces morts.

24.

Je pense à une composition de Jean Cousin, datant du XVIe siècle, *Le Grand Combat céleste et la Chute des anges rebelles*, où des anges et des démons s'entrelacent ardemment, dans un style presque pompier.

Quand nous arrivons à l'auberge il y a encore des chairs visqueuses de crapauds collées aux rainures des pneus. Il me semble qu'à l'exception de Sarah, dont les joues sont roses et frémissantes, notre assemblée est plus pâle que tout à l'heure. Personne ne commente l'événement, sauf les débiles qui se disent entre eux Tu as vu les grenouilles, on aurait dit de la mayonnaise mélangée à de la crotte de nez et cela ne fait rire personne, nous rejoignons la grande salle à manger dressée en notre honneur dans un silence sépulcral

25.

— J'ai souvent pensé à vous, me dit Patrick Poivre d'Arvor, ça n'a pas dû être facile de vous retrouver au milieu de toute cette affaire.

— Laquelle ? je demande. Source ?

— Oui.

— Non.

— J'ai même supposé que vous étiez mort.

— Moi aussi.

— Et vous faites quoi maintenant ?

— Je... – j'invente complètement – heu... journaliste. Je travaille pour une nouvelle revue d'art qui devrait paraître à la rentrée.

— Et vous n'êtes pas resté en contact avec vos anciens employeurs ?

— Non. Je pense que tout le monde est assez secoué par ce qui s'est passé.

Je toussote légèrement, de manière à lui faire comprendre qu'il est délicat pour moi, pour ma sécurité, peut-être pour la sienne, d'en dire plus.

— ... L'instruction n'est pas terminée, c'est... compliqué.

— J'imagine.

— ...

— Nous nous étions rencontrés...

— À Marseille. À une exposition du musée de la Mode, chez Marylise Vigouroux.

— C'est ça, exact, et ensuite nous nous étions revus à la FIAC et je vous avais invité au 13 heures et après sur LCI. C'est bizarre parce que j'ai régulièrement repensé à vous.

Nous hochons la tête tous les deux. Les serveurs apportent les entrées, des feuilletés aux asperges, nous les mangeons tous de bon appétit. Les grandes baies vitrées de la salle à manger sont ouvertes, donnant sur le lac et la grande étendue d'herbe qui l'entoure.

— Ce que je ne m'explique pas c'est le meurtre du directeur général et de sa famille, vous croyez que c'est lié ?

— Je ne sais pas. C'est une affaire confuse.

— Excusez-moi, je vous demande ça plus par curiosité personnelle, je... je le connaissais, lui et sa femme.

— Ah… c'est…

— Oui, très triste. Choquant.

J'affiche une consternation qui n'est pas feinte. Il reprend.

— Ce soir, c'est idiot, mais de voir les… ces gens qui ont… des problèmes, structurels, et vous voir aussi, c'est… j'y pense depuis tout à l'heure.

— Oui, je crois que l'assassin venait d'un centre. Il était dérangé.

Le feuilleté est délicieux. Nouvel Observateur fait un signe au serveur et lui murmure : Excusez-moi mais je suis allergique aux asperges. Je regarde Sarah, elle plaisante avec un cinéaste américain dont j'ai oublié le nom mais qui est en ce moment sur toutes les couvertures de magazines. Un autiste essaye de se glisser dans la conversation mais n'y parvient pas. Aïm est au bout de la table, avec les gens du Conseil général et du ministère. Je reviens à Poivre et je demande : Mais en tant que grand journaliste vous devez être au courant de plein d'affaires dans ce genre, non ? Source n'est quand même pas de l'inédit ? et face à cette question dans laquelle j'ai peut-être mis trop de conviction il arbore une expression totalement étrange, de surprise et d'étonnement, et je suis étonné aussi par sa réaction et le serveur revient avec une salade d'avocats pour Nouvel Observateur et Poivre d'Arvor dont les yeux sont maintenant écarquillés comme des soucoupes dit C'est incroyable, regardez, c'est totalement hors du commun, les renards sont d'habitude des animaux extrêmement craintifs, et d'autres personnes regardent maintenant dans la même direction, interrompant leurs conversations, je me retourne et sur la grande pelouse face au lac un renard avance à petits pas, en tirant quelque chose derrière lui attaché par une ficelle, une sorte de grande boîte à chaussures, nous jetant des regards comme si vraiment c'était à nous qu'il s'adressait et quelqu'un dit, je crois que c'est Carla Bruni ou une fille assise à côté d'elle, On dirait un renard magique qui nous apporte un cadeau enchanté et quand le réalisateur américain se lève, une fois le renard disparu et la boîte gisant comme un appel ensorcelé sur l'herbe fraîchement coupée, et s'en approche, tout le monde retient son souffle, moi comme Poivre d'Arvor et on voit le visage du réalisateur américain changer d'expression, se tordre légèrement, dans une moue de peur et de dégoût et il dit tout fort, en brandissant l'objet, It's a rat, it's a dead rat, et Carla Bruni se met à hurler, des cris stridents qui déchirent l'air calme de la nuit au-dessus du lac et un des autistes qui est épileptique tombe en arrière et hurle aussi et Sarah et un médecin que je n'avais pas remarqué mais que je reconnais comme étant un des médecins du Directoire se précipite et dit Sa langue, sa langue, il ne faut pas qu'il s'étouffe et il le couche sur le dos et fait une boule avec un blouson et lui glisse sous la tête et Carla crie toujours et l'autiste vagit maintenant, doucement, presque comme un bébé et Patrick Poivre d'Arvor semble frappé de stupeur, peut-être connecté avec des souvenirs si anciens qu'il n'arrive pas à les identifier complètement et je crois que c'est notre lot à tous et un serveur se précipite et emmène le cadavre du rat et quelqu'un monte la musique et je remarque qu'il s'agit de la même compilation de Claude Challe que lorsque le connard de journaliste est venu m'interviewer, à Source, le jour de la mort de Batman et du vernissage de Règles et quand les plats arrivent tout le monde est KO mais nous parvenons tous à faire quand même bonne figure, sauf Carla, visiblement très choquée, qui demande si une voiture peut la raccompagner et elle repart dans la nuit et quelqu'un dit Elle est folle, elle va se retrouver toute seule sur les crapauds, à sa place je resterais avec le groupe.

26.

Couché sur mon lit, je regarde de nouveau le plafond suspendu dans le temps où évoluent des araignées et des bêtes diverses et j'imagine pendant de longs moments un mélange implacable entre les forces de la nature et une série de terminologies liées à la e.culture, des point fr, des www, des @, des écrans surgissant du néant et se brouillant dans les couches noirâtres d'humus et de feuilles stockées dans les profondeurs de la terre et les termites rient et dévorent cet amalgame hétéroclite.

27.

Dans la matinée, le lendemain, a lieu encore une série d'interviews pour *Le Papotin*, qui va sortir un numéro spécial consacré à l'événement. Sur les conseils de Patrick Poivre d'Arvor, Marc Lavoine me demande si, en « tant qu'espion amateur d'art » je peux leur accorder un entretien exclusif. Sous le chapiteau personne n'est encore arrivé, les gens doivent dormir ou se terrer dans leur chambre, seuls les trois autistes vedettes du *Papotin* sont là, m'attendant pour l'interview.

— Bonjour.

— Bonjour, je dis, me demandant vaguement si les trois que j'ai devant moi ont des accointances avec Archignac, s'ils sont utilisés parfois pour des missions, s'ils connaissent l'assassin du directeur général. Enchanté. Je m'appelle Louis.

— Tu t'appelles Louis ?

— Oui, je m'appelle Louis.

— Louis Comment ?

— Louis Dieutre.

— Tu crois en Dieu ?

— Oui... Enfin... Possibilité seulement... plutôt, en fait, champignon... champignon géant quoi...

— À quel âge as-tu commencé comme agent secret ?

— Je n'ai jamais été agent secret. Mais j'ai travaillé à Source de 1991 au réveillon de l'an 2000.

— T'entends-tu bien avec tes patrons ?

— Oui, dis-je, sans vraiment visualiser de qui il pourrait s'agir.

— As-tu déjà écrit tes Mémoires ?

— Non, mais j'y songe peut-être dans un avenir proche.

— Pourquoi t'es-tu intéressé à l'art moderne ?

— Parce que... j'étais intéressé par... heu... comment trouver de la beauté aux choses.

— Connais-tu Carla Bruni ?

— Non, je..

— Savais-tu qu'elle avait peur des rats ?

— ....

— Merci Louis.

28.

Le déjeuner se passe bien, les autocars pour ramener tout le monde à la gare TGV où un train spécial attend sont déjà là et les gens semblent plus détendus, même s'il règne en arrière-fond un je ne sais quoi de troublant, seule Carla Bruni n'est pas là, elle a carrément foutu le camp la veille au soir en soudoyant le chauffeur appointé par la manifestation, qui l'a emmenée jusqu'à Bordeaux.

Alors que tous oscillent, debout, un verre de sauternes à la main, en appréciant la qualité de ce foie gras que Aïm assure provenir des élevages du Directoire : Nous sommes un peu comme des moines, voyez-vous, dit-il de sa voix légèrement satisfaite, nous avons nos propres productions, je sors quelques instants rejoindre Ronald qui téléphone.

— Non? fait-il à son portable d'une voix mi-glaciale mi-exaspérée. C'est pas possible?

Il semble se décomposer.

— Non? Oh non, mon dieu... Il serre sa lèvre inférieure avec ses dents et paraît vibrer sur place et à cet instant je vois distinctement dans ses pensées, je vois la vérité épouvantable se profiler, la Secte Orange va gagner et ce qui jusqu'à présent n'avait vraiment ni chair ni substance prend la consistance de la mort, d'une mort atroce, d'une abdication qui nous replace dans des millénaires et des millénaires de souffrance et de peur, et mon cœur est sur le point de cesser de battre et une immense compassion m'envahit l'âme et je ressens toute la mesure du Temps, et de nous, courbés sous ce fardeau, et comme au ralenti je vois la main de Ronald qui se lève et jette violemment le combiné qui explose sur le sol avec un son de ricochet et produit un petit bruit de plastique cassé et de pile déboîtée et je suis au bord d'un arrêt cardiaque, comme si je voulais me dissoudre et ne jamais voir ça et j'entends sa voix de fausset hurler, exactement à la seconde où je glapis C'est les Américains? hein, c'est les Américains?

— Putain d'enculé de sa mère, je vais fumer ce pédé! Je vais détruire sa sale gueule d'enculé! et je bredouille, qui ça, Joey? Joey? et il se calme immédiatement et dit Quel Joey, mais non, c'est ce connard d'entrepreneur qui est en train d'essayer de m'enfler, il est venu récupérer tout le placoplâtre et les sacs de ciment et les plâtriers ont dit au décorateur qu'ils ne venaient pas parce qu'il leur devait de l'argent alors que j'ai déjà payé. Je vais le tuer. Sur la vie de ma pauvre mère je vais flinguer ce crétin !

Sous le chapiteau tout le monde porte un toast au *Papotin*. Un autiste, Pierre, lit une déclaration, d'une façon un peu solennelle. Là l'atmosphère est nettement tendue.

« *À propos de la guerre des Étoiles, j'aimerais porter à la connaissance des Américains et des Soviétiques que notre planète Terre est un vaisseau spatial. Ils ont la lourde responsabilité d'être les pilotes de ce vaisseau qui actuellement traverse des turbulences légères. Ils se doivent donc de sauver et de veiller à la survie de tous les passagers terriens que nous sommes. Les super-puissances devraient s'unir militairement et scientifiquement pour que la paix soit. À partir de ce moment les hommes de la terre pourront prétendre à l'immortalité parce qu'ils auront dompté et muselé l'arme nucléaire. Ce sera la victoire des espoirs de Dieu que nous sommes. Peace is a must.* »

La salle ne bronche pas. Le réalisateur américain qui ne parle pas suffisamment bien français se fait traduire. C'est signé Alpha Blondy dit Pierre, en repliant son papier. Le réalisateur américain applaudit, son claquement de main fait un intermède assez plat dans l'espace clos du chapiteau. À ce moment je pense que tout le monde est plus que déconcerté et ne sait pas trop sur quel pied danser, à la fois parce que les autistes en fait ne semblent pas si autistes que ça, non qu'ils ne le sont pas *réellement*, mais leur façon de s'exprimer et leurs questions les dotent d'une sorte de lucidité assez effrayante.

Patrick Poivre d'Arvor applaudit lui aussi poliment, mais sans grande conviction non plus.

Nous nous asseyons, il règne sous le chapiteau une chaleur moite, à table la conversation roule sur la littérature.

— Si vous étiez un personnage de roman qui aimeriez-vous être ? lance Sarah Poniatowsky, très belle dans un corsage mauve et doré. Moi j'aurais adoré être la princesse de Clèves.

— Moi plutôt le héros de *L'Attrape-Cœur*, tente une autre femme, qui je crois travaille à *Télérama*.

— Moi Hadrien, je pense, dit d'Arvor, dans les *Mémoires d'Hadrien*.

— Ça ne compte pas, c'est aussi un personnage historique.

— Moi le Jeune Albert, d'Yves Chaland, propose quant à lui Benoît Poolvorde. Même si c'est de la BD. Ou un personnage de Goossens.

— Et vous ? demande la femme de *Télérama* à Ronald.

— Moi, dit Ronald, – il la fixe, ses yeux semblent s'animer – Béhémoth – il glousse d'aise – Béhémoth, le chat dans *Le Maître et Marguerite*. Je crois que cela ne me conviendrait pas trop mal, oh, oh. Il porte la main à son visage, comme pour y dessiner des moustaches, et un quart de seconde on a tous l'impression qu'il s'agit réellement d'un chat.

L'assemblée, déconcertée sans vraiment de raison, choisit de s'esclaffer.

Ah, ah, ah.

Oh, oh, oh.

Nous rions.

Le déjeuner se finit dans la joie et la bonne humeur et je vois que Marc Lavoine est rassuré et soulagé que cette mauvaise ambiance bizarre se soit finalement évaporée et à un moment je l'entends qui parle à Carla dont le portable a fini par répondre et elle aussi va bien et ils s'embrassent au téléphone et il dit Mais oui, c'est sûr, si tu ne le sentais pas il valait mieux, oui, oui, et les autocars s'avancent et tout le monde est maintenant devant le café où j'ai acheté *Le Monde diplomatique* le 3 janvier. Les bagages sont en train d'être chargés et soudain Olivier, un des autistes, surgit du fond du chapiteau et se met à crier des paroles incohérentes sauf que l'on comprend quand même qu'il nous insulte et nous – cela fait une drôle d'impression de le dire – nous damne pour les temps à venir, parle de nos costumes de nos accoutrements et de chèvres et de moutons morts et il s'avance comme un orang-outang échappé d'un zoo et comme il est en slip on voit à quel point il est musclé et donc menaçant, cela provoque un mouvement de panique. Nouvel Observateur se carapate dans un frémissement de jambes vers l'entrée du bus comme un cheval effrayé et piétine à moitié sa consœur de *Télérama* qui se casse la figure sur les sacs posés par terre et dans un rot dément Olivier vomit, en direction du bus où les gens montent maintenant au triple galop, sans écouter Sarah Poniatowsky qui dit Ce n'est rien, ce n'est rien, il n'est pas méchant et quand le bus s'ébranle il n'y a plus qu'Olivier debout et nu, qui vomit au milieu de la place et nous, ceux d'Archignac, sur le côté, en retrait, et je croise à cet instant le regard de Patrick Poivre d'Arvor et je vois exactement ce qu'il est en train de se dire, que je suis avec eux, que depuis le début il s'est trompé, et que cette méprise lui apparaît comme une infamie insurmontable et les gens aux fenêtres ont l'air vraiment sidérés, sidérés et atrocement déçus, trahis, et cela tient au fait, je crois, que tout le monde avait eu le sentiment de faire un effort, de passer l'éponge après l'épisode fâcheux des crapauds et du rat et qu'en retour on leur recrachait à la figure de nouvelles horreurs, de nouvelles diableries, et quand le car disparaît dans le tournant, à la sortie du village, je sais qu'ils pensent tous la même chose que moi le jour de mon arrivée, que cette ville est maléfique, que c'est une ville de dingues, que c'est une ville maudite.

Il existe une véritable floraison de langages évolués. Citons entre autres COBOL, FORTRAN, PL, BASIC, PASCAL, des langages C, C++, ADA, LISP, PROLOG, APT, LOGO, JAVA, etc. L'orientation actuelle conduira progressivement à des langages de manipulation à portée des utilisateurs de telle sorte que ces derniers pourront de plus en plus satisfaire leurs besoins sans passer par les professionnels de l'informatique comme c'est le cas actuellement. Les logiciels qui constituent les systèmes d'exploitation sont destinés à assurer le fonctionnement de la machine ou plus précisément de tout un ensemble de ressources auxquelles font appel en général plusieurs catégories d'utilisateurs. Ces « super-programmes » sont capables de gérer l'enchaînement des opérations caractérisé par une exécution continue et simultanée de tâches extrêmement diversifiées.

Chapitre 13

Esthétique de beauté immédiate : les tombes

. . il m'a semblé bon de faire encore mieux comprendre cette idée ici, l'art de l'invention est une espèce de la Magie...

1.

Une fois par mois, à l'exception de juillet et d'août, parasités par la présence de quelques touristes, une projection de film a lieu dans la salle des fêtes d'Archignac. Le film est toujours le même, *Freaks*, de l'Américain Ted Browning. La séance est suivie d'un dîner, lui-même poursuivi d'un débat. Le début du film est immuablement programmé pour 18 h 15. La soirée s'achève en général peu avant minuit

— Et c'est vraiment toujours *Freaks*? je demande à Ronald. Jamais autre chose?

— Si, parfois on passe *Elephant Man*, mais ça fonctionne moins bien.

Deux autres personnages sont avec nous dans la salle des fêtes : Horatio Pape et Métro Karmickaël. Pape porte un costume de Kiri le clown et Karmickaël des chausses et des bottes immenses – Ne le contrarie pas, m'a glissé Ronald, c'est le Chat Botté! Ronald fait défiler une bande vidéo. Des fesses apparaissent en gros plan. Il les regarde hypnotisé, la bouche à demi ouverte, vu l'angle des prises de vues on comprend que la caméra devait être placée dans un sac et qu'il a suivi des filles dans la rue, dans des grands magasins, parfois en arrivant à la positionner suffisamment bas – dans la file d'attente d'un supermarché par exemple – pour pénétrer plus avant l'intimité de ses modèles inconscients.

— C'est ma-ma-gnifique Ronald, bégaye Horatio, ça donne vraiment en-en-vie de se bran-ler.

Le sol de la salle des fêtes est carrelé d'un dallage noir et blanc, en vieille faïence. Des statues bizarres, en plastique, sont posées sur des socles. À part ça le décor est normal.

— Et moi, je demande, je peux rester pour la projection ?

Ronald acquiesce. Évidemment. Maintenant tu fais partie de la ville. Tu es des nôtres. En entendant ça les deux ricanent. « Il va venir travailler avec nous? veut savoir Métro. Il va tuer des gens ? » et je les regarde effaré, en essayant de sourire, mais c'est comme si un liquide engourdissant avait pris possession de mon système nerveux.

— Stop, dit Ronald, pas avec lui, même pour rigoler.

L'impression cesse.

— Et le film des Cévennes, tu l'as ou pas? J'aimerais bien le regarder encore.

Ronald envoie Horatio chercher une cassette dans la voiture. La nouvelle cassette est aussi bizarre qu'un film amateur sorti de la vidéothèque d'un serial killer. On voit la tête de Métro Karmikaël qui rigole, en très gros plan. Il a dû se filmer lui-même en tenant la caméra à bout de bras, puis la caméra pivote et l'on aperçoit deux personnes plutôt âgées qui descendent un sentier de randonnée, en short, sac à dos et chaussures adéquates. Il y a un torrent dans le fond et c'est l'été.

Soudain Horatio Pape bondit devant eux, dans son costume de clown et exécute le début d'une… danse, absolument grotesque, presque navrante, et les deux pauvres randonneurs ne savent manifestement pas s'ils doivent avoir peur ou rire, alors ils continuent, saisis, et la femme quelques instant plus tard se tient la cuisse comme si elle avait mal, elle s'arrête, son visage grimace de douleur.

Le danseur continue ses gesticulations mais avec moins de conviction.

La caméra s'approche, le filmeur (Horatio) doit demander quelque chose au couple car les lèvres de l'homme bougent. La caméra est posée sur un rocher et on distingue des mains qui saisissent la cuisse de la femme et je reconnais maintenant le visage de l'homme, gagné par l'affolement, mais qui essaye quand même de garder une contenance, c'est le sénateur-maire Margut, dont le double suicide a été annoncé dans les médias l'année précédente – je me souviens parfaitement de la lettre d'adieux, digne et déchirante, que le couple avait laissée et que la presse avait abondamment reproduite « Côte à côte ils meurent comme ils ont vécu, en haut de la montagne » et les doigts griffus pressent de plus en plus fort la cuisse et le sénateur visiblement dit Mais que faites-vous ? Que faites-vous ? et le danseur arrive en courant, tape dans ses paumes et chante autour d'eux et je pense que la femme meurt à ce moment-là et le sénateur se bouche les oreilles avec ses mains et son visage se crispe atrocement et je lis sur ces lèvres – ou du moins je crois lire sur ses lèvres – cette phrase terrible : Non, pas en Enfer, pas en Enfer et les deux démons rigolent et l'écran devient noir.

Ronald approuve d'un signe de tête.

Quand Aïm et le reste du village arrivent le lecteur est calé sur la première image du générique de début de *Freaks*, qui vibre tranquillement, attendant le public. Les gens ont tous leurs Tierces, ce qui donne à l'assemblée une touche très « bal des vampires ».

Je suis le seul à être en Normal. Je ne vois pas Sarah.

Avant que le film ne commence Aïm dit Je vous prie d'accueillir Louis qui va maintenant habiter parmi nous. C'est tout. Rien d'autre. Il y a environ une demi-seconde d'applaudissements. Tout le monde s'en fout. Je reste les bras ballants, incapable d'exprimer la moindre réaction.

Pendant le film beaucoup de spectateurs murmurent les dialogues en même temps que les acteurs, certains en anglais (le film est sous-titré) d'autres en français, et c'est accompagné par ce murmure que je suis les péripéties de cette troupe de monstres, perdus dans leur épopée étrange. À plusieurs reprises Ronald se lève et va régler le projecteur. Quand les lumières se rallument je remarque deux personnages dont l'aspect général me rappelle quelque chose. D'abord je pense que c'est des Archignacquais qui ont adopté cette Tierce bizarre mais quand Aïm annonce · Maintenant je vous demande d'applaudir deux grands artistes qui nous font ce soir l'honneur d'être parmi nous, je réalise qu'il s'agit bien de Gilbert et Georges, qui restent impassibles sous l'ovation.

— De façon à lancer notre débat nous allons maintenant regarder un document sur la manière de travailler de Gilbert et Georges.

Tout le monde ondule sur sa chaise. Re-applaudissements. « Regarde, me souffle Ronald, c'est intéressant. »

Je connais déjà cette vidéo. Gilbert et Georges y dissèquent leurs travaux. Montrent les vitrines où sont rangées les esquisses de chaque œuvre. Les photos de chewing-gum, de crachats, collectionnées au fil des années dans leur bonne ville de Londres. Les choses bizarres. La pisse. La merde. Le sperme. Les plans de la City avec les noms de rues à connotation sexuelle entourés d'un cercle. Le monde vu à travers leurs lunettes devient une sorte d'entité organique traversée de flux bizarres, plus vraiment exactement le monde, mais un réseau strié d'humeurs et de halos colorés.

Gilbert et Georges travaillent ensemble depuis le milieu des années soixante-dix et ressemblent à un couple de vieux jumeaux excentriques. Leurs fresques mêlent des photographies où l'on trouve pêle-mêle leurs silhouettes maintenant aisément reconnaissables à des vues de Londres, à des agrandissements de salive, de déjections.

« *Nous tenons à être d'apparence la plus stricte.* » L'un commence une phrase, l'autre la finit. « ... *la plus ordinaire possible* ». On pourrait penser qu'il s'agit de quelque chose d'apprêté, « ... *très organisé...* », quand on les voit on comprend que non, que même s'ils ont construit cela comme un gimmick au départ (ce qui n'est même pas certain) « … *presque maniaque…* » on voit bien qu'ils ont dorénavant sciemment repoussé les limites du monde « *De façon à pouvoir aller encore plus loin dans l'autre extrémité…* » « *Nous travaillons les deux directions en parallèle…* » « *Ce classicisme extérieur nous permet ainsi la plus grande folie…* »

— Je ne savais pas que vous invitiez des artistes, je glisse à Ronald, assez estomaqué. Comment avez-vous réussi à les faire venir jusqu'ici ?

Mais Ronald élude, dit sans même me regarder Mais qu'est-ce que tu crois, ils viennent tous là. Tous ceux qui le peuvent !

À la fin de la vidéo plusieurs personnes posent des questions.

— Est-ce que vous avez des enfants ?

— Non, répondent G&G, pas d'enfant.

— Si l'on vous donne nos crottes de nez est-ce que vous les mettrez dans un tableau ?

— Ce n'est pas sûr, tergiversent G&G, cela dépend de leur potentiel d'interaction avec le reste des éléments. Et aussi de leur potentiel esthétique.

— Bien, conclut Aïm, maintenant nous allons vous remettre la médaille d'honneur d'Archignac.

Les deux se lèvent et s'avancent. Le léger chahut qu'il y avait depuis la fin de la cassette s'estompe. Un débile va chercher une petite boîte verte, la même peut-être que celle transportant le rat le soir du renard magique et des crapauds écrasés, et il s'approche des deux qui sourient niaisement et le fixent de leurs regards myopes et un son guttural s'échappe de la gorge du débile, comme un trille épouvantable crié vers les profondeurs du monde qu'il arrive à tenir un temps incroyablement long et puis tout le monde se met à chanter derrière, un chant sidérant, parce qu'il procède d'une tonalité à la fois atrocement fausse et pourtant parfaitement en harmonie avec quelque chose qui nous dépasse et dont le sanctuaire semble grossir autour de nous et nous envahir et les deux malheureux au milieu ont exactement la tête du capitaine Haddock pris dans une rafale de la Castafiore et l'air autour d'eux se peuple, pendant qu'on leur épingle leur médaille, d'une multitude de signes et d'inscriptions, certaines de couleurs vives et d'autres, anciennes et oubliées, pâles comme peut l'être l'idée que l'on a de la mort et ils reçoivent, béats, leur introduction sanctifiée dans une autre partie du Programme.

2.

Nous revenons, avec Ronald, sur le sujet des crapauds et du renard.

— Qu'est-ce qu'il s'est passé à ton avis ? m'interroge Ronald, voulant être certain que j'aie tout compris.

— Je ne sais pas, je dis, me passant la main dans les cheveux. Vous vous êtes amusés à leurs dépens ? Vous aviez envie de leur faire peur ?

Il soupire.

— Parfois je me demande si tu es complètement con ou pas.

— C'est gentil merci.

Il réitère sa question.

— Qu'est-ce qu'il s'est passé à ton avis ?

— Pourquoi tu dis qu'il est con ? demande Franck, un autiste qui aide Ronald au cimetière. Il est pas con, il est sympa Louis. Tu n'es pas gentil Ronald.

Je réalise que la tombe au-dessus de laquelle nous nous trouvons est justement celle de Cendrillon. Il y a une photo d'elle en grande tenue posée en médaillon.

— Je ne sais pas. C'était… les crapauds par exemple… symbolique, c'était en… corrélation avec autre chose… avec… je ne sais pas.

— Tu crois qu'on est là pourquoi ?

— Où ça ? je bredouille, aujourd'hui au cimetière ou… tu veux dire nous en général ou… Archignac ?

— Archignac.

— … j'ai… peut-être… plusieurs hypothèses… c'est…

Et tout ce qui vient, soudainement, mais avec une force inouïe, aussi présent que si cette image me dévorait presque l'intérieur gauche du cerveau, c'est la vision sidérante de l'évidence.

— … Le Diable. Vous êtes le Diable.

— Non, dit Franck, Ronald c'est pas le Diable. Il peut pas, le Diable on n'a pas le droit. On peut que Diablotin.

— Oui, dit Ronald, en singeant la voix un peu pâteuse de Franck. On peut que Diablotin. Le Diable est une Tierce interdite.

Franck rit bêtement.

— Tu sais quoi, finit par lâcher Ronald, comme fatigué, je sais pas si j'ai vraiment toutes les qualités requises pour faire ce que je dois faire. Je sais pas si j'ai la patience.

Il énonce cette vérité tristement, d'un air si déçu, que je me sens pour le coup complètement idiot, et de le voir si désemparé me donne envie de l'aider et je dis :

— Je suis désolé, c'est vrai que je crois que j'y mets un peu de la mauvaise volonté, et j'ajoute : C'était pour produire en eux un choc? Pour leur faire baisser leur garde pendant que vous opériez? Un peu comme moi avec le pitt-bull ou quand la statue s'est brisée? et à l'instant où je prononce cela une part de moi-même se dit Mais qu'est-ce que je raconte et Ronald, qui a fini de disposer des petits martiens en plastique sur la tombe de cette pauvre Cendrillon dit Bien, fini pour aujourd'hui, on verra la suite plus tard et les martiens, hilares, se mettent à danser un sorte de gigue qui nous enchante, Franck et moi, et quand je demande encore, tout content de voir que je suis dans le juste : Et G&G, vous leur avez communiqué de nouvelles données, vous leur avez permis de franchir un seuil? il se contente de sourire, comme un professeur imbu des progrès de son élève et répète : Ça suffit pour aujourd'hui j'ai dit. Ce n'est pas la peine de mettre la charrue avant les bœufs.

3.

À la maison de la presse-épicerie je décide de franchir le pas et j'achète un appareil photo Polaroïd avec une boîte de 3 x 10 photos – le stock qui reste – et j'en commande d'autres, qu'Être Poisson aux Gencives qui Saignent me promet pour la semaine prochaine.

4.

La rénovation de l'ancienne scierie – qui me semblait une tâche tout à fait hors de proportion avec mes capacités – est maintenant abandonnée. Ronald me le signifie d'un air pensif, m'indiquant que je vais, le temps de la saison au moins, déménager pour une maison en bord de mer. À côté de chez Sarah et des filles, précise-t-il.

— Et la scierie ?

— Pas pour l'instant.

Je lui demande ce qui motive ce changement, il élude et évoque un vague problème de répartition des locaux et de problèmes avec la famille propriétaire, mais d'une façon tellement évasive – presque gênée – que j'en conclus qu'il ment.

— C'est à cause de moi, je finis par demander, voulant crever l'abcès. Vous trouvez que je ne suis pas assez rapide ? Que je ne comprends rien ?

Mais il dit Non, non, rien à voir.

En attendant mon nouveau déménagement je fais des promenades en vélo dans la forêt. Il y a deux campements distincts, celui des Minuscules et celui des Gigantesques, descendant des nains et des géants du service de psychiatrie de Sotteville auxquels se sont ralliés au fil des années un certain nombre d'éléments nouveaux, recrutés, Ronald me l'a expliqué, « par petites annonces, ce qui a permis d'éviter les problèmes de consanguinité ». Quand je passe à côté des campements – assemblage hétéroclite de tentes et de cahutes – les habitants me saluent vaguement, sans chaleur particulière mais sans agressivité non plus. On dirait une vision sortie d'un film fantastique moyenâgeux. Petit à petit je m'enhardis et leur demande s'ils accepteraient de se laisser prendre en photo. Devant leurs réponses positives je commence une série de Polaroïd que j'intitule peut-être un peu pompeusement « Les Monuments Silencieux ».

Cela me permet également d'aller vérifier que les eaux recouvrent toujours la cachette avec le sac. En roulant au bord de cette espèce de lac bizarre d'où des troncs pourris et des fougères dépassent, je me demande si Ronald a lu dans mes pensées l'existence du trésor, par moments je me vois m'enfuir avec, profiter des choses simples de l'existence et à d'autres le récupérer pour l'offrir en tribut à la Communauté, pour le Bien du Monde, pour l'extension de la diffusion de la Connaissance.

5.

Une question continue de me tarauder.

— Mais quand vous êtes arrivés vous avez fait quoi des gens ?

— Arrivés où ?

— Ici, à Archignac.

— Quels gens ?

— Les habitants, ceux qui habitaient là.

— C'était la guerre. Moi personnellement comme je te l'ai raconté j'avais quelques semaines, je n'étais pas encore opérationnel… Mais je sais que le village était quasiment vide. Inhabité.

— Pas d'habitants ?

— Plus d'habitants. Les Allemands avaient fait un massacre. – sa voix se fait plus basse – Comme à Oradour-sur-Glane. Le même scénario, sauf que ce n'était pas une colonne isolée remontant vers l'Allemagne mais un groupe de cinglés livrés à eux-mêmes, des nazis tarés qui se sont fait un carton. – sa voix prend un ton exagérément grave – Un SS plus fou que les autres, des femmes qui crient, des enfants carbonisés, les hommes valides morts à la guerre ou mobilisés ailleurs. Ils ont exécuté tout le village sur la place de l'église, devant le cimetière – sa voix se brise – l'horreur.

— Mais on n'en a jamais entendu parler.

— Pas de survivant. Et ce n'était pas l'intérêt des Trois d'attirer l'attention sur Archignac.

— Mais ces gens n'avaient pas de famille ?

— Si. Mais c'était la guerre. Une époque troublée. Je suppose qu'il a fallu procéder à quelques petits aménagements pour que l'affaire soit viable.

— Quelques petits aménagements ?

— Écoute je ne sais pas… à l'occasion demande à Aïm, c'est lui le légataire des Trois, j'imagine que l'histoire doit être consignée quelque part, dans les papiers des vieux. À moins qu'ils aient tout effacé.

— Mais ils les ont tués comment?

— Qui ça?

— Les Allemands.

— Les Allemands? Mais ce n'est pas les Allemands qui ont été tués.

— Non, c'est eux qui ont tué... mais... comment? Avec des pistolets...? des grenades...? avec... à la... baïonnette?

— Brûlés je crois. Avec des lance-flammes. Comme à Oradour.

Le soir je rêve de maquisards survoltés, de nazis sanguinaires et d'atrocités. Quand le SS qui tient la lance meurtrière projette un jet de flammes incandescent vers le groupe de prisonniers assis les mains sur la tête devant l'entrée du cimetière je m'aperçois qu'il a mon visage et je ris et nous rions et je ne sais plus qui est qui et les femmes hurlent et je dis, très calmement, Arrêtez de faire semblant, ce n'est pas drôle, je veux que vous mouriez vraiment...

Mais où sont passés les autres habitants, ceux qui avaient pu se cacher, les survivants? demande le Petit Prince.

— Ils les ont tués?

— Oui, répond Barbe-Bleue. Ils les ont tués.

Ils ont fini le travail commencé par les nazis.

Quelques diablotins me confirment cette triste réalité et je visualise un long serpentin de psychiatres et d'infirmiers, de fous, des monstres et le gratin de la pègre, associés pendant l'exode dans une diaspora irréelle et traversant la France sur les traces d'un dernier gisement d'énergie vierge où ils pourraient croître et prospérer et cette sarabande est... monstrueuse.

La seconde suivante je suis projeté dans un tableau de Jérôme Bosch, l'impression est totalement affreuse. La peinture dégouline et m'aspire, je perds pied, l'air me manque et alors que l'issue de ce combat inégal semble jouée d'avance, un gong retentit et instantanément la scène me paraît beaucoup plus supportable et j'ai le souvenir en même temps, ce qui me paraît si lointain et si irréel, des jeux auxquels nous jouions, en prison, avec *La compagnie de l'acide*, allumer et éteindre la lumière de la cellule et pendant le flash se glisser dans le millionième d'interstice ainsi ouvert et faire durer ce micro-fragment de lumière pure une éternité. L'effroi ressenti au contact des visions d'épouvante de Bosch disparaît et je m'installe au milieu du tableau, dont les couleurs ne fondent plus mais semblent mouvantes, en plusieurs dimensions, comme si chaque parcelle vibrait dans un relief sans cesse modifié et tout me semble beau, d'une quiétude tranquille et les morts assassinés et les nazis n'ont plus exactement le même aspect.

6.

Mon déménagement est programmé pour la semaine suivante, en attendant j'effectue un rapide voyage à Paris pour honorer mes obligations liées au contrôle judiciaire. À la gare de Bordeaux, comme le train a du retard, je fais une série de photos de trois traits jaune vif peints sur le sol du quai. Les gens sont un peu flottants, absorbés par leurs soucis quotidiens, et quand les haut-parleurs annoncent un retard du train une onde d'acrimonie semble monter et descendre du nord au sud, d'autant qu'une grève vient d'avoir lieu et une femme à côté de moi dit : Mais comment voulez-vous qu'on continue à vivre dans ces conditions ? Et bien sûr ce n'est pas *exactement* ce qu'elle veut dire – pas de train à l'heure, pas de *vie* – mais quand même un peu et comme elle semble me prendre à témoin j'adopte un air de circonstance et mon regard se fond dans ce décor si évident : un quai de gare d'une ville de province au printemps, baigné de quelques auréoles de soleil.

Dans le TGV, en première, quelqu'un que je suppose être un négociant en vin dit au téléphone : Bernard est très, très intelligent, et si vous continuez dans cette direction, avec quelque chose de boisé, de profond, d'un peu arrondi aussi, vous êtes dans la bonne direction, l'heure n'est plus à la facilité, vous savez, et puis cet homme me regarde et je vois, lorsqu'il lève le bras pour tirer légèrement le store, que sa montre est orange, d'un orange très vif, qui contraste totalement avec l'aspect austère de son costume et l'échange que nous avons à ce moment est édifiant, nous n'avons pas besoin de parler, nous savons tous les deux de quoi il retourne. Il enlève sa montre et la pose sur la tablette devant lui et je sais que l'heure approche et que le début de la fin du cycle est commencé. Avant que le train ne parvienne à destination il se lève et va se placer au bout du wagon. Nous nous adressons un bref signe de tête.

7.

Sur le parvis de la gare Montparnasse mon portable sonne. C'est Angèle mon ancienne assistante. Sa voix flûtée retentit joyeusement à mon oreille : Ancien Patron, dit-elle, c'est vous ?

— Oui, je dis, en rigolant, plutôt content de l'entendre, c'est moi. Comment ça va ?

— Bien, Ancien Patron, très bien, et je… vous aussi ?

— Ça va, j'affirme, pas très sûr de moi, je… progrès je pense, progrès oui, maintenant ça ne dépend plus de l'exactitude des trains quoi, c'est… tout ce qui est arrivé, oui, pour moi c'est une bonne chose…

— Bon, ben je suis contente, parce qu'on se faisait du souci pour vous.

— Qui ça, *on* ?, je demande, soupçonneux, supputant déjà derrière cette interrogation anodine des ramifications qui n'en sont pas.

— Marc… Marc et moi, Gentil Ancien Patron. On se fait du souci.

Je fronce les sourcils, change mon téléphone d'oreille.

— Marc…, je dis, Marc qui ? Marc Judas ?

Elle glousse, me semble-t-il un peu gênée.

— Justement, vous n'avez pas écouté vos messages ?

— Non. J'allais le faire. J'arrive juste. Le portable ne passait pas. J'étais en… voyage quoi, voyage dans un autre espace.

Et je ris tout seul. Elle reprend :

— Marc est très embêté par cette situation. Il la vit très mal. Il a parlé de vous à des gens qui sont en train de monter un site d'art contemporain. Ils aimeraient vous rencontrer le plus vite possible.

— Pourquoi Marc Andréoni a-t-il parlé de moi ?

— Eh bien… – elle hésite un peu – la culpabilité je crois. Il est corse, c'est… vous savez cette nouvelle de Mérimée où un homme tue son fils parce qu'il a dénoncé… Son père, il lui en a… c'est un gros conflit intérieur pour lui ce qui s'est passé, c'est… intime en fait, familial.

— Matteo Falcone, je dis, à tout hasard, bien que M. A. ne m'ait à aucun moment dénoncé et que Matteo Falcone soit sarde ou sicilien et pas corse. Mais je ne vois pas…

Et soudain la vérité m'illumine de ses feux brûlants. Quelqu'un a interrogé Marc Andréoni. Quelqu'un qui me voulait du mal. Quelqu'un qui voulait des renseignements sur Batman et sur Source.

— Moi je vois Gentil Ancien Patron. Il s'en veut d'avoir pris votre place. Il est… il a envie de remettre le compteur à zéro.

Je reste silencieux. Elle ne doit pas savoir comment interpréter ce silence. J'ai l'impression qu'il y a quelqu'un à côté d'elle.

— Je vous donne l'adresse ?

— Allez-y, je fais, sortant un stylo, c'est quoi, une start-up ?

— Évidemment, Gentil Ancien Patron, que voulez-vous que cela soit d'autre en ce moment, pas un groupuscule gauchiste.

Je note le numéro et le nom de la personne.

— Ils ont besoin d'un conseiller. De quelqu'un qui s'y connaisse un peu. Ils… ils ont tous moins de vingt ans.

Nous ne savons pas trop quoi dire d'autre. Je ne me vois pas lui expliquer que je suis maintenant partie prenante d'un village qui depuis trente ans regarde *Freaks* une fois par mois en se déguisant, ni que je discute avec des représentants des Sorciers des Premiers Âges Orange dans le TGV

Tout cela est trop… *abstrait.*

Alors je dis Eh bien, je suis… merci, c'est… je vais appeler… nous pourrions…, tandis qu'elle de son côté propose

Oui, oui, je... voyons-nous, cela ferait vraiment plaisir à Marc... et sur cette promesse incertaine nous raccrochons. Sur ma boîte vocale les dix-sept messages proviennent en majorité de journalistes me proposant des interviews et voulant avoir mon sentiment sur des sujets aussi divers que *la pollution, le financement des partis politiques* ou *le rapport pouvoir-justice.* Également d'un éditeur intéressé par mon histoire avec Source qui a une possibilité d'une *déclinaison film* – c'est le terme qu'il emploie en citant à mi-mot un partenariat possible avec un gros producteur – et trois messages de Sylvie s'inquiétant de ma santé « Rappelle, même si c'est pour ne rien dire. Je me fais du souci » et un de Marc Andréoni qui semble effectivement ployer sous le poids infernal du remords et qui est antérieur à ma conversation avec Ancienne Assistante « Je crois que mon attitude se prête vraiment à une interprétation négative, j'aimerais en parler avec vous. » Le dernier message est très récent. Il provient des amis de Marc Andréoni à la recherche pour leur projet de site d'un spécialiste en art contemporain. Le téléphone sonne encore. C'est Ronald.

— Alors? dit-il, toujours de sa voix grinçante, la tour Eiffel est toujours debout?

— Je pense, je réponds, prudent, là je suis à Montparnasse.

Il marque un temps de silence. Puis dit Écoute on a besoin de toi. Quelqu'un vient de nous faire faux bond. Horatio et Métro Karmikaël sont sur place. Ils t'expliqueront ce que l'on attend de toi.

Le tout sur un ton très... film policier, véritable film d'espionnage en live. « Nous » avons besoin de toi. « Ils » t'expliqueront.

— Ah, je fais, concentré sur le flot de circulation, deux Smart (les nouvelles petites voiturettes de Swatch) sont côte à côte, jaunes toutes les deux et on a l'impression qu'elles vont se mettre à faire la course.

— C'est dans le Marais. Rue de Turenne.

Mentalement je note le nom du café. La première Smart jaune s'est engluée dans la travée du bus. La deuxième vient de prendre une avance considérable – dix mètres au moins.

— C'est… c'est les deux qui étaient à la soirée de G&G ?

De nouveau le silence. Puis la communication est coupée. J'essaye de rappeler mais il y a la messagerie

8.

D'abord je ne vois personne. Le café est sur le point de fermer. Il est presque vingt heures. Ne sachant pas très bien quoi faire je passe plusieurs fois devant. Rien. Finalement, au moment où soulagé je vais décamper j'entends un sifflement derrière mon dos. Métro Karmikaël me dépasse. Il est habillé du même costume de fou que le soir de *Freaks*. Avance, souffle dans mon dos Horatio Pape. Tu nous suis à distance. Et tu restes calme. Les silhouettes dans la rue me semblent soudain des apparitions sans importance. Nous tournons dans la rue Sainte-Anastase. Je reconnais l'immeuble où pendouillait une banderole MAÎTRE FAIM À SÉJOUR le jour de l'inauguration de cette exposition stupide de serviettes hygiéniques souillées. Je repense à Batman et aux cambriolages que je faisais avec lui. Est-ce que je vais être obligé de… tuer quelqu'un ? je demande à Horatio qui, ralentissant, se porte à ma hauteur. Malgré la causticité de mon ton je suis prêt à m'imaginer le pire, un autre sénateur Margut qu'il faudrait dégommer avec un cri magique et une fraction de seconde je caresse cette possibilité, que l'on me donne de vrais pouvoirs, par exemple le fluide paralysant que m'ont balancé les deux créatures qui présentement se dandinent à mes côtés pendant l'essai du projecteur, toujours le soir de *Freaks*, nous attirant, de la part des passants des coups d'œil intrigués. Nous nous engouffrons sous un porche. Métro Karmikaël ricane tout seul. Je suis sûr que tu chies dans ton froc, me lâche Horatio. En général on n'aime pas travailler avec des nouveaux. C'est des mouilleurs. Nous arrivons à destination. Des gens dans la deuxième cour, un verre à la main, fêtent l'inauguration d'une boutique de design ultra branché. C'est quoi l'alternative, je dis, que je me mette à pleurer ?

— Du calme, tempère Horatio, on va tous calmer le jeu. On a un travail à faire et il s'agit de le faire bien.

Les dialogues sont tellement «à côté» que j'ai l'impression que nous jouons dans un film. Horatio et Karmikaël se fondent dans la cohue du buffet. Il y a trois autres personnes déguisées. L'une en singe, l'autre en Monsieur Propre. La troisième en sioux. Je me sens de plus en plus décalé et fébrile tout à la fois. – C'est pour dans cinq minutes, susurre Karmikaël par-dessus mon épaule. Tu vois la fille en corsage rouge sang sur la droite? – Oui, je dis, vu. – Il faut que tu sois près d'elle.

Comme tout à l'heure dans la rue les gens me paraissent étonnamment inconsistants. Quelqu'un se retourne et me demande si je sais où est Marie-Pierre. Je réponds que non, je ne vois pas qui c'est. Mais vous n'êtes pas Paul? s'étonne mon interlocuteur. Non, je réponds, mal à l'aise, pas Paul, Louis. Louis pas Paul. J'ai la même sensation ouatée que l'on peut avoir dans un rêve. La fille avec le corsage rouge sang est à côté de moi. Je sens le contact de son épaule, la chaleur de sa peau à travers la fine étoffe. Soudain elle s'effondre. Choit littéralement, entraînant avec elle la flûte à champagne de son voisin qui explose sur le sol avec un bruit mat. Il y a un bref moment de flottement et sans que je comprenne bien ce qu'il se passe j'entends quelqu'un crier Je suis médecin, je suis médecin, laissez-moi passer! et ce quelqu'un c'est moi, je suis agenouillé à côté du corps inanimé qui bouge vaguement la tête et Horatio Pape me murmure dans l'oreille Prends le petit paquet cadeau dans son sac, elle n'en a plus besoin et la fille gémit, roulant des yeux blancs et essayant de se raccrocher à ma main qu'elle serre comme si son salut y résidait (ce qui est peut-être le cas). Le paquet cadeau est bien dans le sac à main mais le sac est fermé par une lanière qui m'empêche de le tirer et d'autres personnes sont autour de nous. Je dis Ça va, ça va aller, il faudrait un sucre et un verre d'eau et profitant de cette diversion je capture l'emballage et le dissimule dans les plis de ma veste. La fille reprend conscience. Quelqu'un m'aide à la porter un peu à l'écart. Pendant ce transport – qui m'évoque, disons-le, l'image macabre d'un transport de cadavre – la tête de la fille s'ouvre, comme s'ouvriraient ces bonshommes gadgets qui reproduisent des héros mutants de dessins animés en matière plastique, et pendant une ou deux minutes je peux contempler tout ce qui s'y trouve. Des choses bizarres s'en échappent, des choses – mon Dieu quelle horreur – *vivantes*, qui rampent hors du cerveau de l'inconsciente et qui viennent se réfugier dans… dans le paquet cadeau que je viens de lui subtiliser.

— Bien, dit Karmikaël, on décroche. C'est bon !

La fille se réveille complètement, tousse et recrache une partie de l'eau que je viens de lui faire boire.

9.

À Sèvres-Babylone le quartier semble désert. Je sonne à l'adresse que m'ont donnée les deux cinglés.

— Mais, s'exclame la femme qui m'ouvre, c'est… vous êtes… vous vous rappelez ?

La femme qui se tient devant moi n'est autre que celle avec qui j'avais discuté chez les Chat. Je dis, étonné moi aussi de cette coïncidence : Oui, c'est… J'ai rendez-vous avec… – je n'ai rendez-vous avec personne en fait, Horatio m'a juste dit d'aller à cette adresse porter le paquet, point, rien d'autre. Les Chat ? j'ajoute. C'est ça ?

— C'est chat, elle plaisante, adoptant un ton enjoué qui manque de naturel. Je vois que vous avez bonne mémoire, poursuit-elle, Entrez, Raphaël va être content. On parlait justement de vous la semaine dernière. On vous a vu à la télé. Vous aviez l'air…

Je la regarde, curieuse de son commentaire. Ils ont dû me voir sortant du Palais, poursuivi par la horde.

— … très sûr de vous, très… juste quoi. Pas de faille.

— Ce genre d'affaire est toujours pénible, je relativise, ce n'est marrant pour personne d'être pris dans une tourmente pareille.

Elle me débarrasse de mes affaires mais se méprend sur la destination de mon petit paquet, quand elle veut le prendre je précise « C'est pour… c'est… Je devais amener quelque chose » et elle a une moue confuse et plisse les yeux et dit, maintenant assez charmante : Oh je suis désolée, bien sûr, mais… – quelqu'un entre dans la chambre où nous sommes et où tout un tas de vêtements s'empilent sur un lit, une femme d'un certain âge qui demande si tout va bien – … ne vous inquiétez pas, je suis au courant, en fait nous vous attendions.

Elle me prend le cadeau des mains.

— Ah ?, je fais désarçonné, dans ce cas je vais peut-être…

— Non, s'empresse Lisa, dont le prénom me revient soudain, restez, au contraire, puis se tournant vers la femme d'un certain âge : Je te présente Louis, Mariette, tu sais nous parlions de lui la semaine dernière, Louis était avec nous au séminaire dans le Gers.

— Oh !, s'extasie Mariette, vraiment ?

Nous passons dans le salon, une quinzaine de personnes sont réunies, un verre à la main. Une cage de verre tapissée de sable est posée sur une table basse.

— Je vous sers quelque chose, s'enquiert Lisa, il n'y a pas d'alcool bien sûr mais nous avons d'excellents jus de fruits. Ou un Schweppes ? Avec du pamplemousse ?

J'opte pour un Schweppes.

— Alors Louis ? s'avance Raphaël, qui lui n'a aucunement l'air surpris de me trouver là. Je vois qu'il vous tient à cœur de nous aider à nous rapprocher des cercles supérieurs.

— Ça va, je réponds, laissant planer un doute sur mon positionnement exact. C'est… Paris quoi, retour sur Paris.

— Définitif, demande Lisa, visiblement déçue.

— Non, je suis surtout beaucoup à… – je fais un geste vague – pas mal en province quoi.

Ils acquiescent tous les deux, satisfaits de ma réponse. J'aperçois quelqu'un d'autre dont le visage m'est familier, je mets quelques instants avant de le resituer, il s'agit de l'interlocuteur de Patrick Poivre d'Arvor lors des Journées de l'autisme, celui qui avait vu des sorciers se transformer en poulpe ou en calamar, je ne sais plus. Il m'adresse un petit signe de tête.

— Ronald n'est pas avec vous ? s'enquiert Raphaël le Rouquin, faisant claquer sa langue humide de jus de goyave.

— Non, je réponds, assez froid.

— C'est… – il hésite mais se lance quand même – … quelqu'un de… Vous êtes très proches, non ?

Je le regarde, interloqué, incapable de lui répondre quoi que ce soit.

Il se ravise.

— Je comprends, c'est trop... – il secoue la tête, contrit – Désolé, je ne tenais pas à être indiscret, mais nous sommes tellement – il se tourne vers Lisa, qui revient des parts de pudding à la main – ... tellement sûrs d'être près du but, quand on pense au nombre de.... aux millénaires, à la souffrance, c'est... – sa langue opère un rapide va-et-vient à l'air libre, hop, sort et rentre – c'est sidérant, alors quelqu'un comme Ronald...

— Vous avez mangé, vient à ma rescousse Lisa, vous voulez du pudding?

— Merci, je dis, acceptant son offre, en fait je suis affamé.

— Voulez-vous que l'on réchauffe quelque chose à la cuisine? propose gentiment Mariette, qui me semble être la maîtresse de maison.

— Non, je réponds, battant en retraite, un peu de pudding sera parfait.

— Qu'est-ce qu'on fait? s'impatiente Calamar, on commence ou on attend encore un peu?

Il est déjà dix heures et demie.

— Commençons, tranche Rouquin, puis, se tournant vers moi et souriant : De toute façon nous avons Louis.

Je souris aussi. Le pudding est collant, sans sucre, avec un goût de banane fermentée.

Quelqu'un éteint les lumières, des bougies sont allumées «Je ferme les portes», demande Mariette, et sa voix semble craintive, comme s'il était prévu d'affronter maintenant les abysses. «Non, dit Calamar, il faut que l'air circule. Ce serait même mieux d'ouvrir les fenêtres.»

Ils me font penser à un salon ésotérique du début du siècle.

Lisa déchire le paquet cadeau et en retire une figurine en plâtre maladroitement peinte à la main. C'est Blanche-Neige à qui il manque une main.

La table où est placée l'espèce de cage en verre remplie de sable est poussée au milieu de la pièce. Lisa glisse la figurine dedans. L'ambiance devient plus électrique. «Je ne sais pas si je vais le faire ce soir, chuchote une femme à ma droite, la dernière fois ça a vraiment été trop fort. » Quelqu'un commence à battre la mesure sur un tambour en peau, en rythme avec un CD qui vient de démarrer, quelque chose d'assez bizarre, le vagissement d'un nouveau-né poussé par un vieillard. Le couvercle de la caisse est soulevé, j'ai l'impression que la surface du sable s'agite. « Qu'est-ce que c'est ? » je demande, mais personne ne me répond. La musique est plus forte. Le rythme du tambour s'intensifie. Le Rouquin est devant la caisse, pose ses deux mains sur les bords, le sable ondule de plus belle. « Tcsss, tcsss, fait quelqu'un en tapant sur les bords, tcsss, tcsss. » Tout le monde chante, ou plutôt éructe. J'ai la chair de poule. La surface du sable explose. La tête d'un serpent apparaît et se met à battre l'air qui se charge de minuscules stries colorées. Les choses que j'ai vu sortir de la fille tout à l'heure rampent maintenant à la surface du sable. Il y a un bref combat et le serpent les avale, comme des marmousets anéantis par la fureur d'un dragon, et ces excroissances folles retournent pour toujours dans la matrice originelle. Puis un éclair blanc illumine la pièce et le Rouquin se rejette en arrière, poussant un cri de douleur. « Stop, dit Lisa, quasiment paniquée, stop pour ce soir, c'est trop fort. » « Ça va ?, s'empresse Mariette auprès de Raphaël, Vous vous sentez bien ? » On rallume les lumières, le couvercle est remis en place, le serpent, réveillé, cogne contre les parois de verre. « Donnez-lui des souris, ordonne Calamar, sinon il va devenir dingue. » Raphaël a le visage en sang, il saigne du nez. « Alors ? » l'interroge Lisa, dont l'angoisse est palpable, mais il fait un geste, comme pour dire Ce n'est pas le moment, on verra ça plus tard. Mariette récupère la serviette maculée de sang et lui en donne une autre « Tu veux aller dans la salle de bains te passer de l'eau ? » propose-t-elle, un peu inquiète, je pense, pour ses kilims.

Les autres participants semblent pétrifiés par ce qu'il vient de se passer.

— Merci Louis, me dit Raphaël, revenant, des boudinettes dans le nez, je n'aurais pas été capable d'aller aussi loin tout seul.

Ne sachant pas trop quoi répondre je reste impassible, le regard perdu sur la caisse en verre dont le lit de sable a retrouvé son immobilité originelle. Au moment où je vais dire, inspiré : Le travail vient surtout de vous, mon portable que j'ai oublié de couper sonne « Excusez-moi », je fais à l'attention de Raphaël et de Lisa qui balaye les éclaboussures de sable sur la moquette avec une petite balayette verte fluo, mais au bout de la ligne personne ne parle, j'entends juste un souffle rauque et l'identification de l'appelant reste inconnue.

Je suis pris d'un violent vertige.

— Des nouvelles de Ronald ? s'enquiert Lisa. C'était lui ?

— Non, je dis, de plus en plus mal, c'était… une erreur !

— Ah ?, dit Calamar, qui s'est rapproché. Il n'y avait… personne ?

— Non, une erreur, je répète, pris d'un début de nausée, excusez-moi il faut que… où sont les toilettes… je…

Et j'arrive juste à me précipiter et à vomir, envahi d'images de combat en armure et de guerriers gisant sur la terre gelée et agonisant des heures dans un enfer de douleurs et de peurs, et je revomis encore, comme si du fond de mes entrailles jaillissaient les marionnettes oubliées et souffrantes d'une horreur disparue auxquelles vient se superposer le visage de Raphaël, entouré de barbelés, la peau déchirée et comme morte, et ce malaise se calme aussi soudainement qu'il est survenu, maintenant c'est à moi que Mariette tend une serviette et je vois qu'elle est contrite de tout cela, que ces manifestations étranges sont au-dessus de sa capacité d'absorption et que tout son être n'est habité que par cette chose assez futile : la perturbation et la salissure s'immiscant dans son intérieur.

Je prends congé. Lisa et Raphaël sont également sur le pas de la porte.

— À bientôt, me souffle Lisa, et merci, c'est bien que vous ayez pu intervenir, Raphaël en avait besoin.

Je récupère mes affaires dans la chambre. Il flotte une espèce d'atmosphère de fin de boum. « Vous savez, me dit une femme qui jusqu'à maintenant s'était tenue un peu en retrait, je me permets de vous dire ça puisque c'est Raphaël qui a insisté pour que je vienne, je ne suis pas sûre que tous ici vous soyez pas en train de déclencher des choses qui vous dépassent. »

— Comment ça ? je demande, ma veste déjà sur mes épaules, et en fait pas plus perturbé que ça par sa question.

— Je pense que ce n'est pas totalement un hasard si dans la Bible la magie est fustigée à ce point.

Ma sensation de bien-être s'estompe petit à petit. Vous songez à quoi ? je réponds, plus crispé que je ne le voudrais.

— Si Dieu nous avait voulus différents il nous aurait fait différents, c'est peut-être une vision simpliste mais en tout cas elle est saine.

La caisse en verre du serpent entre nous fait comme une légère barrière transparente tapissée de buée.

— Je… c'est… – je sens que mes paupières clignent bêtement – je… c'est complexe, c'est… pas de mal quoi, pas de… c'est… – et soudain je me reprends, je la regarde et je dis En tout cas c'est mieux d'essayer d'être actif que de rester inerte. C'est des techniques, rien d'autre.

— Inerte ? – elle a l'air violemment choquée par le terme que je viens d'employer – Vous avez une drôle conception de l'inertie. La prière n'est pas inerte. La prière est génératrice de compassion.

10.

Entre le moment où nous roulons, plus tard, vitres fermées – *The Serpent's Egg* de Dead Can Dance à fond, vers la frontière espagnole et mon départ de Paris j'ai un blanc, aucun souvenir. La musique est encore plus forte, comme si un tourbillon m'emportait vers les abîmes du Monde.

— Qu'est-ce qu'on va faire ? je redemande à Ronald alors que nous nous engouffrons sur l'autoroute de Pau.

— On va trouver de quoi satisfaire la rationalité des Américains.

— C'est-à-dire ? je pousse mon avantage. De quelle façon ?

— Je leur ai dit que la Secte Orange était parvenue à se faire muter génétiquement et que j'allais leur en donner la preuve. Ils ont besoin de se couvrir, on est en année électorale, ils vont avoir encore deux fois plus de comptes à rendre.

— Et quel rapport avec le voyage ?

— On va chercher de l'ADN modifiée. De l'ADN de mutant.

— Non ? je fais semblant de m'affoler, amusé. De mutant ? De vrai mutant ?

11.

Nous entrons dans Lourdes, que nous traversons sans nous arrêter, puis, une trentaine de kilomètres plus loin – en pleine montagne – nous garons la voiture, à la sortie d'un village qui semble abandonné. « C'est par là » dit Ronald. Nous prenons un sentier escarpé, l'air est froid, il n'y a aucun nuage dans le ciel. Sur un plateau où la végétation est plus rare et où les rochers forment une forêt étrange, comme si des géants avaient été calcifiés par un sortilège et abandonnés là pour la suite des temps, Ronald s'arrête et dit Maintenant tu ne t'étonnes de rien et tu ne parles que si on te pose des questions, et nous restons plusieurs dizaines de minutes, sans parler, frigorifiés, entre ces bizarres colonnes de pierre, attendant dans la nuit noire, et puis soudain je sens que quelqu'un se soucie de notre présence, et la seule pensée qui me vient c'est Comment a donc fait Ronald pour appeler puisqu'il ne s'est pas servi de son portable ? mais cette pensée est aussitôt chassée par l'étonnement que suscite la personne qui nous invite à la suivre, encapuchonnée comme un moine et vêtue d'une toge qui lui donne, elle marchant devant nous, cet aspect de fantôme romain

12.

La lune s'est levée et éclaire les cimes. Nous traversons un défilé, la montagne autour est grandiose et magnifique. Dans une combe on distingue la lumière d'un feu.

Je suis complètement transi. D'autres formes sont là, comme si elles nous attendaient. Personne ne parle. Puis quelque chose me traverse, un courant électrique qui annihile instantanément le froid et la crainte et quelqu'un qui n'est pas moi va déclamer par ma bouche dans une langue archaïque : Les temps sont venus, Anciens, les Temps sont venus, et je tends la main et Celui qui est venu nous chercher s'avance à ma rencontre et me touche et, alors, brouillant les contours du monde, ma conscience est emportée vers les Âges de la Terre oubliée.

Et je plonge vers les Tribus du Désert et les Peuples Primitifs des Montagnes et leurs serviteurs et les Peuples qui adoraient la Lune et plus loin encore, vers les Volcans éteints et sous les Glaciers Morts.

Et plus loin encore au milieu des Punis et de ceux qui durent revenir et plus loin encore, vers le Centre de Tout devant les premiers alphabets qui ont conçu notre ère et furent l'ossature de toutes choses présentes aujourd'hui, plus loin encore, dans la Conscience des Morts qui forment, enroulés autour des Cercles de Pierre, l'Histoire que nous avons créée et dont Celui qui Attend prendra possession en son heure, et je Vois les Parcelles des Mondes et dans ces Parcelles une paillette d'Or, et lorsque je vois cet Or mes visions s'arrêtent et le contact sur ma peau cesse.

13.

— Maintenant, dit Ronald, à quelques mètres derrière moi, sortant de sa poche ce qui ressemble à un flacon en plastique de laboratoire, et l'Être devant moi se baisse et ramasse une pierre, qui luit d'un éclat mat. Ronald me tend le flacon. Les ombres autour de nous sont debout et regardent, sans un bruit, des silhouettes faites de toute la densité du vide qu'on aurait collées sur un décor peint et bruissant, et l'Être remonte la manche de cette espèce de combinaison en haillons qui pourrait le faire ressembler à quelque cosmonaute échoué là depuis des centaines d'éons et son bras apparaît, un bras mort, sans âge, dont les veines saillantes font penser à celles d'un enfant trop maigre. La pierre force sur la chair et effectue un mouvement de va-et-vient perpendiculaire, d'abord lent puis de plus en plus appuyé. Ma main avec le flacon s'avance et quand le sang jaillit il n'y a ni tonnerre ni éclair dans le ciel, juste l'immensité pourtant si dérisoire qui se rompt dans un silence de cristal où l'espace d'un instant tout semble pur et lavé de tout, une particule de neige glissant de l'infini des montagnes et venant se répandre dans le flacon en plastique, éclaboussant la terre autour de cette immensité déconcertante et à cet instant j'ai l'impression qu'Il rit, et que les autres autour rient aussi, et c'est ce rire que j'emmène avec moi, comme quelque chose d'évident et de tellement simple qu'il en était aveuglant.

14.

C'est à partir de ce moment, je pense, que l'intégration de cet ensemble abracadabrant que la vie m'avait proposé depuis ma naissance et qui avait pris depuis le soir du réveillon une vitesse accrue, a commencé à se mettre en place, non plus comme ce qui pouvait sembler des fragments épars d'incohérence, des tissus d'hallucinations incompréhensibles ou comme l'expression d'un délire, mais comme les termes d'un langage animé d'une logique propre et s'inscrivant dans une autre bien plus vaste, celle que depuis la nuit des temps, faute de mieux, les hommes ont désignée comme le Cosmos.

Lorsque nous franchîmes la porte dans l'autre sens et quittâmes les Tombes le jour se levait sur les Pyrénées et les premières processions de bonnes sœurs et d'éclopés envahissaient déjà Lourdes.

Putain, a dit Ronald à ce moment-là, tu veux pas qu'on s'arrête bouffer un morceau, j'ai une dalle de folie.

Avec les mathématiques et leur extension, l'informatique, l'homme s'est donc doté, au cours d'une évolution qui a accompagné son éveil vers la Connaissance, d'un outil performant d'action sur le réel, tout comme d'un système de modélisation de sa pensée. Modélisation fonctionnant de manière interactive avec son propre sujet et lui renvoyant des possibilités de schémas mentaux organisés selon une structure logique et compréhensible. Cette extension prit, par le biais de l'Internet, au début du troisième millénaire, la forme d'une Toile immense capable de relier la terre entière. Nous étions donc en face d'une activité capable de fédérer l'intégralité de l'Humanité régie par un système symbolique commun, accessible grâce à un rituel – allumage de l'ordinateur, ouverture du fichier, etc. –, véhiculant du sens, et capable de mettre en connexion un réseau infini d'individus. D'aucun y aurait discerné tous les attributs nécessaires à l'élaboration d'une nouvelle religion, à la seule différence que cette organisation n'était pas construite autour d'un point central mais se constituait au contraire d'une myriade d'entités autonomes et arborescentes.

Chapitre 14

Esthétique de beauté immédiate : les psaumes

Ainsi se vérifie l'idée que l'astre se trouve assujetti à l'art de l'homme et que l'homme est capable de faire passer la force de l'astre dans un autre corps, qui dès lors deviendra semblable à l'astre.

1.

Le retour est difficile. Archignac, paradoxalement, me sert de sas de décompression. Le monde est comme de la guimauve dont une main facétieuse s'amuserait à malaxer les entournures. Pourtant, petit à petit les choses se tassent et Ronald, plus pédagogue qu'à l'accoutumée, m'explique que cette masse énigmatique d'énergie qu'est l'Univers a besoin de se coder, et qu'il ne faut pas voir autre chose dans mon dialogue avec les Moines Caoutchouteux que l'habillage romanesque d'un bout de mémoire autrement inaccessible. « D'ailleurs le monde est bâti sur du romanesque. C'est ce qui fait son charme. Nous aimons les histoires, cela fait partie de notre logiciel. »

2.

Dans les semaines qui vont suivre cette… expérience dans les Pyrénées je déménage et viens m'installer dans une maison du bord de mer, à côté de chez Sarah, avec qui s'installe une liaison étrange. Ses filles, dont je fais à ce moment-là la connaissance, adoptent vis-à-vis de ma présence une attitude ambiguë, sans que j'arrive très bien à cerner quelle place il serait possible d'occuper auprès d'elles. Je retourne régulièrement à Paris où j'accepte une mission informelle auprès du site en cours de création www/artzap.com – les amis du traître Marc Andréoni.

Dans un premier temps je dois effectuer un audit du travail déjà réalisé puis, au vu de mes conclusions, rédiger un certain nombre de propositions.

www/artzap.com est une émanation de cette vague de start-ups qui a déferlé sur le monde à la jointure des deux millénaires. Quatre amis – deux frais émoulus d'une école de commerce, deux d'une école privée d'art parisienne – dépensent depuis maintenant neuf mois les fonds baillés par un groupe industriel de province dont le plus gros client n'est autre qu'une société appartenant au père de l'un d'eux. Le capital investi – englouti devrait-on dire – se monte à ce jour à cinq millions d'euros. Le résultat de cet élan formidable se matérialise par des bureaux hallucinants de bon goût high-tech, une politique de communication particulièrement audacieuse – un nombre étourdissant de *party* agrémentées de *performances* diverses – et des frais de fonctionnement dignes d'une cour de maharadjah. Le site, quant à lui, n'est pas encore *on line*.

— Pour quelle raison ? je demande lors de l'entretien. Problème technique ?

— Pas seulement, tergiverse Jean-Paul, un des quatre associés qui m'a reçu, nous voulons être sûrs de nous positionner à partir d'un concept fort.

Est également présent à l'entretien le père-dont-la-société-est-le-plus-gros-client-de-l'investisseur ; investisseur qui, comme beaucoup au même moment, est en train de subir cet effet bien connu des beatnik tripers des années 70 et identifié sous le nom de *redescente*.

— Vous comprenez, me confie le père pendant que le fils s'éloigne vers le bar régler les consommations, nos partenaires – il s'éclaircit la voix – que je connais d'ailleurs parfaitement, souhaiteraient avoir une certaine visibilité quant à un retour possible sur leurs investissements.

Il m'avoue aussi que ces trucs d'Internet comme d'ailleurs l'art contemporain sont pour lui un univers obscur et – il rit un peu gêné – que sa culture est plus BD « Vous savez je suis de ceux qui trouvent qu'Hergé et Goscinny sont quand même des génies absolus. » Du coup nous parlons de *Spirou* et de *Métal Hurlant*. Je l'assure de mon concours et m'engage à lui communiquer très rapidement mon sentiment. Il note mon numéro de portable.

— Je suis content, dit son fils en revenant, je crois que ce qui nous manquait en fait c'est un regard extérieur.

Nous nous séparons enchantés de cette future collaboration.

3.

La maison dans laquelle j'emménage n'est pas dans le village proprement dit, mais à la lisière d'une station balnéaire située à une quinzaine de kilomètres de là. C'est une maison spacieuse, conçue pour la location et la villégiature de touristes, dont la salle à manger s'ouvre, par une grande baie vitrée, sur l'océan. Je peux rester des heures le regard perdu à contempler le mouvement des vagues. Comme l'habitation est vide à l'exception des éléments de cuisine je fais venir à grands frais de Bordeaux un assortiment de meubles high tech, sur le même modèle que les bureaux d'ArtZap, et c'est dans cet espace blanc parsemé de formes au design épuré que je poursuis l'intégration de ce qui a constitué jusqu'à présent une succession d'expériences chaotiques incroyablement confuses.

L'appropriation consciente et intelligente de ce qui aurait pu être une plongée vers les zones noires de la folie – et qui l'a, à un moment donné, incontestablement été – s'effectue doucement, en plusieurs périodes, comme un nouveau système se superposant à un autre plus ancien et venant le remplacer subtilement après en avoir pris possession par surprise et par ruse.

Pour l'instant, comme si après avoir été d'une importance follement urgente la divulgation de la Preuve par les Mutants s'était évaporée dans des limbes tout aussi mystérieux, la remise du flacon de sang témoin aux Américains est différée à plus tard, Ronald ne m'en parle plus.

Je passe mon temps entre cette villa silencieuse et Paris, où mon audit de www/artzap.com m'accapare complètement.

4.

Les cinq millions d'euros ont été, pour peu que l'on considère les choses avec pragmatisme et objectivité, dilapidés en pure perte dans des opérations sans intérêt.

En effet il ressort que 1) L'indice de notoriété de www/artzap.com est des plus faibles – un rapide sondage dans le milieu de l'art me le confirme, nos amis sont inconnus au bataillon, seul un galeriste de mes connaissances (celui que j'avais retrouvé porte Dorée le fameux soir du réveillon) finit, en fouillant dans sa mémoire, par les associer à une somptueuse bamboula donnée dans le bois de Vincennes au Pavillon Jaune « Tu sais cette fête gigantesque avec plein de gonzesses nues peintes à même la peau qui passaient entre les gens, le truc où à la fin il y avait un éléphant bombardé d'images de guerre en rétroprojections. » 2) D'un point de vue purement technique le site ne fonctionne pas. Lorsque j'essaye d'analyser les causes de cette terrifiante inopérativité personne n'est vraiment capable de me l'expliquer. Trois groupes différents d'informaticiens se sont pourtant succédé (empochant au passage des sommes pharaoniques) sans aboutir à quelque chose de cohérent.

L'idée de base étant de relier les galeries, les commissaires-priseurs et les musées dans un gigantesque et incontournable catalogue, il semblerait, lorsque je pousse mon enquête, que pour des problèmes de droits ou des questions purement concurrentielles – la majorité des entités concernées ont déjà leurs propres sites et répugnent à se fondre dans un module plus grand – cette idée soit impossible à mettre en place, en tout cas pas par l'équipe de ArtZap & Associés.

Tout le monde se renvoie la balle. Les informaticiens – ceux que j'arrive à contacter, les autres ayant disparu une fois leur butin amassé – expliquant qu'ils se sont retrouvés à un moment donné bloqués par l'inaccessibilité aux données, et les rédacteurs indiquant qu'il était difficile d'aller plus avant sans savoir qui ferait partie du site.

Les juristes – ils sont deux, une fille, Nathalie, et un garçon, Olivier, vingt et vingt-deux ans – sont manifestement dépassés par l'ampleur de leur tâche. Ils ont embauché une quarantaine de personnes qui téléphonent sans relâche aux quatre coins de la planète pour convaincre les partenaires possibles de se regrouper sur artzap.com mais aussi pour décider les ayants droit à leur céder une utilisation gracieuse de leurs œuvres. « C'est titanesque, me dit Nathalie. » Je suis obligé d'en convenir. À ce jour le travail effectué est pourtant colossal. La pièce occupée par la quarantaine de personnes – principalement de jeunes étudiants recrutés dans les relations des uns et des autres – croule sous les ordinateurs, les téléphones, les fax et – malgré toute cette e.communication –, des tonnes de dossiers et paperasses diverses où sont consignés physiquement ces échanges avec l'intégralité du monde de l'art. Le résultat est édifiant. Seuls cinq pour cent des gens contactés ont répondu favorablement. « Mais un très grand nombre attend pour se décider de voir s'il va y avoir un buzz ou pas sur ArtZap », m'affirme Olivier, l'autre juriste.

Les moments passés avec cette sympathique équipe sont rafraîchissants. Ils me servent, je pense, de passerelle de reconnexion avec les manifestations les plus actuelles de notre bon vieux monde physique, à savoir sa propension à créer à l'aube d'un nouveau millénaire un outil palpable d'accès à des univers ne l'étant pas, univers au sein duquel l'internaute n'est plus un croyant passif assistant à distance aux ébats des dieux ou béatement à la messe et au chemin de croix mais un acteur agissant dans cette grande Toile invisible qu'il a lui-même créée. Il est donc tout à la fois croyant et sorcier.

— Comment ça? demande une des filles, Vanessa, qui a en charge le dossier Amérique du Nord-Demande d'autorisation et section des ayants droit, et qui a dû faire un peu de philo, ou en tout cas qui s'en pique. Quel rapport avec la foi ?

— Avec la foi pas forcément, mais avec le désir de transcendance certainement, répond à ma place Aurélien – vingt-trois ans, responsable de la com – avec une pertinence qui m'étonne. La psyché de l'homme s'est toujours dotée d'un monde virtuel, invisible, c'est vrai que pour la première fois nous arrivons à maîtriser ce monde d'une façon aussi péremptoire.

— Internet serait donc le Nouveau Paradis ?

— Pas exactement, contre Aurélien, se renversant légèrement en arrière, tirant de sa cigarette des bouffées qui s'enroulent lentement autour de la partie droite de son visage, plutôt la modélisation de ce désir d'impalpabilité qui nous habite.

— D'impalpaquoi – s'étonne Cécile, tee-shirt au ras du nombril, piercing dans le nombril qu'elle a parfaitement moulé – et qui a en charge, avec un autre garçon – bouc, piercing sous la lèvre inférieure, mèches vertes – l'habillage sonore du site.

La discussion dérive sur la prochaine fête d'ArtZap. Mèches Vertes claironne : Merde, qu'on en fasse encore au moins une avant qu'ils n'aient plus de tunes, on se marre trop ! Quelqu'un tousse discrètement en grimaçant quelque chose dans ma direction. Mèches Vertes me regarde, regarde les autres, fanfaronne : Ben quoi, c'est la vérité non, ce qu'on a fait de plus réussi jusqu'à maintenant c'est les fêtes, personne ne peut dire le contraire.

Et il se trémousse en faisant un boum-boum de techno avec sa bouche.

Ils rigolent tous. Je reste impassible. Jean-Paul, un des quatre associés, le fils de l'amateur de BD dénicheur de fonds, fronce les sourcils, se voulant peut-être vaguement paternaliste, mais sourit lui aussi.

5.

— Quand même, m'interroge Sylvie, à qui j'ai fini par raconter une partie des choses qui me sont arrivées, tu réalises la chance que tu as ?

— Non, je réponds, ailleurs – nous sommes dans un restaurant vers Bastille, la salle est bruyante et enfumée, je vois dans la réflexion des vitres les silhouettes des gens sur le boulevard Richard-Lenoir qui se hâtent sous leur parapluie, on a beau être fin mai il pleut à verse – non, en fait je crois que c'est difficile à réaliser…

— Mais enfin – elle s'énerve – ce que tu as vécu c'est au-delà d'une initiation, c'est… – elle a du mal à trouver ses mots – c'est… putain c'est une Connexion Louis, une connexion avec un grand C !

— Et avec Klingston, je demande, ne tenant pas à rentrer trop dans les détails, vous en êtes où ?

Elle se mord les lèvres. Le serveur arrive. Nous commandons des escargots et des brochettes de lotte. Une clarté curieuse inonde le trottoir. La pluie s'est arrêtée. La vie me semble soudainement une œuvre merveilleusement réussie, comme ces visions que l'on a des villes modernes et des échangeurs d'autoroute vus d'avion, cohérentes et harmonieuses.

— Nulle part en fait – à chaque fois que nous évoquons Klingston elle a l'air affreusement gênée d'une adolescente prise en faute. J'ai l'impression que ses tentatives plafonnent.

– Tu lui as dit qu'on se voyait ?

– La première fois oui, maintenant non. Je suppose qu'il s'en doute. Je crois qu'il a peur d'Archignac.

– Quel rapport entre Klingston et Archignac ?

– Klingston est l'émanation d'une très vieille entité. Aussi vieille peut-être que le groupe de Ronald et de tes… amis. Ils sont… – elle hésite – liés je pense, mais aussi… pas vraiment sur la même… au même grade quoi, et… – elle hésite encore – Klingston le vit mal.

J'ai la sensation presque physique que le bruit dans le restaurant ondule comme des vagues de papier mâché et que Klingston en organise la déferlante.

Elle baisse la voix.

— Je… C'est… Il n'aimerait pas que je dise ça mais… problème d'ego, tout simplement, des choses encore irrésolues, des rétentions, le… le pouvoir quoi, comme eux tous, à ce stade c'est…

— L'écueil ? je tente.

— Oui, parvenu à un certain niveau c'est la dernière porte à franchir, c'est… il faut… fusion avec… avec l'entité concernée et donc avec… l'Incréé quoi, sinon ça ne marche pas – elle baisse les yeux – enfin rien de nouveau sous le soleil… – elle secoue carrément la tête – rien de nouveau, non… vraiment…

— Et la Secte Orange ? j'insiste. Klingston en fait partie ?

Elle me fixe, roulant des yeux affolés.

— Pourquoi tu me demandes ça ? Non, bien sûr que non ! C'est… on est pas complètement cons non plus. – elle repousse son assiette en faisant cogner ses couverts dedans – Je sais qu'ils l'ont contacté mais qu'il n'a pas donné suite.

— Récemment ?

— Oui, forcément, avant ça n'était pas leur intérêt non plus.

— Pourquoi ?

Elle secoue la tête et finit par rire.

— Tu es déconcertant Louis, tu as accès à des choses que le commun des mortels ne soupçonne même pas. Tu fais partie d'un groupe aussi puissant énergétiquement que la bombe atomique, et tu continues à poser des questions… des questions enfantines.

Nous allons chez elle mais je n'arrive pas vraiment à la baiser, peut-être parce que Sarah est trop présente dans mon esprit.

6.

Après des recherches assez poussées je trouve trace de plusieurs Klingston. L'un d'eux a côtoyé Benvenuto Cellini à Florence au milieu du XVIe siècle et un autre, d'origine allemande, était ami avec Wagner. Il est aussi question d'un alchimiste hongrois spécialisé dans la confection de statues de sel aux pouvoirs mystérieux qu'il faisait fondre dans le Danube après les avoir décorées de symboles bizarres. Je trouve tous ces renseignements sur Internet, grâce à l'aide de Fin Nombril Percé (Cécile). Elle a découvert que j'étais « le type de la fondation Source qui a fait treize ans de prison parce qu'adolescent il avait tué quelqu'un dans une banque » et semble sous le charme un peu canaille de cette révélation.

— Et pourquoi t'intéresses-tu à ces Klingston ? me demande-t-elle alors que nous sommes seuls dans le bureau, elle assise devant son poste de travail, assez charmante, en réflexion dans les couleurs de l'écran. Ils ont un rapport avec le Klingston de la galerie Draml, celui qui fait des performances ?

— Heu... – je n'en sais trop rien moi-même – plus ou... non c'est parce que... corrélations quoi, un tissu de présomptions en fait...

— Par rapport à quoi ? Tu crois à la réincarnation par exemple ? Tu penses que c'est le même Klingston ?

— À la... réincarnation... ?

Et d'un seul coup une trame scintillante vient se superposer à la vision de cette fille en jupette – pas exactement une hallucination mais plutôt une grille de lecture différente, la mise à nu de ces schémas de fonctionnement : un homme agonisant me regarde, écrasé sous une charrette dans un champ détrempé de pluie et la vision est forte au point que je ressens la douleur du blessé, son désarroi et l'effroi qui le saisit devant la mort, alors que la fille devant moi adopte une position bizarre, son corps devient brusquement tout tordu pendant qu'elle se penche pour récupérer, sans raison particulière, un bout de carton qui traîne sur le sol et qu'elle redit Oui, ça pourrait être comme un personnage qui voyage à travers le temps... et nos regards se croisent et quelque chose que je ne peux pas expliquer sort de moi et la pénètre, comme si pour un très bref moment se reconnectaient de cette façon deux circuits indépendants et je dis Théoriquement cela me semble un peu fumeux mais si je me réfère à des choses qui sont survenues dans ma vie après tout pourquoi pas... voyage dans le temps d'une parcelle d'énergie se codant sous des identités différentes... oui, carrément pourquoi pas!

7.

Pas de nouvelles des Américains. Ou plutôt nous ne leur en donnons pas. Patience me dit Ronald, ce qui se met en place mérite que l'on prenne notre temps.

À dire vrai que cette espèce de feuilleton surnaturel dans lequel j'ai été plongé à mon corps défendant soit pour le moment entre parenthèses me convient. Cela me permet de réfléchir plus tranquillement.

Je comprends mieux les processus enclenchés depuis cette espèce de malaise étrange qui m'a saisi sur le boulevard extérieur de La Défense, le rôle de chaque élément mais aussi la multiplicité de leurs sens, comme si chacun avait agi à la manière d'une boule de billard lancée sur un assemblage compact, provoquant non pas une mais à chaque fois un faisceau de réactions.

Les événements de Source et la mort de Batman ont joué le rôle de destruction de mon environnement stable, l'argent que j'ai volé et sur lequel je me suis focalisé a servi de catalyseur à ce besoin que nous avons tous de posséder et qui nous vient, inscrit au plus profond de nous, de ces siècles de misère et de dénuement matériel que l'humanité a traversés; la statue brisée est effectivement l'inscription dans le réel du morcellement de mon être et ma descente folle sur l'autoroute, entrecoupée d'hallucinations, rien d'autre que l'amorce d'une plongée dans les profondeurs de moi-même et des parties noires qui me composent. Ce qui s'est ensuivi s'inscrit dans la même logique, comme si la boîte de Pandore une fois ouverte devait être vidée de l'intégralité de ses composantes, des saletés accumulées dans mon inconscient comme des scories parasites de mes précédentes existences. Le travail effectué, aussi douloureux et incompréhensible eut-il été, est proprement époustouflant. D'avoir à un moment donné pu structurer le chaos en sous-ensembles repérables, même si c'était sous des noms exotiques comme le *Bortsch* et le *Warschau*, m'a permis un tri salutaire et le simulacre de meurtre d'enfant auquel j'ai assisté en tant que bourreau potentiel n'est rien d'autre qu'une manière de communier avec cette part d'horreur que nous portons tous.

Ma vie s'est transformée en un long tapis chiffré dont chaque paramètre est susceptible de varier en fonction de l'intensité de mes coups de volant, dans un monde qui n'est effectivement «... *qu'une métaphore du monde des esprits...* ». Son codage symbolique dans notre plan « matériel ».

Ce qui nous sous-tend est plus mystérieux encore que nous ne le supposions et il est évident que la clef des énigmes ne peut pas complètement résider dans nos morales et logiques habituelles.

8.

— Quel est ton premier sentiment? se hasarde quand même à me demander Jean-Paul, qui finalement, comme tous les autres, s'est décidé à me tutoyer.

Je ne sais pas très bien quoi lui répondre. Il est clair que sous la forme de départ envisagée www.artzap.com ne verra jamais le jour.

— Eh bien, dis-je, c'est effectivement encore un peu tôt pour se prononcer mais il me semble que vous êtes confrontés à certains problèmes qui n'ont pas encore trouvé de solutions.

— C'est ça, s'extasie Charlotte – vingt-deux ans, qui continue les Beaux-Arts en parallèle – c'est exactement ça, qui n'ont pas encore trouvé de solutions.

Un jour Sylvie vient me chercher au bureau. Quand elle voit Cécile, la fille avec qui j'ai eu cette vision bizarre elle détourne les yeux et me dit à mi-voix Mon Dieu, que cette fille est chargée. On dirait qu'elle n'a toujours pas fini de mourir dans sa vie précédente, et quand elle dit ça j'ai comme une déperdition d'énergie et il y a un bruit terrible, quelqu'un fait tomber un cendrier en cristal qui explose sur le carrelage et projette des bouts de verre partout autour de la pièce et Cécile, prise de convulsions, se précipite vers les toilettes, l'on entend les fracas de ses vomissements qui éclaboussent le carrelage et j'ai l'impression que c'est moi qui, poussé par Sylvie, viens de rentrer à l'intérieur d'elle pour littéralement lui presser le plexus et en faire sortir la bile, comme on crèverait un abcès parvenu à terme et Sylvie dessine dans l'air des arabesques hors de propos et les éclats du cendrier semblent se figer dans l'espace et... – C'est... je bredouille, c'est... – je revois la même scène que la première fois, l'homme agonisant sous une charrette.

... Dingue, je siffle, au bord de la nausée moi aussi.

Quand Cécile ressort des toilettes, gênée, en s'excusant, je suis obligé de m'asseoir tellement l'espèce de vague qui m'a traversé a été forte.

— Tu devrais essayer de pousser plus ce genre de capacité, souligne Sylvie, qui ne semble pas particulièrement surprise, alors que nous allons dîner. C'est comme ta petite démonstration avec le serpent, à la soirée du rouquin, ça les a tous épatés.

Quand je lui demande comment elle est au courant elle sourit, me dit que la femme Lisa est une de ses amies et que de toute façon la Nouvelle Sorcellerie est un petit milieu. Surtout à Paris.

Le lendemain Cécile a l'air en pleine forme. À côté Mèches Vertes pense que c'était les ecstas qui avaient un truc bizarre. Je crois qu'ils étaient coupés avec une saloperie, dit-il, ne soupçonnant vraisemblablement pas quelle sorte de diablerie curative s'est mise en branle hier soir.

9.

— Ça doit être intéressant tous ces gens que tu côtoies à Paris, commente Sarah quand je lui fais part de mes pérégrinations dans le monde de l'e.art. Tu dois te sentir... vachement dans le coup, non ?

Son ironie a quelque chose de reposant. Et ils y croient ? elle poursuit. Ils sont vraiment tous à fond persuadés que c'est ça le vrai truc ?

— On va certainement prendre un stand à la FIAC, j'élude. Si les investisseurs n'ont pas coupé les vivres avant

À la FIAC, gémit presque Sarah, mais c'est génial. Tu crois que tu pourras avoir des inviiiites pour le soir de lancement.

J'adoooooore la FIAC, renchérit Ronald – son regard s'embue, les filles sont si bêêêêêêlles.

Je le vois très bien en train se branler sournoisement dans la cohue d'un cocktail.

Bon, dit Ronald, changeant de ton, est-ce que tu viens avec nous ?

Sarah a disparu dans la salle de bains.

Où ça ?, je demande, de nouveau déconcerté. Je m'attendais à passer une soirée tranquille avec Sarah et la question de Ronald me prend au dépourvu.

Yaouu, hurle une forme qui bondit depuis la salle de bains. J'en reste interloqué.

Je te présente, exulte Ronald, Sœur Marie Cachou des Neiges !

Je dois vraiment faire une tête d'ahuri car Sarah s'arrête et d'un ton contrit me demande Mais qu'est-ce qu'il y a ? On ne t'a jamais parlé de nos petits spectacles ?

Elle porte une perruque blonde à la Danièle Gilbert, une robe crème à fleurs de lys et un grand crucifix vient pendre entre ses seins. Les lanières de ses sandales spartiates s'incrustent dans sa peau d'une façon presque cruelle, comme si elle voulait se mortifier.

Je me sens dépité.

— Allez, rigole Sarah, on n'a pas souvent l'occasion de s'amuser un peu.

— Mais je ne comprends pas, je dis, de plus en plus déstabilisé, je... quelqu'un m'avait envoyé... c'est... j'ai eu le dépliant pour Sœur Marie Cachou des Neiges.

— Lequel ? questionne Ronald, celui-là ?

Instantanément je reconnais la mauvaise photocopie : *Sœur Marie Cachou des Neiges parmi les meilleures* et le sous-titre : *Après des années de galère, cette jeune femme mise tout son avenir sur la chanson. Elle chante la foi car elle chante avec son cœur. Accompagnée de son frère, Feodor Martinez, elle pense que le chant est la meilleure façon de porter l'Évangile, cette Bonne Nouvelle qu'elle va annoncer dans les nombreux concerts sacrés qu'elle donne dans les églises et les temples où elle met en musique des morceaux inspirés de la Bible.*

— Feodor c'est…

— Évidemment, acquiesce Ronald, enfilant en même temps qu'il me répond une fausse barbe, Feodor c'est moi. – il glousse – C'est bien moi, hu, hu !

Je me demande si je rêve.

— Allez, fait Sarah, viens, on va super se marrer !

— Tu sais bien qu'on adore se déguiser.

— Je sais pas trop, je réponds, un peu boudeur, en fait carrément vexé qu'elle ait envie d'autre chose qu'une soirée avec moi, j'avais pas trop prévu de sortir ce soir, je suis… je suis un peu crevé.

— Tu fais chier, s'impatiente Sarah, dépêche-toi de te décider, on doit être là-bas à six heures pour faire une balance dans l'église avant le concert.

J'accepte de les accompagner. Le village où doit avoir lieu le concert est distant d'environ cent cinquante kilomètres, encore dans les Pyrénées.

— C'est à côté… c'est là que…, je vais pour dire à Ronald, mais il claque la langue et je comprends que le sujet ne doit pas être abordé. La Mercedes est recouverte de tracts avec la photo de Sœur Marie Cachou des Neiges en noir et blanc, mal imprimée et scotchée sur les portières. Je me sens fatigué et las. Quand nous arrivons dans le village, où il n'y a personne, bien évidemment, pour nous accueillir, il se met à pleuvoir, une petite pluie fine et désagréable et comme nous sommes déjà en altitude il ne fait guère chaud.

Pour finir quelqu'un daigne se manifester, un rustaud avec une tête d'idiot si typique que je ne me demande si les deux ne me font pas une blague et si nous ne sommes pas dans une annexe d'Archignac.

L'église étant sonorisée, nous avons juste à brancher le petit synthétiseur de Ronald sur l'installation. Sarah a un aspect… curieux, qui pourrait être grotesque mais qui est surtout… curieux, oui, elle dégage une espèce de bizarrerie qui fait que l'on pourrait facilement la prendre pour une véritable sainte, son regard brille d'un feu habité. Elle sourit en permanence ou a le visage grave, selon. Quand le rustaud s'adresse à elle on sent qu'il observe une certaine déférence. Bientôt d'autres gens nous rejoignent et le curé arrive. C'est un curé plutôt jeune, un curé qui a dû certainement aller *jusqu'au bout de ses convictions* pour venir s'enterrer dans un trou pareil. J'explique que je suis le technicien supplémentaire *au cas où* et j'apprends – nous discutons quelques instants pendant que je l'accompagne au presbytère chercher une rallonge – qu'il est de la banlieue de Thionville : « Mes parents étaient ouvriers dans la sidérurgie mais avec les restructurations… »

Le silence qui s'ensuit est lourd de sous-entendus sur la difficulté de l'existence dans nos mondes postindustriels.

Nous dénichons la rallonge dans un placard de l'entrée.

Il est ravi de la présence de Sœur Marie Cachou des Neiges ce soir à Gabas car il en a beaucoup entendu parler et d'ailleurs « Cette façon qu'elle a de porter la foi, de la transcender est proprement étonnante. »

Je vois qu'il a sur sa table de chevet *Le Journal d'un curé de campagne*, de Bernanos.

— Dites-moi, mon Père, l'interpelle Ronald, vous pensez que nous allons avoir un peu de public ce soir ?

10.

Le récital commence par une panne d'électricité, assez longue, due à la surtension générée par nos branchements. Les gens (finalement assez nombreux, des habitants du cru, agriculteurs et montagnards) restent calmes, rôdés à ce genre de gag. Dans le noir la voix de Sarah-Sœur Marie Cachou vient nous aider à surmonter cette épreuve. Elle chante :

À Dieu qui ne peut pas
Sans l'homme faire l'homme,
À Dieu qui ne peut pas
Ils portent dans leurs bras

Le sang qu'ils ont donné
L'œuvre de leur poussière
Le sang qu'ils ont donné,
Le fils qui leur est né

Cette divine ode, que je soupçonne Sarah de chanter exprès légèrement faux est accompagnée par Ronald qui tape du pied sur le sol en pierre de l'église. Les dévots sont normalement invités à reprendre les paroles en chœur grâce à des textes imprimés à cet effet mais l'absence de lumière les en empêche

— Aaaaa, souffle soudain tout le monde à l'unisson, ça remarche.

— Uuuummmmm, fait Sarah-Cachou pour s'éclaircir la voix. Uhueueueueuemmm-mmm.

De manière à renouer avec la ferveur des premiers chrétiens Ronald et Sarah – Sœur Marie Cachou et Frère Feodor – ont proposé que nous buvions tous un verre symbolique au début de la réunion, non pas, comme on aurait pu s'y attendre, de vin de messe, mais plus prosaïquement de jus d'orange.

L'assemblée entière se délecte à la suite des deux escrocs de ce spirituel nectar. En les regardant boire Ronald me fait un petit clin d'œil. Sarah arbore toujours le même air extatique. « Croyez-moi, la recrudescence de la foi n'est pas une légende », me fait remarquer le prêtre, tout en me présentant une jeune fille absolument charmante, qui vient de reprendre l'épicerie du village et qui lui tient office également d'assistante – elle s'occupe de l'église, intervient dans l'association charismatique qu'a repris le prêtre. Non sans humour elle se présente à moi comme « la nouvelle bonne du curé ». Je vois Ronald qui lorgne sur ses seins depuis l'estrade.

Juste avant le début du concert, maintenant imminent, il m'appelle et me demande qui est donc la jolie mignonne avec qui je discutais. Quand j'explique de qui il s'agit il hoche la tête longuement et, tout à fait sérieux, s'interroge sur une liaison possible entre le curé et la donzelle.

— En tout cas ils ont tous bu le jus d'orange, conclut-il, apparemment assez fier du petit coup qu'il mijote. J'ai mis les ecstas dedans, ajoute-t-il en me fixant droit dans les yeux.

— Quoi ?, je le reprends, d'un seul coup affolé – il se dandine en tirant légèrement la langue – les ecstas que je t'ai ramenés de Paris ?

C'est lui qui a insisté pour que j'en achète, tâche dont je me suis acquitté en demandant à Mèches Vertes de me faire profiter de ses contacts. Les ecstas que ce dernier m'a vendus sont, paraît-il, « nickel, vraiment, pas comme ceux qu'on a eus avant coupés à la saloperie, ceux-là c'est de la balle, de la pure molécule ». Je balaye l'église du regard, à part la jeune épicière et deux ou trois couples qui sont venus avec leurs enfants adolescents, la moyenne d'âge doit friser la soixantaine. Ils ont effectivement tous bu du jus d'orange et fixent le devant de l'autel auquel a été adjointe une petite estrade avec le regard confiant de ceux qui vont passer un moment spirituellement fort.

— Dans un petit village comme le nôtre il n'y a pas beaucoup de distractions, me chuchote le prêtre à l'instant où le récital va réellement commencer, je trouve ça formidable que quelqu'un comme Marie Cachou sacrifie la carrière qu'elle pourrait espérer au niveau national pour se consacrer aux paroisses de sa région.

— Oui, je réponds, c'est magnifique.

Ça y est, le récital commence. La voix de Marie Cachou, sans crier gare, s'élève soudain vers les voûtes de pierre, et, je dois le reconnaître, l'émotion est immédiatement présente, nous enveloppe tous, Ronald est sur le côté, face à un petit clavier et appuie par moment sur quelques touches, tu-tut-tu, venant en contrepoint de la mélodie chantée, pure comme du cristal, à laquelle se mêle une musique préprogrammée. Les gens sont hypnotisés. Les mamies au premier rang sont bouches ouvertes

Quelle Jérusalem nouvelle
Sort du fond du désert brillant de clartés,
Et porte sur le front une marque immortelle ?
Peuples de la terre, chantez.
Jérusalem renaît plus charmante et plus belle.

et tout le monde retient son souffle, et quelqu'un à côté de moi se gratte le nez et semble mortifié de s'être abandonné à ce geste trivial et se reprend aussitôt et malgré la simplicité de la scène l'ensemble – cette jeune femme qui chante, baignée de lumière, et ce nain à côté, bienveillant et concentré, dont la barbe blanche (la barbe de sagesse) fait dans l'ombre du bord de la scène une jolie tache claire – forment un tableau quasi biblique, sorti de l'Origine Pure et Immaculée et une femme pleure, doucement, et une autre aussi, et

Étoile du matin, inaccessible reine,
Voici que nous marchons vers notre illustre cour,
Et voici le plateau de votre pauvre amour
Et voici l'océan de notre immense peine.

le prêtre à côté de moi a joint les mains et Tout, il en a l'impression, est sur le point de lui être révélé, et les hommes qui sont là sont troublés aussi et une adolescente qui accompagne sa mère est saisie par la grandeur des Mystères et mon cœur bat. Et de nouveau le chant s'arrête. L'église est pétrifiée. Sarah se racle très légèrement la gorge, nous regarde, les regarde, ne sourit pas, et recommence à chanter, un peu moins fort, elle récite presque

Mais soudain le miracle a bougé dans leur âme,
Dans leur corps ! Le silence autour a chancelé.
Elle, la jeune fille, elle, la vieille femme
Tressaillent : leurs petits entre eux se sont parlé.

et puis encore une fois s'élève, vers la nef, vers les cieux,

Grande Reine à la rose, au sceptre, à la couronne,
Qui règne sur les cieux, sur la terre et les eaux,
Soleil de notre vie et des destins nouveaux,
Notre espoir est inscrit dans le feu de son trône.

et cette fois tout le monde pleure, doucement d'abord, puis à chaudes larmes, et c'est comme si quelque chose, en s'écoulant d'un puits de souffrance, était par une grâce transformé en larmes d'or et l'adolescente qui est venue avec sa mère comprend alors la Beauté de la Tristesse et les hommes présents voient le Cœur de la Vierge qui flamboie et les vieilles femmes pour un instant redeviennent jeunes et le Christ leur parle et tout doucement j'entends que le rythme de la musique que joue Ronald insidieusement se transforme en rythme techno et quand Sarah (*Vous en avez tant mis dans le secret des tombes – De ces enfants sombrés aux portes du bonheur)* change légèrement sa gestuelle et entame quelque chose de plus saccadé, de plus, disons-le, *technoïde,* je m'aperçois que tout le monde l'imite.

Et le jeu de lumière qui jusqu'à présent était totalement minimal – Sœur Cachou des Neiges dans la lumière blanche, source unique, faisceau immobile – change brusquement, rouge, bleu, jaune, et

> *Et, sous la vague blanchissante* – boum –
> *Marque la perle éblouissante* – boum–
> *Secret trésor des* – boum – *flots amers.*

et une des femmes âgées bouge aussi maintenant en cadence et ses yeux, éblouis par ces nouveaux projecteurs, sont comme des yeux de lapin pris par la lumière des phares, hypnotisés, et sa voisine, qui doit être son amie, tressaute comme un automate et les hommes derrière bougent aussi et Ronald balance des petits effets de larsen et des scratch et

> *Il n'y a rien que Joseph et* – zding –
> *Marie et ce beau petit enfant tout neuf.*
> *Cela fait cinq en tout si l'on compte*
> Sarah-Cachou lève les deux bras au-dessus
> de sa tête, crie presque –
> *l'âne et le bœuf*

et – à vous, dit Sarah, à vous ! – les gens se mettent à chanter, reprennent *Il n'y a rien que Joseph* et Ronald maintenant danse franchement derrière son clavier, appuie sur les touches, balance la sauce, le jeu de lumières s'emballe et cette fois il n'y a plus ni mystère ni beauté de la tristesse mais une ambiance qui a permuté tout simplement en *rave* et Sarah se contorsionne et je ne sais pas comment elle s'y est prise mais ce costume qui semblait si sage moule maintenant ses nichons et la jeune épicière est en sueur et même le prêtre remue comme un forcené, ses deux poings à demi fermés d'avant en arrière, il a les yeux révulsés et je crains tout simplement qu'il collapse sous le vitrail représentant l'arrivée des Rois Mages, mais il se reprend, change de pied d'appel, et repart de plus belle, et une des vieilles s'agite en faisant des demi-tours alternés, les mains ouvertes et les coudes pliés, et le courant qui traverse l'église a quelque chose d'incroyablement chaleureux et quand une heure plus tard Sarah éclate de rire et fait un geste à Ronald pour qu'il stoppe la folie ils en sont à se dandiner sur Daft Punk et à mimer des danses robots.

11.

Plus tard – il est presque deux heures et demie du matin – nous sommes dans la salle à manger-salon du presbytère, décorée, à ma grande surprise, d'une façon plutôt cosy, juste le prêtre, la jeune épicière, Sarah, Ronald et moi.

La soirée s'est finie portée par un vent d'émotion totale, « christique », a fait remarquer le prêtre (qui s'appelle Bernard et que dorénavant Ronald tutoie), où tout le monde s'est pris dans les bras, serré fort, s'étreignant et comment ne pas voir dans ce tourbillon la manifestation d'un signe du ciel. Autour de nous les ciboires brillaient de mille feux. Regarde disait une des mamies, complètement partie, ils sont en or, ils me parlent, et un homme dans le fond de l'église danse encore tout seul et un autre est à genoux et prie et des larmes inondent son beau visage transfiguré par le MDMA et tout le monde veut encore boire du jus d'orange et Ronald est obligé de mettre le holà en disant Attention, c'est juste pour la communion, si on en abuse ça perd de ses vertus, comme s'il s'agissait d'une potion magique – ce qui dans le fond est le cas – et ce n'est que vers deux heures bien sonnées que tout le monde est reparti enfin, halluciné, surexcité, certain d'avoir côtoyé – et peut-être n'est-ce pas qu'une illusion – la Grâce et ses Émissaires.

— Je vous sers quelque chose, propose Bernard, qui est un peu redescendu, j'avais préparé un petit souper mais je n'ai plus du tout faim.

Ronald se tape quand même un bout de saucisson avec une tartine de graisse d'oie et Sarah se siffle deux verres de madiran, en faisant claquer sa langue.

— C'était, balbutie Annie l'épicière, c'était... je suis bouleversée.

— Dieu est amour, murmure Sarah, lui passant doucement la main dans les cheveux, et Dieu est lumière.

— Et fécondité aussi, ricane Bernard, qui, j'ai l'impression, est en pleine remontée violente, fécondité de la chaleur, urgn! urgn!

Personne ne relève ce petit dérapage.

— Excusez-moi, demande Sarah d'une petite voix limpide, je... personne ne se formaliserait si je me désha... si je me mettais un peu à l'aise, après le récital en général j'ai trop de... c'est – elle sourit – j'ai des bouffées de chaleur.

— Bien sûr, dit Annie, moi aussi, je crève de chaud.

Et elle enlève l'espèce de chemisier qu'elle porte sur un petit débardeur. Sarah l'imite, elle a juste une chemisette, quand elle lève les bras on voit ses seins, elle ne porte pas de soutien-gorge.

— Je peux mettre un disque, Bernard? demande Ronald, qui discrètement roule un joint.

— Vas-y, vas-y, glousse le prêtre, qui sans raison aucune se met à faire la poule, couet-couet, couet-couet, la musique c'est la fécondité de la terre.

— J'aime beaucoup votre décoration Bernard, fait Sarah, en posant en même temps sa main sur la gorge d'Annie : Ça va? Tu as encore chaud? Tu veux qu'on ouvre un peu ?

— Non, ça va, c'est... j'ai juste des bouffées par moments mais je crois que c'est aussi... c'est parce que je suis émue...

— Fécondité parce que le son est au début de Tout. Parce que le Verbe est du son.

— Les Beatles ça va?

— J'ai trouvé votre... ton... votre récital...

— Tutoyons-nous, l'encourage Sarah, on n'est pas si... on est à peu près du même âge, non?

— J'ai vingt-neuf, dit Annie, qui en paraît un peu moins.

— Moi trente et un, sourit Sarah, qui en a en fait trenteneuf mais qui fait elle aussi plus jeune.

— Et dans le Verbe, et dans le Son, il y a le – Bernard s'arrête de parler, il fredonne sur les Beatles – Hey Jude … en détachant chaque syllabe d'une façon un peu ridicule, même carrément grotesque.

— C'était…, reprend Annie, quand vous… quand tu as chanté, j'ai eu… c'était tellement physique… comme si… je comprenais la Foi tu vois, mais avec mon corps.

— Hey Jude, chantonne Sarah, elle beaucoup plus juste, s'approchant d'elle. Don't… Et elle l'enlace.

Hey Jude, fait Bernard.

Tu veux t'en gober un autre ?, me demande Ronald. Ils sont bons mais ils tiennent pas.

Chaleur et lumière, murmure Sarah.

J'ai chaud, gémit Bernard, j'ai chaud moi aussi.

Ronald est torse nu, sans même que je l'aie vu se déshabiller.

Sa fausse barbe blanche délimite un tablier ridicule et pendouillant sur sa poitrine de nain.

Sarah embrasse Annie, qui se laisse faire.

Baisse les lumières, me dit Ronald, laisse juste les bougies.

Et je ne sais pas ce qui se passe exactement mais tout le monde a dû perdre la tête parce que tout le monde est nu, sur la grande banquette et le tapis qui la borde. Annie est en train de se faire lécher par Sarah qui de sa main libre branle le gros porc de curé. Ronald se branle en les regardant et en caressant les seins de l'épicière et quand je regarde Bernard et sa bite et la main de mon amour c'est bien ce que je distingue : le corps d'un cochon immonde et Annie commence à être envahie par la volupté avec de petits sanglots qui se mêlent aux Beatles, remplacés soudain par Michel Sardou, *J'avais posé les yeux Sur la croupe incendiaire De ma professeur de droit J'ai dit des femmes Pas des jeunes filles* et la main de Sarah continue son va-et-vient et Bernard doit encore être sous l'effet de l'ecsta car on voit qu'il est au bord du plaisir mais arrive à culminer dans le paroxysme sans basculer de l'autre côté. Sa bite me semble énorme. Annie est en train de sucer Ronald, pendant que Sarah est enfoncée entre ses fesses et la doigte et je commence à me branler, presque à mon corps défendant, et je m'approche et c'est comme si je basculais soudain moi aussi et ma langue trouve celle d'Annie, qui recrache la bite de Ronald, luisante de salive et qui m'embrasse furieusement et je sens que quelqu'un m'enfonce un doigt dans le cul et je prie pour que ce soit Sarah et j'entends Bernard qui gémit et pour finir Annie se déprend et nous la baisons à tour de rôle, avec de grands coups de reins – Ronald nous passe des préservatifs, surgis de nulle part, comme s'ils étaient cachés sous sa barbe – et le regard de Sarah est perdu et je pense Nous offensons le Christ, nous le bafouons, et Ronald encourage Bernard qui s'est mis à genoux en disant Bouffe-la, vas-y, et finalement Sarah me suce et je jouis dans sa bouche en ayant l'impression de me fondre dans les entrailles du Cosmos et le visage du Christ scintille dans la glace posée sur la cheminée et rit, un fou-rire qui n'en finit pas, comme a ri aussi le Mutant des Temps Anciens, la nuit où le Passé m'a été dévoilé.

Le matin nous trouve tous évanouis au hasard dans la pièce. Sarah et Ronald sont les premiers à émerger. Quand j'ouvre les yeux Sœur Marie Cachou a repris son apparence pure et chaste et passe un coup de serpillière dans la cuisine où la veille une bouteille de vin avait été renversée, et Ronald, sa barbe gentiment lissée, finit d'essuyer la vaisselle.

12.

Sur le chemin du retour, pris d'une inspiration subite je dis C'est la fin du Christ comme modèle de référence, c'est ça ? C'est ça qu'on leur a transmis ? mais personne ne répond et peu après, feuilletant un livre où sont reproduits tout un tas de divinités indiennes ornées d'or et de différents symboles dont des Oms et des swastikas (croix gammées) je lance : Et les nazis ? L'Holocauste ? C'était organisé selon la même logique ? C'est les Tibétains ? Dieu était derrière ? et je revois cette scène folle, le curé et l'épicière du village en train de partouzer avec un nain et une chanteuse charismatique sous le regard éberlué d'une statue en plâtre de Jésus-Christ et cette scène est voilée d'un filtre coloré, comme si on rajoutait – ou que l'on enlevait, je ne sais pas très bien – des strates différentes à l'image d'origine et il y a plein de traits côte à côte qui forment des lignes, comme de grands codes barres ou des figures du yi king miniaturisées et déployées à l'infini et le gros curé se roule dans ces entrelacs colorés et son visage change de couleur, comme dans l'écran d'une télé mal réglée et l'épicière m'apparaît soudain en Bunny de *Play Boy* avec une tête de Bécassine et la statue du Christ se fendille et se métamorphose en écorché, qui se met à bander et quand il éjacule je dis à Sarah Oui, j'ai vu, on est entrés dans leurs programmes et on a modifié en partie leur Code Source.

13.

On dépose Sarah sur la place d'un village avant Saint-Jean-de-Luz. Ronald dit Tu vas venir avec moi, on a quelque chose à faire en Espagne et je me sens complètement con à regarder Sarah s'éloigner avec juste son sac à main et je dois avoir un air de chien battu parce que Ronald rigole et demande :

— Tu as une histoire avec Sarah ?

— Je… on a… oui quoi, c'est… je pense que je suis…

— Mordu ?

— Amoureux, oui, je suis amoureux.

— Crotte, dit Ronald, et elle ? Elle aussi ?

— Je… on en a jamais vraiment parlé, enfin, pas… enfin ça a jamais été *dit*, mais oui, je pense, je pense qu'elle a aussi quelque chose de fort.

Il hoche la tête. On repart vers les Pyrénées.

— C'est formidable, il reprend. Je suis content pour vous.

D'un seul coup je réalise qu'il doit souffrir. Je suis désolé, je fais, vraiment désolé, c'est… ça m'est, ça nous, ça m'est tombé dessus comme ça, j'ai rien vu venir.

— Pourquoi désolé ? Non, c'est chouette. C'est sympa d'être amoureux. Vous… vous allez habiter ensemble ?

— Heu…, je dis, heu… je sais pas… je…

— Tu sais qui est Sarah ?

— Je… non, en fait, non, je… elle m'a dit des choses mais pas…

— C'est la fille d'Aïm.

— Quoi, je fais, c'est une blague ?

— Pourquoi ?

— Mais Aïm est… c'est pas possible il est noi… enfin métis il est, ça se verrait, elle me l'aurait dit.

— Pour quelle raison ? Tu lui as parlé de tes parents ?

— Non. Mais ce n'est pas…

— Pareil ?

— Exactement, ce n'est pas pareil.

— Sa mère était irlandaise. C'est pour ça qu'elle a des yeux violets et la peau mate. Un père un peu nègre et une mère rouquine c'est le mélange idéal. Quand ça fonctionne bien sûr, parce que quand ça ne fonctionne pas ça peut être terrible. Comme les Noirs roux. C'est horrible les noirs roux. – il se mouche – Enfin, de toute façon il faut bien de tout pour faire un monde, il y a bien des nains.

— Et le père de ses filles ?, je demande, pris d'un doute subit. Elle a commencé à m'en parler l'autre soir mais c'était trop compliqué, c'est qui ?

— Le père de ses filles. – il tapote sur le volant – De laquelle, parce qu'il y en a plusieurs.

On repart dans la montagne. Une pancarte indique la proximité de la frontière espagnole.

Je dis : Elle a cinq filles – je compte sur mes doigts – Éloïse, Salomé, Rebecca, Lot et la petite dernière, Oolibama, que tout le monde appelle O-o, il y a cinq pères ?

— C'est compliqué, se mordille les lèvres Ronald, je crois que je t'en ai déjà trop dit. Je tiens pas à ce qu'elle pique encore une crise parce que je t'ai fait des confidences qui après tout ne regardent qu'elle.

— Aïm, je répète, Aïm c'est son père ? Putain, je sais pas pourquoi mais je trouve ça dingue.

Il gonfle ses joues et fait un bruit incongru. Eh oui, Aïm, Aïm est papa.

J'ai l'impression que le pare-brise va exploser sous l'effet du vent. J'ai mal à la tête, je dis, il y a des aspirines dans la voiture ?

Non, répond Ronald, mais si tu veux je peux te le faire passer. Je suis un peu guérisseur.

Je sais, je dis, las, vous avez tous des pouvoirs magiques, c'est génial.

Il fait Oupoupoup, abracadabra! Ma migraine empire d'un seul coup, devient presque insupportable, puis disparaît.

Allez, dit Ronald, fais pas la tête, regarde hier soir, on s'est bien marré, non? Tu vas voir on va faire un peu de tourisme préhistorique...

14.

Au Parque Cultural del Rio Vero :

La guide parle français, avec un fort accent et des approximations charmantes – elle dit la *localizacion* de la caverne de l'*arte doute* début du siècle. Ronald la questionne sur le site. Il y a plusieurs cavernes dans un périmètre assez proche, mais seules Mallata et Barfaluy sont de l'*Arte esquematico.*

Nous arrivons à la grotte qui en fait n'est pas vraiment une grotte ni une caverne mais un renfoncement à flanc de paroi où pouvaient se tenir une dizaine de personnes et peut-être entrer à l'intérieur. Ça n'a rien de spectaculaire. Il se met brusquement à pleuvoir, l'orage explose d'un seul coup, d'une violence aussi brutale que soudaine, qui transforme la vallée que nous surplombons (la vallée du Rio Vero) en une annexe de la guerre du Vietnam. La foudre tombe plusieurs fois de suite au milieu des bosquets. Le tonnerre retentit si fort que nous en restons saisis. Même la guide qui pourtant doit être une habituée des lieux n'a pas l'air franchement rassurée. Elle nous fait une petite mimique d'excuse, comme si elle était forcément un peu responsable de l'inclémence des éléments, et nous invite à nous asseoir sur une espèce de banc que le temps a dû creuser dans la roche et sur lequel, vraisemblablement, se sont également assis nos ancêtres.

— Il pleut fort, dit Ronald.

— Si, dit la guide, *très forté*. Nous attendre ici un peu.

Les parois sont constellées de taches qui me font penser aux gimmicks d'une société secrète dans je ne sais plus quel Sherlock Holmes, peut-être *Étude en rouge*, ou *Le Signe des Quatre*.

— Ce que vous voyez est la manifestation la plus pure de ce que nous appelons l'*Arte esquematico*...

— Thématique? hasarde Ronald, qui a l'air de s'en foutre complètement.

— Non, plutôt... schématique, *Arte schématique*.

Je découvre que les hommes préhistoriques avaient un art abstrait et n'ont pas représenté que des mammouths et des rennes. L'Art schématique ce sont donc ces figures étranges qui peuplent les murs derrière nous.

— C'est intéressant, dit Ronald, comme s'il était sur le point de s'endormir.

— Très, approuve la guide, *mucho intéressant*.

L'orage redouble de vigueur. Je me demande si la foudre peut s'incurver et venir nous chercher dans notre demi-abri. J'opte pour une réponse affirmative. La foudre peut venir nous chercher et nous anéantir.

— C'est fort, je fais à la guide, en montrant non pas l'Art schématique, mais la tempête devant nous. Ce n'est pas dangereux?

Elle hausse les épaules en signe d'impuissance. C'est la première fois qu'elle assiste à un orage aussi violent. Soudain je nous vois tous les trois, assis au même endroit, regardant tomber la pluie. Le mur derrière nous n'est plus orné de quelques formes géométriques mais en est littéralement couvert. Il y a un feu qui brûle et nos visages sont peints eux aussi, ou tatoués, avec des graisses noircies de suie. Je vois que nous sommes des sorciers et que des gens viennent nous consulter et que pour chacun nous avons une formule, que nous traçons sur le mur, qui nous vient des Autres Mondes, et qui symbolise l'état de la personne et sa situation et je vois que de ce fait nous prenons la responsabilité de ces gens si démunis et que nous les accompagnons à travers ce périple hasardeux qui est la vie et que c'est là notre tâche et que nous avons pour ce faire peu de chose à notre disposition, si ce n'est notre pouvoir de contemplation et les esprits qui nous aident et je ressens au plus profond de moi ce qui est gravé dans nos gènes et qui nous a poussés à nous dépasser, la Peur et la Terreur qui étaient partout, dans chaque arbre, dans chaque Ombre de la Forêt, dans les ricanements sardoniques du Seigneur des Fauves et dans la puissance du Tonnerre et je comprends aussi que cette peur est notre lot depuis le Début et que nous ne sommes que des étrangers en transit posés sur un astéroïde hostile et que les murs de béton et les cinémas et les centres commerciaux et les voitures et les routes bien goudronnées et les feuilletons à la télévision et la sophistication des armes et la lumière présente partout dans les avenues où il y a des panneaux publicitaires ne sont qu'un subterfuge pour nous faire oublier la Nuit et ses Épouvantes et qu'il nous a fallu un courage surhumain pour surmonter cette horreur gluante qui nous colle à la peau et qui, si facilement, resurgit, et les yeux de Ronald ne sont plus que deux fentes rougeoyantes et je comprends qu'il est en train de faire en sorte qu'elle se souvienne aussi et je vois ses fibres sortir de lui et s'enrouler autour du plexus de la guide et descendre et l'exciter, mais d'une façon différente de sa manière de Nain Lubrique habituelle, avec une technicité froide, et la guide nous regarde et ses yeux brillent de l'émoi qui la traverse et la coquille qui l'entoure ainsi s'ouvre et nous partons tous les trois dans ce flux de visions et nous survolons la vallée et glissons sous les rafales de la pluie et nous apaisons les gens qui hurlent et la panique des enfants et je vois aussi de quel grand moment d'Infamie il s'agit puisque nous savons, nous, que le voyage commence à peine et que les Horreurs à venir seront innombrables et la Cécité des Peuples de la Terre sans rédemption avant des siècles et des siècles et je vois aussi les trains qui partent pour les Camps et les Tortures et les Abus de ceux qui avaient pour mission d'effacer les Dettes et je me vois en Nazi et la guide doit avoir la même vision parce qu'elle est épouvantée et, comme s'il n'était pas possible d'aller plus loin aujourd'hui le voyage s'arrête et nous réintégrons nos formes respectives. L'orage se calme et la pluie cesse.

Nous repartons vers les voitures sans dire un mot. Il me semble qu'une pierre noire de plus s'est détachée de moi.

15.

Il y a de la lumière chez Sarah, comme on voit mes fenêtres de chez elle je fais exprès de passer et de repasser dans le champ, espérant qu'elle y fasse attention, taraudé par le désir de téléphoner mais ne le faisant pas, exténué par le voyage, la nuit folle avec le curé et sa bonne et la visite dans la grotte préhistorique. Finalement à neuf heures un quart je craque et j'appelle, il y a le répondeur, un message déconcertant où la petite Oolibama dit carrément « Si vous laissez un message à ma mère ou à nous j'espère que c'est important parce que sinon ce n'est pas la peine » et on entend des rires derrière, les autres pestes et certainement Sarah. Je ne laisse pas de message. À vingt-deux heures je traverse la rue, il va faire beau demain, le ciel est plein d'étoiles, et je frappe doucement à la porte, une fois, deux fois, un peu plus fort, à la fin la porte s'ouvre et Sarah en robe de chambre apparaît et me demande ce que je veux.

— Je... je fais, anéanti... c'était pour, je voulais prendre de tes... excuse quoi, je... on se verra plus tard.

Mais c'est elle qui s'excuse, me demande de ne pas faire attention à sa mauvaise humeur mais les filles ont été exécrables. C'est toujours comme ça quand je disparais plusieurs jours, elles me le font payer d'une manière ou d'une autre. Comme pour confirmer ses propos Lot apparaît en larmes en haut des escaliers et se plaint qu'Éloïse l'a tapée, ce qui plonge Sarah dans une fureur quasi-hystérique. Elle hurle Éloïse bordel de merde je te jure que si je monte ça va être pour quelque chose et Lot retrousse sa chemise de nuit et montre le haut de sa cuisse où apparaît une trace rouge : Je saigne maman, elle m'a pincée, et Sarah sans même examiner la blessure re-hurle Dégage aussi toi, je n'aime pas les cafteuses et moi je suis au milieu de l'entrée, toujours avec mon blouson sur le dos, commençant à avoir trop chaud et gigotant d'un pied sur l'autre, gêné, maintenant, de cette intrusion dans un monde où je n'ai rien à faire.

— Tu n'as pas d'enfant ? me demande Sarah.

— Heu, non, je réponds – j'essaye de sourire – enfin pas à ma connaissance.

Des formes passent sur le balcon et leurs ombres dessinent des arabesques compliquées sur le mur face à moi. J'ai l'impression d'être revenu au moment du pitt-bull, avant que toutes ces choses étranges ne m'arrivent.

À l'étage on entend les filles qui braillent, puis le piaillement s'arrête.

— Je ne savais pas que tu étais la fille d'Aïm.

— Non ?

— Non.

Le canapé semble devenir soudain phosphorescent.

— Vous êtes très proches ? Vous… tu le vois souvent ?

La réponse tarde à venir.

— De temps en temps. C'est mon père.

— …

— Tu veux savoir d'autres choses ?

— Non, c'est… ne crois pas que je voulais être indiscret mais… j'ai eu… avec Aïm c'est… peut-être que tu ne le sais pas mais j'ai été au Directoire et ensuite à la Forteresse, Aïm c'est… ç'a été une étape pour moi. Une sacrée étape ! Quand je l'ai revu à la soirée des autistes j'étais… c'était bizarre quoi…

Elle a l'air complètement ailleurs.

— Et tes filles ?, je reviens à la charge elles ont un… vous avez des rela…

— Des quoi ?

— Je me demandais juste comment ça se passait avec leurs pères ? Si… des relations, est-ce qu'elles avaient des relations avec leurs pères ? Je veux dire d'un point de vue psychique le père pour une petite fille c'est.. – je ne trouve pas le terme exact.

— Fondateur ?

— Heu, oui, fondateur, on peut voir ça comme ça.

Son visage affiche une expression songeuse. Si mes filles voient leurs pères ?

— Tu n'es pas obligée de répondre, hein, c'était juste, c'était… curiosité quoi, à partir du moment où on se voit je m'in… – j'émets un petit rire sot – enfin pour moi c'est intéressant.

— Bien sûr, elle opine, conciliante, je comprends.

Le téléphone sonne. Elle ne décroche pas. Quelqu'un parle sur le répondeur, c'est Ronald. Il demande que Sarah le rappelle.

— Et avec Ronald vous avez quel type de relation ?

— Bonne. Très bonne.

— C'est – j'ai un étourdissement – c'est lui le père de …?

Elle secoue la tête. Non. Je n'y tenais pas. Pas avec son problème.

— Son problème ? je fais, interloqué, pensant qu'elle fait allusion à sa frénésie sexuelle.

Elle soufflotte entre ses doigts.

— Tu n'as pas remarqué qu'il n'était pas très grand et que sa tête était disproportionn…

— OK, OK, je la coupe, me sentant idiot, oui, c'est sûr, c'est… évidemment c'est héréditaire.

— En général oui – elle ne sourit même pas – c'est rare que les nains enfantent des géants. Quoique – elle fixe un point sur le mur derrière moi…

— Et donc tes filles c'est… ?

— Des inconnus. Des inconnus de passage. Sauf Rebecca. Rebecca c'est Aïm.

— Pardon, je répète, ayant mal saisi ce qu'elle vient de dire.

— Aïm. Rebecca c'est Aïm.

16.

Je parviens jusqu'à ma chambre où je m'écroule, terrassé par quelque chose qui ressemble à un sanglot d'électricité pure. Je perds conscience. Quand je rouvre les yeux je suis aveuglé par le faisceau impitoyable des lampes au sodium qui entourent le terrain de foot d'Archignac. Une forme que je ne distingue pas danse à une centaine de mètres de moi. Je serre la lame d'une tondeuse à l'extrémité de laquelle est enroulé un chiffon. Je hurle : « L'heure est venue ! l'heure est venue ! » et je me précipite vers ce fantôme qui me nargue et qui n'est autre que Aïm. Je sais que

que nous sommes en train de rejouer le Mythe du Rameau d'Or où un esclave était sacré roi jusqu'à ce qu'un autre arrive à le tuer, régnant alors à son tour, dans cette angoisse perpétuelle de l'irruption de son successeur, qui à son tour le tuerait, et je hurle encore plus fort : « C'est ici la fin de la route Aïm ! Je vais t'étriper ! » La scène est grotesque. Nous ressemblons – je ressemble – à des guignols de foire. Quand ma faucille de fortune le happe alors qu'il bondit sur moi les éclaboussures de son sang ont pourtant quelque chose d'onctueux et de rafraîchissant.

— Ça va ? s'inquiète la voix de Sarah. Tu te sens bien ?

— Oui, je dis en émergeant – Sarah est penchée sur moi, il fait jour –, j'ai fait un... j'étais dans...

Mais elle me coupe et dit Oui, oui, je sais, dépêche-toi de prendre ta douche je t'emmène faire une petite promenade.

Par la fenêtre le soleil brille horriblement. J'ai mal aux yeux.

Sous le jet brûlant je vois que mes avant-bras sont couverts d'estafilades et qu'il y a de l'herbe séchée sur les vêtements que je portais la veille, comme du gazon fraîchement coupé. J'ai une horrible courbature au biceps droit et quand je sors, nu, de la salle de bains, Sarah est en train de nettoyer ce qui me semble être une lame de faux dans l'évier de la cuisine.

Contrairement à ce que l'on pourrait penser à cet instant précis je ne me mets pas à rire hystériquement ou à tenir des propos incohérents ou à baver et à me rouler par terre. J'observe calmement la scène et je dis : J'ai tué Aïm ? et elle se retourne interloquée et me lance un regard inquiet et dit Quoi, qu'est-ce que tu dis ? et je réalise que ce que j'ai pris pour une lame de faux est en fait un vase plat en forme de nuage dans lequel elle est en train de glisser une rose cueillie dans son jardin et c'est là, en fait, que j'ai la sensation de reperdre complètement la boule.

17.

La route est déserte, à peine est-on doublés par un camion de bois et quelques voitures locales qui d'ailleurs nous klaxonnent au passage et auxquelles nous rendons leurs saluts. Les cinq filles sont avec nous. Sarah porte une robe blanche qui la fait ressembler à une héroïne d'un film romantique le jour de la promenade en barque. Les filles roulent à la queue leu leu, pour une fois sans se disputer. Je ne reviens pas sur la discussion d'hier. J'ai dû mal comprendre sa dernière réponse. Devant moi Rebecca pédale de tout son cœur, un petit nœud dans les cheveux qui volent dans les plis du vent.

— T'es déjà allé aux Angles ? me demande Lot.

Je réponds Non, jamais, je ne connais qu'Archignac.

— Et Goröm, veut savoir Salomé, non plus ?

Non plus, je dis. Je connais juste Archignac, les alentours, la forêt où habitent les Gigantesques et les Minuscules et un peu les marais.

— Les marais, s'étonne Sarah. Qu'est-ce que tu es allé fabriquer dans les marais ?

— Avant, je tente d'esquiver. Avant que je fasse vraiment partie d'Archignac.

— Goröm c'est après le camp des Minuscules, m'informe Lot. Mais si on n'a pas de Pass Magique on ne peut pas entrer.

— Mais tu ne fais pas vraiment partie d'Archignac, puisque tu habites à Paris.

— Oui, mais j'habite aussi ici. Je fais… si je pense que je fais partie d'Archignac.

— Ma mère dit que non. Que tu es juste de passage.

— Ah, je fais, vexé, c'est vrai ?

— Mais non, souffle Sarah, un peu devant, à moitié en danseuse sur son volant pour attaquer une petite côte. Tu vois bien qu'elles te font marcher.

— Et est-ce que tu sais faire des tours de magie comme Oncle Ronald ?

— Fais gaffe, crie sa sœur, t'as failli me faire tomber.

La pancarte Les Angles apparaît à la sortie d'un tournant. Les filles se taisent soudain, il y a dans l'air un souffle calme et usé, comme si nous arrivions dans l'antichambre d'un lieu très vieux. Le même genre d'atmosphère que l'on imagine sur un site indien. Sarah pousse un soupir de soulagement et dis Eh ben c'est pas trop tôt, je commençais à ne plus en pouvoir, ça se voit que ça fait longtemps que je n'avais pas fait de vélo…

18.

… et nous rentrons dans le village, qui ressemble comme deux gouttes d'eau à Archignac – mêmes rues bordées de vieilles constructions landaises à demi rongées par les termites, même maison de maître bordée d'un parc dissimulé derrière des haies de bambous – mais qui a l'air laissé à l'abandon et qui possède cette particularité d'être enturbanné – je ne trouve pas d'autres mots pour décrire l'espèce de toile d'araignée dans laquelle sont entortillées les maisons – par un entrelacs de fils colorés partant de chaque fenêtre. Comme des cordes à linge de plastique transformées en immenses scoubidous tissant un réseau d'autant plus ahurissant qu'ils émanent de charpentes à moitié pourries, des murs écaillés et de toitures effondrées.

Sur la place, comme à Archignac, s'élève l'église. Les portes sont ouvertes. Un des deux battants, dégondé, pend misérablement sur le côté. Des herbes folles poussent entre les pavés. Les filles posent leurs vélos. Je m'attends à ce que la cloche de l'église se mette à sonner, ou que quelqu'un crie du haut du clocher ou enfin qu'il se passe quelque chose d'horrible. Au lieu de ça arrive, sur une bicyclette qui grince, une vieille femme en robe à fleurs, un cabas sur le porte-bagages, qui, reconnaissant Sarah, nous demande si nous voulons visiter l'église.

— Avec plaisir, dit Sarah, mais nous ne voudrions pas abuser de votre temps…

Cela fait rire la vieille, qui répond : Vous pensez bien que je ne suis pas submergée par les touristes. Tout est parfaitement normal, sauf que le lieu est en ruines, avec des toiles d'araignées partout, les bancs sont rongés par les vers, les vitraux cassés. Quand la vieille s'exclame Voilà la nef, comme s'il s'agissait de rien moins que la basilique Saint-Pierre je suis au bord de me dire Mais mon Dieu ils sont cinglés, qu'est-ce qu'on fabrique encore dans ce taudis ! L'endroit a un charme certain, mais qui serait plutôt à chercher du côté des films d'horreur. C'est magnifique, dit

Sarah, cette église est magnifique! Brusquement mon regard se pose sur l'autel. Mon Dieu, je m'entends gémir, Ô mon Dieu! À la place de la croix qui devrait normalement s'y trouver, trône, sur une ignoble chaise en Formica, une boule de glaise noire où s'accrochent encore les chairs calcinées de ce qui a dû être un être vivant. Cet amas noirâtre est piqueté d'énormes clous rouillés fichés dans la masse stratifiée de carbone mort et de sang gelé. Au bout de chaque clou est attaché un fil de couleur qui part dans le fond de l'église rejoindre à l'extérieur le monstrueux scoubidou. Vous voulez entendre l'orgue? demande la vieille. Ma gorge veut hurler mais mes lèvres sont scellées. Mes jambes ne m'obéissent plus. Les cinq filles me bloquent le passage. Oui, sourit Sarah, si cela ne vous ennuie pas et l'orgue se met en marche, jouant un air incroyablement triste de Bach et alors quelque chose se déchire dans mon cerveau et les murs et les tableaux crevés et les vitraux et la forme d'épouvante se transforment instantanément en or pur. Ils étincellent d'une lumière simple et magnifique. Ce qui jusqu'à présent était recouvert d'une pellicule de poussière dévoile sa nature profonde. Mon esprit n'est plus soumis à la prison de la chair mais s'accorde en résonance avec l'Indicibilité. Chaque maison du village et les momies qu'elles abritent se métamorphosent elles aussi en or et les fils de plastique coloré qu'elles animent sont des fibres incroyablement performantes porteuses d'une infinité d'informations et de sens, tissées de milliards de dessins d'une beauté parfaite et des calculs de l'Essence du Monde et la forme au milieu de l'église est comme le noyau de cette constellation de soleil et Sarah n'est plus Sarah mais un filament de métal précieux qui tournoie dans une parfaite et incohérente harmonie et je vois le Chaos et son contraire le Cosmos et ses filles sont des flux brillants qui diffusent un champ d'énergie qui bat comme les pulsations d'un inaltérable cœur et quand j'arrive à me retourner la vieille n'est plus là mais à sa place se tient une Amazone magnifique, gardienne de la beauté des Portes et en pensée je balbutie Merci, merci de me montrer cela.

Les jeux vidéo sont donc une extension de l'informatique. Le premier jeu est même antérieur d'une vingtaine d'années à l'avènement de la micro. C'est en 1958 que l'électronicien Willy Higinbotham invente un jeu de tennis sur son oscilloscope. Bien que rudimentaire il préfigure ce que seront les futurs jeux vidéo

Chapitre 15

Les avions bâtis des nouveaux paradis

Les semences célestes sont pareilles : l'art de la magie les sème et les plante dans les pierres qu'on appelle gamaheu.

1.

L'histoire d'Internet démarre sur une vexation liée à la conquête de l'espace. Celle du Président Eisenhower découvrant le lancement du premier satellite artificiel russe Spoutnik. Se tournant alors vers son – malheureux – secrétaire de la Défense il lui lance : « *Je ne veux plus être surpris de la sorte une nouvelle fois.* » À la suite de cette cuisante déconvenue l'Arpa est créée. Cette agence sera à l'origine de l'ancêtre d'Internet, Arapanet. S'ensuit tout un développement aussi fastidieux que compliqué et auquel je n'entends goutte – notamment l'apparition d'un procédé original de transmission de l'information : la « commutation par paquet » et d'un nouveau concept d'architecture du réseau, fonctionnant non plus à partir d'un ou de plusieurs nœuds centraux, mais tissé d'une multitude de connexions de nœuds reliés entre eux et qui me paraît l'aspect réellement fondateur de toute cette histoire.

Le *Web*, la Toile, est né.

Le terme *Cyber espace* est employé pour la première fois par William Gibson dans son livre *Neuromancer* en 1984.

Non loin de moi, la personne qui mangeait un nauséabond sandwich s'est endormie et ronfle doucement, bouche ouverte, nous faisant profiter de toute l'intimité des débuts de sa digestion.

D'après un philosophe spécialisé dans l'enseignement de la cyber culture nous sommes confrontés à un *deuxième déluge* (le premier étant bien sûr celui qu'ont dû essuyer Noé et son arche) constitué cette fois par une surabondance d'informations et de savoir – à rapprocher, même s'il ne le dit pas, de la carence de *sens* dont souffre notre société ? Cette profusion d'accès aux multiplicités de la connaissance en induit une mise en perspective plurale. Plus de théorie de la naissance de l'univers uniforme et rabougri. Foin de Dieu unique. Plus de point de vue dominant et de proposition réductrice concernant tel ou tel point de notre histoire. Tout et son contraire sont désormais accessibles et font jeu égal dans ces merveilles de la pensée qui sont maintenant offertes – souvent gracieusement – aux internautes.

Vive le Net. Vive la Cyber Démocratie. Vive le Cyber Savoir.

Une réserve toutefois, celle de la *fracture numérique.* N'oublions pas ceux (les pauvres, les peuplades encore à demi sauvage du tiers-monde) que la magie du Net n'a pas atteints.

Dernier point –, il le rappelle en fin d'interview – Internet ne remplacera pas non plus un travail personnel. Ce n'est bien sûr, précise-t-il, qu'un outil.

Mon esprit continue de vagabonder, dérivant sur les graphiques reproduits dans ce numéro hors série de *Science & Vie* et présentant la carte du Net et les mondes virtuels. Certains seraient, d'après la légende, plus étendus que la Californie. J'essaye de concrétiser ce genre d'image, un territoire plus grand que la Californie mais qui en fait n'existe pas *vraiment*. Mais qui existe quand même puisque on peut en parler, y aller, y effectuer un certain nombre d'opérations.

Provoqué par l'accélération stroboscopique des rayons du soleil à travers le triple vitrage du compartiment, et peut-être aussi à cause de la difficulté de mentaliser ce genre de concept (la matérialisation de la virtualité), j'ai un début d'étourdissement.

J'ai l'impression que je suis tout simplement en train de muter. De devenir une *cyber-personne.* C'est à la fois drôle et effrayant.

Je clique sur des parties de moi-même, ou du mur du compartiment, et des images se mettent à sortir du néant et à venir tournoyer dans les airs, invisibles pour les autres, mais aussi présentes pour moi que si un convoi d'hologrammes avait envahi le compartiment puis le train s'engouffre dans un tunnel et la femme mangeuse de pâté se réveille brutalement et dit On arrive, on arrive, quelle heure il est ? comme si son retour parmi nous se faisait dans le fracas d'une minuscule rupture et plusieurs personnes s'agitent sans vraiment de raison, un bébé se met à crier, et je comprends que cette Magie Ineffable doit encore rester cachée et que notre lot est d'avancer pour un moment dans la poussière de la route et quand le train s'arrête nous restons de longues minutes avec les autres passagers debout, tassés entre les sièges et le couloir, parce que les portes sont bloquées et que la mécanique sophistiquée qui préside à leur ouverture est tombée en panne.

2.

La première chose qui me saute aux yeux, en m'engouffrant dans l'Enfer des Zombies c'est les affiches, en 4 x 3, le long du tapis roulant, WWW/ORANGE.SECT.COM L'EXPOSITION.

Les lettres se détachent dans le bas du cadre, en noir sur ce fond Orange absolu, et crèvent l'espace, clignotants incontournables défilant un par un dans un halo sinistre.

C'est... sidérant... je... pas de panique, je me répète, surtout pas de panique, mais les lettres sont toujours là, elles bougent, ondulent, tandis que je reste bêtement cramponné à la rampe de caoutchouc, fixant tantôt les affiches tantôt mon portable, qui m'indique *aucun accès* et qui m'aurait pourtant permis de prévenir Ronald, et c'est sous le choc de cette vision que j'arrive au bureau, où doit se tenir une importante réunion avec des investisseurs hollandais. Les premières paroles qui m'accueillent sont : Tu as vu orange.sect.com ? Pour nous c'est une catastrophe ! Une catastrophe atomique ! et c'est donc en effervescence, emporté par la décharge d'adrénaline de la frayeur la plus absolue que je glapis Vous aussi ? Vous aussi ? comprenant soudain que le mal est en train de gagner et que d'autres que moi le perçoivent et il me faut un bon quart d'heure pour réaliser qu'orange.sect.com s'annonce comme un site concurrent d'ArtZap, qu'il s'agit également d'un site d'art contemporain, avec plus ou moins la même vocation que le nôtre, mais lancé par des concurrents ayant pour eux une masse de capitaux et de moyens disproportionnés par rapport à ce dont nous disposons et qu'il s'agit peut-être tout simplement d'une coïncidence, rien à voir – peut-être – avec cette entité sinistre qui flotte autour de moi sans vraiment se dévoiler depuis le début de mes pérégrinations dans les coulisses étranges du Monde Bizarre et dont l'aura maléfique aurait déjà empêché l'Humanité il y a six millénaires de prétendre au franchissement d'une étape supplémentaire.

3.

Je suis très vite obligé de me reprendre d'autant que les Hollandais sont en avance – bévue de la secrétaire d'ArtZap ou tactique de leur part, peu importe – et poireautent dans le hall en regardant des vidéos.

L'ambiance de la réunion est morose.

Elle se déroule moitié en anglais, moitié en français.

Les Hollandais ne sont pas au courant de cette traîtrise du sort qui vient de nous échoir sous la forme d'une attaque occulte, mais ils se rendent bien compte qu'il se passe quelque chose de contraire et d'inattendu.

Jean-Paul, qui mène la discussion – son père devait être présent en tant que conseil mais il s'est désisté au dernier moment, jugeant qu'il fallait maintenant « que nous fassions nos preuves par nous-mêmes », et m'incluant dans ce challenge – roule des yeux en billes de loto et hoche la tête à tout bout de champ, comme s'il ne pouvait qu'approuver à chaque question, alors qu'il devrait plutôt monter au filet et rayonner de ce dynamisme si envoûtant qui a fait pleuvoir les mannes financières un peu partout dans le monde depuis un an. À certains moments il bégaye en anglais. D'autre part… il transpire abondamment.

Ses deux acolytes ne sont guère plus brillants. Quand un des Hollandais veut savoir si cette histoire de droits est bien en train de se régler, les initiateurs d'ArtZap se contredisent. L'un dit Yes, of course, en même temps que l'autre rougit et annonce : Pas tout à fait, nous étudions actuellement une possibilité de passer outre, ce qui fait plus que tiquer les Hollandais. Pour finir, après trois heures de réunion où sont passés au crible l'ébauche de bilan provisoire, les investissements déjà allègrement cramés et les pertes envisagées pour les exercices suivants – personne dans l'e.économie n'a encore la naïveté de parler de profits, tout cela reste très… virtuel – nous leur faisons faire le tour du propriétaire : extraordinaires bureaux, quelques œuvres d'art au mur, moquette mousseline – malheureusement déjà maculée d'éclaboussures de champagne –, écran I-Mac de couleur violette et verte, et là, soudain, patatras, c'est la couille ! Dans la dernière pièce, celle où trône le ministudio son avec le DD1500 dernier cri et tout le matériel habillage-son qui fait – entre autres – la fierté d'ArtZap, nous découvrons le corps sans vie de Mèches Vertes, victime d'un surdosage de drogue (une seringue et un paquet à demi ouvert ont roulé sur la moquette).

Comble de malchance, avant d'essayer de mourir comme ça bêtement son organisme dans un spasme a rejeté le contenu de son estomac sans aucun discernement si bien que non seulement nous sommes face à ce qui nous apparaît comme un cadavre mais en plus un cadavre qui empeste une épouvantable odeur de vomi.

— Aah, meugle Jean-Paul, butant sur l'overdosé, aaah !

Les autres se penchent. Cris. Hurlements. Panique vers un téléphone. Mouvement des Hollandais qui en un éclair imaginent la police arrivant et bien sûr le scandale – ils sont hollandais et les Hollandais ont toujours de la drogue, non ? c'est leur partie. Après examen plus poussé Mèches Vertes vit encore. Mais peut-être plus pour longtemps gémit une fille au bord de la crise d'hystérie. Que fait le Samu. Pas le Samu, dit un des copains de Mèches Vertes. Ils viennent toujours avec les poulets. Les pompiers, plutôt les pompiers. Les Hollandais s'éclipsent pendant que nous attendons l'ambulance.

— Alors, m'appelle sur mon portable le père de Jean-Paul, tout se passe bien, vous êtes toujours en réunion ?

Force m'est de lui avouer que non et que d'ailleurs tout ne s'est pas passé exactement selon nos vœux.

4.

Nous n'aurons des nouvelles de Mèches Vertes qu'en toute fin d'après-midi, les médecins sont catégoriques, il est hors de danger. Le père de Jean-Paul me rappelle, il voudrait me voir assez rapidement, juste tous les deux, afin de « parler ».

Le ton de sa voix est calme. Celui de quelqu'un habitué à ne céder ni à la panique ni au désespoir en cas de gros coup dur.

Après tout ce qui est en jeu c'est principalement de l'argent, non ?

Nous convenons d'un petit déjeuner.

J'ai appelé Ronald, qui a accueilli l'information – orange.sect.com – avec flegme, comme si tout cela ne le surprenait nullement. Il montera pour le cocktail de lancement qui a lieu les jours suivants – j'ai récupéré des cartons d'invitation.

Avant de décider de quelle manière je vais occuper ma soirée j'appelle Sarah. J'ai envie d'entendre le son de sa voix. Mais elle ne répond pas, il n'y a même pas le répondeur. Je repense à notre visite aux Angles et à la Substance dont sont faits le monde et les choses. Je raccroche et j'appelle Sylvie.

— J'étais sûre que tu allais m'appeler, m'annonce-t-elle, guillerette. Je pensais justement à toi.

Elle est d'accord pour me retrouver dans une demi-heure vers Beaubourg où elle doit terminer une réunion. En attendant je passe quelques coup de fil pour savoir ce qu'il en est de la fête d'orange.sect.com. Cette histoire commence à m'apparaître plus exaltante. Comme si après des études particulièrement pénibles j'étais sur le point d'en toucher les dividendes, de voir ce côté si rigolo, si *ludique*, du déroulement de l'Univers.

J'ai du mal à me l'avouer, mais je suis en pleine forme.

— C'est cool, alors, dit Sylvie, tout est bien qui finit bien.

— Comment ça finit? je la contre, j'espère que non, que ça commence à peine.

Elle sourit. Oui, tu as raison... – elle hésite – Mais tu crois que ça va être quoi? Le... ce qu'on appelle le... new age... l'Ère du Verseau?

À côté de nous quelqu'un s'interroge sur la situation de l'eau dans la capitale.

— Le... – je reste à la regarder bêtement – j'en sais rien, je finis par avouer, ce genre de truc c'est quand même fumeux.

— Oui, mais – elle insiste, s'accroche à sa théorie – regarde ce qui t'est arrivé, ce qu'essaie de faire Klingston, tout ce renouveau de la Sorcellerie, ça peut être un signe.

— Les Romains je suppose, répond l'interlocuteur des Aqueducs à la table d'à côté, je ne pense pas que les Gaulois étaient en mesure de mettre sur pied des chantiers aussi importants.

— Je ne sais pas, je dis encore, je ne sais même pas si ça peut être énoncé de cette manière. C'est plus...

— Subtil? – elle se gratte le nez, perplexe.

— Non, même pas, si je me réfère à ce... au... enfin à la vision que j'ai eue... c'est comme si nous étions les éléments d'une phase et que tout ce qui s'est passé jusqu'à maintenant, toutes nos souffrances, ce n'était que la phase d'écriture et que la signification ne va apparaître qu'ensuite, que c'est juste – je hausse les épaules, incapable de communiquer ce que j'ai en tête – une suite de métamorphoses quoi, c'est... on voit ça avec le petit bout de notre lorgnette mais ce point de vue est complètement ridicule, – je m'échauffe – même pas ridicule en fait, mais pas adapté, pas adapté du tout, alors ce truc de new age je pense que c'est… – je me mords les lèvres – un leurre de plus. Comme le Paradis. Comme la Terre Promise. Comme toutes les foutaises qui nous ont fait avancer. Ça fait partie du jeu.

Elle attend avant de répondre, digérant vraisemblablement avec peine ce que je viens de lui asséner. Un instant, à la place de son visage, je vois Sarah, hilare.

— Un leurre de plus ? – elle baisse la tête, fixe son assiette en dessinant dans le beurre d'ail de ses escargots aux pleurotes des arabesques – … mais… le… la… la notion d'identité, ou… – elle relève la tête, me lance un coup d'œil furibond comme si j'étais le responsable de cette incompréhension – ou même pas, ne parlons même pas d'identité, juste d'individualité. Qu'est-ce que c'est ? Une illusion ? je suis quoi ? Qu'est-ce qui est moi ? Qu'est-ce qui perdure ? On est quoi ? des esclaves ? Des veaux destinés à l'abattoir pour satisfaire une grande loi cosmique et le besoin en énergie des instances supérieures ? Il ne va rien rester, c'est ça ? On est juste une torche qui s'allume et basta ? On nous mène depuis le début avec des carottes et quand on n'aura plus besoin de nous on coupera le courant ou on nous mettra à la poubelle avec les autres ingrédients de l'Expérience.

Nos voisins sont des hommes politiques. J'ai déjà aperçu l'un d'eux à la télé. Il s'agit d'une figure de la Droite – qui est comme toujours opposée à la Gauche. Le malheureux essaie de redonner à ses troupes – laminées par les « affaires » – une apparence d'honnêteté et de rigueur. Je crois qu'un de ses conseillers, homosexuel, vient de démissionner en claquant la porte parce que le candidat « avait tenu des propos insultants sur la condition gay ». J'essaye de me rappeler en ouvrant le fichier « Bat-sex and drug » si c'est un coké, mais néant, rien n'apparaît.

— C'est… – je me sens désarmé pour répondre – ce que tu ressens c'est… c'est l'interrogation de base, c'est… c'est la révolte du croyant contre l'Éternel, c'est… je comprends – j'agite vigoureusement la tête de haut en bas pour confirmer mes propos – vraiment je comprends.

Elle finit ses escargots. Nous ne prenons pas de dessert.

Ensuite nous allons chez elle et je la baise, longtemps. Potentialisés par ces interrogations troublantes, nos sens se déchaînent. Qui sommes-nous, hein ? Qui est-ce qui jouit quand on baise ? Question de fond, non ?

5.

— Et tu l'as enculée ? m'interroge Ronald quand je le récupère gare Montparnasse, fidèle à sa tradition d'interrogatoire sexuel. Vous aviez du gel ?

Il y en avait effectivement dans un tiroir de la salle de bains.

— Ce n'est donc pas une néophyte. Tu vois – il agite ses jambes à l'arrière du taxi qui nous emmène chez moi – cette fille qui t'était apparue comme une sotte rougissante lors de tes réunions avec Klingston n'est en fait qu'une habile coquine.

À un feu rouge une femme tente de traverser, elle est déjà engagée sur le passage piétons mais le feu passe au vert alors qu'elle a à peine effectué le tiers du trajet et elle n'a pas le temps de se rejeter en arrière, elle essaye, mais le démarrage des voitures est trop brusque et elle rebondit sur le premier capot, tombe sur le bitume. Un par un tous les véhicules l'écrasent, avec une totale absence d'intérêt, sans que sa mort et son aplatissement ne suscitent la moindre curiosité – comment une plaque de chair entourée de nylon froissé pourrait-elle intéresser un assemblage de métal pétaradant ? – et bientôt il ne reste plus que cela, une crêpe parfaitement lisse, gardant juste le minimum d'épaisseur nécessaire à sa présence sur la terre. Un rond à peine coloré qui l'instant d'avant marchait et respirait. Cette scène imaginaire me procure un sentiment de malaise et je repense aux paroles de Sylvie et un peu avant que nous arrivions – la fête a lieu dans l'immense et magnifique galerie des Beaux-Arts – je redemande à Ronald : Mais vraiment nous ne sommes que ça, de l'énergie codée, on ne sert à rien d'autre qu'à véhiculer de l'information et à satisfaire des plans qui nous échappent ? Comme des esclaves ? mais il ne répond pas, il agite l'air avec sa main, comme pour m'indiquer à quel point je le fatigue.

6.

La grande banderole qui décore la façade côté quai de Seine est orange, de même que la tenue des hôtesses et l'éclairage diffus dans lequel baigne le décor.

Sylvie, à qui j'ai donné rendez-vous, nous attend devant la porte.

— Je crois que Klingston vient aussi, me souffle-t-elle, jetant sur Ronald des petits coups d'œil déconcertés. Louis m'a énormément parlé de vous, lui a lancé ce dernier en guise de salutation. Je suppose que vous êtes la célèbre Anus ?

La foule est nombreuse, celle que l'on peut espérer croiser dans ce genre de manifestation. Un peu vaine, urbaine, et convaincue d'être au cœur du Truc Important. Ce n'est pour une fois peut-être pas complètement faux.

Nous cherchons à nous rapprocher du buffet mais on nous indique qu'il n'y en a pas.

— Pas encore. En fait ils attendent certainement que nous ayons digéré l'exposition, hi, hi !

— Ah, fait Ronald. Parce qu'il y a une exposition. Où est-elle ?

— Je crois que c'est vers le fond, suppose Sylvie, et aussi dans la galerie autour, il faut monter.

Certaines personnes portent des loups orange. Des combinaisons en vinyle ou en latex orange. Des cagoules orange.

Nous nous frayons un chemin. Laissez passer les petites personnes, scande Ronald au fur et à mesure de sa progression. Ils sont infirmes et ont plus de mal que les autres. Nous arrivons au cœur du volcan. Une citation biblique projetée en lettres d'or sur une immense paroi de verre d'un orange monochrome explose sur un des murs.

Et Dieu dit : C'est ici le signe de l'alliance que j'établis entre moi et vous, et tous les êtres vivants qui sont avec vous, pour les générations à venir :

13 *J'ai placé mon arc dans la nue, et il servira d'alliance entre moi et la terre.*

14 *Quand j'aurai rassemblé des nuages au-dessus de la terre, l'arc paraîtra dans la nue.*

15 *Et je me souviendrai de mon alliance entre moi et vous, et tous les êtres vivants, de toute chair, et les eaux ne deviendront plus un déluge pour détruire toute chair.*

16 *L'arc sera dans la nue; et je le regarderai, pour me souvenir de l'alliance perpétuelle entre Dieu et tous les êtres vivants, de toute chair qui est sur la terre.*

17 *Et Dieu dit à Noé : Tel est le signe de l'alliance que j'établis entre moi et toute chair qui est sur la terre.*

Genèse 9 Noé et ses fils

Cette citation est elle-même superposée à une autre, qui semble la soutenir.

Je vous envoie Élie à nouveau avant la venue du Seigneur. Il nivellera les montagnes, il comblera la vallée, et il préparera la voie pour le rédempteur.

L'Évangile du Verseau.

Puis, non loin, une installation composée de trois moniteurs plaqués d'argent où sont diffusées des interviews de gens filmés au hasard dans la rue et ayant à s'exprimer sur les grands problèmes de notre temps.

« *Si la reprise économique serait une bonne chose ? Je pense bien, on ne serait plus obligés de donner la pièce à tous les crève-misère qui traînent gare de Lyon… mais vous savez tout ça c'était prévu, ç'avait été annoncé, dans les années 70 tous les voyants, les illuminés, parlaient de 84 comme des années terribles, eh bien 1984 ça été le début du sida et de tout un tas de marasmes, mais ils disaient aussi que ça ne durerait pas, qu'ensuite il y aurait un nouvel essor, quelque chose de plus transcendantal, un peu spirituel quoi, rien ne dit qu'ils vont pas avoir encore raison là-dessus, même si ça en fait ricaner certains.* »

(Extrait d'interview. France 3 Île-de-France, avril 1999)

« *Si j'ai été content de la victoire de la France à la coupe du monde de football en 1998 ?... bien sûr. Évidemment. Même si je ne m'intéressais pas vraiment au foot, mais c'était... c'était bien quoi... toute cette énergie, cet enthousiasme, je pense que c'est un signe d'évolution... c'est la preuve que l'on est capable de gérer autrement les pulsions violentes du monde, la guerre est toujours là c'est vrai, il y a toujours des choses horribles, mais on réussit quand même de temps en temps à organiser notre connerie autrement... ce truc de foot c'était comme une allégorie de la guerre, d'ailleurs les joueurs d'aujourd'hui sont comme les guerriers d'hier, Zidane et tout ça, c'est le chevalier Bayard, sauf qu'au lieu de tuer des gens il tape dans un ballon...* »

(Extrait d'interview. France 2. 1998)

« *Ce qui restera du* XX*e* *siècle ? ...c'est vaste, il y a eu tellement de choses... peut-être les sciences, ou l'Holocauste... non, à la réflexion ce qui me semble vraiment marquant c'est l'explosion de l'expression artistique, si on devait garder juste un élément c'est ça que je mettrais, la diffusion de l'expression artistique et sa mise au service de l'individu.* »

(Extrait d'interview. CNN. Début 1999)

Le fond de la salle est composé de quatre pièces.

Un grand Mickey de couleur vive peint sur le mur, aux prises avec son ennemi favori, le Fantôme Noir, entouré de cette légende.

Il se surnomme lui-même « le fantôme noir » et on le décrit comme une silhouette d'un noir d'encre dont on voit seulement les yeux ! Assez effrayant en vérité !

Mickey contre le fantôme noir. Walt Disney.

Une pierre noire posée sur un socle, qui ressemble à un morceau de charbon mais dont mon intuition me dit qu'elle contient, dans ses strates de carbone, une partie de la mémoire de la terre, et, lui faisant face, un bois gravé évoquant avec dévotion le règne du Seigneur des Mondes.

Il n'a ni commencement, ni milieu, ni fin.
Il est l'unique, l'omniprésent,
le merveilleux, la joie du cœur,
l'époux de la Paix-de-la-Nuit (Umâ),
le premier des dieux, le souverain suprême.
Il a trois yeux, le cou bleuté. Il est paisible.
Il est le créateur, le Seigneur-du-sommeil,
le souverain du Ciel, l'indestructible.
Rayonnant de lui-même au-dessus de tout
il est l'Immanent, le souffle vital,
le feu destructeur et l'oblation qu'il dévore.
Éternel, il est tout ce qui fut et sera.
Le connaissant on traverse la mort.
Il n'est pas d'autre voie qui mène
Vers la libération.
Kaivalya Upanishad, 6-9.

La dernière pièce est la reproduction d'une publicité pour un vêtement d'hiver. Un homme et une femme – beaux, éclatants de santé, souriants – volent dans l'espace sur un surf des neiges sous un slogan des plus convenus : « Aux limites de l'extrême ». Les combinaisons sont orange et rouge vif, griffées de l'emblème de la marque.

Soudain un chuintement strident nous enveloppe. Tout le monde se tait et regarde en l'air, déstabilisé par ce bruit de cataclysme imminent et dans ce saisissement une structure faite de caisses de plastique translucide dans lesquelles un homme et une femme nus enduits de graisse orange sont agenouillés apparaît comme sortie du ciel de la galerie.

— Mince, s'extasie Sylvie, d'une voix de cruche, c'est beau.

De la musique d'opéra rompt cet illusoire recueillement. La voix de la Callas traverse les airs, et les personnages dans leurs caisses commencent à aspirer un liquide orange par le biais d'un tuyau et d'un deuxième tuyau fixé à l'autre extrémité de leur corps (sortant, semble-t-il, *réellement* de leur dernière intimité) jaillit un autre liquide, orange lui aussi, qui doit être la continuité du premier, et dans cette allégorie de la transmutation digestive les cubes se mettent à tourner sur eux-mêmes, la voix de la Callas est subtilement agrémentée d'un rythme technoïde et puis tout devient un peu fou, les corps nus et orange dansent dans une reptation cinglée.

Cet appareillage – qui a dû demander une logistique de cirque pour être installé là – continue sa course irraisonnée une bonne demi-douzaine de minutes, agrémenté de rétroprojections représentant des photos de supermarchés et puis de nouveau tout disparaît et les éclairages orange se rallument. Une voix de robot dit dans les haut-parleurs Maintenant nous allons vous servir le buffet ! Maintenant vous allez pouvoir manger ! C'est à cet instant que je vois le chauve de la rue Quincampoix qui nous fixe, Ronald et moi. Klingston est à côté de lui.

— Au-dessus, je souffle à Ronald, un peu sur la gauche.

— Vu, sourit Ronald, le chauve avec des dents, on s'est déjà croisés, il est en cheville avec les Santo Daïmé du Brésil.

Le chauve fend la foule dans notre direction. L'assemblée d'invités est prestigieuse.

Il y a, outre les habitués de ce genre de raout – le rédacteur en chef de *Beaux Arts,* Fabrice Bousteau, la fondatrice de la revue d'art *Synesthésie sur Internet,* Anaïd Demir, la jeune critique d'art de la presse branchouille moulée dans une combinaison de cuir tendance, Emma Peel (!!!!! incroyable !!!!!) accompagnée d'Éric Troncy, l'un des directeurs du Consortium de Dijon, et d'Eva Svennung du Toasting Agency, Paul-Hervé Parsy, directeur du musée d'art contemporain de Strasbourg, et Jennifer Flay de la galerie du même nom dans une tenue panthère tout à fait seyante, mais aussi la crème des plus ou moins jeunes artistes français qui comptent comme Closky, Serge Comte ou Claude Lévêque et bien sûr les invariables parasites que l'on voit partout et dont on oublie invariablement les prénoms d'un vernissage à l'autre – un certain nombre d'artistes de stature internationale tels que Nobuvoshi Araki, John Armleder, Nan Goldin, Larry Clark, Jeff Koons (séparé de la Cicciolina depuis fort longtemps), Paul Mac Carthy, Mike Kelley, Christian Boltanski, Vanessa Beecroft, la pétillante Pipilotti Rist,

Matthew Barney (accompagné de Björk), les Frères Chapman, Cindy Sherman, Barbara Kruger, Raymond Hains, Sophie Calle, Wolfgang Tillmans, Dan Graham.

De plus, je réalise au vu du grand écran retransmettant des duplex que la même bamboula a lieu aux quatre coins de la planète (a eu lieu ou va avoir lieu selon les impératifs du décalage horaire). On voit donc soit une intendance en pleins préparatifs, soit au contraire une équipe de nettoyage se préparant à intervenir.

— Très, très content de vous voir ici, me serre chaleureusement la main le chauve, vraiment, vraiment très heureux.

— Nous aussi, couine Ronald, se renversant légèrement en arrière pour mieux voir son interlocuteur qui le domine de sa haute stature, Quelle performance, quel brio ! Nous sommes.. nous sommes... impressionnés, voilà, nous avons une .. impression très favorable.

— Oui, dit le chauve, c'est... impressionnant, vous avez raison – il sourit, ses dents saillent en avant de sa mâchoire d'un cran supplémentaire – nous les avons im-pres-ionnés, ah, ah.

Ah, ah, fait aussi Ronald, qui est habillé ce soir-là d'un costume coquille d'œuf – cravate rouge vif, motifs de tête de Vache qui Rit.

Le chauve se tourne vers moi : Vous... c'est suite à une réflexion que... vous avez pensé à notre discussion ?

C'est Ronald qui répond à ma place. Oui, il trouve ça nul. Il est choqué en fait que vous essayiez de le distraire bêtement de ce pourquoi il est là, mais comme il est muet il ne peut pas vous le dire lui-même.

Le chauve a l'air déconcerté par cette tirade, mais il se reprend immédiatement, son visage est grave Oh mais je comprends, bien sûr, c'est... je me suis peut-être mal... et puis il s'arrête, fixe Ronald et dit Vous... ça... et puis il a l'air de suffoquer, il tousse. Ronald le regarde d'un air navré. Sylvie qui était partie vers le buffet revient avec des verres. Le chauve est tout pâle. Je... il bredouille, je... mais il n'arrive pas à finir sa phrase, une nouvelle quinte le terrasse.

- Non mais, s'exclame Ronald, outré, regardez-moi ce petit bout d'homme. Ça a encore de la crotte au fond de la culotte et ça veut jouer les caïds !

Et là-dessus il ajoute Restez si vous voulez, moi je rentre me coucher. Tout autour de nous les gens s'extasient sur la qualité de la fête, l'énergie subtile qui s'en dégage et l'espèce de bien-être que l'on sent jaillir de partout. Je… je dis, je viens avec… mais il me repousse, dit, Non, pas question, tu as encore des gens à voir ce soir, et je le vois disparaître, les clefs de chez moi à la main, mettant vaguement au passage la main aux fesses à une femme de la galerie Yvon Lambert tandis que Sylvie me tire par la manche et Pourquoi il s'en va ? Pourquoi il s'en va ? Il y a eu un problème avec le chauve ? – qui a disparu de notre champ de vision, aspiré par la foule, peut-être en train d'étouffer dans un coin de la galerie – et… Klingston s'approche et Sylvie me serre la main plus fort.

— Vous devenez inséparables, dites-moi ?

C'est la première fois que nous nous recroisons depuis la nuit à porte Dorée.

— Je… c'est… Bêtement je dis : Enchanté, Louis.

Il fait de même, ricanant : Pareillement, Klingston !

Il regarde Sylvie. Glisse : Tu aurais pu appeler. Je sens les ongles de Sylvie s'incruster dans ma chair. La tête du chauve émerge de la foule. Il a l'air de s'être ressaisi. J'ai eu une longue discussion avec les gens du site, lance Klingston, c'est… intéressant !

— Ah, dit Sylvie, un peu perfide, je croyais qu'on n'était pas sur les mêmes postulats philosophiques.

— Oui – il hésite – philosophiquement… Sa phrase reste en suspend.

— Vous vous connaissez, bien sûr, fait le chauve, revenant vers nous. C'est… vous passez une bonne soirée ?

Nous hochons tous la tête.

— Votre ami… le… enfin il est… parti ? J'acquiesce. Il dit, encore sous le choc : Puissant, hein ? – prenant les autres à témoin comme s'ils pouvaient en savoir quelque chose – vraiment puissant… J'ai cru qu'il allait me… Klingston glousse : C'est Archignac, c'est quand même pas de la petite bière ! Ah, oui, Archignac, hoche le chauve – son crâne luisant brille dans la lumière de l'hologramme orange.sect.com – j'en ai beaucoup entendu parler. Il se tourne vers Sylvie et moi. En tout cas, vous pouvez constater que nous ne sommes pas aussi diaboliques que nous a dépeints la légende. Sylvie est en retrait, figée comme sous le regard d'un serpent. Comment ça? je demande. Eh bien, dit le chauve, ce que d'aucuns ont montré du doigt comme l'asservissement des faibles au profit des forts a quand même servi à l'élévation du plus grand nombre.

Sylvie rit, hors de propos. Elle éructe : Je suis celui qui éternellement veut le mal et éternellement fait le bien ! Chauve – qui s'appelle Philippe-Edmond d'Anglade –, ne relève pas. Je veux dire… – il cherche ses mots – on ne peut plus être dans des représentations aussi… – maintenant l'hologramme apparaît et disparaît – moyenâgeuses.

Il continue : On est à l'heure d'Internet, c'est… – il renifle comme s'il était coké – les opérations avec les Autres Mondes risquent de devenir monnaie courante et cette technologie nous la possédons parfaitement, pourquoi ne pas tenir compte de tous ces paramètres plutôt que… plutôt que de se draper dans je ne sais quelle posture morale d'un… d'un autre temps? – il souffle – … la sorcellerie… Tout le monde sait qu'il s'agit avant tout de technologie, pourquoi diaboliser systématiquement?

La femme de tout à l'heure vient se coller à lui et l'informe qu'un journaliste de *L'Express* souhaiterait lui parler. Il prend congé en nous donnant sa carte. Il dit – à mon intention – J'aimerais beaucoup que l'on prenne le temps de faire un peu connaissance, tout cela est un… – je suis sûr qu'il est coké – de l'ordre d'un malentendu …

Au moment où nous quittons les lieux, Sylvie et moi, une silhouette moulée dans une combinaison orange recouverte de hiéroglyphes hulule un long poème d'immortalité sur une ligne de basse à vous fracasser la cage thoracique.

Je trouve que c'est la seule faute de goût de la manifestation.

7.

Nous prenons un taxi. Le chauffeur est abruti d'alcool. Quand nous montons il se penche sur le siège passager et enferme dans une boîte en plastique un morceau de velours.

— Mais... je veux dire... tu... qu'est-ce que ça représente pour toi la Secte Orange ?

Elle se passe la main dans les cheveux. Me regarde comme si ma question était dénuée de sens. Finit par dire Vraiment... – et je crains qu'elle me sorte encore quelque chose du genre Ô Louis ce que tu peux être déconcertant... – mais elle dit juste Tu sais quoi, toi, exactement ? Ce qui a pour effet de me renvoyer dans mes buts et du coup c'est moi qui répète Ce que je sais ? C'est ... fragmentaire... j'ai... une vision forte mais pas...

— Globale ? elle propose, c'est ça que tu veux dire ?

— Non, je réponds, pas globale, globale je l'ai, mais c'est les détails précis, sur la Secte Orange il me manque des éléments, j'ai l'essentiel mais je serais curieux d'avoir...

Elle sourit, compréhensive.

— Un autre avis ?

Le taxi arrivant à Châtelet nous demande si on préfère prendre le souterrain ou les quais. Je dis Le souterrain, c'est parfait.

— C'est... – elle hésite – ça date de l'Égypte. Les prêtres étaient arrivés à un degré de maîtrise très élevé, ils... ils naviguaient sans problème d'un monde à l'autre, ils... – elle se mord les lèvres – c'était... ils en conçurent un sentiment absurde de Toute-Puissance, ils ont... c'était pile le moment d'un avancement possible, l'univers fonctionne selon des cycles, comme les saisons, nous pouvions passer un cran supplémentaire et faire franchir à l'humanité une marche... intéressante, enfin salutaire, et c'était le rôle de ceux qui étaient en avance, les premiers à parvenir en haut de la pyramide et...

— Et... ? je la presse.

— Et ça se passe comme un référendum, c est un vote énergétique, si l'on pousse d'un côté on bascule en avant et si c'est de l'autre c'est... l'inverse, on repart pour un cycle. Les prêtres étaient... c'était le soleil, c'était... les pyramides étaient recouvertes d'or. Les gens étaient ivres de ça, même ceux qui n'étaient pas directement dans le cercle intérieur. Les prêtres se sont aperçus qu'ils risquaient de perdre leurs... que s'ils avançaient eux allaient retourner au départ, ils allaient disparaître dans – elle a un geste aussi vague qu'éloquent – dans le Cosmos, dans la Pâte de l'Origine et renoncer à ce qui les constituait, ce qu'on appellerait leur identité mais c'est plus que ça, ce n'est plus vraiment l'Ego, c'est de la lumière pure mais d'une certaine façon c'est encore Toi.

— Alors?

— Alors certains d'entre eux ont trouvé une technique pour ne pas avancer, pour rester à la crête de cette lumière, exactement comme un surfer qui réussirait à tournoyer à l'infini en haut de la vague sans jamais redescendre – ET-LES PRÊTRES-REFUSANT L'HEURE INÉVITABLE-DE LEURS FINS-CRÉÈRENT-DES-ENTITÉS-INTERMÉDIAIRES-ET RIRENT – le problème étant qu'ils avaient besoin d'énergie en permanence pour alimenter ce mouvement…

Je dois la regarder avec des yeux ahuris. Le chauffeur a sorti de sa boîte en plastique son bout de velours et se tamponne le front avec. Je réalise que nous sommes arrêtés derrière un camion de poubelles.

— … c'est là où le bât blesse, cette énergie il fallait bien la trouver, ils l'ont prise où ils pouvaient.

— C'est-à-dire? je fais, pas sûr de comprendre.

— Ils se sont servis des flux qui agitaient la terre, de la barbarie des gens, ils l'ont encouragée, ils ont… ils nous ont sucés comme des poulets qu'on égorge, jusqu'à plus soif – ET-SERTIRENT-LEURS-TRÔNES-DES-DIAMANTS-NOIRS-DU-MAL – c'est eux qui ont alimenté les guerres, les tensions, ils n'étaient pas assez puissants pour les provoquer mais ils s'en sont servi, ils ont… – elle secoue la tête – ils ont créé dans l'Astral des systèmes inouïs, des dérivations, des formes, uniquement pour Eux, uniquement dans le but de continuer leurs expériences folles.

— Mais, je balbutie – le camion de poubelles vient de consentir à s'ébranler pesamment, son gyrophare inonde le début de la rue Étienne-Marcel d'un signal de danger – et la Secte Orange?

Elle se mord les lèvres : Tu sais bien que tous les Mondes sont en correspondance, ils sont obligés de garder une incarnation ici, il faut qu'il y ait une manifestation visible sinon ça ne marche pas, c'est la Loi, même eux n'y échappent pas. Et…

Le chauffeur enclenche une cassette dans le lecteur

— Nous arrivons à un nouveau croisement, nous... c'est de nouveau le moment d'un référendum. C'est... le début du troisième millénaire, les douze premières années et les trois premiers siècles, on... c'est maintenant!

Une chanson de Dalida envahit l'arrière de la voiture, *Comme disait la Mistinguette Je suis comme le Bon Dieu m'a faite.* Ce n'est pas trop fort? s'inquiète le chauffeur. Vous voulez que je baisse? Cette allusion au Bon Dieu me terrifie.

8.

Sur le palier, pendant qu'elle ouvre la porte de son appartement, je laisse un message à Ronald, l'informant que je découche, comme un fils à son père inquiet. Je me sens complètement flagada. L'espèce de supra-dynamisme qui m'avait enveloppé pendant tout le vernissage est retombé. Je ne sais plus quoi penser. J'ai des idées saugrenues, qui frôlent la paranoïde. Le camion de poubelles arrêté tout à l'heure ne l'était pas par hasard. C'était une manœuvre destinée à nous immobiliser pour mieux nous irradier avec des rayons gamma.com (capables de vous pomper votre moelle vitale en un clin d'œil). D'ailleurs le général de Gaulle était un agent de la Secte Orange. Son fils le révèle dans ses *Mémoires* mais ce passage a mystérieusement disparu de la version publiée. Les gens ne sont pas vraiment des gens mais des bactéries. La Secte Orange est un laboratoire de recherches expérimentant un nouveau traitement sur la Terre. Sur le sol, posé à côté de la soucoupe du chat je vois un petit hippocampe vert fluo. Il doit s'agir d'un rituel extra-terrestre. C'est quoi? je demande, Un hippocampe? et Sylvie répond, en allumant la lumière de la cuisine et en sortant une boîte pour le chat qui miaule, Non, une girafe vénusienne, mais pour l'instant elle a pris la forme d'un hippocampe.

9.

Allongé sur le dos, à côté d'elle qui elle aussi regarde le plafond – nous n'avons pas baisé, je suis complètement vidé, incapable de la moindre pulsion – je dis Mais en fait c'est le mythe des Vampires, c'est exactement le mythe des Vampires, rien d'autre, et elle en convient, m'expliquant qu'il avait fallu des siècles pour divulguer sous forme de légendes et de romans cet état de fait, et qu'ainsi, l'ennemi clairement montré du doigt, il allait être possible de l'éradiquer, et je me prends la tête dans les mains et je répète Mais alors c'est toujours un combat, c'est toujours un combat ! et l'écran de télévision dont le son est coupé diffuse une image atroce de guerre et d'enfant lapidé aux portes de Jérusalem.

10.

— Désolé, je dis, j'ai cinq minutes de retard. J'ai... pas beaucoup dormi quoi, du coup ce matin la... le... speed.

Le père de Jean-Paul (qui s'appelle Christian) efface mon malaise d'un petit geste de la main. Pas de problème, j'arrive juste.

J'essaye de voir si le serveur a des dents anormalement longues mais elles restent cachées.

— J'ai eu des nouvelles, par la bande bien sûr, des Canadiens, enfin des Hollandais, c'est ça ? Hollandais ? – un son curieux s'échappe de ses lèvres, popopop – ce n'est pas...

Fameux ? je risque.

— Non, évidemment, vous vous doutez bien qu'avec les e.investissements qui sont partout revus à la baisse le drogué en manque dans la salle de bains...

— Overdose, je rectifie, pas en manque, overdose, et il était dans le studio son, pas dans la salle de bains.

— Oui, et bien encore pire, hein, vous imaginez le tableau... l'overdose sur la chaîne stéréo c'était la cerise sur le gâteau.

J'opte pour un air non pas concerné, – après tout que les Hollandais n'investissent pas je m'en contre-fiche, je suis avant tout « regard extérieur » –, mais plutôt (je me compose une petite mimique de circonstance) « au fait du truc et quand même un peu partie prenante ».

— Et les partenaires ? je hasarde donc. Ils. . comment voient-ils les choses ?

Le serveur dépose le plateau. Un peu de café éclabousse la table. Dites-moi, soupire le père de Jean-Paul sans me répondre, puis-je vous poser une question ? Le serveur installe les tasses. Une partie de la viennoiserie chavire et atterrit sur la banquette. Ce n'est pas grave dit mon interlocuteur, visiblement agacé, merci beaucoup. Je déplie ma serviette et tapote sur le bord des œufs coques.

— Mon fils… mon fils et ses.. cob… ses collabo… son équipe, vous les évaluez, enfin les rangez dans quelle catégorie – il se bouche le nez, a un petit mouvement contrarié de la tête : les… Branleurs, aussi sympathiques soient-ils, ou les Bosseurs ?

J'avale une gorgée de café. Je… suppose que cela fait partie de ma mission d'être capable de vous donner une réponse précise sur ce point ? Il en convient. Eh bien, voyez-vous, je… – le café est brûlant, je me rabats sur l'orange pressée – il est difficile de porter un jugement… heu… global, c'est effectivement une équipe, mais c'est très…

— Jeune ? vole à mon secours père de Jean-Paul. Inexpérimentée ?

— Forcément, j'assène. Jean-Paul est visiblement quelqu'un qui a l'étoffe d'un manager, mais…

— Les autres, hein… c'est la drogue, c'est ça ? – il se mordille les lèvres – Ils ont shooté tout le pognon dans des raves ? – il prononce comme moi à la française, non pas rèève, mais r-a-ve – C'est juste le Cheveux Teints ou tout le monde y va franchement ?

Il me prend de court. Je ne sais pas trop quoi lui dire.

— Sur ce point je ne sais pas, suis-je obligé d'avouer, j'ai découvert le problème de drogue en même temps que l'incident du studio son, avec les… Hollandais, surprise quoi, mauvaise surprise… non, ce que par contre je peux vous dire c'est que les enjeux et les difficultés de l'entreprise n'ont pas été totalement mesurés en amont.

— Soyez plus précis.

— Les droits. Les droits de reproduction des œuvres. C'est un travail colossal déjà de contacter les personnes concernées, mais en plus de vouloir les rassembler, d'obtenir leur accord, c'est très… c'est un beau projet mais qui .. qui va vouloir comme ça s'inféoder à une structure, enfin, si, bien sûr c'est possible, mais pas… manque de crédibilité je pense… et aussi… des projets concurrents, similaires, sur la même… niche. Hier soir c'est Secte Orange, demain c'est Christies, c'est Pinault, c'est les Américains, c'est Arnault, c'est Sotheby's.

— Alors il faut vendre, tranche soudain Christian, et sa chevalière en or vient taper sur le bord du marbre de la table. Vendre avant que ce soit la débandade complète. Qu'y a-t-il de… concret… dont on puisse… – son visage a retrouvé l'air décidé du capitaine d'industrie – enfin je veux dire quelqu'un aujourd'hui qui achète artzap.com achète quoi ?

J'avoue que je suis assez perplexe quant à la réponse que je pourrais lui fournir.

11.

Je dis à Ronald que j'ai l'impression de nager en pleine fantasmagorie. Il ne se formalise pas de mes commentaires. Il sourit. De la SF, hein. Bien sûr. C'est tout à fait cela. Des fariboles. Des élucubrations. Il sourit encore. Et à ton avis Jules Verne au début du XXe siècle c'était quoi ? De l'anticipation de qualité ? Des rêves ? Un hurluberlu qui cherchait à se rendre intéressant ?

Non, je dis, un peu gêné, pas tout à fait, c'était surtout un… un visionnaire, non ?

Il approuve. J'ai l'impression d'être en train de repasser un examen qui était pourtant acquis après avoir malencontreusement proféré une bourde.

Tu penses que le train dans lequel on roule vient d'où ? – nous sommes de nouveau dans le TGV, en route pour Archignac – De l'usine ? Des ateliers de fabrication ?

Je… oui dans une certaine mesure, évidemment, ce train a été fabriqué, enfin je veux dire c'est une… enfin c'est réel, à moins que la réalité ne soit pas la réalité mais ce train roule, il…

— Il va vite ?

Oui, je… – sa main passe et repasse devant mes yeux, peut-être veut-il mimer le train, son mouvement ? – bien sûr, oui, très vite – je me ressaisis – évidemment c'est un TGV.

— Avant d'être fabriqué dans un atelier ce train vient d'où ?

— D'où ?

— Oui.

— ...? ... je ne sais pas, c'est... une... c'est la SNCF qui... je suppose qu'il y a un système de commande, de... c'est ...

— Pfffff, fait Ronald, c'est pas possible que tu sois bouché comme ça. Enfin, tout ce que tu vois est né où, sur la planète Mars ?

— Non, je dis, me mobilisant, dans l'esprit de l'homme.

— Bien – il respire profondément – mon Dieu, quand je pense que Sarah me soutient que tu n'es pas dénué d'intelligence... évidemment dans l'esprit de l'homme, et qu'est-ce qui l'influence l'esprit de l'homme, le Saint-Esprit ?

— Oui, je bondis, maintenant convaincu, le Saint-Esprit.

Il se prend le visage dans les mains. Seigneur. Et la Vierge ? Pourquoi pas la Vierge ? Il me regarde. Ce qui influence l'esprit de l'homme c'est la Culture. L'Art. La Littérature. Le Cinéma. Les Histoires. Pour qu'un concept ou une idée prenne corps il faut qu'elle ait été auparavant installée, rodée, testée. Rien n'apparaît comme ça, pof, d'un coup, même pas le Saint-Esprit. Tu t'imagines quoi, qu'on vit dans un monde magique ?

Je bafouille : Non, non, pas magique, mais étrange, oui, de plus en plus.

Alors voilà, conclut Ronald, la SF, les histoires farfelues, la Secte Orange, c'est juste des schèmes qu'on installe pour que les Moldus n'aient pas l'air trop glands quand elles leur arriveront vraiment. Compris ?

Oui, je bredouille, compris, bien sûr, compris !

Le jeu vidéo est un environnement informatique qui reproduit sur un écran un jeu dont les règles ont été programmées. L'ordinateur compare les actions du joueur avec ces règles, les valide ou les rejette.

Chapitre 16

Les moustaches du chat

On ne peut les concevoir autrement que sur le modèle d'une graine qui tombe de l'arbre dans la terre et qui, grâce au dynamisme de la nature, donne naissance à un arbre.

1.

— Oui, dit Sarah, bonne idée, récapitulons.

Nous sommes dans une maison du village de Goröm, celle correspondant au café-tabac-épicerie d'Archignac. Dehors s'agitent un certain nombre d'habitants d'Archignac, tous vêtus de leur Tierce. Sarah a son costume de fée et Ronald son monsieur Loyal. Quant à moi je porte, non sans fierté, ma panoplie de Oui-Oui.

— Donc tu t'appelles...

— Louis... Louis Dieutre...

— Tu es à l'évidence un...

— Humain, je fais, je suis un humain. J'ai une identité définie et une filiation qui constitue une partie de mon histoire personnelle.

— Bien, dit Sarah, qui semble approuver le côté déterminé de mes réponses. Histoire personnelle... Parfait.

Nous sommes sur une estrade. Le décor rappelle celui d'un jeu télévisé. D'ailleurs Ronald est coincé entre un gros champignon sur lequel il va appuyer si mes réponses sont correctes et une roue de la fortune multicolore.

— Tu es donc élevé en partie par ta grand-mère qui entretient une fascination morbide pour un de ses fils décédé et à l'âge de quatorze ans tu commets un meurtre qui te conduit en prison où tu vas passer une grande partie de ta jeunesse ?

— C'est exact, je réponds, maintenant souriant. Tout à fait.

— Tu vas, lors de ta détention, te familiariser avec différentes branches de la Connaissance, à travers des prises de LSD, une psychothérapie inspirée d'Otto Muehl, mais aussi en te connectant avec les mythes fondateurs du système dont tu es issu grâce à la lecture répétée du *Seigneur des Anneaux* (en référence duquel tu instaures avec tes camarades de cellule la Confrérie de l'Acide), et enfin, après un engouement pour la bande dessinée tu décides de tenter une maîtrise d'histoire de l'art, qui te permettra ensuite d'intégrer la multinationale Source où tu crées une fondation d'art contemporain, fondation dont le rôle occulte est de camoufler des transferts de fonds à destination des pays africains.

— Encore exact, souris-je, absolument.

Mon costume de Oui-Oui n'est pas encore bien fait, il me gêne quand je bouge. La voix de Sarah s'accélère, comme certains présentateurs lorsqu'ils énoncent le CV des candidats.

— Peu avant le réveillon de l'an 2000 les choses se précipitent. Ton protecteur, rencontré en prison et qui est à l'origine de ton essor dans le groupe Source, se suicide et de mystérieux « agents secrets » viennent t'interroger sur ton rôle dans les « affaires ».

Je confirme une nouvelle fois.

— Le soir du réveillon tu te rends dans une soirée où officie un de ces nouveaux mages de l'art contemporain qui t'a précédemment proposé un « jeu artistique » auquel tu as accepté de participer. Le thème qui t'a échu a pour titre générique Classification et Morcellement et tu es chargé d'une caisse en carton en contenant les éléments.

Au cours de cette soirée – sa voix enfle de plus belle – tu vas casser une statue du XIIIe siècle ayant appartenu à un sorcier africain et découvrir qu'un des directeurs généraux de Source vient d'être assassiné avec sa famille. Question Louis – sa voix se stabilise :

— Où est passé le carton contenant Classification et Morcellement ?

J'en reste abasourdi. Où était passé ce foutu carton ? Heu… je fais, c'est une sacrément bonne question.

Ronald, sérieux comme un pape, tape sur une petite clochette qui fait ting-ting.

— Langue au chat, je finis par dire. Complète langue au chat. Mystère. Klingston peut-être ? ou alors… Anu… Sylvie quoi, je peux demander à Sylvie.

La voix de Sarah reprend.

— Profondément bouleversé par le déroulement de cette soirée tu as une… absence et nous te retrouvons roulant sur une autoroute déserte, d'ailleurs fermée à cause de la tempête mais sur laquelle tu as réussi à t'engouffrer. Au cours de cette descente hallucinante pendant laquelle il sera question tout à la fois d'Henri Michaux et des états de conscience altérée, de nazis, de Khmers rouges et de rois de France décapités tes points de repère habituels s'estompent. Tu es la proie d'une panique liée à l'assassinat du directeur général de Source qui te conduit à développer une… – elle fait claquer le bout de sa langue entre ses lèvres comme si à ce moment-là j'avais, elle était désolée d'avoir à le constater, merdé – une bouffée délirante Louis, à ce moment cliniquement tu étais complètement cinglé !

— Vraiment ? je dis, rétrospectivement inquiet.

Ronald confirme. D'un point de vue clinique oui. Schizophrénie, psychose, troubles de la personnalité, c'était… tu étais altéré quoi. Carrément altéré.

— Bien, reprend Sarah, avant que nous allions plus loin, une question :

Qu'as-tu fait pendant tes vingt-quatre heures d'inconscience ?

Je hoche la tête doucement. Là encore bonne question. Sacrément bonne question que je me suis posée moi-même un certain nombre de fois. Je suis arrivé à Bordeaux le 2. Qu'est-ce que j'ai pu branler le 1er janvier 2000 toute la journée ?

Ronald fait des gestes expressifs avec ses mains, comme pour en remettre une couche. Perdu la boule. Il avait perdu la boule.

Je sais pas, je dis, c'est comme si… comme si… j'ai un truc de bloqué, c'est verrouillé, je… et je suis en train d'imaginer le pire, que des forces ont abusé de moi, que Klingston s'est servi de cette période de latence pour faire je ne sais quoi et finalement une image vient flotter devant mes yeux, moi recroquevillé sur la tombe où je me rendais enfant avec ma grand-mère, et y restant une grande partie de ce premier jour du nouveau millénaire, et à la fin me faisant chasser par un gardien.

— Bien, dit Sarah, ensuite…

— Ensuite…, je pouffe carrément, ensuite eh bien… situation folle quoi, truc de dingue complet…

— Ensuite tu es confronté à une série de situations étranges, toujours dans un contexte psychologique perturbé, tu te réfugies, alors que la région souffre encore des conséquences de la tempête, dans un hôtel dont la publicité t'a semblé rassurante. Tu es arrivé…

— À Archignac, je fais, content d'être maintenant à cette partie de l'histoire et un peu anxieux tout de même. En fait c'est comme si j'avais traversé une sorte de tunnel … – je rassemble mes idées – et que je sois arrivé sur une autre rive, d'ailleurs j'ai pris un bac, c'est… je pense symbolique aussi, même si c'est une symbolique un peu facile, c'est… ça a fonctionné et quand j'arrive…

— Quand tu arrives Archignac est en deuil et tu découvres, stupéfait, une population villageoise entièrement déguisée pour la circonstance.

Je ris. Oui, c'était drôle, ce carrosse, ces… vous tous, quoi, avec les… les gens anormaux, c'était, … avec la fatigue, … spectacle ahurissant, carnaval quoi, moyenâgeux… avec Babar et l'Enfant-Trompette, pff, folie complète.

— Folie complète effectivement, c'est d'ailleurs le sentiment que tu vas éprouver. Ta voiture souffrant d'un ennui mécanique et le village se trouvant coupé du reste du monde toujours du fait de la tempête il te faut prendre ton mal en patience et accepter de passer plusieurs jours cloîtré dans ta chambre d'hôtel.

— Et après j'assiste au meurtre, et ça – j'opine vigoureusement pour bien montrer que j'aimerais que l'on s'arrête sur ce point – pas d'explication, quoi, rien de... que... quel?... pourquoi quoi? ... dans quel but?

Silence des deux. Ronald baisse la tête, un peu gêné.

C'est moi qui reprends.

— Je veux dire c'est... est-ce que c'était *vraiment* réel? ou...

Sarah, elle, soutient mon regard, comme pour dire que ce point sera élucidé plus tard. Elle poursuit :

— Suite à cette scène ton déséquilibre psychologique est tel que tu acceptes de te... reposer et de commencer un travail psychologique avec le docteur Aïm. Ce travail est dans un premier temps fructueux, jusqu'à ce que tu te rendes compte que le docteur Aïm se paye ta tête et essaye de te faire croire que tu n'es pas vraiment toi-même. Par un effet de réaction bien compréhensible tu réintègres alors ta personnalité et quittes avec perte et fracas l'établissement. Question :

Quel travail Aïm t'a-t-il permis d'effectuer en partant du postulat que ce que tu croyais être toi ne l'était pas véritablement?

Cette fois je peux répondre. C'est simple, je dis, après avoir circulé à travers les détails de mon histoire j'ai pu d'abord m'en détacher et ensuite revenir à ce qu'on peut appeler le Moi de manière plus structurée – Ronald appuie sur le champignon, qui fait pouët – enfin, pas pour...

— Pas pour longtemps car aussitôt cette échappée consommée le destin te rattrape, en descendant de voiture afin d'uriner tu es soudain interpellé par les gendarmes à quelques mètres du cadavre d'un pré-adolescent qui vient d'être violé.

— Erreur, je glapis, c'était une mise en scène, c'était – toute l'amertume qui me reste encore de cette partie atroce de l'histoire rejaillit en bloc – n'importe quoi, c'était juste – je me mets à rire hystériquement – enfin vous le savez très bien j'ai été le jouet de choses qui me dépassent complètement, j'ai été... je suis... j'arrive à peine maintenant à... alors à l'époque... je...

Sarah n'a cure de mes protestations.

— Tu es immédiatement interné dans la section réservée aux fous dangereux, connue sous le nom de la Forteresse où tu vas vivre un...

— Un cauchemar, je crie presque, un cauchemar atroce, c'était... personne ne peut se rendre compte, personne!

— ... une véritable initiation, traversant des strates polluées de ta conscience tout en communiant avec une mémoire inscrite de l'humanité et de ses souffrances et remodelant par là même tes schémas premiers.

Je sanglote. Du calme, dit une voix que je reconnais immédiatement, Du calme Lettre O! – je vois une espèce de super chantier où des pelleteuses et des bulldozers sont obligés de casser des pans de murs entiers pour reconstruire autre chose – Tout cela est terminé! Et cette voix provient de Ronald, qui nonchalamment est en train de se rouler une cigarette. Je n'ai pas le temps d'exprimer mon horreur et mon indignation devant l'aveu de cette traîtrise rétrospective car nous en sommes déjà à ma mort.

— Cet épisode connaît une fin tragique car ton corps, épuisé par ces épreuves, va déclarer forfait et c'est officiellement décédé que tu quittes cet espace infernal. Ta conscience ne cesse pourtant pas son activité, après un léger assoupissement tu reconnectes une partie de ton activité réflexive mais ce qui a constitué Louis Dieutre ne t'est plus accessible que sous la forme d'un assemblage assez curieux de «points d'énergie codés», comme si tu étais arrivé à saisir de manière globale chaque micro-élément qui te constitue. Heureusement, comme Jésus-Christ, tu ressuscites, et te voilà prêt, malgré un retour parmi nous chaotique, pour de nouvelles aventures.

Elle a l'air contente d'avoir fini, elle se tourne vers Ronald, demande si ça va. Ça va, juge Ronald, on fera la deuxième partie plus tard.

— Quand, je demande, soucieux de savoir si je vais pouvoir remonter à Paris suffisamment vite pour boucler mon «audit» d'ArtZap.

— Je ne sais pas, tergiverse Ronald, la semaine prochaine ?

2.

Chez ArtZap l'ambiance est morose. Sous l'impulsion de son père qui sent la déconfiture arriver Jean-Paul s'est transformé en gestapiste hystérique. Les photocopieuses sont maintenant régies par des cartes à codes personnalisées. Des gens sont renvoyés. Il n'est plus possible d'appeler l'étranger depuis les postes du second étage et du rez-de-chaussée. Seul le premier étage – l'équipe dirigeante – conserve ce privilège. Les bons de coursiers sont distribués avec parcimonie. La tendance est à la consolidation des maigres acquis déjà obtenus : bétonner les contrats avec les artistes ayant donné leur accord de principe, relancer les galeries et obtenir une trace écrite de leur participation au portail. Le mot d'ordre semble être : Dégraisser pour Engraisser (pour mieux vendre je pense).

Je participe à quelques réunions, rédige des notes dont je transmets la synthèse à Christian-Père-de-Jean-Paul, synthèse toujours orientée dans le même sens, quoi de concret, quoi d'un peu brillant pour appâter un groupe de couillons investisseurs maintenant que la folie est retombée.

L'idée serait de passer pour un cadavre moribond en mauvaise posture – ce à quoi nous parviendrons je pense facilement – mais en laissant courir le bruit que derrière toute cette chair nécrosée se cache encore quelque alléchant gigot et que donc, paradoxalement, nous sommes la « vraie bonne affaire » du moment.

Je finis par dire nous car bizarrement je me suis pris au jeu, peut-être parce qu'ArtZap m'a donné la possibilité de réintégrer un monde « normal », loin des mongoliens trisomiques assassins et des chauves dirigeants de secte bizarre et des apparitions et des trucs symboliques en connexion intime avec les ressorts psychiques de l'humanité et tous ces machins passionnants mais, avouons-le, au bout d'un moment… fatigants.

Je déambule entre les trois niveaux, arrangeant quelques coups, reprenant contact avec des gens dans le monde entier, retrouvant des noms et des situations qui étaient sortis de mon univers.

Pendant les temps morts, je joue à des jeux vidéo.

Et je dois reconnaître que sur ce plan je vais de surprise en surprise.

Ce que j'avais toujours considéré comme une activité pour simple d'esprit lymphatique est en réalité (je le découvre brutalement quand pour franchir le troisième niveau il me faut le générateur 1 avec deux bonus de vie et le code qui va avec) réservée à une élite surentraînée, rompue aux techniques de pointe mettant en jeu des choses telles que la fabrication de Maxicaïne (3 médiacaïne avec 3 médiacaïne + = 3 Maxicaïne) ou plus coton du Phénixir (et je ne parle même pas de l'Hémopatch ou de la Proliférine), capable de jongler avec des concepts aussi obscurs que le Disque H Imput DDK ou la lunette Glock 34, le tout dans une ambiance on ne peut plus hyper espace, avec des araignées géantes, des robots sournois, des mutants, des serial killers et des monstres, j'en passe et des meilleurs, avec des codes à connaître supérieurs à la capacité mémorielle d'un numérologue, le tout agrémenté de graphismes à tomber par terre, de plus en plus sophistiqués.

Le deuxième soir je suis tellement pris par ma partie que j'oublie le rendez-vous avec Sylvie, quand j'arrive, avec trois quarts d'heure de retard, elle bout littéralement et je la soupçonne d'être déjà ivre.

— Merde Louis, écoute, tu aurais pu au moins me… passer un coup de fil.

C'est à ce moment que j'ai une intuition. L'espace d'une fraction de seconde je ne vois plus Sylvie mais un clone de Lisa Garland, l'infirmière dans *Silent Hill*, le jeu dans lequel j'étais plongé quelques minutes avant et au lieu de lui répondre j'appuie sur le bouton de ma manette pour lui envoyer des balles nembutal en argent mais ce n'est pas ma manette que je tiens à la main, c'est mon Polaroïd, avec lequel je me suis remis à faire des séries de photos, et alors que le flash explose je dis L.SS5 02 et je me crédite de deux Spécial Vie et quand elle sourit je ne pense à rien de précis mais j'ai l'impression qu'il vient de se passer quelque chose d'important, sans trop savoir bien quoi, et plus tard je réalise que c'est le Pouvoir de l'Art, comment coder dans le réel avec un minimum de grâce les opérations effectuées sur d'autres plans.

Ce soir-là Sylvie boit trop, elle est tellement ivre qu'elle commence à me raconter des histoires à n'en plus finir sur Klingston et ses projets de fédération de tous les adeptes de la Nouvelle Sorcellerie et que la Secte Orange existait vraiment, elle avait *vu* plusieurs fois dans des cérémonies d'Ayahuesca qu'ils essayaient de l'attirer à elle, ensuite ça devient incompréhensible, elle bafouille que le jeu de Klingston n'est rien d'autre que de la sorcellerie et que... – je n'arrive pas à me rendre compte si elle pleure de rire ou d'émotion – elle dit l'Art, l'Art c'est de la Magie, il suffit juste de coder les œuvres, et à la fin, comme un bouquet final tout en subtilité – elle empeste le vin blanc – elle m'annonce (mais comme elle me le fait remarquer elle m'avait déjà prévenu le soir du réveillon) qu'elle est en train de tomber très, très amoureuse de moi et peut-être un peu effrayé par un tel épanchement je la laisse en bas de chez elle.

En m'endormant je réalise que j'ai oublié de lui demander ce qu'elle avait fichu du carton de Morcellement, si c'est elle qui l'avait récupéré ou s'il était définitivement perdu.

3.

Mèches Vertes décède dans la nuit. Non pas d'une overdose, mais tragiquement d'un accident de scooter place de Clichy où une voiture lui coupe la priorité et le projette contre un car de touristes. Il roulait sans casque. Cet – incident ? fait divers tragique ? drame ? – sonne le glas définitif de www/artzap.com.

L'enterrement a lieu dans un silence consterné. C'est comme si on enterrait en même temps nos illusions et notre insouciance, pleure doucement Nathalie tandis que l'on recouvre le cercueil de terre (avec l'aide d'une petite pelleteuse, ce qui ajoute à l'impression d'absurdité). Le père de Jean-Paul et Jean-Paul qui avaient pourtant chassé Mèches trois jours auparavant suite à son overdose (en annonçant officiellement qu'ils le soutenaient dans un programme de désintoxication mais en réalité ils l'avaient bel et bien chassé) sont là, debout, au premier rang, dignes et tristes, et une grosse couronne ArtZap trône parmi d'autres couronnes.

Le père de Jean-Paul s'est engagé à finir le programme démo (de la techno, du rap cyber) vaguement ébauché par le défunt. Une façon, je suppose, de terminer ce qui aurait pu être une œuvre. Toute la scène me semble frappée de connerie. J'ai presque envie d'hurler quelque chose comme Arrêtez, arrêtez, vous ne voyez pas que ce cirque a assez duré, mais par manque de détermination, ou par certitude d'engager un combat par avance perdu je m'en abstiens et je reste moi aussi, les bras ballants, à fixer la glaise caillouteuse du cimetière que les chenilles de la pelleteuse achèvent de tasser. Je crois même qu'à un moment je réussis à avoir les larmes aux yeux.

4.

Plus nous avançons dans l'été et plus mon impression que les vivants ne sont que des pantins téléguidés depuis des dimensions qui leur échappent complètement se précise. Mes relations avec Archignac, sans se défaire, ont pris un rythme que l'on pourrait qualifier de croisière. Les sentiments fous et passionnels que m'inspirait Sarah se sont, comme la terre sur le cercueil de ce pauvre Mèches, tassés, et du fait de la saison – le bord de mer, où se tiennent nos deux maisons, est infesté de touristes – nous nous voyons moins, comme si la proximité de la foule de baigneurs établissait entre nous un écran de protection invisible.

À dire vrai je ne vois quasiment personne, l'été ayant distendu les obligations auxquelles je devais me soumettre. Le contrôleur judiciaire n'est pas là, la juge a été effectivement, par un tour de passe-passe de la chancellerie, dessaisie du dossier et d'après Berheim, à cause des vacances judiciaires, nous sommes tranquilles au moins jusqu'à septembre. De toute façon il est clair que personne n'a envie de déterrer les cadavres enterrés sous la tour Source pour les présenter à la face du pays ébloui. Le temps joue pour nous dit Berheim, quand cette affaire passera en jugement, si tant est qu'elle y arrive, plus personne ne se souviendra exactement de quoi il s'agit.

Quant à ArtZap, il a été convenu que ma mission était pour le moment suspendue, le combat ayant en quelque sorte, faute de combattants, cessé.

Nous avons encore deux séances avec Ronald et Sarah, les deux fois cela se passe en rêve, mais d'une façon si réelle qu'au matin je suis incapable de dire s'il s'agit *vraiment* d'un rêve ou d'un aspect supplémentaire de la réalité.

5.

Je continue mes Polaroïd. Inlassablement j'arpente la plage, avant l'arrivée des estivants, et je photographie les détritus que j'essaye d'organiser en logique. Le plastique, les bouteilles vides sont une prédominante. En dessinant sur le sable des espèces de signalétiques que j'assimile à des hiéroglyphes prototypes, par exemple un gant de toilette rose et un néon agencés de manière différente j'arrive à écrire, en mettant les photos côte à côte, des phrases cohérentes. Dans ce repli bizarre s'installe quelque chose qui finit par prendre un sens plus large, une nouvelle lecture d'un univers dont les ressorts cachés sont maintenant apparents et confèrent à ce qu'on appelle la réalité le statut d'un assemblage hétéroclite de carton pâte. Le monde n'est qu'un théâtre au sein duquel nous arrivons péniblement à nous mouvoir, titubant de cécité.

6.

Ainsi je reste des heures, nu sur le sable face à l'Atlantique, tel un Robinson armé d'un Polaroïd et victime de coups de soleil, à me demander ce qui va arriver maintenant et si toute cette logique que j'aperçois jusque dans les plis du sable aura sur ma destinée la brillance dont elle me semble dotée.

Un matin – je n'ai vu ni Ronald, ni Sarah depuis plusieurs jours et Paris doit être vide et désert – je vais chercher le sac contenant l'argent à vélo. Le marais est à sec et l'endroit facilement accessible. Sans hésitation j'écarte les ronces qui ont poussé et dissimulent l'entrée de la cachette.

Le bidon est là. Les emballages sont intacts, pourtant cette fortune sidérante – que j'ai renoncé à compter – me laisse de marbre. J'ai même la quasi certitude que si ce trésor disparaissait je n'en serais absolument pas affecté.

À tel point que j'empile les liasses dans des sacs en plastique et que je les enfourne dans un vieux garde-manger qui traîne dans la cave, sans plus de protections, m'en désintéressant aussitôt, et repartant à la plage, impatient de me remettre au travail et curieux de voir quelles nouvelles sortes de détritus la marée m'a apportés.

Je passe tout l'été dans cet état, réservé, attentiste, comme si après la somme de bouleversements à laquelle mon corps et mon esprit avaient été soumis il me faille observer un temps de repos, sans lequel la masse d'informations qui s'est gravée en moi, comme les métamorphoses qui sont en train de s'opérer, resteraient lettre morte.

7.

La seule fracture dans cet intermède où je ne croise que des adolescents bronzés et des familles croulant sous leur fardeau de saison – l'air exténué qu'ils ont parfois en remontant la côte de sable qui mène du parking à la plage retrace comme la fuite dans le désert ou l'ascension d'un sommet particulièrement ardu, les parasols et les sacs de plage formant les compléments d'une panoplie rupestre dont ils se seraient alourdis pour cette épreuve – est l'inauguration de la boîte de nuit de Ronald, qui a lieu pendant le week-end du 15 août.

Le château est méconnaissable. Le pont-levis est entouré d'un faisceau lumineux qui défile comme un serpent frénétique en inscrivant sur la pierre le nom de la discothèque LE BROUILLARD DE LUCIFER. Il y a un service de sécurité composé de gros bras, au crâne rasé et à la carrure de rugbymen, que l'on imagine très bien colleurs d'affiches en période électorale au service des potentats locaux. J'arrive en fin de matinée, avant que la bamboula ne commence vraiment, et en me voyant Ronald, qui a l'air surexcité et quelque peu fatigué, s'exclame : Tu tombes bien, ils sont en train de me faire devenir chèvre, et je vois derrière mon amie la décoratrice – j'ai du mal à me souvenir de son nom, je dis Ça va, tu vas... et en l'embrassant ça me revient, je dis Je suis content de te revoir Noémie – qui a l'air dans ses petits souliers. Le décorateur s'est fait virer – J'en pouvais plus du pède me glisse Ronald, il n'arrêtait pas de me postillonner dans la figure – et Noémie a été promue coordinatrice en chef des dernières finitions, qui, comme toujours en pareille circonstance, sont nombreuses. Elle me complimente sur mon bronzage. L'été, dis-je, l'été, quoi, la plage, les vagues...

Bon, dit Ronald, vous vous congratulerez plus tard – il m'attrape par le bras – viens, j'ai besoin d'avoir ton avis, les enculés m'ont tout salopé dans la thalasso. La thalasso ? je m'interroge, ah bon, tu as fait une thalasso ? Il ne daigne même pas me répondre. Je me sens de nouveau bizarre, comme si quelque chose agissait à l'intérieur de moi, mais maintenant le phénomène est repérable et agit par intermittence. Je trottine derrière lui jusqu'aux escaliers en dalles vert pomme qui conduisent à la partie du bâtiment surnommée – pompeusement – LES BRUMES DE CYTHÈRE. Cythère... ? je demande, c'était... l'île de l'amour, non ? Regarde-moi ça, s'indigne Ronald en me montrant les murs. Je vais les tuer.

Il y a des fresques partout, des personnages antiques dont les visages ont été remplacés par des têtes de Mickey, qui grimacent et font des gestes... obscènes ? je m'inquiète. C'est ça le problème ? Ils ont fait des putains de saloperies de gestes obscènes aux fresques et des têtes de Mickey ? Mais non, s'énerve évidemment Ronald, ça c'est voulu, les teintes bordel, regarde les teintes, tu ne vois rien ?

Force m'est de constater que non.

Enfin t'es con ou quoi. Tu ne vois pas les dégradés.

J'écarquille les yeux dans un effort soutenu. Si, je finis par dire, ils sont... dégradés ?

C'est pas grave, soupire Ronald, laisse tomber. Il se passe la main sur le front. Bon, à part ça, tu en penses quoi ?

Je… je fais, pris de court, c'est très… kitsch, enfin c'est beau, c'est… si, si, c'est magnifique.

L'endroit est assez… feutré, avec ces grandes fresques peuplées de personnages aux oreilles disneyennes (un peu comme dans *Maus*, la bande dessinée d'Art Spiegelman sur les camps de concentration où les juifs sont des souris) dans des postures semi-érotiques, voire érotiques tout court et au bout de plusieurs minutes j'ai quand même cette illumination qui me sauve, je rajoute : Oui, c'est… Pompéi quoi, Pompéi et Herculanum. Leur version moderne, quoi… c'est… non, beau concept, ça le fait quoi, ça le fait vraiment…

Il me jette un coup d'œil en biais. Il fait un geste qui englobe les différentes installations. Sa voix grince.

— Trois endroits stratégiques. D'abord le sauna-hammam donnant sur la piscine à bulles. C'est la chaleur, le retour au corps, la matrice où l'on se reconnecte avec les pulsions premières.

Il ouvre la porte du sauna, détaille les lattes de bois soigneusement poli, vérifie l'empilement des pierres sur le foyer. « La piscine, regarde la piscine c'est quelque chose. » Un bouillonnement se met en marche en son centre, d'abord assez léger, puis plus prononcé. « Massage intégral garanti… – ses yeux se voilent légèrement – … et début du massage de la foune. »

Nous admirons cette merveille. Je vois presque comme si elles y étaient les nymphes se pâmant dans le remous.

— Secundo le jacuzzi, c'est l'espace de détente, la relaxation, toujours nu dans les bulles mais – maintenant son regard brille d'excitation – viens voir par là, ce jacuzzi comporte une spécificité.

Je me précipite à sa suite dans une espèce de souterrain caché derrière des plantes vertes qui débouchent… sous le jacuzzi !

— … Il est truqué !

J'en reste pantois. Effectivement le fond du petit bassin est transparent et les jets – Ronald me l'explique fièrement – sont orientables à partir d'un véritable poste de combat où, aux commandes d'une petite manette, le tireur embusqué peut diriger à sa guise l'eau sous pression sur les parties du corps immergé.

— Tu comprends le principe ?

— Heu… je pense, oui, heu… on… c'est je suppose surtout des… femmes qui vont… venir se… se détendre ?

— Non, j'ai plutôt décidé d'orienter ça vers une clientèle gay – il secoue la tête, atterré – … t'es con ou quoi ? – il réfléchit une seconde – Quoique si une fille a envie de se faire un délire et d'inviter des mecs, pourquoi pas, elle pourra leur masser la saucisse en toute discrétion et les regarder triquer comme des cinglés en se caressant en même temps. – il se mordille la lèvre – Ça peut être pas mal, remarque, je suis sûr que la petite Noémie ça la ferait kiffer un plan comme ça.

Avant de partir il tient à me faire une démonstration, insiste pour que je me déshabille et plonge dans l'eau, et devant mon refus se rabat finalement sur une frite en mousse qu'il plonge dans le jacuzzi et branle abondamment par jet interposé – la frite en tressaute de plaisir – gloussant d'aise et riant, si content de la tournure que prend sa petite affaire.

La troisième étape est la salle de massages. Elle est également agrémentée d'un subterfuge. Des diffuseurs d'essences décontractantes et aphrodisiaques – comme, je vais le découvrir plus tard, à l'intérieur de la boîte, autour des pistes de danse – sont judicieusement disposés aux quatre coins de la pièce et : «… tu imagines dans quel état peut être la femme qui vient de se taper une demi-heure de sauna-hammam qui l'a complètement alanguie, une nage en eau vive où son corps a été stimulé, et une immersion dans un jacuzzi où un jet lui a massé le coquillage sans répit en prenant bien garde de s'interrompre juste avant le moment X. Tout ça dans un décor enchanteur et… suggestif. C'est du métal en fusion, mon pote, du mé-tal en fusion. »

Hum, hum, fais-je, manifestant ainsi mon admiration globale pour toute cette réalisation. C'est assez… impressionnant…

Nous ressortons à l'air libre. Sarah et les filles sont en train d'arriver. Je me demande pourquoi nous ne sommes pas venus ensemble. Les filles se jettent à mon cou. C'est idiot, dit Sarah, on aurait pu venir ensemble.

Noémie réapparaît. Il y a un problème avec la sono. Sarah l'embrasse, la complimente sur son bronzage. Elle sourit. J'ai dit exactement la même chose à Louis. Comment ça la sono ? se précipite Ronald, on a fait des essais hier, ça marchait très bien. Les agents de sécurité veulent savoir ce qui est prévu pour leur manger. Ils ont convenu entre eux de faire des tours mais voudraient savoir si on leur a préparé quelque chose en cuisine. Je ne peux pas vous dire, les éconduit Sarah, je ne suis pas de l'organisation. Demandez à monsieur Ronald, il est là-bas. Alors, je dis, un peu ému, soudain, de la voir, On ne se croise pas beaucoup en ce moment. Les filles font les folles devant l'entrée de ce qui sera maintenant une boîte de nuit. Venez voir il y a des aquariums. Elles disparaissent à l'intérieur du castel. Je sais, dit Sarah, mais... Cela fait partie du truc, je complète, c'est dans l'ordre des choses ? Elle extirpe ses affaires du coffre. Me regarde en chassant une mèche de cheveux qui la gêne. En quelque sorte. Tu sais bien que nous ne sommes – j'ai l'impression qu'elle va dire Pas tout à fait réels et qu'elle va, elle comme le reste, se dématérialiser soudainement – que des éléments constitutifs, tu... Ronald ressort en courant, abrégeant ce début de conversation. Ça va ? elle me demande quand même. Tu as... tu as atterri maintenant.

Autour de nous les choses paraissent calmes et tranquilles, un désordre au ralenti.

Oui, je dis, ça... à peu près, si.

Le soir les premiers cars arrivent de la gare d'Angoulême. Je ne sais pas comment s'y est pris Ronald mais les mêmes personnages que lors de la soirée Papotin surgissent (et d'autres aussi, des nouveaux), se découpant à travers les vitres du car, comme réinstallés en boucle, prisonniers d'un kit et chargés inlassablement d'animer de leurs éphémères célébrités les soirées-événements.

— Le voyage s'est bien passé, s'enquiert Ronald auprès de Marc Lavoine qui est un des premiers à descendre, et je vois derrière le journaliste du *Nouvel Observateur* et sa consœur de *Télérama* et Patrick Poivre d'Arvor et même Carla Bruni et également Benoît Poolvorde, et dans le fond un autre car arrive, venant d'un autre endroit, venant d'Archignac, avec à leur tête celui qui a piqué une crise le jour du départ, qui les a insultés, et les deux groupes sont maintenant confrontés l'un à l'autre et personne ne bronche, c'est comme si dans le groupe de VIP personne n'avait de mémoire, que les éléments ne les avaient pas affectés, voire qu'ils n'aient pas eu lieu du tout, pas de crapauds écrabouillés sur la route menant à l'auberge, pas de renards sournois déposant des rats crevés et pas non plus de mongoliens en slip les attaquant, et devant cette espèce d'amnésie l'idée me prend qu'il s'agit peut-être *réellement* de clones ayant toutes les apparences de l'humanité, mais ne l'étant pas *vraiment*, des androïdes comme dans *Blade Runner*, chargés d'apparaître dans les journaux télé, dans les galas, de faire croire pour quelque temps encore que cette société, celle, tant décriée par les esprits chagrins, du Spectacle et du Grand Marchandage, avait encore de beaux jours devant elle, et quand Carla passe devant moi, elle est si belle que j'ai envie de la toucher et de lui demander si le monde qui tourne autour d'elle l'affecte, si même elle le *voit*, mais comme elle est en grande discussion avec un autre mannequin – Karen Mulder me glisse Ronald, exorbité, regarde son cul, regarde cette folie – je m'en abstiens. Patrick Poivre d'Arvor, toujours courtois et sympathique, me salue et me dit On se connaît, non ? et en quelques mots nous réitérons la discussion déjà énoncée à Archignac, presque phrase pour phrase, et quand l'orchestre se met à jouer – sur une estrade, le long de l'entrée de la boîte – un truc endiablé, du dixieland ou quelque chose d'approchant, du new-orleans, un fox-trot, Patrick, qui doit avoir le cœur en joie, esquisse quelques pas de danse.

Je capte une discussion :

— Vraiment tu ne te rappelles pas du nom de cette fille ?

— Non, dit une brune, pas du tout.

— Ce ne serait pas Céline ?

— Je ne crois pas, répond une rousse en allumant une cigarette, mais tu as raison, c'est un nom en ine.

— Quelle fille ? veut savoir un type qui a des mèches vertes (comme ce pauvre Mèches Vertes, mais bien sûr ce n'est pas lui, ressuscité, juste quelqu'un qui a pris sa place dans la sarabande des androïdes). Je la connais ?

— Mais oui, tu sais cette fille qui se tape un type aux Bains un jour, un producteur de vidéo-clips. Ils ont une histoire qui dure un peu et en même temps la fille sent un truc bizarre et un jour ils s'aperçoivent qu'ils sont frère et sœur…

— Non, s'effare Mèches Vertes 2, frère et sœur ?

— Enfin, demi, précise la rousse, c'est le père qui l'avait eue hors mariage.

— Et le pire c'est que le frère était au courant. Il l'avait fait sciemment.

— De baiser sa sœur ?

— Oui.

— Dingue !

D'autres invités arrivent, bientôt de gigantesques buffets vont dégueuler de victuailles tout autour de la cour, qui est noire de monde, quelqu'un m'appelle et, stupéfait, je vois les gens d'ArtZap.

Ronald me fait un signe et lance : Je me suis permis d'inviter tes amis.

— Ce ne serait pas Câline, dit soudain M.V. 2, je connais une fille qui s'appelle Câline et dont ce serait tout à fait le genre.

— Câline ? Tu es sûre que c'est un prénom ?

— Bien sûr, maintenant on peut s'appeler comme on veut. C'est légal.

— Pas tout à fait, s'insurge la brune, je connais des gens qui voulaient appeler leur fille Brique, parce qu'ils étaient dans le bâtiment. Ils n'ont pas eu le droit.

Dans un coin je vois aussi Berheim, qui discute avec, mon Dieu, avec la juge, celle qui a été dessaisie du dossier et qui riait si absurdement, et quand je vois Sylvie arriver avec Klingston et le type du ministère j'ai comme un début de panique mais cela ne dure pas. Il y a tellement de monde que les figures familières sont maintenant noyées dans une cohue phénoménale. L'orchestre reprend des vieux morceaux de Louis Armstrong. Sylvie m'embrasse et me sert contre elle. Je suis obligé de serrer la main de Klingston, dont le contact me provoque une répugnance glacée. L'ambiance est très… un dimanche à la campagne. Un dimanche à la campagne à l'acmé de l'été, pour une noce, un mariage bizarre, un nain se lançant dans l'exploitation d'un complexe hallucinant mariant discothèque et thalasso. Le maire est là, et le député aussi, pourtant ils ne sont pas du même bord politique mais ce projet grandiose les réconcilie. C'est presque aussi bien que le Futuroscope, qui n'est pas sur leur circonscription et dont ils n'ont pas vraiment profité, et justement en parlant de politique je vois l'ancien ministre et sa femme, ceux qui vont dans toutes les expositions et à qui j'envoyais, à Source, toujours un carton, en grande discussion avec Marc Lavoine. Alors, me demande Klingston, vous reprenez du collier avec ArtZap… et avant même que je réponde il ajoute : Intéressant leur projet, dommage qu'ils soient en train de se faire doubler par orange.sect, et quand il prononce ce mot j'ai l'impression de repartir sur les rails du train fantôme et quand je me retourne le chauve est là, et Sylvie a l'air gêné, – le même air que la fille-traître dans *Marathon Man*, quand elle emmène Dustin Hoffman à la fin se jeter dans la gueule des méchants – elle dit, pour cacher son trouble, je suppose : Tu me feras danser tout à l'heure? Comme le soir du réveillon… et le fait qu'elle évoque ce moment me semble si surprenant – je réalise presque malgré moi tout le chemin que j'ai parcouru depuis – que mon trouble s'estompe immédiatement, je rends leurs petits coucous au ministre et à sa femme, et au chauve qui tout sourire me serre chaleureusement l'avant-bras je dis très doucement : Je ne sais pas si ce que l'on m'a dit sur orange.sect est vrai – je fais allusion à ce que m'a résumé Sylvie, au passé, aux momies verrouillant pour un temps infini leur présence à la crête des vagues – mais si c'est le cas, c'est assez… mais là je ne trouve pas mes mots, et c'est lui qui finit, son sourire s'accentue d'autant… minable? et je reste stupide, tandis qu'il ajoute, Attendez Louis, ne soyez pas si… essayez de voir au-delà de ce que l'on vous présente, et une fraction de seconde la foule disparaît et une longue enfilade de minuscules billes de couleur la remplace, suivant un cours lent et sinueux dans une enfilade de tubulaires de verre, et je me dis Pourquoi après tout, pourquoi y faire quelque chose, et juste après je danse avec Sylvie et je demande, alors qu'elle se presse contre moi, Tu crois que ce que nous sommes disparaît complètement, quand on a tout enlevé il reste quoi ? et là-dessus elle se serre encore plus, et j'ai de nouveau envie de la baiser, et ma question reste en suspens.

Plus tard. Une partie de la foule est à l'intérieur. Les aquariums sous nos pieds diffusent une lueur magique. Les filles de Sarah ondulent en levant les bras au-dessus de leurs têtes, mimant une danse orientale folle. Carla les imite, tout le monde crie et chante. Très réussi dit Marc Lavoine à Ronald. Très, très réussi, très, très belle fête. Dave à côté d'eux rit aux éclats. Plus tard encore Sarah, Ronald, Sylvie et Klingston sont en grande discussion, et malgré la force de la musique il me semble que j'arrive à saisir des bribes de leur conversation « Si, dit Sylvie, les programmes sont presque installés, il faut juste encore qu'il infuse encore un peu » et Klingston : « Mais les résultats, quand pourrons-nous commencer à décrypter les résultats ? » mais je crois qu'en fait j'invente ces dialogues.

Vers la fin de la nuit – les gens sont ivres, sous ecstasy, ou tout simplement dans un état second à cause de la fatigue – la musique change, devient plus électronique, avec des voix de basses qui semblent sortir de sous la terre, des profondeurs du château. D'immenses light shows s'affichent sur d'immenses écrans, sur le même modèle qu'à la fête d'orange.sect.com, mais les images qui s'inscrivent sont encore plus hallucinantes, comme si les mondes dans lesquels nous pénétrons grâce à elles étaient encore plus lointains, plus envoûtants, et tout le monde danse, danse de plus belle, et Ronald et Klingston sont côte à côte immobiles et je sens que leur énergie m'entoure et vient se réfléchir sur moi et ainsi, incandescent de cette force qui me dépasse j'ai l'impression de balayer la piste d'une onde étrange et chaque mouvement de ce flux s'accorde avec celui des images. Les gens autour de moi sont inconscients de ce qui se joue mais quelque chose rentre dans leurs programmes et les modifie légèrement. Chaque opération s'inscrit sous forme de diagramme coloré sur une partie de l'écran et tout le monde danse, ivre maintenant des vapeurs subtiles que diffusent les olfacteurs installés sous les gargouilles représentant Batman et Lucifer et ainsi, dans les reflets de l'aube qui monte derrière les grands vitraux et baignent la salle d'une lueur mordorée, un travail d'une importance capitale s'effectue pour chacun, comme si la réparation des connexions défectueuses de chaque minuscule composante du Vaisseau était commencée, secrètement et silencieusement, et cette fois quand les cars s'ébranlent, remplis de fêtards épuisés mais contents, nul mongolien fou ne poursuit les stars, il y a juste, comme une dernière aubade, l'orchestre de dixieland qui fredonne sa gigue fétiche et Ronald, son costume de monsieur Loyal tout dépenaillé, tirant des mini-feux d'artifice depuis la terrasse du premier étage, comme un encouragement à continuer le combat et cette fête est comme le signe ultime par lequel on signifie, à moi comme à d'autres qui en ont moins conscience, que la mutation a réellement commencé.

8.

Quelqu'un est étendu sur la table de massage de la thalasso. Auparavant cette personne a transpiré dans le sauna et le hammam. Puis a vaguement nageoté dans la piscine, avant de plonger dans le jacuzzi où un esprit sournois l'a arrosée violemment à différents endroits sensibles de son corps, lui provoquant un tissu de sensations diaboliques, et maintenant cette personne voit deux formes qui s'avancent vers elle, entièrement dissimulées dans des robes de lin si fines qu'elles semblent épouser chaque contour des silhouettes sans pourtant laisser deviner s'il s'agit d'un homme ou d'une femme qui se penche sur elle et commence à la masser, prenant une à une les dimensions de son être pour mieux la pervertir.

Il y a aussi une musique étrange faite de chants stridents qui ressemblent aux vagissements d'un enfant, ou d'un démon, et je vois, quand Ronald passe ses mains au-dessus de la femme étendue qui gémit à moitié, des choses prendre forme et sortir d'elle, que Ronald code sous forme de limaces et de succubes blanchâtres et qu'il habille d'or instantanément, comme pour les désintégrer.

Le corps de la femme n'est plus une entité solide mais une infinité de particules en suspension, brillantes et qui pétillent comme des bulles de champagne, que Ronald tisse en une longue traîne magnifique, plusieurs fois, en en remplaçant les mailles abîmées.

Ensuite le phénomène s'estompe et nous disparaissons. Un message diffusé dans les haut parleurs annoncera que la séance est terminée.

La femme qui a gagné à la tombola de la boîte cette démonstration de thalasso gratuite et promotionnelle est une habitante de Tourcoing en vacances à Royan qui avait trouvé dans une enveloppe publicitaire distribuée sur les plages une invitation pour la soirée d'inauguration de l'Inferno-Brouillard de Lucifer. Elle s'est donc révélée doublement chanceuse.

9.

À Paris, quelques jours avant la rentrée, je dîne avec Sylvie. Je lui fais part de cet état toujours mouvant dans lequel je permute avec de plus en plus de facilité. Un peu comme si j'étais en train de devenir bilingue, je dis que je suis capable d'avoir deux lectures en simultané des choses.

— Justement, dit Sylvie, c'est pour ça que l'expérience a eu lieu.

Je ne comprends pas tout de suite à quoi elle fait allusion.

— Avec Klingston, c'était… une tentative… – elle se mordille les lèvres – oh merde Louis tu dois bien commencer à t'en rendre compte, non ?

— De quoi ? je dis, pas du tout prêt à entendre ce qu'elle va me dire.

— La boisson, ce que tu as bu le soir du réveillon… – elle me fixe droit dans les yeux, sans pouvoir s'empêcher d'amorcer un sourire – c'était un… ce qu'on appelle un… un psychotrope quoi, un Modificateur Retard, c'est… tout ce que tu vis depuis six mois est un mix entre notre monde et un état de perception altérée… c'est…

Mais s'il ne propose au départ que des configurations simples (Pong, Pac, Man, etc.) ne sollicitant qu'un nombre restreint d'opérations, le jeu vidéo va progressivement se complexifier.

Chapitre 17

Principe d'échange artistique à connexions multiples

Les anciens Égyptiens et les anciens Perses ont été les premiers à reconnaître la puissance du Firmament et son influence, et ils l'ont pensé comme une semence que l'on enfouit dans la terre ou dans une pierre.

1.

— Un Modificateur quoi ? je balbutie, aussi sidéré que si le ciel venait de me tomber sur la tête. Mais… comment ?

Elle se mordille les lèvres. Putain Louis, je sais que c'est… sur le moment ça va te surprendre mais rien ne se fait tout seul – elle sourit gentiment – c'était nécessaire.

Le monde vacille.

Elle reprend, voulant me rassurer : Ça n'enlève rien à ce que tu as vécu, c'est juste que c'était plus facile, c'est tout. Pour toi comme pour nous.

— C'est le coca, je dis, me rappelant du sale goût de la boisson. C'est cette espèce de truc qui avait un goût dégueulasse, c'est ça ?

Elle ne répond pas. Hausse les épaules.

J'ai l'impression d'être sous trip. Pourtant la réalité reste la même. Elle est juste vaguement dilatée. Mon malaise passe. Puis s'accroît. Revient à son point de départ.

— C'était quoi, j'essaye de comprendre, de l'acide? Une sorte d'acide?

Elle secoue la tête. Non, c'est plus complexe que ça. C'est un mélange de différents psychotropes. C'est... – elle resourit, comme pour s'excuser vaguement – tu es le premier à en prendre. Il y a des dizaines de molécules.

— C'est... une blague?

Elle manifeste son agacement. Écoute Louis, ce qui se passe pour toi est extrêmement sérieux – elle donne un petit coup sur la table – merde on est tous concernés au cas où tu ne le saurais pas. On est... – elle s'énerve réellement – tu crois qu'on peut continuer comme ça longtemps (elle fait un geste qui englobe le décor autour de nous, le bar du Lutétia dans lequel nous sommes installés mais aussi le boulevard Raspail dehors et le Bon Marché et Paris autour et les affiches et cette foule aveugle qui roule dans des voitures, marche sur les trottoirs, fait des enfants) Tu te rends compte de ce qu'il nous a fallu de vie pour en arriver là? Tu crois que c'est le but? Tu crois que c'est ça la destination? Un étalage de grands magasins remplis de cochonneries et des distractions stupides sur un écran en s'en mettant plein la panse? – elle se calme un peu – On est en train de passer Louis. On est à une charnière. Ce qui t'est arrivé est juste un prototype possible, et on en a besoin pour installer de nouveaux programmes.

Je ne suis pas abasourdi, je suis pétrifié.

— Mais Archignac, je bredouille, Archignac c'est...

Elle lève une main comme pour me dire du calme, du calme...

— ... du vent?

Elle rigole carrément. Le serveur arrive avec notre commande, j'ai l'impression qu'il danse.

— C'est plus compliqué que ça, avec le Modificateur Retard les portes s'ouvrent à certains moments, ou arrivent à fonctionner en parallèle, c'est un... c'est exactement ce que je t'ai dit, ce que tu as vécu c'est un mix entre plusieurs réalités. Beaucoup de gens expérimentent ce genre de choses.

— Qui, je demande, qui par exemple?

— Eh bien, les fous, certains types de fous, les gens qui développent des psychoses, les schizophrènes, certains artistes, les gens qui prennent certaines drogues, atteignent des états de fatigue – elle souffle – enfin tu sais tout ça, c'est le ba ba. Le cerveau fonctionne sur des fréquences qui sont en concordance avec celles du monde, qui *sont* le monde d'une certaine façon. Quand tu changes ces fréquences par un procédé quelconque tu changes légèrement de station. C'est des techniques dangereuses. Tu peux rester bloqué. Tu peux te perdre dans les autres mondes sans aucun gain. C'est ce qui se passe pour les gens qui n'arrivent pas à revenir.

Petit à petit je réussis à me calmer. À une table plus loin des Américaines rient et parlent fort. Le rédacteur en chef d'un magazine que j'ai déjà croisé dans des soirées traverse la salle en fixant l'horizon devant lui comme si ce bref instant était placé sous le regard d'un public innombrable prêt à applaudir sa performance.

— Est-ce que tu te sens... fou ? elle reprend, soucieuse maintenant de ce que je peux éprouver.

Une Américaine se lève et dit « *I'm going to the lavatory* ». Légèrement ivre elle se tord le pied sur la marche séparant les deux salles.

— Non, je reconnais, c'est plutôt que ma façon de décoder le monde s'est enrichie d'une vision plus... riche quoi ! Plus de... compréhension sur moi, et donc plus de compréhension sur... - je fais un geste, comme elle tout à l'heure, qui englobe les alentours – le reste... Du coup par moments c'est un peu.. surréaliste.

Nous restons silencieux un moment, puis elle reprend :

— Tu n'as pas autre chose à me demander ?

— Si, évidemment... Pourquoi... pourquoi moi ?

Le rédacteur en chef resurgit, revient vers nous, son portable sonne, il l'ouvre d'une façon complètement... naturelle, évidente, le colle à son oreille et dit – il est juste à côté de nous – Lutétia, au bar, je t'attends.

— À ton avis ?

Je réfléchis un instant La réponse me semble on ne peut plus logique.

— C'est comme... comme des cellules... c'est une chaîne et chaque élément est raccroché à d'autres.

2.

Une grande paix m'envahit. Trois choses se fondent en une. Une gigantesque roue de fête foraine tourne dans le vide et s'arrête sur certains numéros, qui doivent alors exécuter différents exercices, dont le sort des autres numéros dépend, et ainsi de suite.

À Paris c'est la fin de l'été.

J'essaye d'imaginer ce qui n'était finalement qu'une projection dans ce que j'ai vécu, si Ronald existe vraiment, si Archignac est bien un foyer de la psychiatrie carcérale peuplé d'anormaux et de mongoliens déguisés et ainsi de suite, me demandant ce qui se passerait si la vie n'était en fait qu'une aventure semblable à celle qui a démarré pour moi avec la proposition de Klingston, transformé les moindres recoins de mon existence en mise en forme artistique un peu abracadabrante, et le projet du Jeu revient et donc en fin d'après-midi je finis par mettre le nez dehors avec cette idée qui me trotte toujours dans la tête.

Il pleut. À la devanture d'un kiosque une affichette de journal scientifique : L'énergie noire gouverne-t-elle l'Univers ?

Quand j'arrive à Saint-Germain, prêt à me faire la tournée des librairies, le téléphone sonne, c'est Jean-Paul, qui après s'être enquis de ma forme veut savoir si j'ai eu son message.

— Nous avons une réunion au bureau concernant ArtZap, j'ai pensé que c'était la moindre des choses de t'avertir. J'ai dit à mon père que... enfin on a tous été touchés de la façon dont tu t'es investi dans le truc alors je ne sais pas si tu es dans les parages mais tu es le bienvenu. – sa voix s'effrite légèrement – Je ne pense pas qu'il y en ait d'autres tu sais, ça... ça va plutôt mal.

Son émotion, perceptible, me touche. Je lui dis qu'il peut compter sur moi, que j'arrive.

Dans le métro, comme par un fait exprès, deux filles ont une discussion sur les débuts de l'acte artistique. « C'est vraisemblablement la main, dit l'une, joignant le geste à la parole, elle mime l'écrasement de sa paume dans l'air fétide de la rame, la main sur la paroi de la grotte à Lascaux » « Ah, répond sa copine, tu crois ? » « Bien sûr, affirme la première, c'est le geste fondateur, les prémices du Moi. Je pose ma main dans la terre glaise. Je l'imprime sur le monde. Je la regarde. Je suis. » « Merci, répond l'autre, agacée que sa copine la prenne pour une débile, j'avais compris. »

Une équipe de la Sécurité RATP monte à la station suivante. Les filles descendent. Moi aussi. Le quai est parfaitement silencieux. La rame repart en glissant, comme si elle roulait sur des coussins d'air. Un groupe de jeunes, profitant de la disparition des vigiles, sort des bombes de peinture et s'apprête à tagger une affiche. Un quart de seconde je les imagine recouverts de peaux de bêtes, dans l'ombre des cavernes, négociant avec le Seigneur des Fauves. *Je sors ma bombe de peinture. Je taggue cette affiche. Je regarde mon tag. Je suis.*

Au bureau un comité restreint est réuni. Christian, le père de Jean-Paul, Jean-Paul, les trois autres associés, le gars que je trouvais sympa, Aurélien, la fille sur qui j'ai effectué un tour de passe-passe énergétique et qui a vomi, un proche copain de Mèches Vertes et quelques autres personnes. Ceux qui y croyaient vraiment, me glisse Père-de-Jean-Paul, que je ne peux m'empêcher de trouver sympathique.

Il y a également le directeur financier, qui, avec sa calvitie et ses poches sous les yeux – il doit avoir dans les quarante-cinq, quarante-huit ans – fait un peu tache dans l'assemblée.

Les bouchons de champagne sautent, agrémentant d'un coup de canon égrillard cette séance à vocation morose.

Pendant que les autres commencent à se bourrer la gueule la fille (Cécile) sur laquelle j'ai l'impression d'avoir agi à son insu, vient me voir et dit :

— Je ne sais pas ce que j'ai mais depuis ce jour avant les vacances où j'ai été malade, je me sens légère, j'ai l'impression qu'on m'a enlevé un poids de vingt kilos que j'avais sur l'estomac.

Une fraction de seconde je vois à sa place un squelette en décomposition qui se métamorphose en une armature de titane, débordant d'énergie. « Oh, je fais, je suis sûr que ce n'est pas fini. »

— J'espère, dit-elle, j'ai tellement l'impression de progresser, même la mort de Joël, c'était… différent. Dur et triste mais différent, c'était comme un… trait posé sur une droite, je… enfin j'arrive pas à le dire mieux… C'est comme si maintenant le monde me disait des choses.

— S'il vous plaît, fait le père de Jean-Paul en tapotant sur son verre, s'il vous plaît, j'aimerais que vous m'accordiez quelques instants.

Tout le monde se tait. L'instant paraît frappé d'une solennité forcée, mais quand même… réelle. Après tout c'est une aventure qui semble s'achever, et plutôt en queue de poisson. C'est un échec. L'échec d'un fils devant son père. Ce qui est toujours gênant.

Le père de Jean-Paul est en chemise, sans cravate.

— Bien, nous n'allons pas nous lancer dans des grands discours. Ni dans des apitoiements. La nouvelle donne de l'Internet a créé une situation de… – il se concentre, je me demande s'il est ivre – … une nouvelle ruée vers… des territoires inédits, certainement comparable à une ruée vers l'or, ou vers le pétrole en d'autres temps. Beaucoup de participants se sont positionnés sur la ligne de départ. Nous savions qu'il y en aurait peu sur celle d'arrivée. Nous espérions en faire partie. Ce ne sera pas le cas.

Les amis de Jean-Paul semblent prendre brusquement conscience de la réalité des enjeux et de ce qui s'est déroulé dans ces bureaux. Leurs visages sont crispés. C'est certainement la première fois que quelque chose qui ressemble aux vicissitudes de l'existence – ils ont joyeusement flambé cinq millions – leur parvient si directement.

Le père de Jean-Paul leur rappelle les faits.

— Les pertes cumulées pour un peu plus d'un an d'exercice se montent à soixante-quatre millions de francs, cinq millions d'euros. À l'heure actuelle, et contrairement à d'autres sites également en difficulté financière, artzap.com ne vaut… – il assemble ses mains dans une réunion toute pontificale et les porte à ses lèvres tout en arborant un air rêveur – absolument rien.

Jean-Paul change de position de jambes, provoque dans le bas de son corps un craquement que tout le monde remarque.

— Cet argent était... – il laisse sa phrase en suspens avant de la finir – ... de l'argent – tout le monde approuve implicitement – Mais cet argent était aussi plus que cela. Cet argent était un tremplin pour Jean-Paul, pour vous, pour votre projet. Cet argent était – sa voix chute brutalement. Manifestement il est vraiment ivre – ... enfin bon, c'était juste de l'argent... mais... – il change de sujet complètement – ... tout à l'heure je roulais en voiture, vers – il fait un geste pour localiser l'endroit – le Parc des Princes, porte de Saint-Cloud, il y avait de jeunes prostituées. Je me suis arrêté et... je m'en suis tapé une. – le silence a maintenant changé de tonalité, les amis de son fils et son fils sont médusés – Elle était albanaise je crois, en tout cas c'est ce qu'elle m'a dit. Elle devait avoir à peu près le même âge que vous. Je n'ai pas réussi à la baiser. Elle puait de la chatte. – le directeur financier émet un rire incontrôlé – Vous savez que je ne suis ni particulièrement religieux, ni vraiment... altruiste. Pourtant je me demandais ce qu'il aurait fallu, combien en fait, il aurait fallu, pour éviter à cette fille cette situation. Pas grand-chose je pense, 1 % de ce que l'on a... peu importe de toute façon, peu importe..

L'espace d'un instant la pensée me traverse qu'il s'agit peut-être d'une fille de Batman. Je sais qu'à un moment il avait acheté plusieurs Albanaises. Mais je crois qu'il les avait revendues bien avant que l'affaire Source ne démarre. Après il avait surtout des Tchétchènes ou des Bosniaques. À cause des guerres elles étaient moins chères.

— Ce que je veux juste dire, c'est... qu'est-ce qu'on fait de ces... – il montre les bureaux, le travail accumulé qui va s'évaporer – est-ce qu'il n'y a pas... je ne sais pas, personne n'a une idée, est-ce que on ne peut pas... – il a l'air complètement accablé.

— Le donner à un clochard? suggère quelqu'un tout haut, pensant peut-être au mobilier design. Il pourrait... enfin il y a des trucs chez un... ou même Emmaüs...

Le directeur financier tousse dans son mouchoir. Excusez-moi, il bredouille, c'est nerv... mais sa tentative de justification se perd dans l'absurdité de la scène.

Le père de Jean-Paul se ressert une coupe. Plusieurs personnes, soulagées de revenir à une configuration à peu près normale, l'imitent.

— C'est vrai que ça fait rager, soupire Cécile, qui manifestement ne sait absolument pas quoi dire. C'est vrai que si on pouvait faire quelque chose...

Je crois que tout le monde pense à la chatte qui pue de cette malheureuse Albanaise.

Les coupes pleines nous nous rasseyons. Toujours en cercle. Jean-Paul a l'air moins hébété que son père, qui pourtant – cheveux grisonnants rejetés en arrière, yeux bleu acier, alors que Jean-Paul est un peu pataud, pour ne pas dire légèrement bouffi – devrait être plus à même d'absorber les côtés désagréables de la situation.

— Bien, reprend le père de Jean-Paul, nos investisseurs ont donc, ce n'est pas une surprise, déclaré forfait. – il grogne comme un buffle essayant péniblement de s'extraire du désert – J'ai préféré ne pas les convier à cette réunion car ce n'était pas nécessaire de remettre du sel sur les plaies. Ils m'ont chargé de veiller à leurs intérêts et éventuellement de trouver une solution de repli. Cela... – il craque complètement – enfin merde, on a dépensé soixante-quatre millions de francs à quoi? à quoi putain? à faire la nouba? à régaler les journalistes? à quoi? c'était quoi le projet? montrer du caca en ligne – il fait, je suppose, référence à une excluvisité qu'ArtZap avait signée fort cher et qui mettait en scène un artiste contemporain filmé chaque matin pendant une semaine en train de déféquer dans un pot de chambre transparent, puis convertissant cette magnifique livraison dans un contexte numérique – hein, c'est ça? cette... caricature d'art... et le type des moutons, combien il nous a coûté le type des moutons? – il évoque cette fois une performance mettant en scène des moutons dans un contexte de boîte de nuit. Les moutons étaient filmés en alternance avec les danseurs et projetés sur un écran. Je n'avais pas assisté au résultat mais il était paraît-il édifiant. Hormis le pelage, la différence entre les humains et les quadrupèdes était insignifiante – Et la merde des moutons, hein, on l'a payée combien, c'était avec un supplément – Papa je t'en prie, dit Jean-Paul d'une petite voix, une voix d'enfant, son père se reprend, respire – excusez-moi, on était partant pour l'aventure, elle a eu lieu, elle se solde par une non-réussite, ça fait partie des choses… c'est comme ça, point, on ne reviendra pas en arrière – ses yeux reprennent un éclat normal – Est-ce que quelqu'un a une idée, n'importe quoi, un truc humanitaire, un projet de bienfaisance, n'importe quoi…

Seul le silence lui répond.

— Jean-Paul ?

Jean-Paul se mordille les lèvres.

— Aurélien ?

Aurélien hoche la tête.

— Je suis complètement d'accord avec vous, avec de la distance c'est… fou, disproportionné. C'est…

— Quelqu'un d'autre ?

On entend le bruit du frigidaire qui se met en marche.

Je me racle la gorge.

— Moi, je dis d'un seul coup, m'étonnant moi-même, moi j'ai une idée.

Tous les regards convergent dans ma direction. Maintenant on entend un bruit de chasse d'eau, accompagnant le directeur financier qui revient des toilettes.

Je ne sais absolument pas ce qui me prend.

— Cela concerne la création artistique et le contexte d'Internet s'y prête parfaitement, je fais, pas trop sûr de ce que je vais dire. Il s'agit d'un… d'un jeu. C'est… – je m'éclaircis la gorge – … bon ça…

— Vous pensez à quoi ? m'interrompt le père de Jean-Paul.

— Je pense qu'on pourrait très bien mettre sur pied à partir de tous les éléments qu'ArtZap – le directeur financier se gratte la main, comme s'il souffrait d'un début d'allergie fulgurant – … créer un Principe, enfin une… république virtuelle de la création où chaque citoyen pourrait se rattacher à des œuvres préexistantes, par exemple de gens qu'il admire et qu'il a toujours regardés de l'extérieur, qu'il a toujours plus ou moins *consommés*, par exemple, quelqu'un qui serait fan, mettons de Tintin – je vois que la curiosité du père de Jean-Paul est éveillée – et qui serait, voyons, plombier, pourrait faire quelque chose en rapport avec, je dis n'importe quoi, Moulinsart, ou une fille qui fait des chapeaux et qui est fan de Proust les chapeaux d'Odette Swann, ça c'est pour le côté ludique, même un peu trivial des possibilités, mais imaginez si les œuvres pouvaient toutes s'interconnecter, se positionner en référence l'une par rapport aux autres…

Quelqu'un m'interrompt.

— Mais ce que tu décris là, justement c'est le Net. C'est… ça n'a rien d'original.

Je ne me laisse pas démonter.

— C'est le modèle du Net, mais ce qui se passe n'est pas vraiment mis en forme, ce n'est pas énoncé comme tel, ce à quoi je pense implique un engagement artistique, mais aussi existentiel, philosophique, politique, c'est… – je m'enflamme – c'est un moyen d'accès, c'est notre transformation en… c'est le moyen de devenir *vraiment* la création. C'est… – je secoue la tête, ne trouvant plus mes mots – C'est le Jeu quoi, c'est chacun transforme ce qu'il est, n'importe quoi, sa vie, en une figure objectale ou virtuelle et le met à la disposition des autres, et chaque chose en se reliant à cette chaîne bénéficie de cet élan-là. – maintenant je suis vraiment sûr de moi – C'est aussi offrir la possibilité à la majorité de se relier avec ce qui leur est inaccessible, c'est… putain vous imaginez la différence pour un jardinier entre tondre une pelouse et repenser le jardin du héros de son feuilleton préféré. Ou pour un coureur cycliste qui d'un seul coup, je sais pas, se met à faire le parcours d'un personnage de roman. C'est… c'est un outil, un moyen de se projeter dans le monde virtuel et dans le monde réel en étant réellement *vivant*. Merde – là je dérape légèrement – quoi, vous avez vu les zombies qui nous entourent. Vous trouvez pas que ça suffit maintenant ?

Personne ne pipe mot. Le père de Jean-Paul a l'air dégrisé. Le directeur financier est avachi dans un fauteuil et me regarde d'un air torve.

— C'est intéressant, finit par dire le père de Jean-Paul, mais… pour… pour ArtZap le gain serait où, indirect ? sur la pub ?

— Pas de gain, je dis, vous parliez de projet de bienfaisance, pas de gain. On a le listing de milliers d'artistes, on a les contacts, on a les informaticiens, après ça viendra tout seul. L'idée c'est de créer un programme de base, comme les trucs pour télécharger la musique, là, qui ont été rachetés récemment...

— Napster ? hasarde le directeur financier.

— Oui, c'est ça, Napster.

— Et après ?

— Eh bien il suffirait que la sauce prenne et tout le monde... ce serait comme une identité supplémentaire, de... chacun pourrait avoir une sorte de vaisseau spatial pour voyager dans l'Autre Monde qui serait enrichi par... – mais là je m'arrête parce que ce n'est pas la peine d'aller trop loin – ... enfin je veux dire on peut vraiment redonner un sens différent à tout ce qui se fait, c'est... ça repositionne le truc dans la perspective de départ, c'est... halte aussi au... – je vais pour dire halte au monde marchand mais je me dis que ce n'est peut-être pas l'endroit – c'est... je crois qu'on peut initier quelque chose de vraiment bien, une manière d'échanger, de communiquer, de se réfléchir différemment... C'est... même le monde de l'entreprise, c'est... on le décline partout...

Tout le monde regarde le père de Jean-Paul. Son fils le premier, attendant sa réaction pour émettre un avis. J'ai peur qu'il réponde quelque chose d'un peu méprisant, mais il se passe la main sur le front et dit d'abord : Intéressant, je pense que c'est une très bonne idée et sinon utile pour le monde en tout cas qui ne peut pas lui faire de mal, c'est... ça donnera aussi une démocratisation de l'art, hein, je pourrai tailler ma haie en faisant comme si c'était celle du domaine des Dieux ... – il enlève un cheveu, peut-être un cheveu de la pute, sur le devant de sa veste je pourrai me déguiser en Lucky Luke – il rigole vaguement, fait clic-clac, comme s'il était monté sur Jolly Jumper – c'est ça, non ? si j'ai bien compris, mais... dans notre petit cas précis... – il s'est repris, n'a plus l'élocution pâteuse de tout à l'heure. Il change de ton – ... comment peut-on dire... – il sourit, d'un sourire volontairement caustique – ... mercantile, hein, on peut le dire comme ça, le but au départ était quand même de créer de la richesse, pour nous-mêmes et pour nos actionnaires. Pas spécialement de changer le monde. Pas particulièrement de permettre à la personne qui fait sa vaisselle de s'identifier à Mickey Mouse, ou à l'institutrice de ma fille de faire sa psychanalyse par le biais d'un système d'abat-jour en macramé qu'elle mettrait en relation avec le fantôme de Robert Musil dont une âme bien intentionnée aurait condensé les livres sous la forme d'une méduse à rayures tentaculaires. C'est juste la réserve que je mets. C'est... – il rigole – soixante-quatre grosses boules quoi, alors oui, effectivement, il vaut mieux un projet de bienfaisance que rien. Bonne idée Louis, vraiment bonne idée, je suis sincère! Mais dans notre cas ce n'est pas... – il fait un geste comme si tout lui échappait – en tout cas – il se tourne vers les autres, comme s'ils faisaient tous partie d'une classe de cancres et que moi, le nouvel élève, ai quand même eu des velléités de remonter le niveau – lui a au moins le mérite d'avoir une vraie idée.

Nous comprenons tous que la remarque s'adresse à son fils. Il ne finit pas son discours mais je crois que nous en avons compris la teneur. Ensuite tout le monde se ressert du champagne, dans une ambiance pesante. Quelqu'un lit un article sur Charles B., qui vient de gagner des milliards avec sa start-up. Il est de la famille de celui qui a fait un livre sur la pub? demande Laurence. Oui, répond le comptable, c'est son frère. Le père de Jean-Paul – que j'avais perçu plus *self-control* – a un tic nerveux qui lui fait froncer le sourcil droit à intervalles réguliers.

3.

— Mais comment saviez-vous que j'allais leur parler de cette idée de Jeu juste à ce moment-là? je demande à Klingston avec qui nous dînons dans une petite brasserie à côté de la gare de Lyon presque un mois plus tard. C'est... télépathie je veux dire, ou...

— Pas vraiment, dit Sylvie... – elle hésite un peu – comme une mécanique qui a ses propres règles de fonctionnement. C'est soumis à une logique.

— Mais vous le saviez, j'insiste, depuis le début c'est programmé comme ça. ArtZap. Leur faillite. L'argent de

Source, et que je rachète l'ensemble en l'état pour une bouchée de pain.

Klingston secoue la tête. Pas exactement. Pas *vraiment*. Ça se... c'est exactement ce que te dit Sylvie, certains éléments sont enchaînés à d'autres et doivent effectuer certaines opérations... personne n'a de vue d'ensemble. On peut juste participer avec plus ou moins de clairvoyance.

— Et si un élément ne fait pas son travail ?

— Il est remplacé par un autre, enfin je suppose... – il sourit – nous ne sommes que des émanations de quelque chose d'infiniment subtil, c'est tout ce que l'on peut dire. On peut se rapprocher de cette chose et alors être avec elle, mais pas *tout* savoir. – il se tourne vers Sylvie – Hein, pas tout ?

— Certainement pas, approuve Sylvie. Tout ça n'est pas possible.

— Vous voyez Lettre O, grince Klingston, Anus est d'accord avec moi.

La salle du restaurant est striée de rideaux dont les ourlets sont bordés d'or.

— Et maintenant, je balbutie. Je. . qu'est-ce qu'il va. . ?

— Arriver ? termine Sarah, dont les yeux ont l'air de flamboyer, C'est ça que tu veux dire ?

— Laisse-le donc tranquille, tempère Ronald, tu vois bien qu'il a de nouveau sa petite remontée de LSD. Il a besoin de repos.

— De repos, glousse Sarah – elle fixe la paume de sa main comme s'il s'agissait d'un pense-bête où seraient inscrits les arcanes de mes jours futurs – mais ce n'est pas du tout prévu.

Pourtant j'ai envie de dormir, je murmure, vraiment de dormir.

4.

Et quand cette espèce de sommeil me prend les murs autour de moi, les gens, Klingston, la musique, tout cela disparaît comme de la craie effacée par la pluie sur un trottoir et les voix que j'entends ressemblent à des fluctuations souples que l'on aurait glissées à travers des interstices tracés dans la brume, je suis seul, flottant dans un espace où rien ne permet de se raccrocher et où les murs paraissent avoir été conçus dans une matière telle que s'en approcher est impossible, il suffit de vouloir les toucher pour qu'ils s'évaporent eux aussi. Ma voix est déformée, et d'ailleurs je ne suis même pas certain qu'il s'agit de ma voix. Mes interlocuteurs sont au nombre de trois.

— Dormir ? Comme cela est curieux. Ne croyez-vous pas qu'il s'agit d'autre chose ?

— Que voulez-vous dire ?

— N'avez-vous pas de questions ?

— Quel genre de questions ?

— Je ne sais pas. Concernant la vie ...

— Non, enfin, je... pourquoi serait-on obligé de...

— Faites un effort.

— J'ai envie de dormir.

— Posez une question.

— N'importe laquelle ?

— Si vous voulez.

— C'est un jeu ?

— Nous vous l'avons déjà dit.

Mes yeux se ferment. J'ai à peine la force d'argumenter.

— D'accord... après tout pourquoi pas... mais alors quand vous déclarez que le monde des phénomènes ne serait qu'une métaphore du monde des esprits cela induit-il que le monde réel est uniquement le monde des... phénomènes ?

— Oui, en quelque sorte. Et en même temps non.

Cette fois le voyage est totalement différent. Je plonge d'abord sous terre où sont tapis les Monstres et les Bêtes Affreuses à Visages d'Insectes et les Sombres Couches qui nous séparent de l'Horreur et aussi les Êtres aux corps et aux visages de Poissons qui ont inspiré Lovecraft et nous hantent depuis la nuit des Temps, aussi réels ici que les vicissitudes du quotidien dans notre monde sensible et j'inspecte les Gouffres Abyssaux et les Cavernes qui abritent les Secrets et les Codes et les Sons Premiers et les Alphabets et je vois les fantômes de ceux qui les ont écrits, et tout ceci s'agence comme un rappel de mes visions chez les habitants des Montagnes à la Peau de Caoutchouc, mais comme si tout ceci maintenant émanait d'une galaxie encore différente, jusqu'à ce que le contact avec cette dimension du Cosmos et ses Termites et ses Insectes Affreux cesse enfin, et puis l'On m'ouvre une porte et je peux gravir un escalier, sur le seuil duquel se tient encore un Nouveau Monde, et celui-là est fait de couleurs et de brillance telles qu'aucune couleur jamais ne pourra rivaliser avec et cette brillance et ces couleurs ne sont que l'Or et l'Azur des Circuits d'une Technologie à côté de laquelle les laboratoires de la NASA ressemblent à peine à un Meccano, et c'est comme de passer dans les coulisses de l'Univers et d'en voir les Machineries dans leurs Rutilances et leurs Précisions Parfaites, et tout alors se décompose en une myriade d'images fractales et une Pyramide translucide sur laquelle un double Serpent enlacé ondule et se multiplie et dans un emboîtement parfait en forme une autre, gigantesque et faite d'Or Pur et de Diamant et l'Ordre du Monde m'est alors accessible, sans pourtant que je puisse, à mon retour, le verbaliser de quelque manière que ce soit.

5.

— C'est... je bredouille, encore à moitié azimuté, c'est... effectivement c'est un. Jeu quoi... un Jeu...

— Ça va, monsieur, demande le serveur, qui m'a vu dodeliner bizarrement, tout va bien ?

— Je crois que le beaujolais a encore frappé, le rassure Klingston, notre ami a du mal à tenir le choc.

— Vous prendrez des desserts ?

— Oui, dit Sylvie, qu'est-ce que c'est la tarte du jour ?

— Quetsches, précise le bougnat, en appuyant sa réponse d'un petit clin d'œil allusif dont je ne saisis pas la finalité. Avec des quetsches au sirop de cette année, maison bien sûr !

— Ah ?, fait Klingston, vraiment maison, alors je vais prendre ça.

— Moi aussi, dit Sylvie, qui a l'air perplexe quant à l'attitude du restaurateur.

— Trois, je fais, à peine remis. Moi aussi... une tarte !

— C'est bizarre, dit Sylvie, il me faisait des clins d'œil.

— Sexuels, peut-être ? émet Klingston, c'est... – il montre la poitrine de Sylvie – pas de sous-tifs, c'est pour ça.

Les tartes arrivent, elles sont délicieuses.

D'autre part si une grande partie des jeux proposés font appel à des pulsions primaires (mise en forme de l'agressivité, jeux de guerre, etc.) il est indéniable qu'une frange non négligeable propose des jeux à vocation différente nécessitant l'acquisition d'un nombre de schèmes élevés, une bonne maîtrise de la syntaxe, une capacité de réaction rapide à des situations inédites et l'appel à un monde imaginaire symbolique complexe.

D'autre part, si une grande partie des jeux proposés font appel à des qualités primaires (force, en forme de l'adresse, jeux de guerre, etc.) il est indéniable qu'une frange non négligeable propose des jeux à vocation [illegible] l'acquisition d'un nombre de [illegible] types de [illegible] bonne maîtrise. Il [illegible] d'une capacité de réaction rapide à des situations inédites et l'appel à un monde [illegible] complexe.

Chapitre 18

La théorie des cordes

Toutefois s'il existe encore de telles pierres, qui des Anciens sont venues jusqu'à nous, elles ne possèdent plus les mêmes pouvoirs qu'à l'origine ; car le Ciel, aujourd'hui, n'est plus dans la même disposition qu'alors – c'est pourquoi il convient d'en réaliser de nouvelles.

1.

« *Si la matière nous échappe, comme celle de l'air et de la lumière par son extrême ténuité, si les corps sont placés loin de nous, dans l'immensité de l'espace, si l'homme veut connaître le spectacle des cieux pour des époques successives que séparent un grand nombre de siècles, si les actions de la gravité et de la chaleur s'exercent dans l'intérieur du globe solide à des profondeurs qui seront toujours inaccessibles, l'Analyse mathématique peut encore saisir les lois de ces phénomènes. Elle nous les rend présents et mesurables, et semble être une faculté de la raison humaine destinée à suppléer à la brièveté de la vie et à l'imperfection des sens ; et, ce qui est plus remarquable encore, elle suit la même marche dans l'étude de tous les phénomènes ; elle les interprète par le même langage, comme pour attester l'unité et la simplicité du plan de l'Univers, et rendre plus manifeste cet ordre immuable qui préside à toutes les causes naturelles.* »

— C'est qui ? demande quelqu'un, Einstein ?

— Non, répond Aurélien, qui vient de lire cet extrait, Fourier.

— Fourier ? je m'étonne. L'utopiste ?

— Non, le mathématicien, l'utopiste c'était Charles, lui c'est Joseph.

— Mais quel rapport entre les mathématiques, la magie et cette idée de jeu ? demande Cécile.

— Ben, heu… – Aurélien s'est fait des locks qui lui donnent un aspect quelque peu… échevelé – je suppose qu'il y a des similitudes, c'est tout de même des processus…

— Bizarres ? propose Angèle.

— Surtout des manières de mettre en forme le monde pour arriver à s'en saisir, je tranche, à des niveaux différents bien sûr, mais l'Art permet des opérations sur des zones de l'être auxquelles les mathématiques n'ont pas encore accès, et les mathématiques permettent de coder les choses dans un langage universel et en reliant ces deux systèmes on fait de la… sorcellerie.

Nous hochons tous la tête. Le silence s'installe. Je veux dire, dit Cécile…, mais elle ne finit pas sa phrase. On entend un vague fond musical. Quelque chose avec des notes aiguës qui rappellent une mélodie enfantine. Les vocales font ééééééé, ooooooo, éééééé.

2.

ArtZap n'est plus dans les bureaux d'ArtZap, mais dans des locaux qu'Aurélien a trouvés, dans le XIIIe, pas très loin de chez moi.

ArtZap ne s'appelle plus artzap.com, mais Le Jeu. Quant à notre identité virtuelle, lejeu.com étant déjà pris, nous nous sommes rabattus sur lejeu.net. Il est question d'ailleurs que les instances suprêmes de l'Internet changent les intitulés des adresses existantes. La transaction avec le père de Jean-Paul ayant abouti –

sans pitié pour ses partenaires il a d'abord racheté la société pour un franc symbolique après le dépôt de bilan, puis me l'a revendu –, je suis intégralement propriétaire de l'entité moribonde ArtZap – c'est-à-dire des magnifiques ordinateurs, du studio son, de la photocopieuse laser couleur et surtout des milliers de dossiers classés pays par pays renfermant les échanges de courriers avec les artistes, ayants droit et galeries du monde entier, tout cela pour la somme dérisoire de quatre cent mille euros, ouvrant ainsi mon champ d'action sur un éventail de possibles alléchants : à savoir rien moins que la transformation de la Terre entière – ah, ah – en une gigantesque œuvre d'art interactive – mais ne l'était-elle pas déjà? – hi, hi?

Intéressés par le sujet et présentement désœuvrés Aurélien et les autres sont venus se greffer.

— Vous savez, Gentil Ancien-Nouveau Patron, me dit Angèle, par moments je me demande si vous n'avez pas complètement déraillé.

3.

— Mais pourquoi sorcellerie, reprend Cécile, ça pourrait être, je ne sais pas... autre chose par exemple...

— Parce que les sorciers fonctionnent sur le postulat qu'un Principe est à l'œuvre et se décline dans une infinité de formes et qu'il existe, au sein d'un système triangulaire, une interface possible pour manipuler cette force et s'y intégrer. Le Jeu obéit à cette règle. En exprimant sous forme d'œuvre notre énergie psychique nous la sortons de nous-mêmes, elle nous devient accessible et plus aisément manipulable, et en la numérisant nous nous soumettons symboliquement par le biais des mathématiques à un système universel. – j'extrapole un peu – Nous rattachons l'émanation de notre affect de singe à une dimension supérieure. – je toussotte – énergie codée, quoi, toujours le même truc...

— Ça rejoint ce dont tu parlais, notre monde ne serait que la métaphore d'un autre mais dans lequel il est quand même possible d'avoir une marge de manœuvre?

Complètement, j'affirme, et en plus avec la possibilité de se relier les uns aux autres à travers la création de chacun nous pouvons créer un… egrégor !

Personne ne pipe mot. Ils me regardent tous avec un air un peu… inquiet.

4.

— Ce qui est formidable, commente Sylvie, c'est qu'aucun d'eux n'ait encore songer à te faire enfermer.

— Je continue à assurer une partie des salaires, je souris d'un air rêveur, je crois que ça aide.

Les millions distraits aux vilains capitalistes malhonnêtes ont été transférés sur différents comptes off shore grâce à la magie du Net. Pour l'instant l'enquête sur Source et consort est toujours au point mort. L'idée du Jeu progresse à grands pas.

Mais pourquoi tu te lances là-dedans ? avait fini par me demander Aurélien – évidemment c'est une question pointue. C'est un beau projet mais en même temps c'est bizarre de mettre un demi-million d'euros dans un truc aussi… Il n'y a aucune rentabilité de prévue, non ?

— Non, j'avais dit, vraiment zéro.

— Super bizarre, parce que… millionnaire OK, un millionnaire c'est normal qu'il fasse une fondation ou un truc similaire, Pinault à Billancourt ou. . au final c'est toujours plus ou moins de la plus-value, ou même ça s'inscrit dans une logique de bienfaisance, mais là c'est… carrément étrange.

De fil en aiguille j'en étais venu à lui raconter ce qui m'avait poussé à faire ça, d'abord en axant le truc sur Duchamp (tout *est* art, ou tout *peut* l'être) et les Aktionistes viennois et Otto Muehl mais aussi le Jeu des perles de verre, de Hesse, et la maison du Facteur Cheval et le Grand Jeu de Daumal et finalement, encore de fil en aiguille, je commence à lui raconter des choses plus bizarres en parlant d'une espèce de jeu artistique auquel j'avais été convié et qui avait pour but une Métamorphose du Joueur, une transformation à la façon des Alchimistes (*de ce plomb un jour tu feras de l'or*) et qui met en jeu des éléments sidérants de notre psyché.

— Mais dans quel contexte? demande Aurélien. Dans… c'était quoi, une expo?

— Pas vraiment, j'élude, au départ mal à l'aise, plutôt… enfin si au départ il y avait une expo, mais après c'était plutôt… live en fait, live, c'était… transformation de la réalité en galerie permanente reliée à… interaction constante psyché-imaginaire/réel, avec comme des… comme si… en fait c'était devenu un mode opératoire et que ça fonctionnait sur mes programmes, comme si les… ce qu'il pouvait y avoir d'artistique servait juste de… convertisseurs.

D'abord il ne saisit pas très bien, mais en même temps il est de plus en plus intrigué, et je ne sais pas par quel bout prendre ça, ni comment lui expliquer *vraiment* par quoi je suis passé, tant ça me semble éloigné d'une compréhension classique, et à la fin je lui parle de cette histoire de psychotropes et de village aménagé avec des personnages de dessins animés et de contes médiévaux, et aussi des entrelacements infinis de connexions auxquels j'ai pu accéder et de l'art comme un champ possible d'action sur les différentes dimensions.

Il en reste pour le moins songeur…

— Et le… produit te permettait une connexion… heu, c'était non-stop ou… enfin je veux dire la part de réalité, enfin de – il montre les bureaux autour de nous – cette réalité bien sûr, était… plus importante ou… – je sens qu'il est un peu mal à l'aise. À sa place je le serais également – Quand tu dis que petit à petit tu as pu à la fois lire des bouts de ton… ADN et aussi en modifier des séquences, est-ce que c'est… enfin c'était toujours de l'art, ou tu penses que c'était une… illusion, ou… est-ce qu'une fois de retour dans… ici quoi, je veux dire dans le… enfin bref… c'est là que tu as cette idée de jeu, mais… pour toi c'est quoi? une mission? – en clair il me demande si je suis juste légèrement toqué ou carrément complètement secoué.

— Une mission? je m'exclame, interloqué. Pourquoi une mission?

— C'est… – il secoue la tête, sourit – … non je trouve l'idée bonne mais c'est… tu pourrais avoir envie de faire un truc genre secte ou… enfin tu vois ce que je veux dire.

Là-dessus, au mot secte, je sais évidemment sur quoi rebondir. Cette fois ils en sont comme deux ronds de flancs.

5.

— C'est dingue quand même, dit Angèle, je veux dire c'est... super étrange, d'imaginer tout ça en parallèle avec cette histoire de secte Rouge, – Orange la reprend Marc Andréoni, Orange... – c'est... en même temps pourquoi pas, mais, ça fait un peu comme le Club des Cinq, non? Le Club des Cinq contre Orange Sect!

— Plutôt Harry Potter, dit une autre fille, Juliette, qui est en fait la petite amie d'Aurélien, et qui travaille dans l'édition. C'est... un monde de sorciers qui coexistent avec la population...

— Absolument, renchérit Aurélien, on peut très bien imaginer que des... – il me regarde, pas très sûr – on dit encore des gens dans ce cas-là, ou... des êtres?

— Entité énergétique plutôt, suggère alors Cécile. Je suppose qu'il ne s'agit plus vraiment de personnes à la manière du vilain Gnafron le Gnome ou de la fée Carabosse. C'est certainement en termes de – elle utilise l'expression anglaise informatique qui littéralement signifie *groupe d'oiseaux aux mêmes plumages* – «*BOF groupés*» énergétiques que ça se joue...

— C'est ça, je dis, oui, des egrégors.

— .. ayant accès à certains ressorts de fonctionnement du monde ils essaient de détourner à leur avantage les acquis au détriment du reste du... groupe. En fait c'est... ce que nous racontent plus ou moins les trois quarts des mythes. C'est... le Mal en fait. Le Mal et l'égoïsme. Les Méchants...

— Le côté obscur de la Force, renchérit une amie de Cécile, qui s'appelle Raphaëlle. Le Pouvoir, quoi.

— De toute façon, souligne Cécile – qui avec Aurélien se révèle l'esprit fort de la petite assemblée – ce qui compte c'est ce qui se passe ici. Le... enfin l'autre dimension moi je la vois surtout comme un espace où peuvent opérer les symboles. Que ça corresponde ou non à une réalité tangible sur un autre plan de toute façon c'est déjà le cas, sans ce que nous sommes arrivés à nous raconter au fur et à mesure le monde ne nous raconterait rien.

— Sauf que là avec le Jeu tout le monde devient plus ou moins sorcier. C'est… on est Moldus autant que Sorciers…

— Je…, je fais, un peu gêné d'avoir déclenché tout ça, enfin ce machin de Secte Orange c'est comme ça que j'ai décodé le truc mais je ne sais pas si… c'est peut-être juste, vous avez raison, une façon de mettre en forme une peur de l'Autre, le Mythe de l'Éternel Ennemi, nos propres Démons projetés sur un groupe invisible et maléfique… L'énergie psychique a besoin de s'appuyer sur des explications, je conclus, sinon ça part dans tous les sens.

Mais je n'ai pas l'air tellement convaincu, et d'ailleurs personne ne me répond. Ils continuent à discuter entre eux des implications du jeu et de son action possible sur la Secte Orange – sur l'éradication du Mal – pratiquement comme si je n'étais pas là. Évidemment questions et idées fusent.

6.

— Chacun pourrait rebondir sur une œuvre ?

— Ou pas, c'est une façon de se raccorder, mais pas nécessairement… de toute façon rien ne naît totalement de rien, c'est forcément des emboîtements et des conséquences…

— Parce que ça va poser un problème de droit…

— Pourquoi ? moins que le sampling, chaque emprunt, ou point de départ d'une œuvre nouvelle s'inspirant d'une autre sera soumis aux mêmes règles que dans une configuration normale, il faut juste que les artistes jouent un minimum le jeu…

— Oui, parce que si c'est la croix et la bannière pour obtenir l'autorisation de faire un spectacle de castagnettes à partir du roman ou du tableau qu'on a en tête…

— En plus, on peut jouer plein de choses, ça peut devenir un réflexe, un problème relationnel par exemple, on peut le transformer aussitôt en quelque chose de créatif.

— Ou philosophique, c'est aussi une façon de relier les disciplines, si tout est intégré vous imaginez les passerelles entre la science et le romanesque par exemple. Avec des moteurs de recherches par thèmes on peut avoir toutes les œuvres travaillant tel ou tel type de questionnement.

— Il y a déjà des tentatives de jeu artistique sur le Net, des vidéastes où il faut mettre au point un visuel correspondant. Que ça fasse comme une sorte de territoire dont on peut avoir des aspects différents selon son désir.

— Je ne comprends pas très bien, ce que vous dites tout ça Internet le propose déjà.

— Non, pas de cette façon. Internet le permet peut-être, mais aujourd'hui quand tu t'aventures sur le Web c'est d'une façon un peu aveugle, c'est…

— Pas d'intention. Là c'est formalisé. C'est ce qui fait la différence.

— Mais est-ce qu'on va faire un système poste à poste où tout sera dans le serveur ? Regardez ce à quoi j'ai pensé, chaque joueur est représenté par une cellule-mère-boule et à chaque nouvelle œuvre une petite excroissance se forme, terminée par une nouvelle boule plus petite. C'est cette petite boule qui va symboliser l'interface avec les autres œuvres.

— Ah, mais pour les œuvres qui ont peu de connexions d'accord mais pour la Bible par exemple, ou *Le Capital*, ça donnerait des graphiques de folie.

— Et alors, il faut juste étudier le programme en ce sens.

— Parce que l'idée c'est aussi de pouvoir voyager dans les œuvres, si on fait poste à poste ça ne marche pas.

— Et on prévoit un modérateur ? Parce que sinon on va avoir tous les tarés qui vont rappliquer.

— En tout cas une chose est sûre il faut d'abord donner un corps identitaire au Joueur.

— L'anonymat n'est pas possible ?

— Si. C'est à chaque joueur de choisir. On peut aussi prendre un pseudo mais c'est juste que le but est de poursuivre quelque chose dans la durée, si on prend un pseudo à dix-neuf ans ce n'est pas certain qu'on ait envie du même à trente-deux.

— C'est sûr, moi en seconde je me faisais appeler la Gouine Verte, maintenant ça me foutrait carrément les boules.

— Moi aussi je me cherchais à seize ans, mais quand même, je ne me serais pas appelé Pède Violet.

— Ah, moi non, Pède Violet ça ne m'aurait pas dérangé, par contre les trucs genre BadTroll ou NaziPuissant, je trouve que ça craint.

— Et si on se servait de deux serpents entrelacés ? Le Joueur serait les deux serpents. Les œuvres seraient codées dans les serpents et pour chaque nouvelle jonction entre deux œuvres un des serpents se détacherait et viendrait se raccorder à celui d'un autre joueur.

— Je comprends pas.

— Mais si c'est simple.

— Moi je préférais le système de boules avec des excroissances.

— C'est ça, voilà, l'œuvre est cette petite boule qu'il y a au bout de la mandibule.

— Hon, hon. La boule est dans l'œuvre…

— Non, c'est l'inverse, l'œuvre est dans la boule.

— Ou dans le serpent.

— Mais la petite ou la grosse ?

— Mais non, la grosse c'est l'identité.

— Est-ce que c'est la boule qui pond l'œuvre ou l'œuvre qui pond la boule, ah, ah.

— Ah ! Ah !

— En tout cas serpent ou boule, il faut que ce soit. .

— Tripant ?

— Oui, tripant.

Tripant, reprennent-ils tous en chœur. Là-dessus tout le monde est d'accord.

7.

Finalement nous arrivons à la conclusion que le Jeu devra permettre les opérations suivantes :

1) La mise en forme pour l'artiste de la globalité de son œuvre – la notion de galerie-exposition permanente virtuelle renvoyant à des manifestations concrètes ;

2) La possibilité de relier son travail à d'autres, ceci dans un espace abolissant les barrières interdisciplinaires;

3) L'inscription dans une continuité historique et contextuelle – références, proximités, etc.;

4) L'ouverture d'un mode de fonctionnement artistique élargi applicable à des domaines du quotidien – la possibilité de « jouer » un conflit, un projet, une relation, etc.;

5) Pour le « receveur-spectateur » une mise en perspective immédiate et surtout un biais pour participer de manière interactive à l'œuvre de son choix;

6) Un ajout inoffensif pour le système marchand constituant pourtant une alternative à la dérive « mercantile » de l'expression artistique;

7) Un outil d'enrichissement de LA et des connaissances.

8.

Dans les jours qui suivent nous élaborons une sorte de cadre dans lequel le Jeu pourrait s'épanouir. Les grands principes sont rassemblés sur une affiche qui doit servir de référence et de règle. Les énoncés en sont les suivants.

LE JEU EST UN JEU ARTISTIQUE BASÉ SUR LA RELATION, L'ÉCHANGE, LA CONNEXION ET L'INTERACTIVITÉ ENTRE LES JOUEURS.

IL EST PAR ESSENCE TOTALEMENT GRATUIT ET À BUT NON LUCRATIF.

IL TROUVE NATURELLEMENT UN SUPPORT SUR LE RÉSEAU INTERNET MAIS PEUT S'INSCRIRE SOUS D'AUTRES FORMES ET DANS D'AUTRES LANGAGES.

CHAQUE JOUEUR POSSÈDE UN MODULE DE DÉPART X QU'IL DEVRA FAIRE FRUCTIFIER EN PRODUISANT DES ŒUVRES ARTISTIQUES EN RELATION AVEC SA PERSONNALITÉ DE DÉPART, SES PROBLÉMATIQUES, SES RÉFLEXIONS, SA SENSIBILITÉ.

PAR ŒUVRE ARTISTIQUE IL EST ENTENDU QUELQUE CHOSE DE PLUS VASTE QUE CE QU'IL EST

COMMUNÉMENT ADMIS, UNE PRODUCTION GASTRONOMIQUE, UN JARDIN, LA CRÉATION D'UNE ENTREPRISE, PEUVENT ÊTRE DES ÉLÉMENTS DE JEU.

CHAQUE ŒUVRE GÉNÈRE UNE POSSIBILITÉ DE SE CONNECTER AVEC D'AUTRES (UNE OU PLUSIEURS) ŒUVRES PRÉEXISTANTES OU À VENIR, CECI DE DIFFÉRENTES MANIÈRES, LA CRÉATION PROPOSÉE PEUT ÊTRE UNE RÉFÉRENCE EXPLICITE À UNE OU DES ŒUVRES DÉJÀ EXISTANTES, UNE RÉPONSE, UNE ALTERNATIVE, UN HOMMAGE, UNE CONTESTATION, UN REGARD DIFFÉRENT SUR LE MÊME THÈME, ETC.

LE PRINCIPE ÉTANT DE CRÉER UN RÉSEAU S'INSCRIVANT 1) DE MANIÈRE VIRTUELLE SUR LE NET 2) RÉELLE DANS LE MONDE PHYSIQUE, PERMETTANT À CHACUN UNE MISE EN FORME DE LUI-MÊME TOUT EN MATÉRIALISANT UNE STRUCTURE DE RELATION ET D'ÉCHANGE.

LE LOGO DU JEU EST DEUX SERPENTS PIXELISÉS SE FAISANT FACE.

LE JEU EST ACCESSIBLE À N'IMPORTE QUI SUSCEPTIBLE D'EN COMPRENDRE LES RÈGLES, SANS RESTRICTIONS D'ÂGE, DE SEXE, DE COULEUR, DE CONFESSION OU D'APPARTENANCE POLITIQUE-LE JEU PEUT ÊTRE INDIVIDUEL AUSSI BIEN QUE COLLECTIF-LE JEU S'INTÈGRE AU QUOTIDIEN-LE JEU INTERDIT TOUT PASSAGE À L'ACTE INAMICAL-LE JEU PERMET, SOUS UNE FORME SUBLIMÉE, L'EXPRESSION DE N'IMPORTE QUELS SENTIMENTS, Y COMPRIS LES PIRES-LE JEU NE PEUT SE JOUER QUE DANS LE RESPECT DE L'AUTRE-LE JEU INTRODUIT UNE CONCEPTION ÉLARGIE DE L'ACTE ARTISTIQUE-CHAQUE PARTICIPANT SE DOIT DE PRENDRE SUR SON TEMPS POUR EXPLIQUER LES RÈGLES ET INITIER CHAQUE NON-JOUEUR QUI LUI EN FERA LA DEMANDE-SI LES RÈGLES DU JEU SONT ÉVOLUTIVES ET SUJETTES À REMANIEMENT SON RATTACHEMENT AUX GRANDS PRINCIPES LES SOUS-TEN-

DANT EST INAMOVIBLE-LE JEU PRÉSUPPOSE UN CERTAIN GOÛT DU JOUEUR POUR LA TRANSCENDANCE-LE JEU N'APPARTIENT À PERSONNE-LE JEU S'INSCRIT DANS UN PRINCIPE D'ÉCHANGES ÉCONOMIQUES NORMAUX, LE SEUL CRITÈRE ÉTANT LA PLEINE SATISFACTION DES PARTIES EN PRÉSENCE-LA BEAUTÉ DU GESTE EST LA PRINCIPALE MOTIVATION DES JOUEURS-SEULES LES ŒUVRES DE NATURE VÉRITABLEMENT ARTISTIQUE SONT COMPTABILISABLES-LES ŒUVRES COLLECTIVES SONT ACCEPTÉES, À CHACUN D'Y RETROUVER LA PART LUI CORRESPONDANT-JOUER AU JEU INDUIT IMPLICITEMENT QUE L'ACTE CRÉATEUR EST AUTOMATIQUEMENT RELIÉ, MÊME DE MANIÈRE INCONSCIENTE, À UN PROCESSUS DE CONNAISSANCE-LE RECOURS À LA MAGIE EST ACCEPTÉ DANS LES LIMITES ÉNONCÉES PLUS HAUT

— D'un point de vue du concept, s'inquiète Cécile, y a-t-il des choses qui vous choquent?

— Non, dit TrollPuissant, moi cette histoire de recours à la magie, je trouve ça plutôt marrant. C'est... oui, c'est vraiment Harry Potter (il prend une voix gutturale) :

> *Collège de sorcellerie*
> *Liste des vêtements dont les élèves de première année devront obligatoirement être équipés :*
> *1) Trois robes de travail (noires), modèle normal.*
> *2) Un chapeau pointu (noir).*
> *3) Une paire de gants protecteurs (en cuir de dragon ou autre matière semblable).*
> *4) Une cape d'hiver.*

Il éclate d'un rire sépulcral. Je passe mon temps à le lire à ma petite sœur. Je le connais par cœur.

La stimulation est bien évidemment au cœur du succès rencontré par les jeux vidéo. C'est parce qu'ils sont capables de recréer une réalité plausible pour le joueur qu'il est possible à ce dernier d'effectuer une sorte de tour de passe-passe psychique, à savoir projeter une partie de son être dans un monde qui n'a ni substance ni crédibilité formelle mais sur lequel le résultat d'une action entreprise s'avère malgré tout effectif – ce qui, finalement, n'est rien d'autre qu'un énoncé magique.

Chapitre 19

La queue du Mickey

Pour ce qui est de l'efficience, tout dépend de la manière dont l'Astre est disposé et de l'art avec lequel l'homme en recueille la force et l'utilise.

1.

— Attrapez la queue du Mickey, hurle, hystérique, un sergent Garcia de contrebande pendant que Zorro s'époumone derrière.

La queue du Mickey, la queue du Mickey! reprennent Aurélien, Cécile, Angèle et les autres. Nous sommes à Eurodisney, où nous nous accordons une après-midi de détente, surmenés par toutes ces cogitations sur ces échanges artistiques à n'en plus finir et les grosses boules et les mandibules et les serpents s'enlaçant, mais à peine a-t-on pris place sur les dromadaires multicolores que des vigiles – rollers jaune citron, combinaisons violettes, coupe iroquoise – se précipitent et nous encerclent, nous avons enfreint les Règles. Comment ça? je bredouille, déstabilisé par la virulence de l'attaque. Quelles Règles? songeant à l'exposition d'Elisabeth Summer. Les vigiles nous bastonnent, sergent Garcia rit, Zorro aussi.

— L'entertainment, ricane les vigiles, vous avez enfreint les règles de l'entertainment!

Une tornade de pop-corn m'aveugle.

— Réveillez-vous Gentil Patron, me secoue Angèle, nous décollons.

Nous partons pour Djakarta. À l'aéroport une pancarte indiquait que les jeux vidéo peuvent être responsables de crises d'épilepsie, les faisceaux de lumière stroboscopique provoquant une réaction dans le cerveau. Notre départ s'est décidé précipitamment. Si nous voulons utiliser les possibilités magiques du Net il est nécessaire de faire appel à une batterie d'informaticiens haut de gamme, web master de tout poil – ce qu'a fait ArtZap – et donc de dépenser une fortune, pour un résultat, l'expérience le prouve, aléatoire. Par contre, en Asie, où les salaires sont moins chers et l'informatique presque un second langage, nous pouvons nous en tirer pour une somme riquiqui.

J'ai donc applaudi des deux mains à cette solution, et comme Troll a trouvé un lot de billets à vil prix (toujours sur le Net) toute la troupe m'accompagne là-bas, où Aurélien a une connection en béton pour mettre sur pied le site, quitte à travailler autant le faire dans la bonne humeur, non ?

À Singapour, où nous faisons escale, les buildings ressemblent à s'y méprendre aux éléments-fusibles d'un énorme microprocesseur.

2.

La première vision que j'ai de Djakarta ressemble à une statue communiste des années 1930. Trois hommes de tailles différentes, côte à côte, sur le bord d'un trottoir, fixent des directions opposées, le regard perdu dans une attente où tout leur être paraît avoir été condensé, comme si l'objet de leur désir – qui leur échappe – était rassemblé dans l'attente d'une révélation – la beauté du monde, un infini possible, l'ondulation du vide derrière la toile de l'écran. En fait, je crois qu'ils attendent un taxi.

L'Indonésie est peuplée de plus de cent cinquante millions d'habitants et se compose d'une myriade d'îles. Djakarta, capitale et agglomération phare de Java, est asservie par des embouteillages pires que ceux de Paris et les gratte-ciel sont aussi imposants qu'à New York.

De façon à ne pas nous égarer nous avons loué une limousine pouvant contenir tout le monde – nous sommes six, Angèle, Hervé (Troll), Aurélien et Cécile, Marc Andréoni, et c'est dans cet appareillage – Lucky Luciano et ses bras droits – que nous arrivons chez les amis d'Aurélien (non sans mal, le chauffeur ne parle pas anglais et ne comprend rien à la prononciation d'Aurélien qui a l'adresse sur un petit bout de papier).

J'ai une idée précise de ce que je veux arriver à faire mais je ne sais pas très bien comment il va falloir s'y prendre.

— Hi ! nous salue quelqu'un en arrivant.

Je ne suis pas sûr que quelque chose sorte de tout ça mais au moins on aura vu du pays, dit Troll en se laissant choir dans un canapé aux moelleux coussins. La maison est hallucinante. Une villa Mallet-Stevens revue à l'orientale. Il y a un patio au milieu avec une piscine, d'immenses escaliers de marbre. À l'étage une dizaine d'ordinateurs sont installés. Tout le monde est déphasé par le voyage. Mathias (que tout le monde appelle Mat) nous propose de nous rafraîchir dans la piscine. Des domestiques s'affairent dans la cuisine. L'ambiance fait très... nouvelle vie aux colonies au temps de l'Internet.

— C'est Louis dont je t'ai parlé, nous présente Aurélien, c'est lui le truc de... Artistic Game.

— Ah, yes, fine ! Mathias sourit. Enchanté.

Nous nous serrons la main. La maison dégage quelque chose d'indéfinissable. Un mélange de moiteur sucrée et de calme. Bonjour dit une voix dans mon dos, décidément nous sommes condamnés à nous croiser.

Un frisson glacé me parcourt. C'est... « Oh, je dis, surpris, vous... qu'est-ce qui... » Devant moi se tient Raphaël le Rouquin, goguenard, et à côté de lui, souriante, celle que j'appelais chez les Chat la séminariste, Lisa, et que j'ai revue une fois lors de la séance avec le serpent chez la vieille bique du sixième.

3.

— Vous vous connaissez ? demande Mat, surpris.

— Oui, je réponds, réussissant à calmer le tremblement qui s'est emparé de moi.

Posées autour de la piscine des milliers de composantes informatiques gisent par terre, nues et désactivées, dans l'attente qu'une âme charitable leur permette une nouvelle existence.

— Vous arrivez juste ?

— Oui, je bredouille, avant de me ressaisir, comme vous pouvez le constater, à l'instant.

La maison et le visage des personnes présentes gagnent en intensité, comme si on avait augmenté le bouton de contraste.

— Vous vous intéressez à l'Internet ?

— Plus ou moins, je réponds – quelque chose m'envahit la poitrine – nouveau monde, donc intérêt normal, mais surtout… outil, oui, par rapport à un projet, artistique surtout, symboliquement c'est important que l'on puisse agir avec plus de…

— Finesse ? propose Lisa la Séminariste.

Les composantes électroniques étincellent dans la lumière. Un holocauste a eu lieu mais ce drame n'a aucune importance. Et vous ? Vous êtes là aussi pour… ? Non, sourit le Rouquin, nous sommes juste venus passer quelques jours de vacances. Nous avions des amis à voir et Mat est le… frère de Lisa.

— Oh… très bien… c'est… tout se passe bien ?

— Oui, sourit Lisa, c'est… nous y sommes presque aussi, nous avons collecté suffisamment de… – à ce moment Troll, qui avait disparu avec les autres, claironne quelque chose depuis l'étage, quelque chose qui n'a pas la forme d'une phrase cohérente, mais plutôt d'un son : il brame Oéoéoéoéoéoénnnn.

— Ah, je dis, soufflé qu'ils en soient déjà là, suffisamment pour… ?

— Non, corrige Raphaël, quand même pas, mais suffisamment pour franchir quelques portes supplémentaires. – il sourit – En tout cas évidemment Internet est la bonne piste, mais c'est… énormément de données à gérer, c'est peut-être un peu…

— Prétentieux ? je demande, car dans le fond c'est plus ou moins ce que je me dis.

Lisa a l'air dubitative. Non, dit Raphaël, je ne dirais pas ça, mais compliqué, oui. D'un autre côté vous pouvez bénéficier d'un phénomène de mimétisme. – il se gratte la paume de la main – Il est certain que les programmes sont contagieux…

Bon, dit Mat, qui pendant tout cet échange est resté les bras ballants sans intervenir, on va peut-être passer à table ?

4.

L'ambiance est… étrange. Pendant le repas Troll, qui a réussi par je ne sais pas quel miracle à acheter à peine quinze secondes après son arrivée des champignons hallucinogènes à un des amis de l'homme de ménage se met à nous déclamer des extraits d'un gros livre d'informatique qui traînait à côté de la piscine au milieu des éléments d'ordinateur démonté : « Comment trouver les parties mortes ? – sa voix se fait grandiloquente – Comment récupérer effectivement la mémoire correspondante ? Hein, comment la retrouver ? – tout le monde le regarde avec des yeux ronds – En adoptant la solution des langages non orientés objets, bien sûr, comme Pascal (procédure dispose), C (free), PLL/1, etc. – il pointe vers nous un doigt accusateur – eh bien je dis NON, conserver un objet non référencé indique une Mauvaise Programmation. » Et sans coup férir, dans un élan de créativité assez surprenant venant de lui, il saisit un autre livre posé à côté du premier et continue sa tirade : car « le pentacle souffre une troisième décomposition : n'y peut-on voir l'astérisme zodiacal du taureau, dominant le quaternaire des éléments ? » Il éclate de rire, tandis que Raphaël le Rouquin se lève et lui arrache le volume des mains. J'ai le temps de voir le titre : *La Clef de la magie noire*.

Lisa me regarde, gênée. La servante indonésienne s'approche pour débarrasser les plats.

5.

Un peu plus tard, au bord de la piscine :

— Et vous ? finit par s'enquérir le Rouquin. Vous êtes loin du but ?

— Je ne sais pas, je dis, préférant rester évasif. D'un point de vue personnel non, mais j'essaye de mettre sur pied un… – je soufflotte dans mon verre, les bords se couvrent de buée – … quelque chose de plus… collectif… ce qu'on disait tout à l'heure… Internet, quoi, la possibilité de surfer…

— Pas une secte, quand même, se moque Lydia. Vous n'allez pas vous y mettre vous aussi.

Je ris. Non, pas de costumes. Ni de gourou. Au contraire c'est – j'ouvre les mains dans un geste d'ouverture – liberté totale, juste mise en connexions – je ne sais pas très bien comment matérialiser ça – le Virgin Mégastore et la FNAC quoi, Jeu Artistique et mise en relation…

Ah, dit Raphaël, mais sans discipline spirituelle à côté?

Pas nécessaire, le fixe Troll, dont les champignons doivent être en pleine montée, car – il roule des yeux en billes de loto – la vie suffit, non?

— Heu, dit Lisa, décontenancée par son air halluciné, enfin on sait bien que ce n'est pas non plus…

— Nous c'est juste un Jeu Artistique, la reprend Angèle, en phase avec le projet. C'est le principe de l'arborescence, chaque entité échange des informations avec d'autres entités, mais avec le supplément que permet l'artistique. On peut investir affectivement les informations et donc les doter d'une… – elle quête auprès de moi un soutien – intentionnalité?

— Hu, fait le Rouquin, je comprends la stratégie mais c'est trop… – il ne trouve pas le terme exact – politique pour nous, je préfère nous cantonner à une dimension… classique – il a l'air songeur. Peut-être effectivement trop… personnel…

— C'est-à-dire? demande Aurélien. C'est une chaîne. Et dans cette chaîne il est nécessaire que chaque élément soit régi par des Lois, sinon le langage ne peut pas bien s'écrire et donc il y a bug. Tout le monde est responsable de ça. Si vous ne vous en préoccupez pas la mauvaise circulation nuira à votre propre progression à un moment ou à un autre. Faire uniquement des petits groupes c'est la porte ouverte à n'importe quoi.

— Chacun est responsable de tout devant tout le monde, sourit Lisa, paraphrasant Dostoïevski et qui, visiblement, trouve un certain charme au jeune chercheur.

— Vous travaillez avec qui ? demande Raphaël, faisant allusion aux expériences auxquelles Aurélien s'est adonné récemment et qu'il leur a raconté pendant le repas. Un... Indien ? ou un Occidental ?

— Un Brésilien – la personne à laquelle il fait allusion est un ethnologue qui propose des séminaires à base d'ayahuesca et de techniques tantriques, c'est un pur hasard qu'Aurélien y ait participé peu de temps après la mise en place de cette histoire de Jeu.

— Vous savez qu'il y a eu pas mal d'accidents récemment, nous informe Lisa.

— Quel genre ? demande Angèle, qui en a pris aussi la dernière fois avec Aurélien et qui a eu un peu de mal à s'en remettre. Grave ?

— Des gens qui ne sont pas revenus. Des portes ouvertes qui n'ont pas pu se refermer et dans lesquelles des choses ont réussi à s'introduire.

— Hein..., fait Troll, qui depuis un moment fixe le fond de son assiette comme si le diable était en train de lui faire des signes de connivence. Les... les portes, elles... elles... – il chuchote d'une façon effrayante.

— Qu'est-ce que tu dis ? demande Angèle. Ça ne va pas ?

— Elles sont en train de s'ouvrir, ça me fait pareil, il y a des choses qui rentrent.

Tssss, claque de la langue Raphaël – et j'ai la nette impression qu'il me met au défi de quelque chose – vous devriez intervenir, il est en train de brouiller ses codes bêtement.

Lisa me regarde. Vous savez qu'il peut tout simplement devenir fou si personne ne s'en occupe. Il suffit d'un rien.

— Qu'est-ce qu'elle dit ? vagit Troll, du fond de sa montée de psychose – son visage traduit tous les stigmates de l'angoisse la plus totale, on dirait qu'il est en train de muter en araignée, c'est d'ailleurs ce que je vois autour de lui, des milliers d'araignées qui sont en route pour le dévorer vivant. J'ai l'impression qu'il m'implore.

— Stop, dit une voix dans le fond de ma conscience, ce n'est pas drôle. Et je tape dans mes mains légèrement en visualisant un interrupteur à gauche de Raphaël que j'éteins brusquement. Les araignées disparaissent. Je les remplace par un programme d'images apaisantes qui devraient recomposer les éléments de programme endommagés.

— Ça va? demande Angèle à Troll. Comment tu te sens?

— C'est beau, est en train de gémir Troll, je crois que je vais aller m'allonger.

— Pourquoi avez-vous fait ça? je demande sèchement à Raphaël.

Il rigole nerveusement. Désolé c'était juste un petit test. Il ricane de plus belle. Excusez-moi, je ne sais pas ce qu'il m'a pris, on est… on vient de passer une étape forte, ça nous donne accès à des .. possibilités qui ont tendance à nous griser.

Lisa ne dit rien. Nous restons silencieux quelques instants. À la fin c'est elle qui rompt le silence. Et. . vous savez ce qu'il se passe… ensuite?

Ensuite quoi, je réponds, sans y mettre plus de chaleur, encore agacé par l'attitude de Raphaël. Je ne sais pas où vous en êtes exactement…

D'un seul coup je la *vois.* Elle et son groupe sont à un des instants de la trajectoire où le Jeu commence à devenir intéressant, c'est-à-dire où ils vont avoir la possibilité d'intervenir artistiquement sur quelques Programmes – soit l'équivalent d'un petit talent artistique dans le niveau précédent.

— Je suppose que la Conscience va vous donner accès à des codes supplémentaires… – Raphaël acquiesce – et que vous allez pouvoir commencer à… – je ne sais absolument comment traduire ça en mots, tout ce que j'arrive à faire c'est leur envoyer une image mentale d'une forme géométrique se métamorphosant dans l'espace.

— … sculpter de la beauté? propose Lisa.

J'opine. La bonne indonésienne nous apporte les desserts. Sur le mur derrière des lézards au nombre de trois, parfaitement alignés, me font penser aux trois hommes debout qui attendaient un taxi à l'entrée de Djakarta.

— Tout va bien, nous rassurent Angèle et Aurélien, on l'a mis dans une chambre avec de la musique, il tripe comme un bébé à qui on vient de donner le sein.

6.

Une partie de moi-même a bel et bien muté. Non qu'il me soit poussé des antennes ou que mon système respiratoire puisse s'épancher d'une tasse de carbone pur, mais mon système de décodage du monde s'est élargi. Mon corps est devenu le jouet interactif d'une conscience qui ne serait plus vraiment moi, mais à laquelle je serais raccordé. Mon Moi habituel, au lieu de s'en trouver amoindri, en ressort paradoxalement gagnant. Chaque information me parvenant est désormais analysée par une sorte de super structure – comme si j'étais tissé de fibres intelligentes. Un affichage illustratif de chaque opération est possible si je le désire. Il apparaît sous des formes variées. Soit par des images synthétisant les différents paramètres, soit carrément par des diagrammes colorés. Il m'est possible, sous certaines conditions, d'intervenir en envoyant des informations modificatrices aux images reçues. Mon appréhension de la réalité est plus fine et se dote même d'un certain nombre de potentialités « magiques ». Par exemple, ayant par moments accès au programme qui sous-tend une partie du monde physique, je suis plus apte à « lire » mes semblables. J'ai régulièrement des « vues » sur tel ou tel état traversé par des gens que je côtoie. Je peux également être connecté avec des éléments de leur mémoire – ce qui se traduit par des visions de ce qui doit être des vies antérieures ou des morceaux de programme auxquels ils sont rattachés.

J'ai l'intuition qu'il est possible, une fois connecté avec cette Fréquence magnifique qui irradie l'Univers, de lui renvoyer un influx actif, et ce faisant, de devenir partie prenante de ce Jeu Cosmique auquel la Conscience joue.

Cela me semble en tout cas une finalité logique à la trajectoire folle qui m'a été imposée – qui nous a été imposée, à nous, malheureux humains éternellement déconcertés par la marche incompréhensible des étoiles –, et de toute façon un postulat philosophique défendable.

Partant du principe qu'en chaque atome de l'Univers se trouve potentiellement un des diamants brillants de la Voie Lactée, échanger cet influx avec d'autres Joueurs est une façon de participer à ce ping-pong grandiose.

7.

— Ça va ? me demande Angèle, depuis le bord de la piscine où elle est nonchalamment vautrée. Vous avez dormi ?

— Un peu, je réponds, encore dans les brumes. Demi-sommeil. Par moment j'ai des...

— Flashs ? sourit Angèle. Communications extraterrestres ?

— Oui, je rigole, ça doit être ça. Des extraterrestres.

— Bien, je dis, on se met un peu au boulot, non ?

— Pourquoi pas, Gentil Patron, bâille Angèle, puisque vous le dites.

Lisa et Raphaël repartis nous nous retrouvons avec Mat autour du pool d'ordinateurs, à lui expliquer ce que nous avons en tête, un système d'échange d'œuvres artistiques présenté sous forme de Jeu. Rapidement les explications jaillissent. Il est question de base de données, de table, de code identifiant. Mat se met à tracer des graphiques sur une immense feuille blanche. Il y a des rectangles qui se relient par des flèches. L'ensemble forme une structure évidemment cohérente et tout a l'air simple (un élément d'un point A va chercher de l'information dans un point C en ayant transité par un point B), sinon que très rapidement je n'y comprends rien, j'ai l'impression qu'ils parlent tous schtroumpf.

— C'est... ?

— Jouable ? répond Mat. Oui, évidemment. Ce qui va être plus coton c'est de donner un habillage graphique aux opérations.

J'ai demandé que l'on soigne la présentation, que les joueurs aient véritablement l'impression d'arriver dans un jeu vidéo – toujours cette histoire que ce soit « tripant ». Des lumières, des couleurs, pouf, on lance un missile-œuvre. Explosion. Connexion à l'autre œuvre. Le délire. La folie. De la musique. Boum. Voire des possibilités d'habillage différentes, aléatoires ou soumises à la décision des joueurs. Et pourquoi pas dans un deuxième temps la possibilité de paramétrer l'influx artistique envoyé par le joueur et de le transcrire sous forme graphique ? Comme des visions chamaniques ? demande

Troll, qui s'est remis de ses champignons mais a l'air encore un peu sous le choc.

— Absolument, comme des visions chamaniques. Si l'on considère que le fait d'agir sur le monde de manière artistique potentialise l'échange et la qualité d'informations échangées, alors on peut supposer que chaque œuvre crée dans une dimension parallèle une vibration particulière. Pourquoi alors ne pas la mettre en perspective sur l'écran ?

Et là je m'exalte un peu parce que je sais que l'on touche au point crucial. Le but n'est pas seulement de relier des artistes, le but est d'agir sur un autre plan de la matière. Le fait de passer par un support virtuel symbolise dans notre monde l'ouverture vers cette dimension différente.

— Oui…, soupèse Mat, qui ne voit pas très bien…, c'est un peu le même genre de truc que les machins dans lesquels sont ma sœur et son copain ? Truc new age un peu, non ?

Angèle vole à ma rescousse. Ce que veut dire Louis c'est que nous allons pouvoir nous connecter de plus en plus à d'autres dimensions de conscience. Notre représentation du monde n'est plus la même, elle est plus complexe. Avant nous ne pouvions évoquer l'invisible que de manière grossière et symbolique. Maintenant – Internet et l'informatique en sont la parfaite illustration – nous sommes non seulement capables de comprendre le fonctionnement de mondes impalpables mais susceptibles d'en créer.

— OK, la tempère Mat, jusqu'à un certain point je suis d'accord, enfin c'est quand même, c'est – il se gratte le début de barbichette qu'il a érigée en bouc – … mais en même temps…

— En même temps ? le pousse Aurélien.

— Ce n'est pas non plus… vraiment vivant…

— Faux, le coupe un nouveau personnage qui vient d'arriver, Anthony, vingt-huit ans, hacker réfugié à Djakarta. C'est tout à fait possible de créer des structures intelligentes qui possèdent leurs propres vies, qui sont capables de se reproduire à l'infini sans l'aide de personne, de muter et même de créer d'autres mondes.

Cette intervention, qui amène de l'eau à mon moulin, est accueillie par un silence circonspect.

S'ensuit un nouveau cours sur Internet et l'informatique où comme d'habitude au bout de trente secondes je n'y comprends plus goutte. C'est à peine si j'arrive à capter qu'Internet fonctionne sur des mémoires gigantesques passant leur temps à s'autodupliquer, tournant dans des zones où tout est codé en mode binaire, affleurant à la surface quand l'information est demandée, rejetée dans les tréfonds quand elle ne sert pas. Exactement comme le cerveau, explique Anthony. Mais peu importe que je n'y comprenne rien, les choses ont l'air de se mettre en place, et de mon point de vue c'est tout ce qui compte.

— Qu'est-ce que vous allez faire, Gentil Patron? me demande Angèle un peu plus tard, pendant que l'on va travailler. Vous restez là ou vous partez faire un peu de tourisme?

— Je ne sais pas trop, je dis, contemplant les silhouettes penchées sur les écrans. J'ai l'impression que je ne sers pas à grand-chose… c'est… maintenant ce n'est plus que des…

— Codes?

— Oui, non? Qu'est-ce que vous en pensez, je… Vous préférez que je…

— Vous ne servez plus à rien, Gentil Patron, si vous restez vous allez nous stresser. Vous allez vous énerver pour rien et vous allez faire folir tout le monde avec vos histoires de magie. Pourquoi ne prendriez-vous pas deux jours pour allez au Borobudur?

— Au quoi? je dis.

8.

Et c'est comme ça que je me retrouve au Borobudur, temple bouddhiste sauvé de l'oubli dans une contrée maintenant intégralement musulmane grâce à l'opiniâtreté de quelques esprits éclairés. Le Borobudur, construit vers l'an 800 de notre ère face au volcan Merapi, est un joyau de l'architecture orientale. J'y arrive de nuit, sous une pluie battante. C'est la mousson.

L'hôtel dans lequel j'atterris est un ensemble de bungalows formatés pour touristes situé dans l'enceinte même du domaine réservé au temple. Le dîner se passe dans une ambiance incroyable. Nous (les touristes riches) sommes protégés des vendeurs ambulants (autochtones pauvres) par un cordon de sécurité qui ceinture la piste en bois sur laquelle sont installées des tables. Les vendeurs hurlent en agitant leurs articles (des sacs, des marionnettes, des tissus, n'importe quoi) dans l'espoir d'attirer l'attention d'un client. Il y a un échantillonnage d'Américains, d'Allemands, d'Anglais, quelques Français, bedonnants, en short, tous plus vrais que nature. Soudain un gros Américain se lève et bondit sur un des vendeurs, lui arrache la statuette et la brandit, bramant How much ? How much ?, organisant une vente aux enchères sauvages et hystérisant du même coup les Indonésiens qui deviennent littéralement maboules et les touristes ne sont guère mieux, tout le monde crie, et à chaque objet vendu les vendeurs qui n'ont pas encore été appelés rugissent et implorent, et l'Américain en choisit certains et en récuse d'autres, examinant leur marchandise et parfois les repoussant brutalement, et nous mangeons, nous nous empiffrons, et jusqu'au dessert (une tarte tatin parfaitement caramélisée) ce jeu cruel se poursuit sans que personne n'intervienne, les gens se contentant de rire et d'acheter quelques colifichets à bas prix quand l'affaire leur semble intéressante.

9.

Plusieurs images/impressions se superposent :

– Les trains électriques dans la maison de Ronald, le soir où je suis sorti de la morgue.

– Le visage de la Fondatrice et la route défilant à travers les vitres de l'autocar.

– Le goût amer du psychotrope à la fin du réveillon.

– L'impression de théâtralité qui s'est dégagée de la soirée.

10.

Le Borobudur ouvre juste. Le soleil n'est pas encore levé. Il n'y a quasiment personne. La jungle s'étend à perte de vue. Le gardien que je croise me sourit et dit quelque chose en anglais à propos de la raideur des marches. Il y a des bouddhas partout. Je fais le tour du premier niveau. Des blocs de pierres manquent çà et là. Au cours des siècles le temple a été régulièrement pillé mais s'est toujours reconstitué, peut-être par un processus d'autocicatrisation le mettant à l'abri d'une disparition qui semblait pourtant inévitable. Brusquement je suis pris d'un vertige terrible. Quelque chose monte le long de ma colonne vertébrale et se fraie un chemin jusqu'à mon cerveau, soudain assailli d'informations émises par les pierres. Le Borobudur est un mandala. Un logiciel. Le Borobudur est le logiciel utilisé par un groupe de Joueurs Cosmiques. Leur signature. La poussée est tellement forte que je suis obligé de m'adosser à la muraille. Un bouddha, tapi dans son stuka, me regarde les yeux mi-clos. Toute l'histoire de la lignée des joueurs est racontée dans la pierre. Toutes les métamorphoses de la conscience. Du singe recevant les premiers enseignements aux guerriers conquérants et à la danseuse envoûtante jusqu'à l'Éveillé. Des joueurs impeccables qui une fois leur route achevée avaient pris la peine de laisser une trace de leurs exploits pour aider les suivants. J'ai l'impression qu'un feu liquide a pris possession de ma moelle épinière et irrigue les zones habituellement éteintes de mon esprit. Le Borobudur n'est plus qu'un vaisseau de flammes. Disparaît. L'espace d'un instant il n'y a plus rien. Et ce Rien est Tout à la fois. Un cristal parfaitement pur dont la transparence atteindrait toutes les facettes de mon être.

— How nice! dit une courageuse Américaine, qui comme moi s'est levée tôt pour éviter l'afflux de touristes. It's amazing!

Le soleil est en train de se lever sur le volcan Merapi. Deux moines en robes safran, imperturbables, égrènent leurs chapelets à prière sous le regard distrait d'un gardien à casquette.

— Alors, s'enquiert Angèle à mon retour à Djakarta, c'était bien? Vous avez encore été témoin de trucs bizarres? La Secte Orange ne vous a pas attaqué?

Quand elle dit ça je la superpose à une immense statue de Bourdelle, un truc avec un cheval je crois, dont on peut voir le moule dans son atelier transformé en musée, à Montparnasse. Je me fais la réflexion qu'il y a longtemps que ça ne m'est pas arrivé de transformer les gens en œuvre d'art.

11.

Nous roulons vers l'aéroport sous des trombes d'eau. À tel point qu'on dirait que le taxi va se mettre à flotter.

— L'idée, je fais, ce serait plus ou moins un train.

Une bamboula s'est improvisée la veille pour fêter notre départ de Djakarta. Tout le monde est dans les choux.

— C'est quoi cette nouvelle folie, grogne Angèle. Encore une injonction des martiens auxquels vous vous devez d'obéir ?

— Il veut faire un week-end délire pour installer le Programme, l'informe Aurélien, à qui j'ai déjà touché deux mots de mon idée.

— Il va falloir faire quoi Gentil Patron. Se droguer ? Partouzer avec des dromadaires ?

— Pourquoi des dromadaires ? demande Troll, qui a passé sa semaine à se gnougnouter des champignons et qui donne l'impression d'avoir découvert Dieu – Pourquoi pas… hum… des dauphins… c'est plus évolué comme animal…

— Oui, mais il faut une piscine, c'est compliqué.

— Les dromadaires aussi c'est compliqué, il faut une écurie…

— Et du sable – Angèle se renverse en arrière, rêveuse, le taxi s'enfonce joyeusement dans une mare de boue, une charrette à bras bloque l'accès au parking de l'aéroport –, sans sable je crois qu'ils deviennent neurasthéniques.

Attention Troll, je préviens, l'Indonésie est draconienne en matière de stupéfiants. En cas de pépin c'est au pire la mort, au mieux la prison à vie.

— C'est quoi alors, revient à la charge Angèle. Vous voulez faire un week-end, c'est ça ? Comme un séminaire ?

— Pas exactement, je réponds, alors que nous passons la douane, sans gags de dernière minute heureusement. Plutôt un week-end surprise qui mêlerait performances artistiques et trucs de sorcellerie.

— En tout cas si tu veux des dromadaires, m'explique Troll, c'est à étudier avec précaution parce que comme animal c'est super dangereux. Ça te bouffe un doigt en un rien de temps.

Il n'est donc pas interdit de penser, par l'ampleur de leur succès, par les clefs symboliques et les systèmes codés auxquels ils permettent de se confronter, que les jeux vidéo représentent une tentative de modélisation préfigurant, par l'installation des schèmes nécessaires à leur établissement, une voie d'accès non seulement à une nouvelle représentation du monde mais à un mode de communication inédit avec ce que nous appelons le réel.

Chapitre 20

Le grand accélérateur

Je ne veux justifier ici que la magie de Moïse, la magie de ceux qui sont des mages célestes.

1.

Mais avant de développer plus avant cette idée saugrenue – un convoi ferroviaire promotionnel le soir du réveillon 2001 à la gloire du Jeu – je dois d'abord affronter à Paris une série de mauvaises nouvelles. Le Maquereau serait sur le point d'être localisé. Il est, en définitive, bien au Costa Rica. D'autre part un nouveau juge vient d'être nommé dans l'instruction me concernant. Il est, d'après Berheim, remonté à bloc et prêt à en découdre.

— C'est gênant, me commente l'avocat, il ne faudrait pas que, pris de zèle, il décide de vous chercher des poux dans la tête.

Les solutions ne sont pas multiples. Berheim me conseille purement et simplement de redégager à l'étranger, le temps qu'on y voie plus clair.

— Mais le contrôle judiciaire ? je m'affole, pas du tout prêt, on s'en doute, à retourner en prison. J'ai une interdiction de quitter le territoire, déjà Djakarta c'était limite...

Berheim balaie cette inquiétude d'un revers de la main. Justement, autant s'y prendre maintenant et trouver un subterfuge pour filer en douce avant que la situation ne se recrucialise.

2.

Le soir je dîne avec Sylvie. Comme par un fait exprès elle m'annonce que Klingston envisage un voyage sur le continent sud-américain. Tu pourrais partir avec lui, propose-t-elle, sibylline, je crois qu'il cherche un assistant. Il est question d'une recherche en vue d'une grande exposition sur l'art chamanique.

— Avec Klingston, je dis, décontenancé. Ce ne serait pas un peu…

Le serveur fait tomber le plat qu'il tenait en équilibre sur son avant-bras. Les spaghettis se répandent sur le sol dans un mikado entortillé.

3.

— Mais pour combien de temps ? s'inquiète Angèle, complètement prise dans le truc de ce train délirant que je veux organiser pour la Saint-Sylvestre et inquiète de mon absence – le projet mobilise maintenant toute l'équipe à temps plein.

— Pas longtemps, je pense, le temps qu'on soit sûr que mon embastillement n'est pas à l'ordre du jour.

Les bureaux sont la proie d'une effervescence qui fait plaisir à voir. À Djakarta le site est sur la bonne voie. Les artistes contactés ne sont pour l'instant pas hostiles à cette idée de domino artistique se propageant à l'infini.

4.

Avant de partir j'ai quand même le temps de repasser à Archignac fermer la maison. C'est le début de l'automne, la côte est déserte, les campings sont fermés. Sarah n'est pas là – et de toute façon je sais maintenant que tout cela n'était pas plus réel que… du carton pâte, et c'est avec cette sensation d'un retour définitif à la normale que je traverse le bourg, croisant d'un œil apaisé les fous et les bonnes sœurs qui, en file disciplinée, se dirigent vers l'église. Je ne suis pas loin de penser que Ronald et consort, et cette ignoble Forteresse et les diableries diverses, que tout cela a bel et bien existé, certes, mais dans une autre dimension, en tout cas pas sur cette bonne vieille terre, car… point trop n'en faut, non ?

5.

En m'emmenant à l'aéroport Troll me lit la définition du mot egrégor qu'il a trouvée dans un livre : « *Un egrégor peut être perçu comme la résonance vibratoire émise par la psyché d'un groupe de personnes vibrant sur une note déterminée.* » Il me demande ce que j'en pense. Bien, je dis, juste, c'est… dans notre cas c'est… concert aussi, donc multiplicité de voix au sein d'un… orchestre, quoi, mais préservation de l'individualité. Ensuite en passant la douane je me demande pourquoi je dis quoi tout le temps. Pas de raison en fait.

6.

L'avion décolle. Paris n'est plus qu'un vaste agglomérat de modules et de réseaux enchevêtrés. L'écran diffuse les consignes de sécurité. Quoi faire si l'avion tombe. Comment respirer avec le masque à oxygène qui doit choir devant notre nez en cas de pépin. Les endroits stratégiques d'où l'on pourra s'échapper de la carlingue si après l'avarie l'avion s'est délicatement posé à la surface des flots. Personne n'y fait attention. Klingston est déjà au Pérou, il m'attend là-bas. Je pense à Ronald. Quelle dimension de ma psyché s'est mise en branle pour produire un tel résultat. Un nain lubrique. Mon Dieu.

7.

À l'escale (San José – Costa Rica) :

Des coups de sifflet retentissent. Un cortège arrive sirènes hurlantes et vient se positionner devant l'avion de la Lufthansa qui est juste en face du nôtre. Nous sommes sur la piste en train de remonter dans l'appareil. Au milieu des policiers français, sans menottes, Numéro 3, l'air mal réveillé, ressemble à ce qu'il est aujourd'hui : quelqu'un à qui le destin joue une farce imprévue. Avant de s'engager dans l'escalier quelque chose doit le pousser à se retourner – nous sommes à même pas une dizaine de mètres de distance –, nos regards se croisent et l'espace d'un éclair il me reconnaît, ou pense qu'il hallucine, ou peut-être mon visage lui dit-il vaguement quelque chose, car l'éclat de ses pupilles est alors traversé par un voile archaïque, une espèce de compréhension immédiate autant qu'indicible sur le pourquoi de notre présence à tous les deux ici et sur les croisements exquis que la Destinée fait naître sans que nous en comprenions les raisons et quand l'autre policier le pousse légèrement pour qu'il continue d'avancer il esquisse un geste de révolte, mais qui ne dure pas, et son corps un peu lourd de sexagénaire sportif s'ébranle définitivement vers la noirceur d'une geôle parisienne.

8.

J'atterris en Amérique du Sud, après avoir survolé le Mexique et la cordillère des Andes, dont les sommets pelés sont parcourus d'immenses serpents figés plongeant vers d'arides vallées – songeant au voyage que Numéro 3 est en train de faire dans l'autre sens, aux journalistes qui l'attendent et à la cellule dans l'aile de la Santé réservée aux VIP, « la boucle est bouclée, je pense, cette fois la boucle est bouclée » – et puis nous traversons les nuages et le soleil rougeoyant sur la crête des montagnes et l'avion se pose dans les applaudissements des passagers. Dehors il ne fait pas aussi chaud qu'à San José. La nuit est tombée et à l'extérieur des barrières une foule d'indigènes à l'affût d'une proie dollarisée crie en espagnol ou en mauvais anglais des invitations à emprunter taxis et guides.

Je ne suis pas mécontent d'apercevoir Klingston.

9.

— Alors, bon voyage?

— Très, je réponds, essayant de ne pas dire «quoi», beaucoup de… serpents gélifiés sur le haut des montagnes, peut-être entité ancienne et puis Numéro 3, à San José, ils ne lui avaient pas mis les menottes, c'est… putain il doit l'avoir sec!

Des taximen nous courent après, tentant leurs chances jusqu'au bout.

10.

Sur le parking deux hommes sont à côté de la voiture. Un Péruvien, Francisco, qui doit nous servir de guide et… Je me penche pour saluer le deuxième homme qui se tient en retrait et que je ne distingue pas très bien… c'est… Ronald!

— Ho, je fais, suffoqué, c'est… putain je…

— Eh bien remettez-vous lettre O, m'intime Klingston, vous n'allez quand même pas nous faire un malaise?

— C'est, je bredouille, contraire à… enfin je veux dire – je suis tellement saisi que j'ai un début de tremblement – c'est d'autres dimensions de la réalité, avec le Modificat…, enfin nain c'est pas le réel, c'est… enfin c'est juste codage d'éléments de moi-même… pas de substance… – hallucinogène? s'étonne Klingston – non, c'est… on n'est plus dans le rationnel – j'ai l'impression que je suis sur le point de me rompre – je ne peux pas adhérer à…

— Comment ça? glousse Ronald, tu croyais que j'étais quoi? Un faux nain?

11.

Les élémentaires malveillants (plus tard) :

De nouveau la réalité pourrait avoir basculé mais j'ai bien peur qu'il me faille affronter une donnée supplémentaire. Je (nous) vivons *réellement* dans un monde logico-magique. Je suis avec Klingston et Ronald dans une maison. Nous nous installons sur une terrasse. Plusieurs personnes nous ont rejoints, Francisco, l'homme de l'aéroport, et deux Américaines caricaturales. L'une ressemble à ces vieilles consolidées aux produits de beauté et l'autre à une gouine mal dans sa peau intoxiquée à l'héroïne. Nous sommes dans un quartier excentré de Lima. Un Indien est au centre du cercle. Quelqu'un fait passer une assiette de champignons. Qu'est-ce que… ? je demande. Personne ne répond. Tout le monde parle en espagnol, même les Américaines. L'assiette passe de main en main. Je finis par faire comme les autres, je grignote quelques chapeaux racornis. Un peu plus, dit Klingston. La nuit est presque totale. Des chiens aboient dans le lointain. Je suis pris d'une angoisse qui défie l'entendement, je suis certain qu'ils viennent de m'empoisonner. La vieille Américaine me sourit dans la pénombre. La montée est vertigineuse, beaucoup plus forte qu'une montée d'acide et surtout m'emmène dans un gouffre sidérant, comme si on me replongeait encore dans l'antichambre d'un monde lovecraftien. Je… Je…, je bredouille en direction de Klingston. J'ai le réflexe de me lever, mais ce qu'il me faudrait fuir est logé à l'intérieur de moi. Je me rasseois en me cassant à moitié la figure. Mariado, dit une voix. Quelqu'un rit. Du calme, chuchote la voix de Ronald. C'est nécessaire. Le groupe qui m'entoure n'est plus composé de gens mais, ô abomination, de monstres, hideux, qui sont comme la représentation innommable de ce que l'esprit humain a imaginé de pire depuis les Premiers Temps, et cette fois c'est… RÉEL.

— Concentrez-vous, chuchote Klingston, sinon ils vont vraiment vous faire mal.

Et devant moi il y a des monstres, des horreurs fétides, des démons, et ce qu'a écrit Lovecraft est vrai. Des goules ignobles et des choses pires encore, des choses que personne ne pourrait imaginer car ce n'est pas tant l'aspect qu'elles ont – d'ailleurs ont-elles vraiment un aspect ? – que l'impression qui s'en dégage. Une impression d'épouvante et de froid glacial. Une impression de mort éternelle, de douleur et d'angoisse et… d'excréments. Des choses posées là depuis le début du commencement et qui restent tapies autour de nous et que l'on ne voit pas mais qui sont pourtant là, et je vois de quoi elles se nourrissent, de nos peurs et de nos errements, et quand je pense ça l'impression s'atténue quelque peu et c'est heureux car je suis au bord de mourir de terreur. J'ai l'impression d'avancer sur un tapis de caoutchouc et que l'on me fait apparaître une galerie affolante de sortilèges. Reste centré, murmure Ronald. Il va les faire bouger. L'Indien commence à siffler et effectivement les créatures s'agitent, mutent, changent de forme, un catalogue atroce de démonologie défile devant moi et je vois qu'il s'agit d'une énergie informe s'agglutinant dans des êtres de cauchemar, et quand l'attaque a lieu je ne peux rien faire, l'espèce de homard repoussant s'accroche à mon bras et se colle à moi et une douleur sourde me vrille le plexus et je hurle mais personne n'y fait attention, quand la cérémonie se termine et que je reprends mes esprits j'ai encore ce truc atroce fiché dans mon centre et j'en suis malade d'angoisse. Les créatures que le sorcier a fait apparaître étaient réelles.

12.

En transit dans un hôtel, sur TV5. Un des fils de l'ancien président de la République vient d'être mis en examen pour complicité dans un trafic d'armes. Il reconnaît le compte en Suisse – près de deux millions d'euros – mais récuse le trafic d'armes. Numéro 3 arrive à Paris. Le politico-médiatique est en émoi.

J'hésite à appeler Berheim mais je préfère faire le mort. Après tout si le nouveau juge a envie de m'entendre je le saurai bien assez tôt.

J'ai mal au ventre. Le homard hideux est toujours fiché dans mes fibres.

13.

— Vous allez voir, me souffle Klingston, les paysages sont magnifiques.

Nous sortons de Lima. La Panaméricaine longe la Cordillère et le Pacifique, dans un décor de science-fiction. Un désert posé en haut d'une montagne et en même temps au niveau de la mer. Dans des champs de sable battus par les vents des concrétions de pierres se dressent au milieu de nulle part à côté d'autels dédiés à la Vierge à demi enfouis. Les croix font des rappels étranges d'une présence fantastique. Je suis encore sous l'effet des champignons. Nous roulons presque huit cents kilomètres en s'arrêtant uniquement pour refaire le plein. Mais l'exposition ? je demande au bout d'un moment. Klingston me dit que justement on va voir des chamans. Là-dessus il embraye avec Ronald sur des histoires d'initiations épouvantables – scarifications imprégnées de bave de crapaud (chipibos), nuit passée dans des fosses pleines de serpents (jivaros) –, parfois mortelles. Ronald est pour une fois étrangement sobre, sans sa causticité habituelle. À la nuit nous stoppons dans une petite ville. D'après Klingston nous sommes à deux heures à peine de notre destination finale.

— Belle promenade, non ?

— Très, je réponds, sincère. Magnifique.

Le homard hideux est en train de me ronger. Une tristesse épouvantable s'est emparée de moi. Je ne comprends plus rien, ni pourquoi je suis là, ni le sens de ce qui m'est arrivé jusqu'ici.

14.

Salas (les lieux codés) :

Il fait beau. Les montagnes et le désert ont été remplacés par une végétation tropicale. Le village vers lequel nous roulons s'appelle Salas.

— C'est un village de sorciers, réputé dans tout le Pérou et même au-delà, m'informe Klingston. Il n'y a que des curranderos et leurs familles. – il toussote – J'espère que vous êtes en forme…

— Non, je bredouille, de plus en plus mal, j'ai un.. – je tapote sur mon plexus – c'est le ventre…

— Ah, dit Ronald, faussement anxieux, tu as la colique ? C'est la turista.

Quand nous nous engageons sur la piste de terre qui y mène j'ai l'impression que quelque chose noie mon être de fumée et que l'on m'entoure de ronces et de végétation, comme si je n'étais qu'une ruine abandonnée sans aucun intérêt.

Une grande pancarte peinte barrée du mot Choléra informe les enfants qu'il faut se laver les mains et ne pas faire caca n'importe où.

Klingston m'explique qu'un Joueur a codé l'endroit il y a des siècles et que son Pouvoir est encore perceptible, d'où le nombre de curranderos qui y vivent.

— Archignac c'est... ? je demande.

— Pareil, dit Ronald, j'ai fait un gri-gri et depuis il n'y a que des barges et des bonnes sœurs.

15.

Nous faisons sensation. D'abord les gens nous regardent avec méfiance, puis, grâce à Ronald qui s'est affublé de son costume de toréador, des enfants viennent engager la conversation. Nous trouvons assez facilement un chaman qui accepte de nous intégrer à une cérémonie. Avant l'heure fatidique je reste allongé sur mon lit, en compagnie du homard, persuadé que le cancer est en train de s'étendre.

Peu avant la nuit le fils du chaman vient nous chercher. Nous traversons le village dans un silence sépulcral.

Don E. est allongé devant sa *mesa* – qui est, pour les sorciers d'ici, une sorte de codage symbolique du réel dans des objets divers, et qui doit, je suppose, si je fais une analogie avec ce que j'ai appris à Archignac, leur servir de tableau de bord pour naviguer dans l'autre monde. Il y a un crâne, des épées et des sabres fichés en terre. Tout un tas de bric et de broc photogénique. Intéressant pour l'expo, je glisse à Klingston, dans un sursaut. Il me jette un coup d'œil comme si j'étais complètement demeuré. Un âne braille de grands hi-han derrière une palissade. Le village en contrebas semble mort, plongé dans les ténèbres. Mi amigo, dit Klingston en me montrant du doigt et en expliquant que j'ai mal au ventre. Don E. hoche la tête et dit qu'on va voir ça. La cérémonie commence aussitôt. Nous nous levons à tour de rôle pour boire du San Pedro. Des bouteilles de parfum sont disposées dans la *mesa*, une pour chacun. Don Ernesto commence le rituel en marmonnant ce que je suppose être des bénédictions, puis il commence à chanter.

Un par un nous sommes invités à nous lever pour nous faire «passer aux épées» par son fils qui dessine au plus près de notre corps une décalcomanie énergétique. Quand Don Ernesto chante à mon intention j'ai la vision distincte d'une force qui m'effleurerait doucement, sans trop forcer, chatouillerait mon centre et remettrait en place quelques petites synapses oubliées par le Grand Nettoyage précédent, puis brusquement le Homard apparaît dans la lumière. Mentalement je supplie Don E. de faire quelque chose, mais il se contente de m'en montrer chaque facette, de le titiller un peu pour que je puisse bien l'observer, puis il le pousse dans un coin et le neutralise – comme un écailler les pinces d'un vrai homard avec des élastiques.

16.

Sur la sorcellerie archaïque :

Nous reprenons la route en sens inverse, vers Chiclayo, la ville où nous avons dormi à l'aller. La voix de Klingston, assis derrière moi, m'enserre les deux côtés de la nuque comme une berceuse glaciale. Ronald dort.

«Sylvie n'a pas dû vous expliquer exactement en quoi consiste notre tâche. Le monde est construit sur un système d'expansion permettant à quelques Joueurs de tester des hypothèses complexes. C'est une expérience. À travers cette expérience une infinité de postulats sont possibles. Aujourd'hui la Conscience est dissociée en une multiplicité de fragments qui paraissent différents. Chaque fragment possède à la fois le code-mère de son origine de départ et les codes complémentaires créés au cours de ces trajectoires. Nous sommes des Régulateurs. Pas de différence entre vous et moi. Pas vraiment de réalité non plus. Des points d'énergie codés, sans plus, bien que vous puissiez épouser d'autres postulats au cours de la trajectoire. C'est un jeu vidéo vous comprenez, complexe, mais un jeu vidéo expérimental. La conscience s'amuse, voyez-vous, et NOUS sommes la Conscience. Dans ce jeu chacun a un rôle et le nôtre à nous aujourd'hui est entre autres de réguler les Joueurs qui sont responsables des interactions avec les premiers niveaux supérieurs. C'est des contrôles. Nous devons vérifier qu'ils n'outrepassent pas leurs prérogatives, qu'ils ne se servent pas de leurs pouvoirs de façon abusive, etc. Et ensuite leur installer de nouveaux programmes. Quand nous arrivons dans un endroit il faut rester cachés. J'ai été obligé de vous protéger à plusieurs reprises – les ronces viennent danser devant mes yeux – sinon les chamans vous auraient *vu*. Tous les chamans *voient*, sous une forme ou sous une autre. Ensuite il faut *scanner* jusqu'à ce qu'un programme accroche. Le message envoyé est d'une simplicité biblique. Nous gringos. Bonne énergie à manger. Argent possible. Aucune protection Monde 2 ou plus. Et ensuite on attend. Il se trouve que le Don Ernesto est un très bon sorcier, qu'il est tellement haut – il est presque Monde 4 – qu'il se fiche bien de nous voler trois grammes d'énergie ou de nous soutirer une poignée de dollars. Mais ce ne sera pas toujours le cas. Beaucoup de gens font de la sorcellerie d'une manière puérile. Quand les cérémonies commencent, surtout avec des Modificateurs comme les psychotropes utilisés ici, vous devez être sur vos gardes. Au milieu de vous se trouve une porte, à peu près au niveau du plexus solaire – je vois une alvéole incroyablement complexe d'or brillant et de diamants s'ouvrir et se refermer – chez les joueurs qui n'ont pas encore dépassé les premiers stades la porte est comme ça – l'image est rem placée par la même alvéole, mais cette fois en tôle déchirée, ouverte aux quatre vents. Avec son énergie et ses chants le chaman va ouvrir cette porte et pénétrer à l'intérieur de vous – je suis au bord de la crise de nerfs, j'essaye de parler mais les mots se bousculent. Avec les chamans malhonnêtes, malveillants, tout est possible. Ils peuvent bugger entièrement vos logiciels, changer vos codes, programmer n'importe quoi, piller votre banque de données. Comme des *hackers*. Vous devez donc être totalement étanche et à la première attaque il faut taper tout de suite pour bénéficier de l'effet de surprise – en général ils ne peuvent pas imaginer que des gringos soient capables de leur balancer un coup dans les couilles d'une telle force. Il ne faut pas non plus les taper trop fort. Nous sommes là pour vérifier l'état des troupes et les remettre sur pied, pas pour les écrabouiller. Nous avons besoin d'eux pour la suite des festivités – il rit, la voiture rebondit sur un nid-de-poule, Francisco le chauffeur a mis des lunettes noires qui le font ressembler à un bandit avant l'attaque de la banque. Comprendo ?

— No..., je bredouille, les champignons... le... – je me presse convulsivement le plexus – l'Indien de l'autre soir... sale homard à l'intérieur !

Des fillettes pieds nus qui travaillent dans des rizières nous font des petits coucous.

Ronald et Klingston ne réagissent pas à mon glapissement.

17.

Plus tard encore. Je pleurniche auprès de Klingston que j'ai déjà passé ce genre d'épreuves. Que c'est idiot de recommencer encore, ça ne m'apprend rien. Je dis aussi J'ai mal ! J'ai mal ! Il est en train de me bouffer ! et en retour je n'ai droit qu'à trois conneries lénifiantes sur les extensions du Monde, la relativité de la Réalité et la nécessité d'accumuler de l'énergie pour être capable de s'en rendre Maître.

18.

Une attaque de Sorcellerie .

Nous allons chez un autre chaman, dans les faubourgs de Chiclayo, dans un barrio sombre et improbable. Les rues sont absolument désertes. Le homard ne bouge plus ses pinces, mais je sais qu'il est toujours là. Je suis emmitouflé dans un entrelacs de branches et de fumées, totalement dissimulé à tel point que Ronald – hilare – me dit à un moment Du calme, quand même, n'en faites pas trop, on dirait la forêt en train d'avancer dans la pièce de Shakespeare. Ma porte spéciale est cadenassée à double tour – Pas comme ça, me dit silencieusement la voix de Klingston, et une image incroyablement perfectionnée de technologie s'affiche dans mon esprit, une technologie, mon Dieu, *vivante*, se dilatant et se refermant au gré d'une respiration. Il corrige la position de certaines alvéoles. Le homard est impassible, triste élément de mes circuits. On nous fait rentrer dans une maison assez basse de plafond. La cérémonie a lieu dans un patio, à l'arrière. Le chaman est petit et ressemble à Claude François en brun et plus dodu. Il y a deux autres personnes. On nous montre la *mesa*, « *la mesa* du Bien », dit le chaman. Puis une autre – des crânes dont certains ne sont pas tout jeunes, à moitié effrités – « la *mesa* du Mal ». Je vois que Klingston ne bronche pas, qu'il sourit et demande s'il est possible de faire une photo. Ronald a l'air bizarre, ce n'est décidément plus le Ronald d'Archignac, il a l'air plus… sérieux. La cérémonie commence. On éteint la lumière. Le chaman chante avec une guitare. Nous buvons du San Pedro. Plus que la veille. Les chants continuent, sans avoir du tout la même portée que chez Don E. C'est même un peu ridicule. Le chaman se contorsionne. Nous demande de faire quelques mouvements. Nous tire sur les articulations, dans un appareillage que ne désavouerait pas un psychothérapeute du XVIe arrondissement. Je suis partagé entre l'envie de rigoler et l'ennui. Quelqu'un doit faire une cérémonie en parallèle parce que l'on entend un chant – beaucoup plus envoûtant d'ailleurs – de l'autre côté du mur. Le San Pedro commence à faire effet. Je vois des stries de couleurs dans la pénombre. Magnifiques ces chats, vous avez vu, me chuchote Klingston. L'aide-chaman nous donne des épées de métal – en toc, alors que celle de Don E. était patinée par le temps et devait dater au moins de la conquête espagnole – Bueno, bueno ! Il fait le geste de nous nettoyer avec. Sur le toit en face une demi-douzaine de chats sont en train de nous regarder, comme s'ils contemplaient des bêtes curieuses susceptibles de leur fournir matière à un ragoût. Soudain j'ai l'intuition que quelque chose cloche dans les *mesas*. La *mesa* du Bien est mal codée, il y a un parasite dedans qui fausse le Jeu. Les chants de l'autre côté du mur se font plus virulents. Des chants de magie noire. Je *vois* exactement ce qu'il est en train de se passer. On nous a tendu un guet-apens. À cet instant, sans que je sois en mesure de dire ce qui se produit exactement je sais parfaitement comment réagir, d'abord j'imprime à ma petite épée un mouvement circulaire de manière à dessiner dans l'air un cercle – et par ce geste symbolique j'indique que je prends possession de l'énergie du lieu –, ensuite, au moment où l'attaque est plus forte j'ouvre leurs mémoires et je pianote à la vitesse de l'éclair dans les lignes du programme concerné et je neutralise les opérateurs nuisibles – le sol de la pièce s'est rempli de signes cabalistiques (le programme qu'ils emploient est de la magie noire extrêmement primaire) et ensuite, alors que je suis debout, dansant devant une femme qui vient de rentrer et qui je le comprends est la véritable instigatrice de cette mascarade macabre je projette autour de moi une aura de fureur et l'air se peuple d'un champ de crânes et de toute l'horreur dont je suis moi aussi capable de me repaître et je suis Shiva le Seigneur des morts et quand le petit Claude François se précipite sur moi pour me lécher la main – je vois la goule pathétique qu'il est devenu sous le joug de la sorcière minable – je n'ai qu'à lui remettre, à la place de la précieuse énergie convoitée, sa propre misère, ce fond archaïque que nous partageons tous, la partie simiesque de mon âme, et avant de lui envoyer sous la forme d'un singe préhistorique, je code cette décharge d'énergie pour qu'il devienne fou et les détruise et ensuite, comme si je ne pouvais plus m'arrêter, quand ils me mettent les deux San Pedro dans les mains et qu'ils me font danser devant leur autel barbare, toujours dans cette logique de prédation qui va dans très peu de temps se retourner contre eux, je détruis symboliquement leurs deux *mesas* et je les mitraille avec l'énergie du San Pedro.

Pan-pan-pan. Tac-tac-tac. Comme dans un jeu vidéo.

Les lumières se rallument. Je vois que Francisco – qui n'a pas pris de boisson psychotrope – est crispé. S'ensuit toute une discussion en espagnol assez tendue qui se conclut par l'arrêt de la cérémonie.

— On se sauve, me glisse Klingston, c'est en train de tourner vinaigre.

Nous nous retrouvons dehors. Un pneu de la voiture est crevé. Un peu plus loin une Indienne balaye le sable dans un mouvement circulaire, comme moi tout à l'heure. Il doit être trois heures du matin. Klingston a l'air ailleurs. Francisco, en sueur et le regard inquiet, change la roue à toute vitesse. J'ai vu qu'il a attrapé quelque chose dans le coffre et qu'il l'a glissé dans sa ceinture. Ronald se cure les dents avec un bout d'allumette, l'air de s'en foutre totalement. Finalement nous rentrons à l'hôtel sans prendre de mauvais coup. J'ai du mal à m'endormir à cause du San Pedro. Je vois des cités d'or et des paysages merveilleux. Quand le jour se lève ces deux visions se fondent en une plaine étale d'une pureté cristalline.

19.

— Mieux, me félicite Klingston. Mais vous les avez tapés un peu trop fort. Ils risquent de passer un mauvais moment.

Ronald a l'air content de moi.

Je lui demande quel genre de mauvais moment, inquiet à l'idée que je les ai peut-être tués.

— Non, ce n'est pas aussi violent, reprend Klingston, bien qu'il soit tout à fait possible de tuer quelqu'un avec ce genre de bêtises, ils doivent juste être en train de s'engueuler. Leur petit groupe va voler en éclats et soit ils arriveront à se saisir du message et à évoluer soit ils végéteront dans leurs petites combines ridicules jusqu'à une nouvelle confrontation. Pendant que vous les tapiez j'ai réactivé quelques-unes des possibilités des logiciels sur lesquels ils fonctionnent mais je n'ai pas installé le nouveau programme. Trop de saloperies. Ça ne tiendrait pas.

— Mais pourquoi, je demande, pourquoi les gens font-ils cela ?

— Quoi ? De la magie noire ?

— Oui.

Il hausse les épaules. Je ne sais pas. Psychologie frustre. Mettez des singes devant une soucoupe volante. Ils arrivent à entrer dedans et à appuyer sur le bouton des phares, la mitraillette et l'auto-radio. Évidemment non seulement ils ne réalisent même pas qu'ils pourraient partir visiter les étoiles mais en plus ils chient sur les sièges. Que voulez-vous, je suppose que cela fait partie du Jeu.

20.

Puccalpa (Amazonie) :

Nous cahotons sur un tchic-tchic qui menace de verser à chaque tournant. Il y a des ornières dignes du Moyen Âge. Nous avons rendez-vous avec des chamans chipibos. Le homard est en train de scier patiemment les caoutchoucs qui immobilisaient ses pinces et pourtant je me sens serein et plutôt content de moi après ma prestation contre les Vilains.

21.

Le sorcier ressemble à… un sorcier. Il a des dents en or et un visage ridé. Une demi-douzaine d'Indiens sont autour de lui. Les femmes portent ces tissus ornés de motifs géométriques qui donnent l'impression de détenir une partie des codes du monde. De nouveau je me sens bêtement angoissé. Impression que l'on me tend un piège. Prêt ? m'interroge Klingston. Nous devons boire à tour de rôle un breuvage noirâtre dans un gobelet en plastique, de l'ayahuesca.

— Ce qu'il faudrait savoir, me glisse Ronald, c'est pourquoi tu étais vulnérable…

— Le homard…, dit Klingston, les caoutchoucs tiennent ?

Le goût est infect. Je me rassois en réprimant un haut le cœur. Les lumières s'éteignent, tout le monde reste dans le silence. Je ne sens rien de particulier. Vulnérable ? je pense. Comment ça vulnérable. Et soudain j'ai une montée terrible, quelque chose qui me submerge. Un nuage noir m'entoure. Ronald, je crie, au secours ! Et ce qui se passe est affreux. Les chipibos chantent. Le sorcier est debout devant moi. Des milliers d'araignées m'entourent. D'un geste il achève de libérer le Homard. Je hurle, mais au lieu de m'aider je vois Klingston derrière qui encourage l'horreur et le chaman fait Psch, psch, et les araignées deviennent folles et le Homard est propulsé dans mes programmes et… j'explose. Je me dissocie en un milliard de particules, comme dans la morgue mais cette fois je passe dans une… Géométrie Étendue et mes codes sont neutralisés, et le Homard est maintenant remonté dans mes Circuits et en y progressant il remonte dans le… Temps. Comme une évidence Je Suis ce Mécanisme du Cosmos qui fait que Tout est dans Tout et que chaque Émission d'Information reçoit sa Réponse et si je convertis cette équation dans notre Espace je vois quel Bug a été créé par une de mes Actions Archaïques et que cette énergie qui a pris la forme d'une Crevette Hideuse n'est que la Correspondance de cette Vibration et Je Suis le Passé, Présent et Futur en même temps et ce paradoxe est tellement dur à intégrer pour mon corps qu'il est insoutenable et je suis au bord de lâcher prise et de me dissoudre, mais les chants des Chipibos redoublent et remettent en place ce hiatus infime qui perturbait encore mes Programmes et doucement je passe et mon corps est transformé en Or Pur et un Diamant Limpide grandit à l'intérieur et irradie de sa Flamme ma Conscience et cette fois c'est avec l'intégralité de mon être que je franchis la Porte et que j'accède à la Lumière.

Notre découpage du Monde actuel s'est donc petit à petit unifié à partir d'un outil conceptuel capable de fonctionner universellement. Nos schèmes mentaux sont aujourd'hui connectés au modèle informatique. Imaginer l'Univers posé sur une immense toile codée régie par des Lois précises est une représentation vers laquelle tend la Science. Dans cette grille aux possibilités infinies trouver des moyens intelligents pour en devenir les partenaires n'est plus aujourd'hui du domaine de la fiction mais de la réalité qui nous attend.

Chapitre 21

Le premier train du jeu

Par là, la magie est suffisamment expliquée et exposée, et aussi suffisamment justifiée.

1.

Les flashs crépitent et le train s'ébranle. La cohue a été telle que tout s'est déroulé exactement selon mes pronostics, chaque groupe n'ayant pas le moindre doute sur la raison de ce petit voyage réveillon, les échangistes dans le wagon des échangistes, les branchés avec les VIP et les artistes entre eux. Quant aux scientifiques que j'ai pu trouver ils sont dispatchés en queue du train, avec les chamans sud-américains et quelques hommes politiques, que j'ai hésité à coller avec les VIP et pour finir casés là. Ils sont un petit groupe, deux députés (dont un que Batman fournissait), un conseiller municipal parisien et quelques attachés parlementaires, qui rigolent comme des collégiens en picolant du champagne. Tous ceux qui devaient être photographiés l'ont été abondamment. Quelques instants avant le départ, le quai ressemblait au bouquet scintillant d'un feu d'artifice, et dans le beuglement des cornemuses de la fanfare, en se bousculant pour grimper dans les wagons, tout le monde riait.

Il y a, accompagnants mélangés incognito y compris, quatre cent quarante-deux trainistes.

2.

Ont également été invités des gens plus obscurs. Ossature de l'histoire et une des raisons du Jeu, ils forment le gros de la troupe (tous les wagons du milieu). Le seul critère étant leur velléité à se piquer de créativité, quel qu'en soit le domaine, et bien sûr de ce côté-là les candidatures n'ont pas manqué. Lorsqu'a paru l'annonce PASSEZ DES FÊTES ARTISTIQUES : vous peignez, sculptez, dansez, jouez, écrivez, etc., alors rejoignez-nous dans le Grand Week-end de la Création à l'issue duquel un prix de 5 000 euros sera remis à l'heureux lauréat ayant commis (en rapport avec l'expérience de son week-end est-il précisé) l'œuvre la plus charmante. Une avalanche de formulaires d'inscription nous sont parvenus sur le site, à croire que tapie dans les plis du Grand Système une foule nombreuse et obscure de créateurs en herbe n'attendait que cette occasion pour se manifester.

— Vous savez que vous êtes complètement dingue, Gentil Ancien Patron, me dit Angèle, qui continue contre vents et marées à me vouvoyer et à m'affubler de ce surnom qui finirait par m'agacer s'il ne venait pas d'elle. Je la regarde et je souris et je dis Mais voyons Angèle, à partir du moment où rien n'a vraiment de sens, où Dieu est mort et tout ça, et où tout ce qui compte c'est… l'*entertainement,* pourquoi ne pas… jouer le jeu, faire… un vrai réveillon, un vrai réveillon *entertainé*?

Et le train roule dans le soir qui tombe, et maintenant qu'il est parti je ne vois pas ce qui pourrait nous arrêter.

On pourrait certes m'objecter que ce qui risque d'en ressortir c'est trois vers de mirliton et une croûte représentant un sabbat ferroviaire mais à cela je réponds volontiers que l'essentiel n'est pas là. Que Léonard de Vinci ne fasse pas partie du convoi n'a guère d'importance, il s'agit avant tout – et je suis forcé de le répéter aux autres toutes les cinq minutes – d'impulser le démarrage de quelque chose qui conjugue ludique, démocratique et expression artistique. *Ludisme, Démocratie et Expression Artistique.* Angèle me regarde et rigole toute seule en secouant la tête, « Vous ne trouvez pas que l'on aurait dû inviter aussi quelques personnes de Source ? », et quand elle dit ça se profile vaguement le fantôme de Batman et je pense à son cousin et à son pote que j'ai invités à la dernière seconde – le cousin de Batman, Vapeur, est celui qui emploie des esclaves pakistanais au Louvre pour faire les fausses statues, il a un cancer. Ils sont dans le même wagon que Johnny et en montant ils m'ont dit Ça petit pote c'est dommage que Bat l'ait pas vu de ses yeux, Johnny, putain, en chair et en os, il en aurait été sur le cul.

Beaucoup de participants ont reçu le programme du Jeu – téléchargé les jours précédents dans leur ordinateur – et quelques-uns ont commencé à l'utiliser, organisant leur production artistique selon ces propositions d'agencement.

Certains croient qu'il s'agit juste d'un nouveau site Internet. D'autres d'une opération publicitaire. Certains VIP sont de toute façon tellement rompus à ce genre de divertissement – partir, sortir, manger, boire, prendre l'avion, au nom d'un prétexte flou, une marque de champagne, une chaîne d'hôtel, la promotion du disque d'un confrère, ou rien, juste une onde mousseuse arrivée dans leur boîte aux lettres ou sur leur répondeur auxquels ils ont obéi – que personne ne se pose vraiment la question. Quant aux autres – les non VIP – ils sont surexcités, émus de ce qui leur arrive, l'heure n'est pas aux interrogations.

Une partie des Joueurs est au courant de certaines choses. Les chamans, par exemple, sont partie prenante de l'opération, ils sont tous munis d'une quantité significative d'ayahuesca, de Peyolt et de Psylocibes et savent qu'ils devront intervenir vers la fin du week-end, ainsi que les comédiens auxquels j'ai expliqué que nous tournions un film pour Universal Pictures et qui ont, selon les situations, des dialogues particuliers à dire. Un certain nombre de pratiquants de la Nouvelle Sorcellerie sont également avertis que nous sommes tous embarqués pour un week-end un peu spécial, mais la dimension réellement *artis-*

tique – la *performance* – de l'affaire leur échappant quelque peu, j'ai zappé sur le parcours qui est prévu avant de lancer la phase finale de l'opération. Je compte sur ceux que j'appelle les artistes confirmés pour réagir avec créativité aux situations proposées. Quant aux artistes en herbe – tous ceux qui ont répondu à l'annonce – j'espère qu'ils seront suffisamment pris par le truc et motivés par l'enjeu – pouvoir se connecter avec la Création Reconnue et peut-être gagner ce fichu prix de cinq mille euros – pour se laisser porter par la folie ambiante.

Les VIP, bien entendu, ne sont au courant de rien, ils sirotent pour l'instant leur champagne dans l'insouciance la plus totale.

Carla Bruni et Karen Mulder sont prises de fou rire car Ariel Wizman s'est emparé du micro du contrôleur et débite un flot ininterrompu de sermons divers et de maximes saugrenues. Les gens s'esclaffent. Johnny est immobile, il regarde la campagne défiler. Il est difficile de savoir à quoi il pense.

— Tout va bien Gentil Ancien Patron ? s'enquiert Angèle, que j'ai rejointe à l'avant du train.

— Pour l'instant oui, je réponds, confiant, jusqu'ici tout va bien.

Personne ne se doute que je suis pour quoi que ce soit dans l'organisation de ce projet délirant. J'ai un Polaroïd en bandoulière et je navigue de wagon en wagon en prenant quelques photos. Jusqu'à maintenant nos invités Joueurs sont calmes et tranquilles. Je ne sais pas pourquoi, mais mon petit doigt me dit que ça ne va pas durer. « Vous êtes hallucinant, me glisse Angèle, que je sens un tantinet anxieuse. En tout cas je vous préviens qu'en cas de problèmes judiciaires je ne suis au courant de rien. Je serai une victime, Ancien Gentil Nouveau Patron, une victime comme les autres. » Nous croisons le pandit qui doit faire une petite allocution en démarrant par le wagon des VIP. Il ne me reconnaît pas. La transaction s'est faite par téléphone, après que j'ai assisté à une de ses conférences sur la méditation et les lois karmiques. Il a accepté de prendre le train, moyennant rémunération, afin d'exposer aux âmes ignares qui peuplent ce convoi les subtilités des

Règles de l'Univers. Il est plus vrai que nature, des cheveux très longs, une barbe, une espèce de grande robe soutane en lin gris, un visage d'hindou on ne peut plus prononcé et bizarrement des yeux très bleus qui accentuent un côté prophète du désert. Comme on pouvait s'en douter il fait immédiatement un tabac chez nos amis des premières. Quand il apparaît dans la porte automatique tout le monde pousse un grand cri de joie, yoooooooouuuuuuuhhhh, Ariel Wizman (l'humoriste) qui est en plein milieu d'une imitation du Christ s'interrompt brutalement et enchaîne, fort à propos, « comme d'ailleurs je vous le disais, je vous présente bien qu'on ne le présente plus, mesdames et messieurs voilà : Jésus ». Tout le monde est plié. On croit à un gag, et d'une certaine façon c'en est un.

Le pandit, qui semble effectivement sorti d'un autre temps, ou plus prosaïquement d'une production hollywodienne, n'est – bon point pour lui – pas une seconde déstabilisé. Il fixe l'assemblée de happy few hilares et les salue calmement. Carla Bruni et Karen Mulder rient tellement que je les soupçonne d'être au bord de faire pipi dans leur culotte. L'allocution du pandit va être retransmise dans trois autres wagons par un système de vidéo que j'ai fait installer.

Voyant que tout se met en place comme prévu je file discrètement vers l'arrière.

Sur les écrans des wagons qui ne sont pas connectés avec le pandit défilent différentes sortes d'images. Certaines évoquent une idée de mort et de putréfaction, des vues d'abattoirs, d'équarrissage, de maladie et de décomposition de cadavres, associées à des images des camps et de trains plombés roulant vers l'horreur. Une musique planante accompagne cette projection. Dans les wagons où elle a lieu règne un silence, c'est le cas de le dire, de mort.

Mais ce n'est pas ce qui m'intéresse pour l'instant. Je veux vérifier si mes amis échangistes sont déjà à pied d'œuvre. Un peu avant d'arriver à leur wagon je croise Nathalie et Aurélien, tous les deux surexcités. « C'est incroyable, glousse Aurélien, qui pour une fois a du mal à se contenir, on est en train de vivre un truc incroyable. » Je les envoie vérifier si tout se passe bien avec le pandit. Nous sommes (la petite équipe qui a fomenté cette plaisanterie) reliés par un système de radio digne des services secrets, avec une montre micro et des casques de walkman ou des serre-têtes haut-parleurs.

Les échangistes n'ont pas encore commencé les agapes, il y a juste une fille qui danse, nue sous une petite robe qu'elle remonte en rythme, au milieu du wagon – aménagé en lupanar, j'ai fait retirer une partie des sièges. Parfait. Tous les couples présents sont des partouzeurs chevronnés, drivés d'une main ferme par quelqu'un qui se fait appeler Patrick GBA et qui est passé maître dans l'art d'organiser des soirées « hot ». En costume de faune, il est en train de dénuder la poitrine d'une opulente soubrette qui se cambre d'aise.

Derrière eux se trouvent encore quelques wagons de « lambda ». Il y a un plombier qui s'est spécialisé dans les installations de chauffage musical (en circulant l'eau active des carillons et des claviers de notes) que j'ai repéré dans une émission de télé (il se croit d'ailleurs invité par la maison de production), un brocanteur qui a le chic pour transformer son dépôt-vente en véritable annexe du Palais du Bizarre, deux restaurateurs atypiques, etc. Au fond se trouvent les chamans et les hommes politiques. C'est le wagon le plus calme. Sans animations. Du moins pour l'instant. James, mon contact chipibo, qui s'est chargé de recruter les sorciers péruviens, ne bronche pas quand je passe à côté de lui. Je repars vers l'avant. Cette fois les partouzeurs ont démarré. Un des attachés parlementaires qui m'a suivi (de plus en plus de personnes se sont levées et font maintenant ce qu'il est naturel de faire dans un train, c'est-à-dire aller d'avant en arrière) reste interdit devant ce spectacle que ses yeux ont du mal à décoder, à savoir une fille entièrement nue (la danseuse de tout à l'heure) empalée sur la main tendue de Patrick GBA, qui d'ailleurs ne la regarde même pas, mais continue nonchalamment sa conversation avec son voisin, un colosse roux habillé en pirate. Il reste interdit un instant, se tourne vers moi, esquisse un sourire, mais voyant mon appareil photo en bandoulière se reprend, et bat en retraite précipitamment.

Allez-y les petits loups. Extasiez-vous. Le week-end démarre à peine.

Sur les écrans les films morbides ont été remplacés par un documentaire sur l'ADN. Qui nous explique que toute vie est constituée par un même langage, composé d'un alphabet de quatre lettres formant soixante-quatre mots (l'ADN), et d'un alphabet de vingt lettres (les protéines) ainsi que d'un mécanisme de traduction entre les deux. Ce documentaire va être suivi d'un autre, sur le chamanisme conibo-chipibo – dont nous avons, comme je l'ai dit, quelques représentants parmi nous – intitulé *Other World*, et réalisé par Yann Kounen lors de ses voyages au Pérou. Le documentaire est excellent. Il met en scène le chamanisme et la sorcellerie d'une façon telle que l'on se croirait dans un film de science-fiction. Ce qui n'est en fait pas le cas, les participants de ce petit périple vont, j'espère, avoir l'occasion de s'en rendre compte.

Sur les plates-formes entre les wagons des haut-parleurs diffusent de la *transe*, une *transe* un peu étrange, entrecoupée d'onomatopées et de soupirs.

« Vous devriez venir, susurre la voix d'Angèle dans mon oreillette, ça vaut son pesant de cacahuètes. »

Effectivement dans le wagon des premières il y a comme un certain flottement. Après avoir d'abord été un peu chahutés – les gentils VIP ont pété, roté, ri, Beigbeder (auteur d'un livre qui a fait un tabac sur la pub) a même été jusqu'à éclabousser de champagne la robe en lin gris, bref une vraie fête – notre ami le pandit a repris l'avantage.

Expliquant la Loi Karmique (une réponse de l'univers à l'émission d'information d'une de ses composantes) et ses implications dans nos existences à travers le cycle des incarnations – toujours dans un brouhaha, un comédien que je ne nommerais pas a même sorti sa bite en disant Hé regarde mon karmouille – le pandit s'est tourné vers Charlotte Gainsbourg (qui est une des seules à ne pas glousser et qui semble même gênée par l'indiscipline de ses camarades) et lui a déclaré tout de go que les impératifs du karma – l'univers fonctionnant aussi grâce à un mode opératoire imagé – pouvaient également s'inscrire de manière symbolique.

— C'est-à-dire? demande Charlotte, indifférente au comédien qui éructe, à la limite de l'incohérence « Karma, Karma, Karmouille, qui veut ma nouille-kar ».

— Dans certaines circonstances vous pouvez amoindrir le désagrément que vos actes ou vos pensées ont forgé précédemment – il s'éclaircit la voix, un autre comédien tousse bruyamment, projetant des miettes de sandwich autour de lui. On raconte qu'un grand sage de l'Himalaya nommé Baba-Ji était un jour assis autour d'un feu avec ses disciples – le pandit parle d'une voix hésitante car son français est loin d'être parfait – quand il se saisit d'un brandon incandescent et brûla légèrement le bras de l'un d'eux. Pourquoi ?, demanda le disciple. Parce que selon la loi karmique tu aurais dû cette nuit brûler vif. Ainsi quand vous avez sauté en parachute et que votre pied est resté coincé dans les fils avant l'atterrissage… – Quoi, dit Charlotte, qui affiche soudain une mine éberluée, qu'est-ce que vous dites ? –… il s'est vraisemblablement rejoué quelque chose du même ordre.

Tout le monde s'est tu et regarde Charlotte qui rougit, elle se tourne vers son mari et dit C'est toi qui lui as dit Yvan, c'est toi ?, mais il ouvre des yeux ronds et répond Non, je n'ai jamais vu ce type. Alors comment… mais comme elle est gênée d'être devenue le centre d'intérêt elle baisse les yeux et n'insiste pas. Le pandit d'ailleurs prend congé, expliquant qu'il doit visiter d'autres wagons. Pendant environ une demi-minute il flotte une atmosphère de perplexité, qui ne dure heureusement pas car quelqu'un surgit de l'autre bout et s'exclame, à l'intention de Thomas Langmann, qui feuillette le dernier numéro d'*Entrevue* : Merde, vous verriez comment ça bouge là-bas, c'est du délire, est-ce que quelqu'un a des préservatifs ?, je viens de faire tout le train sans en trouver, produisant un éveil d'intérêt de la part du wagon. Moi j'en ai pas, dit Johnny de sa grosse voix de Johnny. Ça bouge où ? dit Beigbeder, prenant instantanément un air égrillard. Dans quel wagon ? demande Laurent Gerra (comique), à qui Mathilde Seigner (comédienne) pince instantanément la cuisse et qui fait Ouille, mais merde je blaguais. Qu'est-ce qu'on fait ? renchérit le comédien Karmouille, on va voir ?

tandis qu'une nouvelle intervenante (la femme de l'initiation chamanique du ranch western) a remplacé le pandit et passe entre les rangées de sièges en agitant une fleur de tournesol et en murmurant « Nous sommes la planète Terre. Nous sommes ses enfants », ce qui provoque un nouveau déclenchement d'hilarité, cette fois nerveux, car les gens commencent à se sentir mal à l'aise, pris par quelque chose qu'ils n'arrivent pas à identifier mais qui s'installe pernicieusement : l'impression d'être embarqués dans un engrenage qu'ils ne pourront pas arrêter.

Sur ce point je ne peux que leur donner raison.

— Eéééééé, fait mon amie initiatrice chaman, rejointe par deux hurluberlus – costume de peaux, bois de cerf sur la tête – qui parlent de l'unité de la terre, de la fraternité des continents, ses enfants, de notre mère la lune, de notre père le soleil, bref l'ensemble redevient absolument impayable et dissipe le soupçon de malaise, à tel point qu'à l'initiative d'Édouard Baer (autre humoriste) une farandole s'improvise, enserrant les trois intervenants, et c'est sur cette note rafraîchissante que je quitte le wagon.

Amusez-vous mes chéris. Papa s'occupe du reste.

Je ne l'ai pas précisé, il y a également parmi nous un certain nombre de gens qui n'ont rien à voir ni avec l'art contemporain, ni avec l'art tout court, et qui ne sont ni plombiers musicaux, ni chamans, ni même intéressés par le concours Faites un dessin et gagnez cinq mille euros, mais juste des gens que le hasard a placés là et qui sont engagés sur une voie de connaissance, soit qu'ils pratiquent un type de méditation – zen, tantrisme, etc. – soit qu'ils aient accompli moult travaux psychanalytiques ou je ne sais quelle galipette ésotérique devant les conduire vers un nirvana quelconque. Pour ceux-là – plus principalement placés dans les wagons 7 et 8 – j'ai prévu une petite allocution sur – toujours lui – l'art. Allocution que se fait un plaisir de leur dispenser une folledingue pêchée dans une école d'art appliqué – image que l'on se fait d'une peintre bohème du Montparnasse de la grande époque . petit chapeau à fleurs, robe violette à jupons, voilette. Pour l'heure elle en est à parler du premier geste artistique, le fameux tag à cinq doigts apposé sur la paroi d'une grotte.

— Une représentation, une image de main, ce n'est plus ma main et en même temps c'est toujours ma main, elle existe maintenant au dehors de moi, j'ai donc créé un double de moi-même, d'une partie de moi-même, et cet acte est à la fois psycho-magique (j'existe doublement, je peux regarder une trace de Moi) et esthétique, puisque je peux me re-produire, pourquoi ne pas m'embellir ?

Deux filles que j'ai pris le soin de placer côte à côte me font un vague signe de tête. Il s'agit d'une maquilleuse de Canal Plus qui se pique d'ethnopsychiatrie et d'une étudiante en psycho se destinant au métier de psychanalyste. Mon regard les effleure à peine. Elles seraient évidemment fort surprises d'apprendre que je suis derrière tout ce bazar.

3.

Quand au bout d'un moment les allocutions diverses et variées me semblent avoir atteint leur but je fais couper l'éclairage. Il est dix-neuf heures trente, nous roulons depuis deux heures. En queue du train la partouze bat son plein. Patrick GBA et Francis, son acolyte, ont réussi à circonvenir deux filles du wagon 6, qui les branlent et les sucent abondamment.

— On y va vraiment ?, me demande Aurélien dans l'oreillette, pas d'hésitations ?

— Non, je réponds, soudain un peu anxieux, on y va.

À peine les plafonniers se sont-ils éteints que de grands Oh et Ah ! retentissent de toute part. Je fais distribuer des lampes électriques, deux maximum par compartiment. Plusieurs voyageurs sont habillés de tee-shirts fluorescents, aux motifs impressionnants de masque-exorcisme d'un autre temps. Les haut-parleurs diffusent d'abord des chants chamaniques chipibos, puis ensuite des rituels tantriques tibétains. Les premiers ressemblent à des cris désespérés d'enfants possédés et les autres à la vibration basse de quelque créature gigantesque habitant les abysses.

Cette fois nous y sommes. Un léger parfum d'inquiétude s'est installé.

— Alors ? je demande dans le micro. Quelles réactions ?

— Les gens sont partagés, me répond Cécile. Certains trouvent ça drôle, d'autres râlent.

— De toute façon nous sommes presque arrivés, je la rassure, il n'y en a pas pour très longtemps.

Le halo des lampes électriques donne aux allées et venues (certains vont faire pipi, d'autres, plus aventureux, en profitent pour une exploration « train-fantôme ») une coloration cette fois franchement fantastique. Je me félicite sur le choix de la bande sonore. Je demande que l'on pousse un peu plus la sono. Les Ôm des Tibétains s'engouffrent dans chaque interstice des compartiments.

Les seuls qui continuent, imperturbables, sont nos amis échangistes. Leurs ahanements et leurs soupirs font plaisir à entendre. Profitant de l'obscurité un certain nombre de petits malins (et aussi, signalons-le, quelques petites malignes) les ont rejoints et s'adonnent discrètement aux plaisirs interdits.

Dans les autres wagons les gens commencent à s'impatienter. Je change de canal et j'appelle la loco.

— On en est où ? je m'enquiers auprès du conducteur – l'ensemble, le train plus le personnel et le droit d'utiliser le réseau, m'a coûté une fortune.

— J'allais vous appeler, m'informe-t-il, nous arrivons au point X dans environ six minutes.

Parfait. Je rechange de canal et j'appelle Aurélien pour lui dire d'arrêter la musique et de diffuser l'annonce. Malheureusement il est court-circuité par Ariel Wizman qui s'est emparé du micro du contrôleur et qui lance un appel afin de localiser le wagon des partouzeurs. « Ici le wagon des VIP, brame-t-il, les VIP parlent aux partouzeurs. Nous voudrions procéder à un échange. Nous sommes prêts à vous livrer Johnny. Répondez. »

La suite ne sera pas connue car Aurélien a dû trouver le bouton pour le déconnecter. J'écoute avec attention l'annonce précisant qu'un repas va être servi, sussuré d'une voix douce, qui détaille chaque plat avec suavité, précisant que le menu a été composé et préparé par un des frères Troisgros. Les vins qui accompagnent ces agapes sont des grands crus classés. Je distingue quelques connaisseurs qui commentent cette précision avec intérêt.

« Merde, dit l'un – rédacteur en chef de *New Look* il a atterri parmi nous en se substituant à un de ses rédacteurs – ils n'y vont pas avec le dos de la cuiller. »

L'alléchant descriptif de ce menu de préréveillon est remplacé par des chants hitlériens. Un crâne fluorescent me croise dans le couloir. Je l'éblouis du faisceau de ma lampe. Les premiers éléments du dispositif se sont parfaitement mis en place. « Car il s'agit bien d'un *dispositif*?, s'inquiète Angèle. D'une expérience purement artistique ? »

Les deux filles – l'ethno et la psy – ont décidé de braver l'obscurité pour se rendre de concert aux toilettes. « Je ne sais vraiment pas ce qui m'a poussée à venir mais pour l'instant c'est assez curieux » dit celle qui se fait appeler Myosotis. L'autre – elle vient de se cogner dans l'angle de la porte des chiottes – en convient, mais peste contre l'absence de lumière. Comme pour lui répondre la voix suave annonce une imminente victoire de la technologie sur les ténèbres. « Aaaa, dit la voix de Myosotis depuis l'intérieur des WC, c'est dégoûtant, il y a du pipi partout. » À cet instant le train freine brutalement (pas trop cependant, le conducteur est briefé sur ce point) et plusieurs détonations (explosions ?) se font entendre. Les haut-parleurs crachotent quelque chose d'incompréhensible. La lumière se rallume. On entend des cris. Quelqu'un hurle « Il y a le feu, il y a le feu dans le train ». Ce hurlement affolant est relayé par les autres wagons. « Qu'est-ce qu'il y a ? Qu'est-ce qu'il y a ? » « Le train ! Le train ! Il brûle ! » La voix suave – qui a perdu toute suavité – réapparaît dans les haut-parleurs « Mesdames et monsieur suite à un problème technique nous vous invitons... » mais son appel est interrompu, comme si le micro lui avait été arraché des mains et une autre voix prend la parole – une voix rocailleuse, une voix avec un accent méridional, une voix d'agent SNCF – et dit, sans arriver à masquer l'urgence de la situation « Un incendie vient de se déclarer dans le train, tout le monde doit descendre, pas de panique s'il vous plaît, ne descendez pas du côté des voies, surtout ne paniquez pas, tout sera fait pour maintenir la sécurité des usagers, descendez dans le calme. » Normalement il y a une personne avertie dans chaque wagon qui doit veiller à ce que ça ne tourne pas à l'hystérie totale et que les gens ne se piétinent pas sauvagement. J'entends Aurélien dans mon oreillette m'informer que les gens commencent à descendre, et que malgré la panique tout se passe plutôt bien.

— Ma veste, crie une rousse magnifique à un bellâtre en cuir, prends ma veste putain ! mais sans que ce dernier, qui est en train d'enjamber les sièges, tienne compte de sa demande. Les gens s'écrasent contre les portes vitrées, sautent sur le terre-plein devant lequel le train s'est arrêté dans une bousculade convulsive, mais sans vraiment de bobo non plus, ce qui me rassure car c'est un des points du parcours qui présentait un réel danger et qui avait suscité, entre mes complices et moi, un débat houleux. Dans le wagon des VIP c'est paraît-il Johnny qui a fait la police et tout le monde est descendu dans le calme. Sur le quai Ariel Wizman fait moins son malin. Il est en débardeur, ce qui laisse voir son torse abondamment poilu, et a l'air frigorifié. Il a quand même l'élégance d'une petite blague. Il claironne : « Mesdames et monsieur, que ceux qui ont réussi à sauver du naufrage des bouteilles de champagne viennent m'en informer discrètement, en échange d'un partage équitable je serai à même de leur fournir un… verre ». Et il brandit une flûte de champagne, intacte. Quelques personnes ont la force de sourire.

Preuve que la Chance accompagne notre projet un épais brouillard environne le site. Je n'aurais pas pu rêver mieux. On ne voit pas à cent mètres.

— Tout le monde est descendu, demande, inquiet, le conducteur à l'accent méridional, qui vient de courir le long de la voie en inspectant chaque wagon. Il ne manque personne ?

Évidemment cette assertion est impossible à vérifier. Nous assistons, hébétés, à la dévastation par le feu de notre beau convoi. Les artificiers ont remarquablement travaillé. On croirait à s'y méprendre qu'une des voitures du milieu s'est transformée en terrible brasier – en fait il y a beaucoup plus de fumée que de flammes, mais comme chacun sait que l'un et l'autre sont indissociables le choc psychologique est indéniable.

Autour de nous la campagne est noire et glacée.

Certains partouzeurs sont encore en tenue de combat, c'est-à-dire presque nus.

Il y a comme un creux dans l'intensité dramatique de la situation. Quelqu'un (c'est une réplique prévue) dit : « C'est beau, quelle beauté. » Quelqu'un, qui a un anorak en trop, le donne à Ariel Wizman. Cette légère accalmie dure peu de temps, parce qu'une explosion secoue l'arrière du train – en fait on ne voit pas vraiment ce qui s'est passé parce que l'explosion a eu lieu derrière le train, et non pas dans le train, ce qui aurait nécessité un dédommagement extravagant à la SNCF – et le conducteur, dans son habit de conducteur, hurle : « Mais reculez, reculez, tout peut péter ! », et il agite ses bras en montrant une espèce de combe dans lequel le brouillard s'effiloche en nappes – le terrain est judicieusement placé, coincé dans un tournant d'où des taillis nous interdisent toute fuite et bordé d'un grand fossé nous empêchant d'accéder à une route que l'on devine de l'autre côté – « Reculez dans le fossé, on sera à l'abri ! Vite ! Viiiiite ! » et comme pour accentuer cette urgence d'apocalypse qui nous saisit tous, une nouvelle explosion illumine l'arrière du train, une explosion digne d'un film américain, boum, boum, et cette fois tout le monde hurle, crie, se rue dans le fossé – c'est en fait une carrière de sable – se jetant dans la pente, comme des enfants depuis le haut d'une dune, braillant leur effroi sous la lune qui apparaît derrière les nuages.

Je suis le dernier à sauter. Les ombres en contrebas s'agitent comme des danseurs fous et certains, pris par la peur, sont carrément recroquevillés en boule, la tête dans leurs mains, dans l'attente de la déflagration.

J'ai eu un mal de chien à trouver le repérage idéal, j'ai dû mobiliser plusieurs assistants-réalisateurs de cinéma. Pour que personne ne puisse communiquer avec l'extérieur, j'ai également dû faire neutraliser les bornes de réseau mobile environnantes.

En bas c'est vraiment le début de la fin, les gens sont transfigurés, même Ariel Wizman ne rit plus du tout. Beigbeder a râpé son grand manteau en cachemire et arbore un air ahuri. Le seul qui a l'air de tenir à peu près le coup c'est Johnny, imperturbable, dans son blouson de cuir il semble prêt à affronter un nouveau ressac de la tempête.

« Mais qu'est-ce qu'on va faire ? dit quelqu'un. Qu'est-ce qu'on va devenir ? »

C'est une question que plusieurs doivent se poser. L'explosion ne venant pas, les gens relèvent la tête. Quelqu'un dit : On ne va pas rester bloqués là toute la nuit, il faut essayer de sortir. Il y a une route là-haut on pourrait essayer d'arrêter une voiture.

Et comme en écho à ces propos un bruit de moteur nous fait lever la tête.

« Regardez, un camion, c'est des camions. » « Ohé, hurle une fille, aidez-nous, accident, accident, nous accidentés, aidez-nous. »

Le faisceau des phares troue la nuit, à l'horizontale du pont, éclairant à travers la brume la paroi blanche de la carrière. Les camions ressemblent à de grosses toupies à béton sorties du néant. Plusieurs personnes crient encore, mais leur cri est couvert par un grondement inquiétant : une gigantesque pompe vient de se mettre en route, et soudain, tombant du ciel, nous sommes aspergés d'une pluie nauséabonde.

— Il pleut, dit naïvement quelqu'un. Merde il pleut.

— Ce n'est pas de la pluie, renchérit un autre, ils nous arrosent.

— Ça pue !

— Couvrez-vous les yeux, je hurle à mon tour, couvrez-vous les yeux !

— Mais… mais… mais c'est de la merde !

— Ils nous bombardent avec de la merde.

Du ciel choit une crotte liquide absolument infecte, un mélange de vomi et de merde – inoffensif, un chimiste anglais a consacré une partie de ses recherches à trouver la formule magique de l'excrément et l'a fait breveter.

Des gens essayent d'escalader la pente qu'ils viennent de dévaler, mais déjà abrupt au naturel le monticule s'avère, mouillé, totalement glissant et impraticable.

— Arrêtez, s'époumone une fille à côté de moi, arrêtez il y a des gens en dessous.

Mais tout ce qu'elle gagne à s'énerver de la sorte est un supplément de matière infamante qui vient l'inonder de plus belle. Nous pataugeons dans une gadoue noirâtre. En un temps remarquablement court notre expédition si fringante vient de tourner au fiasco, voire à la débâcle. Les gens sont souillés, désemparés, dépassés par cette injustice incompréhensible : ils partaient réveillonner et voilà qu'on leur déverse des hectolitres de purin sur la tête, c'est…

— Mais arrêtez bande d'enculés, arrêtez! gesticule Vuillemin, le dessinateur de BD, qui dans son manteau de cuir ressemble à un d'Artagnan sali en butte à d'invisibles ennemis.

— Mais vous êtes nigaud ou quoi? clame Brigitte Fontaine, qui n'a d'ailleurs pas l'air surprise plus que ça par la tournure que prennent les événements.

La pluie cesse. Un projecteur est braqué vers le fond de la combe. On coupe les moteurs des pompes. Un silence et un calme totalement irréels s'installent. Dans cette lumière crue à peine tamisée par les bancs de brouillard nous ressemblons à une gigantesque installation bizarre, à des fous, à des personnages fantasmagoriques. Dans cette ouate dégoûtante une voix se fait entendre :

— Putain, sergent, dit la voix – que nous entendons tous parfaitement, elle est relayée par un haut-parleur. Il y a des gens en bas. Venez voir! Il y a des gens en bas.

Au milieu de notre groupe quelqu'un que je n'arrive pas à distinguer est pris de fou rire.

Cette fois c'est la panique, tout le monde hurle. Guillaume Dustan – l'écrivain –, qui a perdu sa perruque et dont l'espèce de tunique-cuirasse a ripé sur le côté de son buste fait une sorte de bond de karatéka et crie Mais oui il y a des gens bande d'ordures, vous nous avez balancé toute votre merrrrrrrde. Une fille à côté, ne se contrôlant plus du tout, pleure et postillonne sa colère. Je crois que c'est Christine Angot, mais je n'en suis pas certain. Virginie Despentes et Ann Scott hurlent des insultes. J.-C. de Castelbajac les regarde d'un air ahuri. Gaspard Noé est décomposé.

Sur le bord du parapet on distingue des silhouettes en costume de cosmonaute. Des têtes casquées, blanches, avec des visières, se penchent et nous observent.

— Il y a un passage, brame Dustan, on peut monter sur le côté.

Plusieurs se précipitent. Attention, les prévient quelqu'un, ils sont armés.

Brigitte Fontaine, à l'intention de ces hommes méchants, se met à réciter une comptine où il est question de tigres empaillés et de petites filles mortes.

Cette conjuration reste sans effet sur le maléfice qui s'est abattu sur notre beau réveillon.

4.

Quelques instants plus tard nous sommes un petit groupe à prendre pied sur le pont. Des camions militaires de l'armée, frappés d'un signe surmonté d'une tête de mort, sont stationnés là. Un groupe d'hommes en combinaisons d'amiante nous barre le passage. On nous aveugle avec le faisceau d'un projecteur.

— Qui êtes-vous ? demande une voix gutturale dans les haut-parleurs. Que faites-vous ici ?

Nous nous bousculons pour répondre. Un train… l'accident… l'explosion… Dis que tu es Johnny, dit le copain du cousin de Batman. Nous sommes avec Johnny, bredouille un autre, un type que je connais du milieu de l'art contemporain, qui écrit de temps en temps dans *Beaux-Arts*. Oui, bredouille une fille éplorée, que Johnny nous sorte de là. Je suis Johnny Hallyday, dit Johnny. Nous avons eu un accident, un incendie dans un train… heu… pour le réveillon.

Il y a un moment de flottement. On distingue les silhouettes en conciliabule. Visiblement elles sont en train d'échanger ce que n'importe qui dirait en pareilles circonstances, à savoir : Merde, dis donc c'est Johnny…

La voix dans le haut-parleur retentit de nouveau. Vous êtes sur un terrain militaire. Vous n'avez pas le droit d'être là.

L'armée des gueux crottés nous a rejoints. Je vais me les faire ces connards, grogne un metteur en scène de théâtre. C'est honteux. Les nouveaux arrivants ne comprennent pas ce qui se passe. Nous non plus. C'est l'armée. C'est une base militaire. C'est interdit. Quelqu'un crie On est plein de merde enculés, faites quelque chose et très vite, sinon ça va péter. Je vous demande de rester calme, redit le haut-parleur. Un gradé est en route. La foule est de plus en plus nombreuse. Carla Bruni semble foudroyée. Seuls ses yeux effarés surnagent dans le maquillage de boue infecte qui la recouvre. Mon oreillette de walkman résonne. C'est Angèle, en grande discussion avec Aurélien et les chamans. « Ils veulent un supplément d'au moins cent dollars par personne, Complètement Fou Ex-Gentil Patron, ils disent que ce n'était pas prévu qu'on les arrose avec des excréments. » Coupez au moins les projecteurs, demande un des scientifiques, de nous aveugler ne vous avance pas à grand-chose. Je souffle discrètement à Angèle que c'est d'accord pour cent dollars par personne mais qu'ils fassent bien attention à l'ayahuesca. Un des scaphandriers détourne les projecteurs. Tout le monde est complètement pris par la situation. L'attention de chacun est portée au maximum.

— Je suis le capitaine responsable du secteur, annonce un homme jaillissant d'une jeep qui vient de surgir en dérapant le long des camions.

De l'autre côté de la vallée les flammes qui entouraient le train ne sont plus visibles. L'incendie a dû s'éteindre tout seul.

— Je suis Johnny Hallyday, dit Johnny, qui, à son corps défendant, poussé par les autres, se retrouve porte-parole de notre désarroi. Nous avons eu un sinistre dans le train qui nous emmenait à un réveillon.

— Où sont les organisateurs de cette... manifestation ? demande le gradé sans vraiment répondre à Johnny. Ils sont avec vous ?

— Non, dit une fille (Angèle en fait), ils nous attendaient à destination. Nous étions juste chargés du voyage.

Les autres derrière sont en train de criser, ils n'entendent pas bien ce qui se dit, quelqu'un hurle Mais bordel on s'en fout, il faut qu'on se lave, putain, est-ce qu'il se rend compte de ce qu'on vient de se prendre sur la gueule ? La confrontation tourne à la confusion. Je vous prie de rester calmes, temporise le militaire, d'ores et déjà des véhicules sont en route pour vous évacuer du site. Ils doivent bien avoir des bâtiments avec des douches, fait remarquer un esprit avisé, en l'occurrence moi. Ils peuvent bien en mettre à notre disposition. Nous allons essayer de trouver une solution, réagit le militaire, troublé. Laissez-nous quelques instants.

— Ils vont nous évacuer.

— Où ?

— Par hélicoptère !

— Non, il a parlé de véhicules.

— Pourquoi on ne peut pas avoir d'hélicoptères ?

— Putain, je pue, c'est ignoble.

— Et Johnny ? Ils ont déjà évacué Johnny ?

— C'est dégueulasse, on est tous dans la même merde. Il n'y a aucune raison que Johnny soit évacué et pas nous.

— Mais non, il est là.

— Arrêtez avec Johnny, quoi, vous êtes des mômes ou quoi. Vous voyez bien qu'il est comme nous.

— C'est trop n'empêche, d'être avec Johnny plein de merde comme c'est… heu… je veux dire c'est dingue…

— Surtout le brouillard, on dirait… putain on dirait un film d'épouvante, non ?

Le plus éprouvant, en plus de l'odeur ignoble qui nous soulève le cœur, c'est le froid. Les femmes sont invitées dans les cabines des camions où l'on a mis le chauffage. Les conversations que je capte laissent percer une totale incrédulité. Il faut dire que la situation est exceptionnelle.

— Vous croyez qu'ils vont activer avec les camions ? s'enquiert Aurélien, qui, comme tout le monde, grelotte dans son anorak trempé. Point trop n'en faut non plus.

Les camions sont garés à moins d'un kilomètre de là. Quelques minutes plus tard des phares trouent la nuit. Les camions arrivent, s'époumone le cousin de Batman, il n'y aura pas assez de place pour tout le monde !

Panique. Les gens se précipitent. J'ai peut-être vu un peu juste, il n'y a que sept camions – des camions bâchés servant à transporter les appelés – pour presque quatre cent cinquante personnes.

— Les camions arrivent, répètent ceux qui sont derrière en essayant de piétiner ceux qui sont devant, les camions arrivent !

Les projecteurs surmontant les premiers camions (ceux dont le jus infect nous a éclaboussés) sont encore à demi incandescents. Leurs filaments brillent d'un éclat rougeâtre. Par un effet curieux certains dessinent l'image presque parfaite d'une étoile à six branches. Plusieurs personnes s'en rendent compte et disent, presque avec stupeur, Regarde, on monte dans des camions comme si on était des déportés et il y a même une étoile de David, la personne qui prononce ces mots est une fille qui s'appelle Mirale et qui est danseuse et qui a répondu à l'annonce du Jeu et quand elle dit ça les autres autour frissonnent et se demandent si elle n'a pas raison, si tout cela n'est pas qu'une folie qui s'enclenche, incompréhensible, un basculement dans un autre temps, dans l'horreur.

5.

Le brouillard est de plus en plus épais. Les véhicules roulent au pas, à la queue leu leu. Certains pleurent, ou piquent des crises de nerfs. Quand les camions s'arrêtent enfin tout le monde descend, dans un bordel sans nom et comme quelqu'un crie, relayé par d'autres : « Il faut laisser ses affaires dans un sac et se souvenir du numéro, les douches chaudes sont à l'intérieur » c'est la ruée. Les malheureux, gelés et pleins de cette merde qui est en train de sécher et de coller, se pressent vers l'entrée où quinze figurants déguisés en appelés récupèrent les vêtements et glissent un bracelet au poignet du dénudé, car c'est nu qu'il faut se présenter dans la salle des douches, qui ressemble exactement aux photos que j'ai vues de la chambre à gaz – je l'ai fait aménager dans cette optique –, et des jets brûlants dégringolent du plafond et tout le monde crie, la chair à vif, épouvanté, ravi, revenu à la vie par la grâce de cette vapeur qui nous entoure, les deux cent cinquante personnes, les hommes comme les filles, et certaines ont gardé culotte et sous-tif, et d'autres non, ou les tiennent à la main et les tordent dans le déluge, recouverts de savon et Patrick GBA, le chef des partouzeurs, en profite pour se refaire sucer par la rousse magnifique. Quand nous sortons de ce gigantesque bazar – les militaires nous font signe de passer dans une grande pièce mitoyenne – je me heurte à Angèle, que je n'avais jamais vue à poil. Elle a une riquiqui chatte à demi épilée des plus charmantes. Elle se marre : Gentil Patron, je crois que j'aurais raté quelque chose. Je lui assène une petite tape sur les fesses, pris d'une bouffée d'égrillardise. Angèle, vous n'avez rien vu. Elle secoue la tête, encore incrédule de tout ça. Nous enfilons les treillis que nous tendent les militaires. L'ensemble de la troupe est tellement abasourdi par la tournure des événements qu'en fait personne ne moufte. Le truc est même plutôt en train de virer à la colo d'autant que certains parmi les « artistes » réagissent au-delà de mes espérances. Sophie Calle, par exemple, note sur un petit carnet en face du numéro qu'elle repère au poignet de chacun la liste d'effets qu'il se souvient avoir remis à l'espèce de vestiaire (objets précieux, portable, carte de crédit, etc.). D'autres commencent à dire qu'il faudrait quand même organiser la soirée – tout le gang des « transes » qui se retrouvent comme des poissons dans l'eau habillés comme ça en kaki – et à part les VIP qui tirent un peu la gueule et discutent par petits groupes dans les coins, la mayonnaise a l'air de prendre.

Le gradé de tout à l'heure (nous sommes rassemblés dans la chapelle d'un monastère, nous allons l'apprendre dans quelques instants) monte en chaire et prend la parole. Ce qu'il nous annonce est terrible.

Une avarie nucléaire a eu lieu sur un site militaire.

La boue merdique qui nous a recouverts est une partie de la souille qui a reçu la vapeur issue de la surchauffe du noyau et que les intervenants étaient en train de dégager au bulldozer.

A priori les risques sont nuls. La vapeur qui est retombée en pluie n'a jamais été en contact avec la moindre substance radio-active. Normalement. « Il nous faut cependant pratiquer quelques tests. Nous allons travailler toute la journée et toute la nuit s'il le faut. Une unité-laboratoire mobile est en route. Je pense, sauf coup de théâtre, que nous serons en mesure de vous rendre à la vie civile dans moins de vingt-quatre heures (il est huit heures du matin, nous sommes le 1er janvier 2001). »

Un garçon à côté de moi se met à sangloter.

— Est-ce que le… est-ce que la nappe de brouillard qui nous environne a un rapport avec le… avec la catastrophe nucléaire ? demande Aurélien, décidément toujours pile en concordance.

Le militaire ne répond pas. Il se mord les lèvres. Finit par lâcher : Je ne peux pas vous répondre sur ce point.

J'entends quelqu'un qui dit Putain si le brouillard a un rapport alors c'est que c'est gravissime, et un autre qui tempère, Normalement, le type a raison, il n'y a aucune raison pour que la vapeur soit contaminée… enfin si le réacteur n'a pas explosé. Quelqu'un – une amie de Carla je crois – hurle Si vous ne faisiez pas toutes vos expériences pourries… !, mais personne ne reprend, car on voit bien que ça ne sert à rien, que la situation est au-delà d'un petit scandale. Les portables ne passent pas, lance quelqu'un, serait-il possible de prévenir nos proches ? Tout le monde renchérit à l'unisson. Non, répond calmement le gradé, je suis désolé, mais les lignes sont endommagées. On espère un rétablissement des communications dans l'après-midi, mais ce n'est pas certain. Je vous informe immédiatement si j'ai du nouveau. En attendant nous allons installer des matelas dans l'église. Pour votre sécurité je vous demanderais de ne pas sortir.

Quelques instants plus tard ce ne sont pas des appelés mais des moines, mutiques et le visage enfoui dans un gigantesque capuchon qui viennent dresser une literie de fortune. C'est un monastère, explique quelqu'un, ils ont réquisitionné un monastère, mais les moines ont fait vœu de silence, c'est pour ça qu'ils ne disent rien.

Et comme personne n'a fermé l'œil de la nuit et qu'il n'est quand même pas loin de dix heures du matin sitôt la distribution de café terminée tout le monde s'écroule plus ou moins sur les matelas et somnole. Il fait chaud et après la douche et le café – dans lequel se trouvait un très léger euphorisant – même s'il est difficile de se l'avouer, on ne se sent pas si mal que ça.

Cette somnolence est interrompue par le père prieur de l'ordre qui, contraint et forcé par les événements, nous héberge. Il nous demande juste quelques minutes d'attention. Son discours est bref, concis, et des plus chaleureux.

Il dit qu'il est bien sûr désolé de cette catastrophe, qu'il espère que l'inconfort des lieux ne nous empêchera pas de démarrer l'année d'une façon bénéfique et que lui et ses coreligionnaires sauront tout mettre en œuvre pour atténuer ce désagrément. Il précise que nous pouvons utiliser, en plus de la chapelle que nous occupons présentement, les pièces mitoyennes, notamment la bibliothèque qui – il semble sourire – devrait nous être d'un précieux réconfort. « À ce sujet, ajoute-il, j'espère que vous ne vous formaliserez pas du fait qu'elle contienne quelques ouvrages issus d'un "enfer" possible. Nous avons en cours actuellement des travaux quelque peu – il toussote – atypiques. »

Ensuite une partie des gens se rendort à moitié. Les autres vont et viennent, discutent sur les matelas, ou furètent à droite à gauche.

Il est prévu que les réjouissances ne redébutent qu'en début d'après-midi.

Dormez, mes petits lapins, reposez-vous. Vous allez avoir besoin de toutes vos forces.

La liste des gens réunis est impressionnante de diversité. Penser maintenant que ces gens en plus d'être dans le même lieu sont partie prenante d'un gigantesque happening « live » où tout le monde est habillé en kaki a quelque chose d'enivrant. C'est ce que souligne le metteur en scène de théâtre au plombier musical et à l'attaché parlementaire. Vous vous rendez compte ce que ça donnerait si on essayait de reconstituer ça ? Ce serait une folie. Je suis bien d'accord avec lui. C'en est une.

6.

C'est vers quinze heures, en plein milieu de la torpeur post casse-croûte, que la troisième vague d'offensive – après le voyage saugrenu et la catastrophe nucléaire – a lieu. Elle est plus insidieuse.

Quelques personnes, intriguées par les propos du père prieur – une bibliothèque, des livres sortis de « l'enfer » – sont allées mettre leur nez dans la pièce du fond, effectivement une bibliothèque, mais une bibliothèque, surtout pour un couvent, des plus curieuses.

Elle est l'œuvre de Jacques, le libraire parisien d'Un regard moderne, qui doit être une des meilleures librairies du monde pour tout ce qui concerne l'Étrange Bizarre & Artistique. Elle est conçue comme un organisme vivant. Jacques a revêtu une robe de moine pour la circonstance et porte une fausse barbe – certains participants pourraient le reconnaître. Il prend depuis une semaine chaque matin deux cuillerées à soupe d'ayahuesca et a médité avec le pandit, de façon à potentialiser ses qualités intuitives. Chaque livre qu'il va conseiller aux gens entrant – qui sont recueillis, impressionnés par le lieu, il y a des livres absolument partout, des vieux grimoires côtoient de la photo contemporaine, des livres SM en coréen, de la poésie surréaliste – doit d'une certaine façon faire mouche. Inutile de dire qu'en moins de vingt-quatre heures les personnalités se sont considérablement modifiées. Ariel Wizman, s'il a toujours envie de faire quelques blagues, est quand même choqué. À l'inverse, les deux filles Myosotis et Juliette, qui avaient eu du mal à s'aventurer jusqu'aux toilettes pendant la panne d'électricité, sont prises d'une frénésie exploratrice. Elles sont les premières à pénétrer dans l'antre littéraire. Myosotis fait remarquer à Juliette que Texte et Tissu ont la même étymologie. « Dingue quand tu penses à la Toile, non ? » « En même temps ça n'a rien de surprenant, répond Juliette, tout s'emboîte parfaitement. » Je ne lui fais pas dire. Les chamans qui sont postés un peu partout, mais surtout autour de cette bibliothèque fabriquée de toute pièce, les scrutent discrètement. Il s'agit de ne pas se tromper sur ce qui va être dirigé sur les participants.

Dans la salle les conversations sont ranimées par une nouvelle panne d'électricité, imprévue celle-là, qui nous frappe soudainement. Et comme le brouillard à l'extérieur est toujours aussi dense j'en viens à me demander moi aussi si la réalité n'a pas tout simplement pris le pas sur la mise en scène.

« On est passé à côté de la catastrophe, me glisse Aurélien, le metteur en scène de théâtre a reconnu un des figurants moines. J'ai arrangé le coup en lui disant qu'on était en train de faire un happening géant. C'était la seule solution sinon il mettait le feu aux poudres. » J'approuve discrètement. De toute façon maintenant, comme j'ajoute ironiquement, la messe est dite. Entre les livres que distribue Jacques, la présence des chamans, du pandit et de quelques autres personnages aux pouvoirs psy nettement développés, plus des gens que j'ai rencontrés récemment et qui ont mis également sur pied un jeu intitulé le Jeu du Tao, une sorte de questionnaire-Monopoly à vocation introspective, l'ambiance est à la méditation, chacun est plus ou moins en lui-même, d'autant que l'idée de cette mort qui rôde au dehors et dont nous sommes peut-être tous imprégnés nous confronte à quelque chose d'inéluctablement tragique, quelque chose que nous avions tous oublié depuis longtemps.

Ainsi quand vers la fin de l'après-midi le militaire revient nous donner des informations en compagnie du père prieur il trouve un silence recueilli. Bizarrement personne n'essaye de revendiquer quoi que ce soit, ni ne s'énerve. Au contraire c'est dans un calme digne et concentré que nous accueillons les dernières nouvelles (qui ne sont pas extra-extra) : les communications ne seront pas rétablies avant plusieurs jours et malheureusement les analyses sont formelles, nous avons bien été en contact avec un liquide radioactif. « Mais je tiens à vous rassurer, il n'y a en aucune manière lieu de s'inquiéter, le degré de radioactivité est trop faible pour occasionner des conséquences fâcheuses. Néanmoins il va vous être distribué une thérapie préventive, de façon à écarter le moindre danger – il s'arrête et contemple la petite foule, personne ne pipe. Nous ne sommes pas, heu, actuellement en mesure de traiter tout le monde, mais normalement des doses supplémentaires doivent nous parvenir dans les heures qui viennent. J'espère que cela sera le cas, car il est important de prendre le traitement dans les dix-huit heures suivant la contamination. » Le père prieur à côté a une inclinaison de tête, comme s'il disait amen. Le choc est tel que nous retournons à nos paillasses cette fois complètement abattus. Quand quelqu'un a demandé ce qui se passerait si le médicament n'arrivait pas, le gradé a eu un haussement d'épaule éloquent et a dit, l'air de ne pas y croire vraiment : Rien ne nous indique présentement que ce sera le cas. Karen Mulder a éclaté en sanglots.

« Pourquoi dire que l'on n'a pas assez de traitement, me demande Aurélien, c'est pas vrai on a suffisamment d'ayahuesca pour tout le monde, elle est au frigidaire. »

C'est Angèle qui lui répond : Parce que la frustration crée le désir mon cher, psychologie de base. Rappelez-vous donc comment Parmentier a imposé la pomme de terre. En la faisant garder par des vigiles qui avaient pour consigne de laisser les voleurs opérer.

Les deux heures qui suivent se passent dans l'angoisse. Il n'y a plus ni Johnny, ni plombier, ni Myosotis, ni Carla Bruni. Il y a juste des gens qui flippent, couchés sur des matelas dans la nef d'une chapelle où de grands cierges les éclairent d'un ballet d'ombres folles.

Puis le gradé revient. Il est dix-neuf heures. Nous avons été arrosés aux environs de deux heures du matin. Quand il monte en chaire – qui fait depuis le début office d'estrade – tout le monde retient son souffle.

« Nous sommes donc en mesure de traiter tout le monde. La préparation que vous allez boire est absolument garantie. Elle est utilisée depuis plusieurs années par les services secrets américains. Elle est à base uniquement de végétaux, ce qui permet une utilisation sans risque. Elle est toutefois incompatible avec des traitements comme le Prozac. Les personnes utilisant ce médicament sont donc priées de se faire connaître, il leur sera délivré une thérapie différente – c'est pour eux que j'ai prévu des psylocibes. D'autre part vous allez connaître quelques effets secondaires. Il est possible que vous soyez pris de nausées ou de vertiges. Ne vous inquiétez pas. Je vous le rappelle, la préparation est cent pour cent d'origine végétale. Ces effets se dissiperont rapidement. »

Évidemment on pourrait m'objecter que tout cela est absolument hallucinant. Que faire prendre un psychotrope violent à quatre cent cinquante personnes, dont un quart d'artistes reconnus et VIP divers, après les avoir barbouillés de merde et allongés dans une chapelle entourée de brouillard radioactif, est proprement incroyable. Pourtant c'est bel et bien ce qui va se passer. À la queue leu leu, tout le monde vient prendre son tour dans la file. Et personne n'essaye de doubler. D'ailleurs des moines passent avec des bouteilles et des verres gradués et font boire en fonction du poids des doses, c'est donc assez rapidement que chacun avale le dégoûtant breuvage, en faisant des mimiques de circonstance, mais pas plus que cela non plus. Puis nous retournons nous allonger sur les matelas, à l'invitation du père prieur, qui explique qu'il a parlé avec les médecins et qu'il vaut mieux s'allonger au début, et maintenant plus personne n'y comprend rien, qui est d'abord ce père prieur et de quoi se mêle-t-il, et je sens qu'on arrive à la limite de ce qui est crédible parce que j'entends des gens qui émettent des doutes et qui commencent à se demander si tout cela n'est pas une mise en scène, et d'autres, comprenant ce qui se dit, s'exclament, Si c'est ça c'est vraiment criminel, c'est un fou qui a fait ça, mais ils ont tous bu et le breuvage commence à faire effet…

7.

… et quelqu'un passe et souffle un à un les chandeliers et il fait noir et on entend quelqu'un faire pscchh-pscchhhh-pscchh. Il y a des moines – des gens du Dojo zen de Paris et des adeptes tantriques – à tous les coins, en samadhi, en posture de lotus, et on ne voit plus rien. Quelqu'un dit, je crois que c'est Johnny : C'est bizarre ce truc, j'ai l'impression que je suis bourré. L'énergie qui se diffuse est palpable et, pour les chamans – heureusement – facilement malléable. Les gens sont trop surpris et trop inexpérimentés des dimensions dans lesquelles nous allons les emmener pour esquisser la moindre résistance. Quelqu'un – un chipibo – allume une pipe avec la flamme d'un briquet. De la sono que j'ai fait disposer aux quatre coins de l'église jaillissent des chants tibétains, une Invocation et ensuite des Exorcismes, qui sont des Programmes spéciaux de dépuration et l'assemblée est immédiatement plongée dans les Gouffres Abyssaux de l'Horreur Pure et les chamans qui sont sur le qui-vive ont du mal à garder la barre droite parce que des gens se mettent à vomir et d'autres sont propulsés face à des monstres et à des araignées immondes et c'est tellement prompt et sidérant, et en même temps tellement mêlé de brillance et d'un flux de lumière perceptible derrière qu'il n'y a pas d'onde de panique, chaque Monde qui vient de s'engouffrer en chacun est trop personnel et trop captivant pour pouvoir être parasité par quoi que ce soit qui ressemblerait encore à une émotion normale.

— Merde, dit Space Invader, c'est un jeu vidéo, c'est un putain de jeu vidéo!

Je passe entre les rangées avec les chamans et nous essayons de limiter les dégâts avec des bassines de manière à ce que l'église ne soit pas transformée en un champ de vomi. À la fin des Exorcismes Tibétains, au moment où retentissent les clochettes et le charivari des gongs, après la vibration de basse des Ôm qui ont fait monter dans le conscient les images symbolisant tous les bugs enfouis depuis des éons, c'est comme si le corps subtil des participants était secoué comme un édredon par la fenêtre un jour de grand ménage, et les gens vomissent de plus belle, et les chants des chamans démarrent et se font de plus en plus précis, atteignent chacun au cœur de ses principes subtils et d'immenses histoires et des épopées sont mises au jour et leur défilement enchanteur emmène les spectateurs captifs vers des émerveillements incommensurables et les moines en samadhi bordent chaque coin de leur énergie et petit à petit se dessine un mandala incroyable, où chaque mémoire de chaque organisme vient se mêler à sa voisine et soudain ce ne sont plus des dizaines de corps étrangers les uns aux autres qui sont couchés dans le noir en proie à des visions célestes mais un seul et même organisme intelligent se répondant et communiquant et quand Johnny se met à gronder un Ôm magique qui sort des profondeurs de la lumière c'est toute l'église qui ondule de la même vibration.

8.

Le lendemain dans le train, alors que nous attaquons les premières heures de l'an 2001, tout le monde est sonné. Les gens ne savent pas très bien s'ils ont rêvé, ce qu'ils ont vraiment vécu, la part de l'hallucination. Les premières lueurs de l'aube ont envahi l'église et un par un les protagonistes de ce réveillon atypique ont été invités à venir déguster un plantureux petit déjeuner. Les affaires de chacun avaient été lavées. Peu après dix heures le soi-disant gradé est venu annoncer que tout était en ordre. Plus de risques de contamination et d'ailleurs pas de contamination du tout, les analyses étaient formelles. Plus de peur que de mal. D'autre part le train était réparé et nous attendait. Dans quelques heures nous serions à Paris et tout cela ne serait plus qu'un vague mauvais souvenir. Un raté de plus de la e.economy. Rien d'autre.

— Je suis moulue, me glisse Angèle en prenant son tour dans la queue pour un des autocars qui vient de se positionner dans la cour. Ça a été sacrément fort! Je suis… – elle secoue la tête – pfff… sacré voyage, putain, vous m'avez bien eue Gentil Patron…

Le programme musical est des plus calmes. L'ambiance est à l'apaisement. Sur chaque siège est préparé le paquet cadeau réservé au joueur, à savoir le logiciel du jeu ainsi qu'une bande dessinée d'Yves Chaland mettant en scène un groupe de touristes sur la planète Mars dont l'équipée tourne à l'aventure absolue et qui finalement vont s'apercevoir qu'ils ont été – pour leur plus grand amusement – les jouets des organisateurs de l'agence de voyages à laquelle ils avaient souscrit. Petite allégorie de notre expérience. Également un disque de techno, pourquoi est-il là, mystère, je crois que c'est Troll qui l'a rajouté au packaging. Je suppose qu'il doit s'agir d'un échantillon de ses mix. Et, le plus important – chaque emballage est personnalisé.

Quand le train arrive gare du Nord, sur les centaines de personnes qui ont participé à ce voyage pas une ne songe à porter plainte.

9.

— C'est… dit Aurélien.

— Réussite totale, confirme Angèle. Taux de connexion au site en progression constante.

— On est déjà à plus de quatre cents joueurs connectés.

— Johnny a parlé du truc à la radio. Il a dit en rigolant qu'un site Internet l'avait enlevé pour le réveillon et lui avait fait boire un whisky bizarre.

— J'ai eu un des chamans de Puccalpa au téléphone, ils sont bien rentrés et se sont beaucoup amusés.

— Les gens du Dojo de Paris ne seraient pas contre un fuzz pour aider à la réfection de leur centre en province.

— Axel Mort est intéressé par l'idée du Jeu. Il imagine une déclinaison en sculptures hologrammiques du principe.

— L'ayahuesca va être classé stupéfiant.

— De toute façon c'est beaucoup moins dangereux de faire de la méditation. Ça prend un peu plus de temps mais le résultat est identique, c'est quelqu'un du Dojo qui me l'a dit.

— J'ai l'impression que pendant la nuit j'ai sorti un paquet de bug de mon… de mes… programmes. C'est… putain j'en reviens pas de ce qu'on a fait. L'incendie du train quand même c'était trop quoi, vraiment trop.

— Moi ce que j'ai préféré c'est les douches. Les gens pleins de merde, à poil, en train de se doucher.

— Et Johnny, t'as vu la bite qu'il a, c'est vraiment une légende ce type.

10.

Je marche sur la plage. La tempête est en train de se lever. Les mouettes passent au-dessus de nous en criant. Je sais, dit Ronald, c'est assez incompréhensible. C'est… pas d'explications. Les choses… sont. C'est tout.

— Mais, je bredouille, de nouveau aussi déstabilisé qu'au début de nos premiers échanges, et la Secte Orange ? Et les Américains ? Et la mine d'or au fin fond du Canada ? C'est…

Il ne répond pas.

— Et pourquoi tout ça, j'insiste, pourquoi tout ce binz?

— Question de moment, sourit Ronald, c'est le décodage, la fin d'un cycle, l'effacement progressif des consignes de sécurité, comme quand l'avion atterrit, on peut rallumer son portable et déboucler sa ceinture. La fin d'une partie, rien d'autre.

Le vent est plus violent. C'est dommage, en hiver il n'y a personne sur les plages, remarque Ronald. Pas de gonzesses à poil. Pas de petites foufounes vaguement dans l'expectative.

— Et le... – je suis affolé à l'idée de poser la question – le... Mal? Pourquoi le Mal?

Il a l'air tout aussi déstabilisé que moi. Le Mal? Il hésite. Merde, tu me poses une colle. Pas de... Il sourit.

C'est...

Un Jeu Cosmique se répliquant à l'infini à travers une infinité de Mondes et n'en faisant qu'un en même temps. Un Jeu auquel nous pouvons adhérer consciemment ou en subir les artifices comme des aveugles perdus dans une nuit sans fin.

La modélisation d'un bug...

(il sourit encore) : A game?

Juste un jeu.

Le sable est soulevé en tourbillon. J'ai l'impression qu'il se confond avec.

A game.

Un jeu.

Et l'effacement progressif des consignes de sécurité.

La mer en montant creuse le bord de la plage.

Juste un Jeu.

On peut rallumer son portable. Sur le moment c'est juste un peu douloureux.

Les silhouettes autour de moi s'effacent doucement.

C'est comme une fréquence, dit Sylvie. Tu choisis le Programme dans lequel tu t'engages. C'est... échange d'informations, c'est... ensuite tu es le

... Créateur...

Le vent souffle de plus en plus fort Tout le monde a disparu

Il n'y a plus que moi.
Debout sur cette plage immense.
Je me demande ce que je fous là.
Rien je pense, dit la voix de Ronald.
Enfin pas grand-chose.
Et puis la voix s'en va elle aussi, et je reste seul, avec un peu de sable qui me coule entre les doigts et la tempête qui menace.
Le tas de coquillages à moitié craqués que des enfants ont dû empiler le week-end dernier.
Les détritus qui roulent et vont se coller contre le début de la dune.
Il n'y a plus aucune trace de quoi que ce soit.
J'essaye d'imaginer ce qui se passerait si l'illusion disparaissait.
Et puis je ferme les yeux.
Et je les rouvre.
Les détritus roulent de plus en vite, comme s'ils faisaient la course. Il y a des bouteilles en plastique vides, tordues par leur séjour en mer. Des emballages. Des boules de couleurs. Des choses qui ne roulent pas et que le vent arrache sur le sable.
Le soleil passe vaguement entre deux nuages
La scène n'a en soi rien d'extraordinaire.
Duchamp je pense, évidemment Duchamp
Il commence à pleuvoir.
Un nain bizarre.
Des fous.
Et des logiciels cachés dans les mandalas.
Au milieu des tas d'ordures.
La plage est absolument déserte.
Il n'y a plus que le ciel, la mer, et sur le sable ces détritus.
Et la beauté du monde.
La beauté du monde.
Évidemment.

Épilogue

Ainsi finit provisoirement cette histoire, dont, bizarrement, un certain nombre d'éléments paraissant du domaine de l'Imagination sont vrais, et d'autres, plus plausibles, se trouvent entièrement empruntés à la fiction.

Pendant ce début de troisième millénaire quelques faits notables se sont produits. L'engouement formidable suscité par la Net Economy est retombé comme un soufflet crevé. Un nouveau Président des États-Unis a été élu. La guerre a éclaté ou s'est poursuivie dans un certain nombre de pays du monde. Des gens ont continué à crever de faim. D'autres ont suivi des cures amaigrissantes parce qu'ils se trouvaient trop gros. La théorie des Cordes devrait être bientôt soumise à l'épreuve des faits et il sera dans un avenir proche possible de coder en binaire l'influx neurobiologique émis par le cerveau.

Les climatologues nous ont annoncé que le réchauffement de la planète conduirait nos enfants (ou nos petits-enfants) à des conditions de vies différentes, mais ils n'ont pas su prédire si ces changements seraient ou non épouvantables. Une nouvelle pilule contraceptive greffée directement sous la peau est mise en circulation. Des chercheurs travaillent sur une machine télépathique à destination des tétraplégiques – pour l'instant la machine fonctionne juste sur deux impédances-signal différentes. Il n'y a pas encore de véhicules volants dans le ciel des grandes villes comme dans les bandes dessinées de la fin du siècle dernier et c'est tant mieux parce que le bruit et la pollution sont déjà partout présents. Certaines maladies deviennent de plus en plus résistantes aux médicaments. D'autres au contraire disparaissent doucement de la surface du globe. La liste des manifestations artistiques proposées dans les grands centres industriels remplirait un bottin entier. Les téléphones portables se sont répandus partout dans le monde. Un millionnaire américain a payé vingt millions de dollars pour aller dans l'espace. D'autres (qui n'étaient pas millionnaires) sont restés enfermés dans un appartement pendant cent cinquante-sept jours pour les besoins d'un reality show. Et si l'incertitude et les tourments ont perduré passé le réveillon charnière de l'an 2000 il n'en reste pas moins que la Terre, vaillamment, a continué de tourner autour du Soleil et qu'un peu partout, pendant ces années, des gens ont ri et dansé, et cela, sans préjuger de l'existence ou non de mondes virtuels ou d'autres dimensions.

En ce début de troisième millénaire, contre toute attente, un certain optimisme pouvait parfois être de rigueur.

Remerciements

Les têtes de chapitre sont tirées de *De la magie*, de Paracelse, publié aux Presses Universitaires de Strasbourg Les citations concernant l'informatique et les jeux vidéo doivent beaucoup (et parfois de manière littérale) aux trois volumes publiés dans la collection « Que sais-je » : *L'informatique*, *Histoire de l'informatique* et *Les jeux vidéo*.

L'auteur remercie Charles-Henri Flammarion et Raphaël Sorin, ainsi que Patrice Haddad et Johnny Hallyday pour leur soutien.

Archignac, les personnages d'Archignac ainsi que les Principes du Jeu et son logo sont utilisés avec l'aimable autorisation des Films du Garage (tous droits réservés).

Remerciements également à Danielle Adda et à Anaïd Demir, ainsi qu'à Béatrice Peyret-Vignals, Virginie Pelletier, Maud Sevin et Aurélie Derose. Remerciement particulier à Juliette Joste dont les remarques ont été un atout précieux dans la relecture de ce manuscrit. Et à Marie Boué, évidemment.

La photo de couverture est de Marcel Chambon. Le robot est une sculpture des Saul du marché de Bop de Dakar sur un modèle japonais proposé par l'auteur. Le logo du jeu a été réalisé par Gérard Chambon sur une idée de l'auteur. La maquette de couverture a été conçue par Nicolas Trautmann.

Roman achevé le 21 juin 2001 pour le compte des éditions Flammarion.

Table

DANS LA MÊME COLLECTION

★	Anthologies sous la sous la direction de Sarah Champion	Disco Biscuits	5296
		Disco 2000	5798
★	Ambite Renaud	Sans frigo	6599
★	Argento Asia	Je t'aime Kirk	6396
★	Belhaj Kacem Mehdi	Cancer	5153
★	Bernfeld Karin	Alice au pays des femelles	6349
★	Bessora	53 cm	5932
★	–	Les taches d'encre	6348
★	Borel Vincent	Un ruban noir	5737
★	Brite Poppy Z.	Le corps exquis	5295
★	Cathrine Arnaud	Les yeux secs	5155
★	Chérel Guillaume	Les enfants rouges	6563
★	Comment Bernard	Même les oiseaux	5541
★	Couao-Zotti Florent	Notre pain de chaque nuit	5540
★	Despentes Virginie	Baise-moi	5294
★	–	Les chiennes savantes	4580
★	–	Les jolies choses *(prix de Flore 1998)*	5460
★	Duran Cohen Ilan	Chronique alicienne	5608
★	Dustan Guillaume	Nicolas Pages *(prix de Flore 1999)*	5903
★	–	Génie divin	6326
★	Eggers Dave	Une œuvre déchirante d'un génie renversant	6530
★	Eudeline Patrick	Ce siècle aura ta peau	6033
★	Fack Rochelle	Les gages	5468
★	Faye Éric	Parij	5156
★	Fille Emmanuel	Arthur la balade du perdu	4784

NOUVELLE GENERATION

★ Fischer Tibor	Sous le cul de la grenouille	5298
★ Frédric Claire	Kérosène	4578
★ –	La môme	4862
★ –	Mirror	5467
★ Gran Iegor	Ipso facto	5151
★ –	Acné Festival	6058
★ Gunzig Thomas	Il y avait quelque chose dans le noir qu'on n'avait pas vu	5542
★ –	À part moi, personne n'est mort	6159
★ Holder Éric	L'homme de chevet	4575
★ Jaenada Philippe	Le chameau sauvage *(prix de Flore 1997)*	4952
★ –	La grande à bouche molle	6493
★ King John	Football factory	5297
★ Lapeyre Patrick	La lenteur de l'avenir	2565
★ Le Braz Éric	L'homme qui tuait des voitures	6651
★ Legendre Claire	Making of	5469
★ Lelièvre Marie-Dominique	Martine fait du sentiment	5802
★ Licari Pascal	Grande couronne	5154
★ Mizio Francis	Domo Dingo, la vie domotique	5607
★ –	L'Agence Tous-Tafs	6278
★ Monette Hélène	Unless	5471
★ Moutier Maxime-Olivier	Risible et noir *précédé de* Potence Machine	5537
★ Nobécourt Lorette	La démangeaison	4906
	Substance	6487
★ Paviot Christophe	Les villes sont trop petites	6139
★ Pellerin Pascal	Tout m'énerve	6070
★ Ravalec Vincent	Cantique de la racaille *(prix de Flore 1994)*	4117
★ –	Vol de sucettes, recel de bâtons	4579
★ –	La vie moderne	4842
★ –	Nostalgie de la magie noire	5152
★ –	Un pur moment de rock'n roll	4261
★ –	Treize contes étranges	5799

★ Rey Nicolas	Treize minutes	5605
★ Rozen Anna	Plaisir d'offrir, joie de recevoir	5944
★ Ryû Murakami	Les bébés de la consigne automatique	5024
(Sá Moreira Régis (de)	Pas de temps à perdre	6786
★ Scott Ann	Asphyxie	4893
★ –	Superstars	6194
★ Sif Minna	Méchamment berbère	5470
★ Tong Cuong Valérie	Big	4773
★ Turgeon Alain	Gode blesse	5538
★ Ulysse Louis-Stéphane	Toutes les nouvelles de mon quartier intéressent le monde entier	4577
★ –	La mission des flammes	4953
★ Vargaftig Cécile	Frédérique	3773
★ Wegscheider Alain	Mon CV dans ta gueule	6279
★ Ziegler Luc	Damnation	4901

À PARAÎTRE AU 2ÈME SEMESTRE 2003

★ Pellerin Pascal	Tout va bien	(octobre)
★ Rozen Anna	Méfie-toi des fruits	(novembre)

6694

Achevé d'imprimer en France (Manchecourt)
par Maury-Eurolivres
le 26 août 2003.
Dépôt légal août 2003. ISBN 2-290-32956-8

Éditions J'ai lu
84, rue de Grenelle, 75007 Paris
Diffusion France et étranger : Flammarion